献给中国原生文明的光荣与梦想

点评本

大秦帝國

第二部 国命纵横 上卷

孙皓晖 著

谢有顺 胡传吉 点评

河南文艺出版社

目　录

第三章　西出铩羽

第四章　谈兵致祸

第五章　天地再造

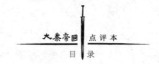

第六章　风云再起

第七章　大成合纵

楔　子

天有异象。意指商君之死，天为之动。

一场千古罕见的暴雪淹没了秦川。

秦人谚云：秋后不退暑，二十四个火老虎。谁能想到，火老虎还在当头，滚滚沉雷便不断在天空炸开，硕大的雪花从天空密匝匝涌下，弥漫了山水，湮灭了原野。无边的嘭嘭嚓嚓之声从天际深处生发出来，直是连绵战鼓，敲打得人心颤。雄视关中的咸阳城四门箭楼，顷刻间陷入了茫茫雪雾之中。九里多宽的渭水河面本来还是碧波滚滚，半个时辰中便被暴雪封塞成了一马平川。泾水、灞水、鄠水、浐水、滈水、潏水、洛水，全部在顿饭辰光雪雕玉封。巍巍南山，苍苍北阪，尽被无边无际的白色帐幔覆盖。倏忽半日，鸟兽归巢，行人绝道，天地间一片混沌飞扬的白色，整个世界都被无边的风雪吞没了。

渭水南岸，却有一支黑色马队，正在茫茫雪雾之中向南疾行。

惊雷闪电，暴雪压顶扑面。这支马队却依然保持着整肃的部伍，不徐不疾地走马行进，没有丝毫的惊慌失措。马队护卫着一辆黑色篷车,在无边雪幕中越过灞水,爬上蓝田塬,徐徐没入了被秦人称为"南山"的连绵群峰。奇怪的是,马队一进南山口,骇人的连天暴雪顿作了纷纷扬扬的鹅毛飞舞,马队所必须经过的峡谷险道上,也只积了薄薄一层冰雪,无碍于马队篷车的行进。爬上南山主峰时,莽莽苍苍的青山绿水在漫天飞舞的雪花中影影绰绰地显了出来。

一座雄峻的主峰在连绵群山中突兀拔起,于苍茫天地间生发出一片巍巍霸气。这是南山主峰,大河长江的分水岭。由此向南向北,都是堕入尘寰的长长的下山道。在这般雨雪天气中,寻常商旅与行人车马,是不敢走这南山主峰峡谷道的。仅是这段十里长的坡道,就足以令行者变色止步了。这支马队在峰顶停了下来,一个身披黑色斗篷者跳下马,回首瞭望笼罩在无边雪幕中的混沌秦川,扑地跪倒,对天三拜,又霍然站起,转身高声命令道:"二十人下马护车! 下山路滑,千万小心了!"

"郡守,我们去何处?"马队前一个精瘦的将军嘶哑着声音问。

"大蟒岭——"黑斗篷马鞭向东南遥遥一指,"明日午时前,务必抵达!"

"嗨!"将军答应一声,立即翻身下马,刷啦一声撕下铁甲鳞片下的衣袖,大喊一声:"弟兄们,裹住车轮,莫使打滑!"已经下马的二十个骑士,立即撕下各自衣袖,开始包裹车轮。

"山甲,用这个!"郡守胳膊一扬,一领黑斗篷向那个精瘦将领飞了过去。

"郡守,这可不行! 你要受风寒。"精瘦的山甲又将斗篷掷了回来。

"嘿嘿,有何不行?"郡守说着下马,将斗篷三两下撕成布片,"你舍得前军副将不做,我樗里疾舍不得一件斗篷? 来,包结实,只要商君不受惊……"说话间已是语声哽咽了。

"郡守……"山甲脸上一抹,甩出一把泪水汗水雪水,嘶哑地喊了一声,"弟兄们,小心了! 商君回家要平安!"

"将军放心! 商於有商君,打断骨头连着筋!"士兵们一片吼叫,齐刷刷分做两边拥住了车轮。后边数十名骑士也全部下马,用两根大绳连环拴住马镫,再拽住车厢,骑士们牵住战马。显然,这是要连排倒退着下坡。

山甲一甩令旗:"小心! 下坡——"

"嗨——哟! 下坡了哟! 莫打滑哟!"随着缓慢沉重的号子,篷车倒退着向山坡慢慢滑下。大约用了一个时辰的工夫,在步卒与马队的前扛后拉下,篷车方才缓缓地滑下了长长的山坡,湮没在纷纷扬扬的雪雾中。经过一昼夜奔波驰驱,次日将近正午时分,马

队终于到达了险峻奇绝的大蟒岭。

大雪已住,红日初出,崇山峻岭间一片洁白晶莹。

遥遥看去,这大蟒岭大体上是一片南北走向的山峰,北接桃林高地,东接崤山群峰,南边数十里是秦国要塞武关,直是一条逶迤盘旋的龙蛇,商於人便呼之为大蟒岭。这片山地虽然不算十分隐秘,却是临近武关、崤山的边界山地,要出秦国可算得十分便当。商於郡守樗里疾与商於望族的老族长们秘密计议,决意将商君与白雪的遗骨安葬在这里;其中深意,是秦国一旦有变,商君遗体便能迅速转移。

强悍倔强的商於山民们,一直为当初没有能保护住商君痛悔不已,如今要安葬保护商君遗骨,官民一体万众一心,没有丝毫的犹豫。所有从商於山地走出去闯世事的商於子弟,无论从戎的兵将,还是从政的吏员,都义无反顾地将商君看成了商於大山的"自己人",商君的归宿理当属于商於。做了名臣封地的庶民,将功臣封主看作至高无上的圣贤,这是春秋战国以来久远的大义传统。自然,更深的根基在于,商君对秦国有无上功勋,对穷困的商於有再造之恩,却又从来无求于封地丝毫。如此封主,商於人如何不刻骨铭心?上天将商於赐予了商君,就是将商君的危难沉浮托付给了商於子民。商君临难,商於人若袖手旁观,天下大义何存?商於人颜面何存?那个做了前军副将的山甲,就是昔日商君在栎阳南市徙木立信时的扛木少年。正是这个山甲,带了一百名商於子弟兵从函谷关秘密赶到咸阳刑场,要在刑场抢尸,发誓将商君遗骨运回商山。与此同时,在咸阳为官为吏为商的商於人也纷纷走动,秘密联络,私相筹钱,打制了坚固的篷车,准备为商君收尸。

在渭水大刑场,商於郡守樗里疾与商於族长们与这两股商於"乡党"不期而遇,一个眼神,三股力量便凑到了一起,不消片刻,已迅速秘密地计议停当。

行刑即将结束之际,秋雷暴雪骤然降临。监刑官员们还在手足无措的时刻,商於人以他们特有的精明算计,三方配合,从无数要为商君收尸的力量中捷足先登,抢走了散落在刑场草地的商君尸骨,也抢走了白雪的遗体,干净利落得连一根头发都没有落下。及至甘龙、杜挚与孟西白们一片惊呼,寻觅商君遗体以"验明正身"时,商於人的马队已经消失在茫茫雪雾之中了。

商於人的神速隐秘干净利落,让侯嬴率领的富有秘密行动传统的白氏门客们惊叹不已。他们是要将商鞅和白雪的遗骨运送回魏国,安葬在安邑涑水河谷的白氏墓地,以利用白圭的巨大声望，保护商君夫妇的墓地不遭破坏。侯嬴虽然想到了秦人绝不会教商鞅暴尸街头，但也以为，在甚嚣尘上的反变法声浪中，秦国即或有人行动，也是颇为顾忌，岂能有他以商君“亲属”名义公然行动来得快捷？没有想到，商於人竟在如此混乱的人海中有如此神奇的快速行动。惊怔之中，侯嬴得知了这股抢尸者是商於人，感慨地长嘘一声，命令白氏门客们停止了行动。

咸阳刑场还有另外一股秘密收尸的力量，这便是玄奇率领的墨家弟子。玄奇在陈仓河谷安顿好虚弱昏迷的荧玉之后，便与身边的十多名少年弟子开始筹划安葬商鞅与白雪。以墨家弟子的训练有素，本当稳妥办成。然在人山人海的刑场上，在惊雷暴雪的混乱中，玄奇的十几个人便显得力不从心。刚刚挤挨到刑台附近，玄奇眼见一队骑士围住了刑车，一群精壮的黑衣人呼啸而至，飞奔着捡拾散落的尸骨，顷刻之间烟消云散。问一个老人，得知这是商於人的行动，玄奇当即放弃抢尸，率领弟子直奔商於大山来了。

千山万壑的大蟒岭中，有一座高耸入云的孤峰，商於人叫它孤云峰。

寻常时日，总有一片白云缠绕在这座孤云峰的半山腰，谁也没看见过这孤云峰究竟有多高，有多险。此时大雪初晴，红日高照，孤云峰云雾尽收，清亮亮地显露了出来。遥遥看去，一柄长剑直刺青天，又恰似银装素裹的长发仙女，亭亭玉立在万仞群山。峰顶一片皑皑白雪，几株苍松翠柏，在阳光下分外高洁。接近峰巅处却生出一片小小的岩石平台，挂下了一帘晶莹透亮的冰瀑，直伸向了幽幽谷底。

这里，便是商於人为商君和白雪选择的墓地。

樗里疾与十三县令并数十名老族长，为了商君安葬，大

写商君赴死，孙皓晖拿捏最好的是其不惧之态。宗室贵戚怨望商鞅，但庶民颂之，拥之，抢尸亦有可能。但秦法严至“弃灰于道者刑”，恐怕庶民虽然拥之，也有惧怕的成分。作者为了突出商君之杰出，有意写庶民的态度，其死因便有悲壮之色。《史记》写到车裂、灭族为止，全无细节，小说的便利，就在于可以想象和塑造细节。商君欲反，疑为欲加之罪，或被逼反，难考证。《史记·商君列传》载，“商君既复入秦，走商邑，与其徒属发邑兵北出击郑。秦发兵攻商君，杀之于郑黾池。秦惠王车裂商君以徇，曰：‘莫如商鞅反者！’遂灭商君之家”。此处所指的“郑”及“黾池”，有疑。《史记·六国年表》载，二十四年，“孝公薨。商君反，死彤地”。徐广疑为京兆郑县，并指“黾池”为“彭池”之误。以商君之权智，却败得如此之快，商君恐怕早有必死之心。商君之死，应身死在先，车裂在后。但车裂而死更为煽情，小说选择了车裂而死。加之古语暧昧，“之”字所指含糊，车裂而死亦说得通。

费了心思。按照传统礼法,商君当以公侯国葬待之。如今商君蒙冤,身受极刑,国葬礼遇夫复何求? 反复计议,商於人决意按照山民最古老最隆重的礼仪来安葬商君。原先,人们想到的,只是将商君遗体神圣地安葬在绵绵大山的隐秘地带,却没有想到,会有一个如此美丽的女子为商君殉情而死。白雪在刑场殉情剖腹,血染法场,使商於人和千千万万老秦人一样热血沸腾,唏嘘不已。再度计议一拍即合,商於人决然要用"悬棺大贞"来安葬商君夫妇。

在这崇山峻岭之中,山民们有一种古老的习俗——对那些生死相许有口皆碑的忠烈殉情者,将他们的遗骨安葬在高高的山峰,称之为"悬棺大贞"。

悬棺者,安葬之方式也。大贞者,生者对死者之定位也。凡被悬棺安葬的死者,都被山民们尊为圣洁之神,受到人们世世代代的景仰。商君极心为民,是尊神,是法圣,更是成就忠贞痴爱的高洁名士,理当葬以"悬棺大贞",理当受到民众最为隆重最为久远的祭祀。

正午时分,从四野山乡赶来的民众已经聚集在四面山头,摆好了各自带来的祭品,遥遥眺望着雪白苍翠的孤云峰。

由商於十三县遴选出来的一百三十六名精于攀岩的药农子弟,在精瘦的前军副将山甲的指挥下,一锤一凿地打成了通向孤云峰平台的一道山梯。药农子弟们上到平台,在岩缝松柏上结好了十多条粗大的麻绳。

一声号令,大绳齐刷刷沉到山根。

山根下早已经整治平坦。樗里疾率领十三县令与数十名白发苍苍的老族长,正在两名巫师指点下,恭敬庄重地对商君夫妇举行入殓仪式。

中间空地的一张大案上香烟缭绕,系着红绫的牛头、羊头、猪头整齐排列。

这是最隆重的三牲祭礼。寻常山民即或是祭拜祖先天地,也不舍得用这三牲祭品的。

祭案前,是一口打造得非同寻常的大型双葬棺木。说它非同寻常,一则是用材柏木,二则是三重棺椁,三则是棺椁外的保护装饰层竟然用了"水兕之革"——水牛皮。

按照古礼,这都是有违礼法的僭越。棺木用材,礼仪规定是"尊者用大材,卑者用小材"。具体说,天子用柏木,诸侯用松木,士与寻常官吏用杂木。如今,商於人给商君用的是柏木。棺椁规定照样严格。

就实用性说，"棺"是直接装尸体的木器，"椁"则是棺外的套层。棺外套椁，礼仪规定是天子四重，诸侯三重，大夫二重，士一重。而今商君棺外三重椁，是与诸侯同礼。

棺椁外的保护与涂彩装饰，只有天子可以用"水兕之革"，其他诸侯贵族只能用不同等级的丝织品，或其他低等皮革了。

商於人根本不理会这些烦琐的礼仪，山乡多水田，不缺水牛，为何不用？如此安排之下，本来就很大的双葬棺木，摆在那里更是华贵显赫，不亚于王室葬礼的声势。

"置冰——"棺椁安顿就绪，一名红衣巫师高宣了下一道入殓程式。

四个老人上前，小心翼翼地将山岩上凿下的四箱干冰，稳妥地安放在棺材四角。这叫"置冰"，即尸体旁放置冰块，也有极为严格的礼法讲究。

冰块来之不易，王室与诸侯均有一个称之为"凌人"的作坊，专门职司制冰用冰；只有贵族尸体可用冰块降温，而且盛冰的器具（玉盘或是瓦盘）、冰块的大小（几尺之冰），均以死者品级之高低与死时的气温而定。商於人不理会这些，采来了孤云峰冰瀑上那几乎永远不化的干冰，又用上好的蓝田玉石雕成方匣，将干冰盛入，端的是人间极致，虽天子也无以做到。

装好干冰，巫师仔细地将商君尸骨拼装起来，并且神奇地为尸骨穿上了白丝长衫，戴上了高高的白玉冠，再覆盖了一件白色的斗篷。那名白发苍苍的红衣女巫师，将白雪尸体仔细地擦拭洁净，装扮得栩栩如生，而后将她与商君并排入棺。按照礼法，入棺之后要在棺中放置"殓服"若干套。春秋时期，死者无论尊卑，"殓服寿衣"至少需要十九套。战国

兕，异兽，传说见于西北，类似于犀牛，非水牛也。

此处"僭越"，乃孙皓晖执意为商君"加冕"也。战国基本上不言礼与信，秦又被视为"夷狄"，丧礼僭越亦非大惊小怪之事。《庄子·天下》称，"古之丧礼，贵贱有仪，上下有等，天子棺椁七重，诸侯五重，大夫三重，士再重"。《礼记·檀弓》："水兕革棺被之，其厚三寸，杝棺一，梓官二，四者皆周。"《礼记·礼器》："天子崩，七月而葬，五重八翣；诸侯五月而葬，三重六翣；大夫三月而葬，再重四翣。此以多为贵也。"士之礼，一说为大棺。各制不一，但等级森严。

之世葬礼大大简化,但基本的程式也还都保留着。棺中放置"殓服",就是必需的不能简化的一道葬礼程式。然则恰恰是这一点,商於人大感为难。商於没有大商人,最好的衣服也就是郡守县令的官服了,然则品级太低,与商君身份大不相合;以庶民寻常衣物入棺,多倒是多,只是商於人心中不忍。反复计议,一时间束手无策。

樗里疾思忖有顷,断然下令:"商君非俗人,心敬礼敬可也,无须拘泥,往下走。"

白发苍苍的巫师一举木剑,便要招魂。招魂之后,盖棺殓成,棺椁就不能再打开了。

正在此时,山道上一声高喊:"且慢盖棺——"话音落点,马蹄如雨,一队长衫骑士在场外滚鞍下马。一个须发灰白的中年汉子匆匆走到樗里疾面前,拱手高声道:"白氏总执事侯嬴,特来为商君、白姑娘送上葬礼殓服。"

樗里疾长嘘一声:"天意也天意……敢问义士,殓服几何?"

"殓服四十八套,均为白姑娘生前为商君所置。"

场中官民顿时一片感慨唏嘘。此时又闻马蹄声响,一个蒙面女子领着一队少年下马,走进场中道:"樗里疾大人,奉荧玉公主之命,特来为商君、白姑娘送葬,带来殓服三十套,均为二人常用衣物。"

樗里疾大为感慨,向二人深深一躬:"二位大贤,非但解我商於之难,若商君夫妇地下有知,也当安息九泉矣!来,入殓服!"

两个巫师恭敬地接过一个个衣包,仔细平整地摆放在棺木之内。

一时稳妥,老巫师举剑向天,长声呼唤:"商君归来兮——三生为神——"

女巫接着举剑长呼:"夫人归来兮——三世圣女——"

厚葬,状若"牺牲",悲壮,可视为秦国登顶之前祭。白雪,大气女子,可惜作者过分看重言情之手法,伤之。

反复呼唤中，巨大的棺椁被披麻戴孝的工匠们訇然合盖，砰砰钉封了。

樗里疾捧起一坛清酒，缓缓地洒到棺前，跪地长拜："商君、白姑娘，安心地去了，商於子民永远守护着你们的魂灵……"

白茫茫人群全体跪倒了，四面山头哭声大起，山鸣谷应间天地为之悲怆。

"商君、白姑娘，升天了——起——"

粗大的绳索伸直了，孤云峰平台上传来整齐的号子声，巨大的合葬棺椁稳稳升起。专门守候在山腰石梯上的药农子弟们伸直了手中的木杈，稳稳地顶住了棺椁，使其始终在距离山体两三尺外缓缓上升。数不清的陶埙竹篪，吹起了激越悲壮的秦风送葬曲。

第一章 铁腕平乱

一 义渠大牛首接受了羊皮血契

把"世族元老"的智商写得低了点。

车裂商鞅,咸阳的世族元老们大相庆贺了。

连日来大雪封门,太师府邸却是门庭若市。总管府务的家老督促着二十多个仆役不停地清运院落、门庭与车马场半人深的积雪,才堪堪容得流水般的车马停留转圜。到太师府拜访的,都是清一色的世族贵胄。他们驾着华贵的青铜辂车,穿着历代国君亲赐的各种色式的勋贵礼服,谈笑风生地联袂而来,喜庆之情超过了任何盛大节日,在冰天雪地肃杀凛冽的咸阳城,映出了另一道风景。

太师府的正厅早已经满当当无处立足,连临时应急在庭院中搭起的防雪席棚下,也站满了衣饰华贵的宾客。贵人们挤挤挨挨地走动着相互寒暄,却都只是高声谈笑着老天有眼、雪兆丰年之类的万能话语,时不时爆发出一阵舒畅之极的哄然大笑。奇怪的是，没有一个人谈论邦国大事，尽都在闲扯，却无不兴味盎然。秦人管这种闲扯叫"谝闲传"，是窝冬时节亲朋邻里相聚时消磨寒天的传统功夫。但这些华贵的宾客高车骏马冒雪而来，却不是为了在这里谝闲传来的，他们显然在等待什么，却是谁也不说，只管高兴。

冬日苦短，看看暮色已经降临，暴雪虽然小了，可雪花还是纷纷扬扬地飘舞着，寒气袭来，已经有人开始跺脚了。这时候，华贵的宾客们渐渐安静下来，喧哗谈笑在不知不觉间凝固了。

"哎，怪也！我等没吃没喝，在这里磨叨了一天？"有人惊讶了。

"对呀，老太师该出来说几句了。"有人恍然醒悟过来。

"然也，冠带如云，还不是要老太师定夺一番？"

"是也是也，老太师为何还不出来？"

议论纷纷中，有老人大声咳嗽起来。一声方落，引来满庭院一片喀喀之声，有几个白发老人被猛烈的咳嗽憋得满脸通红，蹲在地上上气不接下气地大喘起来，抹鼻涕擦涎水忙个不停。华贵的宾客们在整日亢奋中原是不觉，一旦亢奋平息，那随着一整天喋喋不休的谈笑侵入体内的冰雪风寒之气骤然发作出来，使这些久不任事的勋贵大是难堪，在庭院席棚下纷纷蹲坐，自顾喘息不暇了。

"老太师会见诸位大人！"偏在乱纷纷之际，家老走出正厅高高喊了一嗓子。

华贵的宾客们突然来了精神，一齐站了起来，殷殷望着正厅通向寝室的那一道拱形门。

一声苍老的咳嗽，白发苍苍的老太师甘龙颤颤巍巍走出了隔门。他扶着一支桑木杖，身着一领没有漂染的本色麻布袍，一头白发披散，头上没有玉冠，腰间没有锦带，活似一个

冗政养庸臣，宗室贵戚日渐平庸，也是因为死守祖制不变。活在过去的光荣里，很难有什么长进。秦之地，与西戎接壤，往东，六国又卑秦，秦不发愤，灭亡则指日可待。商君死后，商君之法依旧影响深远。

乡间老翁,与盈厅满室的华贵宾客相比,老甘龙寒酸得秃鸡入了鹤群一般。但就是如此一个老人,当他穿过厅堂,走到廊下,目光缓缓扫过正厅,扫过庭院时,华贵的宾客们却都羞愧地低下了头,避开了他那呆滞尖利的目光。

"老太师,我等都,都想听听,你的高见。"太庙令杜挚期期艾艾地开了口。

甘龙虽集谋略之大成,但无家国大志,格局小了,可守国,但不能创国。如果只论成败,就无法面对弊端。甘龙维护旧制,不能以好坏断之,只能说造化弄人。

"哼哼。"老甘龙冷冷笑了一声,"老夫唯国君马首是瞻,何来高见?尔等都是老于国政了,邦国大事要在朝堂商议,懂么?"说完,径自颤巍巍转身,谁也不搭理地回去了。满室勋贵大是尴尬,你看我我看你,一脸大惑不解。新任客卿赵良极是聪敏,略一思忖恍然透亮,高声道:"诸位大人请回,天气冷得紧也。"说完径自回身走了。

史籍中的赵良,实为用心良苦的诤臣。小说中,变为见机行事者。

"回去回去。"杜挚似乎也明白了什么,粗声大气道,"也是,只能做,不能说也。"

勋贵们这才活泛过来,纷纷抬头望天:"走吧走吧,冷冻时天,回家窝着去。"不咸不淡地相互议论着,各自匆匆去了,连三三两两的同路都没有,与来时的成群联袂高声谈笑大相径庭。片刻之间,太师府门可罗雀,又恢复了清冷的光景。

当家老走进书房禀报时,老甘龙正偎着燎炉,用一柄长长的小铁铲翻动着红红的木炭,仿佛要看透木炭火一般。听完家老禀报,他那沟壑纵横的脸只是抽搐了几下:"家老,叫甘成来。记住,太师府从今日起,不见任何客人。"家老恭敬点头:"晓得了。"匆匆去了。

片刻之后,一个四十多岁的中年人进了甘龙书房。他是老甘龙的长子甘成,也是一领麻布袍,朴实得像个村夫,唯独那炯炯发亮的目光,那赳赳生风的步态,自然透露出一种精明强悍。老甘龙有三个儿子,次子甘砺与三子甘兖都早早在国府做了相当于下大夫的实权吏员。唯独这最有资格做官的长子甘成，却一直是白身①布衣，在家闲居，而且极少与人来往。除了过从甚密的几个门生故吏，朝中许多人甚至不知道老甘龙有这个长子。但是，恰恰是这个白身布衣的儿子，才是老甘龙真正的血肉肱股，才是支撑甘氏部族的栋梁。老甘龙被完全湮没的二十三年中，所有的密谋都是通过这个貌似木讷的甘成实施的。没有甘成，甘龙当初便不可能制造太子杀人事件，也不可能知道公孙贾的真相，更不可能与他共谋密联世族力量从而促成车裂商鞅。甘成是老甘龙的秘密利器，是斡旋秦国政局的主轴。现下车裂了商鞅，秦国正当十字路口，老甘龙又要使出他的秘密利器了。

拨旺了燎炉木炭，啜吸着浓稠的米酒，父子从天黑一直密谈到东方发白。

半个月后，封堵道路的大雪还没有完全消融，一辆牛车出了咸阳北门，咯吱咯吱地上了北阪，冒着呼啸的寒风驶进了北方的山地。

赶车的两个人一身红袍，一口大梁官话，任谁看也是魏国商人。他们不急不慌地在冰雪地里蠕动着，每遇村庄便用药材换取兽皮，偶尔也在哪个山村歇息两天，与猎户、农夫、药人尽兴地谝着闲传。如此这般走走停停，连过年都在路上晃悠，待到雪消冰开杨柳新绿的三月初，这辆牛车终于来到了陇西地带的山林河谷。这一日，牛车翻过一座高山，一片苍黄的林木，一片凌乱的帐篷赫然显现在眼前。

"甘兄，义渠国么？"年轻商人指着树林帐篷，兴奋地喊了出来。

"何有甘兄？谨细些了。"四十多岁的红衣商人老成持

> 小说中使秦国裂变的关键事件。史籍中仅记载太子犯法，但到底犯的是什么法，不知。以阴谋论想，最合国人八卦心态。

> 隐藏实力，趁敌不备，一击即中。

> 无论干什么事，总要有个可靠的帮手，亲信、子女乃至夫人，都是上上人选。史籍关于甘龙的记载不多，只知道甘龙是坚定的变法反对派。甘成以秘密利器的身份出现，也有趣，孙皓晖借小小的线索，写出曲折大事件，实有虚构之能。

> 作者重商人、游士、刺客。

---

① 白身，指身无官职的布衣之士。

重地斥责了一声。

"一高兴忘记了,掌嘴!"年轻商人嬉笑着打了自己一个耳光。

"高兴事在后头,急甚来? 先歇口气儿,听我说说义渠国的底细。"

"早该说了! 害我做了一路闷葫芦,憋气!"年轻人一边高声大气地嚷着,一边利落地从牛车上取出一块干肉与一只酒囊走了过来。中年商人接过酒囊拔开塞子,咕咚咚大喝了一气,大袖揾揾嘴角,长长地喘了口粗气,便指着河谷密林中的帐篷,缓缓说了起来……

义渠,一个古老的部族。商末周初的时候,义渠是西戎中有数的大部族,也是少数几个以"国"自称的强大部族。那时候,义渠的活动区域在漠北草原,是个完全游牧的草原部族。义渠人剽悍善战,占据着漠北最好的河谷草原。到了西周末年,周幽王失政乱国,要废黜太子宜臼。申侯(申国国君)是太子舅父,便秘密联络西戎发兵保护太子。西戎本来就对中原敬慕垂涎不已,黄发、红发、义渠、犬丘等八个最大的部族联合组成了八万骑兵攻进了镐京,号称"八戎靖国"。八戎骑兵本打算为中原王室建立一个大功,从新天子手里得到一个封爵、一片边缘草场就满足了。及至攻进镐京,发现王室军队竟不堪一击,中原诸侯也无人敢于应战,八戎野心大为膨胀,杀死了周幽王,将王室洗劫一空,又大火焚毁了镐京。其中义渠骑兵杀戮最烈,被周人呼为"牛魔义渠"。太子宜臼发愤雪耻,秘密跋涉到陇西请求秦人发兵靖难。秦部族举族秘密东进,五万骑兵与八戎八万骑兵展开了血战,将八戎骑兵杀得尸横遍野。从此,八戎与秦人结下了血海深仇。尤其这义渠部族,死伤最多,两万精壮只逃回了五千,仇恨最大。

两百多年后,东周衰弱,西戎各族又开始杀进中原。南

秦人腹背皆强敌,如果以逸待劳,只能等死。西戎北狄,多牧人多流民,民风剽悍,在骑射时代,常勇不可挡。西戎北狄,一直是"中原"的心腹大患。借商君之口,道出中原主政者要害。

边的山夷、东边的东夷、北边的诸胡、西边的戎狄，四面喊杀蚕食，汪洋大海般包围了中原。义渠最为强悍，竟一路烧杀到了黄河南岸，占了两三百里大的一片荒原，宣布称"王"，要将这里作为建立"义渠国"的根基。这时，齐桓公联合诸侯，尊王攘夷，九次联合中原诸侯，对入侵中原的夷狄展开了大战。义渠部族西撤时，被刚刚即位的秦穆公率领秦军堵住了退路。一场惊心动魄的血战，义渠一族被杀得只剩下两三万人突围逃窜。义渠部族便又一次和秦人结下了血海深仇。

后来，中原争霸，秦穆公却全力平定西方戎狄。大大小小一百多个戎狄部族，全部被秦军打败，变成了秦国的附庸诸侯。也就是说，戎狄臣服秦国，缴纳贡赋，但依然自治。秦穆公唯独对义渠国恨之入骨，将义渠精壮三万人全部迁徙到秦国腹地，罚做奴隶民户，将其余老幼女人则全部驱赶到阴山以北的荒漠地带去了。义渠部族对秦人又记下了一笔血仇。

秦穆公之后，秦国四代衰弱，义渠部族又顽强地杀了回来，占据了泾水上游的河谷草原。直到秦献公即位，秦国整军经武，要先除义渠这个眼中钉，而后再对魏国开战。打了几次，义渠都败了，却逃得极快，始终未伤元气。秦军一退，义渠立即卷土重来，气得秦献公哭笑不得。此时，年轻的上大夫甘龙提出了"安抚义渠，以定后方"的谋略，又慨然请命，只身前赴义渠和谈。历经三月，甘龙与义渠首领达成了"义渠称臣，秦国罢兵"的血契。秦国后方安定了，义渠也获得了休养生息。

当时，义渠占据的只有泾水上游的河谷草原。可是在秦献公无暇西顾的二十多年间，义渠又趁机占据了漆水河谷与岐山、梁山一带的山地草原，变成了半农半牧的大部族。秦孝公与商鞅二十多年间忙于变法，只要西部戎狄不生叛乱，也不会去触动他们。如此这般，义渠国安定地繁衍了五十多年，已经变成了一个富庶强盛的部族。

"我说也。"年轻人一笑，"老哥哥成算在胸，原是老伯于义渠有再生之恩，好！"

"虽说如此，还是不能大意。"中年人凝望着河谷密林中的缕缕烟柱，"戎狄凶顽，只是可用之利器罢了，不能与他认真。好了，走。"

牛车嘎吱嘎吱地下了山坡，顺着小道走向林中。只见河谷两岸的山坡上大火熊熊，围着山火的大群赤膊男女挥舞着手中的木耒铁耜欢呼雀跃，嬉闹一片。山火一熄，欢呼的人群立即扑进还冒着火星的草木灰中，挥舞着木耒铁耜猛力挖翻热土，又是一阵呼喝

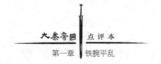

喧闹。中年人低声告诉年轻同伴：义渠部族认定牛是自己的祖先，是神灵，不能用牛拉车耕田，更不能宰杀，只能骑着牛打仗，拓荒种田都是人力。

"怪诞！"年轻人轻蔑地摇摇头，冷笑一声。

"别乱说。到了，看。"

前方的河谷树林已经是枯叶萧疏，一片大瓦房显露出来。房前空场上飘着一面黑色的大纛旗，依稀可见旗面绣着一头狰狞的牛头人身像。两人在林外停下牛车，徒步向瓦房走来。

突然，林中"哞"的一声低沉的牛吼，有人高声喝道："牛，生身父母！"

"人，牛身灵性！"中年人奋力回答。

林中小道走出一名壮汉，身穿筒状的兽皮长袍，粗声大气问："秦人么？"

"正是。"

"要做甚来？"

"要见大牛首，特急公事。"

"啊，懂了，是否甘、杜二位公子？"兽皮长袍者审视一番，显然是个知情头领。

"正是，在下甘成。"中年人一指同伴，"这位乃公子杜通。我等见过将军。"

"将军算个甚来？我是二牛！"兽皮长袍者认真纠正着自己的官号，又向树林外一瞥，脸黑了下来，"你，敢用牛神爷拉这烂车？"

"二牛大人，"甘成拱手答道，"这是头神牛，它自己非要拉着车来见大牛首。"

"噢？车里可是给大牛首的贡物？"二牛黑着脸。

"正是。药材、兽皮、刀剑。"

二牛突然哈哈大笑："难怪难怪！当真神牛！"又转身高喝，"五牛，去将牛爷爷卸套，叫两个女人去侍候。你自己拉车到宫里来！"

"嗨！五牛遵命！"林外有人粗声答应。

"好了。你，你，随我二牛来。"便头前大步带路。

杜通拼命憋住笑意，跟在郑重其事的甘成身后，穿过曲曲折折的林间小道。不经意一瞥，杜通却发现密林中隐藏着至少一两百身穿土黄色兽皮的弓箭手，引弓对准林间小道，心中一惊，不禁冒出了一身冷汗，四面环顾，却又不禁"噗"地笑出声来。原来林间疏疏落落的空隙处，闲走着几头壮硕的黄牛，一群男女正争相钻在牛腹下吮奶，更有几个半裸少女爬在牛脊梁上气喘吁吁，呻吟不断……甘成回身，向杜通严厉地瞪了一眼，拉起他的手大步向前。

出得树林，来到那片大瓦房前，甘成拉着杜通便向那面牛头人身的大纛旗扑地拜了三拜。领路的二牛两手圈在嘴边，向大瓦房内高声传呼："哞！秦国老太师公子，求见大牛首！"

里应外合，亦可归之于用计篇。

大瓦房内也"哞"的一声牛吼，随即一个悠远的声音应道："进——"

甘成、杜通来到正中的大瓦房前，却见一扇整石大门洞开着，六名虎皮弓箭手雄赳赳站立门外。进得门内，幽暗一片，浑如夜晚。原来房内没有窗户，进深又深，若非一盏粗大的兽油灯冒着吱吱油烟摇曳闪烁，还真难以开目见物。甘成、杜通不由揉揉眼睛，才看见大屋最深处有一方极大的义渠人叫作"火炕"的土榻。炕上一大张虎皮，虎皮上斜卧着一个须发花白的老人。甘成心知，这便是大牛首无疑了。大牛首的土炕下有一个大洞，洞里火光熊熊，满屋子都热烘烘的。两个半裸的女奴正偎在眯着双眼的大牛首身旁，一个为他仔细地梳理白发，一个用小木槌轻叩他的小腿。火炕旁边的地上，昂首挺立着一头弯角闪亮的威猛公牛，牛身披着红布，牛头戴着铜面具，不断出蹄踩踏着伏在地上的一个裸体女人。女人辗转反侧轻轻呻吟着，似乎并不感到痛苦。

甘成还算得镇静如常。杜通却因第一次来义渠，惊讶得进了梦境一般。

"来者可是甘、杜二位公子？"火炕上的老人沙哑地悠然开口了。

"甘成、杜通，参见大牛首。"

"好了好了。老太师给我老牛带甚个好物事来了？"

"禀报大牛首，家父奉送药材一百斤、兽皮一百张、上好

俗笔。

刀剑一百口。"

"噢,都是老牛想要的物事嘛。说,是要我出兵咸阳么?"老人依然眯缝着眼睛。

甘成拱手道:"大牛首,义渠靖难咸阳,并非家父一人之意,实是万众国人之心。商鞅新法不废,穆公祖制不复,义渠人也将大祸临头。"

"老太师可有亲笔书信?"大牛首没有理睬甘成的慷慨陈词。

"大牛首明察,家父阴书随后便到,只怕……只怕义渠无人可以整读,是故,先由甘成杜通为特使,以彰诚信。"

"嘎嘎嘎……"突然一阵老鸹似的长笑,大牛首道,"中原阴书算个甚? 老牛懂得! 敢小视我义渠么?"

杜通一直没敢插话。他当然明白"阴书"的讲究:但凡军国大事要传递秘密命令,便将一份书信的十多支竹简打乱分成三五份,由几个快马骑士分路急送,每个快马骑士只送一份,若万一被敌方截获,任谁也看不懂其中意思。收信人收齐竹简后,按照竹简背后的暗符重新整理排列,便知原意。这叫"三发一至"或"五发一至",若无有经验的书吏,确实容易弄错顺序,导致错解密信内容。义渠蛮戎,何来此等书吏? 想想生气,杜通不禁高声道:"大牛首不明事理! 老太师派出公子,还不如一封阴书么?"

大牛首又是一阵嘎嘎怪笑:"你这小子,说得还算有理。好,这件事撂过,老牛也不在乎那几片竹板子。"

"大牛首明断。"甘成不失时机地奉承了一句。

"哼哼。"大牛首却是冷了脸,拾起了方才的话题,"甘成,你也休得欺瞒老夫。商君变法,与我诸族有约:戎狄祖制,三十年不变。我义渠,有何大祸可言?"

"大牛首差矣!"甘成连连摆手,"纵然三十年不变,大牛

由阴书一物,又可见孙皓晖读书多,尤其是兵书,孙君甚熟。读者一眼而过之物,可能作者要花一年的工夫读考。天宫一天,凡间一年,恍乎惚乎。据《六韬》(相传为姜尚所著,多为后人托古伪作),"武王问太公曰:'引兵深入诸侯之地,主将欲合兵,行无穷之变,图不测之利。其事繁多,符不能明;相去辽远,言语不通。为之奈何?'太公曰:'诸有阴事大虑,当用书,不用符。主以书遗将,将以书问主。书皆一合而再离,三发而一知。再离者,分书为三部。三发而一知者,言三人,人操一分,相参而不知情也。此谓阴书。敌虽圣智,莫之能识。'武王曰:'善哉。'"。今人善收集情报,国人热衷于情报,看来得益于祖传,基因强大啊!

首的安宁时光也只剩得五年了。五年后新法推行西陲，义渠
人就得用牛耕田拉车了，族奴也得废除。大牛首也只能做寻
常族长，再也不是义渠封国的大牛首了。义渠人，也得编入
官府户籍，男丁得从军，女子得种桑麻，一人犯法，十家连坐。
到得那时，义渠封国的牛神日月，只怕要从泾水河谷消失
了。"

一时间，屋内的义渠牛官都惊慌愤怒地望着甘成。

大牛首霍然坐直，推开身边女奴，冷冷一笑："恢复了穆
公祖制，义渠又有甚个好处？"

"祖制恢复之日，秦国世族元老将拥立新君。义渠国可
得散关以西三百里地面，正式立国，大牛首可称义渠大公，与
秦国并立于天下！"甘成慷慨豪爽，俨然一国使臣。

"只可惜呀，空口无凭，嘎嘎嘎……"大牛首又是一阵老
鸱大笑。

杜通跨步上前："大牛首，这是世族三十二元老的血
契！"双手捧上的是一方白色羊皮。火炕上的大牛首接过，
凑近吱吱冒烟的兽油灯，一片血字赫然在目。最后是大牛首
耳熟能详的一片名字。大牛首端详一阵，抖抖羊皮笑道：
"那我就留下这篇血契了，日后也有个了结。"

杜通急道："大牛首，这可不行，我等还要到其他部
族……"

甘成连忙抢断话头："大牛首，旬日间我便可从狄道归
来，届时留下血契为凭，如何？"

大牛首阴沉着脸沉吟道："也好，我不怕你等骗诈。但
有血契，我便发兵。否则，甭怪我老牛说了不算。"

甘成愣怔住了。按照他父子的谋划，血契"只做看，不
做留"。如此重大的裂土分国的凭据，绝不能留在这些素无
定性的蛮夷手里。然则这个老奸巨猾的大牛首，没有血契便

出言恐吓，夸大事实，攻心为上。

义渠早有"自立"之心，曾为秦属臣，多次叛秦，让秦吃过不少苦头。羌戎素来善抢善暴，俗称"以战死为吉利，病终为不祥"，是也。骨头硬的时候，财色皆无法收买，十分难缠，义渠实心腹之患也。据《后汉书·西羌传》，范晔论曰，"羌戎之患，自三代尚矣"，"羌虽外患，实深内疾，若功之不根，是养痈疴于心腹也"。孙皓晖挑义渠来写，对秦之困境了解至深。秦之困，在东西夹击，西进难，东进也难，不争则亡。秦面对的"患"，实比东边六国更险恶。

不发兵,这却如何是好? 他之所以要从最近的部族开始联结,就是怕万一在他们的联结还没有完成的时候咸阳突变,已经联结的部族就能立即发兵;如果不给他留下血契,这个万全谋划等于落空,岂不坏了大事? 思忖片刻,甘成拱手道:"大牛首如此看重血契,我等就留它在义渠。然则,我有两个约件。"

"说吧。老牛只要不受骗,就不为难你。"

"其一,若其他部族头领派人来查,大牛首须得出示血契。"

"这血契,原本便是对西陲诸部的,自然应你。"

"其二,若我等尚未回程而咸阳有变,大牛首得立即发兵。"

"啪!"大牛首双掌一拍,"我义渠与秦人有五百年血仇,用得你说? 一言为定!"

在义渠盘桓了一夜,甘成、杜通又详细询问了义渠的兵力与可联结的同盟部族,为狡黠的老牛首出了许多主意,第二天早晨方才离去。

一路上,杜通对留下血契有可能引发的后患忧心忡忡,絮叨几次。甘成又气又笑道:"你是昏头了? 不知第二步谋划么?"杜通怔怔道:"第二步? 第二步是何谋划?"甘成劈手一鞭,甩断了一根粗大的拦路枯枝:"掌权之后,立即剿灭戎狄! 秦国后院有此等鸟国,谈何穆公祖制? 他留下血契,鸟用!"

杜通恍然大笑:"甘兄儒士,粗话却忒妙。直娘贼! 走!"

二人大笑,扬鞭催马,向西去了。

二　百骑扬威　震慑草原

西出陈仓的山道上,还有一支马队在兼程疾驰。

从整肃奔驰的阵势看,这不是一支普通的马队。但是,既没有旗号,又身着布衣便装,还押着几辆遮盖得严严实实的篷车,却又分明不是军中骑队。马队中有一辆辒车,车中站着一个又矮又黑的肥子,却是那个商於郡守樗里疾。这支奇特的马队一路疾行,不在任何驿站休整,只在偏僻无人的荒凉河谷饮马打尖,然后又是无休止地奔驰。旬日之间,马队越过葫芦水、上游渭水、祖厉水、关川水、庄浪水,进入了戎狄部族聚居的陇西大草原。

神秘马队引起了戎狄牧人的惊奇，飞马跟踪，一路报到了郡守单于①的大帐。

却说樗里疾料理完商君丧事后，写好了辞官书呈递咸阳，将郡署的公文、印信并一应府库钱粮打点清楚，便准备回祖籍老家种田了。窝冬天本来就没有甚公事，今年冬天更是冷清，樗里疾心头郁闷，除了隔三岔五地找山甲饮酒，倒也悠闲地收拾妥当，准备开春后封印离去。看看过了二月头天气变暖，竟还没见罢黜君书下来，便想自顾离去。不想正在这日，官署外马蹄声疾，一骑快马堪堪赶到，报说咸阳特使到了。樗里疾生性豁达，不想将辞官弄得生硬而去，出门接了特使君书，打开一看，大大地吃了一惊——国君急命：宣他与前军副将山甲紧急赶赴咸阳！

樗里疾大是迷惑。将他当作"商鞅党羽"问罪么？君书中却只字未提商於官民与他樗里疾在冬天的作为，仿佛商於郡没有发生过任何事情一般。细细一想，国君要是拿他治罪，岂能等到今日？即或处置迟缓，派公室禁军来拘捕也完全来得及，因为他并没有逃跑的准备。是国君有所顾忌么？不会。这个新君的作为，樗里疾从远处大处看得很透，他能对商君这样的栋梁权臣动手，又何须对一个小小的郡守闪烁其词？然若非治罪，还有何种可能？莫非要升官？念头一闪，樗里疾不禁哈哈大笑，自己当真滑稽，竟在辞官归隐之时还能想到如此美事，人心，真真不可思量也。愣怔半日，樗里疾觉得还是该当走一趟咸阳，问心无愧，怕他何来！悄悄地辞官而去，日子过不安宁，心里也舒坦不了。思忖妥当，找来山甲一说，山

商鞅谢幕，新人要登场了。孙皓晖有意隐去樗里疾的公子血统，樗里疾实为太子驷的异母弟，母，"韩女也"。如不隐去樗里疾的真实身份，那太子犯禁，如何又重获孝公重视，这过程，便可能曲折得多，难成一个励志故事。

---

① 郡守单（chán）于，单于，是游牧民族对首领的称谓。秦国西部虽设郡县，官吏则由单于兼任，故称郡守单于。

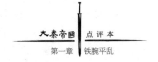
甲也是欣然赞同。

第二日清晨，二人快马出山，直奔咸阳而来。

咸阳城的雪灾还没有彻底消弭，几乎被掩埋的四面城门，费了数万步兵之力，方才清理出来。城内街巷则大费周折，官吏、禁军、国人全部出动，铲雪堆雪运雪，整整一个冬天，咸阳才从冰封雪拥中挣脱出来。饶是已经开春，国人还是懵懵懂懂，依然沉浸在那心有余悸的惊雷暴雪之中。放眼望去，到处晃动着茫茫白色，冻干了的雪人触目皆是，漫无边际的雪原迟迟不能消融。眼看就要春耕大典，街巷却一片冷清。店铺没有开门，作坊没有工匠，官市没有生意，街上没有行人。这个生机勃勃的新国都，第一次在春天陷入了无边的沉寂。

樗里疾和山甲恰恰在这时来到咸阳，心里也是冷冰冰的不自在。进了宫门，行经车马广场，满当当一片干冰雪人。山甲不管不顾，狠狠啐了一口："直娘贼！世事咋变成了这样子！"樗里疾笑了："嘿嘿嘿，既来之，则安之，先听天由命。"前边领路的内侍仿佛没听见，自顾领着两人曲曲折折地来到一座小殿前，伸手一做请，轻捷地走了。

俩人进殿，又被一个须发灰白的老内侍领进了国君书房。新国君笑着请他俩入座，却对他们在商於的事情问也没问，就展开了书案上的那张羊皮大图道："两位看看，这里是何地方？"樗里疾眼睛一瞄道："陇西，戎狄草原。"山甲却只是点点头没有说话。新君嬴驷正色点头："知道就好。今日就是要派你二位做特使，到陇西去，做一件大事。"樗里疾惊讶地睁大了眼睛，一时不知如何应对，看看山甲也是木呆呆地犯迷糊。终于，樗里疾期期艾艾地拱手道："君上，这，这，合适么？我的辞官书？"

嬴驷哈哈大笑道："有甚不合适？二位都是奇能忠义之士，难道做不了特使？辞官书？我没看见过啊。"愣怔片刻，樗里疾觉得没必要多说了，看了山甲一眼，二人深深一躬，"请君上明示使命。"

"好！"嬴驷亲自掩上了书房大门，回身笑道，"我说完了，你等要是还不愿去，许你辞官。"坐在了书案前，一口气秘密交代了整整一个时辰。

出宫时，已经是天色暮黑了。回到驿馆，二人一番商议，次日立即分头准备。樗里疾准备一应文事，山甲则秘密挑选骑士并做一应武备。三日后的一个夜晚，一支马队便从咸阳北阪的松林中秘密出发了。

这是一次最模糊最艰难也最没有把握的出使，使命是：拆散戎狄部族与世族元老可

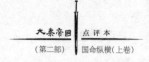
能产生的叛乱同盟，釜底抽薪，防患于未然。说实在话，樗里疾确实没有成算。但当他听完新君的一席肺腑之言，还是二话不说慷慨应承了下来。"赳赳老秦，共赴国难"，有商君的铮铮硬骨在前，身为商君变法的地方干员，他能推辞么？但说到底，樗里疾还是被新君嬴驷铲除复辟、维护新法的胆识征服了，有这样的国君，商君总算没有白死。

一旦结盟，新君则无力回天。新君未稳，杀商君亦是因为未稳。

　　然则，如何完成这趟使命，先到哪里，后到何方，樗里疾却大费了心思。

　　秦国大势：关中的老秦人绝不会跟随世族反对变法；唯一的危险，就是具有动乱传统的西部戎狄部族。戎狄诸部若不动荡，铲除上层的世族力量，就变成了一件比较简单的事情。否则，秦国的半壁河山大动荡，铲除世族也就变成了投鼠忌器的棘手大事；秦国必然要花很长的时间，来消磨这些反对变法的势力；搞得不好，新法功败垂成亦未可知。然则要稳定西部，却是谈何容易。

　　戎狄，是春秋战国时期对西部游牧部族的一个总称。实际上，西部戎狄包括了大小一百多个游牧部族。他们的生存地域极为广阔，东起泾渭河谷，西到无边无际的草原群山，根本没有确切的边界。这还只是与秦国相关的游牧部族，若要再算上燕赵两国北部草原大漠的游牧部族，那简直是数不胜数；若再算上楚国东南部众多的山林南夷部族，华夏中原便处在了游牧部族与山林蛮族的四面包围之中。虽然这些游牧部族与山林部族落后愚昧，一般不会对中原构成真正威胁，但在特定时期，若有诱发因素，游牧部族与山林部族从四面蚕食中原，灾难也是毁灭性的。春秋初期，由于王权衰落诸侯争夺，中原自顾不暇，这种灾难总爆发了。游牧部族与山林部族从四面大举进攻中原，中原农耕文明被压缩到了仅仅剩下黄河流域与淮河流域，一时岌岌可危。当时的齐桓公

北狄西戎。

联结诸侯,倡行"尊王攘夷",放弃诸侯之间的争夺,全力消灭游牧夷族的威胁。二十余年,大小百战,入侵中原的游牧部族与山林部族,方才被全部驱赶出中原。自那次大灾难之后,与蛮夷接壤的诸侯国,便将征服游牧部族与山林部族当作了头等大事。北部的晋国、燕国,东部的齐国,南部的楚国,西部的秦国,都不遗余力地对蛮夷大动干戈。当时的秦穆公最彻底,索性放弃东进争霸的雄心,全力对西部游牧部族开战,二三十年中,征服戎狄游牧部族一百多个,基本上安定了西部地区,也为秦国打下了一片广阔的后院。从那以后的百余年间,西部戎狄部族便做了秦国属地。

毕竟,游牧部族化入农耕文明的过程是艰难缓慢的。西部地区既是秦国的后院,也始终是威胁秦国的一座活火山。穆公之后,秦国但凡有动荡,戎狄部族必然是作乱一方的借用力量。秦国为使戎狄部族彻底归化,花费了极大气力。秦献公时,为全力东出,确保后院安定,将许多功勋世族举族安插进戎狄部族区域,督导游牧部族尽速地化为真正的秦人。

这一举措的结果,一方面是安定了戎狄部族,另一方面也使秦国世族与戎狄部族产生了盘根错节的关联。有些戎狄部族,便逐渐地变成了某些世族直接的部族力量,唯世族之命是从,而不知公室国府为何物。而今,有可能在咸阳作乱的,几乎包括了秦国所有的世族元老,利用西部戎狄部族的力量做最后一争,便成为秦国世族最有可能的选择。

要使戎狄部族脱离世族控制,以秦国君主之命是从,绝非一件容易的事。

樗里疾知道,新君选定自己,一大半是因了自己的戎狄血统。

樗里疾祖上,本是陇西渭源河谷的大驼族人。大约还在嬴秦部族作为殷商王朝的西部常驻军时,樗里族因给驻军牧马,渐渐地变成了半牧半农家族。后来又因与华夏人通婚,化成了完完全全的耕战农人。秦穆公时,樗里疾的祖先与戎人英雄由余一起为秦国平定西部立下了汗马功劳,一时成为陇西望族。秦出公时,樗里疾的曾祖娶了出公的一个堂妹,算是与公室联姻,成了国戚。不幸的是,秦出公命蹇时乖,做了三年国君,便被逃亡在外的公子嬴师隰(即后来的秦献公)发动政变夺去了国君大位。樗里族由此被株连,地位家道一落千丈。秦献公时,樗里疾的祖父不能做官,只好回到陇西河谷侍弄桑麻。十年勤奋,挣得个富裕小康,兼经常为戎狄头领们排解纠纷,竟成了戎狄部族中人人敬仰的"樗里公"。但樗里疾的父亲却又很想返回秦国腹地,于是在四十多年前,又回到了陈仓山地的河谷居住。在秦国新派力量中，子车氏一族、樗里一族，算是与戎狄部族渊源最深的家族了。但是，子车氏的车英身为国尉，地位太过显赫，显然不适宜作为秘密特使。于是，樗里疾便成了最合适的特使人选。国君若不清楚樗里族的家族历史，如何会教他这个文职郡守深入陇西去完成如此重大的使命？

但是，除了少年时代的模糊记忆，樗里疾还没有回到过陇西草原。这里的一切，对于他都是陌生的。路途倒是不用他操心，秦军中熟悉陇西的骑士大有人在，加上山甲又是个人精，一路上的事务几乎不用他过问。樗里疾唯一要思谋定夺的，是权衡先后次序与对付戎狄部族的众多单于头领。

国君没有交代任何具体方略，只是反复强调了一个目标：一定要切断戎狄部族与咸阳世族的任何盟约，稳定住戎狄部族。具体的行动方略，"悉听特使决断"。国君如此放得开手，倒教樗里疾心里分外沉甸甸的。一番认真琢磨，樗里疾决定走一条"先西后东"的路子——不在东部戎狄区域滞留，直插最西部的游牧部族区，从西向东稳定戎狄部族。

这是一个超乎寻常的大胆思路。寻常人做这件事，都会由近（东）及远（西），逐一安定。这样做保险——咸阳一旦有变，距离咸阳最近的戎狄部族，不会借地利之便对秦国腹地造成压力，而远在陇西草原的戎狄要开进关中，至少得二十天左右，毕竟还有时间做防范准备。

但樗里疾却完全是另一种判断。

从大处着眼，东部的戎狄部族大多与秦国来往很早，渊源较深，虽在表面上仍然保持着原先的生活风貌，然在实际上已经缓慢地脱离了粗放的纯粹游牧，逐渐成为半农半牧的"半老秦人"。更重要的是，他们都不是游牧大部族，真正游牧部族的那种狂野好战，也在他们身上逐步消退，部族的独

樗里疾的族谱，实无可考。孙皓晖虚构出"混血"的身份，对故事有利。秦究竟是西来还是东来者，学术界本来就争议不断。嬴秦的血统，其实也是悬案，说法不一。

纵不能远交近攻，亦须深入敌人后方，攻其不备。反其道而行之。

立战斗力也大大下降。这一带唯独值得担心的，只有一个义渠国。但若没有西部的戎狄后援，义渠国的牛头兵则根本不是秦国新军锐士的对手。

要孤立义渠，挡其势。

另一面，上邽、临洮以西广阔的山林河谷草原上的游牧部族，才是保持着好战传统与众多人口且有真正强悍战斗力的游牧部族。这些部族虽然也臣服了秦国，但关系却很松散，治权也相对独立得多。这里的郡守、县令都是由大部族的单于轮流担任，实际上不起甚作用，但有大事，还得国君派遣特使直接调停。秦国真正的动荡根源，正是这里的戎狄部族。秦孝公初期，六国策反戎狄，瞄准的也正是这些部族。

这些并不都直接与秦接壤。

在这些部族中，势力最大的是四大部族：山戎、犬戎、赤狄、白狄。若遇战事，这四大部族各自均能发动两三万骑兵，在草原山林区域算得上声威赫赫。西周末年周幽王时，便是这四大部族受申侯拜请，联结义渠与其他三族共八万骑兵攻陷镐京、鄷京，将西周的两座京城大火焚毁，渭水平原被抢掠一空。中原诸侯的战车兵闻风丧胆，无人与之争锋。也就是那一次，嬴秦部族受太子宜臼（后来的周平王）之命，从陇西河谷奋然起兵勤王。五万黑色骑兵与戎狄的八万骑兵在渭水平原浴血厮杀，将戎狄大军杀得尸横遍野，唯余一两万人逃回西陲。自那以后的四百多年间，西部戎狄再也没有与已经成为诸侯国的嬴秦部族展开过如此血战，相安无事了一百多年。

直到秦穆公再次起兵平定西戎，大散关与陈仓谷以西的游牧戎便归附了秦国。但在穆公之后的百余年间，由于秦国内乱迭起，国力衰弱，西部戎狄与秦国的关系也就日渐松散。秦孝公即位之初发生的西獂部族叛乱，正是秦国在西部无暇维持的结果。商鞅变法时期，为了稳定西部戎狄，秦国采取了"三十年不变西族"的国策，与戎狄维持了一段井水不犯河水的岁月。若秦国大势稳定并不断强大，西部戎狄自然可以慢慢消化，甚或可以对西部开始一体变法。然则，商鞅被杀，朝局不稳，世族发动了"请命复辟"，西部戎狄的动乱就有了一个大大的诱发因素。四大部族素有敌视中原的传统，又加上对即将来临的"西族变法"忐忑不安，野心自然会蠢蠢欲动，此时若有世族元老出面，约请戎狄发兵"靖难"，难保不会发生四百年前的镐京之变。

这就是西部四大部族的危险所在，也是樗里疾直奔草原深处的用意所在。

心腹大患，不得不防范。

六天之后，樗里疾的马队看到了枹罕①。

枹罕，秦国最西部的一个要塞，实际上就是一座方圆三里多的夯土城堡。因为地处三条河流的交汇地带，所以成为戎狄四大部族游牧的中心区域。这地方北临黄河，南临大夏水与洮水，东临庄浪水与漓水，方圆千里，山水相连，草原广阔，是秦国西部一块水草丰茂的游牧区域。西部戎狄最有实力的四大部族，在这一区域已经生存繁衍了千余年。

樗里疾在山头遥指草原土城，对便装骑士们下令："进入枹罕，你等便是我这马商的驯马师。山甲将军便是我的家老。安住营地，不得外出滋事，违令者斩！"

行走各国，商人最为方便。当年景监如是，侯嬴如是。

"谨遵将令！"山甲与骑士们齐声应命。

"牛角号起，走马下山。"樗里疾一声令下，十名号手"呜呜"吹动号角，一名壮实骑士扯出一面写有"马商樗里"大字的黑旗，跟在樗里疾车后，不疾不徐地向灰色的小城堡而来。暮色中，又大又圆的落日挂在枯黄的草原尽头，羊群牛群马群，都在轰轰隆隆地向这座土城靠拢。有的已经在选定的避

① 枹罕，今甘肃省临夏市西南。

风洼地搭起了帐篷,燃起了篝火,用木栅栏圈定了牛羊,肉香和歌声也开始飘荡了起来。放眼一看,靠土城最近的是羊群牧主,外围是牛群牧主,最外围则是马群牧主,遍野烟尘中倒是颇有章法。见有吹着号角的商旅马队下山,扎定的帐篷中拥出了各色男女老幼,惊喜地高喊着:"秦货来了!""马商来了!""要羊皮么? 羊皮!"

状若今日之 Made in China。

尚未关闭的土城中拥出了十多个皮袍长发的戎人,迎着樗里疾的马队走来,为首壮汉老远就张开双手喊了起来:"噢嗬——哪国马商?"

樗里疾也张开双手做苍鹰飞翔状,高声回答:"秦国马商。咸阳樗里——"

"啊哈! 咸阳马商,好!"皮袍壮汉兴奋得双手向天高喊,"枹罕人欢迎你们!"

樗里疾知道,来者是当值郡守的迎商吏,下车深深一躬,将一袋半两钱递上:"天冷辛苦,弟兄们喝酒了!"迎商吏哈哈大笑着将钱袋扔给身后:"贵客心意,平分了!"回头也是深深一躬,"请贵客随我入城,营地已经安排好了。"樗里疾笑道:"多谢了。当值郡守是哪一位头领啊?"皮袍迎商吏顿时没了笑脸,高声回答:"山戎单于,乌坎大人!"

有古怪。

"单于郡守在城内驻守么?"

"马商贵客大人,乌坎单于的营地驻在外边,喏,那里。"

樗里疾心中一动道:"啊,那我们也就不住城里了。走,向马群帐篷区扎营。"说完,跳上轺车,带领马队向最外围的草原深处冲去。身后皮袍迎商吏却快马赶来,遥遥高喊:"马商大人慢走——我来带路! 有狼群——"

月亮挂在湛蓝的夜空时,樗里疾马队的十多顶帐篷扎好了。骑士们虽然便装,却完全按照军法行动,扎营完毕,立即埋锅造饭。樗里疾热情地邀请带路迎商吏品尝了秦中干

牛肉、烙面饼与羊羹汤，迎商吏吃得满头流汗，啧啧赞叹不已。饭后，樗里疾请求迎商吏连夜带他到山戎单于郡守的大帐去，迎商吏现出惊讶的神色道："好马多多了！明天不行么？"樗里疾笑道："马商讲究快捷。天一亮，单于郡守拆帐走了，岂不好几天？"

"噢——明白！"迎商吏恍然点头，"好商人！走！"

樗里疾对山甲叮嘱了几句，教他留守营地，自己带了两名骑士出帐，随迎商吏向单于郡守的大帐疾驰而去。

在臣服的游牧部族区域，秦国虽然也设置了郡县，但一直没有像秦川腹地那样设立官署与驻军。因为这些游牧部族归附秦国后，游牧生计并没有改变，若常设官署与驻军，对迁徙无定的游牧部族事实上起不了任何作用。对于秦国，这些游牧部族的归附，除了为秦国提供大部分战马与少数骑士，财货上反倒是国府倒贴。秦国重视西部区域的根本原因，是消除背后威胁与提供马匹兵源，保持一个真正安定的后院。基于这个目的，西部区域的郡县官吏，都是由国府赐封各部族头领兼任。枹罕区域草原辽阔，四大部族又不相上下，秦孝公当年西巡时就订立了一个新盟约：四大部族首领（单于）轮流做郡守，每人一年，统辖枹罕四大部族与其他小部族；四大部族各出五千骑兵，组成永远不解散的两万常设官骑，只听当年郡守的命令；其他骑兵则都是老传统，不固定地属于各部族，所谓"聚则成兵，散则为牧"。如此一来，国府省了许多人力财力，部族之间也减少了诸多冲突，头领们乐于轮流执政，牧民们也很少为水草之地大打出手，二十多年来倒是一片升平气象。

山戎单于的大帐，坐落在枹罕土城最外围的草原深处。

樗里疾快马赶到时，单于郡守的大帐里正在举行一场不寻常的聚饮大宴。

枹罕土城坐落在一片连绵大山的南麓，非但向阳避风，且有大夏水从土城南流过，天然的水草形胜之地。冬天是草原部族的休牧窝冬期，从第一场大雪开始，大大小小的部族都从水草之地聚拢到这座土城周围来了。直到来年四月，方圆数十里的大草原，各色帐篷扎得无边无际，马牛羊犬的叫声此起彼伏。冬天聚拢，对牧人们还有一个特殊用场，便是"互市"。所谓互市，一来是相互交换多余物品，二来是与东方商旅交换盐铁布帛等物。一年积攒的皮张、牲畜、干肉等，都要在冬天脱手，换来粮食、盐巴、布帛、兵器、帐篷及各种日用杂物，待得冰雪融化春草泛绿，无数帐篷便星散而去，消失在无垠的绿色草原。那时候，想要找牧人做大笔生意，当真比登天还难。东方商旅总是在秋高气爽

战国用"互市"之名,早了
点。

的时节,就开始向西部进发,为的就是赶冬天的草原互市。

樗里疾祖居西戎,自然十分清楚冬天对戎狄牧人的意义。

一入草原,他便嗅到了今年冬天草原的不寻常气息。以往的单于担任郡守时,除了两万官骑驻扎土城墙外,牧民帐篷都是自选地点,杂乱无章,牛群马群羊群全然不分。非但给互市带来诸多不便,猝遇风雪或外族入侵,马队牛羊相互夺路,便要混乱不堪。今年却迥然有异,土城外只驻了一千官骑马队,其余牧民均按照羊群、牛群、马群的次序,从土城向外延伸:羊群帐篷在最里层,牛群帐篷在第二层,马群帐篷在最外围。乍看之下,仅仅是整顺了一些,似乎无甚其他作用。然则樗里疾看在眼里一琢磨,便觉得大有文章。这种部署的要害作用,是大大便利了军事行动——羊群牛群行动迟缓,又是真正的财富,就驻扎在最靠近土城的最避风处;马群与官骑快速剽悍,却驻扎在最外围的草原深处。这便是不寻常处,明白是戎狄部族进入了备兵状态,一旦有事,随时可战。枹罕向西,杳无人烟,更为广袤的大漠高山中,从未出过有威胁的敌人;北边是阴山胡人,距离这里有数千里之遥,更不可能骤然南下;当此之时,戎狄部族的兵锋所指何在,已经不难看出端倪了。

樗里疾的体察没错,山戎单于的这场宴会,正是要议定东进大计。

入冬之前,山戎单于就接到了孟西白一发三至的阴书,请他们准备兵马,一旦特使到达,立即东进靖难。山戎单于曾与最亲密的犬戎单于做过秘密商议,二人都觉得这件阴书很突兀,还是先搁置一段再说。入冬不久,斥候飞骑回报——商鞅被车裂,世族元老请命复辟,咸阳陷入混乱。这个消息虽然大出意料,却点燃了戎狄部族已经熄灭了许久的反东方火焰，人人亢奋，跃跃欲试地要做大事。山戎单于虽然只有三十二岁，刚刚继位两年，却是个很有胆识谋略的头领。他觉得，必须在咸阳特使到达之前定下大计，才能做到动则同心，否则，牛拽马不拽，如何打仗？

大帐中聚集了四大部族的大小头领三十余人，每五人围成一圈，中间一个铁架上吊两只烤得焦黄发亮的全羊，身边是堆积如山的酒坛子。头领们大碗喝酒，短刀剁肉，高声呼喝，一片喧闹。待到人人汗津津脸泛红光时，山戎单于站起来一声高喊："静了——我有话说！"呼喝声顿时停止，目光都转向了这个年青威猛的单于郡守。戎狄人虽然粗野狂放，却很是尊敬主人。今夜的全羊大宴是山戎部族请客，而不是山戎单于以郡守身份动用"官货"请客，自然要对主人礼敬有加，主人要说话，头领们自然安静下来。

"小羊事一桩。"山戎单于一拍手，"咸阳新君杀了商鞅，老世族要复辟祖制，请我族群起兵，攻入咸阳，另立新君，共享秦国。去不去？放开说话。"三言两语便告完毕，大手一挥，"就这事，说！"

"哄嗡"一声，满帐头领炸开。有人不禁高喊："还羊事？马事牛事！"

戎狄习俗，大事小事均以"马牛羊"比喻，"马事牛事"是大事，"羊事"是小事。有人高喊"马事牛事"，足见头领们的兴奋重视。他们原本已经听到了各种口风，也预感到今夜有大事，却没想到果然如此，亢奋得不能自已，立即哄哄嗡嗡地嚷嚷起来。但这件"羊事"毕竟非同寻常，半天没有一个人站出来说话。乱了一阵，一头红发的赤狄老单于阴阴笑道："单于郡守，咸阳杀商君，可曾与我等商议？"

"没有。"山戎单于只说了两个字。

"好么，只要我做杀人刀，鸟！去做甚？"

有理。杀人我干，利益你分，"去做甚"！

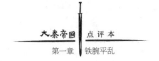
"赤老单于大错了!"一山戎头领高声道,"咸阳老世族要与我共享秦国,何等肥美牛事? 商议不商议,管他个鸟来!"

"肥美牛事? 啊哈哈哈哈哈哈!"白狄单于扬着手中红亮亮带着血丝的羊肉,一头黄白须发分外显眼,"当真小儿郎也! 知道么,当年我族攻入镐京,下场如何? 苍鹰勇猛,却啄不得虎豹皮肉啊!"

一时间大嚷大争起来,赤狄白狄两部族的头领们似乎不太热衷,反反复复只是喊"不做咸阳杀人刀",实际上却是对与秦人血战几乎灭族的惨痛故事犹有余悸。山戎犬戎两部族的头领们却亢奋激切,大叫"羊换牛,不能错过市头"! 当值郡守的山戎单于一言不发,听任众头领面红耳赤地争论,如此半日之间,莫衷一是。

正在此时,武士进帐禀报:"迎商吏带一咸阳马商,求见单于郡守。"

单于郡守眼睛一亮,高声道:"有请马商。"帐中头领们也是一阵惊喜,顿时安静下来。正说秦国事,便来咸阳人,探听虚实正是机会,谁不高兴?

"咸阳马商樗里氏,参见单于郡守! 参见诸位单于头领!"樗里疾进得大帐,笑容可掬,一圈躬身拱手的大礼。

赤狄老单于哈哈大笑:"樗里氏? 可是大驼樗里氏子孙啊?"

"回老单于:在下正是大驼樗里氏之后,樗里黑便是!"

"好好好!"赤狄老单于拍案笑道,"有个樗里疾,与你如何称呼啊?"

"樗里疾乃我同族堂兄,他做官,我经商,相互帮衬。"

单于郡守豪爽地一挥手:"老族贵客嘛,来呀,虎皮垫设在首座,再烤一只羊来!"

一名壮硕的女仆立即捧来一张虎皮坐垫,安置在单于郡守的坐垫旁。这是四大单于的首座区域,设在大帐正中的三尺土台上。坐垫安好,立即就有一名赤膊壮汉提来一只刚刚剥去皮毛的红光光肥羊,"咣当"一声,吊在了首座中间的铁架上。石头圈内不起烟的木炭火蹿起高高火苗,肥羊立即冒出吱吱细响与腾腾热气。

一通来回走动呼喝寒暄完毕,肥羊皮肉已经吱吱冒油,只是未见黄亮。樗里疾回到座前双手一躬:"多谢单于郡守!"坐到虎皮垫上,顺溜地抽出腰间一柄尺把长的雪亮弯刀,径自在烤羊身上"噗噗"两刀,卸下一只滴血的羊腿,摆在面前的大盘上,然后举起陶碗高声道:"樗里黑重回祖居之地,先敬单于头领们一碗!"话音落点,汩汩饮干,扬手亮

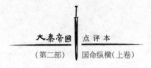

碗,滴酒未下。陶碗一撂,弯刀剁下一块血丝羊肉,怡然自得
地大嚼起来。

　　"好——""够猛子!"单于头领们齐声喝彩,一齐举碗饮
干。

　　赤狄老单于哈哈大笑:"这黑肥子! 敢咥此等血肉,有
老根!"

　　单于郡守笑道:"今年一冬,东方商人没一人来枹罕互
市,樗里兄孤旅西来,好胆气!"

　　樗里疾心知郡守话中之意,啃着肉笑道:"单于郡守,东
方商人今冬有一怕:怕秦国新法有变,西进互市,反被秦国截
留财货。这是秦穆公老办法,果真恢复了,谁敢来也?"

　　"你樗里氏就不怕秦国有变么?"白狄老单于急迫插话。

　　樗里疾大笑:"秦国不会变,有何可怕? 东商多疑,樗里
黑乐得独占马利!"

　　单于郡守盯住客人:"秦国诛杀商君,世族元老复出请
命,眼见就要变了,樗里老客如何说不会变?"此话问得扎
实,帐中顿时安静下来,头领们的目光齐刷刷聚在这咸阳马
商的身上。

　　樗里疾悠然一笑道:"单于郡守,樗里氏原本西域大驼
族,与枹罕四大部族本来一家,但有实情,樗里黑不敢相瞒。
我兄樗里疾说:秦国诛杀商君,一是迫于六国压力,二是新国
君怕商君权力过大。若为废除新法而诛杀商君,世族元老何
须请命复辟? 黑肥子临走时,国君已经书告朝野,秦国新法
不变! 否则,黑肥子吃了豹子胆,敢继续西来互市? 单于郡
守,你没有收到君书么?"

　　"如此说来,世族元老是违抗君命了?"单于郡守回避了
君书一问。

　　樗里疾点头:"单于郡守,明察!"

"既然如此,国君为何不诛杀世族元老?"犬戎单于骤然气势汹汹。

"君心如天心,难测难说。"樗里疾不作确定回答,更像是个商人。

帐中一个头领突然一扬手中的切肉弯刀,高声喝问:"秦国新军,战力如何?"

樗里疾见此人黑发披散,粗猛异常,便知是山戎部族的勇猛将领,思忖笑道:"咱黑肥子在商不知兵,难以确实回答。不过,将军若想知道秦军战力,黑肥子倒有个办法。"

帐中一片亢奋,"哄嗡"一声,纷纷问何办法。四大单于也一齐盯住樗里疾,停止了酒肉。樗里疾悠然一笑道:"也是天意。黑肥子这次买马,是给秦军补充战马的。后军主将特许,给我拨了一百个骑士随行,专门试马、圈马、驯马。要想知道秦军战力,与这个百人队比比,不就明白了?"

"好! 好主意!""比武!""草原骑士,战无不胜!"听说与秦军较量,帐中一片鼓噪。

单于郡守思忖一阵,也觉得这是个试探秦军虚实的好主意。要想东进,毕竟两军实力对比是最重要的。风闻秦国新军练成后战力大增,曾一举战胜魏国铁甲精骑而收复河西。然戎狄部族素称骑兵鼻祖,历来蔑视中原骑兵,现今的秦国纵然练成了新军,能有多精锐的骑兵? 一个百人马队的较量,是决然可以看出骑兵实力的。无论怎么说,这都是一个极好的机会,既试探了虚实,又不伤和气。虽作如是想,但这个轮值郡守的山戎单于却很有心计,看着樗里疾诡异地笑道:"黑老客,莫非有意带来了最精锐的骑士?"樗里疾哈哈大笑道:"精锐? 哪个将军会把最精锐

战国时期,战场与竞技场是相通的。樗里疾这时候炫技,是要杀对方一个下马威。

的骑士交给商人圈马？不过，实话实说，他们都是老兵，对验马驯马倒真有一套。不然啊，老族人骗了我，黑肥子要掉脑袋的哟。"帐中哄然大笑，谁也没有因此而感到羞恼。

单于郡守却又笑了："既非精锐，有甚比试？刀剑无情啊。"

"不是精锐，才是常情。单于的骑士胜了他们，黑肥子老戎人，脸上也有光啊。"

"一言为定？"单于郡守看了看四周。

"慢。"赤狄老单于站了起来，"马队比武得有个规矩。比两阵，第一阵官骑上，第二阵散骑上，死伤不论，如何？"

樗里疾略微思忖，双掌一拍："好！有事黑肥子担了，左右只是个比武。"

一经说定，又是狂饮大嚼，樗里疾直喝得胡天胡地的呼喝喊叫，才得踉跄出帐。

四大单于与头领们却一点事儿也没有，还秘密计议了半个时辰，方才散了。

樗里疾到了黑乎乎的草地上，立即手指伸到喉咙里一阵乱抠，大大地呕吐了几阵，才被两名"马师"驮了回来。一路寒风颠簸，到得营地樗里疾已经清醒，即刻唤来山甲与骑士百夫长商议。山甲虽是步卒出身，但对马战也算通晓，更重要的是他精明过人，实战急智极为出色，是秦军中有名的"山精"，教他做樗里疾助手，为的就是比武这一着。樗里疾将事情引上了道，便教山甲们商讨应对战法。

山甲与百夫长兴奋得眼睛放光，一通计议，又找来伍长、什长一说，再会聚百名骑士布置了半个时辰。骑士们精神大振，立即分头对马具兵器检查准备，一个时辰后方才歇息。

太阳升起在山头，枯黄的草原辽阔而静谧，没有风，没有霜，难得的好天气。

日上三竿时分，"呜呜"的牛角号响彻了河谷土城。草原深处烟尘大起，隐隐的旗帜招展，马蹄如雷。瞬息之间，单于郡守帐外的空旷洼地上聚来了千军万马。又一阵牛角号声，旗帜翻飞，马队迅速列成了两个大方阵。戎狄的两万官骑也是秦军装束，黑旗黑甲，在单于郡守帐外的高台下面南列开。四大部族各自的骑士，则是戎狄的传统装束，无盔无甲，长发披散，羊皮裹身，弯刀在手。旗帜分为红白蓝黑：赤狄红旗，白狄白旗，山戎蓝旗，犬戎黑旗。四面大旗下各有一万余骑士，列成了一个比官骑更壮阔的方阵。列阵之间，遥闻草原上马蹄杂沓，各部族牧民纷纷从炮罕四周赶来，聚拢在四面山头，要看虚构。

这场罕见的结阵大比武。

方阵列成,四大单于登上了大纛旗旁的高高土台。单于郡守扬鞭一指台下方阵,狂放大笑:"如此军威,秦军岂非以卵击石? 啊哈哈哈哈哈!"

犬戎单于雄赳赳高声道:"杀死这个百人队,祭我战旗,杀进咸阳!"

赤狄老单于摆摆手:"莫急莫急,比完再说,但愿我戎狄有五百年大运了。"

白狄单于正要说话,却突然一指南面山口:"来了来了,看!"

谷地入口处,一队铁骑如狂飙般卷地而来。当先一面迎风舒卷的黑色战旗,旗面无字,旗矛却是闪烁生光,正是秦军百人队的无字战旗。清一色黑色战马,清一色黑色铁甲,在枯黄的草原上如一团黑云压来,其声势恍若千军万马。

四面山头与草原上的万千人众肃然寂静,一时忘记了喝彩。

顷刻之间,马队已经飞驰到中央高台下列成了一个小方阵。此时,樗里疾才骑着一匹走马气喘吁吁地赶到,向高台遥遥拱手道:"单于郡守——如何比法啊?"

高台上的单于郡守摇摇马鞭作为招手礼节,高声道:"老客上来看。你在下边,没有用处!"

樗里疾哈哈大笑:"对也! 黑肥子原本不懂战阵,他们有百夫长。"说着就上了土台,与秦军骑队一句话也没说。

单于郡守又摇摇马鞭,向四面山头与谷地巡视一圈,拉长嗓子高声喊道:"父老兄弟人众军兵听了:秦军骑士与我族骑士比武,两阵。每阵,双方各出五十骑。第一阵,戎狄官骑对秦军铁骑;第二阵,戎狄勇士对秦军铁骑。明白没有?"

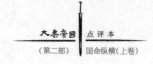

"嗨！"谷地方阵雷鸣般答应。

"回禀单于郡守——"秦军旗下精瘦的山甲高声道，"两阵并一阵比了，更有看头！"粗重激昂的声音充满了激奋，全场大为惊诧。

戎狄骑兵不禁大笑，一片哄嗡嘻哈之声弥漫到四面山头，连赶来观战的牧民们也笑了起来，高台上的四大单于也笑成了一团。只樗里疾一本正经道："单于郡守啊，他们好心，想教父老们看个热闹红火。草原如此之大，人少了，不好看的了。"

一头红发的赤狄老单于呵呵笑着："你个黑肥子，马上百骑，遮天盖地，规矩不好立，死伤了人，如何得了？"

樗里疾一副漫不经心的商人样儿笑道："他们没有和草原骑兵对阵过，高兴着呢。死也好，伤也好，我出钱抹平便是。哎，可有一样，死的人多了，你们可得给我派人赶马。"

单于郡守哈哈大笑："好！真砍真杀最来得！但有死伤人命，不要你商人出钱。按草原规矩，奖赏战死勇士！如何？"

"好！"其余三个单于一脸笑意，立即回应。

单于郡守转身向谷地挥动马鞭，高声喊道："两军听了：今日较量，不用弓箭，真砍真杀，死伤有赏！戎狄官骑与戎狄勇士各出一百骑，与秦军百骑队一阵交锋！"马鞭"啪"的一甩，"开始——"

谷地山坡上的两排牛角号呜呜吹动，官骑阵前的大将弯刀一劈，一个百骑队从大阵边飞出，眨眼便到了谷地中心。领头骑士头盔插着一支五彩翎羽，显然是一员勇士战将，而不是寻常的百夫长。与此同时，四大部族的勇士骑阵也各自飞出二十五名骑士，连成一队，尖声呼喝着飞向谷地中心。他们却是身裹各色兽皮，裸肩长发，弯刀闪亮，与装束齐整的秦军和戎狄官骑形成鲜明对比。

论传统战力，这些裸肩长发的勇士，才是戎狄部族的中坚力量。秦孝公与四大单于盟约建立官骑时，各部族都不愿将最精锐的勇士交给官骑，最精锐的戎狄勇士仍然保留在四大部族的"部兵"里。尽管这些骑士装束不一五颜六色，却比戎狄官骑更有骄横气焰，压根儿就没有将秦军骑士放在眼里。本来他们要百人对百人，一阵击溃秦军百人队。可单于郡守坚执要比两阵——官骑与勇士散骑各出五十骑，各自对秦军五十骑较量。不想秦军小小一个百夫长，竟然提出两阵当一阵，秦军一百骑对戎狄两

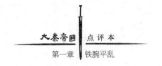

百骑。戎狄骑士人人怒不可遏，决意一阵便将这些老秦人剁成肉酱。枹罕草原是他们世代生存的大本营，他们的身上本来就涌动着狂猛好战的热血，岂能在本土教秦人猖狂？

　　散骑勇士们呼啸卷出，在距官骑百人队一箭之地，戛然勒马，雄骏的战马齐刷刷人立嘶鸣，弯刀闪亮，骑队顿时列成了黑白红黄四个冲锋队形。这一勒、一立、一展，尽显戎狄勇士的马上功夫，草原上一片暴风雨般的欢呼喝彩。

　　显然，戎狄勇士是以部族为单元，要分成四个梯次对秦军侧翼发起冲锋，以便各显其能，看谁能一举击溃秦军；相邻的官骑百人队，则列成了一个"十十方阵"，要从正面冲击秦军骑阵。

　　南面一箭之地，是秦军铁骑。黑色战旗下清一色的年轻骑士，唯有当先的百夫长连鬓短须，估摸当在二十五六岁。这个百人队是典型的秦军铁骑，无论是战马还是装具抑或队列，都与戎狄官骑和勇士骑迥然不同。胯下战马，都是清一色的阴山胡马，高大雄骏，丝毫不输于戎狄骑士的草原骏马；不同的是，秦军战马的马身都裹着一层黑色皮革软甲，马头则戴着包裹铁皮的软甲面具，只露出战马的双眼；马上骑士全身铁甲铁胄，人手一口闪烁生光的阔身短剑。按照秦军装具，每个骑士还当有一张硬弓与二十支长箭，今日较量不许用箭，所以他们的弓箭已经全部卸下。此刻，秦军的队形很是怪异，没有列成司空见惯的方阵，而是列成了一个由三十三个三人骑组成的大三角阵势，百夫长单人独骑，在全队的最顶端。山甲则站在一座土山包上静静观望，看不出他有甚手段发号施令。秦国新军的步兵是千卒一旗，骑兵是百骑一旗，旗手均不在兵卒骑士之内记数。所以，这百骑队实际是一百零一人。旗手是专门挑选训练的特种骑士，非但要骑术高超，而且要身强力壮，能够同时使用旗枪与短剑搏杀。战场之上，旗手只跟定百夫长冲锋，所有骑士都看战旗的走向，号令分合聚散。

　　戎狄官骑则还是老式军制，千骑一旗。今日特殊较量，官骑散骑均有一面战旗作为声威标志，实际上并无号令作用。

　　见两军列阵就绪，高台上一声令下，山坡上的两排牛角号呜呜吹动了。戎狄官骑与勇士骑队一声呐喊呼啸，同时从正面与侧翼猛扑秦军。四面山头与谷地草原，也是鼓噪喊杀，声若海潮沉雷，直要吞没撕裂秦军。

　　秦军百人队却没有同时发动，百夫长一瞄戎狄冲锋队形，低喝一声："二三列！"只见

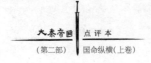
战旗哗啦一摆,马蹄嗒嗒,大三角瞬息间分为两个小三角。戎狄骑兵堪堪将近半箭之地,秦军百夫长突然高喊一声:"杀——"黑色铁骑骤然发动,两支黑三角风驰电掣般迎向两个戎狄百人队。

秦军百夫长带领的十六个"三骑锥",迎战正面的戎狄官骑,另外十七个"三骑锥"则迎向侧翼冲来的勇士百人队。按照戎狄将领会商的战法,认为百人队是秦军最小的骑兵单元,必定是一体冲锋结阵而战,善于结阵而战的戎狄官骑从正面顶压,悍猛善战的戎狄勇士从侧面展开搏杀,秦军必败无疑。及至冲锋发动,戎狄骑兵却发现秦军竟分两路展开,等于每五十骑对他们一百骑。戎狄骑兵大为惊讶,却也更加狂傲,一片呼喝啸叫:"杀死秦人!""一个不剩!""秦军猖狂个鸟来!"闪亮的弯刀瞬间便包裹了两支秦军铁骑。

迎战戎狄官骑的秦军百夫长骑队,在接敌的刹那之间,闪电般排成了五个梯次,每个梯次三个"三骑锥",最前列是百夫长、旗手与一个"三骑锥"组成的大三角。戎狄官骑则是"十十方阵",每排十骑,共十排,卷地杀来。两相碰撞,秦军铁骑的三角队形像尖刀般锐利地插入方阵之中,三骑一组,将戎狄官骑的百人队立即分割为十几个小块搏杀起来。这种奇特打法,大出戎狄官骑意料。按照骑兵的传统战法,两军冲锋相遇之后就是展开搏杀;大军之中,寻常都以百人队为搏杀单元,百人队单独作战,却向来没有成法,只是散骑搏杀而已。戎狄部族的骑兵历史,比中原诸侯国早了许多,当中原诸侯还在笨重的车战时期,戎狄部族就依靠剽悍的骑兵屡次攻进中原。所以,戎狄部族素来自诩为骑战鼻祖,在骑兵搏杀方面历来蔑视中原诸侯,以为骑兵的取胜根本就是骑术、刀术加勇猛,没有其他。

今日,戎狄骑兵却突然遇上了从来没有见过的冲锋队形——不散不展,钉子般直插核心,当真是匪夷所思。一时之间,戎狄官骑大为混乱,不由自主地被搅成了大大小小十几个小圈子,每个圈子都是十几二十骑对秦军九骑或六骑。戎狄官骑纷乱组合间,已经有十余人负伤落马。小阵搏杀,秦军三骑一组,相互保护,配合得严密异常。戎狄官骑虽勇猛冲杀,却对这种"三骑锥"毫无章法,散开则各自为战,落单被杀,聚拢则重叠掣肘,相互碰撞,威力大减。每遇戎狄骑兵最擅长的单打独斗,就有秦骑前后包抄而形成三打一。刚刚围住一个"三骑锥",外围就有两三个"三骑锥"杀来解围。于是战场上怪异迭起:分明是戎狄官骑多出了秦军铁骑一倍,却经常出现秦军铁骑围困戎狄官骑的搏军心不乱、军阵不乱,便可应对散兵游勇。匹夫之勇,不能带兵。此"三骑锥"的核心,其实是纪律是服从,不逞个人之勇,坚守集体之阵,是以难破。三角阵,最稳固,可围可攻。孙皓晖想出这一奇形怪状之名,可见摆阵难,写战场难。

杀圈子。戎狄官骑渐渐地丧失了反击能力,一个个纷纷落马。

不到半个时辰,戎狄官骑的百人队大部被杀,其余断腿断臂者均躺在枯黄的草地上喘息。奇怪的是,秦军百夫长并没有率领自己的五十骑来增援另外一阵,而是勒马外围,静静地看着另一场还没有结束的酷烈搏杀。这种做法,意味着秦军五十骑笃定了能够战胜戎狄的一百勇士骑,根本无须增援。

四面山头的牧民们看得气愤极了,一片山呼海啸般的嘘声口哨声。

另外一阵的搏杀,更是惊心动魄。戎狄勇士们本来就分为四队冲杀,想为各自部族争光,完全没有整体队形。秦军铁骑也根本不用强行分割,很自然地分为四个三角阵迎击,每阵四个"三骑锥",十二骑对二十五骑,余下一个领头什长的"三骑锥"做游击策应。论个人马术、刀术与体魄强猛,戎狄勇士显然强于戎狄官骑,就是与秦军相比,也略胜一筹。但秦军的精良装具与整体配合却远远胜过戎狄勇士,结阵而战,秦军竟丝毫不显人数劣势。战马穿插,剑器呼应,极为流畅。相比之下,戎狄勇士们一旦相互间三五骑并马冲杀,总是要出现磕磕碰碰,只有不断地高声呼喝同伴"闪开""上""外边""我在里边"等各种口令,彼此的呼唤声与战马的嘶鸣、跳跃纠结在一起,乱成了一团。

秦军则极少出声,但有呼叫,必是队形变换。在电光石火般的激烈搏杀中,任何一个迟滞或混乱都可能是致命的。戎狄勇士的单骑本领,在训练有素配合严密的秦军铁骑面前无从施展。在一声声愤怒的嘶吼中,裸臂散发的戎狄勇士纷纷落马,或死或伤,重重地摔到坚硬的冻土地上。失去主人的战马不断在草原上狂奔嘶鸣,绕着小小战场不肯离去。饶是如此,戎狄骑士没有一个脱离战场逃跑,重伤落马者依然奋力挥刀，砍向秦军马腿。

秦军事先议定，不杀落马伤兵。这是军令，自然不能违犯。但几次这样的袭击之后，秦军骑士队形难以保持，渐渐出现了小混乱。正在此刻，突闻小山包传来一声悠长尖厉的呼哨声，响遏行云般贯彻战场。

阵中头领精神大振，怒喝一声："杀——杀光——"一阵愤怒的呼喝嘶吼，杀红了眼的秦军骑士们纵马驰突，剑光霍霍，戎狄伤兵与残余的骑士悉数躺倒在血泊之中。

不到一个时辰，戎狄官骑全数瓦解，勇士骑兵全部被杀。

草原上安静了下来，人山人海的山头谷地，空旷得寂然无声。戎狄人无论如何不能相信，半个多时辰内两百名骑士竟全数被伤被杀，而秦军竟只是有伤无死。

四大单于脸色铁青，狠狠盯住樗里疾，仿佛要活吞了这个满脸木呆黑黑肥肥的秦商。樗里疾却恍然大悟般叫了起来："咳呀！这新军小子们恁般厉害！单于郡守，跟他们再比！总要我族赢了才是！"

"呸！"赤狄单于怒吼，"你教戎狄丢人么？还再比?!"

单于郡守思忖良久，突然哈哈大笑道："老客啊，说好的生死不论，戎狄人没有信义么？收兵！"

当天夜里，单于郡守大帐里的灯光亮了整整一夜。

第二日，四大单于亲自宴请樗里疾与秦军百人队，连连夸赞秦军骑士"天下无双"，并向每个骑士赠送了一把戎狄短刀。单于郡守还亲自在一张白羊皮上写了"永做秦人，永守西陲"八个大字，指派特使与樗里疾同赴咸阳面见国君。

一场痛饮，秦军骑士们将自己的甲胄赠送给了戎狄的一百名勇士，人人换上了戎狄骑士的裸肩皮袍，惹得满帐笑声。樗里疾高兴极了，出了两千匹马的大价，却只"买"了五百匹战马。戎狄牧民高兴得连呼"万岁"！草原上一片欢声笑语。

稳住阵脚，好集中力量对付义渠及离心者。

樗里疾不愧为智囊。

十日后,樗里疾马队带着戎狄特使,赶着五百匹战马,浩浩荡荡地向东进发了。

刚过上邽①,樗里疾就接到雍城县令送来的秘密战报:义渠国发兵叛乱,函谷关守将司马错率军两万,正在咸阳北阪迎敌。

三　北阪痛歼牛头兵

虽感不安,却鞭长莫及。

据《六韬·龙韬·阴符》:"武王问太公曰:'引兵深入诸侯之地,三军猝有缓急,或利或害。吾将以近通远,从中应外,以给三军之用。为之奈何?'太公曰:'主与将,有阴符,凡八等。有大胜克敌之符,长一尺,破军杀将之符,长九寸。降城得邑之符,长八寸。却敌报远之符,长七寸。誓众坚守之符,长六寸。请粮益兵之符,长五寸。败军亡将之符,长四寸。失利亡士之符,长三寸。诸奉使行符,稽留者,若符事泄,闻者告者,皆诛之。八符者,主将秘闻,所以阴通言语,不泄中外相知之术。敌虽圣智,莫之通识。'武王曰:'善哉。'"孙皓晖在这里借阴符及阴符故事弄玄虚,实要写甘龙等人行事机密。

老甘龙第一次感到了不安。

三月头上,到了约定日期,还没有甘成的阴符传回来,甘龙的心头隐隐跳了几次。倒不是担心阴符被人截获,那东西就是一片竹板上画了长短不等颜色不同的一些线条,除了约定人自己,任谁也休想看懂。这阴符比阴书更为隐秘。阴书是"明写分送,三发一至",能传达复杂的秘密命令;阴符则是"暗写明送,一发抵达",不怕截获,却只能传达简单的信号——成了还是没成、定了还是没定等。甘成办这种秘密要务特别稳妥,老甘龙从来没想过办事出了意外,诸如送阴符的人是否病倒中途等,那种意外甘成完全可以想到,而且有办法克服。甘成的阴符杳无音信,只有一个可能,有人在针锋相对地和他"对弈",这件事本身出了意外。

老甘龙专门进宫走了一趟,任何异常也没有觉察出来。国君嬴驷和他说了半个时辰的话,只是虔诚征询世族元老们的"国是高见"。甘龙只含含糊糊地说,世族贵胄们被商鞅害得太惨了,老秦人还是怀念秦国祖制。嬴驷则忧心忡忡地说,商鞅已经死了,事情要慢慢来,欲速则不达,要老太师

---

① 上邽,今甘肃天水西南。

多多斡旋，不要逼他，等等。末了还说到要晋升赵良为上大夫，辅助老太师理乱定国，征询甘龙意下如何。老甘龙一概地含糊其词，不置可否。他从这位新君的眼睛里看到的是无奈，是暗淡，心下长长地嘘了一口气。

按照他的预想，新君嬴驷应当是这样的，否则，便是他大大地走了眼。

虽然如此，老甘龙还是决定提前发动"穆公定国之变"。这是他定下的事变名号——托穆公之名，引进戎狄，铲除新法，再将"杀戮乱国"的罪名加于戎狄而剿灭之。那时候，秦国就是老秦世族的，谁想推翻祖制都是痴心妄想。老甘龙不图在秦国摄政，图的就是光复穆公、百里奚的王道大政。本来这件大事须当徐徐图之，不能轻举妄动。但是，甘成的阴符失踪却使他蓦然警觉：目下这国君还在懵懂之中，他若转而求助变法新派，岂非一切宏图都要付诸东流？就眼下实力而言，秦国实权还是操在变法派手中，元老们虽然都恢复了爵位，但没有一个人派定实职，纵然赵良要做上大夫是真的，也是远水解不了近渴。当此之时，只要国君一转向，一切都会毁于一旦；机会，机会稍纵即逝；没有机会，老甘龙可以等待；有了机会，片刻的犹豫，也会招致永远的悔恨。

这日夜里月黑风高，一辆东方商人的辎车随着人流驶出了咸阳北门，驶上了北阪松林。片刻之后，一骑骏马飞出密林，在料峭春风中向北方的大山疾驰而去。

半月之后，一个惊人的消息传到咸阳——义渠国大牛首亲率十万大军杀来了。

甘龙终于松了一口气。义渠国发兵，说明西戎的狂猛骑兵也就要到了。对他来说，要思谋的只是如何引导国君清理逆党，理顺朝局，同时防范戎狄乱兵不要毁灭了咸阳，重蹈镐京之变的覆辙。老甘龙不再韬晦了，他穿起太师官服，一拨

> 这一回真看走眼了，新君沉得住气，新君稳住了老狐狸。

> 应了一句老话，秀才造反，三年不成。无权无兵，也胆敢造反，岂非自寻死路吗？这甘龙是老昏了。

> "十万"，惯用数字。

又一拨地接见元老贵胄，秘密部署着一件又一件大事。太师府俨然成了秦国轴心，声势比商君府主政时还要显赫。这次老甘龙没有进宫，他在等待，相信国君嬴驷会亲自到来，敦请他出面定国。他相信，嬴驷一定会来。那时，他的安排将震惊天下——嬴驷将像周文王为姜尚拉车一样，亲自在脖颈套上马具拉车，将他甘龙一直拉到咸阳宫门。

然则，三天过去了，嬴驷没有露面。

这日正午，老甘龙正在与杜挚、赵良、孟西白几人密商朝中大臣的任免，突然听得府门一阵沉重急促的脚步声，接着一声高宣："国君君书到——"杜挚赵良等惊讶得面面相觑，老甘龙哼哼冷笑几声："好不晓事，不用理会他。"老甘龙号称大儒，此刻说出这等有违礼法的话来，座中人人变色。正在此时，庭院中使者已经在径自高声宣读君书："大秦国君书：凡秦国臣工，闻书立即前往咸阳北阪，以壮我军声威。违书不前者，即行拘拿！"

"要我等观战？去不去？"杜挚轻声问。

"义渠大兵到了？ 当真快捷！"赵良显然很兴奋。

孟西白三人阴沉着脸不说话，似乎心事重重。甘龙霍然站起，走到廊柱下对使者冷冰冰道："回去，我等自然要去壮威。"

不想使者也冷冰冰回答："不行。老太师必须立即登车。"又高声向厅中喊道："里边尚有何人？ 立即前往北阪，否则一体拘拿！"杜挚等人闻言出来，看看使者身后刀矛明亮威风凛凛的一队甲士，甚话也没说，便出门上马向北阪去了。

甘龙思忖片刻，觉得事有异常，但一想到义渠有十万兵马，秦国充其量也就五万多兵马，心中顿时踏实，冷笑着登上辒车出了北门。老甘龙相信，尘埃落定之时，便是他与嬴驷算总账的日子，一时屈辱何须计较。

情势不妙。

咸阳北阪的阵势，贵胄元老们做梦也想不到。

北阪，是咸阳北门外的一道山塬，也是渭水平原北边的第一道塄坎。从咸阳北门出来，一道十里长坡上到了塬顶，便是一马平川赫赫有名的咸阳北阪。其时，渭水还没有被引上北阪，塬顶除了一大片松林，便是莽苍苍平展展的林木荒原。义渠国兵马从泾水河谷南来，北阪是攻取咸阳的必经之路。秦军迎击的地点，也正是选在这里。

嬴驷接到樗里疾的快马阴书，心中底定，对义渠的叛乱决意采取根除后患的歼灭战。

还在商君赴刑之前，对世族势力高度警觉的嬴驷，就已经通过堂妹嬴华，在各个元老重臣的府邸布下了秘密查勘的眼线。去年冬天，他接到密报——甘龙的长子甘成与杜挚的长子杜通秘密北上，意图不明。嬴驷很是敏锐，立即察觉到这是世族元老要借用戎狄力量，逼迫自己废除新法复辟旧制。嬴驷没有急于行动，他在等待一个合适的时机。在樗里疾的西路出使没有分晓之前，对咸阳贵胄与义渠国，无论如何也不能有任何动作。按照嬴驷的推测，陇西戎狄安定之后，咸阳世族可能改弦易辙，义渠国也一定会偃伏下来，那时候要引诱义渠出兵从而根除后患，还真得颇费周折。反复权衡，嬴驷决定对陇西戎狄慑服的消息秘而不宣，看看咸阳贵胄与义渠大牛首如何作为。能诱发他们出动更好，诱发不成，再图分而治之。

引蛇出洞。

没有想到，义渠竟举族出动，十万大军向咸阳压来！

义渠发兵，意味着咸阳世族没有将嬴驷放在眼里，要将他这个国君撇在一边，要直接摧毁秦国新法了。那些老东西想的是，只要杀死变法派大臣，宣布恢复穆公祖制，新国君还不是他们鞭下的陀螺？想到这里，嬴驷一阵冷笑，在他看来，这恰恰是一举廓清朝局国政的大好机会，也是自己露出真面目赢得秦国民心的大好机会。此中关键，在于一举歼灭义渠国的牛头兵。嬴驷没有带兵打仗的经历，说到军事上，自然要倚重伯父嬴虔、国尉车英甚至还得加上将军出身的上大夫景监。但嬴驷想得更多更远，他要在处置这场特殊动乱中培植更年轻的真正属于自己一代的才具之士，在国事板荡中聚集未来的骨干力量。樗里疾、司马错是商君生前特意推荐的两个文武人才，一定要教他们在这场板荡中显出本色，能则大用，不能则早早弃之。嬴驷虽然相信商君的眼光，但还是要亲自考量一番。毕竟，许多才具之士在风浪之中也有把持不定处。譬如赵良，也算是大名赫赫的稷下名士了，不也在风浪中不伦不类，被朝野嗤之以鼻么？从古以来，才具卓绝而又风骨凛然者，毕竟凤毛麟角。秦国所需要的，嬴驷所需要的，正是这种才具风骨之士，而不是赵良那种学问满腹却入缸必染的"名士"。唯其如此，嬴驷对樗里疾在商於的特立独行，内心倒很是赞赏；不过他不能公然褒奖，只能佯装不知罢了。目下，樗里疾秘密出使陇西已经大获成功，证实了樗里疾确实是一个堪当大任的能臣。那司马错如何？一个出色的将帅，在当今天下可是第一等珍宝啊。

嬴驷大大破例，派出快马特使，急召函谷关守将司马错星夜赶赴咸阳。

君臣五人会商时，嬴虔满脸杀气，申明必须一战彻底消灭义渠，不留任何后患。至于如何打，他教国尉车英与上大夫景监说话。车英与景监都是谨慎周密的老臣，提出集中秦国五万新军，在泾水谷口伏击义渠的万全方略。最后，嬴驷看了看刚刚三十岁出头的司马错，道："司马将军以为如何？"

樗里疾、司马错为秦并天下立下汗马功劳。借推荐之说，引出二人，这一写法，不仅让故事紧凑，而且突出商君无私。

此时的司马错，只是一个函谷关守将，按军中序列，只算得一个中级将军。面前除了国君，都是秦国军中的老一代名将，在寻常人看来，这里根本没有他说话的资格。可是，见国君垂询，司马错一语惊人："君上，司马错请兵两万，一战痛歼义渠兵。"语气却平静得出奇。一语既出，举座惊讶。嬴虔沉声斥责："司马错，你与戎狄打过什么，儿戏一般。"车英倒是笑了笑："司马错素来不是轻狂之辈，请君上、太傅听听他如何筹划。"

"君上，司马错以为，国尉与上大夫之见，虽则万全，却失之迟缓。秦国新军分驻西部散关，中部蓝田、灞水，东部函谷关三处。全部集中到泾水谷口，至少得十日，定然贻误战机。其二，义渠所谓十万大军，乃举族出动，徒有其表。真正的兵卒，也就两万左右。以我新军战力，蓝田两万步骑足以痛歼，无须大动干戈。"

"决战地点？"嬴驷目光炯炯。

"咸阳北阪。最利于骑兵驰骋。"

"何时？"

"三日之后。义渠兵正好抵达。"

"好！"嬴驷没有丝毫犹豫，立即拍案定夺，"晋升司马错为前军主将，率两万新军，迎战义渠！"

嬴驷并没有将北阪之战当成一场寻常的战争，尽管从实力对比与战国传统来说，这确实是一场平淡的小仗。但在嬴驷眼里，这场北阪之战却是大大的不同寻常，根本处便在于它的震慑力与旗帜性。正因为如此，嬴驷非但率领全体官员亲临战场，形同国君亲征，而且强令所有贵胄元老必须到北阪观战。

当老甘龙来到北阪时，被一名全身甲胄的宫廷内侍领到了靠近松林的一面山坡上。这面山坡正好向北，满满站着一大片须发花白的贵胄元老，人人都阴沉着脸悄无声息。见甘龙来了，太庙令杜挚悄悄挤过来低声道："老太师你看，王驾亲征。"老甘龙冷笑一声："打完了再说。"便手搭凉棚，眯起了老眼向山塬瞭望。

时当初夏，广阔的北阪山青草绿。秦军两万已经列好了阵势——中央是五千步兵列成的一个向内凹陷的弧形壁垒，当先的一道铁灰色盾牌，就像是一道弧形铁墙，在正午的太阳下闪烁着一片凛凛青光。弧形大阵的边缘，立着一面高约三丈的"秦"字大纛旗，旗下一架高高的云车，车上站着黑色斗篷的司马错；东边西边，各是两个五千骑兵列成的巨大的黑色方阵；步兵的弧形阵地之后，整肃排列着一百辆战车和一百面牛皮大鼓,战车上站着的却不是车战将士,而是嬴驷率领的朝中官员;战车之后,却只有一队全副戎装的内侍兵卒,竟没有任何护卫大军。

"胆子忒大!"当过戎右将军的西弧低声道,"一万五对十万? 匪夷所思!"

"看看那边,"曾经是车兵将领的白缙指着那列战车笑道,"不要护卫大军,五千步兵能挡住几万牛头兵冲击? 有热闹看。"

只有不懂打仗的老甘龙脸色铁青,一言不发。他觉得,今日这阵势很是怪异。秦国新军至少五万,连同老军加紧急征召,凑集十万大军不是难事,为何今日只摆出了一万五千新军? 有埋伏么? 还是去抄义渠国老窝了? 大牛首啊大牛首,你可不能大意也……

正在思忖间,突闻北方沉雷滚动连绵不绝,须臾之间,那道远远的青色山梁上烟尘大起,一道黑线在烟尘下隐隐展开。随着滚滚沉雷的逼近,烟尘变成了弥漫的乌云,将正午的太阳也遮盖了。烟尘下的那道黑线越来越粗,终于变成了满山遍野的人潮与山呼海啸般的狂野吼叫。远远望去,遍野都是牛头人身,遍野都是弯刀闪亮。当先的一大片野牛狂奔着,丝毫不比战马的速度逊色。野牛身上的骑士,也都顶着牛头,赤膊挥舞着弯刀,一片狂野呐喊。大片的野牛后边,一面血红色的大纛旗在风中舒卷,隐隐可见旗面的牛头和旗下的车队、驮队与大片红衣赤膊的长发女人;东西两翼,则是漫无边际的牛头步兵,他们纵跃跳蹭呐喊呼叫,仿佛无数的山猴,其快捷不比当先的野牛阵落后多少;最后边,则是潮水般的"农猎兵",他们扛着斧头、铁耒、锄头、柴刀、木棍等各式各样的兵器,赶着马车(牛神是不能拉车的),呼啸呐喊,追赶着前边的大军,将无边的原野淹没得昏黄。

神神怪怪。

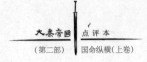
南面的秦军大阵静如山岳,肃杀无声,唯闻战旗的猎猎风动。

堪堪将近两箭之地,只听义渠大纛旗下一声大吼:"牛神在上,停——"轰轰隆隆的牛群竟在骤然间放慢了狂野的奔驰,涌动磨蹭到大约一箭之地,缓缓停了下来。前方的野牛骑士阵轰隆分开,中间拥出了那面大纛旗和骑在一头怪牛身上的大牛首,花白的长发散乱地披在肩上,手中一杆锃亮闪光的长大铜刀扬起,突然沙哑地大笑起来:"嗨——我说老秦,就你这一疙瘩兵娃子,想挡住牛神财路么? 啊——"

"敢问大牛首——"一个声音从高高的云车传来,分明还带着笑意,"你的牛头兵,列好阵势了么?"

大牛首惊讶地抬头望去:"你是谁? 要和牛神比试阵法? 牛神打仗,只说杀法!"

"我,只是秦军一员偏将而已。"云车上的将军高声道,"和你比阵,你这牛头兵配么? 大牛首听仔细了:大秦国君在此,义渠投降,迁入关中,还来得及。否则,我这万余秦军就与你野战一场,只比杀法!"

"啊哈哈哈哈哈!"大牛首仰天大笑,"迁入关中? 嬴驷碎崽子想得美! 牛神偏要杀光秦人,报我义渠血海深仇!"说完大铜刀一举,"牛神在上——兵娃子杀啊——""呜呜呜"的牛角号声凄厉地四面吹起,轰轰隆隆的野牛与满山遍野的牛头人身兵呐喊着潮水般漫卷而来。

司马错在云车上看得分外清楚,令旗一劈,一百面牛皮大鼓雷鸣般响起。中央的步兵大阵岿然不动,待野牛阵冲到五六十步的半箭之地,一片尖厉的号角响遏行云。铁盾后的弓弩手"唰"地站起,长箭如暴雨般射向野牛兵。秦军步兵弓弩,都是特备的专门射穿皮革甲胄的长镞箭,野牛目标极大,箭箭没有虚发,野牛阵顿时"哞哞"惨吼,不是轰隆倒地,

要的是一箭封喉。万箭齐发,破其牛阵。如牛阵带火攻,则输赢难定。

便是疯狂回蹿。秦军射手训练有素，每千人一个大弧形，共是五层，一层射出立即蹲身，后排续射，如此波浪起伏般衔接得毫发无差，长箭暴雨般浇了过去。野牛阵被持续密集的箭雨始终逼在一箭之外，嗷嗷狂叫着硬是无法靠近。片刻之间，五六千头的野牛阵大乱起来，自相践踏，向四面山野疯狂奔窜。

在强弩挡住野牛阵的同时，司马错两面令旗同时东西一劈，第二通战鼓再起。东西原野上，两个骑兵大三角呼啸杀出，卷向野牛阵后面的牛头步兵。这是司马错谋划的特殊战法——强弓对野牛，铁甲骑士对步兵。义渠国狂妄骄横，仗恃的就是他们那防无可防的几千头野牛，战马骑士与野牛兵正面冲锋对阵，骤然间还真是难分高下。一颠倒就大不一样，野牛阵在秦国锐士的连排步兵弩面前毫无冲击能力，散漫成习的牛头步兵则根本不懂"结阵抗骑"的战法，只是狂呼乱吼盲目拼杀，一时间分明成了秦军铁骑的劈杀活人靶。堪堪半个时辰，一两万牛头步兵锐减大半，吼叫着向来路逃去。

军阵不乱，非常重要。

便在此时，司马错一摆令旗，身边三丈高的大纛旗大幅度地东西摆动。随着大纛旗摆动，北方山塬后突然冒出一线散开队形的黑色铁骑，倏忽之间线形扩展，就像无边的乌云从天边向义渠牛头兵与最后的农猎兵压来。南面的步兵大阵也发动起来，丢下弓弩，抄起与人等高的铁盾与厚背大刀，随着战鼓的隆隆节奏，如黑色城墙般向义渠兵压了过去。南北夹击，中间又有一万铁骑猛烈砍杀，义渠部族的"十万大军"眼看就要被彻底埋葬了。

这时，战车上一直不动声色的嬴驷却突然向云车上的司马错连连摆手。司马错似乎明白国君的用意，立即下令，大纛旗缓缓摆动，十面巨大的铜锣也"噹——噹——"地响了起来。这是军法上的"鸣金收兵"。片刻之间,北阪原野上的秦军停止了冲锋厮杀,缓缓撤向战场边缘。

突然,百辆战车旁一骑飞出,黑色战马黑色斗篷,宛如一道黑色闪电,直插义渠大纛旗而去。遥遥可见骑士头上的铜面具与手中弯月形的长刀闪烁生光,瞬息之间逼近了那面牛头大纛旗。千军万马骤然愣怔,谁竟敢违抗军令独骑冲杀?未待四野军兵与秦国君臣缓过神来,便听义渠人海中一声苍老的惨嚎,黑色闪电又飞了回来,手中提着一颗血淋淋的白发人头!

嬴驷沉重地叹息了一声:"公伯何其鲁莽也!"

铜面具骑士提着血淋淋的白发人头,飞马绕着战场高呼:"义渠大牛首,被俺嬴虔杀了!这就是找秦人复仇的下场!义渠不降,全部杀光!说!降也不降?"

没有任何人号令,义渠人满山遍野地跪倒哭喊:"义渠降了——降了——"

公子虔多年不征战,技痒。

四 咸阳老世族的最后时刻

北阪之战,对贵胄元老们不啻炸雷击顶。

这些元老虽然都曾经有过或多或少的战场阅历,但在变法的年代里,都早早离开了军旅,离开了权力,对秦国新军已经完全不熟悉了。况且,时当古典车战向步骑野战转化之时,军旅的装备,打仗的方略,甚至传统的金鼓令旗,都在发生着迅速的变化。二三十年的疏离,完全可以使一个老将变成军事上的门外汉。他们熟悉义渠国这种传统野战的威力,还记得当年秦国的战车奈何不得这聚散无常的牛头兵,否则,义渠国可能也早被秦国彻底吞没了。但是,元老们却不

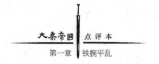

熟悉秦国新军。在他们眼里,新军就是取缔了兵车、变成了骑兵步兵而已,能厉害到何处去?看到义渠牛头兵满山遍野压向北阪,而秦军只有三个五千人方阵时,他们都以为一万多对十万多,义渠纵然战力稍差,也是胜定无疑。尤其是孟西白族人与那些旧时将军出身的元老,早已经在津津评点秦军的缺陷了。

"云车上是谁? 还说和人家野战?"

"义渠牛头兵,野战老祖宗。谁不知道?"

"完了完了,嬴驷这小子完了!"

"何能不完? 连个大将都没有! 老秦国几时弄成了这样?"

"老太师,义渠兵蛮势得很,将来难弄,谁能打败大牛首?"

那时候,这群贵胄元老已经不是老秦人,而是观战使团了。当野牛阵在"哞哞哞"的连天吼叫中压过来的片刻之间,元老们一片惊呼:"哎呀——野牛阵太狠了!"一片悲天悯人的哀叹,却分明渗透出无法抑制的狂喜。可惊呼未了,那舒心的笑意就骤然凝固了。秦军步阵弓弩的威力教他们目瞪口呆,秦军铁骑摧枯拉朽般的冲锋杀伤,使他们心痛欲裂,北方山野冒出来抄了义渠后路的那支黑色铁骑,更教他们欲哭无泪。贵胄元老们在义渠人遍野的惨叫哭喊与鲜血飞溅中,死一样的沉寂了。及至嬴虔闪电般杀了义渠国大牛首,被杀怕了的义渠人茫茫跪倒时,元老们大多都软瘫在了山坡上。

老甘龙几乎变成了一根枯老的木桩。整整一天一夜,不吃不喝不睡,一个人在后园石亭下呆呆地望着苍穹星群的闪烁,望着圆圆的月亮暗淡,望着红红的太阳升起。家老轻悄悄走来禀报说,大公子甘成被山戎单于押解到了咸阳,国

"软瘫"二字,似乎太脸谱化了。

君却派人送到太师府来了，大公子浑身刀剑伤痕，昏迷不醒……老甘龙依然木桩一样佝偻着，没有说话。

夜晚再次来临，老甘龙进了浴房，开始了斋戒沐浴。这是一种古礼，在特别重大的事情之前尽戒嗜欲洁净身体，此所谓"斋戒以告鬼神，洁身以示庄敬"。老甘龙本来就欲念全消，此刻更是平静，枯瘦如柴的身子泡在硕大的木盆中，淹没在蒸腾的水雾中，竟恍恍惚惚地睡去了……隐隐约约地，外边有杜挚的哭声和哄哄嗡嗡的说话声，良久方散。可是，老甘龙还是没有出来。

三日后的清晨，老甘龙素服只身来到了咸阳宫的殿下广场。他从容地展开了一幅宽大的白布，肃然跪坐，抽出一柄雪亮的短剑一挥，齐刷刷削去了右手五根指头。看着鲜血汩汩流淌，老甘龙仰天大笑，挥起右手在白布上大书——穆公祖制，大秦洪范。费力写完，颓然倒在了冰冷的白玉广场。

及至老甘龙醒来，周围已经全是素服血书的贵胄元老。他们打着各种各样的布幅，赫然大书："弃我祖制，天谴雪灾"！"新法逆天，属国叛乱"！"贬黜世族，殷鉴不远"！如此等等。一片白衣，一片白发，倍显悲壮凄惨。

消息传开，国人无不哑然失笑，纷纷围拢到广场来看稀奇。在老秦人看来，突如其来的那场惊雷暴雪，无疑是上天对诛杀功臣的震怒，对商君的悲伤。如今，却竟然有人说这场暴雪是上天对放弃"祖制"的谴责，当真离奇得匪夷所思。看来这天象也是个面团团，由着人捏磨，到谁手里都不一样，寻思着便哄哄嗡嗡地议论，有的竟高声叫骂起老天来。

正午时分，元老们向大殿一齐跪倒，头顶请命血书齐声高呼："臣等请命国君，复我穆公祖制——"

殿阁巍巍，没有任何声息。本来异常熟悉的秦国宫殿，此刻对于贵胄元老们来说，却如同天上宫阙般遥远。北阪大

血书明志。发誓赌咒，似乎都不如写血书来得震撼。《关尹子·四符》曰："一为父，故受气于父，气为水。二为母，故受血于母，血为火。有父有母，彼生生矣。"按关尹子的这个说法，血当是解释世界来源的符号之一，有其神圣之处。

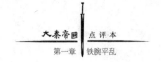

战后,国君本来要召见他们,可那时却没有一个能够清醒地站出来说话的元老。他们眼看着国君轻蔑地笑了笑就走了,那真是令人寒心的笑。今日,无论如何也不能丧节屈志,要拿出老秦人的风骨,要让朝野尽知:世族元老别无所求,要的就是穆公祖制。

嬴驷的书房,正在举行秘密会商。

对于世族元老的请命举动,嬴驷并无太大压力。他所思谋的是,如何利用处置元老请命而一举恢复自己在国人心目中的地位,如何使这场国是恩怨就此了结。要达成此等目标,就不是他一个人一道君书所能解决的了,他必须与应该参与的所有相关力量联手。

虽是初夏,早晨的书房里还是有些凉气,燎炉里的木炭火也只是稍稍小了一些。嬴驷抄起铁铲,熟练地加了几块木炭。他在这种小事上从来有亲自动手的习惯,尤其在和大臣议事的时候,内侍仆役从来不能进来,琐细事务都是自己做,显得很是随和质朴。加完木炭,他看了看在座臣子笑道:"还有互不相熟者,我来介绍一番。上大夫、国尉尽皆知晓,无须多说。这位乃公伯嬴虔,这位乃函谷关守将司马错将军。刚赶回来的两位,文员乃商於郡守樗里疾,将军乃前军副将山甲。诸位奉书即到,嬴驷甚觉快慰。今日,世族元老要恢复穆公旧制。诸位之见,该当如何处置?"

樗里疾、司马错与山甲三人,一则爵位官职较低,二则刚匆匆赶到,所以都没有说话。景监、车英则因为是朝野皆知的商君臂膀,答案不问自明,所以也没有说话,只是看着国君嬴驷。殿中沉默有顷,公子虔淡淡道:"人同此心。我看君上就部署了。"

"正是如此,人同此心!"樗里疾突兀开口,声音响亮得连自己也吓了一跳。

"噢?"嬴驷笑了,"人同何心啊?"

"铲除世族,诛灭复辟!"樗里疾毫不犹豫地回答。

"樗里卿皂白未辨,何以如此论断?"嬴驷还是笑着。

"嘿嘿嘿,不除世族,无以彰显天道,无以抚慰民心。"

"司马错、山甲二位将军,以为如何?"

"人同此心!"两员将军同声回答,精瘦的山甲还加了一句,"早该如此。"

"上大夫,国尉。"嬴驷轻轻地叹息了一声,"不要有话憋在心里,说。"

车英骤然面色通红,高声道:"君上,臣请亲自缉拿乱臣贼子!"

景监阴沉着脸道:"臣请为监刑官,手刃此等狐鼠老枭!"

"公伯以为如何?"

蒙着长大面罩的嬴虔身子不自觉地抖了一下,声音却很是平淡道:"为国锄奸,理当如此。"

"好。"嬴驷轻轻叩了叩书案,"山甲将军辅助国尉,樗里疾辅助上大夫,其余刑场事宜,司马错将军筹划。也该了结了。"

会商一结束,车英带着山甲立即出宫,调来五百步卒五百马队。车英派山甲带领大部军兵去世族各府拿人,一个不许走脱。自己却亲自带了两个百人队来到广场。老贵胄们正在涕泪唏嘘地向着宫殿哭喊,突闻铿锵沉重的脚步,不禁回头,却是大惊失色——车英手持出鞘长剑,正带着一队甲士满面怒色地大步逼来。

"你,你,意欲何为?"杜挚惊讶地喊了起来。

"给我一齐拿下!"车英怒喝一声,长剑直指,"国贼竖子,也有今日!"

杜挚吓得踉跄后退,正巧撞在一个甲士面前,立即被扭翻在地结结实实捆了起来。一时间,苍老的吼叫接连不断,百余名元老贵胄统统被捆成了一串。只剩下枯瘦如柴须发如雪的老甘龙,甲士们却难以下手,只怕捆坏了这个老朽,杀场上没了首犯。车英大踏步走了过来,盯住浑身血迹斑斑的老甘龙,冷冷笑道:"老太师,想甚来?"

"竖子也,不可与语。"老甘龙闭上了眼睛。

"老贼枭!"车英一声怒吼,劈手抓住甘龙脖颈衣领一把拎了起来,又重重地摔到地砖上,"捆起来! 这只贼老枭,撞石柱,割耳朵,断手指,照样害人,死不了!"变法后的秦国新军中平民奴隶出身者极多,对变法深深地感恩,对旧世族本能地仇恨,今日拘拿逼杀商君的老贵族,本来就人人争先,要不是怕杀场没了主犯,岂容老甘龙自在半日?此时一听国尉

精辟。

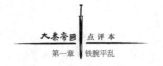

命令,两名甲士大步赶上,将地上萎缩成一团的老甘龙,一绳子狠狠捆了起来。

一个月后,秦国大刑,刑场依旧设在渭水河滩。

图谋复辟的世族八十余家一千余口男丁,全数被押往渭水刑场。依嬴虔的主张,株连九族,斩草除根,杀尽老世族两万余口。可是嬴驷断然拒绝了,在这种斡旋权衡的大事上,嬴驷向来是极为清醒的。他相信,只要除掉顽固元老嫡系的成年男丁,就足以稳定大局,物极必反,太狠了只能伤及国家元气。

毕竟是国家根基,斩草除根就会大伤元气。新君老到。

消息传出,举国震动。老百姓们从偏远的山乡络绎不绝地赶到咸阳,都要看这为商君昭雪的天地大刑。关中的老秦人更是拖家带口,赶大集一般从东西官道流向咸阳城南的渭水草滩。六国特使也匆匆赶来了——这是秦国的大事,但六国却都担着干系,当初逼杀商鞅,六国都是对秦国强硬施压的。如今秦国又要翻个个儿,会如何对待原先这笔旧账?山东六国心中忐忑不安,都觉得这是件摸不透的棘手事。如今的秦国不是从前了,谁愿意轻易开罪这个强邻?

生意人的头脑就是转得特别快。

时当仲夏,东西十多里的渭水草滩一片碧绿,此刻变成了人山人海。聪明的商人们干脆将杂货帐篷搬到了草滩,农人们趁着看热闹,还买了夏忙农具盐铁布帛等,一举两得,生意分外红火。然最引人注目的,还是那逶迤数里的酒肆长案。咸阳的有名酒家全都在草滩摆开了露天大排案,包红布的酒坛黑压压地望不到边。其中最有声势的,是魏国白氏渭风古寓的露天酒肆,一溜三排木案长达一里余,各种名酒摆得琳琅满目,大陶碗码得小山一般。但有祭奠商君者,馈赠美酒,分文不取。人们本来就喜气洋洋,有酒更是兴奋。长案前人头攒动,洒酒祭奠者川流不息。已经是须发灰白的白

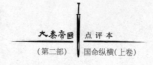
门总事侯嬴,亲自督促着仆役们,为每一个祭奠商君的秦人斟酒,忙得满头大汗,却是乐此不疲。

到得午时,一阵大鼓沉雷般响起,人山人海呼啸着拥向高处的河岸土包。

一千多人犯被甲士们鱼贯押进了刑场中央。为首者,正是白发苍苍的甘龙。人犯所过之处,无不腾起一片怒吼:"诛杀国贼——杀——"本想赳赳赴刑以彰显骨气的老甘龙,在万千人众的愤怒喊杀中,不由自主地低下了一颗白头。时至今日,他才知道"国人皆曰可杀"这句古语的震慑力,一股冰凉的寒气渗透了他的脊梁,一切赖以支撑的气息都干涸了,踉跄几步,他瘫倒在草地上,再也无法挪动半步了。挟持的两名甲士一阵紧张,生怕他被吓死在这里,不由分说,架起老甘龙飞步来到行刑桩前,紧紧捆在高大的木桩上,使这个最为冥顽的老枭不至于软瘫下去。

人犯就位,身穿大红吉服的监刑官景监在土台上高声宣道:"大刑在即,朝野臣民,听国君训示——"

国君要出来么? 这是谁也没有想到的。人山人海,顿时安静了下来。

刑台中央缓缓推出了一辆高高的云车,嬴驷的声音仿佛从天上飘向河谷草滩,从来没有这样高亢:"秦国朝野臣民们:本公即位之初,国中老旧世族勾连山东六国,逼杀商君! 又勾连戎狄部族,图谋复辟! 赖朝野国人之力,秦国得以剿灭义渠,擒拿复辟国贼,为商君昭雪! 从今日起,秦国恪守新法,永久不变! 大秦国人,当万众一心,向逼杀商君的山东六国,复仇!"

黑茫茫山海般的人群振奋了。

此刻,还有什么能比国君亲自出面说明真相,并为商君昭雪更能激动人心? 一片连天彻地的欢呼声,顿时弥漫在河谷草滩:"国君万岁!""新法万岁!""向六国复仇! 复仇——"

被绑缚在刑桩上的甘龙抬起了头,目光死死盯住了高高的云车,却一句话也喊不出来。

最为震惊的还是台上观刑的六国特使,最不愿意看到的事情恰恰发生了——秦国国君当着万千国人,竟公然将诛杀商鞅的罪责推到了六国头上! 当此之时,谁能辩驳得清白? 更何况,当初还有"请杀商君书"留在秦国。可那是"请杀",如何竟变成了"逼杀"?特使们慌乱地交头接耳,一个个面色苍白。看来,老秦和山东六国这血海冤仇是结定了。

又是一通大鼓,景监一劈手中令旗,高声喊道:"行刑——杀——"

一片刀光闪亮,碧绿的草滩上渗出了汩汩流淌的红色小溪,渭水又一次变红了。

渭水南岸,正有一骑快马飞来。马上骑士的红色斗篷飞动如一团火焰,望着北岸刑场的人山人海,他突然勒马,哈哈大笑:"好好好!"飞马向渭水白石桥飞驰而来。

五 犀首挟策入咸阳

嬴驷大为振作,大半年来压在心头的郁郁之情,冰化雪消了。

国政大局终于在谨慎斡旋中稳定了下来。诛杀商鞅、平息戎狄、铲除世族、恢复民心,一番作为环环相连,任何一件事出了差错都可能导致秦国崩溃。他居然在连贯行动中有惊无险,不能不教他感谢上苍。然最令嬴驷欣慰感奋的,还是大刑场上民众之心的回复。车裂商君后本来已经是朝野冰冷民心尽失,然则一举诛杀复辟世族的铁腕壮举,却使秦人大大出了一口恶气,复仇的快感将压抑的积怨冲洗得干干净净,最难得的民心终于安然归来,当真令人匪夷所思。嬴驷不失时机地在刑场申明了"逼杀商君"的两大罪魁,将自己完全开脱了,将民众完全征服了。这是他最为得意的权力大手笔。他知道,终会有人骂他卑鄙,可是只要能争取到民心,能使他权力地位稳固,能使他推进秦国大业,能使他成为青史留名的不朽君主,些许唾骂指责实在是微不足道的;运用权力纵横捭阖的滋味真是特异,那是芸芸众生所无法

新君把责任推得干干净净。

为君之道,臣子起争拗,每人赏一巴掌,就对了,被打的人,还会山呼万岁。新君诛商君,铲世族,君威就树立起来了。心术重要。

企及的一种另类境界；只要用权有道，国君永远都是天理正义的同一语——诛杀世族没有错，平息叛乱没有错，车裂商鞅也没有错。作为国君，只要坚持新法，教民众富裕邦国强盛，民众对上层权力场中的血腥牺牲就永远不会耿耿于怀。毕竟，民众是最实在的。

秦国终于真正掌握在自己手中了。可是，下一步如何？

想到往前走，嬴驷心里总有些不踏实。自己要成为像公父那样的伟大国君，就必须在自己手里将秦国变成天下第一强国，变成唯一霸主。否则，自己必将湮没在公父与商君的身影里，史册将把他变成"杀人有术，治国无方"的乖戾君主。可是，如何向前走呢？危机消除了，朝局稳定了，需要在更大的天地里把握秦国方向时，嬴驷第一次感到了自己才智的匮乏，第一次感到了茫然。公父有商君，自己有何人？说到底，只有公父与商君那样的君臣结合，才是成就大业的气象：商君全力处置国事政务，公父一力化解各种内部危机，精诚同心，相辅相成，才使得秦国在二十年余中变法成功，彻底地脱胎换骨。嬴驷思忖，在稳定朝局方面的才能魄力，自己并不比公父差，自己所缺乏者，就是一位像商君那样的乾坤大才做丞相。商君用过的那些老臣子，如上大夫景监、国尉车英者，虽忠心可嘉，却都不是乾坤之才啊。

这样的大才，可遇不可求也。

正在乍暖还寒的时节，景监、车英两老臣一齐呈上了辞官书，请求归隐林泉。两人的理由几乎也都一样："内忧已除，叛乱已平，朝局稳定，老臣心力衰竭，无能辅政，请归林下，以利后进。"嬴驷一看，顿感一股压力沉甸甸地搁在了肩上。

思忖良久，嬴驷断然拍案，准许上大夫景监与国尉车英辞官退隐。甚至没有与闻伯父嬴虔，嬴驷就颁布了公室君

新君要立足，必须自主。但单靠杀戮，也无法树立君威，必须要有所建树。商君不死，元老不除，新君就要永远活在孝公的阴影里。

再找一个商鞅，难。

书,赏赐两位老臣各千金,一个月内将公事交割完毕,即许离开咸阳。君书一发,朝臣哗然,以为新国君又要对"商君余党"动手。商君时起用的大臣、郡守、县令都是一阵紧张。有臣工惶惶然问计于嬴虔,嬴虔大笑道:"诸公且大放宽心,老臣请辞,新锐必进,与新法何涉耶!"

嬴虔没有料错。新君嬴驷所想,正是以老臣请辞为契机来盘整朝局。景监是上大夫,商君后期实际主持日常国政的中枢大臣;车英是国尉,掌握着军政实权;两人一文一武,执掌了秦国枢要。嬴驷要有任何出新举措,都不可能越过这两根梁柱。嬴驷不乏识人眼光,丝毫不怀疑两位老臣的忠诚,但总觉得很是别扭。他们对商君,有一种近乎对尊神一样的景仰,处置国务言必称"商君之法"而不越雷池半步,与嬴驷更上层楼开创自己功业的宏图大志,总是有所疏离。因了知道这两人早有辞官之意,嬴驷也就没有急于动手转移权力;今见两人同时请辞,商鞅的阴影又在他心头隐隐游移,仔细思量,此事只在迟早,何不顺水推舟,自己的新朝新功也早日开始? 主意一定,当即实施,而且一如当年商君说公父变法之名言"大事赖独断而不赖众谋",竟连伯父嬴虔也没有与之商议。嬴驷向秦国朝野发出了一个威严的信号:最高权力牢牢掌握在国君手里,任何人也不能动摇。

这时,内侍报说:商於郡守樗里疾求见。

嬴驷恍然笑道:"等这黑子,黑子便来,快请他进来。"

君臣感情,要慢慢培养,有个过渡。

樗里疾并没有接到召见君书,是自己找进宫的。从陇西回到咸阳,樗里疾嗅到了一股改朝换代的气息。他虽是一方诸侯,但毕竟只是地方臣子,加之疏于结交,在咸阳几乎没有一个可通肺腑的至交,与官员碰面也是无甚可说。凭着自己的直觉,他觉察到了弥漫官场的那种难以言传的惶惶之情。

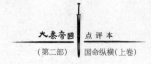
按照职责管辖,他照常到上大夫府邸复命,要备细禀报陇西之行的经过,要向国府提出安抚戎狄部族的新谋划。接待的吏员们却神不守舍,他请见上大夫景监,掌书却是虚于应酬不接话,硬是没听见。樗里疾心中明白,也打着哈哈离开。如此大事,总不能没有个交代,于是他只有直接到宫城请见国君了。

"樗里卿西出辛劳,居功至伟。"嬴驷一脸淡淡的微笑,却突兀问道,"闻得卿多年鳏居,何故啊?"

樗里疾实在想不到国君劈头就问这件事,笑道:"臣欲备细禀报陇西之行。"想回避开这个话题。

"陇西之行,我已尽知,回头再说。"嬴驷笑道,"今日就说你家室之事。"

"嘿嘿嘿,此事无关痛痒,何劳君上过问?"樗里疾黑脸变成了红脸。

"何谓无关痛痒?"嬴驷脸上虽笑语气却是认真,"今日,本公要助卿成婚也。"

樗里疾连忙拱手作礼:"多谢国君美意。然则,臣与亡妻情意笃厚,尚无续弦之心。再说了,嘿嘿嘿,我这黑肥子,哪家女子嫁我,都是暴殄天物。"

粗鲁的自嘲却点缀着高雅的诙谐,嬴驷不禁大笑:"樗里疾呀樗里疾,亏你说得出,黑肥子?暴殄天物?不不不,男儿鳏身,才是暴殄天物,啊哈哈哈哈……"向来不苟言笑的嬴驷,破天荒大笑起来。

"嘿嘿嘿,黑肥子殊非天物,暴了也罢。窈窕淑女,可惜了人家。"樗里疾脸色通红,说得期期艾艾,神情大是滑稽。

嬴驷更是乐不可支,笑得伏在书案上咳嗽起来,须臾平静,脸上犹是忍俊不禁道:"樗里疾不许抗命,三月后成婚。窈窕淑女,不用你黑肥子操心了。要许身国事,岂能没有家室根基?"

"君上,这这这,不是甩给黑肥子一个大包袱么?"樗里疾急得无所措辞,红着脸狠狠心道,"臣无才无行,无意做官,只想回归故土,做个隐士。"

嬴驷惊讶地看着樗里疾,突然又是大笑:"黑肥子也欲辞官?不准!你又奈何?"

樗里疾一脸沮丧,思忖一阵,嘿嘿笑道:"君上,樗里疾举荐一个栋梁大材,换下我这根绿叶朽木,国君意下如何?"

"噢?大才?姓甚名谁?现在何处?"

"此人三日内必到咸阳。国君若重用此人,便是准了臣之请求。"

"若不重用?"

"臣便甘做绿叶朽木。"

"好!"嬴驷陡然拍案正色道,"栋梁到来之前,着绿叶朽木樗里疾暂署上大夫一职,即日任事。"

"国君,这,这如何使得?"樗里疾欲待长篇大论,国君嬴驷却扬长而去。樗里疾顿时僵在厅中,懵懵懂懂,东张西望起来。正在这时,只听一阵笑声,一个戴着面纱的白发黑衣人从帷幕后走出道:"上大夫,别来无恙?"

"你?"惊讶之间樗里疾恍然大悟,"樗里疾,参见公子。"

嬴虔揶揄道:"顷刻之间有了高官娇妻。好个绿叶朽木,分明要开花了。"

樗里疾大为窘迫道:"公子何当取笑?樗里疾并未应承。"

嬴虔冷笑道:"自诩无行,却偏偏跟一班老朽邯郸学步,也闹着辞官做隐士,博取清名。还有我老秦人本色么?"

樗里疾已经平静,淡淡笑道:"言行发自本心,何须邯郸学步?"

"樗里疾,可知晓何人举荐你么?"嬴虔看他油盐不浸地蔫笑,突然正色。

"举荐樗里疾者,可谓有眼无珠。"樗里疾淡淡顶了一句。

嬴虔一阵冷笑:"樗里疾,好大胆子!商君难道是有眼无珠之辈么?"

樗里疾大为惊讶,继而摇头大笑:"公子高明,樗里疾佩服了。"

嬴虔却没有笑,黑色面纱后面是低缓认真的语调:"樗里疾,莫以为我抬出商君糊弄你。嬴虔虽与商君有私恨,却无公仇。说到底,国君也是如此。"嬴虔深深地叹息了一声,"极刑商君,一则是私恨使然,一则是商君自请服刑使然。否则,仅是你那个商於郡,就可保商君性命无忧,加上朝野鼎沸,国君如何杀得了商君?然则,商君极心无二虑,尽公不顾私,自觉赴死方可化解秦国危机,方可维护新法。唯其如此,商君临刑之前在云阳国狱,与国君有过一次密会长谈,交代了身后一应大事。就是在那一次,商君举荐了你樗里疾,还有函谷关守将司马错。否则,国君如何能召你二人紧急入咸阳,参与攘外安内之重任?商君之心,本望你抛却私情,大局为重,做新君维护新法的股肱之臣。谁想你樗里疾,却斤斤计较于国君与嬴虔的一德之失,耿耿于商君的一己知遇之恩,在秦国最需要良臣支撑的时候,却步人后尘,仅求良心自安。如此器局,岂非大大寒了商君之心?负了国君厚望?"一席话坦率至极,赤裸裸毫无遮掩,对自己甚至对新君都作了深重的贬斥，可谓堂堂正正，大义凛然。

樗里疾不禁大为震撼，良久沉默，肃然长躬道："樗里疾，谨受教。"

次日，嬴驷举行了平乱后的第一次朝会，颁布书令：樗里疾职任上大夫，总署国政；司马错职任国尉，掌秦国军务并统领新军；公子嬴虔仍居太傅，晋爵一级；所有郡守县令晋爵一级，原职不动。此时，靠世袭爵位在国居官的秦国老世族已经悉数清除，商君时期的变法新锐也经过了一番整肃，国中人人振作，朝局重新焕发出一片勃勃生机。

一番部署安顿完毕，正要散朝，内侍总管匆匆禀报："宫门有一士子求见，自称魏国犀首①，说有长策献于秦国。"

"犀首？"嬴驷惊讶地看着樗里疾，"可是樗里卿所说之人？"

"正是。"樗里疾道，"此人本名公孙衍，师杨朱之学，自称天下第一权变策士；曾在魏国、楚国、赵国奔走任职，屡次击败官场对手；人言如犀牛之首，锐不可当，故犀首名号多为人知，本名反倒湮灭无闻。臣与此人曾在陇西不期而遇，劝他入秦效力。"

"好！请先生上殿。"嬴驷大有顺风行船天授予人之感，很是振奋。

片刻之间，一个英气逼人的中年名士疾风般进得殿来，一领大红斗篷，散发无冠，长须连鬓，众人眼前顿时一亮。此人进殿来四面一扫，人人都领略了那双炯炯生光的眼睛。只见他快步上前，深深一躬："山东犀首，参见秦王——"

殿中顿时一惊。嬴驷颇有不悦："本公并未称王。先生

---

① 犀首，公孙衍，战国时魏阴晋（今陕西华阴东）人，号犀首。初在秦为大良造。后入魏为将，主张合纵抗秦。魏惠王后元十二年（前323年）发起燕、赵、中山、韩、魏"五国相王"。

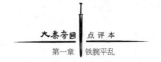

何意耶?"

犀首朗声道:"此乃犀首献给秦国之第一策:立格王国。"

"果然犀利,要言不烦。"嬴驷淡淡笑道,"总该有一套说辞也。"

犀首站在大殿中央,拱手环视一周:"天下四王,周、魏、齐、楚。周不足论,魏正衰落,齐亦日过中天,楚则底蕴有差。唯秦之元气,旭日东升。守定一个公国,如何激励国人雄心?如何震慑山东六国?犀首断言,欲得中原逐鹿,先需正名称王!"

殿中一片沉默,对这突兀的"长策"一时竟反应不灵。樗里疾觉得不能总教国君直接应对而无回旋余地,一拱手笑道:"先生长策,不妨一并讲出,国君方有参酌。"

犀首傲然大笑道:"好!犀首长策乃十六字:正名称王,东出争霸,中原逐鹿,一统天下。"

"杨朱之学,拔一毛利天下而不为。先生为秦国谋划,所在何求?"樗里疾知道此人从不隐藏自己,欲弄清他的想法。

"樗里疾当真可人也。"犀首笑容中颇带揶揄之色,"人不为己,天诛地灭。杨朱一派主张利己,却不主张损人。策士为邦国谋划,邦国得利,自然要授策士以高官厚禄,此为两利不损,天下正道也。天下熙熙,皆为利来;天下攘攘,皆为利往。举凡士子,谁不为名利而来?除了高官重爵,犀首岂有他哉?"一番说辞,举殿臣工都惊讶得睁大了眼睛,人人面红耳热心头乱跳。

嬴虔却忍耐不住,冷冷笑道:"然则,先生能为秦国带来何等好处?大而无当的十六个字,就换得了高官重爵?"

这在常人看来很是刻薄的问话,犀首却丝毫没有难堪,微微一笑道:"十六字为纲,纲举目张。至于如何使秦国谋得大利,自当另有谋划,秦公请看——"潇洒地一撩斗篷,从随身牛皮袋中抽出一卷竹简,右手一拍,"王霸之图,俱在其上也。"

"先生可否见告?"嬴虔冷冷道。

犀首揶揄笑道:"长策可白,细策不宣。此乃权变之要,太傅当真不知?"嬴驷一直在沉思默想,此刻突然拍案高声道:"书命:犀首为秦国上卿。散朝。"在朝臣惊诧的目光中,神秘的犀首随着国君大步去了。

当日夜里,嬴驷召来公伯嬴虔、上大夫樗里疾、国尉司马错三人,一起为犀首接风洗尘,听犀首解说他的王霸细策,直到三更,方才将正题谈完。

嬴驷始终没有表现出犀首所期待的兴奋与震惊,凝神倾听之外只是默默思忖。倒是正题谈罢,樗里疾请犀首说说天下策士,嬴驷才高兴地不断询问起来。秦国君臣自孝公病危商君处刑以来,两三年之中危机不断,无暇旁顾,对中原情势已感生疏。犀首讲述的山东策士崛起的消息,的确使他们感到新鲜兴奋。

犀首说,近年来,诸子百家中出了一个策士流派。这个流派的士子很是奇特,各家弟子都有,无分原本所修习的学问,只是专一地钻研揣摩列国形势格局,游说诸侯,为所向往的邦国谋划王霸之策。犀首说,他自己就是"杨朱策士",即杨子门下的策士名家。齐国的稷下学宫,敏锐地看到了策士无可限量的势头,已经有名家大师专门教习弟子"策士之学"了。其教习有两大特异处:一则,不再单一地修习某家学问,而是融诸子百家于一体,摘其强国富民与权术纵横部分,混成策士的"合体学问";二则,策士以锤炼辩才为增长才干的主要方式,常悬重赏激励连战获胜的辩士;稷下学宫的庄辛、鲁仲连、触龙、辛垣衍①等少年锐士,已经很有策士才名了。说到末了,犀首信心十足地预言:"未来之战国,将是策士之风云叱咤,不再是法家之变法称雄!"

"如此说来,目下之策士气候,尚在发轫之初?"嬴驷似在推测,又似在询问。

"不然。"犀首大手一摆,"策士气候已经形成。一则是真正的新锐策士已经出山,二则是战国变法浪潮已过,天下均势已经形成。争霸逐鹿,正当策士谋国之时。"

樗里疾笑道:"先生所言'真正的新锐策士'可有所指?莫非先生自诩?"

犀首爽朗大笑:"非也非也。国君、诸公可知鬼谷子其人?"

"鬼谷子谁人不知?"樗里疾悠然一笑,以问作答。

"只怕诸公只知其一,不知其二。"犀首正色道,"世人皆知鬼谷子高深莫测,前有李悝、商鞅为法家弟子,后有孙膑、庞涓为兵家弟子;然却没有人知晓,这位高人于二十年前,已经开始雕琢策士弟子了。也是两个,诸公可知?"犀首露出一丝神秘的笑意。

这个消息当真意外。众人一齐惊讶摇头。嬴驷急迫问:"两人是谁?"

---

① 庄辛,战国时楚国人,仕襄王,为阳陵君。鲁仲连,战国时齐国人,善谋策,常周游各国,排难解纷。《汉书·艺文志》儒家有《鲁仲连子》十四篇,今佚。触龙,战国时赵臣,官左师。辛垣衍,战国时人,国别不详,仕魏安釐王为客将军。

据《史记·苏秦列传》，"苏秦者，东周雒阳人也。东事师于齐，而习之于鬼谷先生"。据《史记·张仪列传》，"张仪者，魏人也。始尝与苏秦俱事鬼谷先生，学术，苏秦自以不及张仪"。据《史记》，苏秦身先死。二人出道顺序，为疑案。司马迁称二人皆"倾危之士"（《史记·张仪列传》）。《史记·苏秦列传》、《史记·张仪列传》错误甚多，可作参考，但作不了实，《战国策》对苏秦的记载亦不尽可靠。唐兰等学者认为司马迁没看过《战国纵横家书》（此帛书于 1973 年在长沙马王堆汉墓出土）。据目前的考古成果看：公元前 284 年，苏秦"为燕反间被暴露，车裂徇于市"；张仪死于公元前 310 年，此时苏秦尚未出道。此外，苏秦排行最小，司马迁将苏氏三兄弟齿序弄错，代与厉实为兄，应先显于诸侯，而非后显于诸侯。

"苏秦、张仪。①"犀首一字一顿，分外清晰。

"苏秦、张仪？何国人氏？"嬴虔淡淡问。

"洛阳苏秦，安邑张仪。"

"先生以为，苏秦张仪，较之先生如何？"樗里疾似乎漫不经心。

"唯闻其名，未见其人，教我这天下第一策士如何作答？"犀首骤然一本正经。话未落点，座中君臣已是同声大笑。

---

① 苏秦，战国时东周洛阳乘轩里人，字季子，纵横家。主张合纵抗秦。《汉书·艺文志》纵横家有《苏子》三十一篇，今佚。马王堆汉墓出土帛书《战国纵横家书》保存有苏秦的书信和游说辞十六章，与《史记·苏秦列传》所说不同。张仪，战国时魏国人。秦惠文君十年（前 328 年），任秦相，封武信君。执政时采用连横策略，游说各国服从秦国，辅秦惠文君称王。秦武王即位，他入魏为相，不久即去世。《汉书·艺文志》纵横家有《张子》十篇，今佚。

第二章 山东雄杰

一 洛阳苏庄的故事

二月初,冰雪消融,草木泛绿。

洛阳王畿耕牛点点,沉寂的原野上终于有了些许生机。

不知从哪一年起,周王就再也没有亲自举行过春耕大典。每年都是太子或丞相代为扶犁启耕,年复一年,二月初旬的春耕大典也就成了一个虚应故事。在苍龙抬头的二月,王畿国人再也没有了"一年之计在于春"的奋发勤耕。这一片明媚的春光,也仅仅成了结束窝冬的一个节令而已。郊外王田的启耕仪式冷清寂寥,几乎没有国人再去听那肃穆祥和的《周颂》,去看那陈旧铺排的天子仪仗。家居城内的农夫们,三三两两络绎不绝地牵牛负犁,走出城门,住进井田中的茅屋,在暖和的阳光下慢悠悠地开始了公田的春耕。这是周人的古老传统,春耕必须首先从井田中央的那一块公田开始。在周室兴盛的时候,年年这一天,王室官员都要亲临王畿每一井的公田,代天子给八家启耕的农人赏赐,其乐融融的繁忙春耕就此正式开始。如今,这一切都没有了。春日原野的欢声笑语,耕耘劳作的勃勃生机,都随着洛阳王气的沉沦而淡淡地消逝了。王畿国人们只是踩着祖先久远的足迹，顺从着积淀了千百年的忠诚，依旧首先耕种着属于王室的公田。

时当正午，洛阳南门飞出三骑快马，在井田沟洫的堤道上向原野深处奔驰。

"哎——快看，天子使者，要赏耕了！"有人惊喜地喊了起来。

"我看看。咳！何以是天子使者？苏氏三兄弟。"

"别做好梦了。天子，还没睡醒也。"井台旁打水的汉子蔫蔫儿笑了。

"苏氏兄弟出城，看启耕王典么？啧啧啧！"一个女人不胜惊讶。

共耕公田的八家男女轰然笑了起来，一个老人停下犁道："你且不去看，苏氏兄弟有闲心看那老古经？往东瞅，那是苏氏乘轩里，苏门有大事了。"

"乘轩里是官府叫的，一大片地哩！那座庄，老民都叫苏氏别庄。"一个女人笑道。

城外原野的东南处，一片柳林刚泛青绿，在枯黄的原野上鲜嫩醒目。柳林深处，掩映着一片青色砖瓦的大庄园。庄园外的土地沟洫纵横，井田中耕牛点点，歌声隐隐。庄园内炊烟袅袅，鸡鸣狗吠。在慵懒困窘的洛阳郊野，这片庄园难得的一片兴旺。

这就是洛阳国人眼热称奇的苏氏别庄。

这座庄园，坐落在乘轩里地面。里，是周室井田制的名称，大体三井（二十四家）为一里。按照周人的礼法，王城四野的土地直属天子管辖，叫作王畿。王畿之民叫作国人。那时土地广阔，人口稀少，国人都住在王城之内。只是没有国人身份的隶农，才居住在城外原野叫作"田屋"的茅屋里。直到春秋之世，城池依然是国家命脉，集中了几乎全部的社会财富与人口精华。所以，那时的战争才以攻取城池为战胜目的，每战不说占地多少，而只说"拔城"几座。每逢收种耕耘的时节，住在城里的国人才出得城外，住进原野井田的耕屋。农事结束，又回到城中居住。沧海桑田，世事变迁。到了战国之世，这种"国人居于都"的情况渐渐发生了很大变化。中原诸侯实行变法，废除了隶农制，昔日只能住在荒郊野外田屋的奴隶也变成了平民。平民有了自己的土地，房屋庄园慢慢好了起来，既便利耕作饲养，住着又宽敞自在。人口慢慢增加了，土地却在日渐减少，拓荒开垦便成为天下农人的家常便饭。住在城外的新平民不受出入城门的时间限制，也不受城内官署工商的无端干扰，开垦的荒地多，又可以起早贪黑地勤耕细作多养牛羊家畜，便有许多农人迅速富了起来，超过了居住在都城内的"国人"。时间长了，城池里的国人农户也渐渐醒悟，纷纷变通，在郊田中盖起了长期居住的瓦房院落，家族中的精壮人口便常年住在郊田庄园，大养牛羊家畜，随时照料田园沟洫；城池中的老宅便留下老幼病弱养息看守，活泛之人便将多余的房子改成店铺作坊，做点儿市易买卖。

于是，城池的人口慢慢发生了结构的变化——农耕人口渐渐迁出了城池，原野中出现了星罗棋布的村庄，城池渐渐变成了官署、士人、工匠、商贾聚居的处所和交易的中心。从此，土地和人口财富连在了一起。打仗也开始看重对土地的争夺了，占地多少里，得民多少户，也开始成为战胜的成果。战败者也以割让土地，渐渐取代了割让城池。

然则，在这熙熙攘攘的天下潮流中，洛阳王畿却几乎没有变化。

就像汹涌波涛中的一座孤岛，洛阳王城依然浸淫在万世王国的大梦里。国人依然住在王城之内，郊野井田里依然只有星星点点的耕屋与隶农破旧的茅屋。三百余年前，周平王东迁洛阳时，周围的王畿之地包容了方圆千里的三川地区，天下诸侯称为"千里王畿"。三百余年过去，洛阳王畿竟萎缩到了"方七十里"，站在洛阳城头即可一览无余，成了汪洋大海里的一叶孤舟。尽管如此，洛阳王城里的国人还是一如既往地守着祖宗的礼法，守着久远的井田，守着苍老的王城，守着"日出而作，日落而息，躬耕而食，凿井而饮"的永恒准则，淡淡漠漠地做着周天子的忠顺臣民。

在这片王畿土地上，苏氏别庄是显赫的，也是孤独的，无异于鹤立鸡群，如何不令国人眼热叹羡？在启耕公田的大典之日，苏氏兄弟鲜衣怒马地奔驰在初绿的原野，又如何

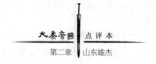
不令国人啧啧侧目？但闻马蹄声中，洛阳国人特有的洪亮口音随风飘来：

"四弟，张兄此来，却是何意？"

"我如何晓得？这要二哥说。"

"休要多问，回去自然知晓。"

说话之间，三骑骏马已经消失在绿色摇曳的柳林之中。

田埂的老人摇摇头，一声深重的叹息："世风若此，国将不国了。"躬耕垄上的农人们也纷纷跟着摇头叹息一番，无可奈何地开始了默默劳作。

苏氏别庄的主人叫苏亢，论原本身份，却也平常得很，一个专门从事长途贩运的生意人而已。那时候，生意人分为两类，行商坐贾——行走四方采购货物者叫"商"，坐地开店零售货物者叫"贾"。这苏氏一族本是殷商后裔，身体里流淌着殷商部族驾牛车奔走天下的血液，做的自然是行商。殷商王朝被周人革了命，殷商部族的平民们却远远没有上层贵族那么多仇恨与忧戚，依然是一辆牛车走天下，过着传统的商人生活。但周人礼法严格，市易皆由官营，不许私人做生意，自然也就瞧不起商人。但周王室却有罕见的冷静，一则为了消磨商人的仇恨，二则也觉得商人周流四方财货，对民生国计有好处，也就对商人网开一面，允许他们在官营市易之外继续做商人，并没有一刀硬砍，强迫商人变为耕耘的农人。这一宽松果然见效，醉心于财货积累的商人们一心奔走谋利，大大削弱了殷商贵族的根基力量。西周初年的周公旦能一举平息殷商贵族管叔、蔡叔的叛乱，使周室河山真正安定了下来，不能说与殷商庶民根基的流失没有关联。

苏氏一门在"管蔡之乱"前就在洛阳定居了下来。那时候，洛阳还是个不大不小的城堡，仅仅因为是拱卫镐京东部的屏障而颇有名声。谁想三百多年后周平王东迁，洛阳竟做了京都王城。在"王城料民"时，礼法规定：居住在洛阳城内的国人只能是周人部族。苏氏作为"商人"，本当迁出洛阳。当时的苏氏族长冒死求见周平王，陈述苏氏居住洛阳三百多年，早已成为"国人"，不当迁出。周平王为安定人心，破例下诏：凡在洛阳居住百年以上的"商人"，均可成为"国人"。

苏氏族长犯难请命，安定了商人，也使苏氏一门声名大振，成为"新国人"的望族。但几百年下来，苏氏一门的"行商"生计却没有发达起来，依旧是个平庸的商人家族。到苏亢做了族长，继承了祖业，天下已经是大争之世的战国了。

这苏亢聪颖智慧，非但通达商道，使家业重新振兴，而且知书达理，与天下名士交往颇多。久为商旅，苏亢周游天下见多识广，深感洛阳国人的活法简直与活棺材无异，与天下大势相去甚远。

他很想变个活法，活得自由自在一些，便独出心裁，一步一步地做了起来。

第一步，他在洛阳城外私下买了一家"国人"荒芜的百亩弃地，盖了一座小院子做别居。半年之后，洛阳官署竟无人过问他的"私相易田"之罪。苏亢的胆子大了起来，也看到了王室官署无暇治民，便找那些无力耕耘荒田的"国人"私下商议，将他们井田中的"私田"一块一块地买了下来。

十几年工夫，他逐步买下的"荒田"竟达两千多亩。

买田之后，不愁耕耘。每逢收种，苏亢便"买工"——付钱给住在郊野的隶农，教他们帮自己耕种收获。洛阳王畿的隶农是"国隶"，也就是官府奴隶，只归官府管辖派工。王室整天战战兢兢地防备战火，对奴隶的管束松弛得几乎是放任

春秋战国期间，因铁器的使用及诸侯的势大，土地的所有权开始发生大的变化。

自流——只要不逃亡,就是好隶农,谁还来整天督导你耕作?于是苏亢有了取之不竭的劳动力,加上他厚待隶农工钱多,隶农为苏庄做工便特别踊跃。商路生意好,土地收成好,苏家就蓬蓬勃勃地发了起来。

苏庄不断扩大,苏家便成了唯一在洛阳城外拥有丰厚田业的国人。

但是,这些还并不是苏亢的最终谋划。他的大志在于改换门庭,使苏氏家族从世代商人的身份中摆脱出来,成为士大夫贵族世家。虽说商人在战国之世已经不再公然被人蔑视,但在官署与世人眼里,却终究是言利小人。苏亢在自己的经商交往中,对这种身份差别有痛彻心肺的体察。一介商贾,别说与高车驷马的王公显贵有霄壤之别,即便是清贫士子与寻常国人农夫,也常常不屑与商人为伍,更不说结交了。

富而贵,富人心愿也。

有一年,苏亢到魏国安邑采购丝绸,不知哪条沟渠没有渗到,安邑官市竟要驱逐他这个洛阳商人。苏亢愤而争执,闹到了丞相公叔痤府里裁决。公叔痤官声颇好,苏亢对丞相裁决满怀厚望。谁知进得府中,那个官市小吏气昂昂进去了,苏亢却被府吏挡在院中等候,严令不许走动窥视。在北风呼啸的寒冬,苏亢整整站了一个时辰,浑身冻得僵硬,也不能到廊下避风处站立,更不要说到客厅取暖。那时候,他流下了屈辱的泪水,暗暗对天发誓,一定要教儿子入仕做官,永远不要做这种"富而贱"的商人。

后来,苏亢有了四个儿子。经过仔细审量,他教资质平庸的长子苏昌跟自己经商掌家,却将聪慧灵秀的三个小儿子送出去求学了。他给三个求学的儿子立下了规矩:若不能成名入仕改换门庭,死后不许入苏氏宗祠。

一说为五子,一说为三兄弟。

苏家的举动,是无声的告示。王畿国人有人嘲笑,有人惊叹,有人艳羡,口风相传,却也成为一时佳话。苏氏家族的

命运能否改变？成了洛阳国人拭目以待的谜。

但是，没有等得多少年，洛阳国人便对苏亢刮目相看了——苏家三个儿子个个学问非凡，都成了洛阳名士。这三个儿子，便是纵马原野的苏氏三兄弟——苏秦、苏代、苏厉。

二　双杰聚酒评天下

三骑刚入柳林，便闻一阵爽朗大笑："走马踏青，苏氏兄弟果然潇洒也！"随着笑声，林中小道走出一个身材高大的年轻士子，青衣竹冠，抱拳拱手间气度不凡。

马上为首青年红衣玉冠，英挺脱俗，却正是苏氏次子苏秦。他翻身下马间大笑："闻讯即来，如何成了走马踏青？张兄好辞令。"疾步向前，四手相握，相互打量着又一阵大笑。

"苏兄别来无恙？"来者无意套了一句官场之礼。

"有恙又能如何？"苏秦却当了真，揶揄反诘。

"张仪颇通医道也。"

"张仪者，医国可也。医人？啧啧啧！"

"国中难道无人乎？"

"国有人，人中无苏秦也。"

"子未入国，安知国中无苏秦？"

"子非苏秦，安知苏秦定入其国？"

俩人边说边走，应对快捷不假思索，仿佛家常闲话一般。跟在后边的两个少年惊讶新奇，稍大者跺脚高声道："慢一点儿好不？这就是名士学问么？"

前行的苏秦和张仪大笑回身。苏秦笑道："啊呀，还有两个小弟也。张兄啊，这是三弟苏代，这是四弟苏厉。三弟四弟，这就是我平日向你们提起的张兄仪者也！"

孙皓晖依《史记》及《战国策》的线索而写，苏秦在家为长，且苏张同门。但苏秦与张仪私下是否有交，史实难考，《史记》倒是写到二人有交往。

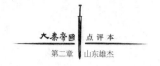

苏代苏厉拱手躬身,同声道:"久闻张兄大名,见过张兄!"

张仪一本正经道:"两位小兄莫笑,与苏兄打了十几年嘴仗,见面不来几句心慌也。"

四人哄然大笑,苏秦道:"三弟四弟,锤炼学问辩才,可得多多讨教张兄。"

"请张兄多多指教。"苏代苏厉不待张仪说话,再次大礼一躬。

张仪揶揄道:"苏氏兄弟,个个聪明绝顶,做好套子让人钻也。我呀,不上当。"语态之滑稽,将苏代苏厉两兄弟逗得哈哈大笑。

苏秦拉起张仪道:"走,进庄,话可是多也。"

张仪边走边感慨:"苏兄啊,我可真是没想到,洛阳王畿竟有如此美庄园。安邑郊野亦多有庄园,可挤挤挨挨,如何比得这无边旷野,一座孤庄,占尽天地风光也。"

苏秦不禁"哧"地笑了出来:"张兄,你这可真是将穷瘦当细腰也。安邑领先天下时势,数十年前城郭之外已经多有村庄,自然是炊烟相望,鸡鸣狗吠相闻,一片兴旺了。洛阳王畿破败荒凉,张兄不见其衰朽颓废之气,独见其旷野孤庄之美,真道别出心裁也。"

张仪原本是触景生情,没想到这一层,经苏秦一说,不禁慨然一叹:"还是苏兄立论端正,张仪佩服。"

"佩服?只怕未必。四弟,知会家老,为张兄接风洗尘。"

苏代却道:"四弟,还是先给大嫂说管用,她有绝学好菜。"说着与苏厉一起,抢先跑步进庄去了。

从外面看,苏氏庄园是个影影绰绰的谜。不太高的院墙外裹着层层高树,即或是树叶凋零的枯木季节,也根本看不见庄园房舍。面南的门房,也是极为寻常的两开间。一只高大凶猛的黄狗蹲在门道,见主人领着生人进来,霍然挺身,边摇尾巴边从喉咙发出低沉的呜呜声。苏秦笑道:"黄生,这是张兄,认得了?"大黄狗"汪"的一声,蹭着张仪的衣服嗅了嗅,摇摇尾巴径自去了。张仪笑道:"苏家一只狗,竟也如此通灵?啧啧啧!"苏秦笑道:"此乃老父从胡地带回的牧羊犬,的确颇有灵性。张兄,这边。"

绕过一道将庭院遮得严严实实的青石影壁,第一进是一排六开间寻常茅屋,看样子是仆人住的。过了茅屋,是一片宽敞空旷的庭院,三株桑树已经发出新叶,两边茅屋的墙上挂满了犁锄耒锹等各种农具,俨然农家庭院。庭院尽头又是一排六开间茅屋,中间一道穿堂却被又一道大影壁挡住了。

走过穿堂,绕过影壁,一座高大的石坊立在面前,眼前景象大变——一片清波粼粼的水面，水中一座花木葱茏的孤岛；水面四周垂柳新绿，绕水形成一道绿色屏障；柳林后漏出片片屋顶，幽静雅致得令人惊奇。张仪惊讶笑道："里外两重天，天下罕见！"苏秦却是淡淡一笑："也无甚新奇。苏庄里外之别，就是天下变化的步幅。"

张仪恍然笑道："如此说来，外院是世伯第一步试探，内院是近十多年所建？"

苏秦点头道："张兄果然明澈。然到底也与家父心性关联，不喜张扬，藏富露拙而又我行我素。等闲人等，家父从来都是在外院接待的。"

张仪若有所思地点点头："苏世伯真乃奇人，只可惜见他不得了。"

苏秦笑道："家父与长兄，一年中倒有大半年在外奔波，我也很少见。"

说话间俩人穿过柳林，曲曲折折来到一座孤立的青砖小院前。苏秦指点道："张兄请，这便是我的居所。"张仪四面打量一番，见这座小院背依层林，前临水面，与其他房舍相距甚远，确实是修学的上佳所在；抬头再看，小院门额上四个石刻大字赫然入目——雷鸣瓦釜。

张仪凝神端详："苏兄，志不可量也。"

苏秦揶揄道："你那'陵谷崔嵬'又如何说去？"俩人同声大笑一阵，走进了小院。

院内只有一座方形大屋，很难用寻常说的几开间来度量。大屋中间是一方不大不小的厅堂，西首隔间很小，隐在一架丝毫没有雕饰的木屏风后面；东首隔间很大，几乎占了整座房屋的三分之二，门却虚掩着。厅中陈设粗简质朴，没有一件华贵的家具饰物。

张仪由衷赞叹道："苏兄富贵不失本色，难能可贵也。"

苏秦不禁笑道："我等瓦釜，何须充作钟鼎？"

畜狗的历史，在中国源远流长，但"牧羊犬"这一称呼，现代了些。

张仪大笑:"苏兄妙辞!惜乎瓦釜竟要雷鸣,钟鼎却是锈蚀了。"

苏秦摇摇头:"张兄总能独辟蹊径,苏秦自愧弗如也。"

张仪听得更是大摇其头:"苏兄差矣!不记得老师考语了么?'苏秦之才,暗夜点火。张仪之才,有中出新。'苏兄原是高明多了。"

苏秦默然有顷,叹息道:"老师这考语,我终是没有悟透。哎,他们来了。"

脚步杂沓间,门外已经传来苏厉稚嫩的嗓音:"二哥,酒菜来了——"便见苏代推开院门,两个仆人抬着一个长大的食盒走进,身后还跟着一个丰满华贵的女子。

苏秦指着女子笑道:"张兄,这是大嫂,女家老。"

家老是当世贵族对总管家的称呼,张仪自然立即明白了这个女子在苏家的地位,忙深深一躬:"魏国张仪,见过长嫂夫人。"

女人脸上绽出了明艳的笑容,随和一礼道:"先生名士呢,莫听二叔笑话。小女子痴长,照料三个小叔自是该当,苏家指靠他们呢。这是我亲手为先生做的几个菜,来,抬进去摆置好了。"快人快语,连说带做,片刻间在客厅摆好了四案酒菜。

苏秦对张仪轻声道:"大嫂古道热肠,能饮酒。"

"别奉承我。"女人笑道,"来,落座。先生西首上座,二叔东首相陪。两个小叔南座。好,正是如此。"快捷利落,免去了任何谦恭礼让。

苏氏三兄弟与张仪俱各欣然就座。张仪正待对这位精明能干的大嫂家老表示谢意,却见微笑的苏秦还是望着大嫂,便没有开口。这时大嫂已经走到最小的苏厉案边笑道:"老公公与夫君不在,我自然要敬先生一爵。"张仪一瞥,已

这里的大嫂,没有前倨后恭。大方得体。

经看见苏厉的案上摆着两个酒爵，知道这位大嫂一切都是成算在胸，便也像苏秦一样微笑着听任摆布。

女子举起酒爵道："先生光临寒舍，苏家有失粗简，望先生见谅。小女子与三位小叔，为先生洗尘接风，来，干了！"一饮而尽，笑盈盈地望着张仪。

"多谢长嫂夫人。"张仪一饮而尽，苏秦三兄弟也一起干了。

女子笑着一礼："先生与小叔们谈论大事，小女子告辞。"转身又道，"四弟，我在门外留了一仆，有事尽管说。我走了，啊。"待苏厉答应一声，她已经轻捷地飘出了院子。

苏秦："如何？大嫂是个人物也。"

张仪微笑："不拘虚礼，精于事务，难得。"

苏厉天真笑道："二哥最怕大嫂，说她'言不及义'。"

"四弟差矣！那是怕么？那是烦。"苏代认真纠正，"义利两端。言不及义，必是言利之人，二哥焉得不烦？"

张仪大笑："苏代如此辞令，苏兄教导有方啊。"一句话岔过了对大嫂的品评。

"张兄，"苏秦笑道，"来，再饮一爵说话。"

"好。"张仪举爵，"三弟四弟，同干。"饮尽置爵，目光向案上一扫，见两尊铜鼎竟赫然冒着腾腾热气。再看苏秦三兄弟案头，也是铜鼎灿灿，不禁惊叹："苏兄啊，今日只差钟鸣了。"

苏代抢先道："张兄不知，大嫂喜欢显摆贵气，二哥烦得很。今日她听说来了魏国名士，硬是将这套鼎具搬了出来，忒是俗套。如今殷实富贵之家谁没有这物事？只是洛阳国人不敢用，做稀罕物事罢了。大嫂井底之蛙，张兄见笑了。"

张仪大笑一通，煞有介事地长声吟道："开鼎——"打开一只鼎盖，透过袅袅热气便见油红明亮香气喷鼻，不禁惊叹一声，"好方肉也！"又打开另一鼎，却见一汪雪白浓汤拥着一丛晶莹碧绿，煞是好看，"噫！这是何菜，香得如此奇特！别急，有点土香味儿，野菜么？不像。"

苏秦微微一笑："张兄不用琢磨，你不识得的。此物乃西域野草，胡人叫作'木须'，中原有人写作'苜蓿'，本是胡人牧马之上等饲草。多年前，家父通商西域买马时，常在草原野炊，不耐整日吞食肥羊。有一次忽发奇想，采了大把鲜嫩的牧草和在肉汤里煮。一食之下，竟是清爽鲜香，美味无比。家父便向牧人讨了一捆老苜蓿带了回来，打下种

樗裹疾

樗里疾

子,在庄内种了半亩地。目下正是春日,野苜蓿鲜嫩肥绿,大嫂视若珍品,等闲人来,还不肯献上。"

张仪听得神往,不由夹起一筷入口,略一咀嚼拍案惊叹:"妙哉! 仙草也!"

苏氏三兄弟一齐笑了起来。苏厉一拍手:"张兄,我给你偷一包苜蓿种,何以谢我?"

"偷?"张仪忍住笑低声道,"得仙草种一包,我赠你秘典一册。如何?"

"好! 一言为定。"苏厉转着眼珠,"大嫂管得紧,不好偷也。"

三人不禁大笑一阵,一起夹出碧绿的苜蓿品尝,尽皆赞叹不绝。笑语稍歇,苏秦悠然一笑:"张兄呵,你千里迢迢从安邑赶来,就是为了这味野菜么?"

张仪一声叹息道:"不瞒苏兄,我是遇到了难题。家母逼我娶妻,我想避开,又不知该去何方? 就想躲过来,也顺便听听苏兄高论了。"

"是么?"苏秦闻言心中暗笑,知道这个师弟机变过人却又心高气傲,即便是讨教于人也要找出个"顺便听听"的理由,也不去计较,顺着话题问道,"却不知张兄志在何方?"

"我想先去齐国,若无甚乐趣,再去楚国。"张仪没有再提逃婚之事。

"张兄以为,齐国楚国堪成大事?"苏秦眼睛一亮。

"齐国,田因齐称王已经三十余年,民众富庶,甲兵强盛,国力已经隐隐然居六国之首。乃天下第一可图大业之邦,自然当前往一游。至于楚国,数十年虽无战胜之功,但其地广人众,潜力极大,也是可造之国。苏兄以为如何?"话入正题,张仪便很认真。

苏秦道:"张兄难道对魏国没有心思?"

张仪道:"说起我这祖国,实在令人感慨万端。强势虽在,却屡遭挫折。被秦国夺回河西之地,又迁都大梁,朝野不思进取,一派奢靡颓废,令人心寒齿冷也。"

"我倒以为,张兄当从魏国着手。"苏秦目光炯炯,"奢靡颓废,人事也。魏国若有大才在位,整饬吏治,扫除奢靡,何愁国力不振? 以魏国之根基,一旦振兴,雄踞中原,天下何国堪为敌手。张兄生乃魏人,何舍近而求远?"

"既然如此,苏兄何不前往魏国?"张仪狡黠地一笑。

"人云,良马单槽。我去了魏国,置张兄于何地?"苏秦还以揶揄的微笑。

张仪哈哈大笑:"如此说来,苏兄是给张仪留个金饭碗也。"

苏秦释然笑道:"岂有此理? 原是我不喜欢魏国朝野的浮滑之风。张兄若得治魏,也要费大力气移风易俗,譬如商鞅在秦国之移风易俗。"

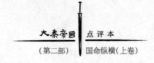

张仪思忖点头："你我在魏国王屋山浸泡了十年,那时苏兄就说过厌烦魏国,张仪如何能忘记了? 只是我已占了三个强国,苏兄却向何处立足?"

苏秦微笑："张兄不妨为我一谋,天下之大,我欲何方?"

张仪心知苏秦虽机变稍差,但虑事深彻,总能在常人匪夷所思处振聋发聩。这一问显然在考量自己,略一思忖便道："苏兄志在北方,燕赵两国,可是?"

"何以见得?"

"燕国,奇特之邦也。"张仪侃侃道,"周武王所分封的最古老的大诸侯国中,唯有燕国沉舟未泯,成为七大战国之一。若说根基,天下无出其右。且燕国北接胡地,东连大海,纵深广袤,国风剽悍。假以整饬,焉知不会对天下成泰山压顶之势? 再说赵国,现已是三晋中最有战力的邦国,骑兵之强,天下第一;数十年来连败匈奴,扩地接近敕勒川,又吞灭半个中山国,势力大增;更兼山川险峻,西有上党要塞,东有大河屏障,易守难攻。君主赵语,持重勤奋,朝野气象颇为兴旺。如此之国,前途不可限量也!"张仪说得兴奋,见苏秦却只是微笑摇头,骤然打住,"难道,燕赵当不得苏兄大才?"

苏秦悠然一笑："燕赵之长,张兄寥寥数语悉数囊括,可谓精当。然则燕赵之短,张兄却未言及,此短足以抵消其长也。"

"未曾虑及,愿闻兄论。"忽然之间,张仪觉得自己对大势尚欠揣摩。

苏秦道："燕赵两国之最大短处,在于旧制立国,未曾变法。七大战国,魏国、楚国、齐国、韩国、秦国,已经先后变法,唯独燕赵两国未曾大动。赵国由三家分晋而立国,之后陷于军争,无暇变法,算得半新半旧。燕国则旧坛老酒,几乎丝毫未动,若不是地处偏远,中间有赵国相隔,难保不被魏国齐国吞灭。未经变法,国无活力,自保图存尚可,断无吞国图霸之心力。若入此等邦国,无异于自缚手脚,岂能大有伸展?"

张仪心中已是豁然明白,暗暗叹服,口中却又追问："难道你我不能做变法之士,像李悝、吴起、申不害、商鞅那般,成一代强国名臣?"

苏秦听得大笑："张兄真能想入非非,佩服!"

"未曾修习法家之学,当真可惜也。"张仪自嘲地叹息一声,"苏兄莫非看好秦国?"

"张兄以为如何?"苏秦认真地点了点头。

显然没有想到这是苏秦的认真选择,张仪困惑地摇摇头："不瞒苏兄,我对秦国素来憎恶,所知甚少。这个西陲诸侯,半农半牧,国小民穷却又蛮勇好战,忝列战国已是一奇,何有远大前程?纵有商鞅变法,也是一时振作而已,充其量与韩国不相上下。况秦国新君寡恩薄义,车裂商鞅,故步自封,岂能寄予厚望?"

苏秦丝毫没有惊讶,悠然笑道:"张兄啊,你还是没有脱开魏秦宿仇之偏见,对秦国可说是不甚了了。实言相告,我对秦国原本也无好感。但有一个疑问始终在我心头:像商鞅这般大才名士,何以要去秦国?秦国若是愚昧平庸,又如何能重用商鞅变法二十余年?若商鞅变法果如中原所言,残暴苛虐,何以秦国竟能有如此军力,一举夺回千里河西?有此疑惑,去冬我便随家父去了一趟秦国,所见所闻,当真令人大开眼界。一进函谷关,田畴精细,村庄整齐,虽是北风寒天,田头却熙熙攘攘地修缮沟洫,渭水货船来往穿梭。可以说,当今天下任何邦国,都没有这番勃勃生机!家父乃走遍天下的老商,他指着渭水中穿梭般往来的货船,对我说:商家入国看货流,货流旺,百业兴,秦国了不得也。进入咸阳,街巷整洁,国人纯朴,人人视国法如神圣;民无私斗,官无贿赂,商无欺诈,工无作伪,道不拾遗,夜不闭户;外国商人大觉安全,倒是十有八九都将家眷迁到了咸阳。十多天中,我听到见到的犯罪者,竟全部都是东方商贾!张兄,我等也算游历颇多,你说,当今哪个国家有此等气象?"见张仪默默摇头,苏秦打住话头,"张兄以为不然么?"

虽然魏国与秦国接壤,但张仪却从来没有去过秦国。虽则如此,他坚信自己对秦国的根底还是有把握的。这番话要是别人说出来,张仪一定会不屑一顾地大加嘲笑,但师兄苏秦沉稳多思,素来不谬奖人物,他既然亲历,说出来断然无虚。但是,张仪还是感到惊讶不已,按照苏秦之说,秦国岂非大治之国?这如何可能?见苏秦看着自己,张仪若有所思地一笑:"表面大治,鲁国也曾经有过,结果如何?"

二人纵论天下,孙皓晖借此写出孝公之后的天下形势,并论商君之法的效果。资格老如燕国者,未必能得天下,穷弱如秦国者,未必不能得天下。实际上,二人出道前,秦已强。

须眼见为实。

"张兄之意，我明白。"苏秦将三弟苏代斟的一爵清酒一饮而尽，慨然道，"鲁国虽曾以礼法大治，国中一度康宁繁盛，但其君臣食古不化，且内争剧烈，终至萎缩衰微。周公封邑，原本天下第一诸侯，竟至连殷商后裔的宋国也不如了，令人扼腕叹息也！然则秦国与鲁国迥然有异，断不可同日而语。秦国新法根基空前稳固，旧世族势力二十多年没有抬头。新君嬴驷虽车裂了商鞅，但也将彻底镇压图谋复辟的世族力量，一次铲除旧世族。商君新法非但不会动摇，而且将更进一步，即将向陇西戎狄区域推行。跟随商君变法的上大夫景监、国尉车英等股肱大臣也必然隐退。新君嬴驷，将起用忠于新法的商於郡守樗里疾，与函谷关守将司马错。商君时期的郡守县令一个也不会罢黜，变法派大权在握。你说如此秦国，能是一时大治么？更有一个奇人，去冬到了秦国。张兄可知？"

张仪感到惊讶："奇人？可是那个犀首？"

"然也！"苏秦兴奋拍案，"你们魏国的一个纵横高士，他做了秦国上卿！"

"犀首已经捷足先登，苏兄为何还要去秦国？良马不单槽了？"张仪颇不以为然。

苏秦颇为神秘地一笑："张兄，天下策士，可有人在你我之上？"

张仪恍然大笑："苏兄是说，有你入秦，犀首无所作为？"

"正是。"苏秦胸有成竹，"犀首第一策就是劝秦国称王，可谓不识时务。今春没有动静，足证新君嬴驷没有采纳，所以只教他做了上卿。秦国之上卿，从来都是虚职了。"

"如此说来，苏兄入秦之心已定？"

苏秦点点头："张兄以为如何？"

张仪慨然一叹："我对秦国原不甚了了，苏兄如此推重，

纵论天下大势，亦恐天下惧秦。

张仪对公孙衍不以为然，但公孙衍处处坏张仪大事，断张仪财路。

看来定然不差。然则有犀首在秦,苏兄还当谨慎为好。"

"自当如此。"苏秦笑道,"十年铸剑,一朝出鞘,天下谁堪敌手?"

张仪被苏秦激励得豪情大发,开怀大笑:"好!苏兄入秦,张仪入齐,驰骋天下!来,干此一爵!"两人同时举爵,"当"地一碰,一饮而尽。

二人皆"倾危之士",甚是。

三　洛阳试剑　苏秦成名不成功

次日,张仪匆匆走了,安邑还有许多事等着他办。

苏秦开始忙起来,除了筹划上路物事,便沉浸在书房里浏览搜集到的秦国典籍。过了几日,一切就绪,只待次日西行去秦国了。天刚暮黑,四弟苏厉来雷鸣瓦釜小院送饭,说老父从宋国回来了,估摸膳后就会来二哥处。苏秦对父亲很是敬重,正为不能向父亲辞行感到缺憾,听说父亲回来了自然高兴,连忙用饭,准备吃完饭去拜望老父。谁想就在他与苏厉走出小院时,却见父亲迎面走来。

"父亲。"苏秦看见老父疲惫的步态,心中一阵酸热,忙深深一躬,扶住了父亲。

名动洛阳的苏亢,已经是白发苍苍的老人了。他点了点头,拂开了苏秦要扶他的手,却没有说话,径自往院中走来。苏秦素知父亲寡言少语,事大事小都是只做不说,也不再多话,陪着父亲默默走进了院中。

进厅堂坐定,苏厉重新点亮了铜灯,苏秦给父亲捧来了一盏鲜绿的春茶。老人依旧只是默默啜茗。苏秦坐在父亲对面,将张仪来访以及自己的谋划说了一遍:"父亲,季子明日就要西行入秦,望父亲多加保重,莫要再奔波劳碌。苏氏

已经富甲一方,商事交由大哥料理足矣,父亲早当在家颐养
天年了。若再高年奔波,季子于心何安?"

季子,是苏秦的"字",也就是另个别名。"字"在战国尚
不普及,只是偶见。苏亢喜欢呼儿子这个被自己叫作"小
名"的名字,苏秦在父亲面前也多以此名自称,便是正名之
外的一个"字"了。老人一直凝神地听着,仿佛没有看见儿
子含泪的眼睛,也没有理会儿子最后的话题,若有所思沉默
了许久,终是滞涩开口:"何去何从,凭你学问见识。为父唯
有一想,你自揣摩:无论厚望于何国,都应先说周王,而后,远
游可也。"

先奉天下共主,再事诸
侯。

苏秦大为惊讶——自他离家求学,父亲从来不与他交谈
政事。他偶然向父亲谈及天下大势,父亲也只是留神细听,
从来不问不对。今日,老父却在如此重大的事情上提出了如
此匪夷所思的"一想",当真令苏秦莫名惊讶。苏秦深深知
道,老父亲久经商旅沧桑,遇事不断则已,断则每每有成算在
胸。然则,要将奄奄一息的洛阳王室做第一个游说对象,在
任何策士看来都是不可想象的荒诞之举,更何况苏秦这样的
名门高士? 但无论如何荒诞,苏秦都没有立即回绝。他了解
父亲,他要再想想。

老人已经站了起来,看着茫然若有所思的儿子,淡淡地
说了一句:"祖国为根,理根为先。"说完径自走了。

祖国之念,此乃以现代观
念解释古代之事。

这一夜,苏秦无法入睡,索性到庄园中转悠去了。

春寒犹在,夜空碧蓝深邃,星光闪烁,隐藏着天地间无穷
的隐秘。苏秦仰望星空,终于找到了那颗暗淡的大星。那是
填星①,是洛阳周王室的国运之星。在占星家眼里,填星乃
是黄帝之星、德政之星、"执绳而制四方"的中央之星。这颗

---

① 填星,古占星学又称决星、卿魄,即土星。

填星晨出东方,夕伏西方,每年停留(填)在二十八宿的一宿中间,二十八年填完二十八宿,完成一个周天,活似一个至尊老人在众多儿孙家轮流居住,故此叫了填星。填星的常色极为明亮,直与北极星不相上下,填于任何星宿之中,都可以一眼认出那灿烂的光华。可是,目下这填星隐隐约约地填在东方房四星之中,暗淡发红,几乎要被湮没。苏秦虽然不精于占星之学,但跟随那位博大精深的老师修学十余年,耳濡目染,对星象基本变化的预兆还是清楚的。老师曾说,填星在周平王东迁洛阳后就渐渐暗淡了,近百年以来,填星更是回填女四星即暗。而女四星,恰恰便是中原洛阳的星宿座。天象若此,地上之周室也确实已经失去了德政,如同湮没在茫茫天宇中的填星一样,已经湮没在战国大争的汹汹潮流之中了。

这样的王国,值得去殉葬么?

苏秦并不完全相信此等神秘兮兮的占星学,他修习的是实实在在的策士谋略之学。要说天象,他更欣赏赵国年轻士子荀况说的"天行有常,不为尧存,不为桀亡"。但因为对星象学有所了解,反而是经常在夜里总要习惯性地抬头端详夜空,一看便知天下将有何种"预言"流传。师弟张仪淡漠此道,经常嘲笑他在山顶观星是"苏秦无事忧天倾",经常取笑地问他:"苏兄啊,可知上天要将我填到哪个坑里啊?"苏秦则总是微微一笑:"学不压身。我还想做甘德、石申的学生①,要不要再做一回师兄弟?"

遐想之中,一阵寒风扑面,苏秦顿时清醒过来。老父要自己先入洛阳,肯定有他的道理。父亲是久经沧桑的老商旅,不可能对洛阳周室的奄奄待毙视而不见。既然如此,老

既师鬼谷子,必知星象术,高不高明是另外一回事。据《史记·天官书》,"历斗之会以定填星之位。日中央土,主季夏,日戊、己,黄帝,主德,女主象也。岁填一宿,其所居国吉""其一名曰地侯,主岁。岁行十三,度百十二分度之五,日行二十八分度之一,二十八岁周天。其所居,五星皆从而聚于一舍,其下之国,可以重致天下。礼、德、义、杀、刑尽失,而填星乃为之动摇""斗为文太室,填星庙,天子之星也"。在这里,孙皓晖以填星之暗淡解释周室衰微,如更深入一点,当点出其所居位置,若五星不能聚,则"为之动摇"。观天象,为术,也为学,此术此学似乎已失传——在无神论面前,更当噤声,十分可惜。

---

① 甘德、石申,战国著名星象学家,最早记载了彗星现象。

父之意究竟何在？

"祖国为根，理根为先"——老父最后的话猛然跳了出来。苏秦心中不禁一亮——入洛阳游说，意不在于周王重用，而在于向天下昭示气节！生为王畿子民，在祖国奄奄待毙时不离不弃，敢于做救亡图存的孤忠之士，传扬开来，这是何等高洁名声！殷商末年的伯夷、叔齐二人没有任何功业，生平只做了一件事，那就是在殷商灭亡后不食"周粟"，饿死在首阳山上，于是乎名满天下了。

看来，老父的心思颇有殷商遗老的印痕，由对伯夷叔齐的敬重而生发出对儿子的唯一要求。虽然是个很老派的谋划，若公然与新派名士商讨，一定会引来满堂嘲笑。但细细一想，这个很老派的谋划，却恰恰符合了权力场亘古不变的名节要求。从古至今，无论是官场庙堂还是山野庶民，人们都敬重忠诚气节，都蔑视反复无常。交友共事、建功立业、居家人伦、庙堂君臣，一个"忠"字，一个"义"字，从来都是第一位的品行名节。庶民不忠不义，毁掉的是家人友人；臣子不忠不义，毁掉的是邦国命运。唯其如此，"忠臣义士"成为当世诸侯取士用人的一个基本准绳。所谓"德才"二字，德之基点便在于忠义两则。尽管战国之世，对"义"的推崇更甚于"忠"，但"忠"的重要也是显而易见的。大争之世，哪个国家都有倏忽间兴亡倾覆的可能，谁不希望自己的朝臣庶民尽皆忠义之士？人同此心，心同此理，岂有他哉！而一个游说天下建功立业的士人，最容易被人怀疑为朝三暮四的无行才子，若在大动之前已证明了自己的高风亮节，无异于获得了一方资望金牌，岂非事半功倍？

思忖之下，苏秦对老父的"一想"不禁刮目相看了。他想改变次序，先行入洛阳觐见周王，视情形再定入秦之事。可是，觐见周王呈献何等兴国大计呢？总是要有一番说辞

朝秦暮楚者，恰恰就缺乏这份忠义。

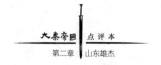
的,没有惊世之策,岂有名节效果?苏秦又是久久地仰望星空,要在明暗闪烁的群星中寻找那个闪光的亮点。

突然之间,他放声大笑,对着星空手舞足蹈了。

三日后,苏秦骑了一匹寻常白马,布衣束发,出得苏庄向洛阳王城走马而来。

真正的王城是城中之城,坐落在洛阳正中,几乎占了整个大洛阳的一半。三百多年前周平王东迁时,洛阳城已经是函谷关外拱卫镐京的要塞重镇了。那时候,洛阳就属于天子直辖的王畿,而没有分封给任何一个诸侯国。经过东周初期近百年的不断扩建,洛阳已经堪堪与当年的西周镐京相媲美了。就地理而言,洛阳虽不如镐京那样居于关中而易守难攻,但也算是天下上佳的形胜之地——北面大河,南依嵩山,三川环绕(洛水、伊水、汝水),八津拱卫(黄河与三川的八处渡口),沃野千里,沟洫纵横,较之关中却是更加广阔丰饶。尤其是经过戎狄之乱,洛阳更显出了它优于镐京的最突出之点:与西部戎狄有着较远的距离,更为安全可靠。西面的关中与函谷关,恰恰成了抵御戎狄的坚固屏障。那时候王权尚盛,中原安定,主要的威胁在于西部的游牧部族。如此情势,洛阳就显得特别适合于做京师王畿。春秋中期,戎狄动乱,大举入侵中原,东周都城洛阳虽然经受了巨大的冲击,终究岿然不动,最根本之点就在于洛阳地处中原,诸侯勤王极为便捷。于是,齐桓公的"尊王攘夷,九合诸侯"才能极有成效,全部将戎狄驱逐出中原腹地。

那时,国人无不惊叹天子神明——东迁洛阳,挽救了周室。

然则,沧桑终是难料。戎狄消退了,诸侯却迅速坐大,王权也无可奈何地衰落了下去。原本远离夷狄安全可靠的中原,却翻腾得惊天动地,洛阳王畿也变成了惊涛骇浪中的一

> 形胜,可视为风水术语。

> 借诸侯之力抗戎敌,诸侯必借势壮大。

叶扁舟。百余年下来，诸侯变着法儿蚕食，洛阳的千里王畿渐渐萎缩得只剩下了城外七八十里的"王土"了。

洛阳国人伤心之余，又每每怀念四面要塞的镐京，说东迁洛阳毁了周室。

就这样背负着周王朝的兴衰荣辱，走过了三百多年，洛阳老了，如同她的王室主人一样老了。高厚拙朴的城墙，坚固巍峨的箭楼，尽皆年久失修，城砖剥落，女墙破裂，钟鼓锈蚀，楼木朽空。昔日旌旗招展矛戈生辉的四十里城头，如今竟只有些许老兵在懒洋洋地转悠，宽阔的护城河堤岸也是杂草丛生，淤塞得只剩下一道散发着腐腥味儿的溪流。那座幽深的城门，终日洞开着。护城河上宽大破旧的吊桥，也是终日铺放着，竟至断了铁索埋进了泥土，变成了固定的土木桥。城门洞外，则站着一排衣甲破旧的老卒，对进出人等不闻不问，泥塑的仪仗一般。

洛阳的衰老，令苏秦感到震撼。

身为王畿国人，进出洛阳自是家常便饭。然而，苏秦对洛阳却从来没有仔细品味过。少年离家求学，洛阳在他的记忆中只是一座硕大的古老城池，一片金碧辉煌的王城宫殿。出山归来，进出洛阳不知几多，却也熟视无睹，从来没有留意过洛阳的变化。十多年修学游历，苏秦对天下潮流时势了如指掌，对大国新城的兴旺气象也颇为熟悉，临淄、安邑、大梁、新郑、咸阳、邯郸、郢都、蓟城，所有这些著名都会，他都能如数家珍般评点一番，唯独对王城洛阳却不甚了了。在他的心目中，周室天子已经是昨日大梦，洛阳王城已经是过眼云烟，留下的，只是一道古老神秘的天符，混沌得几乎没有任何的具体感知。

今日，当苏秦以名士之身进入洛阳，要对周天子献上振兴大计时，才发现自己对洛阳是何等生疏。一路行来，仔细打量，感慨万千。在当今天下，唯有洛阳完整地保留了古老的《周礼》规范，"农人井田，工贾食官"，一切都由国府料理。如今的王室国府，再也没有力量承担这细致烦冗的管治了。井田、作坊、官市、店铺，一切都在松弛地溃烂着。目下正是春耕时节，农人一出城，街巷就冷清得幽谷一般，连平日最热闹的官市也人迹寥寥，只有打造日用百器的作坊街传出叮叮当当的锤锻声，使人感到这座城池的些许生气。苏秦油然想到了临淄齐市，那真是市声如潮，绵延数里的汪洋人海，摩肩接踵，挥汗如雨，置身市中，当真是一片生机勃勃。两相比较，洛阳便是一座令人窒息的古墓。寻常时日，总是振振有词地评说洛阳王室的奄奄待毙，实际上却并无真实体察，如今身临其境,用心品味,方实实在在地感到了这个辉煌王朝的垂垂老矣。

进入王城,苏秦已经不再惊讶了。只是他没有想到,觐见天子竟如此的容易。王城宫墙外,无所事事的守军对有人觐见天子似乎感到很诧异,问了姓名国别,听说是洛阳国人,领哨将军挥挥手叫过城门内一个小内侍:"领他进去便是。"

走过宽阔幽深的门洞,是天下闻名的王场。

这片包围在高大楼宇中的广场,全部用三尺见方的白玉岩铺成,两边巍然排列着九座大鼎,中间形成宽约六丈的王道。这便是象征王权神器的九鼎?那时候,九鼎是王权的标记,具有无上的神圣与权威,如同后来的传国玉玺一样,谁拥有九鼎,几乎是名正言顺地拥有天子权力。九鼎分别代表着天下九州,鼎身铸刻了本州地貌,铸刻了人口物产与朝贡数字。这巍然九鼎立于王城,曾经意味着"普天之下,莫非王土;率土之滨,莫非王臣"的煌煌威权。百余年来,诸侯国举凡向王权挑战,第一件大事便是图谋取得九鼎。从楚庄王问鼎中原之后,九鼎便成了天下大国密切关注的王权神器。刀兵连绵的大争之世,人们之所以还能记得洛阳,十之八九,是因为洛阳有至高无上的天赋权力的象征——矗立在这里的九鼎。

逐一凝望着丈余高的巍然大鼎,苏秦眼前油然浮现出使节云集山呼万岁的盛大仪典,不禁一声深重的叹息。宫殿依旧,九鼎依旧,这里却变成了空旷寂凉的宫殿峡谷,白玉地砖的缝隙中摇曳着泛绿的荒草,铜锈斑驳的九鼎中飞舞着聒噪的鸦雀,檐下铁马的叮咚声在空洞地回响,九级高台上的王殿也在尘封的蛛网中永久地封闭了。

再也没有昔日的辉煌,再也不是昔日的洛阳了。

王城里的周显王很有些烦闷，总找不出一件要做的事来。

他二十三岁即位，已经做了三十二年天子，算是少见的老王了。即位之初，他曾经雄心勃勃地要振兴周室，做一个像周宣王那样的中兴之主。试了几回身手，却都是自讨没趣。先是蕞尔小诸侯梁国与王畿争夺洛阳之南的汝水灌田，屡次挑衅，挖断了王畿井田的干渠。显王大怒，亲自率领两千兵马与一百辆战车兴师讨伐。谁想梁国附庸于韩国，"借"了韩国五千铁骑，竟将王师杀得大败而归。

后来又是"东周""西周"两个自家封邑大打出手，搅得洛阳王畿鸡飞狗跳，国人不敢出城。周显王破天荒地在王殿举行了三公（太师、太傅、太保）并卿大夫议国朝会，决意取缔先祖周考王留下的这两块封邑，将洛阳王畿统一到天子治下。谁想这些白发苍苍的老臣竟没有一个赞同，反而都替"东周""西周"请命，喋喋不休地说：分封制乃《周礼》根本所在，不能悖逆祖制。显王哭笑不得，便坚持要将"东周""西周"的朝贡礼品增加两倍。谁知天子刚一出口，三公大臣一齐亢声死谏，说从三皇五帝到商汤周武，诸侯朝贡历来都是量力而行，若像战国一样将贡品变为赋税，王道德政何在？吵闹了一整日，王制丝缕也不能擅动，气得周显王拂袖要去。

谁知走也不行。司寇硬是拉住天子衣袖犯颜直谏，责以"我王有违礼法，朝会失态"。周显王无可奈何地长嘘一声，只得坐下来听老臣们聒噪，直到散朝也没说一句话。

从那以后，一百余里的洛阳王畿，便固定裂为三块：东周四十里，西周三十里，天子七十里，整天搅闹得不可开交。东周欲种稻，西周不放水；西周要灌田，东周就掘堤；天子要例贡，两周就一齐叫苦。

大事不能做，周显王就想在小事上来一番气象，一搭手，还是不行。

显王通晓古乐音律，要将王室的钟乐《周颂》重新编定演奏。消息传出，一班公卿大夫与东周公、西周公联袂进谏，坚称"礼乐天授，不能擅改"。无可奈何，只得作罢。后来，周显王又想改制王室禁军的礼仪与侍女内侍的服装。还没动手，便"朝野"哗然，似乎天要塌将下来一般。再后来，周显王想将王殿与九鼎广场整修一番，与尚商坊官员计较商议。不料尚商坊官员搬出了《王典》，说触动神器要举行祭天大典、天子沐浴斋戒一月，方可择吉动工。天子府库空空如也，何来财力举行祭天大典？周显王只好叹息一声作罢。

百无聊赖，周显王想起了鲁国孔子的话："饱食终日，无所用心，难矣哉！不有博弈

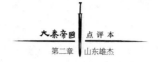
者乎？为之犹贤乎已。"①便整日与几个内侍侍女消磨在围棋案前打棋博彩,倒也优游自乐。谁知又是好景不长,股肱老臣与袭爵幼臣一齐发难,辞色肃然地责备天子"嬉戏玩物,徒丧心志,不思振作,何颜得见先祖"。一气之下,周显王烧掉了棋枰,砸碎了棋子,蒙头大睡了三天三夜。

天下之大,无奇不有。一个真命天子,竟至一件事也做不得。

"饱食终日,无所用心,难矣哉!"

叹息之余,周显王觉得孔子老头儿是个知己了。

虽则如此,周显王毕竟豁达,很快就将天子生涯简化为一日三件事:吃饭、睡觉、观乐舞。食不厌精,脍不厌细,饿了就吃,吃得极少,时间却长得惊人。睡觉则全无规则,困了就睡,零零碎碎一日总能睡个几十次。乐舞则是十二个时辰内将《风》《雅》《颂》一首挨一首奏将过去,不奏完不算一日结束。周显王不圈不点不评,只是听只是看,往往是长夜竟日的乐舞声中,天子已经沉沉睡去。待舞女乐师们睡着了,周显王却醒了过来,睡眼惺忪地品评着东倒西歪的各种睡态,高兴了便摸摸这个翻翻那个,不亦乐乎地独自大笑一通。

岁月如梭,倏忽间过去了三十二年。

一个英气勃勃的王子,变成了白发皓首的老天子,周显王总算习惯了这饱食终日无所用心的活法儿,渐渐地,那种"难矣哉"的心境也淡漠了,一切都变得自然平淡起来。

今日,周显王却有些不耐。他在梦中朦朦胧胧听到了钟鼓乐舞和肃穆清雅的《周颂》,"执竞武王,无竞维烈,不显成康,上帝是皇……斤斤其明,钟鼓喤喤……降福简简,威仪反反……"②在那追念先祖功业的悠远歌声中,他莫名其妙地哭醒了,泪流满面,泣不成声,吓得乐师舞女们齐齐匍匐,不敢抬头。

"起去起去,不关尔等事。"周显王挥挥手,破例地点了一首《秦风》:"奏那个那个,噢,对了,《蒹葭》。"当高亢悠远而又略带苍凉的乐曲奏响时,周显王低声和着这首著名的情歌,"蒹葭苍苍,白露为霜。所谓伊人,在水一方……"渐渐地,他又朦胧了迷糊了,扯起了悠长的呼噜声,睡得分外香甜。

---

① 见《论语·阳货》。
② 见《诗经·周颂·执竞》。

"如何？不奏乐了？"周显王突然睁开了眼睛，习惯了和乐入睡，竟被这突然的寂静惊醒了。

"禀报我王，洛阳名士苏秦求见。"一个领班侍女恭敬地回答。

"有人求见？"周显王斜倚卧榻，不禁失笑，"谁？哪个名士？"

"禀报我王，洛阳苏秦。"

"苏秦何人？洛阳还有名士？"周显王念叨着，打了个长长的哈欠，"那就，宣他，进来也——"

"小臣启奏：我王当更衣正冠，升殿召见，方有王室礼仪。"领班侍女躬身劝谏。

"罢了罢了。"周显王不耐地挥挥手，"教他进来。"

"谨遵王命。"女官飘然出门。

顷刻间，廊下传来老内侍尖锐的长调："洛阳苏秦，进殿——"随着锐声长调，一阵脚步声传来，清晰有力，毫无拖泥带水的沙沙声。

周显王耳力敏锐，一听之下竟离开卧榻大枕，坐正了身子，挥手让乐师舞女们退了下去。

随着女官走过了幽暗的长廊，苏秦眼前豁然明亮，却又十分惊讶。青天白日之下，这座大殿竟是灯烛齐明，红毡铺地，四面帐帷，虽然空荡荡的，但显然是一座富丽时新的寝宫。在洛阳王城衰颓幽暗的古典贵族的气息中，这座小小寝宫显得极不协调，倒像是哪个诸侯的国君寝宫。略一打量，发现中央高高的帐帷中一张长大的青铜卧榻，上面坐着一位宽袍大袖的老人，须发灰白惺忪疲惫。

女官眼波示意，苏秦恍然大悟，深深一躬："洛阳苏秦，拜见我王——"

《周礼》定制：士之身份与百工、农人等同，不能觐见天

> 作者写国王诸侯接见士人，喜欢把地点设在寝宫，写昏君庸侯，尤爱如此。

子,即或敬贤破例,也须匍匐大拜,山呼"万岁"。然时世变迁,战国之世,士人已经迅速成为天下变革的主要力量,地位大长,成为一个新兴的文明阶层。于是,天下有了"士不拘礼"一说。名士晋见各国君主,躬身拱手便算是大礼了。苏秦游历天下,读书万卷,又是洛阳国人,自然知道觐见天子的礼仪,可是他却没有以《周礼》参拜。苏秦心思,是想试探这个深居简出的周天子,对外界天翻地覆的变化究竟知道多少,自己的说辞该定到何种尺度。

周显王却只慵懒地一笑:"苏秦啊,有事么? 坐。"家常若和善老人。

那位唯一站在"殿"中的女官,向正中一个乐师的坐台一指轻声道:"先生,请坐。"

苏秦正襟危坐,觉得那坐台还留有余温,不禁飞快地闪过一个念头,这里方才有人。暗笑之间心神一定,肃然拱手道:"苏秦敢问我王,醉死梦生,可是天子日月?"

"先生明言,天子又能如何?"一言未了,周显王打了两三个哈欠。

苏秦精神一振:"天子之道,兴国为本。王室衰败,天子岂能无所作为? 苏秦以为,目前危局尚可挽回,若运筹得当,定可中兴大业,恢复王权。"

"先生高论。"周显王没有丝毫惊讶,嘉许地点了点头。

苏秦顿时觉得泄气。按照他设想的对策过程,一个尖锐问题的提出,君主一定会大感兴趣,追问如何中兴,说辞自然就喷发而出。然则这个天子根本没有提问的兴趣,一副万事都明白万事都无动于衷的样子,当真大煞风景。但苏秦的沮丧瞬间便消失了,这是出山后第一次游说,原本就没有指望有成,试剑沽名而已,何须当真? 能见到天子陈说对策,这就是成功,何能半途而废? 定定神,苏秦侃侃道:"苏秦乃我王子民,素怀赤子报国之心,中兴王业,更是责无旁贷。苏秦的方略是:策动天下二十三个小诸侯结成盟约,以周室为盟主,组成联军,与七大战国并立。而后利用战国间之利害冲突,逐一分化削弱。如此五十年内,王权定可中兴! 此乃聚众抗强之大略也。我王明察,二十三诸侯结盟,国土约占天下三分之一,人众将近千万,可征发兵士八十余万,任何一个战国都不足以与之抗衡。长久相持,周室王权当再度统领天下!"

"好——谋略。"周显王说话间又打个哈欠揉揉眼睛,看着面前这个英挺俊朗的名士,仿佛来了兴趣,随和地笑道,"先生,你想过没有,以何结盟天下小诸侯? 粮食、财货、兵器、衣甲、战车、马匹、铁材、铜材、金钱,王室有么? 没有这等物事,如何做得盟主? 再说,二十三小诸侯天各一方,被各个大战国挤在旮旯缝隙之中,稍有动静,辄有灭顶之灾,谁敢作仗马之鸣?"摇摇头苦笑一声,"苏秦啊,你尚欠火候也。"

苏秦一怔,亢声道:"瓦全何如玉碎? 只要天子举起王旗,诸多难题当迎刃而解。"

"玉已成瓦,想做玉碎,难矣哉!"周显王摇头摆手,显然不想再说下去。

苏秦无计可施,叹息一声便想告辞。周显王却招了一下手,让女官扶他下了那张特大的青铜卧榻,踱着步子慨然道:"苏秦啊,看你也非平庸之士。原先有个樊余,也劝过我振作中兴。非不为也,实不能也。人力能为,何待今日? 子为周人,便是国士。找个大国去施展吧,周室王城已经是一座坟墓了,无论谁在这里,都得做活死人。"说罢一声深重的叹息。苏秦默然,扑地一拜,起身拱手告辞。

"先生,且慢了。"周显王眼睛有些湿润,"王室拮据,赐先生辂车一辆,望先生为周人争光。"说罢,深深一躬。

虽诸侯雄起,但天下共主仍为周室,说"为周人争光",实意气之辞。

苏秦大为惊讶,连忙扑地拜倒:"天子大礼,苏秦何敢当之? 谢过我王赏赐!"

"汗颜不及,何须言谢?"周显王摆摆手,吩咐女官,"燕姬,你带先生去,尚商坊青铜辂车。"便回过身去了。

那位女官向愣怔的苏秦微微一笑:"先生,请。"

苏秦恍然醒悟,跟着女官走出了灯烛殿堂,走出了幽暗的长廊。乍到阳光之下,两人同时捂了捂眼睛。待苏秦放开手,却惊讶得说不出话来——这个女子竟是如此之美! 一领翠绿的曳地丝裙,一片雪白的搭肩直垂在腰际,一根玉簪将长发拢成一道黑色的瀑布,身材修长纤细却又丰满柔软。如此简单的衣着,如此单纯的色调,在她身上却显出了一种非常高雅的仪态,当真令苏秦不可思议。看那女子,也在默默地注视着自己,含蓄的笑意充盈在嫣红的脸庞。

为苏秦与燕姬私通设下伏笔,祸之端也。

"苏子,请向这厢。"女子轻声礼让。

一声"苏子",苏秦心头蓦然一阵热流。这不经意的称谓改变,在苏秦却有一种微妙的震颤。按当世习惯,称"先生"乃完全的敬意,"子"虽用于卓然大家,但在非礼仪场合,却有着敬慕亲切的意味。这种微妙,非其人其时不可以言表。心念一闪,苏秦拱手道:"敢问女官,如何称谓?"

"我叫燕姬,祖籍燕人。苏子直呼可也。"女子嫣然一笑,领步前行。

"燕姬辛劳,苏秦多谢了。"

"敢问苏子:洛阳城外,今夕何年?"

苏秦愕然止步,随即恍然叹息道:"天上宫阙,竟不知今夕何年? 洛阳之外,早已经天地翻覆了。今岁是:齐威王二十三年,魏惠王三十七年,楚威王六年,秦新君二年,韩宣侯元年,赵肃侯十六年,燕文公二十八年。纪年已乱,不知燕姬想知道哪国纪年?"

"方今燕国,情势如何?"

"燕国大而疲弱,法令国制没有变革。然则,尚算安定。"

"苏子离周,欲行何方?"

苏秦慨然道:"天子不振,我欲去一个最具实力的国家,一展胸中所学。"

说话间不觉已到了王城府库。这是一座有上千间坚固石屋的城中之城,除了粮食,所有的朝贡物资及王畿尚坊制品都收藏在这里。周平王东迁初期,这座天下第一府库当真是满当当盈积如山,铜币、衣物、兵器、车辆等,多有锈蚀腐朽而白白扔掉者。沧桑巨变,这座天子府库像刺破了的皮囊,倏忽间瘪缩了下来,只剩下大约十分之一的石屋有物事可放了。整个王城,只有这里驻守着数百名老军。箭楼下,府库城堡的大石门紧闭着,只留了一车之道的小门供人出入。城堡外矗立着一座司库官署,不时有侍女内侍出入领物,倒略有些人气。

燕姬将一面小小的古铜令牌交司库验看,宣明了赏赐苏秦的王命。

老司库满面通红,尴尬地笑着:"我王不知,封赠赏赐用的青铜辂车,唯余六辆了。还都是轮破辕裂,却如何是好?"燕姬倒是坦然,淡淡道:"古云:雷霆雨露皆王恩。天子赐车,原不在富丽堂皇。苏子以为如何?"苏秦不禁暗暗钦佩这个美丽女子的见识,她完全知道"王车"对于他的意义,由衷笑道:"燕姬所言极是,天子赏赐,原在奖掖臣民。"

老司库说声"如此请稍等片刻",便进了府库石门。大约半个时辰,咣当咣当的车声

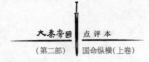

驶出了石门道,驾车的两匹白马瘦骨嶙峋,确实是毫无气象。老司库脸上流着细汗,将古铜令牌与锈迹斑驳的轺车一起交到燕姬手中。

燕姬看看苏秦,递过马缰马鞭:"可会驾车?"

"尚算不差。"苏秦躬身一礼,从燕姬手中接过马缰马鞭,"苏秦告辞。"

"莫忙,我送你出王城,许多路不能走了。"燕姬笑笑,"你得先牵着马走。"

古老的青铜轺车在石板地面咣当咯吱地响成一片。苏秦富家名士,对高车骏马熟悉不过,生平第一次挽如此破旧的王车,竟有些局促起来,不知如何应对身旁这位美丽的女子,更不知该不该对这般王车评点一二,一时竟无话可说。燕姬似乎毫无觉察,默默行走间突然问道:"苏子家居何街?"

"洛阳城北乘轩里,苏庄。"

燕姬惊讶了:"如何?苏子不是国人么?"

苏秦笑道:"女官有所不知,方今世事大变,国人出城别居已成时尚,只洛阳尚算罕见。苏氏老宅在城内官市坊,已经做了店铺,无人居住了。"

"郊野孤庄,定然是清爽幽静了。"燕姬一句赞叹,神往之情油然而生。

突然之间,苏秦觉得面前这个高贵美丽的女子封闭在这古老幽暗的城堡之中,直是暴殄天物,脱口而出道:"惜乎女官身在禁地,否则,苏秦当邀女官一游天下。"

"王城里的树叶,都难绿也。"燕姬望着枯枝丫杈的老树,幽幽一叹。

"树犹如此,人何以堪?"苏秦慨然止步。

燕姬抬头望望王城宫墙:"苏子,今日一别,后会有期。"

"人间天上,何得有期?"苏秦怅然了。

燕姬淡然一笑道:"若得有期,苏子莫拒人于千里之外。"说罢飘然去了。

苏秦怔怔地凝望着那个美丽的背影消失在高高的宫墙之内,良久不能移步,蓦然之间,觉得自己在这里长久伫立很不得体,跳上轺车咣当咯吱地去了。出得洛阳,已是日暮,眼见夕阳残照,金碧辉煌的壮丽王城化成了红绿相间的怪诞色块,大片乌鸦在宫殿上空聒噪飞旋,隐隐的编钟古乐夹杂其中,一派庄严的沉沦,一派华贵的颓废。苏秦不禁感慨中来,猛然打马一鞭,破旧沉重的轺车便咣当叮咚地去了。

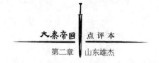

四　安邑郊野的张家母子

离开洛阳,张仪星夜赶回了安邑。

和苏秦相比,张仪不能那么洒脱地不管不顾。

张家祖上本是附庸农户,隶农身份。还在魏文侯任用李悝变法的时候,张仪的曾祖有幸成了第一批脱籍的自由庶民,分到了两百亩私田。曾祖勤奋力耕,晚年时已经成了殷实富户。其时吴起正在魏国招募士兵,准备与秦国争夺河西之地。张仪的大父①投军做了"武卒"。吴起训练的魏武卒是步兵,必须身穿铁片连缀的重铠、手执长矛、身背强弓与三十支长箭并携带三天干粮干肉,连续疾行一百里且能接战方算合格,是魏军最精锐的攻坚力量。武卒的地位与骑士同等,是很难得的荣誉。在魏国变法前,隶农子弟是没有资格做骑士与武卒的。大父本是苦做农夫,做了武卒,感念新法功德,在军中任劳任怨勇猛作战,几年后便被赏罚严明的吴起晋升为千夫长,十年后又做了统辖万卒的将军。张家从此成为新兴贵族。后来,吴起受魏国上层排挤,离开了魏国,大父再也没有晋升。

再后来,父亲一辈却弃武从文,做了魏武侯时期的一个下大夫,主司盐业。谁想在魏武侯死后,父亲却莫名其妙地卷入了混乱的权力旋涡,成了公子罃政敌中的一员。后来公子罃战胜即位,成了魏王,父亲一党惨遭涂炭。虽说是职位最小的"党羽",父亲还是被放逐到离石要塞做了苦役。没有三年,父亲便在苦役折磨中死去了。那时候,父亲还不到

张仪可能家贫,小时曾受尽白眼,《史记》略有提及。

---

① 大父,春秋战国时期对祖父的正式称呼。

三十岁,母亲正是盈盈少妇,他们唯一的儿子张仪才只有三岁。大难临头,母亲没有丝毫的慌乱,她卖掉了安邑城内的府邸,埋葬了父亲,安顿遣散了绝大部分仆役,搬到了安邑郊外的僻静山谷。迁出后,母亲切断了与官场的所有"世交",也切断了与族人的一切往来,带着几个义仆,在几乎与世隔绝的山谷里艰难谋生。

那时,母亲最大的事,是为小张仪寻觅老师。

也是遇合凑巧。两年后,幽静的山谷居然撞来一位云游四海的白发老人。老人在山溪边遇见了唱着《诗》采药的小张仪,问答盘桓了大半个时辰,老人带着小张仪找到了张家简朴幽静的庄园。老人说了他的名号,母亲喜极而泣大拜不起。老人只说了一句话:"此子难得,乃当世良才也。"便带走了小张仪。倏忽十三年,张仪没有回过家,母亲也没有到山里找过他。

张仪出山归家,堪堪四十岁的母亲已经是白发苍苍的老妪了。偌大庄园,只有一个老管家带着三个仆人料理。张仪心痛不已,决心搁置功业,在家侍奉母亲颐养天年。谁想母亲却是个刚强不过的女子,见张仪守在家里不出门,便知儿子心思。一日,母亲命小女仆唤来张仪,开门见山问:"张仪,你修学十余年,所为何来?"

"建功立业,光耀门庭。"张仪没有丝毫犹豫。

母亲冷笑:"你习策士之学,却离群索居,如何建功立业?"

"母亲半世辛劳,独自苦撑,虽是盛年,却已老境。儿决意在家侍奉母亲天年,以尽人子孝道。"张仪含泪哽咽着。

母亲正色道:"论孝道,莫过儒家。然则孟母寡居,孟子却游说天下。孟子不孝么?孟母不仁么?你师名震天下,你却不识大体,拘小节而忘大义,有何面目对天下名士?"

无人知道鬼谷子的踪迹,非常神秘。母亲通常被史书隐去,一些非常有智慧的母亲,她们的事迹也无从得知。小说中张仪的母亲,有智慧有决断力,状若孟母。

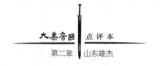
　　"儿若离家游国，高堂白发，凄凄晚景，儿于心何安？"沉默半日，张仪还是坚持着。

　　"你随我来。"母亲拄着木杖，将张仪领到后院土丘上那间孤零零的石屋，推开门道，"这是张氏家庙。你来看，张氏祖上原是隶籍，自你曾祖开始小康，大父为将，乃父为官，至今不过四代。张仪，你对着张氏祖宗灵位说话，你这第四代张氏子孙，如何建功立业？"

　　看着石屋内三座木像并陪享祭祀的历代尊长，惊讶之中，张仪对母亲产生了深深的敬意。他从来没有来过这座家庙，也不知道这后院有一座家庙。按照礼法，立庙祭祖是诸侯才有的资格，寻常国人何谈家庙？苏秦可谓富裕大家了，可庄园里也没有家庙。凝神端详，张仪明白了，这家庙一定是母亲搬出安邑后建的，而且就是为了他建的。

　　张氏几遭灭门大祸，男丁唯余张仪，还不能留在身边；建家庙而激励后人，决意守住张氏根基，这便是母亲的苦心。张仪望着白发苍苍的母亲，不禁悲从中来，伏地跪倒，抱住母亲放声痛哭。母亲毫不动容，顿顿手杖道："张氏一族是重新振兴，还是再次沦落，全系你一人之身，这是大义。孝敬高堂，有心足矣，拘泥厮守，忘大义而全小节，岂是大丈夫所为？"

　　张仪思忖半日，起身一礼："母亲教诲，醍醐灌顶，张仪谨遵母命！"

　　从那日开始，张仪重新振作。第一件事，就是赶赴洛阳会见苏秦。他与苏秦做了十多年师兄弟，山中同窗修习，游历共沐风雨，虽非同胞，却是情同手足。去年夏日，二人一起出山，商定先各自回归故里，拜见父母并了却家事后再定行止。半年过去了，自己蜗居不出，安邑几个世交子弟邀他去大梁谋事，他也都拒绝了。如今要定策士大计，张仪第一个想见的，不是那些张氏"世交"的膏粱子弟，而是苏秦。在张仪心目中，只有苏秦是自己的知音，如同俞伯牙的琴中心事只有钟子期能够听懂一样。苏秦非但志向远大，且多思善谋，与他谋划大业，真是一件令人愉快的事情。

　　离开苏庄，张仪很是振奋。他已经有了自己的明晰计划——先谋魏，次谋齐，再谋楚。三国之中，总有自己一展抱负的根基之地。更重要的是，他与苏秦达成的默契——各谋一方，只有呼应而没有倾轧。苏秦说得好：良马单槽。有此一条，两人都感到了轻松。同别士之间的竞争，他们都不屑一顾。俩人都觉得，只有对方才是自己势均力敌的对手，只要他们之间不撞车，纵横天下就没有对手。苏秦不久就要西行入秦，自己也要立即奔赴大梁。不久，俩人的名声就会传遍天下，岂非快事一桩？

　　快马疾行，天未落黑时张仪回到了安邑郊外的山谷。

　　看着儿子风尘仆仆却又神色焕发，母亲脸上的皱纹第一次舒展开来。她默默地看着张仪吃饭，待他狼吞虎咽地大嚼完毕，淡淡笑道："仪儿，要走了么？"

　　"回母亲，儿明日要去大梁，归期尚是难定。"

　　母亲笑了："尚未出门，何论归期？娘是说，要送你一件礼物。"

　　"礼物？"张仪一笑，"一定是上好的酒囊饭袋了。"

　　"就晓得吃。"母亲疼爱地笑笑，笃笃笃顿了几下手杖，一个清秀少年走了进来，向母亲躬身一礼："见过主母，见过公子。"母亲喟然一叹："仪儿，这孩子叫绯云，是娘给取的名字。六年前，这孩子饿昏在山谷里，娘救了他。他无家可归，娘又收留了他。这孩子聪慧伶俐，帮着娘料理家事，也粗粗学会了识文断字。你孤身在外闯荡游历，娘就教绯云给你做个伴当。"

　　"母亲……"张仪心头一阵酸热，"儿不能尽孝侍奉，原已不安。绯云正是母亲帮手，儿万万不能带走，再添母亲劳累。"

　　"傻也。"母亲笑道，"庄中尚有几个老仆，不用娘操持。娘想过了，儿既为策士，周旋于诸侯之间，难保没有不测。绯云跟了你，缓急是个照应。这个孩子，难得也。"

　　"母亲……"张仪知道母亲的性格，她想定的事是无法改变的。

　　三日之后，张家的一辆轻便轺车上路了。

　　轺车是母亲按照父亲生前爵位的规格，在安邑作坊打造的。桑木车身，铁皮车轮，只要一马驾拉，简朴轻便却又很是坚固。车盖规格只打了四尺高，是中等爵位的轺车，既实用又不显张扬，倒很合乎张仪布衣之士的身份。按照官场规

　　且看绯云日后有无造化。

矩,这种轺车应由两马驾拉,再有一名专门驾车的驭手。但战国以来名士出游,但凡有车者都是亲自驾驭。如此,轺车可以打造得更加轻便,只趁一人之重一马之力。母亲打造的这辆轺车也是此等时尚规格,宜于一人一马,若加一驭手,轺车便显滞重。但令张仪惊讶的是,这个青衣短打布带束发的小绯云仿佛没有重量,扭身飘上车辕,张仪在车厢中竟没有任何感觉。也不见他扬鞭,马缰只轻轻一抖,轺车便轻灵上道,辚辚飞驰,不颠不簸很是平稳。张仪不禁脱口赞道:"好车技。"少年回眸一笑:"公子过奖了。"蓦然之间,张仪注意到这个小仆人竟是如此一个英俊少年,清秀明朗,双眸生光,一头长发黑得发亮,若再健壮一些,当真是个美男子。张仪高声道:"绯云,你有姓氏么?"

"没有。"绯云答了一声,却没有回头。

华夏族人的姓氏,原本不是人人都有。夏商周三代,只有世家贵族才有姓氏,且多以封地、封爵或官号为姓,如同一个部族的统一代号。寻常国人有姓者很少,隶籍庶民就更不用说了,都是有名无姓。春秋时期,礼崩乐坏,身份稍高的"国人"也都有了姓,或从族中官吏尊长,或从原本的封国,或从自己所赖以谋生的行当,譬如铁工就姓了"铁",等等不一而足。战国以来,变法此起彼伏,各种奴隶纷纷成为自由平民,姓氏也就普及起来了。张仪的"张"姓,就是曾祖脱去隶籍后从了"老国人"中的姻亲定的姓,至今已经四代。现下还没有姓氏的,就是那些还没有脱去隶籍的官奴与山野湖海的隶农、药农、渔人、猎人等所谓贱民。而这些人在魏国已经很少,燕赵楚三国则依然很多。如此说来,这位俊仆倒有可能不是魏国人,而很可能是逃离本土到魏国谋生的饥荒游民。心念及此,张仪也就没有再问,他不愿意这个英俊少年伤心。

借此交代姓氏的来历。秦汉以后,姓氏才合用。之前,姓氏分开,姓先于氏,姓氏从贵族。姓氏合用,实际上也说明,贵族与庶民之间的界限在慢慢改变。如"妻"字,贵族社会庶民之女配偶被称为妻,但到了现代社会,所有女配偶,皆称妻,说明社会的庶民化世俗化,一直在延续。

　　大梁、安邑是新旧两个都城。两地之间的官道宽阔平坦，轻便轺车马不停蹄，一天一夜便可到达。但张仪原非紧急军情，神色疲惫地急吼吼赶道，反倒有失名士气度，自然就不想赶得紧。日暮时分，渡过大河，他便想在南岸的广武歇息一夜。绯云自然是听他安排，主仆二人在广武城外一家可以喂马的小客栈住了下来。

　　安顿好马匹，绯云问："公子，往房间里送饭吧，外边人多。"

　　张仪笑道："人多好啊。走，外边。"

　　两人来到客栈大堂，只见宽大简朴的厅堂座座有人。绯云正在皱眉，正好侍者收拾完窗口边一张案几，走过来殷勤地请他们入座。一落座，绯云便向侍者吩咐道："一荤一素，两份汤饼。"侍者连声答应着去了。张仪惊讶道："绯云，你如何知晓广武的汤饼名吃？"绯云笑道："学的。主母教了我许多。"说着看看窗外，只见厅堂外的大院子里蹲满了人，尽是布衣短打，一边嚼着干饼一边呼噜呼噜地喝着菜汤，一片热气腾腾。绯云诧异道："这地方忒怪吔，城小，却车多人多，挤得像个水陆码头吔。"

　　张仪笑了："这广武，虽是大河南岸的一座小城，却因东南数十里有一座著名的敖仓，便生出了商旅大运。敖仓是魏国的最大粮仓，每日进出运粮的牛车马队络绎不绝。但敖仓周围十里之内都是军营，不许车马停留。缴粮调粮的车马队，只有到最近的广武城外歇脚打尖。时间一长，这广武便成了敖仓的联体根基。你看，广武最大的怪异处，是城外繁华，城内冷清。窗外吃喝的，是各郡县的车役挑夫，厅堂里用饭的，十有八九都是押运的县吏。"

　　绯云不由肃然起敬："公子懂得真多，绯云长见识了。"

　　张仪哈哈大笑，觉得这个俊仆当真聪慧可人。

　　张仪的母亲可谓用心良苦。

此时饭菜酒已经上齐，一方正肉，一盆青葵，两碗羊肉汤饼，小小一坛楚国的兰陵酒。绯云对侍者说："你去，我来。"利落地打开酒坛，给张仪斟满一碗捧到面前："公子请。只此一坛。"张仪恍然，心知母亲怕自己饮酒误事，教绯云时刻提醒自己，感慨笑道："一坛三斤，只饮一半，余下的留在路上便了。"绯云大约没想到公子如此好侍候，竟是意外地高兴。张仪大饮一碗，连连赞叹，教绯云也来一碗。绯云连连摇头，说自己从来不饮酒。张仪慨然道："大丈夫同路，如何能滴酒不沾？这楚国兰陵酒甜润清凉，醉不了的，来！"绯云无奈，皱着眉喝下一碗，一时满面潮红，呛得连连咳嗽。

张仪不禁笑道："满面桃花，绯云像个女儿家。"绯云大窘，脸却是更加红了。

第二天太阳上山，张仪的轻便轺车驶出广武客栈，直上官道。经过敖仓时，忽见敖仓军营的马道上尘土飞扬，直向官道而来。绯云怕前行赶得太急，跟在后面又要吃落土，便停车靠在道边，要等敖仓马队去远了再走。片刻之间，马队从军营中冲来，当先一面幡旗在烟尘中迎风招展，旗上分明大书一个"先"字。

张仪惊喜，霍然站起高喊："先兄——张仪在此！"

喊声方落，马队骤停，当先一辆轺车拐了过来。车盖下，一个高冠红服长须拂面的中年人遥遥拱手笑道："张兄好快！我正要去大梁先期周旋也。"

张仪已经下车，走到对方车前拱手笑道："不期而遇先兄，不胜欣慰。本说下月去大梁，怎奈家母催逼，早了日子，先兄见谅。"

来人也已下车，拉住张仪笑道："无妨无妨。好在我只是引见，无须多费周折。成事与否，全在张兄自己了。"

"自当如此。张仪不会连累你这个敖仓令担保举荐。"

这一"红"字，写得鬼马。满面桃花，暧昧。古代的书生与书童，可能关系并不止于主仆。绯云有女儿状，莫非孙皓晖故技重施？

"哪里话来！张兄国士，我区区小吏，何有资格担保举荐？"

两人一齐大笑，敖仓令道："张子，并车同行如何？"

张仪拱手道："不必了。先兄官务在身，多有不便。到得大梁，张仪自来府上拜访。"

"张子既不想张扬，先轸也不勉强，大梁见。"回身登车，扬尘而去。

待敖仓令的马队走远，张仪方才登车缓行，向大梁辚辚而来。这个敖仓令先轸，祖上本是晋文公时的名将先轸[①]。似乎应了一句古老的谶语，"名将无三世之功"，先氏后裔竟弃武从文，始终没有大进。先轸也只做了个司土府辖下的敖仓令，算是个有实权而无高位的中爵。虽然如此，先氏的声望犹在，先轸在大梁依旧是魏国闻人。张仪的父亲也曾在司土府任事，与当时做司土府都仓廪的先轸父亲同事，有通家之好，所以张仪与先轸也算得是世交了。后来张氏罹祸，搬出安邑，两家往来也就中断了。张仪年少入山，与这先轸从未谋面，自然也不认识了。但张仪从王屋山修习归来，在大梁安邑的士大夫中已经有了名士之誉，先轸慕名拜访，世交又自然恢复了。先轸为张仪引见了诸多"朋友"，都是当年司土府官吏的后裔，自嘲是大梁的"司土党"。叙谈世交情谊之余，众人纷纷鼓动张仪来大梁做官。张仪只是高谈阔论，并没有接这个话题。在他心目中，魏国虽是祖国，但吏治太腐败，正是自己这种才具之士的天敌，所以并没有想留在魏国。再则，他对凭借朋党裙带谋官谋事素来厌恶蔑视，自然也不想过深卷入到"司土党"里去。

洛阳之行，与苏秦一夜长谈，张仪大受启迪，重新审视了魏国，觉得自己不应该放弃在魏国的努力。无论如何，魏国的强大根基犹在，若能根除侈靡腐败而重新振作，统一六国还是比其他战国有利得多。有了这一番思谋，便在从洛阳回家的途中取道大梁，似乎无意，拜会了一个"司土党"，酒酣耳热间透露了自己想在大梁谋事的想法。张仪的本心，是给自己原先的婉拒打个圆场，不想无端开罪于"司土党"，并没有请"司土党"斡旋引见的意思。谁知对方是个官场老手，世故老到，认准了是张仪放不下名士身份而做出的委婉含蓄姿态，其实就是要"司土党"给他修桥铺路。"司土党"中若有了张仪这等名士身居高位，自然是势力大涨，所以对张仪的清高也毫不计较。

[①] 先轸，春秋时晋国执政，采邑在原（今河南济源西北）也称原轸。城濮之战时，任中军元帅，大破楚军。晋襄公元年（前627年）败秦军于崤（今河南三门峡东南），旋与狄战，冲入狄阵战死。

消息传开,便有了"司土党"首吏——敖仓令先轸回大梁为张仪斡旋之事。

凡此种种,张仪都蒙在鼓里。张仪走的是当世名士的路子,直接求见君主,无须任何人从中引见。这种方法简单扎实,既能充分体现名士天马行空特立独行的风骨,又对君主的识人眼光与用人胆略有直接考量的效果;成则一举公卿,不会陷于任何官场朋党;败则飘然另去,不会将大好光阴空耗在无休止的折冲斡旋之中。这是春秋战国以来,实力派名士不约而同的路子。孔子、孟子、范蠡、文种、吴起、李悝、商鞅,以及他们身后的诸多名士,几乎无一例外地采取了这种做法。张仪一身傲骨,如何能狗苟蝇营于朋党卵翼之下?因了这种想法一以贯之,坚定明确,所以张仪从来没有求助于人的企图,与谁都是海阔天空;不合多了一番心思,想消除一个无端对手,却引出了一场额外的"援手";偏偏张仪浑不知晓,见了敖仓令先轸也还是左右逢源地虚应故事,使先轸不得要领,悻悻而去。

一路消闲,夕阳衔山时到了大梁。

北门外,早有敖仓令先轸带了"司土党"几个实权官员在迎候,要接张仪到先轸府上接风洗尘。此时,张仪才觉得事情有些拧,好在他心思灵动,略一思忖,吩咐绯云驱车去安置客栈,而后在先轸府外等候自己,他则与先轸同乘一车去赴酒宴。这便是委婉地与"司土党"保持了距离,显示了自己的独立。"司土党"本来已经商定,张仪住在先轸府,觐见魏王谋官一事,由"司土党"合力斡旋,如今见张仪如此做派,一时颇感难堪,气氛不由别扭起来。

张仪一拧,接风酒宴便显得客气拘谨起来。虽然张仪做出浑然不觉的样子,照样海阔天空,然则却闭口不谈大梁觐见之事。这在对方,便觉得大失体面,人人尴尬,自不想再与这个不识抬举的名士着实结交,酬酢便冷淡了下来。直到酒宴结束,也没有人提及引见举荐之事。不到初鼓,接风洗尘告罢,竟没有一人送张仪前去客栈。张仪毫不在乎,一一打拱辞行,跳上绯云的轺车大笑着扬长而去了。

回到客栈,绯云已经事先关照客栈侍者备好了沐浴器具与大桶热水。张仪在热气蒸腾的大木盆中浸泡,心中却思谋着明日的说辞对策,"接风"酒宴的些许不愉快,也烟消云散了。沐浴完毕,绯云捧来一壶冰镇的凉茶。张仪咕咚咚牛饮而下,胸中的灼热酒气荡涤一去,顿感清醒振作,吩咐绯云自去歇息,自己从随带铁箱中取出了一卷大书,在灯下认真琢磨起来。绯云知道这是公子每日必做的功课,不再多说,掩上门出去了。

　　这是一本羊皮纸缝制的书，封面大书《天下》两个大字。大皮纸每边一尺六寸有余，摊开占了大半张书案。竹简时代，这种羊皮纸缝制的书算是极为珍贵的了，只有王侯公室的机密典籍与奇人异士的不传之密，才用这种极难制作的羊皮纸缮写。面前的这本《天下》，是老师积终身阅历，并参以门下诸多著名弟子的游历见闻编写的，书中记载了七大战国与所存三十多个诸侯国的地理、财货、国法、兵制、吏治、民风等基本国情，颇为翔实。更重要的是，各国都有一幅老师亲自绘制的地理山川图，要隘、关塞、仓廪、城堡、官道路线等无不周详。在当世当时，只有鬼谷子一门有能力做如此大事。因为，非但老师本人是五百年一遇的奇才异士，所教弟子也尽皆震古烁今的经纬之士。别者不说，独商鞅、孙膑、庞涓三人，就足够天下侧目而视了。这本《天下》，就是包括了苏秦张仪在内的这些学生的心血结晶，如何不弥足珍贵？临出山前，老师特意教他与苏秦各自抄写了一本《天下》，作为特别的礼物馈赠两人。抄完书的那天，老师亲自在封皮题写了书名，又在扉页写了"纵横策士，度势为本"八个大字，便送他们出山了。

　　张仪将《天下》中的七大战国重新浏览一遍，对献给魏王的霸业对策已经成算在胸，思谋一定，倦意顿生，上得卧榻呼呼大睡了。

此之《天下》，实写张仪欲纵横驰骋于天下。

　　清晨起来，张仪精神奕奕。绯云笑道："吔，公子气色健旺，要交好运了。"张仪揽住绯云肩头笑道："绯云，不要叫公子，我又不是世家膏粱子弟，听得不顺。"绯云惊讶："吔，却教我如何称呼？"张仪略一思忖道："共车同游，就呼我张兄可也。"绯云面色涨红："如何使得？坏了主仆名分吔。"张仪揶揄道："不知晓礼崩乐坏么？你只管叫就是。"绯云嗫嚅道："张兄……我，等你回来中饭？"

张仪大笑："便是如此了。中饭我不定回来。你收拾好行装车辆，也许，就要搬到大地方了。"说罢扬长而去。

五　张仪第一次遭遇挑衅

大梁王宫今日特别忙碌。

魏惠王要出城行猎。陪猎大臣及内侍、禁军从五更就开始忙起来。这是迁都大梁以来魏惠王首次出猎，王宫上下特别兴奋。车辆、仪仗、马匹、弓箭、帐篷、酒器、赏赐物品、野炊器具等，忙得上下人等穿梭般往来。天一亮，丞相公子卬进宫检视。他是魏王族弟，又是围猎总帅，逐一落实细务后又调拨各路军马、指定各大臣的陪猎位置、确定行猎路线、委派各路行猎将军、宣布猎物赏赐等级等，又是大忙一番。一切妥当，刚好太阳升起到城楼当空的辰时，只等魏王出宫，行猎大军便要浩浩荡荡地开出。

"大王出宫——"大殿口老内侍一声长呼，魏惠王全副戎装甲胄，大红斗篷，后边跟着婀娜多姿的狐姬走出了长廊。殿外车马场的王子大臣军兵内侍齐声高呼："魏王万岁！王后万岁！"魏惠王步履轻捷，矜持微笑着向三军与大臣招手，似乎从来都是这般欣然。

三年前丢失河西之地，而后迁都大梁，魏惠王一直很是郁闷。庞涓战死，龙贾战死，公子卬竟被商鞅俘虏了一回。魏国非但丢失了占据六十多年的大河西岸土地，而且连河东的离石要塞与包括函谷关在内的崤山，也一并让秦国占了去。安邑屏障顿失，简直就在秦军的铁蹄之下。无奈之中，提前迁都大梁，举国上下很是灰溜溜了一阵。好在迁都大梁准备了好多年，本来就在筹划之中，也算是朝野尽知，没

孙皓晖笔锋不软，继续毁魏惠王。

狐姬历时二十年仍能专其宠，以魏惠王之好色，不可谓不是奇迹。

有引起很大的混乱。再说，魏国的本土也还算完整，丢失的都是祖宗夺取的秦国土地，所以还没有动摇根本。要在其他缺乏根基的邦国，遭逢这"失地千里，丧师迁都"的重大打击，引起内乱逼宫都是经常有的。开始，魏惠王倒也是心惊胆战了好一阵子，后来见国人权臣尚算安定，便渐渐地缓了过来。回头一想，竟暗自好笑，自己平定内乱于危难之中，振兴国威三十年之久，纵有小败，何至国人不容？如此一想，负罪歉疚之心顿消，精神又振作了起来，图谋好好地搜罗几个吴起商鞅那样的名士大才，将失去的霸业再夺回来。

魏惠王决意要重振雄风，蜗居书房，宣来丞相公子卬很是谋划了一阵子。公子卬盛赞魏王"宵衣旰食，为国操劳"。魏惠王大是欣慰，立即觉得身为一国之君须得张弛有度。于是，公子卬的行猎主张当即被欣然采纳。于是，就有了这场"将大长国人志气"的狩猎举动。

"禀报我王——"掌宫老内侍气喘吁吁跑来，"孟子大师率门生百人，进入大梁，求见大王。"

魏惠王大为皱眉，觉得这老夫子来得实在扫兴。但这孟子乃儒家大师，算得上是天下第一老名士了，若因行猎不见，传扬开去可是大损声望，魏国正当用人之际，如何拒绝得如此一个招牌人物？思忖有顷，魏惠王对公子卬无可奈何地笑笑："撤销行猎，仪仗迎接孟夫子。"片刻之间，早已准备好的行猎鼓乐手列队奏乐，王宫中门大开，魏惠王率领陪猎大臣迎出宫来，一切就便，倒是快捷非常。

然这声势，却使孟子大吃了一惊。

孟子在列国奔波多年，来魏国也不知多少次了。儒家的为政主张已经是天下皆知，无论大国小国，虽然无人敢用儒家执政，却也没有哪个国家敢无故开罪于这个极擅口诛笔伐的学派。时日长了，孟子也明白了此中奥妙，打消了出仕念

瘦死的骆驼比马大，魏虽暂时处于下风，但没那么快"事秦"。

头，将游历天下看作了讲学传道的生涯。各国君主也看出了奥妙，对孟子师生也不再心怀芥蒂，而乐得为自己博个礼贤下士的名望。如此一来，儒家竟与各国君臣奇妙地融洽了起来，举凡所过国家，都是一番祥和隆重的礼遇，比起当年孔夫子的惶惶若丧家之犬，可要气派堂皇多了。国君不问政事，孟子也只谈学问，留下了许多脍炙人口的问答篇章。

这次，孟子回归鲁国故里，路经大梁，本没有想拜见魏惠王。毕竟，孟子对这些徒有声势而不涉实际的应酬也有些不耐。但在路上却听到一个消息：魏惠王要出大梁行猎三日。孟子突发心思：既然魏惠王要出猎，不妨前去拜望，既免去了应酬之苦，又还了魏惠王平素对孟子礼敬有加的情谊，岂不妙哉？这一手也是孔子首创①。当年，孔子不想与阳货交往，又脱不得礼仪，便故意在阳货不在家时前去"回拜"，结果自然是两全其美。今日之拜见魏惠王，正与孔老夫子见阳货有异曲同工之妙，孟子还真有些小小得意。

孟子熟知各国礼仪，知道魏国行猎的王制是"卯时出城，无扰街市庶民"；便吩咐大弟子万章教车队缓行，赶辰时到达大梁即可；此时魏王出城已经一个时辰，正好"全礼"而归，不误自己的行程。孰料人算不如天算，偏偏魏惠王因迁都大梁后首次出猎，宣布改了王猎规制，变作"辰时出城，以利庶民观瞻"，意在教国人看看王室的振作气象。不想恰恰遭逢了孟子前来拜会，就势行事，大张旗鼓地开中门率群臣迎接孟子。这一番意外，如何不教正在悠然自得的孟子大为惊讶。

"孟老夫子，别来无恙啊？"魏惠王遥遥拱手，满脸笑意。

《论语·阳货》载，"阳货欲见孔子，孔子不见，归孔子豚。孔子时其亡也，而往拜之"，可惜人算不如天算，又"遇诸涂"。

孟子尊孔。恃力之时代，儒家不得意。

---

① 孔子首创，见《论语·阳货》。

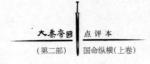

身后的大臣们也是一齐躬身作礼："见过孟夫子！"

孟子远远地听见鼓乐奏起，就已经下了车了，及至看见魏惠王君臣戎装整齐地迎来，就知道自己算计不巧触了霉头，心中大是别扭。但孟子毕竟久经沧海，立即换上了一副坦然自若的笑容迎了上去，长躬到底："孟轲何能，竟劳动魏王大驾出迎，孟轲无地自容也。"

魏惠王娴熟地扶住了孟子："当今天下第一名士光临大梁，为大魏国带来文昌隆运，本王敢不尽地主之谊乎？"说完顺便拉起孟子的左手，环顾左右大臣："诸位臣僚，到大殿为孟夫子接风洗尘。孟老夫子，请。"便与孟子执手走向富丽堂皇的王宫正殿。孟子的学生们也压根没想到会有这场突如其来的隆重礼遇，一个个被礼宾官员们"侍奉"得方寸大乱。最后总算是纷纷聚合到大殿，开始了接风酒宴。

礼宾应酬，魏惠王向来喜欢铺排大国气度，场面宏大，极尽奢华。这次又是借行猎之势接待天下大宗师，自然更不会省略。钟鼓齐鸣，雅乐高奏，灿烂的舞女教孟子眼花缭乱。酬酢反复，礼让再三，孟子依然淡淡漠漠，一副若有所思的神态，没有往日高谈阔论的兴致。魏惠王却是应酬高手，很善于找话题，见孟子落落寡欢，便关切地问起孟子在齐国的境况。孟子见问，不胜感慨，说已经辞了稷下学宫的馆爵，准备回鲁国兴办儒家学宫了。

魏惠王大为兴奋，立即力劝孟子来魏国兴办学宫，职任学宫令，爵同上卿。

孟子却淡然一笑："孟轲两鬓如霜，老骥不能千里了，望大王恕罪。"

魏惠王哈哈大笑，连连劝慰孟子不要歉疚，并慨然许诺，将资助孟子在鲁国兴办学宫。这是一件实事，孟子倒是着实感谢了一番，气氛便渐渐融洽热烈起来。

猛然，魏惠王心中一动，离席起身，恭恭敬敬地向孟子一躬："孟夫子领袖天下士林，敢请为魏国举荐栋梁大材，魏罃不胜心感。"

孟子大是意外，这是魏惠王么？他也想起了求贤？

战国以来，天下名士十之八九出于魏齐鲁三国。鲁国以儒家、墨家发祥地著称。齐国以门类众多号称"名士渊薮"的稷下学宫著称。魏国则以治国名士辈出著称，李悝、乐羊①、吴起、商鞅、孙膑、庞涓等皆出魏国,若再加上后来的犀首、张仪、范睢、乐毅、尉缭②,魏国简直可以称为名将名相的故乡与摇篮。虽然群星如此璀璨,魏国的光芒却是一天天暗淡了下去。魏国涌现的大才,除了魏文侯、魏武侯两代用了一个李悝、大半个乐羊、小半个吴起而使魏国崛起于战国初期以外,从魏惠王开始,魏国就再也留不住真人才了。

孟子很清楚,举凡天下才士,莫不以在魏国修学若干年为荣耀。事实上,魏国才是真正的名士渊薮。魏国若要着力搜求人才,完全可以悉数网罗天下名士于大梁。然则,天下事忒煞奇怪。魏惠王的魏国竟成了名士的客栈,往来不断,却鲜有驻足。孟子本人也是终身奔波求仕的沧桑人物,如何不知其中就里?要他荐举贤才原也不难,非但自己门下尽有杰出之士,就是法家、兵家,孟子也大有可荐之名士大才。譬如稷下学宫的邹衍、慎到等第一流的名士,以及后起之秀荀子、庄辛、鲁仲连等。可魏惠王能真心诚意地委以重任么?礼遇归礼遇,那与实际任用还差着老远。有魏罃这样的国王,公子卬这样的丞相,谁要给魏国荐贤,那必是自讨没趣。但无论如何,公然的求贤之心,孟子却是不好扫兴的。

思忖有顷,孟子肃然拱手道:"魏王求贤,孟轲钦佩之至。然则,孟轲多年来埋首书卷,与天下名士交游甚少,急切

旁枝末节,一笔带过。

诸侯求贤,或为名,或为国,或遇,或不遇,皆造化。

---

① 乐羊,战国时人,因翟璜推荐,被魏文侯任为将军。魏文侯三十八年(前408年)他越过赵国进攻中山,三年攻克,封于灵寿(今河北灵寿西北)。

② 范睢,战国时魏国人,字叔。被须贾诬陷,化名张禄入秦。游说秦昭王,取代秦相魏冉。封于应(今河南鲁山县东),称应侯。乐毅,战国时燕将。乐羊的后代。燕昭王时任亚卿。燕昭王二十八年(前284年)率军击破齐国,攻下七十余城。因功封于昌国(今山东淄博东南),号昌国君。燕惠王即位,中齐反间计,以骑劫代之。他出奔赵国,被封于观津(今河北武邑东南),号望诸君。死于赵国。尉缭,战国末期魏国人,姓失传,名缭。入秦游说,秦王政(即秦始皇)任为国尉,因称尉缭。曾为秦王策划以金钱收买六国权臣,扰乱其部署,以便统一中国。《汉书·艺文志》杂家有《尉缭》二十九篇,今佚。

间尚无治国大才举荐，惭愧之至。"

"既然如此，日后但有贤才，荐于本王便是。"魏惠王极有气度地笑着。

殿中突然一人站起："启奏我王，臣有一大贤举荐！"

"噢?"魏惠王一看，竟是敖仓令先轸。他素来不喜欢小臣子抢班奏事，先轸虽是名将之后，毕竟只是个司土府低爵臣工，何来大贤可荐？但方才公然向孟子求贤，此刻也不好充耳不闻，于是矜持地拉长了声调："谚云：物以类聚，人以群分。敖仓令职司细务，也有大贤之交？却是何人也?"

"启奏我王。"先轸走出一步拱手高声道，"臣虽职司低微，然因先祖之故，与名士贤才尚有交往。臣所举荐之人，乃齐国稷下名士惠施①。此人正游学大梁，机不可失。"

"惠施？何许人也？噢——想起来了，他不是在安邑做过几天外相么？才情如何?"魏惠王恍然转向孟子，"若是名士，孟夫子定然知晓也。"

孟子见魏国官场竟有人荐举惠施，自然明白是惠施想重回魏国下力斡旋所致，心下对这种有失名士身份的做法大不以为然。但孟子在公开场合却也不能计较这些，惠施毕竟还不算徒有虚名之辈，微笑答道："惠施乃宋国人，久在稷下学宫致力于名家之学，持'合同异'之论，确是天下名士也。"

魏惠王素知孟子孤傲，他说是名士，那一定是大名士无疑，欣然笑道："好啊！我大魏国正是用人之际。先轸，明日即带惠施随同行猎，本王自有道理。"

"谨遵王命！"先轸兴奋了，应答得格外响亮。

正在此时，正殿总管老内侍匆匆进殿道："禀报我王，名

惠施，善辩善思，庄子经常与之抬杠，其事其语多见于《庄子》。

---

① 惠施，战国时哲学家，名家的代表人物。宋国人，与庄子为友。曾做过魏相。知识渊博而善辩。在当时的名辩思潮中，代表名家两个基本派别中的"合同异"派。《汉书·艺文志》著录《惠子》一篇，今佚。

士张仪求见。"

"又是名士?"魏惠王不耐地皱起眉头巡视大殿,"张仪何许人也,谁知道?"

丞相公子卬等几位重臣齐声回道:"臣等不知。"

末座中的先轸与左右对视会意,也齐声答道:"臣等不知。"

"举朝不知,谈何名士? 赏他五十金罢了,本王要就教孟夫子,不见。"

"魏王且慢。"孟子摆摆手,脸上露出一丝莫测高深的笑意,"这个张仪,虽则未尝扬名于天下,然孟轲却略有所闻。他与苏秦同出一隐士门下,自诩纵横策士。魏王不妨一见,或能增长些许见识。"

"好。孟夫子既有此说,见见无妨。"魏惠王大度地挥挥手,"教他进来。"

片刻之间,一个年轻士子悠然进殿,举座目光立即被吸引了过去——一领黑色大袖夹袍,长发松散地披在肩上,头上虽然没有高冠,高大的身材却隐隐透出一种伟岸的气度;步履潇洒,神态从容,在贵胄满座的大殿中非但丝毫不显寒酸,反有一股逼人的清冽孤傲之气。士子从容地躬身作礼道:"安邑士子张仪,参见魏王。"

魏惠王大皱眉头,冷冷问:"张仪,你是魏人,却为何身着秦人衣色?"

这突兀奇特的一问,殿中无不惊讶。孟子不禁感到好笑,身为大国之王,妇人一般计较穿戴服色,真乃莫名其妙。此时却见张仪不卑不亢道:"张仪生地乃魏国蒲阳,与秦国河西之地风习相近,民多黑衣。此无损国体,亦不伤大雅。"

"此言差矣!"丞相公子卬深知魏惠王心思所在,觉得由自己出面更好,便指着张仪高声道,"魏秦,世仇也!目下正

张仪亦若丧家犬,游说列国,并不顺利。

当大魏朝野振作，图谋复仇之际，魏国子民便当恶敌所好，尚我大魏本色。一介士子，就敌国服色而弃我根本，大义何在！"

张仪满怀激切而来，迎头就碰上这令人啼笑皆非的一问，心中顿时腻味，及至听得这首座高冠大臣振振有词的滑稽斥责，不禁哈哈大笑道："公之高论，当真令人喷饭。若以公之所言，秦人好食干肉，公则只能喝菜汤；秦人好兵战，公则只能斗鸡走马；秦人好娶妻生子，公则只能做鳏夫绝后了；秦人尚黑衣，公也只能白衫孝服了？"

话音未落，大殿中已哄然大笑。魏惠王笑得最厉害，一口酒"噗"地喷到了下首公子卬的脸上。公子卬面色涨红，本想发作，却见魏惠王乐不可支，顿时换了一副面孔，竟也一脸酒水地跟着众人哈哈大笑起来，于是禁忌全消，大殿中笑声更响了。

魏惠王向孟子笑道："孟老夫子，如此机变之士，常伴身边，倒是快事也。"

孟子带着揶揄的微笑："魏王高明。此子，当得一个弄臣也。"

张仪本傲岸凌厉之士，长策未进却大受侮辱，不禁怒火骤然上冲，欲待发作，脑海中却油然响起老师苍老的声音："纵横捭阖，冷心为上。"瞬息间便冷静下来。又正色拱手道："魏王为国求贤，大臣却如此怠慢，岂非令天下名士寒心？"

魏惠王哈哈一笑道："张仪，孟夫子说你乃纵横策士，不知何为纵横之学？"

"魏王。"张仪涉及正题，精神振作，肃然道，"纵横之学，乃争霸天下之术。纵横者，经纬也。经天纬地，匡盛霸业，谓之纵横。张仪修纵横之学，自当首要为祖国效力。"

小说中的公子卬极为不堪，误国者也。

"经天纬地？匡盛霸业？纵横之学如此了得？"魏惠王惊讶了。

孟子却冷笑着插了进来："自诩经天纬地，此等厚颜，岂能立于庙堂之上？"

"孟夫子此话怎讲？倒要请教。"魏惠王很高兴孟子出来辩驳，自己有了回旋余地。

孟子极为庄重道："魏王有所不知。所谓纵横一派，发端于春秋末期的狡黠之士。前如张孟谈①游说韩魏而灭智伯，后如犀首游说楚赵燕秦。如今又有张仪、苏秦之辈，后来者正不知几多。此等人物朝秦暮楚，言无义理，行无准则；说此国此一主张，说彼国彼一主张，素无定见，唯以攫取高官盛名为能事。譬如妾妇娇妆，以取悦主人，主人喜红则红，主人喜白则白；主人喜肥，则为饕餮之徒；主人喜细腰，则不惜作践自残；其说辞之奇，足以悦人耳目，其机变之巧，足以坏人心术。此等下作，原是天下大害，若执掌国柄，岂不羞煞天下名士！"孟子原是雄辩之士，一席话慷慨激昂义正词严，殿中一片默然。

朝秦暮楚者，大违仁义礼智信，难怪孟子恨之。

魏国君臣虽觉痛快，却也觉得孟子过分刻薄，连死去近百年的"三家分晋"的功臣名士张孟谈也一概骂倒，未免不给魏国人脸面。然则，此刻却因孟子对的是面前这个狂士，便都不作声，只是盯着张仪，看他如何应对。

事已至此，张仪不能无动于衷了。他对儒家本来素无好感，但因了敬重孔子孟子的学问，所以也就井水不犯河水，今日见孟子如此刻薄凶狠，不禁雄心陡长，要狠狠给这个故步自封的老夫子一点颜色。只见张仪悠然转身对着孟子，坦然

①　张孟谈：春秋末期，晋国有韩、赵、魏、智四卿。张孟谈是赵氏家臣。智伯向韩、赵、魏三家索地，赵氏拒绝。智伯遂率韩、魏攻赵。张孟谈游说韩、魏反戈，共灭智伯，瓜分其地。

微笑道："久闻孟夫子博学雄辩，今日一见，果是名不虚传也。"

"国士守大道，何须无节者妄加评说？"孟子冷峻傲慢，不屑地回过了头去。

突然，张仪一阵哈哈大笑，又骤然敛去笑容揶揄道："一个惶惶若丧家之犬的乞国老士子，谈何大道？分明是纵横家鹊起，乞国老士心头泛酸，原也不足为奇。"

此言一出，孟子脸色骤然铁青。游历诸侯以来，从来都是他这个卫道士斥责别人，哪有人直面指斥他为"乞国老士子"？这比孔子自嘲的"惶惶若丧家之犬"更令人有失尊严。孟子正要发作，却见张仪侃侃道："纵横策士图谋王霸大业，自然忠实于国，视其国情谋划对策，而不以一己之义理忖度天下。若其国需红则谋白，需白则谋红，需肥则谋瘦，需瘦则谋肥，何异于亡国之奸佞？所谓投其所好言无义理，正是纵横家应时而发不拘一格之谋国忠信也！纵为妾妇，亦忠人之事，有何可耻？却不若孟夫子游历诸侯，说遍天下，无分其国景况，只坚执兜售一己私货，无人与购，便骂遍天下，犹如娼妇处子撒泼，岂不可笑之至？"

毒语。

"娼妇处子？妙！"丞相公子卬第一个忍不住击掌叫好。

"彩——"殿中群臣一片兴奋，索性酒肆博彩般喝起"彩"来。

魏惠王大感意外：这个张仪一张利口，与孟老夫子竟是棋逢对手。便好奇心大起，笑问张仪："有其说必有其论，'娼妇处子'，却是何解啊？"

张仪一本正经道："鲁国有娼妇，别无长物，唯一身人肉耳。今卖此人，此人不要。明卖彼人，彼人亦不要。卖来卖去，人老珠黄，却依旧处子之身，未尝个中滋味。于是倚门旷怨，每见美貌少妇过街，便恶言秽语相加，以泄心头积怨。此

逞一时口舌之快，非谋事成事之道。

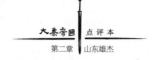

谓娼妇处子之怨毒也。"

"啊——"殿中轻轻地一齐惊叹，臣子们一则惊诧这个年轻士子嬉笑怒骂皆成文章，二则又觉得他过分苛损，大非敬老之道。

魏惠王正自大笑，一回头，孟老夫子竟簌簌发抖欲语不能，顿时觉得有点儿不好收拾。孟夫子毕竟天下闻人，在自己的接风宴会上被一个无名士子羞辱若此，传扬开去，大损魏国。想到此处，魏惠王厉声道："竖子大胆，有辱斯文！给我轰了出去！"

"且慢。"张仪从容拱手，"士可杀，不可辱。孟夫子辱及纵横家全体，张仪不得不还以颜色，何罪之有？魏王莫要忘记，张仪为献霸业长策而来，非为与孟夫子较量而来。"

魏惠王愈发恼怒："阴损刻薄，安得有谋国长策？魏国不要此等狂妄之辈，轰出去！"

"既然如此，张仪告辞。"大袖一挥，张仪飘然而去。

绯云在客栈忙了大半日，先洗了张仪昨夜换下的衣服，趁晾衣的空隙收拾了行装，清理了客栈房钱，直到晌午过后还没来得及吃饭。一想着公子要在大梁做官，绯云就兴奋不已。在张家多年，绯云深知老夫人对公子寄托的殷殷厚望，大梁之行一成功，公子衣锦荣归，那张家就真的恢复了祖先荣耀。老夫人可搬来大梁，绯云自己也能在这繁华都市多见世面，岂非大大一件美事。渐渐地日头西斜，衣服晒干了，张仪还没回来。绯云想，迟归是吉兆，任官事大，岂能草草？如此一想，便将行装归置到轺车上，赶车到客栈门前等候张仪，免得到时忙乱。

正在等候，张仪大步匆匆而来。绯云高兴地叫了一声："张兄。"却见张仪一脸肃杀之气，不禁将后面的话吞了回去。张仪看看绯云，倒是笑了："走，进客栈吃饭，吃罢了上路。"

"你还没用饭？那快走。"绯云真是惊讶了，将轺车停在车马场，随张仪匆匆进了客栈大堂。

刚刚落座，一个小吏模样的红衣人走了进来，一拱手问："敢问先生，可是张仪？"张仪淡淡点头："足下何人？"红衣人双手捧上一支尺余长的竹筒："此乃敖仓令大人给先生的书简。"张仪接过，打开竹筒抽出一卷皮纸展开，两行大字赫然入目："张兄鲁莽，咎由自取。若欲入仕，我等愿再作谋划。"张仪淡漠地笑笑："烦请足下转复敖仓令：良马无回头之错，张仪此心已去，容当后会。"红衣人惊讶地将张仪上下反复打量，想说话却终于没有开口，径自转身走了。张仪也不去理会，自顾默默饮酒。绯云灵动心性，看样子知道事情不好，一句话不问，只是照应张仪饮酒用饭，连自己也没吃饭都忘记了。

从客栈出来，已是日暮时分。绯云按照张仪吩咐，驾车出得大梁西门，却不知该去哪里，便在岔道口慢了下来。

"绯云，洛阳。"张仪猛然醒悟，高声笑道，"教你去看个好所在，走！"

绯云轻轻一抖马缰，轺车顺着官道向正西辚辚而去。见张仪似乎并没有沮丧气恼，去的又是自己做梦都不敢想的王城洛阳，绯云也高兴起来，高声道："张兄，天气好吧。晚上定有好月亮，赶夜路如何？"

"好！"张仪霍然从车厢站起，"月明风清，正消得闷气。"于是扶着伞盖铜柱，望着一轮初升的明月，挥着大袖高声吟哦起来，"北冥有鱼，其名为鲲。其鲲之大，不知其几千里也！化而为鸟，其名为鹏。鹏之背，不知其几千里也！怒而飞，其翼若垂天之云……水击三千里，抟扶摇而上者九万里也！"

"张兄，这是《诗》么？好大势派！"

张仪大笑道："《诗》？这是庄子的《逍遥游》。'天之苍苍，其正色邪？其远而无所至极邪？'大哉庄子！何知我心也？"

此逍遥却非庄子之逍遥。

绯云一句也听不懂，却莫名其妙地被那一串"三千里""九万里""水击""垂天"一类的很气派的词儿感染得笑了起来，飞车在明月碧空的原野，觉得痛快极了。

六　函谷关外苏秦奇遇

从洛阳王城回来后，苏秦一直闷在书房里思忖出行秦国的对策。

自觉胸有成算,他走出了书房,却发现家人似乎都在为他的出行忙碌。苏代苏厉两个小弟为他筹划文具,上好的笔墨刀简装了一只大木箱,还夹了一叠珍贵的羊皮纸。在外奔波经商的大哥也回来了,从洛阳城重金请来两名尚坊工师,将周王特赐的那辆轺车修葺得华贵大方,一望而知身价无比。利落的大嫂与木讷的妻子给苏秦收拾衣物,冬衣夏衣皮裘布衫斗篷玉冠,满当当装了一只大木箱。

"好耶!二叔终归出来了,看看如何?"大嫂指着衣箱笑吟吟问。

"有劳大嫂了,何须如此大动干戈?"举家郑重其事,苏秦很是歉疚。

"二叔差矣!"大嫂笑着转了一句文辞儿,"这次啊,你是谋高官做,光大门楣,不能教人家瞧着寒酸不是?你大哥老实厚道,就能挣几个钱养家。苏氏改换门庭,全靠二叔呢!"

苏秦不禁大笑:"大嫂如此厚望,苏秦若谋不得高官,莫非不敢回来了?"

大嫂连连摇手,一脸正色:"二叔口毒,莫得乱说。准定是高车驷马,衣锦荣归!"

"好了好了,大嫂等着。"苏秦更加笑不可遏。大嫂正要再说,苏代匆匆走来道:"二哥,张仪兄到了,在你书院等着。"

"噢?张兄来了?快走。"苏秦回头又道,"相烦大嫂,整治些许酒菜。"

"还用你说,放心去。"大嫂笑吟吟挥手。

到得雷鸣瓦釜书院外,苏秦远远就看见散发黑衣的张仪站在水池边,一辆轺车停在门外;一个少年提着水桶,仔细梳洗着已经卸车的驭马,倒是一派悠闲。苏秦高声道:"张

苏秦出道之初,颇为曲折。孙皓晖强调了其意气风发的一面。据《史记·苏秦列传》,"出游数岁,大困而归。兄弟嫂妹妻妾窃皆笑之,曰:'周人之俗,治产业,力工商,逐什二以为务。今子释本而事口舌,困,不亦宜乎!'苏秦闻之而惭,自伤,乃闭室不出,出其书遍观之。"作者有意回避家长里短,妇人之见似乎有损苏秦身份。

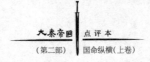
兄好酒脱。"张仪回身笑道："如何有苏兄酒脱？足未出户，已是名满天下了。"俩人相遇执手，苏秦笑道："张兄来得正好，我后日便要西入函谷关了。走，进去细细叙谈。这位是？"张仪招招手笑道："我的小兄弟。绯云，见过苏兄。"绯云放下水桶走过来一礼："绯云见过苏兄。"苏秦惊讶笑道："啊，好个英俊伴当。张兄游运不差。走，进去饮酒。"绯云红着脸道："我收拾完就来，两位兄长先请了。"

过得片刻，又是大嫂送来酒菜，苏代苏厉相陪，加上绯云共是五人。酒过三巡，寒暄已了，张仪慨然道："苏兄，我一路西来，多听国人赞颂，言说周王赐苏兄天子轺车。不想这奄奄周室，竟还有如此敬贤古风？苏兄先入洛阳，这步棋却是高明！"

苏秦释然一笑道："你我共议，何曾想到先入洛阳？此乃家父要先尽报国之意，不想王城一行，方知这个危世天子，并非'昏聩'二字所能概括。一辆轺车价值几何？却并非每个国君都能办到。在我，也是始料未及也。"

"一辆天子轺车，愧煞天下战国！"张仪拍案，大为感慨。

苏秦心中一动，微笑道："轺车一辆，何至于此？张兄在大梁吃了闭门羹？"

张仪"咕"地大饮了一爵兰陵酒，掷爵拍案道："奇耻大辱，当真可恨也！"将大梁之行的经过详说一遍，末了道："可恨者，魏王竟然不问我张仪有何王霸长策，便赶我出宫。一个形同朽木的老孟子，值得如此礼遇么？"

苏秦素来缜密冷静，已经听出了个中要害，慨然拍案道："张兄何恨？大梁一举，痛贬孟子，使魏王招贤尽显虚伪，岂非大快人心？依我看，不出月余，张仪之名将大震天下！"又悠然一笑，"你想，那老孟子何等人物？以博学雄辩著称天下，岂是寻常人所能骂倒？遇见张兄利口，却落得灰头土脸。传扬开去，何等名声？究其实，张兄彰的是才名，实在远胜这天子轺车也。"

张仪一路行来，心思尽被气愤湮没，原未细思其中因果，听得苏秦一说恍然大悟，开怀大笑道："言之有理！看来，你我这两个钉子都碰得值。来，浮一大白！"说着提起酒坛，亲自给苏秦斟满高爵，两人一碰，同时饮干，放声大笑。

这一夜，苏代、苏厉等早早就寝。苏秦与张仪依然秉烛夜话，谈得很多，也谈得很深，直到月隐星稀，雄鸡高唱，二人才抵足而眠，直到日上中天。

第二日，张仪辞别，苏秦送上洛阳官道。拙朴的郊亭生满荒草，二人饮了最后一爵兰陵酒，苏秦殷殷道："张兄，试剑已罢，此行便是正战了，你东我西，务必谨慎。"

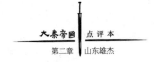

"你西我东，背道而驰了。"张仪慨然笑道，"有朝一日，若所在竟为敌国，战场相逢，却当如何？"

"与人谋国，忠人之事。自当放马一搏。"

"一成一败，又当如何？"

"相互援手，共担艰危。生无敌手，岂不落寞？"

张仪大笑："好！相互援手，共担艰危。此苏张誓言也！"伸出手掌与苏秦响亮一击，长身一躬，一声"告辞"，大袖一挥，转身登车辚辚而去。

送走张仪，苏秦回庄已是日暮时分。

连日来诸事齐备，明日就要启程西去了。苏秦想了想，今夜他只有两件事：一是拜见父亲，二是辞别妻子。父亲与妻子，是苏秦在家中最需要慎重对待的两个人。父亲久经沧桑，寡言深思又不苟笑谈，没有正事从来不与儿子闲话。所以每见父亲，苏秦都必得在自己将事情想透彻之后。对妻子的慎重则完全不同，每见必烦，需要苏秦最大限度的克制，须得在很有准备的心境下见她，才维持得下来。

一路上苏秦已经想定，仍然是先见父亲理清大事，再去那道无可回避的敦伦关口。

苏庄虽然很大，父亲却住在小树林中的一座茅屋里。母亲于六年前不幸病逝了，父亲虽娶得一妾，却经常与妾分居，独守在这座茅屋里。从阴山草原带回来的那只牧羊犬黄生，成了父亲唯一的忠实伙伴。黄生除了每日三次巡嗅整个庄园，便亦步亦趋地跟在父亲身后，任谁逗弄也不去理会。父亲若商旅出家，黄生便守候在茅屋之外，不许任何人踏进这座茅屋，连父亲的妾和掌家的大嫂也概莫能外，气得大嫂骂黄生"死板走狗"。苏秦倒是很喜欢这只威猛严肃的牧羊犬，觉得它的古板认真和父亲的性格很有些相似。

踏着初月，苏秦来到茅屋前，老远就打了一声长长的口哨。几乎同时，黄生低沉的呜呜声就遥遥传来，表示它早已经知道是谁来了。待得走近茅屋前的场院，黄生已经肃然蹲在路口的大石上，对着苏秦发出低沉的呜呜声。苏秦笑道："好，我站在这里了。"话音刚落，黄生回头朝着亮灯的窗户响亮地"汪汪"了两声，接着听见父亲苍老的声音："老二么？进来。"苏秦答应道："父亲，我来了。"黄生喉咙呜呜着让开路口，领着苏秦走到茅屋木门前，蹲在地上看着苏秦走了进去，才摇摇尾巴走了。

"父亲，"苏秦躬身一礼，"苏秦明日西去，特来向父亲辞行。"

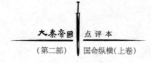
父亲正坐在案前翻一卷竹简，"嗯"了一声没有说话。苏秦知道父亲脾性，也默默站着没有说话。片刻之后，父亲将竹简合上："千金之数，如何？"

"多了。"虽然突兀，苏秦却明白父亲的意思。

"嗯？"父亲的鼻音中带着苍老的滞涩。

"父亲，游说诸侯，并非交结买官，何须商贾一般？"

"用不了，再拿回来。"父亲的话极为简洁。

"父亲，"苏秦决然道，"百金足矣。否则，为人所笑，名士颜面何存？"

父亲默然良久，喟然一叹，点了点头："也是一理。"

苏秦知道，这便是父亲赞同了他的主张，撇开这件事道："父亲年高体弱，莫得再远行商旅。有大哥代父亲操劳商事，足矣。儿虽加冠有年，却不能为父亲分忧，无以为孝，唯有寸心可表，望父亲善纳。"

父亲还是"嗯"了一声，虽没有说话，眼睛却是晶晶发亮。良久，父亲拍拍案头竹简："最后一次。可保苏氏百年。大宗。须得我来。"说完这少见的一段长话，父亲又沉默了。

苏秦深深一躬，出门去了。与父亲决事从来都是这样，话短意长，想不透的事不说，想透的事简说。苏秦修习的艺业，根基是雄辩术，遇事总想条分缕析地分解透彻，偏在父亲面前得滤干晒透，不留一丝水汽，不做一分矫情，否则无法与父亲对话。曾有好几次，苏秦决定的事都被父亲寥寥数语颠倒了过来，包括这次先入洛阳代替了先入秦国。事后细想，父亲的主张总是更见根本。苏秦少年入山，对父亲所知甚少，出山归来，对父亲也是做寻常商人看待。包括国人赞颂父亲教他们三兄弟修学读书的大功德，苏秦也认为，这是光宗耀祖的人之常心罢了，并非何等深谋远虑。可几经决事，苏秦对父亲刮目相看了。这次，父亲居然能赞同他"百金入

对苏秦父亲的想象，颇为奇特。孙皓晖小说里，老谋深算者常有。

秦"而放弃了"千金"主张,当真是奇事一桩。父亲绝非只知节俭省钱的庸常商人,只有确实认同了你说的道理,他才会放弃自己的主张。在平常,这几乎是不可能的,今日居然变成了事实。虽然,苏秦还没有体验过说服诸侯的滋味,但在他看来,说服一国之君绝不会比说服父亲更难,今晚之功,大是吉兆。

怀着轻松平和的心情,苏秦来见妻子。

这座小院落,才是他与妻子的正式居所。父亲秉承了殷商后裔的精细,持家很是独特。每个儿子加冠成婚后,便在庄园里另起一座小院居住,且不配仆役,日常生计是各对夫妇独自料理。从大账上说,苏氏是一个整体大家。从小账上说,苏氏却是一个个小家,恰似春秋诸侯一般。如此之家,省去了诸多是非纠纷,非常的和谐。苏秦从来不理家事,只觉得父亲是为了省却麻烦,也不去深思其中道理。

将近庭院,苏秦看见了灯光,也听见了机杼声声,顿时放慢了脚步。

母亲病危将逝时,父亲做主给他娶过了妻子。那时候,苏秦还在山中修习,父亲没有找他回来奔丧守孝,他自然也无从知晓自己已经有了明媒正娶的妻子。妻子,是洛阳王城里一位具有"国人"身份的工师的女儿,端庄笃厚,勤于操持,很是得老父亲与掌家大嫂的欢心。及至苏秦归来,面对这个比自己大两岁的生疏女子,其尴尬是可想而知的。按照苏秦挥洒独行的个性,很难接受这个对自己相敬如宾的陌生妻子。然则,这是母亲临终时给自己留下的立身"遗产",是父亲成全母亲心愿而作出的选择,如何能休了妻子而担当不孝的恶名? 对于苏秦这种以纵横天下诸侯为己任的名士,名节大事是不能大意的,身负"不孝"之名,就等于葬送了自己。当年,吴起身负"杀妻求将"的恶名,天下无人敢用。"不孝"之名,几与"不忠"同恶,一个策士如何当得? 反复思忖,苏秦终于默默接受了这个妻子。但苏秦却常常守在自己的雷鸣瓦釜书院,极少"回家"与妻子尽敦伦之礼。仿佛心照不宣一般,父亲、大哥、大嫂与所有的家人,都从来不责怪或提醒苏秦,甚至妻子自己,也从来不到书院侍奉夫君,在苏秦的真实生活中,似乎根本没有一个妻子的存在。

如今要去游说诸侯,不知何年归来,全家上下视为大事。唯独妻子依然故我,只是默默地帮着大嫂为苏秦整理行装,见了苏秦也依然是微笑作礼,从来不主动问一句话。苏秦突然觉得心有不忍,也从家人欲言又止的语气与复杂的眼神中,悟到了他们对自己的期待。夫妻乃人伦之首,远行不别妻,也真有点儿说不过去……

机杼声突然停了，妻子的身影站了起来，走了出来，却掌着灯愣怔在门口："你？你……有事么？"

"明日远行，特来辞别。"苏秦竭力笑着。

妻子的眼睛亮晶晶地闪烁着，手中的灯却移到了腋下，她的脸骤然隐在了暗影中："多谢……夫君……"

"我，可否进去一叙？"苏秦的心头突然一颤。

"啊？"妻子的胸脯起伏着喘息着，"你，不是就走？夫君，请……"

借着朦胧的月光和妻子手中的灯光，苏秦隐约看见院子里整洁非常：一片茂密的竹林前立着青石砌起的井架，井架前搭着一片横杆，上面晾满了浆洗过的新布；井架往前丈余，是一棵枝叶茂盛的桑树，树下整齐摆放的几个竹箩里传来轻微的沙沙声；东首两间当是厨屋，虽然黑着灯，也能感到它的冷清；西首四间瓦屋显然是机房和作坊，墙上整齐地挂着耒锄铲等日常农具，从敞开的门中隐约可见一大一小两架织机上都张着还没有完工的苎麻布；上得北面的几级台阶，是四开间三进的正房。第一进自然是厅堂，第二进是书房，第三进便是寝室。轻步走进，苏秦只觉得整洁得有些冷清，似乎没有住过人的新房一般。

妻子将他领到厅堂，局促得满脸通红："夫君，请，入座。我来煮茶，可好？"

苏秦还没有从难以言传的思绪中摆脱出来，迷惘地点点头，便在厅中转悠。妻子先点起了那盏最大的铜灯，厅堂顿时亮堂起来；又匆匆出去找来一包木炭，跪坐在长大的案几前安置好鼎炉、陶壶、陶杯，开始煮茶。苏秦已经稍许平静下来，坐在妻子对面默默地看着她煮茶。明亮的灯光照着窘迫的妻子，苏秦竟有些惊讶了。这个他从来没有正眼细看过的妻子，竟然很美。五官端正，额头宽阔，体态婀娜丰满，稍厚的嘴唇与稍大的嘴巴配在满月般的脸庞上，显得温厚可人；一身布衣，一头黑发，不加丝毫雕饰，却自然流露出一副富丽端庄的神态；若在春日踏青的田野里，如此一个布衣女子唱着纯情的《国风》，洒脱无羁的苏秦说不定便要追逐过去，忘情地唱和盘桓……

"啊！"妻子低低地惊呼了一声。窘迫忙乱的她，被鼎炉烫了手指。

苏秦恍然醒过神来，不禁关切道："如何？我看看。"拉了妻子的手便要端详。妻子却紧张地抽了回去，歉意笑道："茶功生疏了，夫君见谅。"

这一下，苏秦也略有尴尬，笑道："擦少许浓盐水，会好一些。"

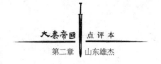

"夫君,你如何知晓此等细务?"

"山中修学,常常游历,小疾小患岂能无术?"

"啊——"妻子抬头望着苏秦,"那……夫君须得珍重才是。"

苏秦笑笑:"这个自然。"却再也不知道该说何等话了。看着妻子紧张得额头上渗出了晶晶细汗,脸颊上也有慌乱中沾抹上的木炭黑印,苏秦心中一动,猛然想用自己的汗巾给她揩去汗水,拭去木炭灰。手已触到汗巾,看着妻子正襟危坐一丝不苟的神色,却又无论如何拿不出手来,沉吟再三道:"不要煮茶了,说说闲话了。"

"夫君初归,当有礼数,岂能简慢?"妻子低头注视着鼎炉,声音很轻。

"一日,能织几多布?"苏秦找着话题。

"一日丈三,三日一匹。"

"家道尚可,何须如此辛劳?"

"家道纵好,亦当自立。夫君求学累家,为妻岂能再做累赘?"

"一朝功成名就,自当报答家人。"苏秦既感歉疚,又生感慨。

妻子却只默默低头,轻轻叹息了一声。

"你信不过苏秦?"

妻子摇摇头:"居家唯求康宁,原本无此奢求。"

平平淡淡的一句话,却使苏秦顿时生出索然无味之感。从总角小儿开始,苏秦就是个胸怀奇志的孩童,与木讷的哥哥迥然有异。在他五岁时,父亲用殷商部族的古老方法为两个儿子做"钱卜"——这是殷商部族试验小儿经商才能的一种方法——根据总角小儿朦胧冒出的"天音",决定给他请何等商人为师。聪敏灵动者大体学行商(长途贩运),木讷本分者大体学坐贾(坐地开店)。父亲拿出五十金,放置在厅中长案上,将两个儿子唤到面前,指着灿灿发光的一盘金饼问:"给你兄弟每人五十金,如何用它?"八岁的哥哥红着脸道:"置地,建房,娶妻。"小苏秦却绕着金饼转了一圈,童声昂昂道:"华车骏马,周游天下!"父亲不禁大为惊讶,觉得小儿志不可量,才产生了后来与寻常商家迥然相异的种种苦心。十多年修学游历,在旷世名师的激励指点下,苏秦心怀天下志在四海,成了雄心勃勃的名士。与张仪一样,他最喜欢读庄子的《逍遥游》,常掩卷慨然:"生当鲲鹏九万里,纵南海折翅,夫复何憾!"他最瞧不起的,便是那种平庸自安的凡夫俗子,常嘲笑他们是"蓬间雀"。寻常与人接触,他本能地喜欢那种纵然平庸却能解悟名士非凡志向,

并对名士有所寄托的俗人。譬如大嫂,对苏秦奉若神明般地
崇拜,口口声声说二叔要带苏家跳龙门。苏秦就不由自主地
有几分喜欢,连大嫂的聒噪也觉得不再那么讨人嫌。苏秦最
厌烦的,就是那种自己平庸但还对名士情怀不以为然,对名
士也淡然无所依赖的俗子。

　　想不到,妻子恰恰是这样一个人。

　　她恪尽妻道,恪守礼数,安于小康,不追慕更大的荣华富
贵,对夫君可能给她带来的鱼龙变化,也显然有一种淡漠。
片刻之间,苏秦对妻子那种因生疏而产生的一种神秘一丝敬
慕一缕冲动,也烟消云散了。蓦然之间,他觉得妻子很熟悉,
熟悉得已经有些厌倦了。

　　"还有诸多预备,我告辞了。"苏秦站了起来。

　　妻子正在斟茶,窘迫地站了起来:"夫君……礼数未尽,
请,饮杯茶,再走。"

　　"好。"苏秦接过陶杯,呷了一口滚烫的茶水,放下杯子
道,"善自珍重,我走了。"

　　妻子默默送到门口,脸庞依然隐没在灯影里:"夫君
……可有归期?"

　　"成事在天,难说。"大袖一挥,苏秦的身影渐渐隐在朦
胧的庄园小道里。

　　那一点灯光,却在门庭下闪烁了很久很久。

　　天色一亮,苏秦的轺车驶出了洛阳西门。

　　两个时辰后,苏秦渡过洛水,沿大河南岸的官道向函谷
关进发了。苏秦是两匹骏马驾拉的青铜轺车,堪称高车骏
马。三弟苏代认为,天子赏赐的轺车不能没有良马相配,便
说动大哥,在将轺车修葺得焕然一新后,又买了两匹雄骏的
胡马驾车。按照苏代的做法,大哥还要给苏秦配一名高明的

美则美,木矣。状如《红楼梦》里的"二木头"(迎春),徒有其表,毫无趣味。加之之前又刚见了燕美人,难怪苏秦厌倦。

驭手以壮行色。可这些都被苏秦坚执拒绝了。按照苏秦本意,这辆天子轺车虽然铜锈斑驳,轮厢松动,然却是六尺车盖的大臣规格,气魄自在,只需将车轮车厢修葺坚固即可;目下既然已经整修得灿烂如新,也不可能复旧了,也只好作罢。再有骏马驭手,搞成天子特使一般的气象,便太过招摇了,若使风习质朴的秦人侧目而视,岂不弄巧成拙?所以,苏秦坚持自己亲自驾车,不要驭手,也不要童仆。

如今一上官道,这高车骏马大大显出了非凡气度——车声辚辚纯正,马行和谐平稳,高高的青铜车盖下,苏秦的大红斗篷随风飘摇,掠过商旅的队队牛车,引来路人惊叹的目光与时不时的喝彩,当真是洒脱名士。

日暮时分,到得函谷关外。但见两山夹峙,关城当道,车辆行人皆匆匆如梭,要忙着在闭关之前进关出关。苏秦第一次经函谷关入秦,不禁驻车道边,凝神观望。这时的函谷关已经回到秦国将近十年,关城整修得雄峻异常,关门只有一洞,城墙箭楼却有百步之宽。关城上黑色的“秦”字大旗随风招展,女墙垛口的长矛甲士钉子般一动不动。关下门洞前百步之遥,伫立着两排甲士,一名带剑军吏一丝不苟,认真地盘查着出入车辆行人的货物与照身帖,一边不断正色拒绝着华贵商人塞过来的钱袋,并高声宣示:“秦法不容贿赂,商贾勿得犯法!”道边有几家客栈店铺,门前已挑起了风灯。其中一家风灯上大书“渭风古寓”,显然是最讲究的一家,时有准备安歇在城外的行人车马,纷纷驶进了客栈。

观望一番,苏秦觉得井然整肃,不禁油然生出一股敬意。

“苏子别来无恙?”

苏秦回头,却见自己车后站着一个面戴黑纱通体黑衣的人,不禁大为惊讶道:“足下可是与我说话?”

“函谷关下,有第二个苏秦么?”

好熟悉的声音!苏秦猛然醒悟,一跃下车道:“你是? 燕……”

“嘘——”黑衣人摇手制止,“敢请苏子移步,到客栈说话。”

“好,我将车停过去。”

“函谷关下,道不拾遗。不晓得么?”

苏秦兴奋歉然地一笑,将马缰丢开,便跟着黑衣人来到道边那家最大的渭风古寓。虽是道边客店,却也整洁宽敞,毫无龌龊之感。穿过两进客房来到后院,院门有两名带剑军士守护,见了黑衣人肃然躬身。苏秦不禁惊讶莫名。进得大门,只见庭院中赫然搭着一座军帐,帐外院中游动着几名甲士。苏秦大惑不解,却也不问,跟着黑衣人一直走进了正房。

"苏子请入座。"黑衣人招呼了一句,进了隔间,片刻出来,却变成了发髻高绾红裙曳地的美丽女子。站在厅中,默默微笑地看着苏秦,脸上一片红晕。

"燕姬?"苏秦惊叹着站起来,"你如何到得这里? 欲去何方?"

"莫急。"燕姬嫣然一笑,对门外高声道,"给先生上茶。"

一个侍女应声飘入,轻盈利落地托进铜盘将茶水斟妥,又轻盈地飘了出去。恍惚之间,苏秦仿佛觉得又回到了洛阳王城那陈旧奢靡的宫殿。

侍女退去,燕姬在苏秦对面跪坐下来,一声叹息道:"苏子,我已奉王命,嫁于燕公了。"

苏秦恍然大悟,怔怔道:"噢——赐亲北上? 省亲南下?"

"天子特使赐亲。北上。"燕姬淡淡笑道,"周礼废弛,他们又都与我相熟,苏子莫得拘泥。燕姬等在这里,就是要见你一面。"

苏秦总有一种恍惚若梦的感觉。自从洛阳王城与这位天子女官不期而遇,直觉这个女子非同寻常,镶嵌在自己的记忆里挥之不去。一夜,苏秦梦见自己高车骏马身佩相印回到了洛阳王城,飘飘若仙的燕姬飞到了他的车上,随他云里雾里地隆隆去了……倏忽醒来,兀自怦怦心跳,觉得自己梦见这遥远飘忽的女官实在荒唐。想不到今日竟能在函谷关外与她相逢,更想不到,此时的她已经成了燕国国君的新娘。

一个美丽的梦中仙子,倏忽之间变成了实实在在的世俗贵夫人。那缥缈的梦幻,在苏秦心底生成了一种空荡荡的失落,化成了一声难以觉察的轻声叹息:"汉之广矣,不可泳思。江之永矣,不可方思……"①

骤然之间,燕姬的双眼朦胧了。苏秦轻声吟诵的《国风》,她自然是听见了。那本是洛阳王城的布衣子弟唱出的失意情歌,歌者追慕春日踏青的美丽少女,却因身份有别而只能遥遥相望。那第一句便是"南有乔木,不可休思"——南方的树木啊,虽然高大秀美,却不要想在她的树荫下休憩……当年,这首真诚隽永的情歌一传进王城,打动了无

---

① 见《诗经·周南·汉广》。

数嫔妃侍女的幽幽春心,燕姬自然也非常熟悉,而今,苏秦喃喃自语般地吟诵,在燕姬听来却是振聋发聩。

燕姬缓缓起身,走到厅中琴台前深深一躬,打开琴罩,肃然跪坐,琴弦轻拨,歌声随着叮咚琴音而起:

> 南有乔木,不可休思
> 汉有游女,不可求思
> 汉之广矣,不可泳思
> 江之永矣,不可方思
> ……

苏秦的恍惚迷离,在美妙的琴音歌声中倏忽散去了。他从琴音歌声中品出了燕姬的同一番心曲——君之于我,亦是"南有乔木"。心念及此,苏秦大感慰藉,空荡荡的心田忽然便有一层温暖弥漫开来。燕姬款款走来,似乎方才的一切都已经随着琴声歌声消失了。她跪坐案前,平静地微笑着:"苏子,我在此相候,为的是问君一言,请君三思而答。"

苏秦认真地点点头。

"你可愿去燕国?"

苏秦惊讶地看着燕姬,良久沉默了。倒不是这个问题不好回答,而是想不到燕姬如何能想到这样的去向?莫非是她向燕国国君推荐了自己?不可能。未曾入燕,何得进言?那莫非是周天子借"赐亲"之机向燕国举荐了自己?依周王个性与处境,也不大可能。但无论如何,苏秦对功业大事还是有决断的,他思忖着摇摇头道:"燕国太弱,了无生气,不能成就王霸大业。"

"苏子评判,自然无差。"燕姬毫无劝说之意,"日后,苏子若有北上之心,我当助君一臂之力,谅无大碍。"燕姬说完自己的意思,默默看着苏秦。

苏秦慨然一叹:"燕姬有如此襟怀,苏秦刮目相看了。然则,苏秦只能去秦国。只有秦国,堪当大业。"

"若秦国不用苏子?"

苏秦爽朗大笑："我有长策，焉得不用？燕姬但放宽心也。"

"既然如此，云游到燕，苏子须来会我。"

"从今而后，苏秦可能再没有云游闲暇了。"突然之间，苏秦觉得自己不能心存旁骛，留恋这样一个诸侯夫人，平静笑道，"若当出使燕国，也无由会晤国君夫人也。"

燕姬默然有顷，却淡淡笑道："苏子车马太过奢华，留一匹马与我，可否？"

"大是。"苏秦连连点头，"我一路颇觉不安。干脆，换我一辆轺车如何？"

"这有何难？"燕姬很高兴，她本来想委婉地帮苏秦纠正有损名士高洁的气象，不想苏秦如此痛快自责，便可想见高车骏马定是家人所为，心念及此，燕姬多了一分欣慰，起身拍掌，对门外走进的一个内侍总管吩咐道："将店外道边那辆华车赶进来，换一辆王车，再留下一马，车上行囊妥为移过。仔细了。"

"谨遵夫人命。"内侍总管快步去了。

燕姬轻松笑道："函谷关日落闭关，鸡鸣开关，苏子可与我做一夜之饮，如何？"

"恭敬何如从命。"苏秦愉快地答应了。

燕姬命人打开了天子赏赐的一坛邯郸赵酒，请渭风古寓烹制了一鼎肥羊炖与几样秦菜，特以纯正的秦风筵席做了二人的告别小宴。更重要的，当然是为了给苏秦壮行。两人默默饮得几爵，醇冽的赵酒使他们如醉如痴，你一言我一语地说将开来。绵绵不断而又感慨良多，话题宽泛，却又似乎紧紧围绕着某个圆圈，说得很多很多，不觉雄鸡三唱，函谷关的开关号角已经悠扬回荡了。

苏秦酣畅大笑，向燕姬慷慨一拱，跳上青铜轺车，辚辚进入了函谷关。

为苏秦与燕的渊源设伏笔。入燕之前，必先入秦，否则，合纵之说，无从谈起。

第三章 西出铩羽

苏秦遇挫于秦，于是怪罪于秦。

一 新人新谋弃霸统

珠玉在前，嬴驷开局难。

第一次，嬴驷遇到了令他难以决断的微妙局面。

上卿犀首郑重上书，提出了完成秦国霸业的具体方略——立即称王，一年内攻取三川，三年内吞灭三晋，五年内统一中原，十年内廓平四海。就嬴驷本心而论，很是赞赏犀首方略横扫山东六国的大气魄，果真如此，他也是成就千古大业的一代英主了。一想到梦寐以求的辉煌，嬴驷就有一股本能的冲动。可是仔细揣摩，总觉得有些虚处。毕竟，嬴驷在磨难之际对秦国境况有过长期的踏勘思索，认定秦国在商鞅变法之后虽然国力大长，但与扫灭六国所应当拥有的实力，还有不小距离。基于这一判断，他确实没有立即奋起与山东六国决战的想法。然则，犀首作为天下名士，绝非轻言冒进之辈，他能提出如此方略，自当有所依据。莫非是当

局者迷,自己低估了秦国力量? 或者山东六国腐朽透顶,确实已经不堪一击,而秦国君臣却闭锁不知? 反复思忖,嬴驷不能决断。

稍有不慎,即毁秦国基业,所以难决。

最后,他想出了一个办法:下诏太傅嬴虔、上大夫樗里疾、国尉司马错三人在三日之内,各自上书对犀首方略作出评判。嬴驷之所以不召集朝会议决,是因为将如此经国大策骤然交朝会众议,纷纷扬扬,传到山东六国反而打草惊蛇。

高层密谈,达成共识后,再放风出去,比较妥当。

万一此策可行,反而教山东六国有备无患,岂非大大轻率? 再则,朝会之上,大臣易于受人诱导启发,更有许多臣工量势附和,反而不容易将事情利害说透。单独上书,则上书者必要有深彻思索,且可免去当面相争的诸多顾忌,利害剖陈必然彻底。若三位股肱大臣上书相合,见诸朝会便是一场激励朝野的定策部署,与朝议论争大不相同。嬴驷还有一个心思,就是想留下凭证,测试谁在这迷茫难决的歧路口见事更深透眼光更远大,更可作为秦国未来的真正栋梁。

三日之中,嬴驷忐忑不安。兹事体大,关乎他毕生功业能否登峰造极,实在令他不能闲适以对。虽然他表面上一如既往地沉静稳健,但贴身内侍却从他进食减少、寝枕梦呓、书房长踱中觉察到了他的焦躁,一个个谨小慎微,不敢弄出些微声响,偌大宫廷沉寂得如同幽谷一般。焦急的等待中,嬴驷隐隐约约地希望自己原先的判断有错,希望看到三位大臣异口同声地赞同犀首的宏大方略,自己便能放手一搏,真正统一华夏,成为与夏禹商汤周武齐名的一代圣王。

新君嬴驷的不安没有持续到第三天,一卷书奏先行送到,是太傅嬴虔的上书。

嬴虔的上书很短,主张也很明确:东出函谷关非今日提出,先君孝公已有此图谋;犀首所议,势在必行,无须自疑多议;然后是慷慨请战:"臣尚在盛年,思及昔日国耻,每每热血沸腾,愿自领一军,东出函谷关与三晋首战,立我大秦国威!"

嬴驷读罢,觉得不得要领,不禁叹息了一声。公伯嬴虔在三十年前就是秦军猛将,也颇具政事头脑,若非他的坚实支持,公父当初的即位以及后来的变法,都是不可能稳当的。包括自己诛杀商鞅、平定叛乱、肃清世族、站稳根基,如果没有公伯的鼎力支持,同样不可能顺利。然则,公伯就像大多数老秦元勋一样,耿介固执,恩怨分明,任何时候说起与中原诸侯的仇恨,都是咬牙切齿,任何时候说出关作战,都踊跃万分,既不想能不能打胜,更不问打得是不是时候。老秦部族长期奋战自保,做诸侯立国后,又遭遇山东诸侯蔑视而长期挣扎图存,数百年的闭锁奋争传统,使老秦臣工大多养成了褊狭激烈的个性——疏离于天下大势之外,耿耿于秦国苦难之中,但凡对外,人人莫不喊打。公伯的上书也大体上循了这条路子:先君图谋——国耻所在——热血沸腾——坚请一战。

嬴驷的特殊阅历,使他能够清楚看到老秦人的这种缺陷,如此做去,图小霸足矣,图天下差矣。从长远谋划着眼,他所需要的并不是这种盲目喊打的一片呼应,而是高屋建瓴洞悉天下的行动方略,从而决定秦国究竟该不该在这时候大打出手。看来公伯并没有冷静下来。也许,在这件事情上,他永远不可能冷静下来了。

第四日清晨卯时,上大夫樗里疾的书奏送到了,嬴驷立即闭门展卷:

> 臣启国君:犀首之策,大长秦国志气,实堪称道。
> 然臣扪心静思,以为尚有可商榷处:其一,山东六国,其势未衰:齐国实力大增,已取代魏国而成第一强国。

公子虔是以战死为荣,不可取。

魏楚两国实力尚在。赵韩燕三国，大弱之后正图恢复，亦未病入膏肓。其二，秦国实力，只可谓强出任何一国，不可谓以一敌六。若仓促东出，敌国相援，以一敌二尚可，以一敌三则胜算极小。其三，秦国内治尚有诸多难事：人口不足以扩充大军，良田不足以长资军食，新法尚未在陇西、北地及收复之失地生根。大战一起，绵绵无期，倾国之力，能否持久，臣不敢断言。有此者三，大业似当徐徐图之，不可期盼于朝夕之间。至于秦国目下之攻守方略该当如何？臣尚无成算定策，容臣思之而后奏。臣樗里疾上。秦公二年四月初三。

"可惜……"嬴驷掩卷叹息了一声。

樗里疾的上书是一面性的，只对犀首方略提出了"商榷"，实际上是从三个方面否定了犀首的"称王东进，统一六国"的方略。这几条清楚明白，切中要害，往出一摆便立即显出了犀首方略的缺陷。以嬴驷对秦国的透彻了解，自然掂出了沉甸甸的分量。应该说，樗里疾的眼光还是足以胜任治国大任的。

但是，樗里疾却没有提出秦国应该采取的大谋方略，使嬴驷总觉得空荡荡的。如果既不采纳犀首方略，却又拿不出自己的方略，往前走还不是盲人瞎马？嬴驷需要的，也是秦国朝野需要的，是一套能够振作国人激励士气指引大道的兴国方略。譬如在公父时期，商君提出的"变法强国，雪我国耻"，一直激励秦国朝野发奋了二十多年。如今到了一个新生代，国家已强，国耻已雪，自然需要新的目标激励国人，激励自己。若无此急迫，当时犀首只说出了十六个字，嬴驷如何能当殿封他为上卿？樗里疾毕竟久居郡县之职，缺乏对天下大势的鸟瞰洞察，也不能求全责备于他。

樗里疾是稳扎稳打，可取。

又是久久地陷入沉思。嬴驷以为,对司马错的上书也不能期望过高。樗里疾身为一代才士,尚且不能筹划出切实大计;司马错毕竟军人,纵是名将之后,又岂有此等筹划全局之才? 看来,此事还得与犀首商议,请他像商君那样:先行将秦国勘察一遍,再重行谋划,也未尝不可……

"禀国君:国尉府呈来司马错上书。"傍晚时分,长史捧着一卷竹简轻步走进书房,

"噢?"嬴驷稍许感到了意外。天已暮黑,三日限期已到,司马错竟有了上书? 嬴驷一阵兴奋,要立即看看这个国尉如何说法。内侍挑亮大灯,又在书案顶端放置了一座一尺多高的铜人座灯,书房分外明亮,嬴驷立即打开了竹简:

> 臣启君上:犀首方略,倚重军争,看似远图,实为近谋。近谋者,必以当下国力为根基。秦国新军尚未扩充,以五万之众欲吞灭天下,难矣哉! 秦国元气虽成,然不足以对抗六国之力。以臣确算,欲东出大战,非三十万精兵不能言胜。而扩充军力、训练士卒,非两年不能完成。另则,秦国目下之可耕良田,唯关中近百万亩,余皆山地广漠,无以提供数十万大军长期征战之军粮。故此,犀首之谋,近不可行。
>
> 秦国方略,可作两期:前三年预期,后十年动期。三年之内,韬晦猛进,暗拓国土,充实国力,整军经武,是为预期方略。三年之后,大举东出,远图可谋。不积跬步,无以成千里。不思寸功,无以成大业。愿君上冷静思之。臣司马错谨上。秦公二年四月初四。

司马错之策,要先取易后克艰。新君稳安,取此上策,弃公孙衍之"诡计"。

"啪!"嬴驷合上竹简。
"哗——"嬴驷又不自觉地打开竹简。

整整一个时辰，嬴驷一动不动地反复琢磨。终于，他霍然起身道："备车出宫，国尉府！"

国尉府的后园很是奇特。司马错正在这里忙碌。

四棵大树上挂着八盏风灯，照得树下一片"山川"沟壑分明。司马错手中拿着一支丈杆，凝神绕着这片"山川"踱步鸟瞰，不断用丈杆度量着山头、道路、河流，念出一串串数字，等旁边的一名司马记录完毕，又是一阵沉默审量，时而摇头，时而点头。

从来没有想到自己会做国尉，司马错的梦想，是成为驰骋疆场的一代名将。战国时期的国尉，并不是实际上的三军统帅，而只是处置日常军务的武职大臣。寻常时日，国尉在丞相府节制下要做的是：征召兵员、训练新兵、筹备军资军食、打造兵器装备、统筹要塞防务等，并不领兵打仗；遇有战事，统兵出征的上将军才是真正的军队统帅；国尉府，只是统帅的后方官署而已。按照传统，国家的上将军一职平常是可设可不设的，只在战事来临的时候才选定任命。但进入战国之世，大仗连绵，军争不断，上将军便逐渐成为常设重职，其爵资与统摄国政的丞相同等，足见其地位显赫。初期魏国的吴起和继任的庞涓，便始终是上将军；后来的齐国上将军田忌，燕国上将军乐毅，赵国大将军廉颇与李牧，楚国上将军项燕，秦国的三代上将军白起、王翦、蒙恬等，都是在统兵大战中涌现出的赫赫名将。司马错想做的，正是这样的名将，而不是操持兵政的国尉。

然则，命运却偏偏教他做了国尉。

司马错很是沉默了一段，不想将国尉做得出色，总想给自己统兵出战留下退路。几次议事，却发现国君并没有将自己当作寻常军政臣子对待，而颇有倚重之意。司马错猛然悟

杜门不出，多为精神领袖了。

到,自己错了。眼下,秦国统兵出战的资深上将军唯有嬴虔,可嬴虔是老军时期的名将,对如今的步骑野战已经很生疏了,加之闭门十三年足不出户,要胜任新军统帅几乎已经不可能。当此之时,自己必然会成为秦国的统兵将领,然则自己资望尚浅,且没有统兵大战的煌煌军功,骤然授予上将军大任,在素有军争传统的秦国,必然引起非议;国君先授自己爵位较低的国尉之职,既不误事,又无非议,可谓用人独到,自己如何能懈怠军政?

一旦豁然,司马错便开始了对秦国军争大略的深究谋划。

司马错出身兵家,祖上本为齐国的田氏部族。先祖田穰苴,本是春秋时齐景公的名将,百战沙场,军功卓然,封为齐国司马。田穰苴晚年写了一部兵法,传抄传读者皆以习惯的官称冠名,呼为《司马穰苴兵法》①。这是春秋时期的第一部兵法,比后来的《孙子兵法》早了数十年。子孙以此扬名,便也姓了司马。后来,司马一族在齐国动荡中沉沦式微,辗转曲折地迁徙到了洛阳王畿,以示对田氏夺政的不满和对天子王室的忠诚。

谁知世事多变,王畿迅速萎缩,司马一族的小城堡在三家分晋后又成了韩、魏争夺的目标。为了避战,司马一族又迁徙到了函谷关外的大河南岸。后来,魏国吞并了秦国的河西地带,司马一族便被魏国官府迁徙到了函谷关内做"镇抚之民"。秦献公时,秦国一度反攻到函谷关,将魏国"镇民"全数迁徙到秦国腹地。司马一族便在渭水南岸定居了。

到司马错出生,司马一族已经是三代秦人了。司马错十

司马错为秦国一代名将,为秦并天下起过关键作用。司马错力主惠王取巴蜀,力驳苏秦伐韩之说,称"得蜀则得楚,楚亡而天下并矣"(《华阳国志·蜀志》),惠王纳之,果得巴蜀。孙皓晖将其家世归入兵家一列,按司马迁的记载,司马错其"先"实为史官。《史记·太史公自序》载,"昔在颛顼,命南正重以司天,北正黎以司地。唐虞之际,绍重黎之后,使复典之,至于夏商,故重黎氏世序天地。其在周,程伯休甫其后也。当周宣王时,失其守而为司马氏。司马氏世典周史"。司马错与司马谈及司马迁,乃同脉,司马错是司马迁的祖先。"惠襄之间,司马氏去周适晋。晋中军随会奔秦,而司马氏入少梁。""自司马氏去周适晋,分散,或在卫,或在赵,或在秦。其在卫者,相中山。在赵者,以传剑论显,蒯聩其后也。在秦者名错,与张仪争论,于是惠王使错将伐蜀,遂拔,因而守之。"司马错的后人,或为名将,或为史家。但亦有人疑司马迁为中山国司马熹之后。此处依《太史公自序》。

---

① 根据今人考证,《司马穰苴兵法》与流传的《武经七书·司马法》不是同一部兵书。

九岁应召从戎,加入秦国新军,从骑士做到十夫长、百夫长、千夫长。在商鞅收复河西的大战中,司马错独领千骑夜袭大河东岸的离石要塞,一举成功,拔掉了魏国在河东的最大根据地;又马不停蹄地长途奔袭函谷关,从魏国手中接收了秦国最重要的隘口要塞,切断了魏国华山大营的退路。商鞅对这位青年千夫长的用兵才能大为惊叹,立即破格晋升司马错为函谷关守将。在秦国历史上,镇守函谷关为秦军第一要务,守将历来由公族大将担任。而今,这一重任交付给堪堪三十岁的司马错,足见商鞅对司马错之器重。非但如此,临刑前,商鞅还将司马错郑重推荐给新君嬴驷,终于使这颗将星冉冉升起。

司马错要谋求的,是一条扎实可行的用兵之路。

他的谋兵思路深受先祖兵法影响,最大特点是不"就兵论兵",而是"据势论兵"。《司马穰苴兵法》共有四篇,分别是《形势篇》《权谋篇》《阴阳篇》《技巧篇》。其中只有《技巧篇》一篇是纯粹论兵,其余三篇都是论述战地用兵之外的广阔基础。这是司马兵家独有的深邃兵谋。司马错从少年时代便浸淫于先祖兵法,心无旁骛,思考用兵之路从来与人不同。这次是他第一次担当大任,第一次从一个国家的角度寻求用兵出路,自然对兵事之外的整体形势尤为关注。他的第一举措,是吃透国力。除了国尉府的典籍,他又在上大夫府、长史府作了不厌其烦的查询,对秦国的土地、赋税、人口、国库、生铁、粮食、马匹、兵器等,都一一了然于胸。第一步做完,他立即有了清醒的判断——三年之内,秦国没有同时击败两个战国的能力,也就是没有全面东出争雄的能力。

既然如此,秦国在三年之内应当如何动作? 兵事上是否无可作为?

为强化司马错的名将身份,孙皓晖将司马错归入司马穰苴之司马氏的家谱,写得虽巧妙,但有误导之嫌。虽有司马兵法在前,但也不至于一定要在司马穰苴的后人中培养出一个兵家,作者太看重出身。此举亦属故技重施,太子驷并非孝公独子,孙皓晖隐瞒樗里子的身份,也是为省去旁枝末节。史家看历史小说,通常会火冒三丈,这种反应可以理解。小说如等同于史书,则非文学了。

按照寻常思路,全面东出,就要冒以一敌六的风险,如果没有抗御至少三国联兵的实力,就当稳妥采取守势,待实力具备时再鱼跃而出。然则,司马错的过人之处正在这里,他不想教秦国装备精良的五万新军三年无事,空耗大量财货粮食。对于秦国这样方兴未艾的强国,又在刀兵连绵的大争之世,精兵闲置三年是无法忍受的。对于一个名将,三年无战也是无法忍受的。他要谋划一条出路,出奇制胜,打能打之仗,缩短积聚国力的时间。

犀首入秦之前,他的思路已经大体上酝酿成熟。但是他多谋深思,不喜欢在"大体有致"的时候和盘托出。犀首一番慷慨长策,激发了他更加认真地揣摩自己的方略。

别出心裁的司马错,在国尉府后园修造了一大片缩小的秦国边境地形。这种缩小,时人谓之"写放",也就是以原比例缩小建造,堪称古典仿真地形。写放成就,司马错便整天站在这片"山川"前凝神发怔。国君的君书送到他手里时,他的思路已经到了用兵的细枝末节。直到国君限定的第三天午后,他才开始坐在书案前动笔上书。书简送走,他又来到后园对这些细枝末节做最后的核查。司马错的稳健,正在于清醒冷静,深谙再宏大巧妙的谋兵方略,如果没有细枝末节的精确算计,同样会招致惨败这样的基本道理。

司马氏智勇,孙皓晖要解释智勇的渊源。

"禀报国尉:国君驾到,已进大门!"一名军吏匆匆走来急报。

司马错一惊,来不及细想,丢下手中丈杆向外迎去,尚未走到后园石门,却见国君只带着一名老内侍迎面走来。

"国尉司马错,参见国君!"

"免礼了。"嬴驷笑着虚扶了一把,"灯火如此明亮,国尉在做灌园叟?"

司马错不惯笑谈,连忙答道:"臣何有此等雅兴? 臣正

在度量'山河'。"

"噢？度量山河？"嬴驷大感兴趣，大步走到风灯下，略一端详便惊讶地"啊"了一声，"国尉，这不是秦楚边界么？"

"国君好眼力。这正是秦国商於与楚国汉水地区。"司马错从军吏手中接过丈杆指点着。

嬴驷心中一叹，此地使他饱受磨难，焉得不熟？仔细再看："西边呢？"

"这一片是巴国①，这一片是蜀国②，这道横亘的大山是南山。"

嬴驷目光炯炯地盯住司马错："国尉揣摩这片奇险边地，却是何意？"

"臣想谋划一场秘密战事，可立即着手。"司马错语气很是自信。

"秘密战事？尚能立即着手？"嬴驷不禁大为惊讶。

"君上，臣虽不敢苟同犀首上卿的大战方略。但秦国数万精锐新军，亦当有所作为，不能闲置空耗。为此，臣欲在两年之内谋划两场奇袭，拓我国土，增我人口，充实国力。"司马错显然深深沉浸在既定思虑之中，竟忘记了请国君到正厅叙话。

嬴驷却更是专注，盯着一片"山川"头也不抬："奇袭何处？这里么？"

司马错手中的丈杆指向秦楚交界处："君上请看，这条河流是楚国汉水，南与江水相距千里。江汉之间，虽是山地连绵，然却温暖湿润，土地肥沃，比我商於郡富庶许多。汉水之南二百三十六里，便是房陵③，楚国西部重镇。更要紧者，房陵的房仓储粮三百六十余万斛，几与魏国的敖仓相匹。臣以为，第一战可奇袭房陵，夺过这片宝地。"

"有几成胜算？"嬴驷的声音喑哑了。

"八成。"司马错硬生生咽回了"九成"两个字，坦然道，"其一，房陵与我接壤，用兵便利。楚国向来畏惧魏齐两国，而蔑视秦国，其最大的粮仓，不敢建在毗邻魏国的江淮之间，也不敢建在毗邻齐国的泗水之间，甚至也不敢建在江水下游的江东地带，只因东南的越国虽已成强弩之末，却素来与楚国不和。这房陵地带，僻处两江之间的山谷盆地，与郢都所在的云梦大泽相距仅六百余里，水路运粮很是便利。房陵北面是秦国的商於郡，穷山恶水，多少年来不驻守军马。楚国以为这里最安全，便在这里修建了最大的粮

---

① 巴国，古国名。主要分布在今川东、鄂西一带。

② 蜀国，古国名。分布在今四川中部偏西一带。

③ 房陵，古邑名。在今湖北房县。

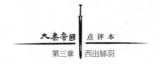

仓。"

赢驷怦然心动:"家门有大仓,好!再说。"

"其二,房陵守备虚弱,是楚国弱地。"司马错长杆一圈秦楚边界,"天下皆知,秦国的用兵路子历来是东出函谷关。楚国从来没有想过秦国会打到房陵,所以军备松懈至极,房陵只有三两万辎重兵,主要用于协助粮食吐纳,防卫战力很弱。其三,时间对我军极为有利。郢都大军要驰援房陵,山地行军,至少须十日方能到达。旬日空余,对于秦军来说,足以占领房陵所有关隘要塞。其四,楚国援军不足惧。楚国没有新军骑兵,车兵与水军又无法施展,能开到的只有步兵,而楚国的步兵恰恰最弱,战力与秦国锐士不可同日而语。有此四条,臣以为胜算当有八成。"

这一番透彻实在的侃侃论述,赢驷立即掂出了分量,不禁大喜过望。但他素来深沉,面上却是振奋中不失冷静:"两成不利,却在何处?"

"举凡战事,皆有利弊两端。"司马错的丈杆又指向了那片连绵山川:"其一,山地不利于骑兵驰骋,须得步兵长途奔袭;若遇急风暴雨、山洪暴发等紧急险情,我军兵员可能锐减。其二,奇袭贵在出其不意,若有泄密,大为不利。"

一言提醒了本来就很机警的赢驷,笑着拉住司马错的手:"还是到厅中说话,墙太薄。"

司马错恍然道:"臣粗疏无礼,君上恕罪。"趁着拱手作礼很自然地抽出了手,恭敬地将赢驷让在前边,"君上请。"

来到正厅,赢驷坚持教司马错与自己一案对坐,灯下咫尺,促膝相谈,直到雄鸡高唱东方发白,犹自意兴未尽。司马错又详述了第二场奇袭战,目标是巴蜀两个邦国,方略是夺得楚国房陵后就地屯兵休养并训练山地战法,一旦准备妥当,立即轻兵奔袭。赢驷本来不谙兵事,但他素来细心多思,一连串提出了十多个具体困难,询问司马错如何解决。司马错虽然谋划缜密,还是对国君的细致入微深感惊讶,便一一对巴蜀国情、巴蜀地形、道路选择、兵士装备、粮草供应、作战方式、双方兵力战力对比、占领后如何治理等,作了详尽回答。赢驷听得极为认真,很少插话,更没有点头摇头之类的可否表示。

"此两战若开,需要多少兵力?"这是赢驷的最后一问。

司马错知道国君的担心所在,明白答道:"两场奔袭战,臣当亲自为将,只需两万步兵锐士足矣。新军三万铁骑,分驻函谷关、武关、大散关,只做相机策应,重在防备北地

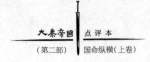
胡人南下掳掠。至于山东六国,臣以为彼等自顾不暇,两三年内决然无力觊觎秦国。"

赢驷一阵大笑,登上轺车辚辚去了。

三日后,赢驷在咸阳大殿朝会上宣布:国尉司马错巡查关隘防务时日较长,离都期间,国尉府公务交由上大夫樗里疾一并署理。国中大臣,谁也没有在意这个变动。国尉视察防务,本来就是分内职责所在,况乎秦国收复河西之地后也确实需要大大整肃各个要塞隘口,自然需要花费时日,岂能朝夕就了?

犀首却觉察到了此中微妙,心中大是不安。

他来秦国,献上的是"称王图霸,统一天下"的大计。按此大计方略,秦国应扩整大军准备东出,才是目下急务。而扩整大军,正是国尉职责所在,是国尉最不能离所的重大时刻;而今国尉却突然去视察"防务",实在莫名其妙。视察关隘防务虽说也是正常,然则此举此时与"霸统"大计南辕北辙,却是极不正常。莫非秦国要采取守势,抛弃他的"霸统"大计? 否则,如何解释司马错的作为?

司马错新贵失势,受了国君冷落被变相贬黜? 不可能。如果那样,上大夫樗里疾或者自己,总应有一人担负扩整大军的重任。最重要的人物突然离都,做的又是与"霸统"大计毫无关联的事,"霸统"所急需的大计筹划也泥牛入海……种种迹象,还能说明何事?

心念及此,犀首大大的不是滋味儿。身为天下名士,谋划之功历来都是功业人生的根基。谋划落空,一切皆空。若秦国不用自己的"霸统"大计,自己在秦国就是寸功皆无,自然也就黯然失色,还有何面目居于上卿高位? 像他这样赫赫大名的策士,又奉行杨朱学派的"利己不损人"准则,素来讲究"无功不受禄,受之则无愧",若大计不被采纳,留在秦国

已有谋划,却不动声色。朝臣是人是鬼,难预料,谨慎为妙。

公孙衍非常人,已觉不妙,但不甘心,定要问个明白。

必然令天下人耻笑;若厚着脸皮留在秦国,一刀一枪地苦挣功劳,也只能是大失其长……想想还不如早日离去,免得自取其辱。

可是,秦公的真实意图究竟如何? 毕竟还没有水落石出,匆忙离去,似乎又大显浮躁。反复思忖,犀首决意晋见国君,而后再决定行止。犀首历来是名士做派,洒脱不拘细行。此时进宫,不坐那气度巍巍的青铜轺车,却是快马一鞭,径直飞驰咸阳宫。

嬴驷正在湖边练剑,听得犀首请见,立即收剑迎了出来。尚未走出湖边草地,高冠大袖的犀首已经快步而来,迎面一躬:"臣犀首,参见秦公。"

"上卿何须多礼? 来,请到这厢落座。"

绿油油的草地中央,有光滑的青石长案和铺好的草席,旁边的木架上挂着嬴驷的黑色斗篷和一柄铜鞘长剑,石案上摆着一只很大的陶盆和两只陶碗。来到石案前,嬴驷笑道:"上卿可愿品尝我的凉茶?"犀首心思一动道:"一国之君,如此粗简,臣钦佩之至。"嬴驷大笑摇头:"积习陋俗,与君道无干,上卿谬奖了。"说着拿起陶盆中的长柄木勺,将两只陶碗打满红绿色的茶水,"来,共饮一碗。"

国君如此平易如友,犀首自然也不便恪守名士做派,不待国君动手,双手捧起一碗递上:"秦公请。"又自己端起一碗,一气饮下。茶水入口,但觉冰凉清冽微苦微甜,胸中闷热的暑气竟一扫而去。

犀首不禁大为赞叹:"好茶! 臣请再饮三碗。"

嬴驷爽朗大笑:"此茶能得上卿赏识,也算见了天日。来,多多益善!"说着又亲自用木勺为犀首打茶。

连饮三碗,犀首笑道:"谢过秦公,臣有一请。"

"噢?"嬴驷以为犀首要谈正题,敛笑点头,"上卿但讲。"

"请秦公赐臣凉茶炮制之法。"犀首肃然一躬。

嬴驷不禁莞尔道:"此等凉茶,本是商於山民田中劳作的解渴之物。原本以茶梗与粗茶叶入水,大锅混煮片刻,注满陶罐,放置于阴凉石洞;次日正午,由送饭女子连同饭箩挑到田头,供农夫饮用。上卿欲长饮之,不怕落人笑柄?"

"秦公已为天下先,臣本布衣,何惧人笑?"

"说得好!"嬴驷双掌一拍,对走来的老内侍吩咐道,"将煮制凉茶的家什并一担粗茶,即刻送到上卿府。"

"谢过秦公，臣今夏好过矣！"犀首拱手称谢，着实高兴。

"可本公的夏天，却是大大的不好过。"嬴驷的揶揄笑意中颇有几分亲切。

"秦公何难？臣当一力排遣。"犀首本就洒脱，此时更是豪爽。

嬴驷开始就注意到犀首一直称他为"秦公"，而不是秦国臣子惯常用的"国君"或"君上"。战国以来，臣子对国君的称谓本无定制，只要表示景仰之意，君臣朝野谁也不会计较。但如犀首这般，按照王制诸侯的规格生生称为"秦公"的，确实不多。依据周礼分封制，诸侯封国分为三等：公国，国君称"公"；侯国，国君称"侯"；伯国，国君称"伯"。其余领有五十里以下土地的爵位，如"子""男"等，不足以成为邦国诸侯，自然不在诸侯序列。春秋时代，这种等级称呼还算流行，是公就称公，是侯就称侯，是伯就称伯，尤其是使节觐见异国之君，这种称谓必须顾及。然进入战国以后，邦国等级大乱，楚、魏、齐三国已经自称王国，国君的称谓等级也就名存实亡了。其间微妙的变化，是各国臣子对自己的国君也不再明确地以老规格称呼，而模糊地变为"君上"或"国君"这样的事实称号。这种变化的实际内涵，是给本国国格的"晋级"留下广阔的余地，而不再自我拘泥于"公"或"侯"。

且看秦公何时称王。

当此之时，犀首这般连国号（秦）带爵号（公）一齐称谓，便极为罕见了。

嬴驷何等机敏，自然不会忽视这个经常出口的称谓礼节。他明白，这是犀首在提醒他，秦国还是个二等战国，应该称王晋级，图霸统大业。今日犀首匆匆而来，虽并未急于切入正题，但一有机会就呼出"秦公"二字，其意不言自明。

嬴驷对犀首的个性做过一番揣摩，知道他自尊过甚，对国君的待贤礼遇极为看重，喜欢国君移樽就教，而绝不会急迫地献策并敦促国君实施。要正题深谈,就要自己主动。因为在犀首看来,入国主动献策已经在先,剩下的就是国君明断,他只要觉得自己探清了国君之"断",无论结果如何,都不会纠缠。

作为国君,嬴驷也不想在此等大事上模糊,犀首一问,他就势说开:"上卿方略,甚是宏大,然秦国之军力、国力仓促间不能匹配。嬴驷苦思无解,岂不大大难过?"

"秦公之难若在此处,臣以为不难。"犀首的双眸骤然发亮。

"上卿教我。"嬴驷座中深深一躬。

"举凡霸统大业,必有准备期间,任谁不能一蹴而就。此谓预则立,不预则废,其要害在于决断。早断早预,迟断迟预,不断不预。依臣之见,秦国可在一年之内做好一切预备。其一,秦国人口已与齐国大体相当。加之秦国民气高涨,半年之内征集十五万大军并非难事。再有半年训练,二十万锐士指日可成;其二,秦国民众富庶,国库饱满,已直追魏齐两国,军资粮草兵器的筹集,亦在举手之间;其三,秦国有北地郡与胡地相接,又有陇西草原河谷,战马来源大大优于中原,一年内建成十万铁骑,应不是难事;其四,国尉司马错乃兵家名将之后,臣已详知其在河西之战中的用兵才能,堪为秦国统兵上将;其五,秦国上下同欲,君明臣良,如臂使指,列国无可比拟! 有此五条,霸统大业,何难之有?"犀首一口气说了五条,目光炯炯地看着国君。

公孙衍好大喜功。

"上卿所言甚是,秦国必得一番认真预备。"嬴驷明明朗朗地肯定了犀首的主张,话锋一转,"然则,这准备一年不行,可能要三年,甚或五年。"看着犀首惊讶的目光,嬴驷微笑道,"上卿姑且听嬴驷算算大账,可否?"

"臣洗耳恭听。"犀首倒真想听听国君的盘算。

"其一，扩军在于人口。就总数而言，秦国人口目下与齐国相当，大体不到八百万，青壮男丁当在七八十万左右。按照三丁抽一的成法，可成军二十余万。上卿肯定也是如此计算。然则，秦国人口分布与中原战国大有不同，有三处人口不能征兵：一、北地郡与胡地接壤，素来是国府不驻军，而由庶民结兵抵御，若在北地征兵，无异于自毁长城。二、陇西戎狄部族不能征兵。陇西有近百万游牧族人，悍勇善战，是秦国抵御西部匈奴的天然屏障。西部匈奴飘忽无定，隐藏在天际云海，往往在毫无征兆的情势下遮天蔽日地压来，唯戎狄这样的马上部族可针锋相对，其兵员战力不能削弱。三、新收复的河西之地不能征兵。公父、商君与河西父老有约：十年之内唯变法，不征赋税不征兵。而今河西收复刚刚五年，国府何能食言自肥？除此三地之外，商於十三县穷山恶水，历来减征减赋，也要大打折扣。如此一来，所余兵员之地，唯有关中腹地的老秦部族。老秦人众将近四百万，青壮男丁四十万左右。关中农耕为秦国之本，不能三丁抽一，只能四丁抽一。如此折算，大体可征兵十万左右。即或不将原有的五万新军记在征兵之内，也只能得兵十五万。要大出山东，却是差强人意。上卿以为然否？"

犀首凝神倾听，不禁对这位秦国新君生出了一股朦胧敬意。他在列国做官数十年，接触的国君各式皆有，也不乏勤奋明君，但只要谈及国情国事，大都不甚了了。即或是天下公认的强悍君主魏惠王与齐威王，也是无丞相不谈国情，如秦公嬴驷这般对国情数字随手拈来，如数家珍般的清晰，天下绝无仅有。

"犀首愿闻其二。"犀首绝非知难而退的寻常之辈，他要彻底弄清国君的打算。

"秦国府库尚需充实，然军辎粮草并无上卿估测的那般殷实充盈。"嬴驷饮了一碗凉茶，喟然一叹，"公父与商君变法二十三年，国府始终不曾加征加赋。秦国庶民死保新法，根源正在于此。府库所增收的财货五谷，全因了赋税来源大有扩展而非提高税率。譬如隶农二十万户，全部变为独立缴纳赋税的平民户，府库收入自然增加。直到今日，秦国的赋税额大体还是以先祖简公'初租禾'①时的征发为底数。这在秦国叫'变法不变赋'，然却从来不对天下昌明，上卿晓得么？"

"臣不知此情。"犀首第一次听说秦国实际的赋税征收法，确实感到惊讶。中原各国与天下士流，都想当然地认为秦国变法是"苛政虐法"，是"横征暴敛"，否则何以兴建新

---

① 初租禾，秦国最初由秦简公制定的赋税标准。

都、训练新军、收复河西、一朝富强？谁能想到，商鞅变法竟真正将富庶给予民众，国府只依靠扩展税源来增加收入。仔细咀嚼，如此简单的国策中大有奥秘。非但使庶民死保新法，而且依靠这种保法激情，化解了各种变法阻力。犀首也曾经是密切关注秦国变法的名士，当初无论如何都想不通，商鞅如何能使愚昧蛮荒的老秦人在短短几年间移风易俗归化文明？那时天下众口一词——如无暴政威逼，断然不能使老秦人有此骤变！如今想来，个中奥妙竟如此简单——国让利于民，民忠心于国。此等大手笔，非治国巨匠，何能为之？

嬴驷见犀首愣怔沉思，以为这个以精明著称的大策士不相信他的剖陈，坦率笑道："上卿以为本公是托词搪塞么？"

"秦公何得此言？"犀首拱手笑道，"臣在揣摩'利心互换'的治国大法，无得有他。"

"无愧杨朱传人，上卿竟将商君治国概括为'利心互换'，匪夷所思也！"嬴驷的笑声中不无揶揄。

"秦公明察。"犀首坦然笑对，"天下之要，一则利，一则心。孤臣能死国难，无非国君以高官厚禄换之；士为知己者死，无非知己者以利换之。鲍叔牙当年不慷慨，何来管仲之高义？周厉王若不专利，何得失国出走，而致'共和执政'？轻利者必得大义，专利者必失人心。大哉孝公！大哉商君！此乃臣之心得也。"

"一家之言，一家之言。"嬴驷不禁大笑，觉得犀首这番话泥沙俱下鱼龙混杂，硬生生将原本要说的"有失偏颇"咽了回去，却也不便于一概褒奖。

笑得一阵，犀首正色拱手道："秦公所思，犀首尽知。臣告辞。"

嬴驷一怔："上卿何得匆忙？正要共商长策。"

"秦公定策在胸,何用犀首多言?"说完,大袖飘飘而去。

次日傍晚,老内侍禀报:"上卿府总管来报,上卿封印离都,留下一卷书简。"

嬴驷打开竹简,寥寥数行,尽行入目:

> 　　秦公明察:无功不居国。犀首言尽事了,耽延无益,自当另谋他国。秦国机密,自当永守,以报公三月知遇之恩。犀首昨闻洛阳名士苏秦已入咸阳,或可有奇谋良策,公当留意。犀首拜辞。

嬴驷看罢,不禁一阵怅然。一策不纳,便飘然辞去,犀首未免太过自尊也。但设身处地仔细一想,如此秉性的特立独行之士,要他无功居于高位,无异折辱其志节;强留别扭,不如顺其自然,日后也是一个长情。

拿起书简再看,嬴驷方注意到"洛阳名士苏秦已入咸阳,或可有奇谋良策,公当留意"这句话,不禁精神一振。想起犀首初到时曾经说起苏秦、张仪二人,思忖一阵,嬴驷吩咐老内侍:"秘查洛阳苏秦行止,着速报来。"

> 犀首虽有才,但难忠,失之不算可惜。对集权者来讲,可能既需要能臣,也需要忠臣,法儒要兼施。可惜,酷法之下难有忠臣,终是两难全。

二　关西有大都

仲夏,苏秦终于到咸阳了。

夕阳下的咸阳城郭,分外壮丽动人,背靠莽莽苍苍的北阪,南面滚滚滔滔的渭水,一道白色石桥披着金红色的霞光横亘水面,恰似长虹卧波,旌旗招展的巍峨城楼,与青苍苍的南山遥遥相望,气势分外宏大。苏秦驻车观望良久,一时大为感慨——人言金城汤池,天下非咸阳莫属也。

　　驾车上得长桥,却见桥面两道粗大的黑线划开了路面,车马居中,行人两侧,井然有序地在各自道中流向城内。放眼看去,十里城墙的垛口上挂满了风灯,暮黑点亮,宛如一条灯火长龙,照得城下一片通明,俨然一座不夜城。但最令苏秦惊讶的,是咸阳城门没有吊桥,渭水大桥直通垂柳掩映的宽阔官道而直抵城门。城门下也没有守军,而只有两排带剑门吏在接应公事车马。寻常行人无须盘查,径自入城,在战国之世,直是匪夷所思。

　　进得城中,正是华灯初上。但见宽阔的街道两边,每隔十数步一棵大树,浓阴夹道,清爽异常。所有的官署、民居、店铺,都隐在树后的石板道上,街中车马通畅无阻。但最令苏秦感到意外的,还是咸阳的整洁干净——车马辚辚,却满街不见马粪牛屎。炊烟袅袅,道边却无一摊弃灰堆积。偌大都市,弥漫出的竟是草木清新之气,令人心气大爽。

　　在中原士子眼里,而今天下大都,莫如大梁、临淄、安邑、洛阳四大城。洛阳不必说,大则大矣,其衰老破旧与萧条凋敝早已不堪为人道了。安邑乃魏国旧都,繁华锦绣有之,然则终是要塞扩展,其格局狭小重叠,却是任谁也不敢恭维。大梁新都,王城铺排得极有气势,其繁华商市也堪称天下第一,但街市混乱,常见杂物草灰随处堆积,脚下亦常遇马粪牛屎,大是令人尴尬。临淄鹊起数十年,齐市已经号称"天下第一大市",其市面之繁华拥挤,曾令苏秦惊叹不已。他游齐归来曾对老师说:齐市之人海可"联袂成帷,挥汗如雨"。老师被苏秦的绘声绘色引得大笑不止。但是,临淄除了稷下学宫与王城有树林掩映颇为肃穆外,街市却是狭窄弯曲,全无树木,花草更是极少;冬春两季,光秃秃的街巷常有风沙大作;夏秋暑日,烈日暴晒下难觅一处遮阴,虽时有海风,也教人燠热难耐。

対比,秦齐气象有分别。

相比之下，咸阳简直是无可挑剔。地处形胜，气候宜人，肃穆整洁，繁华有致，一派大国气象。山东士子都说秦人愚昧肮脏，睡火炕熏得大牙焦黄，脏衣服上虱子乱窜，街道上牛屎遍地。临行时，大嫂还特意给苏秦塞了一包草药末，笑着叮咛他：与秦人见面时，药末要撒在领袖上，防备秦人的虱子满身爬过来。可置身咸阳街市，行人整洁，街巷干净，比山东六国的大都会清新多了。刹那之间，苏秦实实在在感觉到了这个西部战国的天翻地覆，仿佛看到了一座大山正在大海中蒸腾鼓涌，正崛起于万里狂涛。

"先生，住店么？道边不能停车。"

苏秦回头，见一个中年女子站在身后，长发黑衣，满脸笑意盈盈。

苏秦恍然拱手："敢问大姐，这是何街？距宫城多远？"

"长阳街。端走到头，东拐一箭，便是宫城，近得很。"女人比画笑答。

"如此，我住在你店了。"苏秦爽快答应。

"小店荣幸。先生站开，我来赶车。"女人从苏秦手里接过马缰，熟练地"吽"了一声，将马缰一抖，轺车左靠，拐上了大树后人行道的一座木门。女人一个清脆的响鞭，两扇木门咯吱拉开，轺车轻快地驶了进去。女人返身出来笑道："先生请从这厢进店。车上行装自有人送到房内，不用操心。"一边说，一边领着苏秦走到客栈正门。

苏秦方才在端详街市，没有看到这家客栈，及近打量，见客栈门前风灯上大字分明——栎阳客寓。街灯照耀下，可见三开间大门敞开，迎面一道影壁却遮住了门外视线。门口肃立着两个黑衣仆人，恭敬地向客人一躬。

苏秦恍然道："这是栎阳老秦人开的客栈？"

女子笑吟吟道："先生有眼力。这客栈正是栎阳老店，

有趣。

移风易俗，绝对是大事。不少的统治者、改革者要求民众易装易俗，如俄彼得大帝、清统治者、民国孙中山、胡适，对易装易俗皆非常重视，这些动作，是有意让民众"洗心革面"（在这里，且作中性词吧）。讲卫生，即是移风易俗的重要内容。秦人一洗污秽之气。

来到秦国要讲规矩，想那弃灰于道都要刑，可见规矩多么严格。

与国府一道迁过来的。"

苏秦点头笑道:"如此门面的客栈,在大梁、临淄也不为寒酸。"

女子淡淡一笑:"秦人老实,不重门面。先生且请进去,看实受的。"

绕过影壁,便是一个大庭院,两排垂柳,一片竹林,夹着几个石案石墩,很是简朴幽静。从竹林边的鹅卵石小道穿过,迎面却是两座没有门扇的青石大门,门口风灯高悬,每座门口都端端正正站着两个少女。左首风灯上大书"无忧园",右首风灯上大书"天乐堂"。

苏秦止步笑问:"这无忧、天乐,却是何讲究?"

女子笑答:"无忧园是客官居所,高枕无忧嘛。天乐堂是饮宴进食处。哪个夫子说的? 民以食为天嘛。"

苏秦不禁大笑赞叹:"好! 尽有出典,难得! 此等格局,在中原与国府驿馆不相上下。在咸阳,定然是首屈一指了?"

女子咯咯咯笑个不停:"先生谬奖,我这客栈连第十位都排不到,敢首屈一指?"

"噢? 第一谁家啊?"苏秦不禁大为惊讶。

女子道:"自然是渭风古寓了。魏国白氏在栎阳的老店,搬来咸阳,让秦人买了过来。一日十金,先生若想住,我领你过去。"

"一日十金?"苏秦内心惊疑,嘴上却笑道,"秦人做商来得奇,给别家送客人?"

"量体裁衣,唯愿客官满意了。"女子明朗笑道,"渭风古寓多住商贾,我这栎阳客寓多住士子。我看先生辎车清贵古雅,定是游学士子初来咸阳,不然,不敢相请呢。"

苏秦看着朦胧灯影里的这个商贾女子,对她的精明大起好感,拱手道:"多承夫人指点,我就住在这里了,只是日期不能确定。"

"哟,甚个夫人,不敢当,还是叫我大姐好。"女人亲切的口吻像是家人亲朋一般,"要甚定期? 出得远门,由事不由人。先生请。"

进得无忧园里,苏秦又一次感到了一种新颖别致。中原大城的一流客栈,寻常都是厅房连绵,修葺得富丽堂皇,根本不可能有空地山水。这里却是大大的一片庭院,树林草地中掩映着一幢幢房屋,夜晚看来,灯光点点,人声隐隐,好似一片幽静的河谷。恍惚间,苏秦好像回到了洛阳郊野的苏氏别庄,倍感亲切。女子将他领到了一座竹林环绕的房屋前,苏秦借着屋前风灯,看见门厅正中大书三字"修节居",不禁大为赞叹:"修节明

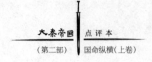

志,好个居处。"

女子看苏秦高兴,嫣然一笑道:"春上住得一个先生,他给取的名字。"

"噢? 此人高姓大名?"

"名字很怪,好像是……对了,犀牛? 不对,犀——首。"

"犀首?"苏秦颇为惊讶,"姓公孙? 魏国人?"

女子歉意地摇摇头:"我再想想。"

苏秦却笑了:"不用,你想不起来的,他没说过。"说着进了门厅。女子灵巧地绕到了前边高声道:"鲸三,接客官了。"话音落点,一个朴实整洁的少年挑着风灯从屋内走出,向苏秦一个大躬道:"鲸三侍奉先生。请。"女子利落吩咐道:"你且侍奉先生入住。我去教人送先生行李过来。"待少年答应一声,女子又向苏秦一笑,"先生好生安顿,我先去了。"一溜碎步摇曳而去。

这座独立的房子三间两进,颇为宽敞。中间过厅分开,形成两个居住区间。少年将苏秦领到东首区间打开门,毕恭毕敬道:"先生看看中意否? 不中意可换房。"苏秦原没打算换房,然少年一说之下,倒也想看看这犀首住过的"修节居"究竟如何? 抬眼打量,只见进门一间大客厅,红毡铺地,陈设整洁。最令人满意的是东面墙上开了两面大窗,窗棂用白细布绷钉得极为平整,白日一定敞亮非常。客厅东南角有一道黑色木屏,绕进去是一间精致的小书房。两面都是乌木书架,很是高大坚固。长大的书案上除了常备的笔墨砚,还有刻刀与一箱单片竹简。绕过屋角木屏,便是寝室。中间一张极大的卧榻上吊着一顶本色麻纱帐幔,四周墙壁用白土刷得平整瓷实,更显屋中洁白明亮纤尘不染。

"噢? 为何只有寝室做成白墙?"苏秦问。

"回先生,寝室图静,没有窗户,白墙有亮色。"少年恭敬回答。

苏秦点头,暗自佩服主人的细心周全,正要举步走出,少年却道:"先生,还有一进。"

"还有一进?"苏秦不禁困惑,天下客栈住房,最华贵的也就是厅堂、书房、寝室,所不同者大小文野而已,这里竟还有一进,能做何用? 再说,满墙洁白,也没有门,如何能还有一进? 该不是少年懵懂,误将后院也当作一进了。苏秦疑惑间,少年一推屋角,白墙竟自动开了一道小门。少年站在门口恭敬道:"先生,里边是沐浴室与茅厕间,为防水汽进入寝室,这里装了一道假墙,一推即开,方便呢。"

"茅厕间?!"苏秦更是惊讶,茅厕间哪有安在房内之理?看来,秦人的蛮荒习俗还没有尽扫。刹那之间，仿佛恍然窥见了野狐尾巴，苏秦几乎哑然失笑。想了想，还是进去看看再说，不能忍受就立即搬走。进得屋内，却见很是敞亮，几乎有两个书房大，三面墙上均有大窗，却装得很高，房中微风习习，丝毫没有寻常茅厕间的刺鼻异味儿，想来白天也一定敞亮干爽。

"窗户如此之高，却是为何？"苏秦仰视问道。

"先生……"少年憨厚地笑着，有点儿窘迫。

苏秦恍然大笑："啊，沐浴如厕，自要高窗。小哥见笑了。"

"不敢。"少年恢复了恭敬神态，"先生，这厢是沐浴室，我每晚会送热水来。"

屋中用黑色石板隔成了两部分。进门大半间是沐浴室，墙壁地面全部用黑色石板砌铺，中间一个箍着两道铁圈的硕大木盆，木盆中还有一条横搭的木板与一只长柄木瓢。苏秦一看即知，这是制作极为讲究的大梁浴盆。如此看来，另外小半就是厕间了。苏秦小心翼翼地绕过高于人头的石板，眼前霍然一亮——原来，墙上挂着一盏昼夜明亮的大大的风灯。地面是明亮如铜镜般的黑色石板，墙面却是木板到顶；靠外墙一面，立着一个一尺多高的方形石瓮，瓮中满当当清水；瓮旁一方小小石案，案上木盘中一摞折叠好的柔软布头；石瓮石案旁边的地面上扣着一个鼓面大小的凸形"木板"。除此而外，别无长物，只能听见隐隐约约的水流声。

"这……是茅厕间？"苏秦有些茫然，如此干净整洁的屋子，却到何处如厕？

"先生请看——"少年俯身将凸板揭开，隐约的水声立即清晰可闻，"这里是如厕处，完后盖上即可。"少年又指着石瓮石案，"这里清洗，这些软布头用来擦拭。"

苏秦俯身盯着如厕处，只见黝黑中水波闪亮，怔怔问：

苏秦洛阳人，来到咸阳，多少有点看"野人"及"鄙人"如何生活的眼光，岂知情况让其大出意料。这段茅厕之说，十分精妙。茅厕的状况，大致能反应民风的状况。作者非常细心。

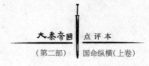

"这水何处来,竟无恶臭?"

"回先生,这是咸阳建城时引入的渭水。陶管埋在地下,流经宫城、官署、官市、作坊与大店的地下,流出城外便引入农田,不再回流渭水。水流从高往低,很大很急,任何秽物都积存不住,没有腐臭气息。"少年一如既往地恭敬。

苏秦听得愣怔半日,慨然一叹:"好! 住这里,很中意了。"

少年高兴了:"多谢先生。送饭来? 还是到天乐堂自用?"

"我自去天乐堂,看看秦风。"苏秦笑了。

"如此我去挑担热水,先生沐浴后再去不迟,夜市热闹。"少年轻快地出去了。

犀首好动,用过晚饭左右无事,换了一身布衣出得上卿府,向咸阳街市漫步而来。

咸阳夜市颇为特异,与中原大城不同,街市冷清如常,而客寓酒店热闹非凡。这是因为秦人勤奋俭朴,加之法令限酒,一到夜间,除了确实需要购物者匆匆上街外,大多庶民工匠都是早早安歇,预备黎明即起操持百业。但是,秦国对外国客商与入咸阳办事的本国外地人却不限酒。所以,每逢入夜华灯初上,外国客商、游学士子、外地游人客商及来咸阳办理公务的吏员等,便聚在了各个酒店客寓,尽情地饮酒交游。

犀首出来,是想找个酒肆小酌一番,消消胸中块垒。

午间晋见秦公后,他已经明确无误地知道了秦国不会采用他的"霸统"方略,心反而定了下来。从加冠之年,他开始周游列国,先后在大小十三个诸侯国做过官,最长的在楚国三年多,最短的在宋国大约只有半年。辞官的原因虽各不相同,但最主要的起因,还是官高无事的尴尬。他精明过人,又加办事认真,总能在极短的时间内毫不费力地将管辖事务处置得精当无误,同僚们总是对他赞不绝口,国君也总是时常褒奖,谁与他都一团和气,议爵时也都众口一词地荐举他,人望口碑一片蒸腾。然则,奇怪的是,无论他的爵位多高,却怎么也掌不了实权,做的尽是些少傅、太傅、少师、太师、太庙令之类的"望职"。谁都知道,他的长处在兵家在权谋在治国治民,可上将军、丞相、上大夫、令尹、大司土一类的实权重职,偏是轮不到他,结果总是不堪无聊,挂冠辞国。

这次入秦,是犀首最为认真的一次谋划。可是,秦公当场拜他做上卿时,他心中却不自觉地咯噔了一下,一种不祥立即在心头隐约弥漫。上卿一职,在春秋时期颇为显赫,像晋国的上卿赵盾,本身就是相国(丞相)。但在战国之世,权力结构相对稳定也相

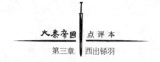

对简化,国君、丞相、上将军三权鼎立治国,上卿早已经变成了虚职。秦国素与中原隔膜,官职名号与中原大不相同,一是庶长治国(大庶长、左庶长、右庶长),大夫辅助(上大夫、中大夫、下大夫);二是没有虚职,太师、太傅、上卿等统统没有。自从秦孝公与商鞅变法,秦国的官制才开始向中原靠拢,逐渐推行了"君——相——将"三权共治,官员设置的怪诞名称也渐渐淡出。对于秦国的这些历史沿革,犀首很是清楚。而今,秦公陡然封自己一个例无执掌的"上卿",显然是灵机所动当场周旋的权术手段而已。及至秦公搁置"霸统",诉说困境,犀首已经明白,自己若要在秦国长居任官,前景依旧是高爵无事。

时也? 命也? 蓦然之间,犀首生出了一种浓厚的天命感——一个立志掌权任事的策士,却无论如何不能摆脱无聊的富贵,岂非造化弄人? 一番思忖,犀首笑了。他想起了孔老夫子周游列国不得志时的自嘲:"饱食终日,无所用心,不有博弈乎?"孔夫子不失乐天知命的豁达,求官不成便下棋、编《诗》、揣摩《周易》、教导弟子,倒也忙得不亦乐乎,可自己呢,如何了此一生?

"先生! 你还记得小店?"一声清脆惊喜的问话,一个长裙女子当道一躬。

漫步之间,犀首不自觉地来到了住过的栎阳客寓前,竟又遇上了热情可人的女店主,他恍然大笑:"好好好,正要旧地重游,痛饮一番。"

"刚刚进得一车安邑烈酒,先生请。"女人高兴极了。

栎阳客寓的天乐堂,实际上是间很讲究的食店。大厅呈东西长方形,南北两面没有墙而只有红色圆柱,形成两道宽敞的柱廊;靠南一面临着庭院大池,碧波粼粼;靠北一面临着一片竹林,婆娑摇曳;木屏将很大的厅堂分割成了若干个幽静的座间,每间座案或两三张或五六张不等,但都恰到好处地临竹临水,各擅胜场;晚来柱廊上挂满红灯,每个座间外面还各有两盏写着名号的铜人风灯,明亮璀璨,整洁高雅;大部分座间都有客人,谈笑声隐约相闻,丝毫不显得喧闹嘈杂。

犀首对这里很熟,信步而来,走到临池的一间:"好,还是这'羡鱼亭'。"

女子一路跟来,笑道:"这名字是先生取的,先生准到这里。翠子,侍奉先生。"

一个女侍飘然而来,蹲身一礼笑问:"先生,老三式不变么?"

犀首不禁大笑:"然也! 安邑老酒、栎阳肥羊、秦地苦菜。"

"这名号取得不好。"一个冷冷的声音从角落传来。

"噢?"犀首惊讶打量,才发现座间还有一人,坐在靠近木屏的案前,红衣散发,自斟自饮,颇为悠闲。

"哟,是先生!"女店主惊喜地笑了,"先生,这位先生今日住进,就在修节居。先生,这位先生就是原先那位先生,两位先生……"

犀首没有理会女店主的绕口辞,盯住红衣人淡淡道:"足下之意,当取何名?"

"结网亭。"红衣人淡淡回答。

"结网?"犀首心念一闪,肃然拱手,"先生何意?"

"临池羡鱼,何如退而结网。"红衣人也拱手一礼。

"好! 临池羡鱼,何如退而结网。先生高我一层。"

女店主看这两位开始都大有傲气,骤然之间又礼敬有加,左右相顾恍然笑道:"哟! 两位先生都喜欢打鱼,没说的,明日我出小船,渭水湾,一网打十几斤鱼!"

一语未毕,犀首与红衣人同声大笑。笑得女店主也高兴起来:"一言为定,明日打鱼!"犀首笑得大喘气道:"此鱼,不是彼鱼也。将这两案合起来,我与这位先生共饮。"

"也是。共舟打鱼,同案饮酒,忒对窍。"女店主也没叫女侍,一边说一边亲自动手,快捷利落地将两张酒案拼起。方才侍奉的女侍也正好捧盘而来,摆好了酒菜,女侍跪坐一旁开桶斟酒。

"二位先生,慢饮了。"女店主笑着一礼,径自去了。

"请教先生,高名上姓?"犀首待酒爵斟满,肃然一拱。

"不敢当,在下洛阳苏秦。"红衣人恭敬地拱手作答。

"苏秦?"犀首不禁大笑,"好! 真道人生何处不相逢,我乃魏国犀首。"

"先生进堂,在下一望便知,否则何敢唐突?"苏秦也同样兴奋。

既然大家都在咸阳,没理由不让苏秦与公孙衍见面。孙皓晖有意为之。如果没有面对面的交锋,只有隔空叫骂,小说则很难成书。

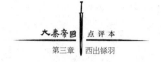

"噢,你知道我是犀首?看来,你我聚首竟是天意,来,干此一爵!"

苏秦连忙摇手:"我饮不得安邑烈酒,还是用这兰陵酒,醇厚些个。"

"也罢,君子所好不同也。来,干!"咣当一声,铜爵相撞,两人一饮而尽。

苏秦置爵笑道:"公孙兄弃楚入秦,气象大是不同。苏秦当敬兄一爵,聊表贺意。"说罢从女侍手中接过木勺,打满两人酒爵,"来,苏秦先饮为敬!"

犀首摇摇头,却又毫无推辞地举爵一饮而尽,置爵慨然道:"苏兄莫非入秦献策?"

"正是。"苏秦坦然点头。

"不怕犀首先入,你已无策可说?"犀首目光炯炯。

"同殿两策,正可分高下文野,求之不得,何惧之有?"苏秦微笑地迎着犀首目光。

"好!"犀首哈哈大笑,"苏秦果然不同凡响,看来必是胸有奇货也。"又突然收敛笑容,低声正色问,"苏秦兄,可知我所献何策?"

苏秦悠然一笑:"称王图霸,岂有他哉?"

"你?从何处知晓?"犀首不禁惊讶。

"秦国强盛,但凡有识之士必出此策,何用揣测探听?"

此话表面轻描淡写,实则傲气十足,犀首岂能没有觉察。但是,此刻他的心境已大有变化,非但不以为忤,反倒觉得苏秦直率可亲,乐哈哈笑道:"如此长策,苏秦兄却看得雕虫小技一般,犀首佩服。然则,苏兄可知,秦公之情如何?"

"束之高阁,敬而远之。"

犀首倏然一惊。这一下,可是当真对面前这个素闻其名而不知其人的年轻策士刮目相看了。大事知其一易,知其二难,苏秦既能料到他的献策,又能料到秦公的态度,足见他对秦国揣摩之透,也足见自己献策之平庸无奇。刹那之间,犀首心头一闪,觉得与苏秦邂逅,似是上天对他的命运的一个警示——若再沉溺策士生涯,必将身败名裂。心念电闪,拱手微笑道:"犀首辞秦,指日可待,原不足为虑。然则,苏兄入秦,却是何策?可否见告?"

"无得新策,却有新说。"苏秦自信地回答。

"如何?"犀首先是一惊,继而大笑,"你仍能以王霸之策,说动秦公?"

苏秦当然感到了犀首的嘲笑与怀疑,却依旧淡淡笑道:"此事原非荒诞。秦国原本便有王霸之心,兄之说辞不透而已。但凡长策立与不立,在可行与不可行也。公孙兄唯论长策，忽视可行。秦公顾忌难处，自当束之高阁。"

犀首听得仔细，觉得这个苏秦的话虽在理，但自信得有些不对味，便想警告一下这个年轻气盛的名门策士，喟然一叹道："犀首看来，苏兄若别无奇策，大可不必在秦国游说，以免自讨无趣。"

苏秦不禁大笑道："公孙兄既在咸阳，何不拭目以待?"

"无论身在何地，犀首都会知晓。来，再干一爵……"犀首醉眼蒙眬了。

要碰一碰才知道是钉子，旁观者清也没用。

"此爵为公孙兄饯行了。干!"苏秦豪气顿生，一饮而尽，高声吩咐笑盈盈赶来的女店主，"大姐，用我车送回先生。"

一通忙碌，青铜轺车终于辚辚启动了。犀首扶着轺车伞盖的铜柱喃喃自语着："呵呵呵，王车? 难怪……啊哈哈哈哈哈哈!"

公孙衍心眼小。

三　黧夜发奇兵

司马错突然出现在蓝田军营，将领们确实惊讶莫名。

蓝田塬驻扎着秦国的两万五千新军，步骑各半。如果说函谷关是秦国的门户要塞，那么蓝田塬就是秦国的咽喉命脉。这片方圆近百里的高地，南接连绵大山，北面鸟瞰渭水平原，正卡在两条从南部进入关中腹地的要道——东边的武关①与西边的南山子午谷②——中间。万一武关失守或强敌偷袭子午谷，蓝田军营都可迅速设置第二道防线，铁骑驰骋，

---

① 武关，古关塞名。在今陕西丹凤东南。
② 子午谷，南北走向的山谷。古人以"子"为北，"午"为南，故名。

司马错

半个时辰可在平原展开。从东部防御看,蓝田塬距离函谷
关六百余里,若强敌铁骑攻破函谷关,到蓝田塬下恰是三
两日行程,可从容部署狙击强敌。蓝田塬西北面,距重镇
栎阳不到一百里,极易获得策应。再向西二百余里,是秦
都咸阳,国君兵符半日可达,号令极为便利。秦国收复河
西之后,北地胡人、河东魏赵、西域匈奴对于秦国的威胁都
大大减小,西部大散关①与陈仓要隘的重要性也相对降低,
秦国的防御重心自然向了东南,蓝田塬的重要位置骤然突
出。

　　这时候,秦国五万精锐新军的部署是:东面函谷关驻扎
一万,北面离石要塞驻扎五千,东南面武关驻扎五千,西面大
散关驻扎五千;其余两万五千新军精锐,全部驻扎在这个可
四面策应的中央高地。

　　国尉夜临军营,必有重大战事。然则将领们事先却毫无
所闻,这是他们惊讶莫名的根本原因。此时,秦国没有正式
封号的上将军,国尉就是最高武职,谁敢掉以轻心?辕门外
一阵尖厉的号角,中军大帐顿时紧张起来。

　　"击鼓聚将!"蓝田将军车震一声令下,帐外大鼓轰隆隆
响起,万千军灯骤然点亮,军营一片通明。片刻之间,士卒跃
出军帐,顶盔贯甲在帐外列队待命。战马嘶鸣,战旗猎猎,顷
刻间便可开拔。

　　轻装快马的二十名军吏,簇拥着司马错飞驰而至。自从
接掌国尉,司马错是第二次来蓝田军营。第一次是配备新打
造的精铁兵器,来去匆匆,对这座最重要的军营与蓝田将军
车震的带兵才力,都还不够很熟悉。这次黄夜前来本是秘密
举动,不想一出兵符令箭,辕门口就是一阵惊心动魄的牛角

四面皆清,没有死角盲点。

----

① 大散关,古关塞名。在今陕西宝鸡市西南大散岭上。当秦岭咽喉,扼川陕间通孔道,为古代军事要地。

号,号声一落,满营启动,竟似顷刻间便可开出列阵;尚未进得辕门,便闻一片马蹄声急风暴雨般卷来。快捷连贯,当真罕见。

一将翻身下马:"蓝田将军车震参见! 三军就绪,国尉可即刻下令发兵!"

司马错一扬手中青铜令箭:"偃旗息鼓,全部回帐。"

车震惊讶地抬起头来,稍一思忖,高声下令:"偃旗息鼓,将军回帐!"

"嗨!"二十多员顶盔贯甲的大将一声雷鸣,一片甲叶响亮,上马返回。

要试军令如山。

司马错对车震一阵低声吩咐,马队向中军幕府从容而来。片刻之后,中军幕府传出将令:"军帐熄灯,军士安歇,勿得惊扰。"一阵呜呜悠扬的号声,广袤的山塬又在疏疏落落的军灯与叮当呼应的刁斗声中恢复了宁静。

中军幕府却是灯火通明。

按照军中法令,司马错先与主将勘合兵符,验证令箭。明亮的灯光下,司马错带来的兵符与车震的兵符锵然合一,变成了一只刻满字符的青铜猛虎。车震将整合兵符供于帅案中央,深深一躬,转身接过了司马错手中令箭。这是一支形似短剑般的青铜令箭,沉甸甸金灿灿,令箭中央镌刻四个大字"如君亲临"。大字下面,是嬴秦部族崇敬的鹰神。秦法有定:持此令箭而无诏书者,都是身负重大使命的特使——其机密甚至不能见于公开君书,而必得由特使口头宣布施行。

兵符令箭重要。是以有"将在外,君命有所不受"。

车震一看令箭,转身对中军司马下令:"帐外一箭之内,不许任何人靠近!"司马大步出帐,车震对司马错肃然一躬:"请国尉升座行令。"

司马错缓步走到帅案前站定:"诸位将军:我奉君命,筹划一场战事。此战之要,在于秘而不宣。诸将但听军令,莫问所以。凡有泄密者,军法从事!"

帐中将领凛然振作,"嗨"的一声,满帐肃然。

"步军主将山甲听令!"

"山甲在!"

"你部一万步兵,卸去重甲长矛,全部轻装,三日干粮,务必在五鼓时分听令开拔!"

"嗨!"精瘦的山甲双脚一碰,接过令箭,疾步出帐。

"后军主将嬴班听令!"

"嬴班在!"

"你部作速改装一百辆牛车,全部装运长矛羽箭。你亲自带领三百名士卒,扮作商旅押运,昼夜兼程南出武关,六日后,在上墉①谷地待命!"

"嗨——"嬴班沉稳接令,大步出帐。

"蓝田将军车震听令!"

"车震在!"

"明日开始,立即秘密监视南山各条路口。但有北上商旅,一律许进不许出。步兵班师之前,蓝田军营不得收缩营帐旗帜,日日照常操练!"

车震与十多员将领齐声领命,"嗨"的一声,大帐轰鸣。

司马错部署完毕,走出帅案向车震微微一笑:"将军,请再为我遴选一百名精锐骑士,一员骁将。我要明火执仗地巡视商於防务。"

"国尉放心。"车震转身向一个青年将领下令,"嬴豹,即刻选出一百名铁鹰骑士,由你率领,护卫国尉南下!"

"嬴豹得令!"英气勃勃的小将抱拳一拱,大踏步出帐去了。

先露尖尖角,看日后有何出息。

---

① 上墉,古县名。本庸国,春秋时楚置县。在今湖北竹山县西南。

车震笑道："国尉莫看嬴豹年轻，他可是新军第一猛士。"

"是公室子弟么？"

"应该是。"车震歉意地笑道，"可无人知道他是哪家公族子孙。"

司马错笑了："猛士报国，贵贱等同。他不说，又何须问之？"

说话间，众将已经匆匆出帐，分头各去调度移防。司马错又对车震备细交代了诸多事项，在中军大帐匆匆吃了一块干肉一个干饼，已到了四鼓时分。秦国新军训练有素，行动极为迅速，刁斗方打四鼓，步军主将山甲便进帐复命：一万步卒准备完毕，已经集结河谷待命。司马错立即带领两名军吏出帐，与山甲飞马驰向西山河谷。

河谷塬坡下，黑压压的步兵与荒草丛林连成了一片，却肃静得唯闻小河水声。司马错立马山冈，低声赞叹："好！可算得静如处子。"随即对身边山甲下令，"山甲将军，三日后你部须在上墉谷待命。这位行军司马，就是你的向导。他会领你穿出大山，直达上墉谷地。"

精瘦的山甲也换上了轻便软甲，左手长剑，右手一支光滑的木棍。出使归来，他已经晋升为步军主将，爵位与中大夫同等。这位在大山中长大的药农子弟，对开进自己老家作战兴奋极了，赳赳慷慨道："禀报国尉，山甲药农子孙，踏遍南山险道，向导留给车队好了。山甲误事，甘当军法！"

司马错不熟悉山甲，对这种回答感到惊讶，肃然正色道："将军者，统兵大将也，不是百夫千夫长。若一味前行辨路，何能居中提调？奇袭战孤军深入，不得有丝毫差池。一将生死，岂可担待国家兴亡？将军若不戒鲁莽，司马错立即换将！"

山甲胆大心细，悟性极高，被国尉严词惊出一身冷汗："山甲受教，不敢以国事儿戏，但听国尉号令便是！"

"出发！"司马错断然发令。

山甲右手两指向嘴边一搭，一声呼哨响彻河谷。无边无际的"荒草丛林"从河谷霍然拔起，刷刷刷地向南山口移动而去，渐渐地消失在沉沉夜色之中。

司马错选定的行军路线极为奇特，连寻常以为极隐秘的子午谷小道，也嫌不够机密。他给山甲的道路，是一条无名山溪：只许沿有水河道趟水而上，到得南山巅峰，再沿另外一条山溪趟水而下，直达汉水谷地。

这条无名山溪，是从南山腹地流向关中的无数小河之一。水量不大，淙淙如溪，却穿山而出,流入灞水,再入了渭水;溯流而上,无名小溪的源头直达南山(秦岭)巅峰。这南山巅峰是一道分水岭,越过巅峰,这种小溪又成了淙淙向南的汉水支流,最终并入浩浩江水。这种小溪流大体相似,河床河谷布满了历经千百年冲击的光滑鹅卵石,轻装步兵完全可以沿河或趟水前进。

那时候,要从关中进入层峦叠嶂的南山群峰,而到达商於山区或汉水盆地,只有东南的武关小道、西南大散关的褒斜小道,两条路都是官道。再有中央一条小道,就是最近便直接的子午谷小道。这条小道从关中中部直入南山,比两边迂回要近数百里路程。子午谷虽然不是官道,却经常有楚国商旅北上,或秦国商人南下。如此一来,这种小道还是有"暴师"的可能。经过精心揣摩探察,司马错定下了"以溪为路,隐匿踪迹"的行军方略,要一万轻装步兵三五日之内秘密越过南山,到达汉水山谷。

此时,这支精锐的秦国新军步兵,抛弃了重甲长矛与硬弩长箭,每人手中一支短剑、一支木棍,身背三天干粮,在万山丛中疾进,山溪冲刷了他们的一切踪迹,山林湮没了他们的任何动静。战国之世第一场最长距离的奔袭战,便这样悄悄地开始了。

次日天亮,蓝田塬上出现了一支长长的牛车队,悠悠驶上了通往武关的官道。车轮尖厉的咯吱声在原野上分外刺耳,听声音,便知道这遮掩得严严实实的牛车都是吃重满载。当先开道的,是一面黄色大旗,绣着"猗顿"①两个黑色大字,分外显眼。大旗后三十多名劲装骑士,一律腰悬吴钩弯剑,身背硬弓长箭。车队逶迤里许,最后才是一辆华贵的篷车。

兵贵神速,一袭得手,便可大获全胜。

---

① 猗顿,战国时大商人。以经营河东盐池致巨富。一说本为鲁人,陶朱公教以畜牧,他到猗氏(今山西临猗南)大畜牛羊,十年成为巨富。

看旗号声势，显然是名满天下的楚国大商猗顿的车队。猗顿氏，素以与中原做盐铁生意闻名，进出中原各国的车队动辄便是数百辆。这样一支车队经蓝田出武关，进汉水入郢都，便是很平常的商旅路线了。

日上三竿，蓝田军营辕门大开。骑将嬴豹率一队铁骑当先冲出，一辆高挂"特使"幡旗的青铜轺车紧随其后，车上站着斗篷飞舞的国尉司马错。出得辕门，轺车正要拐上官道，突闻西边官道马蹄声疾。司马错转身一看，却见一队便装骑士簇拥着一辆黑色篷车风驰电掣而来，不禁一怔，命令嬴豹："让过马队，后行。"

话音落点，疾驰的马队突然勒缰，十多匹骏马人立嘶鸣，篷车也戛然停下，激扬起一片烟尘。司马错未及细看，便见车帘一掀，国君嬴驷跳下车来笑道："惊扰国尉了。"

意外。

司马错大是惊讶，连忙下车："参见国君。"

嬴驷一挥手，制止了要下马参拜的骑士，笑道："别无他事，特来为国尉送行。"

司马错心念一闪，便知国君对这第一战放心不下，肃然拱手道："臣启国君，一切均按筹划进展。臣不敢掉以轻心。"

"胜败兵家常事，国尉放手去做便是。"嬴驷微笑摇头，"我是想求教国尉，奇袭若成，国尉作何谋划？"

司马错又是一怔，这本来是谋划清楚也对国君剖析清楚的：奔袭一旦成功，兵屯汉水稍事休整，再行奔袭巴蜀。国君有此一问，莫非国中有了变故？当此临行决断之时，不能含糊不清，略一思忖，司马错坦率问："国君之意，莫非放弃巴蜀？"

嬴驷摇摇头："两战连续，当在一年以上，时日太长；再者，兵力分散，大将远处，难保山东无变。巴蜀，似可稍缓。国尉三思了。"

若走漏风声,东边有异,秦则有危,所以必须奇袭。

司马错恍然:"臣有应变之策。若山东有变,臣即刻班师北上,何能拘泥于一途?"

"如此甚好。来人,拿酒!"嬴驷一声吩咐,军士捧来两只大爵,顿闻酒香清冽。嬴驷亲捧一爵双手递于司马错,自己又端起一爵:"千山万水,国尉保重。干!"

"君上保重,但等佳音。干!"司马错一饮而尽,深深一躬,"臣告辞了。"转身大步上车,一跺车底,"开行!"骑队辚辚远去了。

嬴驷望着远去的车马,望着莽莽苍苍的南山,良久伫立。

"国君,可到蓝田大营歇息?"御车内侍低声问。

"不必了。"嬴驷跳上篷车,"返回咸阳。"马队又飓风般卷了回去。

嬴驷是昨夜与上大夫樗里疾秘商后赶来的。为求稳妥,嬴驷就司马错的奔袭谋划征询樗里疾主张。樗里疾大是赞同奔袭房陵,但认为连续进行两场奔袭战值得揣摩。从兵家战事的眼光看,占领巴蜀胜算很大。然则,司马错没有虑及兵家之外的民治。巴蜀地险人众,民风刁悍,要化入秦国,初治必得驻军,否则占领巴蜀没有实际价值。但如此一来,司马错精兵必得滞留巴蜀,急切不能班师。当秦国军力尚未扩展之时,大将精兵久屯于荒僻之地,国中空虚,是为大忌。若在秦国拥兵二十万时,再分兵袭取巴蜀,更为稳妥。嬴驷一听,大是赞同,便在黎明时分火急赶来。

作者眼尖心明,确实如此。

一路沉思,嬴驷心里老是沉甸甸的。犀首虽然走了,但犀首的"霸统"方略却久久萦绕在他的心田。何年何月,秦国能着手霸统大业?

樗里疾也赞成取巴蜀,但要稳妥。将帅之才通常能转败为胜,此为司马错立功之时。

欲霸欲王,时候未到。

"禀报国君,洛阳名士苏秦求见。"刚刚下车,内侍总管匆匆走来禀报。

"苏秦?真来了?"一个念头闪过,嬴驷吩咐老内侍,"请

这位先生在东殿等候。再请上大夫与太傅进宫，也到东殿。"

昏君见人总在寝宫，明主见人总在大殿。偏心之笔。

四　雄心说长策

悠然打量着这座宫殿，苏秦全然没有寻常士子等待觐见的那种窘迫。

咸阳宫前区只有三座宫殿，中央的正殿与东西两座偏殿。正殿靠前突出，且建在六丈多高的山塄上，开阔的广场有三十六级白玉台阶直达正殿，恍然若巍巍城阙，大有龙楼凤阁之势。这是秦国的最高殿堂，非大型朝会与接见外国特使，轻易不在这里处置日常政务。两座偏殿，则坐落在正殿靠后的平地上。除了殿前广场是白玉铺地，三面都是绿色：西面竹林，北面青松，东面草地。西偏殿是国君书房与寝室所在，除了召见亲信重臣，这里很少有礼仪性会见。东偏殿比西偏殿大出许多，九开间五进，是国君日常料理国务的主要场所，重门叠户，划分了诸多区域。除了最后一进另有门户，是长史与所属文吏起草、誊刻君书与处置公文的机密官署外，其余四进通连，分为东中西三个区域：中间区域是议政堂，东边是出政堂，西边是庶长堂。

远看咸阳宫，苏秦颇有一种奇特的感觉。洛阳王城与山东六国的宫殿，都是大屋顶长飞檐，远处看去，飞檐重叠连绵，气势宏大，富丽华贵，飞檐下铁马风动，叮咚悦耳，一派宫阙天堂的气象。咸阳宫虽然也不失宏大，但很简约，一眼望去，总觉得视线里少了许多东西。仔细打量，才看出咸阳宫屋顶很小，只能长出墙体五六尺的样子，斜直伸出，没有那王冠流苏般的华丽飞檐。乍一看，就像巨人戴了一顶瓦楞帽，虽然也觉英挺，却总是缺了些许物事，光秃秃的。苏秦思量,秦人本来简朴务实,建造咸阳时又是墨家工师担任"营国"①筹划。墨家的节用主张与秦人的简朴传统正好吻合,产生如此的宫殿样式也就不足为怪了。

进得殿中,只见厅堂宽阔高大,陈设却极为简单。中央一张几乎横贯厅堂的黑色木屏,屏上斗大的两个铜字分外醒目——国议。屏前正中位置有一张长大的书案,两侧各有几张稍小的书案。书案区域外,有两只巨大的铜鼎,两只几乎同样巨大的香炉,除此而外,再看不见任何装饰性陈设。白玉地面没有红毡,连书案后的座席也是本色草编。入得厅堂,立即有空旷冷清之感,丝毫没有东方宫殿那种帐帷重重、富丽华贵的舒适与温暖。与大梁王宫的殿堂相比,这里处处都透着"冷硬"二字。奇怪的是,苏秦却对这种毫无舒适可言的"冷硬"殿堂,油然生出了一种敬意,觉得一进入这座殿堂,一看见"国议"那两个大字,就心思凝聚,不由自主振作起来。

"太傅、上大夫到——"殿外传来内侍悠长细亮的报号。

苏秦恍然醒悟,举目望去,只见殿廊外有两个黑衣人走来,样子都很奇特。一个戴着类似斗笠的竹冠,冠檐垂着一幅宽大的黑色面纱,身形粗壮笔挺,步态勇武步幅很大。另一个则壮硕短小,罗圈腿晃着鸭步,摇摇摆摆走在蒙面者旁边,样子颇为滑稽。苏秦扫视一眼迅速断定:蒙面者是名闻天下的复仇公子嬴虔,肥壮鸭步者当是化解西部叛乱的樗里疾。一个是公族柱石,一个是总揽政务的上大夫,都是目下秦国举足轻重的人物……心念一动,苏秦转过身背对着殿门,注视着"国议"两个大字。听得身后脚步声进殿,却没

旁注:
又要讲俭朴又要讲风水,忙。

庄严与威武总是在一起的。见秦公要通传,见周王则长驱直入,强弱自明。

毒语。樗里疾虽"智囊",却"滑稽"。

蒙面者最早多因受劓刑,后竟为戎狄女子效仿,成风尚,可叹。

"三驾马车"都来了,规格很高。秦国缺人,尤其缺相。

① 先秦时代,一般将建造都城称为"营国",具体包括对都城及建筑式样的设计与施工、监督。

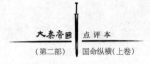

有任何动静。凭感觉，苏秦知道这两人的目光正在自己身上端详，却依旧凝神沉思般地站着。

"敢问足下，可是王车西行的洛阳名士？"

听这随意而又带笑的口吻，苏秦便知此人是谁，恍然回身从容拱手道："在下正是洛阳苏秦。"

樗里疾嘿嘿一笑："先生远道而来，秦国大幸也。这位乃太傅公子虔。在下嘛，上大夫樗里疾。想必先生也明白。"

苏秦淡淡带笑，微微点头却不说话，既对樗里疾的中介表示认可，又对樗里疾的诙谐不置可否，但没有对两位重臣行"见过"常礼。一直冷眼沉默的嬴虔，却是深深一躬："先生远道入秦，多有辛苦。"苏秦始料不及，连忙一躬道："士子周游，原是寻常。谢过太傅关爱之情。"

"嘿嘿，入秦即是一家，忒得多礼？来，先生入座。"樗里疾笑着请苏秦坐在了中央大案的左下首，也就是东方首座，又推嬴虔坐在了右首首座，自己则坐在了右首末座，随即拱手笑道："先生远来，定有佳策了？"

苏秦本想按照礼仪，等待秦公入殿行过参见大礼后再入座。及至见樗里疾安排，不由闪上一个念头：莫非秦公安排这两位对我先行试探？便觉不是滋味。然则苏秦心思极快，刹那之间心意已定，随对方如何安排，自己笃定便是。此刻见樗里疾如此发问，自然是所料非虚，从容拱手道："上大夫执掌国政，定有治秦良策，苏秦愿受教一二。"

樗里疾嘿嘿嘿笑道："先生有回头之箭，果然不凡。"拍拍自己凸起的肚皮，"你看，樗里疾酒囊饭袋，内中尽是牛羊苦菜。先生若有金石之药，不妨针砭，何须自谦？"

"谚云：腹有苦水，必有慧心。上大夫满腹苦菜，安得无慧心良策？"苏秦见樗里疾在巧妙地回避，依然逼自己开口，笑着迂回开去。

樗里疾一怔，迅即拍案："好！来人，拿国图来。"

猛然，却闻内侍高声报号："国公驾到——"

尖细的嗓音还在飘忽环绕，嬴驷已经从容地从"国议"木屏后走了出来，未容三人站起，一摆手道："无须烦冗，尽自坐了便是。"

敏锐机警的苏秦，目光几乎与内侍尖细的声音一起瞄向木屏左面的出口。刹那之三角眼。孙皓晖重面相。

锋芒内敛。

间,便与那双细长的三角眼中射来的晶亮目光骤然碰撞。苏秦正要低眉避过,三角眼却已经眼帘一垂光芒顿失。只此一瞬,苏秦心中一个激灵——这位秦公非同寻常! 心念一闪之间,起身长躬:"洛阳苏秦,参见秦公。"

嬴驷尚未入座,立即虚手相扶:"先生远道而来,嬴驷不得郊迎,何敢劳动大礼? 先生入座,嬴驷这厢受教了。"说完,回头吩咐内侍,"上凉茶。"

两名黑衣内侍抬着一个厚布套包裹的物事轻步而来,走到座侧空旷处放好。有两名侍女轻盈飘出,一个用大铜盘托着几只陶碗和一个长柄木勺,一个解开了厚布套的绵帽儿。苏秦不禁惊讶,原来布套包裹的是一口细脖陶缸。只见侍女从铜盘中拿下长柄木勺,将木勺伸入缸中,舀出一种依稀红亮的汁液,轻快地斟满了几只陶碗。捧盘侍女轻盈走来,竟先向苏秦案上摆了一只大陶碗。然后再在秦公、嬴虔、樗里疾面前一一摆上。苏秦不禁又是惊讶感慨——天下豪爽好客之地他无不熟悉,然则无论多么好客的国度,只要国君在场,无论多么尊贵的客人,礼遇也在国君之后;也就是说,上茶上酒,当然都会先敬献国君,而后才论宾客席次。即或在礼崩乐坏的战国,这也是没有任何异议的通例,即或最孤傲的名士,也认为这是理所当然。可是,秦国殿堂之上,却将"第一位"献给宾客,当真是放眼天下绝无仅有。只此一端,便见秦国强大绝非偶然也。

秦国传统,求贤若渴。

苏秦恍惚感慨间,秦公嬴驷已经双手捧起大陶碗笑道:"夏日酷暑,以茶代酒,权为先生洗尘接风了。"说完,咕咚咚一饮而尽,直如村夫一般。

出身王畿富商之家,受教于名师门下,且不说已经有了名士声誉,仅以洛阳王畿与魏国的文华礼教熏陶而言,苏秦的言行都无不带有浓厚的贵族名士色彩——豪爽而不失矜

持，洒脱而不失礼仪，没有丝毫的粗俗野气。骤然之间，见秦公饮茶直如田间村夫，苏秦心头猛然泛起一种卑薄轻蔑，方才的感慨敬意消失得荡然无存。

虽则如此，却也是无暇细想，他双手捧起大陶碗恭敬回道："多蒙秦公厚爱，苏秦愧领了。"又对两位大臣笑道，"太傅、上大夫，两位大人请。"说完，轻轻地呷了一口——噫？冰凉沁脾分外爽快。瞬间犹豫中，竟不由自主地举起粗大的陶碗咕咚咚一饮而尽，饮罢"嘭"地放下大碗，嘴角犹自滴水，胸膛起伏着不断喘息。倏忽之间，一股凉意直灌丹田，周身通泰凉爽，分外惬意。猛然之间，苏秦面红过耳，拱手道："惭愧惭愧，苏秦失态……不知这是何等名茶？"

"嘿嘿，这种茶，就要这种喝法。"

嬴虔道："先生有所不知。这是商於山中农夫的凉茶，粗茶梗煮之，置于田头山洞，劳作歇响时解渴。国公在地窖以大冰镇之，是以冰凉消暑。"

"秦公雅致，点石成金也！苏秦佩服。"

嬴驷微微一笑："先生谬奖了。庶民如汪洋四海，宫廷中能知几多？"

"乡野庶民，原是国家根本。秦公有此识见，秦国大业有望矣！"

嬴驷细长的三角眼猛然一亮。他欣赏苏秦不着痕迹的巧妙转折，心知便是这位名士说辞的开始，肃然拱手道："秦国大业何在？尚望先生教我。"

苏秦坦然地看着这位被东方六国视为"枭鸷难以揣摩"的秦国新主，语调很是平和："秦国出路何在？犀首已经昌明，秦公腹中也已定策，无须苏秦多言也。"

"先生知晓犀首策论？"嬴驷颇为惊讶。

"先生与我不期而遇，酒后感慨，言及策论。"

水好，茶好。

"既然如此,先生定然另有长策高论,嬴驷愿受教。"

苏秦摇摇头:"秦国大业所在,苏秦与犀首相同,无得有他。"

"噢?如此,先生却何以教我?"嬴驷嘴角泛出一丝揶揄的微笑。太傅嬴虔、上大夫樗里疾也现出惊讶困惑的神色。

苏秦仿佛没有觉察,从容答道:"强国图霸图王,如同名士建功立业一般,乃最为寻常,而又最为必然之归宿,纵是上天也不能改变,况乎犀首、苏秦?唯其如此,王霸之策并非奇策异谋,原是强国必走之路。奇策异谋者,乃如何实现王霸图谋。秦公以为然否?"

"大是!敢请先生说下去。"嬴驷精神顿时一振。

"自古以来,王霸无非两途:其一,吊民伐罪,取天子而代之,商汤、周武是也。其二,联结诸侯,攘外安内,成天下盟主,齐桓、晋文是也。然则,如今战国大争之世,天子名存实亡,吊民伐罪已成无谓之举。战国比肩而立,称雄自治一方,盟主称霸也已是春秋大梦。唯其如此,以上两途均无法实现王霸之业,须得开创第三途径,此为如今王霸大业之新途。如何开创这条新路,方为真正的奇策异谋。"

王霸新说。

大殿中静悄悄的。嬴虔向轻柔走来斟凉茶的侍女与守候在座侧的老内侍不耐地挥挥手,内侍侍女便都退到木屏后去了。空阔的国议殿更显空阔,苏秦清朗的声音带了些许回声,如同在幽幽深谷一般。嬴驷只是专注地看着苏秦,脸上却平静得没有任何表情。

苏秦相信他的开场说辞已经深深吸引了秦国君臣。虽然如此,深谙论辩术的他知道,此刻的开场说辞只是导入正题的引子,尚不足以让听者提问反诘,便作了极为短暂的一个停顿,立即迎着他们的目光侃侃而论:"王霸新途,必出于战国,此乃时也势也。苏秦以为,战国之王霸大业,既不在吊民伐罪,也不在合同诸侯,而在于统一中国。此等统一,既不同于夏商周三代的王权诸侯制,更不同于春秋的诸侯盟约制,而必当是大争灭国,强力统一,使天下庶民土地,如同在一国治理之下。成此大业者,千古不朽!放眼天下,可担此重任者,非秦国莫属。此苏秦所以入秦也。"

说到这里,苏秦猛然停了下来。这是一个崭新的话题,更是他经过深思的一个崭新见解,他要看看秦国君臣有没有起码的反应。如果他们不具备相应的决断与见识,这秦国也就了无生趣了。

"先生之见,战国之王霸大业,必得灭人之国,取之于战场?"黑面罩嬴虔的声音有些沙哑喘息。

"甚是。方今大争之世,较力之时,非比拼实力,无以成大业。"

"灭国之后,不行诸侯分治,而以一国之法度统一治理天下?"樗里疾跟问。

"然也。这是战国王霸的根基。分治,则散则退。统治,则整则合。"

嬴驷的脸色依然平静淡漠。但苏秦从他骤然发亮的目光中,却感到了这位君主对自己见解的认同。只见他习惯性地用右手轻叩着书案:"先生说,担此重任非秦国莫属,何以见得?"

苏秦精神大振,清清嗓子道:"秦国可当一统大任者,有四:其一,实力雄厚,财货军辎超出六国甚多,可支撑长期大战。其二,秦人善战,朝野同心,举国皆兵,扩充兵力之速度远快于山东六国,战端一起,数十万大军只是期年之功。其三,秦国四面关山,东有崤山函谷关,西有陈仓大散关,南有南山武关,北有高原横亘。被山带河,据形胜之要,无异平添十万大军。唯其如此,秦国无后顾之忧,可全部将兵力投入

比孝公的修养好多了,至少还没睡着。

山东大战。仅此一点,中原四战之国无法匹敌也。其四,秦国变法深彻,法度成型,乃唯一可取代诸侯分治,而能统治天下之国家。有此四者,王霸统一大业,唯秦国可成!"

就在苏秦侃侃大论中,嬴驷的目光却渐渐暗淡下来,黑面罩嬴虔似乎也没有反应了。有何不妥么?苏秦似乎也觉察到了异样,便停顿下来,殿中一时宁静。唯有常带笑容的樗里疾目光巡睃,拱手笑问:"先生所言,为远图?为近策?"

苏秦:"霸业大计,自是远图。始于足下,亦为近策。"

"左右逢源,好辩才!"樗里疾哈哈大笑,"然则,先生究竟是要秦国做远图准备抑或立即东出?"

"上大夫,秦国自当立即着手王霸大计。唯其远图,必得近举也。"

黑面罩的嬴虔喘了一口粗气,似乎憋不住开了口:"先生前后两条,嬴虔不敢妄议。然则中间论兵两条,嬴虔颇不敢苟同。一则,先生对秦国扩充兵力估算过高,又对山东六国兵力估算过低。且不说秦国目下现有新军,远远不足以大战六国,即以扩军论之,一支数十万的大军,如何能一年成功?春秋车战,得万乘兵车,至少须十年积聚。而今新军是步骑野战,以十万铁骑十万甲士,共计二十万兵力计,且不说精铁、兵器、战马之筹集,仅以征兵训练而言,至少三年不能成军。先生知晓魏国的二十多万精兵,庞涓训练了多长时日么?再有,山东六国的兵力,魏国赵国各二十多万,楚国齐国各三十多万,偏远的燕国与小一点的韩国也各有十万左右。相比之下,倒是秦国兵力最少。二则,秦国关山形胜,固然易守难攻,然则若无实力,也不尽然。吴起有言,固国不以山河之险。若关山必能固国,当年魏国何能夺我河西六百里,将我压缩到一隅之地?"

嬴虔是秦国著名将领,一生酷爱兵事,虽然在秦国变法

全面树敌,会死得很惨。

毕竟纸上不能谈兵,实战者更有发言权。

中退出政坛深居不出,但并没有停止对军旅生涯的爱好揣摩。这番话有理有据,显然是不堪苏秦的议兵之说冲口而出的。以嬴虔的资望与持重,这番话简直就是宣布:苏秦的说辞荒唐不足信。

但苏秦却并没有慌乱。他是有备而来,自然设想过各种应对。略加思忖,苏秦笑道:"太傅既知兵,苏秦敢问,何以山东六国兵力俱强,却皆居防守之势? 何以秦国兵力尚未壮大,却已居进攻之势?"

嬴虔一怔,喉头"咕"的一声,急切间想不透,未反上话来,默在那里了。

樗里疾机警接上:"以先生之见,却是为何?"

"此中要义,在于不能以兵论兵。兵争以国力为基石,并非尽在成型之兵。无人口财货之实力,虽有善战之兵,必不能持久。反之亦然。先年,秦国献公率能征惯战之师,而终于少梁大败,丧师失地,导致列国卑秦而孝公愤立国耻石。此中因由何在? 当时非秦国兵弱也,实秦国国弱也;非六国兵强也,实六国国富也。今日之势则相反,秦国富强,故兵虽少而对山东居于攻势;六国实力大减,故兵虽众而自甘守势。此攻守之势,绝非单纯兵力所致,实乃国力所致。唯其如此,以兵论兵,不能窥天下堂奥也。太傅以为如何?"苏秦觉得必须以深彻见解使这两位大臣无反诘之力,才能达到说服秦公目的,一番话说得很有气势。

樗里疾却嘿嘿笑了:"先生一番话倒颇似名家诡说,国力兵力犹如鸡与蛋,孰先孰后,却看如何说法了。"

"避实就虚,不得要领。"嬴虔冷冷一笑,霍然站起,"君上,臣告退。"说完竟大步去了。苏秦心中一沉,大是惊讶——秦国臣子如何恁般无礼?

国君嬴驷却仿佛没有看见,淡淡笑道:"先生之论,容嬴

问得好。

世人对献公有误解,献公时期,相当于中兴,为秦赢得宝贵时间。

驷思谋再定。来人,赏赐先生二百金。"话音落点,木屏后一声尖细的应答,一个黑衣老内侍捧盘走出,仿佛准备好的一般。

赠金乃谢词。

刹那之间,苏秦面红过耳,满腔热血涌向头顶。他低下头咬紧牙关,一阵长长的鼻息,强迫自己镇静下来,从容站起拱手道:"多谢秦公厚意,苏秦衣食尚有着落。告辞。"说完大袖一挥,扬长而去。

"先生慢走!"樗里疾气喘吁吁地追到车马场,在轺车前拦住苏秦深深一躬,"先生莫得多心,国君赏赐乃是敬贤之心,并非轻慢先生。"

"无功不受禄,士之常节也。"

"先生可愿屈居上卿之职,策划军国大计?"

苏秦遇挫,是有恨秦、罪秦,是有合纵。秦不用苏秦,未必全是坏事。

苏秦仰天一阵大笑:"犀首尚且不屑,苏秦岂能为之?上大夫,告辞了。"一拱手转身跨上那辆青铜轺车,一抖马缰辚辚而去。樗里疾怔怔地站在广场,迷惘地看着苏秦远去的背影,沉重地一声叹息。

五　命乖车生祸

一辆青铜轺车从长街驶过,车声辚辚,马蹄脆疾,行人纷纷侧目。

并非秦人少见多怪,实在是这件事大为奇特。按这辆青铜轺车的华贵典雅,惯常当是四匹同色骏马驾拉,方合高车驷马的规矩。至少也应当是两匹骏马驾拉,方算得轻车简从。这不仅仅是威仪匹配,还因为这种青铜轺车坚实厚重,绝非一马之力可以长行。但这辆轺车却只有一匹并不雄骏的棕色马驾拉,偏又跑得轻松急促。秦人素有马上传统,岂能不大为惊奇？更有眼疾者惊呼："呀，还没有驭手！""布衣无冠，如何有此等高车？"一惊一乍，更招来市人驻足观望。

车上主人却仿佛没有看见纷纷聚拢的行人，径自抖缰催马，直向东南一片灯火汪洋的街区而来。时当暮色刚刚降临，夕阳还没有隐去，眼前这片明亮的灯海与身后已经陷入沉沉暮霭的国人区，仿佛两个天地。

这片遥遥可见的灯海，是秦都咸阳名动天下的尚商坊。

老秦人常说周秦同源。秦人所建的咸阳都城，大格局上师法了镐京古制，只不过规模大了许多，小布局略有变通而已。整个咸阳分为两个区域，即"城"与"郭"。"城"是国君宫殿与官府官署集中的区域，四面有城墙，民间称为小城或王城；"城"外的街市区域称为"郭"，是国人、军队、商贾、作坊集中的区域。春秋战国之世，"郭"的区域远远大于"城"，所以有"三里之城，七里之郭"的说法。至于大多少，则无定制，要取决于都市的建造目标与可能进入的人口。咸阳的城、郭都很大，建造时的规模已经与当时的大梁、临淄、洛阳比肩，成为天下第四大都城。历经十多年的扩展，事实上已经超过了东方三都，成为天下第一大都城。举凡国都，堂皇气势在于"城"，殷实富贵在于"郭"。真正能够对天下商旅与民众生出吸引力的，还是"郭"区。工匠、百业、商贾、店铺、财货、器物以及国人文明，统统都在"郭"里体现出来，其中最具影响力的是"郭"中商市的繁荣程度。商旅通则物流通，物流通则财货不乏，物流畅通，非但弥补了本国物料的短缺，而且增加了国库钱税。如果一个国都的"郭"区能够成为天下著名的商旅都会，给这个国家带来的好处，那可真是难以估量。

历经春秋三四百年，商人商业就像无孔不入的涓涓溪流非但渗透瓦解了古老的礼治根基，而且融通了天下财货，

交代十分详尽。历史小说永远在虚实之间，把握难度大。

给庶民官府带来了许多好处。周王室时期那点儿可怜的官商官市早已经被生机勃勃的私商取代，新兴的诸侯国对商业商人也早已经刮目相看了。齐国管仲做丞相时，官府介入商业，经营最重要的盐铁，又对私商统一管理，使商业在齐国成为与农耕并存的两大经济支柱，也使齐国临淄成为春秋时期最发达的商旅大都。

进入战国，商旅与自由工匠融合起来，商贾不再仅仅是贩卖成物的牛车商旅，而且成为直接制造各种器物的作坊主，他们的作用更大了。这时候，最早实行土地变法的魏国，成了天下最大的市场。丞相李悝发明了一个平粜法——丰年谷贱时由国库用比较高的价钱收买农民的余粮，荒年米贵时将国库储存的粮食低价（平价）卖出；具体价格由年成丰歉的程度（丰年三等，荒年三等）核定。这样一来，但凡丰年，商旅们就将在别国低价收购的粮食运到魏国来，卖给国库，魏国府库便极为充盈；而但凡荒年歉收，商旅们却又无法在魏国高价卖粮，因为他们无法抵御魏国府库源源不断的低价粮食；运走吧，几百里路途人吃加牛马饲料更是折本，无奈只好自认倒霉，跟着降价。

如此一来，魏国粮食只进不出，几乎将天下商旅手中的粮食财货大半吸引到了魏国的安邑商市。魏国的富强，一半功劳便在于借了吐纳天下财货物流的力量。直到魏国迁都到大梁，大梁依然是天下著名商市。

还是白圭之法。

在秦国变法的商鞅，本来就对魏国熟透，如何能忽视魏国这个基本的致富途径？然则秦风古朴，民众素来厌恶商人。这种民风很有利于保持秦国的农战本色，但不利于在秦国生发商业。权衡利害，商鞅创立了一套内外有别的独特路子——对老秦国人，板上钉钉地重农抑商，商人不得入仕为官，国府不授商人爵位，国人经商须得官府准许并得缴纳高于农耕两倍的税金。对山东六国则大开商门，建立咸阳大市，税率也只有山东六国的一半，吸引六国商旅财货大量西来。

因了如此，建造咸阳都城时，"郭"区的一半便是规模最大的秦市与六国商贾区，命名为尚商坊——崇尚商人若贤士一般。对于这个商区，秦人只能白日进去买东西，夜晚不能进去饮酒挥霍，此为限酒。

一开始，秦人与六国商人都觉得别扭。时间一长，便都习惯了。在秦人，一则是慑于法令，二则是对商人世界本来就嗤之以鼻，不去也罢。在六国商人，则是贪于厚利来得便捷。秦人虽只在白日入市，却是入市必买，极少有山东商市那些闲逛之客；更兼秦人已经富有，出手豪爽，既不还价又不啰嗦，买完物事就走，极为爽利；若遇秦国官府上市购物，更是利市大开，精铁、生盐、毛皮、兵器、马匹、丝绸等诸般物事，只论好坏，不讲价钱不欺商旅。这在山东六国可是难得至极。众口相传，咸阳尚商坊的口碑便高大起来，名头越来越响，前来建立各种作坊与店铺的商人越来越多，咸阳也越来越繁华了。

尚商坊分为两个区域：西边是咸阳南市，也就是山东六国称为"秦市"的交易街区，五里长街，店铺林立，货物极为丰盈；东边是外国客栈、作坊、酒店与六国商贾集中居住的坊区。在整个咸阳，这尚商坊真正是一片不夜城，其车马如流锦衣如梭繁华奢靡之景象，非但在质朴简约的秦人天地里显得格格不入，即或在山东六国也是寥寥无几。入夜之后，这里没有了黑色布衣的秦人，整个尚商坊便成了山东游客的中原大市。人流如梭，灯红酒绿，恍如天上街市一般。

那辆青铜轺车急急驶入尚商坊的东街，在一家最大的酒店前驻马停车。一个红丝斗篷束发无冠的青年跳下车来，将

折中之法，倒也通。孙皓晖必须要自圆其说。一方面，商鞅变法，是重农抑商；另一方面，战国态势，瞬息万变，各国都需要能随时通风报信的人，商人最合适。所以，不能放弃商人。

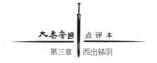

马缰甩给一个殷勤迎来的红衣侍者，昂昂大步走进店堂。

"敢问先生，吃酒？吃茶？博彩？对弈？"一个美艳的女侍迎了上来。

"吃酒。"来人冷冷一句，面色铁青着向里便走。

"先生，这厢清静。"女侍依旧笑意盈盈，飘在客人前面领路。

宽敞明亮的厅堂已经座座皆满，女侍将客人领到一个木屏隔间："这间刚才退酒了，先生好气运。"

"好气运就是吃酒？"来人冷笑，"赵酒一坛，逢泽麋鹿一鼎，即刻便上。"

"敢问先生几位？一鼎麋鹿三斤，一金之价呢。"

"啪"的一声，红斗篷人拍案："赫赫大名的渭风古寓没有麋鹿？还是怕我少金?!"

"先生恕罪。本店规矩：麋鹿稀缺昂贵，定菜须得提醒客人。先生意定，自当遵从。"女侍不卑不亢地笑着行礼，转身走了。

片刻之后，三个红裙女侍鱼贯而入，轻盈利落地摆上热气蒸腾的铜鼎与酒坛酒爵并一应食具，笑盈盈地退出去了。先前那位红衣女侍立即毫无间隔地飘了进来："先生，我来侍奉。"说话间打开酒坛，一股凛冽的酒香立即弥漫开来。

"赵酒猛烈，先生饮得，豪侠之士也。"女侍一边熟练地斟酒，一边瞄瞄这位英挺俊朗却又满面愤然的客人，自然地提起话题。谁知这位客人却极为不耐地拍拍长案："你且下去，这里不用侍奉。"女侍惊讶地看了一眼客人，迅速换上笑脸起身道："先生，我守在外面，你击掌我便进来。"客人烦躁地挥挥手："晓得晓得，去，拉上木屏。"女侍依旧笑着，轻轻拉上活动的木屏，轻盈地走了。

女侍一直在木屏外悠然徘徊，不时向经过的客人点头微笑。

这渭风古寓，便是闻名天下的魏国白氏开在秦国的老店。最早开在栎阳，执事侯嬴与东家女主白雪，与秦国都有很深的渊源。白雪随商鞅死后，侯嬴等元老不甘白氏商事泯灭，各掌一支继续经营。侯嬴便成了统管白氏天下酒店的总事。当初秦国迁都咸阳时，因了渭风古寓的声望，商鞅为了吸引六国客商，力劝侯嬴与白雪将渭风古寓迁到咸阳，并且扩大了几倍，几乎与当年安邑的洞香春比肩。商鞅惨遭车裂，白雪殉情而去，侯嬴便想将这渭风古寓卖给楚国大商人猗顿，白氏商家永远离开秦国。谁知秦国看重白氏对天下商旅的感召力，新君嬴驷两次亲自到渭风古寓拜访侯嬴，希望白氏商家继续留在咸阳，做山东客商的大纛旗。反复思虑权衡，侯嬴终于还是留了下来。

这时,魏国的都城已经迁出安邑多年,安邑的洞香春已经繁华不再。侯嬴索性将安邑洞香春的贵重设施与经营老班底全部迁来咸阳,又将渭风古寓的格局按照洞香春的经营之道进行了重新改制,干脆大做起来。这一番举措声名大噪,渭风古寓顿时成了六国商贾与天下名士在咸阳的聚会中心,也成了消息集散地。这里的一班主管、侍女与仆人,都是原来安邑洞香春的老班底,见多识广,驾轻就熟,不用侯嬴操心,一切都是井井有条。这位女侍是这里的"长衣"领班。与其他女侍不同的是,她身着一领红色的大袖长裙,庄重大方中透着精明干练。而其他女侍则短裙窄袖,多了几分柔媚活泼。她们虽然都是豆蔻年华,但特殊的职业阅历,却使她们对人有着一种独有的敏锐眼光。客人进店,一瞄其言谈举止步态神色,"长衣"立即发出一个自然的手势暗号,便有适合接待此类客人的女侍上前应对,桑田沧海,竟是很少差池。

目下,"长衣"领班亲自应对侍奉木屏后的客人,这是极为少见的。

大约小半个时辰,长衣似乎听见了什么,轻疾地推开木屏,不禁一惊,竟不知如何应对了。客人已经是满面通红,大汗淋漓,左手的酒爵还在摇摇晃晃,右手却不断拍案长笑:"秦公哪秦公——你,好蠢也——不识苏秦大计长策,你,你,你,啊哈哈哈哈哈……"笑声凄楚愤激,长衣不禁陡然激灵了一下。略一思忖,长衣还是走了进来,轻柔地跪坐案前:"先生第一次饮赵酒,立下半坛,豪量也。"

"笑我苏秦? 不会饮赵酒? 噢——你如何又来了? 出……去!"

"是。先生慢饮,我去拿醒酒汤来。"长衣站起身来,没有立即就走。

"我,苏秦,醉了么? 休得聒噪,去……"话未落点,一头

醉酒误事。

软在了案上。

正在此时,一个短裙女侍匆匆走了进来,轻声在长衣耳边说了几句。长衣大是皱眉:"这如何使得?我去看看。你叫酒侍来,关照这位先生。"说完,与女侍匆匆走了出去,径直向停车场而来。

渭风古寓的停车场,是一道高大的木栅栏圈起来的大场院,有六名通晓剑术的男仆专司守护,有十多名仆役专司照料车辆马匹。来渭风古寓的客人都不是等闲庶民,人人都是高车驷马,每辆车又都各不相同,这停车场便成了天下名车骏马汇集的大场院。每逢夜色降临,楼外停车场便成了渭风古寓最有声势的招牌。那道高大的木栅栏上,高高挂着一圈特制的硕大风灯,照得满院通明。辚辚进入的各色车辆,立即被侍者引领到不同车位稳妥排列。按照惯常规矩,车主人一般都在酒店正门下车进店,然后由仆役驭手驾车进入停车场,安顿车马等候主人。一班喜好亲自驾车的豪客,便有渭风古寓的"车侍"在酒店正门接过车辆,驾到停车场安顿妥当。车马一旦停好,驭手们便大摇大摆地进入停车场内专门为他们开设的店堂,或进食饮酒,或博彩玩乐。停车场的仆役们则按照车辆主人或驭手的要求,或刷车擦车,或洗马喂马。明光锃亮的车辆间人影如梭,骏马嘶鸣,一片忙碌。

于是,这偌大的停车场不期然成了一个独特的车马较量场。那些酷爱名车骏马的客人,往往在应酬玩乐之后信步来到这里,欣赏形制各异的不同车辆,一一评点,甚或豪兴大发,以惊人的高价买下一辆自己喜欢的好车,或一匹驾车的骏马。时间一长,这渭风古寓停车场便成了车马爱好者们约定俗成的独特的交易场。有一班"车痴""马痴"来渭风古寓,为的就是看车看马,往往不入酒店而径自进入车马场徘徊观赏。

长衣领班与短裙女侍匆匆来到车马场时,一群华丽客人正围着一辆青铜辂车兴奋议论。

"大雅大贵,好车!"

"六尺车盖,六尺车厢,品级顶天了!"

"噢呀,六尺车盖者不稀奇,好多去了。贵重处在这里。看看,车盖铜柱镶嵌红玉!谁人见过啦?"一个黄衣商人操着楚语高声惊叹。众人眼光顺着他的手一齐聚集到车盖铜柱上,果然见一块两寸见方的红玉镶嵌在锃亮的古铜中间,熠熠闪光。不禁纷纷惊讶叹羡,争相围着辂车抚摩品评。

"快来！看这里！"有人在脚下惊叫一声。众人哄笑起来："呀，真是车痴！韩兄好兴致！"原来有个人提着一盏小风灯钻到了车厢下，坐在地上自顾端详车底，听见同好们笑声，他的腔调顿时尖锐："别笑了！快来看也！"

一圈十多人顾不得锦衣贵体，纷纷匍匐着钻到车下伸长了脖颈，端详之下，一时鸦雀无声。原来，车厢底部的铜板虽然铜锈斑驳，但依稀间仍可看见"冬官坊"三个刻字。那时候谁都知道，"冬官"就是周王室的司空，职掌百工制造；铜板上有此三字，证实这青铜板料是王室炼制的专用铜材，也就意味着，这辆车极有可能是周王室特制的青铜辂车。

"西周还是东周？"有人忍不住轻声问了一句。

"这里！还有刻字！"一个跪在地上的贵公子模样者仔细抠着车辕内侧的铜锈，一字一顿："辀——人——皂，黎，氏！看见了么？辀人！快！再看车床、车轮！"众人激动，纷纷找来几盏风灯举着，仔细端详抠摸着这辆神秘辂车的铜锈部分。片刻之后，蹲在车厢的一个人喊了出来："车床有字！舆人夭黄氏！"又有人喊："车轮铜箍有字！轮人蚰间氏！"众人惊讶纷乱间，又响起贵公子尖锐的声音："这里！车辕内——王驭造父！天哪，造父！造父也！"

一连串的发现，当真使这些嗜车癖惊讶万分——面前这辆车，竟当真是千古难逢的西周王室的名器。那刻有"冬官"字样的铜材是王室专用的，那"辀人"是西周王室作坊专门打造车辕的工匠官号，皂黎氏则是这位工匠的名字；打造车床的"舆人"是夭黄氏，打造车轮的"轮人"是蚰间氏。这些刻字，本来就已经足以证实这是一辆西周王室的王车，是天下难觅的至宝了。可是，更令这些车痴们咋舌的是，这辆车竟然还是造父曾经驾驭的王车！造父，那可是神灵一般的"车圣"，在车痴们心中比三皇五帝还要神圣光彩。造父本

人招摇，车也招摇。

构思得奇巧。苏秦年少气盛，不知祸将至。

是周穆王的勇士驭臣,能降伏驯化野马。周穆王西游昆仑,正是造父以四匹驯化的野马驾车,风驰电掣日行千里,使周穆王及时赶回镐京消弭了一场叛乱。从此以后,造父就成为"驭神车圣",成为驾车者永恒膜拜的英雄。五六百年后,这些车痴们竟亲眼见到造父驾驭过的青铜辂车,这简直是做梦也想不到的,如何不令他们大喜若狂?

车痴们木呆呆地看着这辆车,这里摸摸,那里摸摸,你看我我看你不知如何是好了。

良久,贵公子猛然醒悟过来,失惊喊道:"神车在此,还不参拜?"说着整衣肃容,一个大拜,长长地跪伏在车前。车痴们恍然大悟,也连忙跟着大拜长跪。

正在这时,一盏风灯悠悠飘来,两个女侍站在了车旁:"哟,先生们灰头土脸一身汗,参拜土神么?"长衣领班笑盈盈瞄着刚爬起来的车痴们。

"哪里啦,我等想买这辆车,谁的车啦——"楚国黄衣商越急拖腔越长。

"噢,先生们要买这辆破车?"长衣女侍笑盈盈反问。

"正是。"刚刚爬起来的贵公子一边对车痴们眼风示意,一边大咧咧笑道,"这辆车尚算古朴可人。我等想与车主人博彩赌车,长衣侍姐,能将主人请来否?"

"那位先生正与一位大梁贵客聚酒长谈,不能前来,先生们改日再议了。"长衣领班脸上弥漫着可人的笑意,明亮的目光却扫着每个人的神色。

"大梁贵客?何人?"一个红衣商人操着魏国口音高声道,"咸阳的魏国人,十有八九我都识得,没个不爱好名车的,我去请来便是!"

"先生且慢。"长衣笑道,"诸位都是老客,这里规矩想必不用我说。客人正事未完,不得随意邀客人博彩。先生大人

据《史记·赵世家》,"赵氏之先,与秦共祖""造父幸于周缪王。造父取骥之乘匹,与桃林盗骊、骅骝、绿耳,献之缪王。缪王使造父御,西巡狩,见西王母,乐之忘归。而徐王反,缪王日驰千里马,攻徐王,大破之。乃赐造父以赵城,由此为赵氏"。人们愿意将远古历史神话化。造父之车,更添珍贵,今当称顶级"文物"了,可见周王大手笔,当然,也可说其败家败国了。看来各朝各代,皆有"车痴"。孙皓晖深谙特权阶层的喜好。

们多多关照，小女先行谢过了。"

贵公子沉吟着："也是。长衣侍姐，得等候几多时辰？"

"渭风法度：不许问客人行止。我如何说得定准？"

"嘿嘿嘿……"贵公子大咧咧笑着眨眨眼，突兀地提高声音，"还是明日相约，那位先生也是渭风古寓常客，对么？"

车痴们纷纷点头："行。""明日就明日。""那我就再看看这车。"

长衣女侍作了一礼："如此谢过诸位。先生们且看，我去侍奉客人了。"说完，对一脸茫然的短裙女侍笑道，"茜姐儿，走。"风灯又悠悠飘去了。

长衣女侍匆匆回到店堂时，那位英挺俊秀的客人已经大醉，躺在厚厚的地毡上长长地喘着粗气。酒侍呆呆地站在一旁，却不敢动他。长衣颇觉奇怪，轻声呵斥酒侍道："黑獒，如何发呆？还不快给客人服冰酒。"酒侍忙答："回掌堂姐姐，这位先生醉得蹊跷。我进来时他还在大笑吟诗，叱责我多事，喊我将冰酒拿走。这陡然之间又大醉倒地，小可正不知如何是好。"长衣端详一番，断然命令："来，扶起先生，我来喂他。"渭风古寓的"酒侍"不同于其他侍者，一律都是粗通武道的少年健仆，很有劲力，专门关照那些烂醉如泥的客人。黑獒听得吩咐，跪坐于地，熟练轻巧地将客人扶靠在自己怀里，好像是客人自己坐起来一样自然。长衣拿过旁案上一个布套包裹的陶罐，打开布套与罐盖跪伏在地，用一把细巧的长木勺给客人喂服醒酒汤。

渭风古寓的"醒酒汤"大不一般，是山果浅酿后藏于地窖的淡酒，本来就酸甜渗凉，用时再加地窖冰镇，便成了一种甘美冰凉酸甜爽口的佳酿，老客皆称其为"冰酒"。酒醉之人皆浑身燥热口干心烧，然则饮水又觉过于寡淡。些许冰酒下肚，一股冰凉之气直通四肢百骸，神志便顿时清醒许多。只是这冰酒酿制困难且是免费，不能见客皆上，只有大醉者才有资格享受。于是常有老客故意狂饮大醉，为的就是享受这能使人由麻木而骤然清醒的冰酒滋味儿。

"掌堂姐姐，他是有意么？"酒侍黑獒轻声问。

"胡说。这位先生初饮赵酒，过猛了……他一定有心事。"喂下半罐冰酒，长衣怔怔地跪在客人对面端详，声轻如喃喃自语。

"呼——"客人猛然长长地出了一口粗气，赵酒浓烈的气味瞬间弥漫在小小隔间。

酒侍皱皱眉头，知道客人就要醒了，双手准备随着客人的动作助力将他扶起。却见

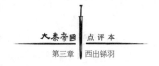

长衣向他轻轻摇手,便停了下来。片刻之间,客人睁开眼睛霍然坐起,声音沙哑道:"你?你?我没醉。起开!"说话间一瞄长衣身旁的陶罐,哈哈大笑,"好啊!渭风古寓有此等好酒,竟不写明点卖,是何道理?"几乎同时,敏捷地伸手一抓端过陶罐,仰起脖子咕咚咚一气饮干,罐子一掷哈哈大笑,"好啊好啊,苏秦也能牛饮了!端的赵酒如此提神!张兄,知道么?啊哈哈哈哈哈……"身子一挺,酒侍一扶,竟然洒脱地站了起来!

长衣也连忙站起来笑道:"先生且请安坐,饮些许淡茶,听小女唱支歌儿可好?"

"唱歌儿?啊哈哈哈哈哈,你唱?何如我唱?"

"那是最好了。我为先生吹埙。《雅》曲么?"

"《雅》曲?不好。《风》曲,《秦风》?好,便是《秦风》!"

长衣一怔,亮闪闪的眼睛看着手足虚浮而又极度亢奋的客人。

士子咏唱,一般都是《大雅》《小雅》的曲调,纵然唱风曲,至少也是《王风》。前两种是王室歌曲,庄重优雅。后一种是王畿国人的流行歌曲,也是清远婉转。还有《颂》曲,因了那是歌颂天子盛德的庙堂歌曲,已经很少有人唱了。自孔丘将传世的歌词分类删定,编为《诗》三百篇,歌儿的旋律曲调便也随着歌词大体确定了下来。各种《风》,原是各诸侯国流行的庶民曲调,一般的官吏名士顾忌身份,在公开场合是不屑于吟唱的。如同说话一样,自西周将王畿语言规定为"雅言"官话,其他诸侯国的语言便成为不登大雅之堂的庶民俗语(方言)。后来的荀子曾经说:"楚人安于楚,越人安于越,君子安于雅。"楚国庶民说楚国话,越国庶民说越国话,但是天下有身份的君子都应当说雅言官话。一个唱歌,一个说话,虽不是根本大事,却也直接显示着一个人的身份地位,以及士子本身的学问水准。眼前这个客人无论怎么看,也是确定无疑的名士,仅仅那辆令大商车痴们垂涎的青铜轺车,就表示他绝非等闲士人。可是,他竟然开口要唱《秦风》,这不能不让这位颇有阅历的女领班惊讶。秦人的曲调粗朴激越苍凉凄苦,简直就是发自肺腑的一种嘶喊。若非常年在旷野山峦草原湖泊的马背上颠簸,那种高亢激越的曲调根本不可能吼得出来。

这个英挺斯文的士子,他能唱出这等撕心裂肺的《秦风》?

片刻愣怔,长衣已经从贴身裙袋中摸出一个碧绿的玉埙来,凑近秀美的嘴唇,一声裂帛破竹的高亢音律便破空而出,长长地回荡在整个店堂。客人开怀大笑,陡然间纵声高歌,酒后嘶哑的嗓音平添了几分苍凉苦楚——

天地悠悠　我独远游
家国安在　落叶作秋
渭水东去　西有源头
彼当争雄　长戈优柔
何堪书剑　将相王侯
……

苏秦遇挫，颓废至此。孙皓晖要写他性情中人。

一个激越高亢的尾音，歌者戛然而止，偌大厅堂静悄悄地无人作声。

一阵大笑，"哗啷"一声，客人丢下一袋金饼，摇摇晃晃地大步出门去了。

"先生，用不了如此多也！"长衣惊讶地拾起钱袋，那人却已经踉踉跄跄地走远了。

"快追上！送他回住所！"长衣吩咐酒侍一声，两人急忙追了出来。及到得车马场，那辆青铜轺车已经辚辚而去了。长衣连忙询问车场的当值车侍，粗壮勇武的车侍回答："车侍胡鲸驾车送客人回去了，先生住长阳街栎阳客栈。"

长衣长长地出了一口气，大是放心，转身回店堂去了。原来，这渭风古寓关照客人的细致周到是天下闻名的。但凡客人酒醉而又没有驭手驾车的，都是由渭风古寓的车侍驾车送回。客人也满意，车侍也高兴。因为客人大抵总是要给车侍一些赏金的，纵是当时酒醉未付，次日也一定派人送来。况且，长阳街栎阳客栈也是老秦人开的著名客寓，绝不至于出事的。

然则，这辆青铜轺车却没有驶往长阳街，而是一路出了北门，直向北阪去了。

阪者，高坡也。北阪是横亘咸阳城北的一道山塬，林木茂密，有三条大道直通塬顶。登上塬顶又是一望无际的平坦沃野。与秦昭王之后的北阪相比,这时的北阪还只是一道莽苍粗朴的山塬,比咸阳城南的渭水之滨荒凉多了。秦法整肃,通往北阪的三条道各有专用。中间最宽阔的大道,坡度稍缓,是官府车马军队以及所有单人轺车的专用车道。东道稍窄稍陡,是农夫商旅工匠的运货车辆走的专用道。西道最窄最陡却也最短,是国人庶民步行登塬的专道。眼下这辆青铜轺车出得北门,直入中央大道,一路向林木葱茏的高坡驶去。时已天交四鼓,更深人静,青铜轺车驶上塬顶,拐入一条便道,在北阪松林间的空地上停了下来。

那匹驾车健马似乎感到了异常,一个人立嘶鸣,几乎要将"驭手"掀下车来。

十多个黑影惊讶唏嘘地围了上来。一个贵公子模样的人上前一拱手:"胡鲸,这是你的赏金。我这匹胡马赏你了,回城去,这里没你的事了。"

车侍被骏马的突然发作惊吓,一个纵跃几乎是跌下车来,惊魂未定却又是受宠若惊,连忙拱手作礼:"先生,赏金太多了。还有如此好马,胡鲸如何消受得起?"

"公子赏之,领了就走,恁般聒噪啦?"一个黄衣肥子不耐地呵斥。

"是是是,胡鲸去了。"车侍忙不迭上马抖缰,箭一般穿出了松林。

黄衣肥子呵呵笑道:"猗矛兄,你和呆子谈这笔买卖啦。"说着走到青铜轺车旁使劲儿拍打车厢,"呔!醒醒啦——耶,酒气忒重!看来这兄台喝了不少啦。"看车中人仍然是鼾声大作,肥子探身车厢拍打车主人的脸:"呔!醒来啦……"话音未落,却是一声惊叫,"嗵"的一声跌坐到车轮旁,手中火把差点儿烧了眉毛。

车中人霍然坐起,火把照耀下,只见他长发披散满面通

这厮来得蹊跷。

红,目光犀利得吓人,四面打量,冷冷问道:"这是何处? 尔等何人?"

黄衣贵公子拱手笑道:"先生,我等多有得罪,尚请见谅。我乃楚国客商猗矛,这厢有礼了。敢问先生高名上姓。"

"洛阳苏秦。"车上人一骗腿已经下车,脚下虽有虚浮,但显然与方才的酣醉酣睡判若两人。他矜持地整整衣衫,一双大袖背后,轻蔑地扫视了一圈冷笑道:"看模样都是富商大贾,却行此等勾当?"

猗矛恭敬笑道:"虽不闻先生大名,但料先生也非等闲人物。我等出此下策,皆因渭风古寓不便洽谈。我等酷爱高车,人称'车痴'。今见先生轺车古朴典雅,欲以千金之数,外加一辆新车、四匹骏马,买下此车。不知先生意下如何?"

苏秦恍然,不禁一阵大笑:"足下竟能买通渭风古寓的车侍,将客人劫持到北阪松林,可见用心良苦。然则,我要是不卖,诸君何以处之?"

"不识人敬啦!"肥子商人喝道,"既是车痴,岂有买不下的车马啦?"

"如此看来,尔等是要强人所难了?"苏秦冷笑,眉宇间轻蔑至极。

贵公子模样的猗矛依旧是满脸微笑:"尚望先生割爱了。看先生气度,一定是心怀天下,区区一辆青铜轺车又何须在乎? 我等商贾,以奇货可居为能事,先生肯与我等比肩而立么?"这番话极是得体,对于一个名士来说,的确是不屑与商贾比肩的;而作为名动天下的大商,能如此恭维一个名士,确实也是难得。仅此一端,便知这个猗矛绝非寻常商人。

苏秦本是性情中人,若在功业遂心意气风发之时,这番话完全可以教他放弃这辆王车。尽管这是周天子赏赐的王车,而且是燕姬重新换过的一辆旧王车,其中非但有着天子

苏秦之志,不在财物。

亲赐的荣耀,还有着燕姬换车的情谊,绝不是一辆寻常的轺车。纵然如此,苏秦依然将它视作身外之物,并没有特别看重它,如同他对任何财货金钱都恬淡处之一般。

但是,眼下的苏秦却没有这种恬淡心境,他只感受到了一种强烈的侮辱。在咸阳宫碰了个大大出乎预料的钉子,郁闷无从发泄,一坛天下闻名的邯郸烈酒,使他在飘飘忽忽中涌出一腔浓烈的愤世嫉俗之情,也平添了几分豪侠之气。此刻,亢奋奔放而又郁闷在心的他,觉得眼前这帮商人实在是龌龊极了,尤其这个贵公子模样的猗矛,更是可恶。苏秦本来就是商贾世家出身,又对天下大商了如指掌,自然知道猗矛是楚国巨商猗顿的胞弟,是商界一言九鼎的霸主。唯其如此,苏秦觉得他的恭敬外表下隐藏的是金钱,是强暴,是欺人太甚。苏秦何许人也,功业失意,难道随身之物也要被人无端劫持?怒火涌动间,苏秦陡然仰天大笑:"猗矛啊猗矛,可曾听说过,士可杀不可辱?"

"先生何出此言?猗矛岂敢辱没名士?唯做买卖而已。"平和的话语中猗矛的笑容已经收敛,眼中渗出一股阴毒的光芒。

"天下名士,不与你做车马买卖!"苏秦声色俱厉,大步走到车辕旁,便要上车离去。

"呔!不能走啦——"肥子商人大喝一声,大手一挥,车痴同伙举着火把围了上来,七嘴八舌地喊:"士不可辱,我等商人可辱么?""是也!谁敢与我等商人不做买卖!""不识敬,千金买一辆旧车,还不知足?""甚名士?我看是个野士!""没个了断,如何能走?商人好欺么?""是名士就拔剑,商人也要雪耻!"

苏秦转身冷冷一笑:"要做劫匪?还是要私斗?这是秦国。"

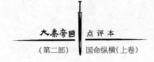
话音落点，车痴们顿时愣怔——秦国新法如山，抢劫与私斗都是死罪，一经查实，立即斩首。谁都会顾忌自己的生死，更何况这些富商大贾？猗矛却是狺狺笑着走了过来道："我等并未用强，买卖不成，仁义尚在。先生却自恃名士，辱及我等，这该当有个了结吧？秦法纵然严明，也总须讲个公道。"

"对！该当有个了结！"车痴们又轰然动了起来，举着火把凑集到苏秦周围。

"噢——"苏秦冷笑，"天下之大，无奇不有啊，强盗也要讲公理了。我倒想听你个说法，如何了结？"

猗矛依旧阴柔地笑着："先生与这位肥兄决斗一场，便了却今日恩怨。"

私相决斗，本是春秋以来士子阶层的风气。士人兴起之初，多受贵族挑衅与蔑视，为了维护自己的尊严与声誉，往往拔剑而起与挑衅者做殊死拼搏，以表示虽死不受侮辱的名节气概。此所谓"士可杀，不可辱"。几百年下来，决斗便成了维护尊严名节的古老传统。决斗杀人，官府历来是不加追究的。猗矛不知苏秦根底，提出决斗只是个试探；若苏秦剑术高强，自然只好收场；若苏秦是那种只文不武的士子，则必定要"成交"这笔生意了。

听得决斗二字，苏秦却被激怒了，右手向车厢一探，一柄青光凛凛的长剑锵然在手："谈何决斗？一齐来。"

猗矛却摆摆手道："不能，肥兄一人替代我等便了，如何能以众凌寡？"

"好，便是我来啦——"黄衣肥子拉着长长的楚腔，丢掉手中火把，笑眯眯地拔出了一口弯月似的吴钩，脚步像水牛般沉重地挪了过来，"出剑啦！——"肥胖的双手攥着一口半月形的细剑，样子颇为滑稽。

苏秦不禁哈哈大笑。他练剑十多年，却从来没有与人真正交过手，今日第一遭就遇到了如此一个滑稽人物，不由自主地大笑起来，学着他的楚腔："肥子先出剑啦——"

"敢笑我？找死啦——"黄衣肥子大怒，吴钩一挥，一道弧形的寒光向苏秦胸前逼来。苏秦浑身灼热，浑不知这吴钩"斜啄"的厉害，只一剑直刺当前，却是又快又准。这吴钩"斜啄"是当胸横划，速度稍慢，攻击的范围却是极宽。寻常剑士但见一片弯月形剑光逼来，往往不知从何处防御，若有刹那犹豫，吴钩划到胸前，人便会被拦腰划开。偏偏苏秦是简约剑法，不管你如何挥舞，我只一剑直刺。只听叮当一声大响，火星飞溅，两剑相交，吴钩剑光芒顿失，黄衣肥子噔噔噔后退了三步。

"啊哈哈哈哈哈哈！"苏秦畅快无比地大笑起来，心思老师这简约剑还当真高明，第一剑便将这楚剑吴钩震退，不由胆气顿生。原来，苏秦剑术缺乏天赋，老师便教他反复练习快剑突刺，说不管敌人如何挥剑，你只一剑快刺，只要做到"快稳准狠"四个字，自保足矣。苏秦自然信奉老师，寻常练剑便是千遍万遍地突刺快剑，经常惹得张仪大笑不止。苏秦却不管不顾，只是一剑一剑地认真突刺。今日临敌，这一剑快刺大是威风，如何不高兴万分？

黄衣肥子恼羞成怒，吼叫一声"真找死啦——"要冲上来拼命。

"且慢。"猗矛却伸手拦住了肥子，对苏秦拱手笑道，"决斗完了，先生胜。日后我等绝不再找先生聒噪便是。"

"算你明理。苏秦告辞。"

"且慢。"猗矛轻捷一闪，拦在了苏秦面前。

"猗矛，还做劫盗么？"苏秦冷笑。

"先生差矣。"猗矛满面笑容，"先生快剑，猗矛生平未见，斗胆想与先生走几圈。十剑为限，点到为止，可否？"

苏秦初尝快剑之妙，内心正在兴奋处，听得猗矛要和他比剑，而且"点到为止"，乐得再尝试一番，欣然应道："好！就陪你十剑。"

四周火把顷刻又围成了方圆两三丈的一个大圈子。猗矛拔剑，却是一口小吴钩，长不到两尺，与苏秦的三尺长剑相比，显得寒瘦萎缩。猗矛右手持剑，左手是弯弯的青铜剑鞘，显然是剑、鞘双兵。他猫腰蹲身，喝声"起——"，挺着剑缓缓围着苏秦打起了圈子。

苏秦的快剑有两个前提，一是正面对敌，二是敌不动我不刺后发先至。如今猗矛围着他打圈，他也便挺着长剑转圈，始终与猗矛保持正面相对。转得两三圈，猗矛突然一声大喝，吴钩与剑鞘一划一击，同时两路攻到。苏秦在他喝声一起时一剑刺出，直指猗矛胸膛。

"好！第一剑！"猗矛一跃丈许，闪出苏秦剑光，却又立即逼上来绕着苏秦打圈子。

苏秦狂饮了一坛赵酒，能够一时清醒，全因了渭风古寓特制的醒酒汤。但那醒酒汤解得一时醉意，却并不能消解酒力。本来就飘飘然如腾云驾雾的苏秦，几圈转下来便觉眼前金星乱冒，心中明白上了猗矛的恶当，却是已经晚了，一声"猗矛……"喊出，脚下虚浮,天旋地转,硬生生栽倒在地。

"好! 妙!""小子倒——倒——倒了——"车痴们挥舞
着火把跳了起来。

"还是公子高明啦! 各位听公子的啦——"黄衣肥子挥
舞着吴钩叫起来。

猗矛冷冷笑道:"肥兄带两个人,立即将那辆车秘密运
出秦国,藏到郢都家库中。韩兄带两个人,立即将这个不识
敬的主儿抬到官道旁边,好衣服全部剥了,弄出遭劫的样子。
各位该得的利金,我改日如数奉上。如何?"

此事不寻常。

"好! 便这样了。"其他商人车痴也知道猗顿家族财势
太大,王车肯定是人家的,平白得一笔巨额利金也就知足,异
口同声答应了。

"立撤! 半年内,谁也不许在咸阳露面。"猗矛一声令
下,车痴们熄灭了火把,悄悄分头出了北阪松林。

六 孑然一身出咸阳

日上三竿时分,北阪渐渐地热了起来,蝉声开始无休止
地聒噪了。

麦收已过,秋禾初起,新绿无边无际地弥漫了北阪原野。
这时正是最为燠热的三伏天,田野的农人们开始三三两两地
向北阪松林聚拢,要在这里等待家人送饭,吃过饭便在松林中
消暑一个时辰,避过最酷热的正午时刻,再继续午后的劳作。

"嘻! 快来看,有人在这儿睡大觉!"松林边的村姑尖叫
起来。

一个老人扇着大草帽走了过来:"人家睡觉,关你甚
事……哎,这是睡觉么? 不对! 快来呀,有人遭劫啦!"

田头走出的农人们闻声陆续赶来,围住了路边大树下这个酣睡者,不禁惊讶得鸦雀无声。

此人赤裸着身子,浑身只有贴身的一件丝绸短褂,脸上、腿上、胳膊上,到处都是细细的划伤,好像光着身子从荆棘林中穿过来的一般,脚上两只绣花白布袜倒很是讲究,却鞋子也没有,炽热的阳光已经将他晒得浑身通红,可他犹自在呼呼酣睡,粗重的鼾声鼻息声,不在任何一个村夫之下。

"细皮嫩肉,肯定是个富家子!"

"废话!光这丝绸小衣,咱三辈子也没见过。"

"咁!布袜上的绣花好针脚,多细巧!"一个送饭的女子叫起来。

"啧啧啧,是个俊后生,鼻梁多挺!眼睛不睁也好看哩。"另一个女子跟着嚷起来。

"大姐,干脆给碎女子招赘个女婿罢了,值哩!"一个中年汉子恍然高喊,众人哄地笑了起来。那个女人骂道:"天杀的你!招你老爹!"众人更是跌脚大笑,那个中年汉子上气不接下气地喘息着:"哎呀呀,老爹好福气哩。"女人满面通红,抽出送饭扁担就来追打那个汉子,汉子笑得瘫在地上举手连连求饶,一片哄笑,乱作一团。

"起开!"最先赶来的老人高喝一声,"路人遇难,有这等闹法么?都给我闭嘴!"老人显然很有权威,一声大喝,众人顿时静了下来。

"里正,先报官府吧。"那个中年汉子歉疚地挤了上来,低声出主意。

"在我里地头,报官自然要报。先把人抬到树荫下,别要晒死人了。"

"来!快抬!"中年汉子一招手,两个后生过来,三人搭手,将路边酣睡者平稳地抬进了松林,平放在一块大青石板上。这位酣睡者依旧烂泥般大放鼾声。

老里正凑近打量，眉头大皱："好重的酒气！谁家凉茶来了？"

"我这儿有。"手里还拄着扁担的那个女人，连忙从饭筐里拿出一个布套包裹的陶壶。老里正吩咐道："你手轻，就给他喂。要不，我估摸他要睡死的，脸都赤红的了。"

女人很细心地蹲下身子，将陶壶嘴轻轻对着酣睡者的嘴唇，陶壶稍稍倾斜，冰凉的茶汁便流了出来。奇怪，那火红滚烫的嘴唇竟然像片干旱的沙土，丝毫不见动静，茶水却一丝不漏地吸了进去。女人倒得快，"沙土"就吸渗得快，片刻之间将大大的一陶壶冰茶吞了个一干二净。

"啧啧啧！"女人惊讶得咋舌，"快，谁还有？这人要渴死了！"立即有人应声，递过来两个大陶壶。女人如法灌喂，那酣睡者在片刻之间又吸干了两陶壶冰茶。

围观人众不禁骇然，目光不由一齐聚向老里正。

老里正凑近酣睡者鼻息，听听闻闻摇摇手道："不打紧了，过会儿能醒来。"

众人还未散开，便见那人长长的一个鼻息，两手伸展开来打了个大大的哈欠："好风凉！好舒坦！"眼睛悠然睁开一瞥，却突然立即闭紧，两手拼命揉着眼睛，揉得一阵，霍然坐起睁开眼睛，左右一阵打量，又看看自己身上，不禁满脸涨红，期期艾艾道，"诸位，父老，我，这，这是在何处？我的，我的衣物何在？"急得眼中要喷出火来一般。

行走江湖，苏秦真是大意得紧。

老里正肃然道："后生啊，我等瞅见你时，你正在这官道边野卧。老夫估摸你是酒后遭劫，被劫匪抛在了这荒郊野外。想想，可是？"

后生双眼死死盯着天空，腮帮咬得脸都变青了。

喂水女人小声道："里正，邪门儿，快叫叫他，失心疯了

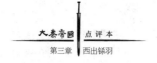

不得哩。"

老里正摆摆手:"我看这后生不是凡人,教他静静。起开,不要围在这儿,各咥各饭去。"

众人不言声地散开了,眼睛却都时不时地瞄着青石板。良久,那后生从青石板上站起,默默地向老里正和众人深深一躬,转身大步就走。老里正疾步赶上拦住道:"我说后生啊,你有志气,老夫看得出。可你如此模样,走得多远? 谁没个三灾六难,老秦人能看着你这模样走了? 来,先咥饭,再穿一身衣服,老夫决然不拦你,咋样?"

愣怔片刻,后生又默默地一躬,跟着老里正走进了松林。老里正亲自拿来了几张干饼几块干肉一把小葱一罐豆粥:"后生,咥吧,莫嫌粗淡。"后生二话没说,大嚼起来,吃着吃着,泪水断线般流了下来。老里正长长地叹息一声,向身边一个少年低声吩咐了几句,少年飞快地跑出了松林。半炷香的工夫,少年气喘吁吁地跑了回来,交给老人一个黑布包袱。老里正打开包袱对后生道:"这是我大儿子的一身见客衣裳,后生穿了,莫嫌粗简。"说着一件一件地递到了后生手中:一件黑色麻布长衫,两件未染颜色的本色裤褂,一双结实端正的厚底布靴;簇新的布色,浆洗得平平整整。在老秦庶民来说,这的确是上好的衣裳了。那后生没说一句话,拿着衣裳就走进了树林,片刻出来,已经变成了一个英挺的布衣士子,要不是那铁青涨红的脸色,倒是另有一番精神。后生手中捧着自己那两件汗污不堪的丝绸裤褂与那双起花细布袜,恭敬地向老里正一躬,将手中衣物放在了老人面前,转身便走。

"后生慢走。"老里正拿着衣裳过来,"后生啊,这两件衣裳你自己带着,万一不济就卖了它。丝绸的,二十个秦半两差不多,也值几顿饭钱。"

后生看看老人手中已经包好了的衣裳,也不说话,便接了过来。老人又道:"后生啊,老夫是里正,得说两句官话,如何处置,你自思量了。依得秦法,路人遭劫,但凡路遇知情者,须得报官。你是酒后遭劫,老夫估摸你有难言之隐。你说,我等报官不报? 报官,你就得随我等到咸阳令官署,追回你的物事。不报,你就不能说自己遭了劫,得吃个暗亏了。你思谋咋个办好? 老夫绝不难为你。"

后生略一思忖,坚决地摇摇头,显然是"不要报官"的意思。老里正点点头道:"老夫晓得了。你走,咱是谁也没遇见过谁。"后生却深深一躬道:"老人家,我乃洛阳人氏,名叫苏秦。多蒙你救我大难,容当后报了。"这是面前后生第一次开口说话,老里正沟壑纵横的古铜色脸上不禁荡出了一丝笑意:"老了,记不得那么多了,你走。"

苏秦咬咬牙，转身大步走了。这个老里正真是个风尘人物，若在平日，苏秦定要和他结个忘年知己，然则目下落魄如此，却是只能匆匆去了。虽然没有问老里正名讳，但苏秦永远都会记住咸阳北阪的这个村子，记得这片松林的，日后能否报答老人，只有天知晓了。目下燃眉之急，是如何渡过这道难关。苏秦很清楚，抢劫他王车的这批人绝非寻常盗贼，他们早就离开秦国隐匿得无踪无影了，秦国官府如何缉拿他们？一旦报官，非但麻烦多多，"苏秦说秦不成，醉酒遭劫"也会成为天下丑闻，岂不是生生地毁了自己？唯一的选择，只能隐忍不发，自己了结这场灾祸，再图去处。看看进了北阪小道，苏秦没有立即进咸阳城。他找了路边一片小树林，躺在了一块石板上假寐沉思，想着想着又朦胧睡去了。

直到日落西山，北阪一片暮色，苏秦才出了小树林，匆匆进了咸阳城。

北门街市内车马行人很少。这里是老秦人居住区，不比尚商坊，入夜便是行人稀疏车马罕见。苏秦一个人急匆匆行走，分外地显眼。走走问问过了几条街，才见一片客寓外风灯高挂，行人稍多了一些，仔细一看，正是长阳街到了。苏秦驻足打量，已经看见了前面不远处风灯上"栎阳客寓"几个大字，也看见了在大门前招徕客人的女店主的身影，却只是站在灯影里踌躇不前。过往行人都要奇怪地瞄他一眼，几家客寓门前的迎客侍者也都不断地向他打量，只是没有一个人邀他住店。思量老站在这里也不是办法，苏秦终于硬着头皮向栎阳客寓走来，看看离女店主只有几步远了，可她竟然没有看见自己，只顾向街中车马张望着。

"吭——喀！"苏秦很响亮地咳嗽了一声。

"哟——怎般粗野，好吓人！没瞅这是啥地方？你家炕头么？"女店主一连串唠叨着转过身来，却猛然僵住了，"你你你，你是谁呀？"

苏秦勉强笑着："大姐不认识客人了？"

"哪里敢哟！"女人两只眼睛滴溜溜转，笑得亲切极了，"有般粗人，天黑便不规矩，我也是怕。先生，到北阪走村去了么？一身布衣，多洒脱！如何不见你的车？在后边么，我去赶来。"

"不用了，车送一个老友了。"苏秦冷冷笑着，向客寓大门走去。

"啧啧啧！多好的车哟，先生出手好阔也。"女人脸上笑，嘴上说，眼睛还向街面飞快地打量，看周围确实没有车来，一溜碎步跟了上来，"先生没喝晚汤吧，我去叫人准备。"

"不用了。"苏秦摆摆手，"我要离开咸阳，片刻后你来兑账。"

"先生客气了。先生慢走，鲸三在修节居收拾呢，先生沐浴休憩一会儿再说。"待苏秦走进庭院，女店主对前庭一个年轻侍者轻声耳语了一阵，年轻侍者匆匆出店去了。

那个木讷朴实的男侍鲸三刚刚将房间收拾完毕，苏秦便回到了修节居。鲸三小心翼翼道："先生气色不太好，是否酒后受了风寒？要不要我去请个医官来？"苏秦见他显然没有任何疑心，淡淡道："不用了。有热水么？我沐浴一番便好了。"

"现成的。先生稍待，我立即去挑来。"说完匆匆去挑热水了。

鲸三一走，苏秦立即打开两只大箱翻了起来。这是两个上好的楠木大箱，一个是衣箱，一个是文箱。衣箱是大嫂与妻子收拾的，文箱是苏代苏厉收拾的。来到咸阳，苏秦只打开了几次文箱，拿出了最上面的几卷竹简和几张羊皮纸，并没有仔细翻检过。他目下最关心的是，箱中有没有金钱。苏秦出门时说定的只带百金，按照大哥的商旅阅历，这一百只金饼分作三处，放置在车厢的三个暗箱中。函谷关与燕姬换车，金饼原封不动地转移了过来——自西周以来，王车的打造规格从来不变，车中暗箱的位置也都是同一的。大哥叮咛过：这一百金都是家传的殷商金，金饼上有商王铭文，每金足抵十多个战国流行的金饼，一百金足当千金之多。目下，这些金饼自然不去想了。苏秦想看看，衣箱文箱里有没有大嫂她们放的零金？翻到衣箱底层，苏秦看见了一只皮袋，手一碰便知道是金币。拎出来"哗啷"倒出一数，却只有二十个。再翻文箱，只有十多枚魏国的老刀币。苏秦知道，那是因为他平日喜欢收藏刀币，苏代带给他赠送同好用的。

正在苏秦翻检得满屋都是凌乱物事的时候，院中响起了沉重的脚步声，应该是鲸三挑水来了。苏秦连忙将金钱放进箱中锁好，打开了房门。

"先生，我在门外，有事唤我了。"鲸三将热水添好，拉上房门就要出去。

"鲸三，这栋阳客寓，日金几多啊？"苏秦一副不经意的样子。

"看如何说了。"鲸三低着头，"这修节居，每日一到两金。"

"好了。随意问问，你去。"

待鲸三出门，苏秦到里间沐浴，泡在热水中顿时一身大汗，浑身瘫软了一般。苏秦思忖，自己在这里住了几近两个月，少说也得五十金，如今手边只有二十金，差得太多；随身值钱之物也都没了，那些衣物虽是上好，可也得看人家认不认。看今日街市上情景，这个女店主似乎也不是个善主。是啊，人都如那老里正一般，也就没有这"利欲"一说了。苏秦啊苏秦，你当真是命塞时乖也，说秦不成尚不打紧，如何偏偏遇上了这帮冠

冕堂皇的车痴劫匪？苏秦自呱呱坠地，从来没有体察过缺少金钱的滋味儿，方得出山，正在雄心万丈之时，竟突然遭遇了这匪夷所思的事端，一夜之间，沦为赤手空拳的布衣穷汉，还真有些乱了方寸。

沐浴完毕，苏秦觉得精神稍许好了一些。他换了一身新的内衣，外边还是穿上了那件布衫，方得收拾妥当，听见门外脚步声。仔细一听，却是两个人的脚步声。

"哟，先生精神气色好多了。"女店主笑脸盈盈，身后却没有别人。

"大姐，兑账，我该给你多少金？"苏秦看着这笑脸觉得别扭，毫无打趣的兴致。

"不多不多。"女店主笑盈盈站在那里，一双眼睛却在房间滴溜溜转，"人家魏国白氏的渭风古寓一日十金，我这儿一日只两金。先生住了五十三日，权作五十日计，也就百金之数。店小情薄，先生见笑哩。"

"好说。"苏秦心中暗暗一惊，果然是个毫不通融的厉害女人。如果自己不遭横劫，要说迟付一月，那女人肯定还巴不得。可如今不同，这女人好像知道了甚事，那副神情显然是要立马兑金，只是不知晓自己囊中底细，先行客气罢了。自己若显出底气不足，只怕今日大是尴尬。想到这里，苏秦悠然一笑，"倒是不多。然则，我的金匣在车上，友人赶车办件急事去了。先兑你二十金，一个月后再加你百金，如何啊？"

"哟！先生真是阔主。"女店主虽然还是一脸笑意，却不屑地撇了撇嘴，"我这小店可是负债周旋，不敢赊欠。那一个月后的利头，小女子也不敢贪。秦国新法，诚实交易，暴利有罪，诈商也有罪哩。"话语之中隐隐地带了些许威胁。

苏秦虽是商家出身，对商道却大是生疏，对此等商人更是拙于周旋，听得女店主笑语不善，面色顿时涨红："那就兑。除了我的文箱，一应物事都给你。"

"哟——"女店主笑脸顿时带了嘲讽，"先生当我这儿是南市大集，羊皮换狗皮么？住我这店的客人，可没有拿东西抵账的。小女子倒是有个主张，先生愿不愿听？"

苏秦点点头，冷着脸没有说话。

"先生若能找个官员给我招呼一声，也就罢了。或者，有个山东商人也成。"

"没有！"苏秦脸色铁青，"我任谁也不认识。你自己看，那些物事够你了。"

女店主咯咯咯笑了："也好。只是小女子不晓得贵贱，我叫抱大账的先生进来看看。"说罢向外高声道，"先生进来。"话音落点，一个黑胖胖矮墩墩的中年汉子推门进来，也不向苏秦作礼，只对女店主一躬身道："请女主吩咐。"女店主笑道："没甚事。先生将先生的这些物事检检看看,估个价,看值得几多?"

黑矮胖子眼睛一瞄,便知屋中两口楠木大箱是要检看的物事,上前先打开衣箱一件件抖落,末了淡淡说了一句:"大体值得二十金。"说完要来翻检另一只木箱,苏秦"啪"地一拍箱盖:"这是文箱,不许动。"又冷冷一笑,"你识得好赖么?仅那件化雪于三尺之外的貂皮斗篷,就值得五十金!"

"先生所言,乃是市价。若先生拿去南市卖了,再来兑账,自是另说了。"黑矮胖子也绷着脸冷冰冰的。

"哟——"女店主咯咯咯笑道,"小女子原是只喜欢兑金,不喜欢这些物事抵账。算了算了,衣裳先生还得穿不是?先生就兑金算了,多干净啊?"

苏秦咬着牙冷冷道:"不说了,都给你们,了账。"

"哟——差那么多,如何了账啊?"

"先生,我还是检检这只木箱,文箱有甚用?不值钱。"黑矮胖子说着径自打开了文箱。苏秦脸色涨红得出血一般,生生咬紧牙关,拿出了那几卷竹简抱在怀中:"那些都给你!"

黑矮胖子边检边报:"羊皮纸五十张,白简一百支,刻刀两把,翎笔十支,玉砚一口,老刀币二十枚,铜管三支。没有了。大体值得十金罢了。"

听得这喋喋不休的念叨,苏秦直是心头滴血。他的文箱可说是件件皆宝,那羊皮纸在战国时期是极为贵重的文房至宝,一张至少值得一金。二十枚老刀币已是古董,至少也是一枚一金,更不要说玉砚翎笔了。可是,自己能拿到市上去卖么?能去做天下笑柄么?既然不能,就得忍耐,就得听任这般屈辱。

骤然之间,苏秦仰天大笑,一脚踹开房门,抱着竹简扬长去了。

恐怕是个黑店。小说中的商鞅,似乎幸运得多。黑矮胖子如此检报,恐怕事情不寻常,不知什么来历。读书人出个门,到处都踩着坑,被人卖了还可能帮人数钱。

真是走投无路,这大概是人生谷底了,且看苏秦如何翻身。作者写得也够狠。

第四章　谈兵致祸

一　十六字诀震撼了齐威王

在洛阳和苏秦分手，张仪终于到了临淄。

对于临淄，张仪并不生疏，一入城便直奔王宫。在宫门广场停下轺车，他对绯云吩咐道："车就停在此处，你可去逛逛街市，临淄可是热闹得很。"绯云笑道："吔，逛个甚来？我就在车上睡觉等你。"张仪说声随你了，便向宫门去了。

张仪对齐国是充满向往的。在他看来，齐国是天下大变化的枢纽，齐王田因齐则是天下仅存的第一雄主。这田因齐即位三十余年，做了三件大事，每件事都改变了天下格局。第一件，铁腕整肃吏治，启动了战国之世第二次变法的潮流，带出了韩秦变法；第二件，与魏国霸权对抗，打了围魏救赵、围魏救韩两场大胜仗，使魏国霸权一落千丈，天下由魏国独霸变为齐秦魏三强鼎立；第三件，建立稷下学宫，使天下士子由争相

据《史记·苏秦列传》，"临菑之中七万户，臣窃度之，不下户三男子，三七二十一万，不待发于远县，而临菑之卒固已二十一万矣。临菑甚富而实，其民无不吹竽鼓瑟，弹琴击筑，斗鸡走狗，六博蹴鞠者。临菑之涂，车毂击，人肩摩，连衽成帷，举袂成幕，挥汗成雨，家殷人足，志高气扬"。齐威王时，齐强。各国皆有其优势，策士其实也很难预言哪一国会独大，只求哪一国赏识自己，然后大展宏图。

"留魏"变成了争相"留齐",天下文明潮头自然也由魏国转到了齐国。在三十年里,齐国能够从中等战国一跃成为首强,自然是齐威王扭转乾坤。秦孝公英年早逝,在方今天下君主中,齐王就成为当之无愧的第一雄主。正是看中了齐国的强盛与齐威王的雄明,张仪才选定了齐国。

张仪的步履是从容的,也是自信的,因为他清楚齐国目下的危机,也已谋划好了化解危机的对策,只看这个老齐王如何对待他了。

齐威王正在王宫园林踽踽漫步,偏偏传来密报:东南的越国正在秘密集结大军,准备夺取齐国南部的胶潍地区。他顿时烦闷起来,望着垂柳在波光粼粼的湖面上轻拂,直如梦幻一般。即位三十年余了,他第一次感到了疲惫,第一次心中发虚。老了么? 五十多岁,正在如日中天。累了么? 心中明明还憋着一股劲儿使不出来。

半日徘徊,齐威王总算明白了自己——最教他不安者,是没有一个高明的争霸方略。齐国在他手里是无可置疑地强大了,可如果仅仅如此,你田因齐毕竟是个庸才。论强国功业,天下数秦孝公首屈一指。老实说,那才叫急起直追迎头赶上。你田因齐秉承的基业家底儿,可是比秦孝公雄厚多了,与嬴渠梁比,你至多做个第二。和老魏王那个酒囊饭袋比么,未免显得窝囊,可不想窝囊还不行,齐国现下也就是与魏国不相上下。若说到财富根基,说不得魏国还略胜一筹。只有使齐国更上层楼,完成统一霸业,你田因齐才算得天下第一雄主,做出了千古第一功业。否则,就只能是个二等明君而已。可是,从何处着手呢?

现下秦魏齐三强并立,面对一个老霸主,一个新强国,齐国该如何摆布? 齐威王竟思谋不出一个满意的对策。当年的上将军田忌出走了,洞察天下的孙膑也不辞而别隐居去了。只剩下一个老丞相驺忌,虽长于处置国务,却素来没有大谋略,与他商议多次都是不得要领。多方派员打探孙膑下落,也是一无所获,使得齐威王终日闷闷不乐。

目下又是越国要进犯。越国虽不是劲敌,但对于十多年没有大战的齐国来说,也是一件很头疼的事。不怕打不过,只怕陷入纠缠。别看这个快被人遗忘的越国,山高水深林密,你要打他找不见,他要打你陡然冒出一大片,若陷入纠缠,急切间不能脱身,中原霸业就等于白白地拱手送给了两个强大对手。此等局面,齐威王如何能够忍受? 可是,如何全盘筹划,急切间却难以权衡决断。齐威王又一次想起了田忌和孙膑在国时的气象,不禁深深懊悔当初对驺忌、田忌将相倾轧的失策处置,非但逼走了田忌,还带累孙膑也走了，这是他即位以来犯下的最大错失，想起来就隐隐心痛……

孙膑未能使齐合，反而使齐裂，此所以孙膑可称将但不能为相的缘故。孙皓晖反复暗示，将与相对国家的重要。

"魏国名士张仪，求见我王。"内侍匆匆走来禀报。

"张仪？"齐威王一愣，"是那个骂倒孟子的张仪么？"

"禀报我王：正是那个张仪。"

"好！有请先生，到湖边茅亭。"

内侍匆匆去了。齐威王立即吩咐侍女在茅亭摆下简朴的小宴，他要与这个能骂倒孟子的天下第一利口小酌对谈。在齐威王眼里，一个能将孟子骂倒的人物，一定不是等闲之辈。孟子何许人也？天下第一雄辩大师，天下第一卫道士，清高至极渊博至极智慧至极，但遇对手从来都是高屋建瓴滔滔不绝，鲜有对手走得了三五个回合。这是齐威王在稷下学宫多次目睹的。就是几个锋锐无匹的新秀，也只和孟子堪堪战了个平手，更不要说其余人物了。可这个张仪，竟在大梁魏王宫以牙还牙，骂得孟子几乎要背过气去。连素来喜欢在名士面前打哈哈的老魏王都恼羞成怒了，可见其人辞色之锋利。

一个月前，当这个故事传到齐国时，有人说张仪有失刻薄，齐威王却不禁哈哈大笑："好好好！天下出了此等人物，孟夫子一口独霸从此休矣！"齐威王明白，要说尖酸刻薄，孟子绝非厚道之辈，痛斥贬损从来毫不口软，而且往往都是抢先发难，何独怨张仪？想不到这个张仪今日竟来到了齐国，可得用心体察一番，若果真是个名士大才，那可真叫上苍有眼。

片刻之间，垂柳下草地小径上走来了一个黑衣士子，大袖飘飘，身材伟岸，束发无冠，步履轻捷，恍若一朵黑云从绿色的草地飘了过来。

"好人物！"齐威王暗自赞叹，大笑着迎了上去，"先生光临齐国,幸甚之至也!"

张仪也远远看见齐威王迎了过来,心中大感欣慰。这个老国王是天下有名的铁面君主,天性傲慢凌厉,生杀予夺嬉笑怒骂从来都是毫不给臣下脸面,对待稷下学宫的名士,也极少对谁现出赞赏,只有即位头几年,才对孟子孙膑这样的人物恭迎如大宾。如今,老国王却亲自起身迎接自己,虽然仅仅是一个湖边相迎,谈不上大礼相敬,但张仪已经预感到自己所料不差。思忖间齐威王已是咫尺之遥,张仪连忙恭敬地深深一躬:"魏国张仪,参见齐王。"

"先生拘泥了。"齐威王大笑着扶住了张仪,并拉住他一只手,"来来来,这厢茅亭落座。"亲切豪爽如见老友一般。

张仪本来洒脱不羁,对齐威王的举动丝毫没有受宠若惊的紧张难堪,任齐威王与自己执手来到茅亭。这座茅亭坐落在湖畔垂柳之下,三面竹林婆娑,脚下草地如茵,宽大的亭子间里青石为案,草席做垫,异常的简朴雅致。进得亭中落座,微风习习一片清凉,酷暑之气顿消。

"好个茅亭,令人心醉。"张仪不禁赞叹。

齐威王笑道:"先生可知这茅亭名号?"

"张仪受教。"

"国士亭。惜乎国士亭,冷清近二十年也。"齐威王慨然叹息了一声。

"张仪无功,齐王何以国士待之?"突然,张仪觉得这个老国王有些着意高抬自己,心中掠过一丝阴影。

"大梁挫败孟子,先生之才可知。生为魏人,先行报国,先生之节可知。挟长策而说诸侯,先生之志可知。如此才具志节,安得不以国士待之?"齐威王说得字字板正。

张仪第一次受到大国之王的真诚推崇,不禁心头一热,慨然拱手道:"齐王以国士待张仪,张仪必以国士报齐王。"

齐威王亲自斟满了一爵:"来,先共饮一爵,为先生洗尘!"

"谢过齐王。"两只青铜大爵一照,张仪一饮而尽。

"先生远道来齐,欲入稷下学宫?抑或入国为官?"

张仪不禁对齐威王的精明由衷佩服——心中分明着急国事大计,却避开不谈,先征询你的实际去向,既显得关切,又试探了你的志向;更重要的是,就此隐藏了齐国最紧迫的困窘，却要试探你是否一个真正洞察天下的大才？寻常士子顺着话题走下去，热衷于自己的去向安排，也就必然对齐国的急难茫然无觉，果真如此，这场小宴也就到此结束了，"国士"云云也将成为过眼云烟。心念一闪而过，张仪拱手作礼道："谢过齐王关切。然则，张仪不是为游学高官而来，却是为齐国急难而来。"

"噢？"齐威王惊讶微笑，"一片富庶升平，齐国有何急难？"

"歧路亡羊故事，齐王可知？"张仪也是微微一笑。

"歧路亡羊？先生请讲。"

"杨子的邻人丢了一只羊，请了许多人帮着寻找，也请杨子帮忙顺一条直路寻找。杨子惊讶问：一只羊，何用如此多人寻找？邻人说：歧路多也。杨子就帮着去找了。整整一日过去，找羊者晚上在邻人家会合了。杨子问：谁找见羊了？都说没有。杨子惊讶不解。邻人说：歧路中又有歧路，我等不知所以，只有回来了。此所谓歧路亡羊也。张仪以为，歧路可亡羊，歧路亦可亡国。目下，齐国正当歧路，齐王以为然否？"

"齐国歧路何在？"齐威王目光炯炯地盯住了张仪。

"齐有大国强势，却无霸业长策，此歧路一也。西有中原大业，南有海蛇纠缠，何去何从，了无决断，此歧路二也。大道多歧路，若贻误时机，一步出错，齐国就会纷扰不断，日渐沉沦。殷鉴不远，在夏后之世。魏国之衰落，也只在十余年也。"

一席话简洁犀利，齐威王面色肃然，起身离席，深深一躬："先生教我。"

张仪坦然道："霸业长策，首在三强周旋，次在四国捭阖。我有十六字齐王思之：联魏锁秦，和秦敬魏，北结燕赵，南遏楚韩。"

孙皓晖在这里引说"歧路亡羊"的故事，甚是机警。各国均在歧路，学者亦在歧路。如何选择，至关重要。《列子·说符》载，"杨子之邻人亡羊，既率其党，又请杨子之竖追之。杨子曰：'嘻！亡一羊何追者之众？'邻人曰：'多歧路。'既反，问：'获羊乎'？曰：'亡之矣。'曰：'奚亡之？'曰：'歧路之中又有歧焉，吾不知所之，所以反也。'杨子戚然变容，不言者移时，不笑者竟日。""心都子曰：'大道以多歧亡羊，学者以多方丧生。'"。"大道以多歧亡羊，学者以多方丧生"二句，尤其经典。若用之于苏秦、张仪，恰如其分也。

"目光炯炯"，简洁。

"精神大振",齐威王感兴趣。

"一动也不动",几句简单的表述,已反映出齐威王的内心,孙皓晖在这些细节上运笔倒是十分简洁。

"烦请先生拆解一二。"齐威王精神大振。

"三强之势:齐国处东海之滨,秦国处西陲关山,魏国居于中原要冲。秦国与齐国少有战事,但都是近三十年来崛起的新锐强国,都是实力雄厚的大国,都有雄心勃勃的君主。统一中原,是齐国与秦国的共同志向。唯其如此,只有秦国才是齐国真正的、长期的敌手。魏国则是沉沦腐败、外强中干,不堪威胁天下。然则,这个魏国对于秦齐而言,却又是极为重要的一个力量,魏国倒向何方,何方就可能获得立足中原的巨大优势!秦魏百年深仇,素来敌对,迄今为止,秦国还没有洞悉到争取魏国的重要。当此之时,联魏锁秦,使秦国不能轻易东出函谷关,为齐国霸业之要。此其一也。其二,秦国虽是齐国的真正敌人,但在列强并立之时,齐国却不能与强悍之秦国结怨,而要和解为上,尽量冲淡两国争霸之真面目,多多向秦国宣示修好愿望。如此一来,秦国这个火炭团便推给了魏国。而联魏、敬魏之根本,在于利用魏国做齐国的石头,打向秦国的脚跟。若按如此方略,三强之中,齐国稳操胜券也。"张仪侃侃而谈,显然是早已想透。

"好!后边八字如何?"齐威王一动也不动。

"天下战国,三强连成东西一线。其余四国,北方燕赵,南方韩楚,应对所以不同,在于他们与齐国的利害关联各不相同。燕赵两国均与齐国接壤,多有边民冲突,小战不断。齐国要聚力压向中原,必须与这两个大邻国结盟修好,腾出手来专力与秦国、魏国周旋抗衡。齐对赵有救援之恩,对燕有战胜之威,只要齐国示好,赵国燕国定会乐于跟从,如此北方大安。此为北结燕赵。"

齐威王微微点头,目光如火焰般灼热。

张仪侃侃道:"遏制楚韩,因由不同。韩国虽小,却地处中原要害,又有宜阳铁山,各国大是垂涎。得韩,则南可威胁楚国,西可封锁秦国,东可压迫魏国,洛阳王室更在韩地包围之中。然则,申不害变法失败后,韩国实力锐减,劲韩之名大为暗淡,已经成为最弱战国。齐对韩有再生大恩,韩对魏有血战之恨,韩国人恨魏而爱齐。只要齐国继续与韩国修好,韩国就会成为齐国的附庸。要韩国长久附庸齐国,就既不能教韩国强大,又不能教韩国受欺。齐国需要一个驯服的韩国,此为遏制韩国的根本所在!南方楚国,山高水深,地域荒僻广袤,任谁不能一战数战灭之。然则,楚国历来冥顽不化,对中原野心勃勃,任何国家也不能控制。唯一有效对策:联合魏国,封锁楚国与淮水陈地以南,使其不能北上。此为遏制楚国。如此纵横捭阖,齐国安得不成千古大业!”

微风吹拂,湖畔垂柳摇曳,张仪咬字很重的魏国口音在风中传得很远。

听着听着,齐威王紧紧握住了铜爵,双手微微有些发抖。这一番鞭辟入里的解析,使他如醍醐灌顶般猛醒。骤然之间,三强格局与天下大势格外透亮。寻常名士泛论天下大势,齐威王也听得多了,往往都是不得要领。张仪却迥然有异,以齐国利益为立足点,剖析利害应对,句句要害,策策中的,堪称高屋建瓴。连齐威王都觉得是一团乱麻的七国纠缠,被他刀劈斧剁般几下就料理清楚。

“此人大是奇才!”瞬息之间,齐威王几乎立即就要拜张仪做齐国丞相。然则,这位久经风云变幻的老辣国王还是生生忍住了,他要再看看张仪,这可是托国重任啊。尽管已经平静下来,他还是情不自禁地一拍石案道:“先生一席话大是解惑。但不知这联魏锁秦,却有何具体方略?如何联?如何锁?”

张仪几乎不假思索:“齐魏相王。齐秦通商。”点到为止,没有再说。

各国僵持阶段,都需要找一个突破口,打破平衡。战国时期,策士须四处推销其策略,一国不纳,说另一国,这其实也说明到了战国时期,王或公的权力日大,集权的趋势越来越强,采纳策略与否,全在王或公的喜好,策士不能只靠一套办法吃饭,策士的投机性很强。关于张仪微时,《史记·张仪列传》仅提到几句,其中有“张仪已学而游说诸侯”,孙皓晖的处理是虚构、打乱时序、集中写论辩及面见诸侯的大场面。他的小说,有意模糊时序、次序,一切以故事为要。

齐威王默默思忖有顷，已经想得清楚，觉得张仪的方略实在高明，心中大是快慰，不禁又起身为张仪斟满一爵道："来，为先生长策，一干此爵！"先自饮尽，还笑着向张仪亮了一下爵底。酒谚云：先干为敬。但在国君待臣的礼仪中，却没有任何一个国君这样做。张仪自然深感齐威王敬重之情，举爵一气饮干，也笑着亮了一下爵底，只不过是双手握爵，以示更为谦恭的回敬。

"先生对越国北进，有何化解之策？"齐威王知道，面对如此奇人已经无须隐瞒，直截了当地问出了这件头疼事。

"化解越祸，易如反掌也。"张仪颇为神秘地笑了笑，"只是，此事须得张仪亲自出马。"

"如何？"齐威王显然是不愿张仪离开了，"先生定策，派特使交涉不行么？"

"齐王且先听我策谋。"说着凑近齐威王身边，一阵悄声低语，仿佛怕远远站着的老内侍听见一般，说完坐回笑问，"如此捭阖，特使可成？"

齐威王听得频频点头，却又大皱眉头："先生孤身赴险，我却如何放心得下？ 然则，此事要派别个前去，确实也可能坏了大事，当真两难……"

知道齐威王已经是真正地为自己担心了，张仪心中大是感奋，慨然拱手道："齐王以国士待我，张仪敢不以国士报之？ 齐王但放宽心，张仪定然全功而回。"

齐威王思忖一番，终于一拍石案："好！ 先生返齐之日，便是齐国丞相。"

"谢过我王。张仪今日便要南下。"

齐威王慨然一叹："先生如此忠诚谋国，田因齐心感之至。只是无法为先生一壮行色了。"说罢回身对老内侍下令，"立即带先生到尚坊府库，一应物事财货，任先生挑选！"

为楚齐共灭越国设伏笔。

张仪笑了："谢过我王，快马两匹，黄金百镒，足矣！"

二　一席说辞　大军调头

广袤荒原上，一片蓝蒙蒙的军营。大纛旗上的"越"字，三五里之外都看得清楚。

这里正是齐国南长城外，越国北征的大军营地。

在中原大国眼里，越国是个神秘乖戾的邦国——人情柔昵却又野蛮武勇，国力贫弱却又强悍好战。远古时期，越人本是蚩尤部族的一支。蚩尤部族极善于铸造剑器，在中原部族尚在蛮荒石兵的时候，蚩尤部族就开始了以铜为兵，铸造的铜剑无敌于天下。仗着这神兵利器，蚩尤部族北上，与中原的黄帝部族展开了浴血大战。谁也说不清其中的奥秘，蚩尤铜兵反而战败了，被黄帝诛杀了。蚩尤部族逃亡避祸，星散瓦解了。后来，有一支归入了夏王少康的部族，从此便以夏少康作为自己的始祖，再也不说自己是蚩尤部族的一脉了。可是，蚩尤部族的神秘图腾，酷好铸兵的久远传统，却深深渗在了这个部族的血液中。后来，夏少康将越地封给了这个部族，从此有了"越人"。

说也神奇，越人造不出一辆好车，可是却能铸造出罕有其匹的锋利剑器。春秋战国的名剑，十有八九都出自越人之手。吴国有一段打败了越国，将越国的铸剑师劫掠到了姑苏城，要越国铸剑师为吴国打造出天下独一无二的兵器。越国铸剑师竟没有为难，打造出了一种形似一钩弯月的剑器，无论形制还是锋锐，尽皆天下无双。吴王夫差大喜过望，将这弯月剑器命名为"吴钩"，命令大量打造，吴兵人手一口。此后百余年，吴钩成为楚、吴、越三国的主战兵器，威力毫不逊色于中原直剑。

> 这一段描述，确实符合后人对越人的想象，又阴柔又好战，不可能出于北方、西部。

> 越人好剑，是以有天下名剑。

历代越王都是收藏剑器的名家,越人中也常有著名的相剑师。越王勾践的父亲允常,藏有数十口天下名剑,曾经请来相剑大师薛烛,从中相出了天下十大名剑。从此,铸剑藏剑相剑之风弥漫越人,人人爱剑,人人练剑,纵是山乡女子中也常有剑道高手。"越女善剑"便成为流行天下的美谈。

就是如此一个剑器之国,国运却像海上漂蓬一般沉浮无定。

越国不是西周的正封诸侯,而是以"圣王后裔"的名义,独自立"国"生存的部族。由于地处偏僻的东海之滨,西周王室鞭长莫及,便也在天下安定后渐渐认可了这个诸侯。越国在春秋之前的历史,只有越人自己的传说,中原人没有一个说得清楚。张仪也不例外。

进入春秋时期,因勾践复仇灭了吴国,越国才一跃而起,成为南方大国。在勾践之前,越国是默默无闻的蛮荒小邦。正在勾践谋求良才,求得名士范蠡与文种,欲图振兴时,北边的吴国强大了。吴国大军压境,一战破了越国都城会稽,越国面临彻底灭亡的危局。幸亏勾践临机忍辱,接受了大夫范蠡的主张——主动请做吴国附庸,保全越国不灭。为了让吴王夫差相信,勾践带着范蠡到姑苏城做人质去了,只留下大臣文种治理越国。几年之中,越国君臣用尽了一切手段,收买吴国权臣、离间吴国君臣、给吴国进贡不发芽的稻种、给吴王贡献西施及数不清的美女等等。最后,勾践自己竟连吴王夫差的粪便都尝了,惹得天下诸侯好一阵嘲笑。无所不用其极之后,勾践终于回到了越国。十年卧薪尝胆,休养生聚,勾践君臣终于使越国强大了。后来,趁着吴军北上与齐国争霸时,勾践率领大军一举攻破姑苏,逼杀夫差,又在中途迎击吴军并战而胜之。终于,越国第一次成了江东江南之霸主。

可这第一次也就成了最后一次。勾践称霸后,范蠡出走

狡兔死,走狗烹,可共患难不可共富贵者,小人也,不可久与。

隐居,文种被勾践杀害,越国就像流星一闪,又迅速暗淡了。南方老霸主楚国,像座大山压在越国头上。北面的齐国也眼睁睁警惕着越国,越国丝毫动弹不得。就这样,窝窝囊囊过了几十年,渐渐地又被中原淡忘了。

　　到了战国三强并立,越国已经是勾践之后的第七代国君了。这个国君叫姒无疆,是个一心想振兴祖上霸业的赳赳勇武之辈。他与几个谋臣商讨,一致认定:振兴霸业,就要讨伐战胜齐国。说来,这是"南蛮三国"(楚吴越)北上称霸的老路。春秋时期,有实力阻挡江淮三国北上的,只有中原的晋国与齐国。楚国称霸时,主要对头是晋国。吴国、越国称霸,则都是战胜齐国而奠定霸主地位的。而今,齐国依然是中原的赫赫强国,越国战胜齐国,自然就威震天下。从实际情势而言,越国灭吴后,已经成为说大不大,说小不小的"准战国",北面直接与齐国接壤,用兵极为方便。齐国为了防备这个神秘乖戾的邻国,特意在南部胶水、潍水地区修筑了一道长三百多里的夯土长城。这道长城以高密为后援基地,长期由檀子将军率军镇守。越王姒无疆却以为,齐国修长城,正是惧怕越国,更加卖力地准备伐齐大战。

据《史记·越王勾践世家》,"王无疆时,越兴师北伐齐,西伐楚,与中国争强",当齐威王时,越伐齐,齐威王确实有使赴越说之,何人出使,不知,孙皓晖借之,让张仪说越。

　　今岁开春,姒无疆一道严令,将都城从僻处南部山区的会稽①,迁到了北方的琅邪②。南北千里之遥,越国竟然只用了短短两个月。琅邪,本来只是老吴国的一座要塞边城,东临大海,北接齐国,距离齐国南长城仅仅只有百余里。寻常岁月,这琅邪本是人烟稀少冷冷清清一座小城堡,而今骤然变做了都城,行宫、官署、作坊、商贾、国人,挤得熙熙攘攘热闹非凡。

---

　　①　会稽,古地名,在今浙江绍兴一带。
　　②　琅邪,古邑名,春秋齐地,在今山东胶南琅邪台西北。

越王姒无疆嫌小城堡憋闷，便将行宫安在了城外原野，说这是效法祖上的卧薪尝胆，定能一举破齐。可如此一来，谁还敢住进小城堡？官署大帐与商贾国人，都在城外扎起了帐篷，小城堡变成了都城工地，昼夜叮当作响，热闹得不亦乐乎。再加上十五万大军的连绵军营，气势壮阔得令人咋舌。一眼望去，帐篷连天，旌旗招展，炊烟弥漫，人喊马嘶，市声喧闹，琅邪原野活生生成了一个游牧部族的天地。

姒无疆下令：休整一月，讨伐齐国，一举成就大越霸业！

就在这时，张仪风尘仆仆地赶到了。他将自己的轺车留在了临淄府库，与绯云各骑一匹雄骏胡马，兼程南下，一天一夜出了齐国南长城，很快，琅邪城已是遥遥在望。

"呲——大军营寨就是这样儿啊？大集似的！"绯云扬鞭指着闹哄哄无边无际的帐篷，惊讶得叫了起来。

张仪哈哈大笑："你以为，天下军营都这样么？走。"

原野上的大道小道人道马道纵横交错，绯云手足无措。张仪扬鞭一指："看见那面越字大纛旗了么？照准下去。"说着一抖马缰，缓辔走马嗒嗒前行。

虽说是望眼可及，却因原野上到处都是匆匆行人与牛马车辆，时不时得停下让道，这段三五里小路走了足足半个时辰。看看夕阳将落，方才到得大纛旗前的华丽大帐。帐外几十辆破旧的兵车围成了一道辕门，辕门外站满了手执木杆长矛身穿暗污皮甲的越国武士。见有人来，一个身佩吴钩的军吏高声喝道："此乃王帐！快快下马！"

绯云下马，趄趄拱手高声道："中原名士张仪，求见越王，请作速禀报。"

越伐齐，被后人讽之自不量力。

　　"好脆亮的嗓门。"吴钩将军嘿嘿笑着，"中原与我大越何干？快走开！"

　　张仪在马上高声道："我给越王带来了千里土地。小小千夫长敢阻拦我么？"

　　吴钩军吏围着张仪的骏马打量了一圈，终于拱手道："先生请稍待。"一溜小跑进帐去了，片刻又匆匆出来在张仪马前端正站好，高声喊了一嗓子："张仪晋见——"

　　张仪下马，将马缰交给军吏，昂然进入了华丽的行宫。辕门内长长的甬道上铺着已经脏污不堪的红地毡，将华丽的帐篷陪衬得格外怪诞。内帐口一个女官清亮地喊了一声："中原士子到——"张仪进得内帐，见正中一张长大的竹榻上斜卧着一个紫色天平冠的精瘦黝黑汉子，心知这是越王姒无疆无疑，长长一躬道："中原张仪，参见越王。"

　　越王姒无疆目光一瞥，没有起身，傲慢地拉长腔调问："身后何人噢——"

　　张仪正要回答，绯云一拱手道："张子书仆绯云，参见越王。"

　　"书仆？书仆也配进王帐噢——"

　　张仪一本正经道："越王乃上天大神，小小书仆自然不配。然则，我这书仆身上有带给越王之大礼，不得已而来，尚望越王恕罪。"

　　"噢哈哈哈哈哈！"越王大笑，"张子好气派，还有捧礼书仆。好说了，入座。"说着不自觉从竹榻上坐直了身子，又瞄了绯云一眼。

　　一名绿纱女侍轻盈地搬来一只竹墩，放置在越王竹榻前丈许。越王连连摇手："远噢远噢。"女侍连忙将竹墩挪到榻旁两三尺处，方自退去。张仪坦然就座，绯云站在张仪身后，却直耸鼻头紧皱眉头。越王黝黑的脸上掠过一道闪电般的笑容——张仪看见的只是嘴角抽动了一下而已——晶亮的目光定在了张仪脸上道："张子仆仆而来，要给我千里土地？"

　　张仪笑道："启禀越王：张仪要酒足饭饱，方可言人之利也。"

　　"噢哈哈哈哈哈哈！"越王大笑，"得罪得罪噢。来人，酒宴为张子洗尘。"

　　片刻之间，几名女侍鱼贯而入，摆上两张长大的竹案并两张竹席。越王被两名女侍扶着从榻上下来，再入座竹案前。一起一坐，方见他两腿奇短，身子却很是长大，站起来矮小精瘦，坐下去却颇为伟岸。绯云拼命憋住笑意，转过身响亮地咳嗽了两声。张仪浑然无觉，只是打量了一眼地上的竹席，觉得编织得极为精美，坐上去清凉滑爽惬意至极，心思如此精美之物，却偏偏要学中原铺什么脏兮兮的红地毡，当真是东施效颦糟践自中原人视蛮夷人为"野人","野人"在孙皓晖笔下总是奇形怪状。张仪乃魏人余子,家虽贫,但出身也算是底公子,有轻视"野人"的理由。

精致。

己。暗自思忖间,酒菜已经摆好,却是一酒两菜:酒是越国的大坛米酒,盛在白玉杯中一汪殷红,煞是诱人;一只大铜盘中盛着一条洗剥得白亮亮的大生鱼,生鱼旁是一口五六寸长的小吴钩;另一只铜盘中是一盏浓酱、一撮江南小葱、一盏红醋、一小盘近似小虾的银色小鱼,还有一双竹筷。本色竹案本就淡雅,加上红白绿相间,分外入眼。

张仪不禁暗自赞叹:"越人烹饪,倒算是自有章法。"绯云坐在旁边一张小竹案前,一脸茫然,不知这等生物却如何吃法。

越王端起白玉杯向张仪一伸:"来,本王为张子洗尘了。干噢!"呱呱饮干摇摇玉杯,"张子,我越酒比中原酒如何噢?"

张仪方得饮干,正在品咂滋味儿,觉得不辣不烈却是力道醇厚,毫不寡淡,入喉下肚便有一阵热气在体内倏忽弥漫开来,却又与那清冽柔曼的楚国兰陵酒大相径庭,着实别有神韵。不禁拍案赞叹道:"好个越酒! 强过楚酒多矣!"

以酒论国。战国时期,无处不刀光剑影。

"噢哈哈哈哈哈!"越王姒无疆一阵得意的大笑,"张子尚算识得货色,对路!"又伸手在竹案上一圈,"可知我越食吃法噢?"

张仪微微一笑,从容地从大铜盘中拿起小吴钩,在肥厚的生鱼尾部切下薄薄的一片,拿起来向灯光一照,鱼片儿亮得透明。越王大笑着点头。张仪便将生鱼片儿在浓酱中一蘸,就一撮小葱入口,又悠然地呷了一口殷红的越酒;再拿起竹筷夹一个银白似虾的小鱼,在醋中一蘸,又是悠然一口殷红的越酒下肚,笑道:"此乃震泽①银鱼,生蘸苦酒,大是美食。"

绯云看得童心大起,也跟着张仪一鱼一酒地品咂:"吔,酸得有趣。"

___

① 震泽,古泽薮名,又名具区。即今江苏太湖。

"张子师徒对越国很熟噢,何以教我啊?"越王姒无疆又是一阵大笑。

"敢问越王:十五万兵马攻齐,能得几何利市?"张仪不急不慌地反问一句。

越王目光陡然一闪:"齐国乃我大越世仇,伐齐一则可重振越国声威,二则可得齐南五百里土地。此乃越国大业所在,岂在利市二字噢?"

张仪大笑摇头,一副大是不屑的模样。越王被他笑得一脸困惑:"你,笑从何来噢?"

"敢问越王:楚人刻舟求剑,可曾听说过么?"

"刻舟求剑? 张子倒是说说噢。来人,酒!"这越王酷好传说,一听有故事大感兴趣。

"有个楚国商人,在越国买了一口名剑。"张仪说得煞有介事。越王听说故事中还有越国,更是大长精神:"噢,这剑是在越国买的?""正是。"张仪接道,"坐船过江时,商人抽出剑来反复观赏。不防船一摇晃,名剑脱手掉入江中。船上客人都替商人惋惜。商人却不慌不忙地又拿出一把短剑,在船边刻了一道印痕。船至江边,客人上岸,商人却脱光了衣服要跳水。船家大惊,拉住商人询问。商人说,我的名剑从这里掉进了江水,我自从这里下去捞回。船家问何时落水? 商人答曰:一个时辰之前。船家大笑,连呼蠢商蠢商。敢问越王,这商人蠢在何处? 船家却何以要笑他?"

"这有何难?"越王大咧咧笑道,"商人不会游水噢,要是本王,早捞上来了!"

"越王做如此想?"张仪颇见揶揄,又有些惊讶。

"那是噢——"越王傲慢地拉长了声调。

话音落点,帐中一片窃窃笑声。刚刚闻讯赶来的几位大臣连忙大袖遮面,一片吭哧咳嗽,侍女们也背过身去嘻嘻笑了。绯云笑得最响亮,想说话,却软在了小竹案上。越王自觉不大对劲儿,大喝一声道:"笑个鸟! 听张子说话!"帐中顿时安静下来。

张仪见这个越王憨直粗朴,心思须得直截了当,便庄容拱手道:"越王,这楚商求剑,与会不会游水却是无关。船固无变,流水已逝。一个时辰过去,剑已经在数里之外,纵然精于游水,也永远找不到那口剑了。以船体刻痕,求流水之势,此乃楚国商人之蠢也。船家所笑,原是在此。"

"噢哈哈哈哈哈!"越王恍然大笑,"原来如此。蠢! 蠢! 楚人蠢!"猛然又回过神来,笑声却戛然而止,"这刻舟求剑,与我大越霸业,有何相干噢?"

"事虽不同,理却一辙。"张仪侃侃道,"越国僻处东海一隅,越王尚沉浸在先祖霸业的大梦里。殊不知,三十年来中原已经是天地大翻覆。春秋一强独霸之路,早已经如流

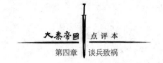

水逝去了。中原战国，目下是秦魏齐三强鼎立，谁也不是霸主。越王图谋北上争霸，正如同那楚国商人在船行数十里之后，却要下水寻剑。数十年来，天下征战已经不再是争霸大战，而是利市之战，每战必得夺取大量土地、人口与财货，方算得实实在在的实力扩张。越王图谋，只求战胜称霸，而不求夺取土地利市，早已经是陈腐过时之老战法了。"

"噢——"越王傲慢地拉着长调，"我就夺齐国土地人口，不也利市么？"

"此处，正是事理交关也。"张仪从容笑道，"若不图争霸而图谋利市，齐国便索然无味了。"

"噢？此话怎讲？"

"齐国乃中原三强，军力正在全盛之期。张仪观越军气象，伐齐犹如以卵击石耳。此其一。其二，齐国南长城以内的百里地面，尽皆海滨盐碱荒滩，苇草苍茫，杳无人烟。纵然战胜，不独没有利市可言，荒地反成越国累赘，这便是索然无味。越王以为然否？"

越王的傲慢大笑没有了，低头思忖良久，突然抬头道："大越白白折腾了？"

"非也。"张仪摇摇头，"箭在弦上，岂能不发？"

"还是噢——"越王又大笑起来。

"然则，这支箭须得射中一只肥鹿，才算本领。"

"肥鹿？肥鹿在哪里噢——"

"楚国。一只肥大麋鹿。"

"噢哈哈哈哈！张子是说打楚国？"倏忽间，傲慢的大笑却泄了底气，低声咕哝着，"楚国楚国，打得过么？"

张仪不禁莞尔："越王敢打齐国，却疑惧一个楚国，匪夷所思也。"

"莫非，楚国比齐国还好打？"越王显然对楚国心有顾忌。

百年以来，楚越吴三国虽然都是中原诸侯眼中的"南蛮"，但相互间却是势同水火。吴越两国是真正的滨海邦国，比楚国更为偏远闭塞。楚国占据长江中游与淮河流域，堪称"半中原半江南"大国。楚国的中心区域始终在长江中游与淮北地带，所以有"荆楚"之名。三国间多有冲突征战，吴国、越国都分别强盛过一段，也都有过打败楚国的一两次胜利。但从大处说，楚国始终是南三国中最强大的国家。吴越两国即或在最强盛的时期，也从来没有正面突破楚国而长驱中原的。吴越两国的称霸，始终都是走偏锋——从东北一角攻击齐国得手。楚国就像一座大山，横亘在正面，吴越两国始终都无法逾越这座大山而直达中原大地。这样的历史，就沉淀成了这样的心态——惧楚不惧齐。越国吞灭吴国的初期,曾经是实力大长,但对楚国却从来是井水不犯河水。

张仪自然已经将其中的奥秘揣摩清楚,收敛笑容道:"越王有所不知,近三十余年来,楚国每况愈下,已经和当年的吴国没有两样。虽则楚国地广人众,却是数十家贵族割据封地,一盘散沙。就实力而言,楚国几乎没有骑兵,只有古老的战车与步兵,可谓师老兵疲;更兼没有名将统兵,战力可想而知。越王挟十五万精兵,又是王驾亲征,必然一鼓战胜楚国!"

越王姒无疆精神大振,"啪"地一拍竹案道:"能败楚国,利市大了去噢!"

张仪微笑接道:"楚越接壤两千余里,交界处无一不是鱼肥水美。此等丰饶土地,得之尺寸,也强于齐南百里荒野。若能占据整个云梦泽水乡,越国便是天下第一强国!"

"噢哈哈哈哈哈!"越王一阵纵声大笑,"好! 我便攻楚,白鱼大大有得吃了噢!"笑着笑着,戛然而止,猛然盯住了张仪阴声问,"张子,老实说噢,为何要我弃齐攻楚?"

张仪悠然笑道:"越王神明,外臣自是有所图而来。"

"噢? 求官还是牟利噢?"

"张仪有一癖好,酷爱名剑。此来为求越王一口名剑也。"

"噢? 一口名剑?"越王目光闪烁,打着哈哈道,"本王之意,张子做我越国上大夫,如同范蠡一般谋划军国大事。本王封你一百里土地如何? 那名剑顶得白鱼美酒么?"

张仪强忍笑意,一本正经道:"张仪布衣闲散,四海漂泊,不善居官理事,岂敢与范蠡相比? 能得越王剑一口,张仪生平足矣!"

"噢哈哈哈哈,好说好说!"越王打着哈哈踌躇踱步,"张子求剑,有个名目么?"

"张仪斗胆,敢求蚩尤天月剑。"

剑是小说里的重要线索。

"噢?"越王大为惊诧,"你如何晓得这蚩尤天月剑?"

"生平揣摩名剑,张仪知道,唯有越王藏有蚩尤剑。"

越王姒无疆急得面红耳赤:"不不不!听噢:这蚩尤天月剑,连本王也是只听过没见过,据先人留言,蚩尤剑数百年前已经流入中原。噢,对了!你若能找到蚩尤剑,你来做越王,本王给你做上大夫噢!"急迫之情,显见是个大大的剑痴。

"噢——"张仪不自觉学着越王腔调,沮丧地长叹一声,"还是你做越王,我却只要名剑便了。张仪是个剑痴,惭愧惭愧。"

"噢哈哈哈哈,同道同道。"越王大笑着,"张子献大计与我,岂能没有回报?来人,取龙泉剑出来!"

"龙泉剑?张仪如何闻所未闻?"

越王又是一阵得意的大笑:"越剑之秘,岂是中原人所能尽知噢?大越西南有瓯水,知道么?瓯水有山溪一道,从高山密林涌出,匹练汹涌,大有气象,铸剑师名为龙泉溪。这龙泉之水噢,铸剑一绝!当年的吴钩,就是越国铸剑师在龙泉溪建炉铸造。龙泉剑,吴钩之神品噢!张子见识见识了。"

暗讽越王玩物丧志。

张仪心下暗暗叹息,说到铸剑,这个姒无疆倒是比军国大事有见识多了。此等剑痴玩物有余,可上天却偏偏教他治国理民担一国兴亡之重任,真乃上苍作孽也。正在叹息感慨间,一个须发花白的内侍捧来了一个陈旧暗淡的长条红木匣,恭敬地放置在越王案头。姒无疆恭敬起身,向木匣深深一拜,然后抖起丝衣大袖,小心翼翼地打开木匣,郑重其事地招招手道:"张子请来看噢。"张仪走过去一看,见木匣中又有一个长方形的青铜匣子,铜锈斑驳,颇有古董气韵。姒无疆伸手摁了一下青铜匣中央边缘部位的一个凸起铜扣,只听"当"的一声，铜匣弹开，一柄弯月形的剑器卡在金红的丝绸之中，紫红色的皮鞘，竟如清秀的处子躺卧在朝霞中一般，幽静而羞涩。

"张子，请来品评这龙泉吴钩噢。对了对了，先要拜剑噢。"

张仪本是照葫芦画瓢，学如无疆的样子装作一个真正的剑痴，却因了煞有介事，竟得到如无疆的赞赏。待上前双手捧起这口弯剑，立即感到一股沉甸甸冰凉凉的寒气渗进了骨骼。略微一掂，便闻一阵隐隐约约的金铁振音。张仪虽然并非剑痴，却也与苏秦的剑盲大是不同，是名士中罕见的剑器爱好者，否则不会充做剑痴来了结如无疆最后的疑虑。一搭手，张仪便知这"龙泉吴钩"绝非凡品。仔细审量，见这剑鞘是罕见的鲨鱼皮制作，光泽幽幽，贴手滑爽，与木铜合制的剑鞘相比，竟别有一番神韵；连同剑鞘、剑格看外形，这剑长不过二尺五寸，形似半月，英挺秀美，端的是一口长短适中的实用格斗利器。

春秋以来，铸剑术长足进步，剑器形制也日益纷繁，从五六寸的特短剑（世人称为"匕首"），到剑身三尺（连剑格当在三尺五六寸左右）的长剑，从窄如柳叶的细剑，到骑士用的阔身短剑，从柔若锦带的软剑，到厚重威猛的铁剑，数不胜数品形各异。但以实际用途而言，长剑在战国初中期尚不普及，仅仅是国君、豪士、贵族将领的佩剑，极少用于随身携带。最为实用的，还是这种剑身二尺许的"中剑"。所以张仪一掂分量，便觉这口剑十分趁手。再看剑格，与剑身连铸，工艺十分的考究。出手一握，掌宽很是舒适。护手的铜挡并不厚，却是特别的坚挺明亮，毫无锈蚀。剑格工艺历来是铸剑师的门面，一口剑是否名器，一看剑格便知十之八九。

战国之世，豪华讲究的风习已经渗透铸剑领域，剑格已

一把半月形的剑，不知如何使用！

经不再成型连铸,而是只铸"铁根",而后再在"铁根"上另行装饰剑格,于是出现了"木格""铜格""玉格"等各种剑格不同的剑器,甚或有豪阔者在剑格镶嵌珠宝的所谓"宝剑"。剑格连铸,事实上已经成为春秋时期一种老式铸剑工艺了。它要一次成型,难度当然比后来的只铸剑身与"铁根"的铸剑术要大得多。这也是名震天下的铸剑师只出在春秋时期的原因。这口剑是连铸剑格,自然是春秋越国的铸剑师作品,也自然是一口兼具古器神韵的名剑。

跟上流社会打交道,总要对奢侈品有所了解。

张仪兴奋,熟练地拔剑出鞘。但闻一阵清亮悠长的振音锵锵然连绵不断,剑身出鞘,一道幽幽蓝光在剑锋之上磷火般悠悠滑动,在半月形的剑身形成了一弯美妙的弧光。

"当真好剑!"张仪不禁脱口赞叹,"可以试手么?"

越王姒无疆见张仪神往的样子,大是得意,噢哈哈哈哈一阵大笑道:"来人! 牵一头活猪进帐。"

张仪连忙道:"越王不妥,名剑试于猪,大是不敬。不试也罢,好剑无疑了!"

越王又是大笑:"张子孤陋寡闻噢:牛羊猪三牲祭物,唯天地配享之,试剑正是得其所哉! 这是越国铸剑师的风习,晓得噢?"姒无疆好容易博识了一次,得意非常。

"越王神明,张仪受教。"铸剑历来是最为神秘的行当,张仪也真是第一次听说这个讲究,实实在在谦逊了一回。

一头肥大的生猪被圈赶进来,声声尖叫分外刺耳。越王郑重其事地向肥大生猪深深一躬,回头高声喊道:"张子试剑噢!"张仪从来没有用剑器杀过猪,总觉得这种试法有些荒诞不经,加之不熟悉吴钩的使用技法,有些迟疑发怔。此时肥猪在大帐左冲右突,将竹案王榻纷纷拱倒,侍女们惊叫着跳窜躲避,乱纷纷笑闹一片。

张仪觉得不能犹豫,双手捧剑喊道:"敢请越王赐教。"

越王姒无疆噢哈哈哈哈哈一阵大笑："张子毕竟书生，你来看噢！"接过龙泉吴钩，向张仪喊着，"吴钩之法：斜劈为上。看好了！"恰逢那头肥大生猪正尖叫着奔突窜来，姒无疆手中吴钩在空中一划，青蓝色的光芒闪出一勾弯月似的弧线，但闻"噗"的轻微一声，猪头已经齐刷刷滚落在地，兀自在地毡上尖叫蹦弹。

眼见粗大的猪脖子变成了白生生一道切口，竟没有喷血，张仪不禁大是惊愕。不想正在此时，切口血柱却四散喷射如挟风疾雨。随着侍女们的一片惊叫，大帐中所有人的衣裳都变成了血点红。最神奇的一股猪血，竟将越王姒无疆的王榻喷成了一汪血红。

> 果然不费吹灰之力。但于堂堂王帐内杀猪，一片狼藉，有失体统。

"噢哈哈哈哈！"姒无疆一阵大笑，"张子请看，剑锋有血么？"

张仪接过龙泉吴钩，见那剑身剑锋依然是蓝汪汪一泓秋水，仿佛只是从风中掠过一般，不禁大是惊叹："龙泉吴钩，真神器也！"

> 神乎其神。古籍记载剑器，多以此法书写，后世武侠之剑术，不能及也。

"好！"越王豪气大发，"你我两清了。待我灭得楚国，再送张子一个大大的利市——越国上大夫！如何噢？"

张仪大笑道："那时啊，越国天下第一强，越王真要发市也。"

> 越自不量力，终被灭国。张仪早有灭楚之心，楚虽强，可惜未把握好时机，加之红颜祸水，政伦乖乱，内祸大于外敌，是终不能并天下也。

三　策士与君王的交换

轻舟扬帆，三五日之间，张仪从琅邪南下入泗水、江水，进入了云梦泽①。

---

① 云梦泽，古泽薮名。春秋战国时楚王的游猎区。大致包括整个江汉平原及东、西、北三面的丘陵。

　　在遥远的洪水时期,长江中游弥漫出了一片辽阔汪洋的水域,东起江汉平原,西至漳水下游,北接涢水下游,南抵湘水、资水、汨罗水,纵横千里,占了当时楚国的三分之一。从长江西上,一入江汉交汇处,烟波浩渺云遮雾障莽苍苍水天一色,水势汪洋充盈,岛屿星罗棋布,气象宏大极了,扬帆其中,直如烟云大梦,当世呼之为云梦泽。

　　张仪雇用的小帆船,是越国有名的出海轻舟。船家水手对云梦泽的水路极是熟悉,根本不用张仪操心。郢都在云梦泽西岸,从东向西横渡云梦泽,要整整漂流四五个昼夜。所幸云淡风轻,倒是一帆风顺。张仪虽不是水乡弟子,更没有在茫茫水上连续漂泊的经历,但由于经常出山游学,遇水乘舟也是常事,总算还能支撑。只是绯云大大的辛苦,在泗水平静的水面时,尚能在船头走动。一入长江,大觉发晕,只得躺在舱中昏睡,进入云梦泽,波涛汹涌舟行如浪,小船免不得多有颠簸,绯云觉得天旋地转,不停地呕吐起来,一日之间吐无可吐,只有干呕了。

　　张仪着急,请教船家。船家说,初涉大水都是一样,慢慢会好的,一定要吃水物,只要吃得下,日后没事。张仪亲自洗干净了一盘云梦小白鱼,连同一小碗红醋端到舱中。

　　绯云兀自昏睡,面色苍白。张仪笑着轻轻拍了拍绯云的脸蛋儿:"咳,小哥儿,醒醒。"绯云睁开眼睛,见张仪俯身咫尺之间,满面通红霍然坐了起来:"我,我又睡着了么?"张仪不禁笑了:"我又睡着了么?都睡两天了。快来,云梦白鱼。船家说了,多吃白鱼,水神护佑。"绯云大是困窘道:"张兄,我,我倒成了你的累赘了……"说着竟是要哭的模样。张仪哈哈大笑道:"跟主母读了两天书,成小木头了?来,吃了云梦白鱼,明日就好。到了郢都,吴钩杀猪给你吃。"一说吴钩杀猪,绯云也忍不住"噗"地笑了出来:"好,我吃。不能习水,绯云如何跟张兄漂泊四海?"说着精神大振,拿过盘子用手抓起白鱼吃了起来。张仪惊讶笑道:"哎哎哎,苦酒!蘸苦酒!白吃有腥味儿。""不怕。"绯云边吃边说,"就要这样吃,将这水腥鱼腥全吃熟了,谁怕谁吧?"片刻之间将一盘云梦生白鱼淡吃了下去。张仪高兴得拊掌大笑:"好!世有小子,其犟若牛,够气魄!"绯云却惊愕地笑了:"不对吧!白鱼有这么香?"张仪惊讶:"你觉得淡吃香了?"绯云困惑地点点头:"对,怎么回事吧?"张仪恍然大笑:"站起来,走走,还晕不晕?"绯云小心翼翼地站了起来,走得几步,没有丝毫的摇晃:"不,不晕了?吧——不晕了!"

几步跑过来猛然抱住了张仪，两人一起大笑起来。

漂得几日，船到云梦泽西岸。张仪付了佣金，船家去兜回路客了。张仪主仆安步当车，向郢都城而来。不消两个时辰，已经进了郢都西门。张仪不去接待官员国使的驿馆，却找了一家上等客栈住了下来。他要先摸摸楚国情势，再相机行事。

就张仪的使命而言，将越国这场"伐齐"麻烦引开，他便算南下圆满成功了。北返齐国，张仪便是可一展宏图的齐国丞相了。可张仪想得深远，深知齐国权臣世族之间倾轧甚烈，要在齐国站稳脚跟，甚至在齐威王身后也安如磐石，就必须将根基扎得更深一些。张仪的秘密盘算是：借机进入楚国，将逃隐的上将军田忌与军师孙膑找出来，说动他们重返齐国，与他形成"张田孙铁三足"，便能稳固长久地鼎立齐国。根据他的观察揣摩，齐威王对田忌、孙膑的出走已经大为后悔，丞相驺忌的权势已经大为暗淡。只要他与田忌、孙膑同时回到齐国，驺忌一定会被贬黜，齐国的大振兴一定会在他们三人手里完成。三人之中，张仪肯定是丞相，田忌、孙膑两人实际上合成了一个天下无敌的上将军。更重要的是，这两个人都属于专精军事而疏淡权力的那种贵胄名士，既不会拥兵自重威胁权力中枢，又能为开创大业建立汗马功劳，确实是天下难觅的权力伴当。驺忌与这两个人倾轧争斗，实在是缺乏大器局，小聪明过了头。两人一走，驺忌捉襟见肘，丞相地位摇摇欲坠，何其愚蠢也。

这一番谋划要想实现，必须借助楚国。春秋战国数百年，已经形成了一个才士流动传统：大凡在位名臣出走他国，只要他国接受，本国不得干预；但出走名臣在他国无论隐居还是做官，要想重新返回祖国，都必须他国赞同放行；否则，出走者被杀被害，他国没有任何顾忌。中原名臣每每在遭受

这一"抱"字，暧昧。

一般认为，田忌及孙膑的出走，对齐是重创，实情如何，已难考证。

陷害时,多是逃隐楚国。当年的吴起,连同目下的田忌、孙膑,以及后来的赵国上将军廉颇等,都曾经逃隐楚国。其中原因,一则是楚国纵横辽阔山重水复,利于隐居藏匿,常有隐居多年而楚国朝堂尚不知情的名臣才士;二是楚国长期疲软,用人见识褊狭封闭,吴起之祸后,楚国对中原的人才名臣一向淡漠,逃隐名臣大多不受纠缠。尽管如此,像田忌这样的当世名将,要离开楚国,还是以稳妥为上,求得楚王的放行方算上策。难处是,张仪还不知道田忌孙膑隐居在何处,楚王会不会放行更无从谈起了。一路思忖,张仪已经拿定主意,先见楚王,再访田忌。

这时的楚国已经改朝换代,执政三十年的楚宣王芈良夫死了。年轻的太子芈商即位已经三五年了。中原各国对楚宣王颇为熟悉,也深谙如何与其打交道,但这个新楚王禀性究竟如何?张仪还拿不准。策士游说,最根底的功夫,就是对游说对象的基本了解,此谓"非其人,不与语"的准则,盲人瞎马是策士最忌讳的。但如何对国君的志向做派进行判定,策士之间便大有不同了。

次日,张仪带着绯云,在郢都城外的村野田畴转悠了整整一天,日落西山才回到客栈。第二日,又在城内闲逛,走商市,进酒肆,看作坊,僻静街巷遇见老妪老翁讨碗水喝着,天上地下地闲扯一通。天黑时分,张仪见满城灯火,街市依旧热闹,饶有兴致地拉着绯云进了一家酒肆,饮了一坛兰陵酒,与邻座几个楚国文吏热热闹闹地说了一个多时辰,回到客栈,已经是午夜子时了。绯云侍奉张仪沐浴完毕,却站在房中不走。张仪笑问:"还不困乏么?休憩去,明日还有许多事。"

"整日闲逛,不务正经。"绯云突然红着脸,气冲冲冒出了一句。

张仪恍然大笑:"你个小子,吃饭不多,管事不少。那叫闲逛么?"

"咄,不是闲逛?走东串西,闲话饮酒,还能叫甚?"绯云兀自嘟哝着。

张仪正在心情舒畅,呵呵笑道:"你个小子坐好了,听先生一课。那叫'入国四问',明白么?是说,到了一个陌生国度,要知道国君品性,就问四种人:一农、二工、三商、四老。这是我师秘传,明白?"

"你问国君品性了么?净东拉西扯说闲话。"绯云依旧低着头嘟哝。

"你个小木头。"张仪又气又笑,打了一下绯云的头,"那叫'勘民生,度民心,大问于天'。逢人打问宫廷秘闻,那是三流痞士。明白?"

"那如何不早说?"绯云嘟哝一句,却"噗"地笑了。

"谁能想到,老娘派了个小家老也。"张仪哈哈大笑着拍了拍绯云的头。

"主母叮嘱:'不守正,戒之。'绯云不敢造次吧。"

"好了好了,收拾歇息,明日可要务正了。"

绯云高兴地去了。张仪却在灯下踱步良久。虽说自己对这位年轻楚王的大作为已经有所了解,但他在"人"上究竟胸怀如何?还很难揣摩。毕竟,这个新楚王即位几年,真实面目还是云遮雾障,没有什么大举动令人足以判定其志向品性。楚国历来是个颇难捉摸的国家,国王似乎历来有神秘做派的遗风,即位初期总有一段模糊时期,使人很难对他的趋向作明确评判。最甚者,大概就是楚庄王的"三年不鸣,一鸣惊人"。其后,用吴起变法的楚悼王,头两年也是不知所云。后来大杀贵族为吴起复仇的楚肃王,开始很长时间也是隐匿极深,杀了贵族,却又莫名其妙地复辟了旧制。再后来的楚宣王,笃信星相莫衷一是。现下这新楚王,已经是五年无大举,模糊得就像云梦泽的茫茫水雾。

张仪在楚受奇耻大辱。

楚威王接到了快马急报,越国十五万大军从琅邪南下,向楚国东北压来!

楚国上层对吴越两国已经淡漠了很长时间,数十年间,几乎没有任何邦交来往。从根上说,也是楚国与吴越两国恩怨纠葛太多,最终导致了楚国与越国的疏离断交。春秋时期,吴国地处震泽荒岛,越国更是"文身断发,被草莱而居"的弱小愚昧部族的时候,楚国就是声威赫赫的大国了。那时候,吴越两国都以楚国马首是瞻,两国间的摩擦也依赖楚国调停。这一时期,楚国吞并了大小数十个小诸侯邦国,可是没有吞并很弱小的吴越两国。从根本上说,一则是两国都是水域蛮荒部族——吴国以震泽(今日太湖)岛屿为中心区域，越国以东海之滨为中心区域——楚国要消灭这些流窜在水域山林的部族，确实力有不逮；即便千难万险地灭了两国，也是无力治理，反倒成为累赘。对于志在中原的楚国来说，向北面淮水流域的良田沃野推进，自然要比与吴越纠缠有利得多。其二，吴越两国素来臣服楚国，定期纳贡，灭不灭一个样，又何须大动干戈？那时候，诸侯分封制是天经地义的王国样式，就是做了天子，也就是求得个"诸侯臣服，四夷来贡"，吴越已经是臣服之邦了，再要吞灭就是有违天道的乖戾了。

楚国与吴越两国的连环恩怨，是从两百年前的楚平王时期开始的。

其时，楚平王昏暗失政，竟夺自己亲生长子(太子)建的新婚之妻。太子傅伍奢据礼力谏，被处灭族酷刑。伍奢在外领兵的两个儿子伍尚、伍员逃奔到了吴国。按照吴国对楚国的臣服关系，伍尚、伍员自然不能在吴国藏匿，须得将"叛臣"献给楚国。可这一回，事情却偏偏出了差错。吴王僚看准了机会，非但不交出伍员，还委伍员以秘密练兵的重任。后来，好歹交出了伍尚，伍员则谎称逃窜无着。从这时候开始，楚国的大灾难便接踵而至了。三年后，吴国将军伍子胥，也就是那个怀着血海深仇的伍员，率领三千死囚练成的敢死孤旅做先锋，吴王僚亲率五万大军随后，大败楚军，攻入淮水以北的楚国腹地，俘虏了楚平王的王后。楚平王恼羞成怒，封大将囊瓦为令尹，修筑郢城，与越国联手建立舟师(水军)，南下攻吴。不想伍子胥率领的吴军却抄了楚军后路，一举占领了楚国的腹地重镇钟离、居巢①，楚国又一次战败。这次大败，楚平王声名狼藉，在只做了十三年国王的盛年之期活活给气死了。

楚越之间、楚吴之间，历史恩怨太多，每次纷争，楚未必尽占上风。楚国之祸，起于伦常乖乱。据《史记·伍子胥列传》，"楚平王有太子名曰建，使伍奢为太傅，费无忌为少傅。无忌不忠于太子建。平王使无忌为太子取妇于秦，秦女好，无忌驰归报平王曰：'秦女绝美，王可自取，而更为太子取妇。'平王遂自取秦女而绝爱幸之，生子轸。更为太子取妇。"此为乱之始。无忌害怕太子报复，于是天天在平王耳边进谗言，后太子建被迫奔亡，伍奢及其长子尚被诱诛，伍子胥后借吴复仇，执楚昭王不得，于是"掘楚平王墓，出其尸，鞭之三百，然后已"。楚之内忧外患，实为内耗，楚并非无良臣，王不听也。

① 钟离，今安徽凤阳东北地区；居巢，今安徽寿县东南。

楚昭王刚刚继位，吴军又立即杀到。这次却是楚军将士合力，围困了吴军。其间恰遇吴军发生了内乱，公子光遣剑士专诸于宴席间刺杀吴王僚，自立为吴王。楚军将领闻吴国内乱，即行退兵，错过了一举灭吴的大好机会。这公子光，就是赫赫大名的吴王阖闾。他以伍子胥为大将，雄心勃勃地修筑了阖闾城①，使吴国有了中心根基地，准备全力对楚。两三年间，伍子胥率军不断袭击楚国，楚国却抓不住吴军踪迹，疲于奔命竟没有一次战胜之功。这时候，楚国感到了吴国真正的威胁，防御这个昔日的臣服小国，一时变成了楚国最要紧的存亡大计。

但是，真正的大灾难却还刚刚开始。一年之后，兵家名士孙武到了吴国，吴王阖闾立即拜孙武为上将军，对楚国发动了长距离的奔袭战，三次攻入楚国淮北腹地。其间吴国又大败越国，显然成了江东江南霸主。吴王阖闾九年（公元前506年），吴国北联中原晋国，对楚国南北夹击。晋国联结鲁、宋、卫、陈、蔡等十余诸侯，从北面压制楚国。吴国则由孙武、伍子胥亲率大军越过大别山长途奔袭楚国腹地，在柏举②大败楚国令尹囊瓦的大军，并一举占领郢都。囊瓦逃亡郑国，楚昭王逃匿云梦泽，遭遇匪盗袭击，又逃亡随地。

这是楚国数百年来最深重的一次亡国危机。幸亏了那个申包胥，在秦国宫门外哭了七天七夜，秦哀公才发兵救楚。

楚国虽然没有灭亡，却从此在中原丢尽脸面，非但北上争霸无望，而且不得不与吴越两国开始了长期周旋。从这时开始，楚国扶植越国与吴国对抗。越国野心由此而引发出

对于伍子胥的执意"倒行逆施"，申包胥无法，"走秦告急，求救于秦。秦不许。包胥立于秦廷，昼夜哭，七日七夜不绝其声。秦哀公怜之，曰：'楚虽无道，有臣若是，可无存乎'乃遣车五百乘救楚击吴。六月，败吴兵于稷"。所以说，楚并非无能臣良臣，王不听，奈何！红颜无辜，无奈引发祸端。楚若善待太子建及伍奢，不至于此。因这场祸乱，楚元气大伤。

① 阖闾城，后称姑苏，今苏州城。
② 柏举，今湖北麻城东部。

来，以楚国为后盾训练军旅，袭扰吴国。其间虽然也几次打败吴国，却总是无法遏制吴国对楚国的攻势。吴王阖闾十一年，吴军大败楚国水军，又大败楚国的战车陆师于繁阳①。楚昭王恐惧至极，将都城东迁了数百里，在郡城②暂时避难。至此，吴国成了真正的南部霸主。后来，便是那尽人皆知的故事——吴王夫差灭了越国，越王勾践卧薪尝胆，恢复越国后又灭了吴国。

至此，楚国背后最大的威胁消失了。可是，被楚国扶植起来的越国，丝毫不念楚国之情，虽然没有大举进犯，却也与楚国龃龉不断。这时天下已经进入战国，楚国在吴越争斗中历经吴起变法，元气已经大大恢复，重新将注意力转向了中原。越国呢，对吴起变法时的楚军颇为忌惮，也龟缩回震泽岛屿与东海之滨，远避楚国锋芒。

从此，楚越两国大大冷淡，几乎没有邦交往来了。

今年春日，楚威王得报：越王姒无疆迁都琅邪，要北上攻齐。楚威王哈哈大笑道："越蛮不知天高地厚，死期到了也！"这才几个月，如何便要调头南下来找楚国寻衅生事？正在疑惑间，又接斥候密报：中原策士张仪说动越国放弃攻齐，南下攻楚。

楚威王大是恼火，对这个张仪恨得咬牙切齿。原来，楚威王大有雄心，几年来正在秘密物色人才，准备第二次变法，刚刚有得头绪，却又越国大兵压境，一旦陷入战事纠缠，谁知道要耽搁多长时日？楚威王如何不感到气恼？

这天风和日丽，楚威王正在王宫湖畔练习吴钩劈刺。说是练剑，却有一搭没一搭地想着心事。越国既然来犯，不想打也得奉陪，可目下楚国连个像样的将军都没有，谁来操持这件军国大事？楚威王第一次感到了窝囊：一个几次做过天下霸主的堂堂楚国，竟被一个昔日附庸欺侮，当真是岂有此理！然则天下就是这样，你不强大，就要受气，就要受辱，就要挨打。看来，楚国不振作不训练新军是不行了。可是，远水不解近渴，关键是眼前这场兵灾如何消弭。想着想着，楚威王手中的吴钩偏了方向，一剑没有劈到木桩，却劈到湖畔石案上，"当"的一声大响，火星飞溅，震得楚威王一个趔趄，手中吴钩飞出老远，"噗"地插进了粼粼波光的湖水中。楚威王怔怔地望着湖面，甩着生疼的胳膊，沮丧到了极点。

---

① 繁阳，今河南新蔡北部。
② 郡城，今湖北宜城东南。

正在此时,内侍急急走来:"禀报我王,中原张仪求见。"

"谁? 张仪? 他在何处?"楚威王牙齿磨得咯咯响,却没有转身。

"在宫门外候见。"

"教他进来。"

"遵命。"内侍一溜碎步跑了出去。

片刻之间,布衣大袖的张仪飘飘而来。楚威王远远打量,见这个黑衣士子与自己年龄相差无几,不由冷笑几声,纹丝不动地站着。张仪自然将这位年轻国王的脸色看得分外清楚,一副浑然不觉的样子深深一躬:"中原张仪,参见楚王。"

"张仪,尔在列国翻云覆雨,不觉有损阴骘么?"劈头冷冷一句斥责。

张仪不禁恍然笑道:"原来楚王为此不悦,幸甚如之。张仪周游天下,彰天道而显人事,使该亡者早亡,当兴者早兴,正当延年益寿,何能有损阴骘?"

"无须狡辩。"楚威王冷冷一笑,"引兵祸入楚,还敢张扬郢都,不怕绞首么?"

"张仪给楚国带来千里鱼米水乡,何由绞首?"张仪平静地微笑着。

楚威王何其机敏,微微一怔:"你是说,越国是送上门的鱼腩?"

"正是。难道楚王不以为然么?"

"越为江南大国,善铸利器,悍勇好斗,十五万大军压来,岂是屡弱小邦?"

张仪哈哈大笑道:"楚王何其封闭耳。今日越国,岂能与五十年前之越国相比? 越国自勾践之后,人才凋零,部族内斗不休,非但无力北上,连昔日丰饶无比的震泽,也成了人烟稀少的荒凉岛屿。三代以来,越国远遁东海之滨,国力大大萎缩。目下这姒无疆不自量力,却要攻打楚国,岂非送给楚王大大一个利市? 楚国灭越,其利若何? 楚王当比张仪清楚。"

楚威王半信半疑:"若如你所说,这姒无疆是个失心疯?"

张仪揶揄笑道:"楚王为君,自然以为君王者皆高贵聪明了。然则在张仪看来,天下君王,十之八九皆是白痴木头。这姒无疆,除了剑道,连头猪都不如。"

楚威王想笑,却嘴角只是抽搐了一下:"既然如此,你为何将越国大军引开齐国? 难道不想在齐国讨一份高官重爵么?"

张仪在草地上踱着步子,侃侃道:"灭国大礼,天有定数。齐国虽强,灭越却非其长。楚国虽弱,灭越却是轻车熟路。百年以来,楚国与吴越纠缠不休,对吴越战法也大是熟悉,水战陆战,楚国皆是吴越鼻祖。天道有常,越国向楚国寻衅,岂非楚国的雪耻振兴之日?"

巧舌如簧。

楚威王思忖有顷,拱手歉意笑道:"多有得罪,先生请坐。来人,兰陵酒!"

片刻酒来,楚威王频频与张仪举爵,饮得一时,楚威王停爵笑问:"先生给楚国鱼腩,难道无所求么?"

"虽无所求,却想与楚王做一交换。张仪一老友隐居楚国,要请楚王高抬贵手也。"

"噢? 先生老友隐居楚国? 何人?"

"齐国田忌。"

"如何?"楚威王惊讶间不觉站了起来,"田忌隐居楚国? 在何处?"

"请楚王高抬贵手,易人。"张仪没有正面回答,只是悠然地拱手一笑。

楚威王绕着石案急促地转着,突然止步:"莫急。放走田忌可以,然也须得有个交换。"

张仪大笑一阵:"楚王但讲。"

"田忌为将,率楚军灭越。"

张仪顿时愣怔,心中飞快盘算,踌躇笑道:"此事尚须与将军商议,不敢贸然作答。"

"芈商与先生同见将军商议,如何?"楚威王显然很急迫。

"这却不必。"张仪笑道,"我能说动将军,自来禀报楚王。楚王突兀出面,有差强人意之嫌,这生意便不能做了。"

楚威王思忖一番道:"也是。只是先生万莫迟延。来人,给先生备轻舟一只、快马三匹、驷马轺车一辆,随时听候先生调遣。"老内侍答应一声,匆匆去了。

张仪笑道:"多谢楚王,张仪还真不知用哪种好也。"

四 云梦泽访出了逃隐名将

云梦泽水天茫茫，一叶轻舟扯着高高的白帆，悠悠地向深处飘荡。

张仪真是不知道田忌隐居处，只是在大梁酒肆听过一个游学士子与人论战时的一番感慨，说齐国已是强弩之末，"名将逃隐云梦，权相故步自封，老王踽踽独行"等等。当时张仪倒是没有留意盘诘，待入临淄得齐威王青睐而谋及远事，才重新想起了那个士子的话。本想在临淄秘密探寻一番，无奈行程匆匆无暇得顾。这次向楚威王提出放行田忌，本想是一种交换，不教楚国欠他这个"国情"。不想楚威王临机多变，以其人之道还治其人之身，也与他交换了一番。这一"交换"不打紧，却将寻觅田忌的事情由从容打探变成了当务之急。尴尬之处在于，张仪既不能说自己不知田忌隐居何处，又不能拒绝楚威王的急切敦促，分明自己给自己出了一道难题。

好在张仪生性洒脱不羁，自认对名士隐居的选择好恶还算摸得透，决意到云梦泽寻觅一番，撞撞大运。从越国一路西来时，张仪对沿途水域的岛屿已经大体有数，十来个看去葱茏幽静的小岛都在心里了，尤其是郢都附近的山水岛屿，张仪都以名士眼光做过了一番评判，也大体上心中有数。

因不知田忌确定居处，张仪婉辞了楚王的官船，自家雇了一只轻舟进入云梦泽。小舟漂出了郢都水面，船家问去何处？张仪便答："好山好水，但有人居，靠上去便是。"这小舟是专门载客览胜的那种快船，船家须发花白精瘦矍铄，一看就是个久经风浪饱有阅历的江湖老人。见张仪说得大而无

构思委实奇妙。田忌不知所终，生卒不详，孙皓晖欲向这位名将致敬，特意添加了一些"野史"。

当，老人操着一口柔软的吴语笑道："先生是闲游？是觅友？好山好水勿相同呢。"张仪笑道："老人家好见识，正是觅友。只知他隐居云梦，却不知何方山水？"老人站在船头四面瞭望，一一遥指："先生瞧好了，东南西北这几个小岛，我都送过贵客，不知先生先去何方？"张仪凝神观望了一番，指着北面一座隐隐青山道："就那里了。"老人点点头："侬好眼力，阳水穿过那片山，天阳谷真是好山好水呢。"说着操舵转向，长长地一声喝号，"天阳谷——开也——"隐蔽在舱面下的四名水手"嗨——"的一声答应，便闻桨击水声，小舟悠悠向北飘去。

大约半个时辰，那座青山近在眼前，穿过一片弥漫交错于水面的红树林，轻舟靠在了岸边一块硕大的石条码头旁。老人将船停靠稳当道："先生，半山腰的茅屋便有贵人，我晓得，小货船常来呢。"张仪对老人一拱手："老人家，相烦等候了。"老人拱手笑道："先生自去无妨，晓得呢。"张仪与绯云便踏石上岸，顺着踩开的小道上了山。

还在进入红树林之前，张仪就已经看见了那座茅草屋顶。按照他的推断，茅屋建在山腰，这是北方名士的隐居习惯，图的是气候干爽，登高望远。若是南国名士，这茅屋该当在水边了。看来，这里的主人即便不是自己要找的人，也很可能问出些许线索来。及至上岸登山，才知这座远看平淡无奇的小山竟大有城府。登上一个小山头，翠绿的山谷豁然展开，一道清澈的山溪从谷中流过，鸟语花香，谷风习习，不觉精神顿时一振。

"呔——蒸笼边还有口凉水锅！"绯云高兴得手舞足蹈。

张仪大笑："粗粗粗！甚个比法？蒸笼凉水锅，就知道厨下家什。"

"呔——那该比个甚来？"绯云脸红了，一副请教先生的样子。

看绯云认真受教的神情，张仪煞有介事地想了一阵，竟真想不出什么更好的比法，对于自己这般炉火纯青的舌辩大策士来说，这的确是破天荒第一遭。憋了片刻，张仪不禁哈哈大笑："民以食为天，我看也就大蒸笼、凉水锅了。"

绯云咯咯咯笑得喘不过气来："不是说，君子远庖厨么？张兄下厨了吧。"

"被你个小子拖下去的。"张仪故意板着脸大步走向溪边。

绯云咯咯笑着追了上来："呔呔呔！慢走，要脱靴子呢。"说着推张仪坐在了一块青石上，咯咯笑个不停地跪坐在地，利落地为张仪脱下了两只大布靴，又脱了自己的两只布靴，顺手从腰间解下一条布带子，将两双布靴三两下绑定，褡裢似的搭在肩上，兀自笑意未消："呔，走了。"张仪却笑了："小子，倒像个老江湖。"绯云边走边道："跋山涉水，打

柴放牛,绯云天下第一呲。"张仪见他左肩包袱右肩褡裢,手
上还有一口吴钩,却丝毫没有累赘趔趄之相,犹自走得利落
端正,不禁笑道:"看来比我是强一些了。""那可不敢当呲。"
绯云笑道,"张兄是高山,绯云只一道小溪,能比么?"张仪大
笑:"高山小溪? 两回事儿,能比么?""能呲。"绯云一梗脖子
红着脸,"有山就有水,山水相连,不对么?"张仪看见绯云长
发披肩脸泛红潮声音脆亮,不禁莞尔:"绯云,我如何看你像
个女孩儿?"绯云大窘道:"呲! 瞎说,你才是女孩儿。"说完
一溜碎步跑了。

两人一路笑谈,不觉到了山腰。脚下坑坑洼洼的草丛小
路,已经变成了整洁干净的红土碎石小径,一道竹篱笆遥遥
横在眼前,几间茅屋错落隐没在绿茵茵的竹林中,后面的一
座孤峰苍翠欲滴,啁啾鸟鸣,更显得青山杳杳空谷幽幽。面
南遥望云梦泽,却是水天苍茫,岛屿绿洲星罗棋布,竟有鸟瞰
尘寰之境界,大是超凡脱俗。

"何方高人? 选得此等好去处也!"张仪不禁高声赞叹。

"谁在门外说话?"随着一个苍老的声音,竹篱笆门"吱
呀"拉开了,出来一个须发雪白的老人,手搭凉棚悠悠地四
处张望。

"老人家,搅扰了。"张仪拱手高声道,"敢问将军在庄
否?"

"将军?"老人摇摇头,"这里只有先生,没有将军。"

"请恕在下唐突,先生可在庄上?"

"足下何人? 到此何事?"一个浑厚冰冷的声音突然从
身后传来。

绯云大惊,快步转身,手中吴钩已经出鞘。张仪没有回
身却哈哈大笑道:"先生到了,安邑张仪有礼。"转过身正待
深深一躬,却突然钉在了当地——面前一个伟岸的大汉,一

投石问路。

顶斗笠，一件蓑衣，手中一支大铁桨，活生生一个生猛的云梦泽水盗。张仪不禁愣怔，按照他的推想，盛年之期的田忌纵然隐居，也必定是名士清风洒脱雅致，能与孙膑那样的名士结成莫逆，能有如此超凡脱俗的隐居庄园，田忌当是一位风华将军才是。可眼前这位铁塔般的猛汉，与张仪想象中的田忌大相径庭。瞬息愣怔，张仪恢复常态，拱手笑道："足下可是此庄先生之客人？与张仪一样，同来访友？"

蓑衣斗笠大汉却冷冷道："张仪何人？此间主人并不识得。先生请回。"

张仪心中猛然一动，长笑一躬道："上将军何拒人于千里之外？昭昭见客，何惧之有？"

"岂有此理？此间没有上将军，先生请勿纠缠。"蓑衣大汉手中的铁桨一拄，碎石道上"当"的一声大响火星飞溅。

"上将军。"张仪肃然拱手，"故国已成强弩之末，将军却安居精舍，与世隔绝，专一地沽名钓誉，不觉汗颜么？"

蓑衣大汉默然良久，粗重地喘息了一声："何须危言耸听？"

一访便得，何其容易。作者的"意志"太强烈。

"广厦千间，独木难支，图霸大国，一君难为。又何须张仪故作危言？"

"当年有人说，地广人众，明君良相，垂手可成天下大业。"

"已知亡羊，正图补牢。其人已经后悔了。"

又是良久沉默。终于，蓑衣大汉喟然一叹："田忌得罪了。先生请。"

"承蒙上将军不弃，不胜荣幸。"张仪说着跟田忌进了竹篱笆小门。

这是一座山间庭院，院中除了一片竹林与石案石墩，便是武人练功的诸般设置：几根木桩，一副铁架，一方石锁，长

矛大戟弓箭等长大兵器都整齐地排列在墙边一副兵器架上，显得粗朴整洁。沿着竹林后的石梯拾级而上，是一间宽敞的茅屋。

"先生稍待，我片刻便来。"田忌请张仪就座，自己进到隔间去了。

这间茅屋木门土墙，厅堂全部是精致的竹器案几，煞是清凉干爽，显然是主人的客厅。后面山上升起一缕青烟的茅屋，才是主人的家居所在。张仪正在打量，只听草帘"呱嗒"一响，身后响起田忌粗重的嗓音："先生请用茶。"张仪回身，不禁又是一怔。田忌脱去了蓑衣斗笠，换上了一领长大布衣，身材壮硕伟岸，一头灰白的长发长须，古铜色的大脸棱角分明沟壑纵横，不怒自威，气度非凡。

张仪笑道："人云齐国多猛士，信哉斯言。"

"先生远来，清茶做酒。来，品品这杯中物如何？"田忌只是淡淡地一笑。

老仆已经在精巧的竹案上摆好了茶具，那是一套白陶壶杯，造型拙朴，色泽极为光润洁白。茶壶一倾，凝脂般的陶杯中一汪碧绿，一股清淡纯正的香气弥漫开来。张仪不禁拍案赞叹："地道的震泽春绿，好茶。"田忌笑了："好在何处？"张仪笑道："中和醇厚，容甜涩苦香清诸般色味，却无一味独出。堪称茶中君子也。"田忌欣然道："张子如此见识，却是罕见。不知何以教我？"

张仪见田忌改变了称呼，将恭敬客气有余的"先生"变成了尊崇但又坦率的"张子"，心知田忌不是虚应故事了，拱手一礼，开门见山道："张仪入楚，欲请将军与军师重回故国，共举齐国大业。"

"如此说来，张子要做齐国丞相？"田忌目光一闪，却也没有特出惊讶。

"承蒙齐王倚重，张仪有望一展所学。"

田忌喟然一叹："只可惜，军师无踪可寻了。没有孙膑，田忌庸才也。"

"难道，军师与将军不通音讯？"张仪颇为惊讶。

"张子诚心，何须相瞒。"田忌一声沉重的叹息，"他是看透田忌的平庸无断了，伤心了。田忌生平无憾，唯对孙膑抱愧终生。孙膑以挚友待我，鼎力助我，成我名将功业，自己却始终只任军师而不居高官。桂陵、马陵两场大战之后，军师提醒我有背后之危，劝诫我经营封地，预留退路。我却浑然不觉，反笑军师疑虑太多。就在我逃国三日之前，先生已经遁迹。至今六年，依然是踪迹难觅。老夫几乎找遍了所有能想到的地方，都是空有旧迹，物是人非。这次，老夫也是刚从吴地震泽归来，不期而遇张子的。此生终了，

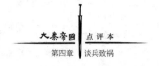
田忌只怕也见不到军师了……"一丝泪光,分明在田忌的眼中晶晶闪烁。

一阵沉默,张仪豁达笑道:"智慧如孙先生者,不想出山,只恐神鬼也难索得。将军无心之失,何须抱愧终生? 若欲军师相见,张仪倒有一法。"

"噢? 张子教我。"田忌陡然振作。

"重振功业,廓清庙堂。先生闻之,必有音信,纵不共事,亦可情意盘桓。"

田忌恍然拍案:"好主张! 以军师之期盼,报军师之情谊,正得其所。"

"只是,此间尚有个小小难处。"张仪神秘地笑了笑。

"噢?"田忌神色顿时肃然,"但请明言,绝不使张子为难。"

"错也错也。"张仪摇头大笑,"非是我为难,是你为难。楚王要你先为他打一仗。"

田忌听得一怔,继而恍然道:"噢,越国兵祸?"

"正是。这是楚王的交换。"

田忌摇头苦笑:"寄人篱下,终不是滋味。要紧时刻,只是一枚棋子也。"

"上将军差矣!"张仪爽朗笑道,"楚王也是一枚棋子。连楚国越国在内,都是天下棋子。世事交错,利害纠缠,人人互动,物物相克,此乃天下棋局也。将军何自惭形秽,徒长他人威风也。"

"说得好! 听张子说事,如听孙膑谈兵,每每给人新天地。"田忌大是感慨。

"多承奖掖。"张仪拱手笑道,"如此请将军上路了。"

"即刻上路?"田忌惊讶,连连摆手,"不行不行。与越国大战,须得我认真谋划一番,胸无成算,如何仓促便行?"

张仪大笑道:"将军天下名将,越国乌合之众,列阵一战就是,何须恁般认真?"

田忌蓦然收敛了笑容,盯着张仪沉默了片刻,冷冷道:"田忌庸才,没那般本领。"

张仪顿时尴尬,但他机变过人,思忖间肃然一拱道:"原是张仪唐突,将军见谅。请将军自断,谋划须得几日?"

"五日。"田忌也拱手还了一礼,算是了却了方才的小小不愉快。

"好! 一言为定。"张仪说着站了起来,"将军跋涉方归,须得养息精神,告辞了。"

田忌似乎还想说什么,终于只笑了笑点点头:"但随张子。"

云梦泽边,田忌久久望着那远去的一片白帆,凝神沉思了许久,总觉得这个张仪有点儿说不出来的异常之处,才华横溢豪气纵横,见事极快剖析透彻,可自己却总觉得不踏实。若没有与孙膑共处共事的那几年，田忌也许不会有此等感觉。莫看孙膑断了腿，看去像个文弱书生，实际却是一副傲视天下的硬骨头。他剖陈利害谋划行动，往往都是常人匪夷所思的奇路子，然则一经说明，就教人觉得扎实可行，心里特是踏实。小事如赛马谋划，大事如围魏救赵之桂陵大战、围魏救韩之马陵大战，都是天下独步的神来之笔。孙膑在齐国所有的谋划，都是田忌在实际操持实现。每次最关键最危险的环节，都是田忌亲自担当，两次大战，带兵诱敌深入的都是田忌，率领齐军冲锋陷阵的还是田忌，心里踏实，做起来就挥洒自如。今日的这个张仪，与孙膑同出一门，都是那鬼谷子老头儿的高足，如何自己总觉得有点儿别扭？

湖畔思忖半日，莫衷一是。田忌苦笑着摇摇头，踽踽回到了天阳谷，一头扎进那间本想邀张仪进去共商的"兵室"，闷了整整四天四夜没出来。

五 昭关大战 老军灭越

楚威王在郢都王宫隆重地召见了田忌。

楚国的元老重臣济济一堂，悉数参加了召见。楚威王没有将越战当军国机密，而是采取了大张旗鼓的举动。一来，他要显示对田忌的最高礼遇。二来，他要着意营造一种"谈笑灭越，举重若轻"的氛围，以振作楚国衰颓已久的士气，给第二次变法铺路。当然，给了楚威王勇气的，还当首推张仪。半月以来，楚威王经过张仪反复的对比剖析，对楚国与越国的实力民心军情国情，都有了清楚的了解，精神大是振作。他相信张仪的评判：楚国灭越，确实是"牛刀杀鸡，一鼓可下"，除了胜利班师，没有其他任何第二种可能。

据《战国策·齐策》载，"田忌亡齐而之楚，邹忌代之相，齐恐田忌欲以楚权复于齐，杜赫曰：'臣请为留楚。'谓楚王曰：'邹忌所以不善楚者，恐田忌之以楚权复于齐也。王不如封田忌于江南，以示田忌之不返齐也，邹忌以齐厚事楚。田忌亡人也，而得封，必德王。若复于齐，必以齐事楚。此用二忌之道也。'楚果封之于江南"。孙皓晖用此史实用得巧妙，张仪说楚，田忌封之于楚，正好可以想象田忌之事迹。田忌乃名将，不编点故事出来，太可惜。

　　身为大宾的田忌，却对大庭广众公然商讨大军行动很不以为然。

　　神速与机密，历来是兵家的两个基本准则。除了有意给敌方释放假消息，任何军事机密都不应该在朝堂上公然商讨。当初在齐国，大战运筹除了齐威王之外，只有他与孙膑秘密定策，连丞相驺忌也不能参与。今日这郢都王宫，却聚集了二十多位重臣元老，以令尹昭睢为首，昭、景、屈、黄、项，楚国五大世族的首领与中坚人物全部到场。田忌不禁深深皱眉，看了一眼坐在楚威王左下首的张仪，古铜色的长脸既淡漠又困惑。

　　其实，张仪事前也不知道楚威王要搞如此大排场。在他心目中，以何种礼遇召见田忌，在多大范围里商讨灭越大计，都是不需要他着意提醒的，说多了反而容易生疑。自己入楚本来就是匆匆过客，交换回田忌万事大吉，又何须多事？如今楚王要田忌统军灭越，他的担待便是全力相助田忌顺利战胜，不使生出意外。对于楚国事务，他绝不作任何涉及，楚威王问什么他回答什么，而且只说越国楚国的战事。及至今日入宫，见到如此隆重的场面，起初也颇觉意外。然则张仪毕竟豁达，转而一想，对楚威王的苦心便也体察了。更重要的是，在张仪看来，纵然事不机密，灭越大战也必胜无疑，又何须在如此细节上丝丝入扣地计较？看田忌的脸色，张仪便知这位秉性严正的上将军对自己心有不悦，却苦于大庭广众无从解释。好在田忌坐在楚威王右下首，与自己对面，便对田忌眼色示意无须计较，坦然应对便是。偏偏田忌眼帘低垂，浑然不觉，仿佛不认识他一般，张仪只好心中叹息一声了事。

　　"诸位臣工。"楚威王站在整块荆山玉雕成的王台上开始说话了，"越国蛮夷举国犯楚，十五万大军向西压来。本

楚王不如秦公之处。

王承蒙中原名士张仪鼎力襄助,请得田忌上将军入楚,统率我楚国大军迎击越蛮。今日恭迎上将军,是我大楚国的吉日。上将军将把整个越国奉献给大楚国,将给楚国带来土地、民众、荣誉与胜利!"

"楚王万岁!""上将军万岁!"朝臣被楚威王的慷慨情绪大大激发,高声欢呼起来。

令尹昭睢从座中站起,高亢宣布:"楚王授田忌大将军印——"

殿中乐声大起,四名老内侍抬着一张青铜大案,稳步走到大殿中央的王台之下。楚威王在肃穆的乐声中走下了王台,向肃立在大殿正中的田忌深深一躬,待田忌还礼之后,将青铜大案上的全套物事一一授予了田忌:一方大将军玉印、半副青铜兵符、一口象征生杀大权的王剑、一套特制的大将军甲胄斗篷。

楚国与中原各国不同,出征的最高统帅称"大将军"而不是"上将军"。其间的差异在于,楚国大将军的爵位更高一些,权力更大一些。中原战国在相继大变法之后,权力体制已经相对成熟,将相分权也已经有了明确的法令。楚国则因为吴起变法的失败,仍然是"半旧半新"之国,权力体制多有旧传统。这种旧传统有两个基本方面,一是世族分治,二是重臣专权,后者以前者为基础。在最终以战争形式决定国家命运的战国时代,所谓重臣专权,更多地体现在最高军事统帅的权力上。由于这种差别,楚国的大将军更多地带有古老的英雄时代的遗风——言出如山,肩负国家民众的生死存亡与荣辱。在寻常时期,楚国大将军的全套权力,从来不会一次性地授予任何一个统帅。这是君主保持权力稳定的必然制约。但楚威王清楚地知道,田忌这次率军灭越是交换性的,田忌是要回齐国的。一次授予大将军全部权力,非但能激励田忌的受托士气,而且绝不会出现大权旁落,更能向天下昭示楚国求贤敬贤的美名,吸引中原士子更多地流向楚国,何乐而不为? 田忌自然深知其中奥妙,所以也坦然接受了。

按照礼仪,楚威王当场侍奉田忌换上了大将军全副甲胄斗篷:一顶有六寸矛枪的青铜帅盔,一身皮线连缀得极为精致的青铜软甲,一双厚重考究的水牛皮战靴,一领绣有金丝线纹饰的丝绸斗篷。一经穿戴就绪,本来就厚重威猛的田忌更显得伟岸非常,直似一尊战神矗立在大殿之中。

"好——"众臣一片叫好,分外亢奋。

"田忌谢过楚王。"田忌向楚威王深深一躬,这是全礼的最后一个环节。

楚威王却并没有按照礼仪回到王座宣布开宴,他兴奋地打量着田忌,高声询问:"大

苏秦

将军,灭越大计实施在即,还需本王做何策应?"

田忌已经将大战谋划成熟,也确实想对楚王提醒几个要点,但都是准备私下与楚王秘密商谈的,看目下如此这般声势,楚威王的确与张仪想的一样——列阵一战便是了,完全没有与自己密谈定策的模样。此时不说,很可能就没有机会说了。想到这里,田忌肃然拱手道:"对越大战,乃楚国三十年来之最大战事,须倾举国之兵,方有胜算。田忌唯有一虑:楚国全部精兵南调,则北部空虚,须防中原战国乘机偷袭;以目下情景,与楚接壤的齐魏韩三国,都无暇发动袭击,唯有北方的秦国须做防范。臣请派一员大将驻守汉水、房陵一线,一保楚军粮草接济,二保后方无突袭之危。"

田忌说完这番话的时候,楚国的元老重臣们一片目瞪口呆。

在元老贵胄们心中,灭越大战的方方面面都是楚王早已经运筹好的,何有危险可言? 如今田忌一说,似乎这场大仗还未必是那么有把握,好像还有后顾之忧,顿时神色惶惶起来,你看我我看你,人人露出了疑惑的目光。楚国打仗,兵员钱粮的大部分都要从这些世族的封地征发,没有世族的支持,王室根本不可能有独立大战的根基。此刻他们若心有疑虑,这灭越大计便要麻烦起来了。

楚威王没有料到,田忌会提出如此一个事先完全没有想到的严重事实,赞同田忌所说么? 很有些扫兴。断然否定么? 田忌是天下名将,他有如此担心,定然不会是信口开河。楚威王阅历甚浅,这时对天下大势的确不甚了了,一时竟没了主意。猛然,他想到了张仪,转身笑道:"先生以为,大将军之言如何?"

张仪洒脱地大笑了一阵道:"大将军多虑了。秦国目下刚刚从内乱中挣扎出来,民心未稳,急需安抚朝野,根本无力

形势既至此,行事已打草惊蛇,无退路。

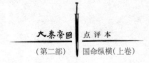

他图。况且秦国新军只有五万余，还要防北地、西戎叛乱，如何有军力南下偷袭楚国？大将军但举倾国之兵，一战灭越为上。分散兵力，不能彻底灭越，反倒拖泥带水，两端皆失。"

"兵家法则，后方为本，但求防而无敌，不求敌来无防。田忌但尽所虑，楚王决断便是。"田忌很是淡漠，完全没有争辩的意思。

楚威王经张仪一说，顿感豁然开朗，对田忌笑道："大将军全力灭越便是。预防偷袭之事有张子筹划，定能万无一失。"

"谨遵王命。"田忌没有多说，平淡地退到了自己座中。

"开宴，为大将军壮行。"楚威王一声令下，钟鼓齐鸣，举殿欢呼，一场隆重热烈的宴会一直到华灯齐明方才散去。

曲终人散，田忌向楚王、张仪辞行，带着一班司马匆匆赶赴军中去了。

楚国东北部的原野上烟尘蔽日，大江中樯桅如林。

越国大军从水陆两路大举压来。

张仪走后，越王姒无疆与一班大臣将军商讨了整整两日，方才将攻楚的诸般事宜确定了下来。原先进攻齐国，北上的只有马步军，而今转而攻楚，自然要动用舟师（水军），不得不稍缓了些许时日。早年，只有楚吴越三国有舟师，而以吴国的舟师最强大。吴国舟师以震泽（太湖）为根基水寨，上溯入江可直抵云梦泽进入楚国，南出震泽则直接威胁越国。当年吴国大败越国，舟师起了很大的作用。后来越国灭吴，舟师也起了同样作用。吴国灭亡，越国接收了吴国舟师，水军规模便成天下第一。与吴越两国对舟师的重视相比，楚国尽管拥有天下最为广袤苍茫的云梦泽，舟师却一直规模很小，作用也不显著。根本原因，是楚国的战争重心一直在中原大地，舟师派不上大用场。

这次，越王姒无疆大起雄心，要一举攻占楚国东北部江淮之间的几百里土地。这一带平坦肥沃，河流湖泊纵横交错，正是水陆同时用兵的上佳之地，越国舟师正好派上用场。议定大计，越王派出快马特使兼程南下，急令舟师出震泽进长江，直达云梦泽东岸扼守。他自己亲自统率的十五万马步大军，则从北向南压来，形成"南堵北压"的攻势，意图一举占领江淮原野二十余城。

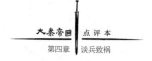

如无疆是志在必得,诏命舟师多带空货船,准备大掠楚国财货粮食。越国舟师的战船原是两百余艘,征发的空货船却有三百余艘。五百多艘大小船只张起白帆,在浩渺大江中陡然立起了一片白色的樯桅之林,旌旗招展,号角相闻,声势壮阔至极。陆路之上,从琅邪南下的十五万马步大军汹涌展开,更是沉雷般滚过江淮原野。

消息传来,农户逃匿,商旅远避,大小城堡尽皆关闭。

楚国东北顿时陷入了惊恐之中。

就在越国水陆两路大举压来的同时,楚军也针锋相对地向江淮地区移动——陆路出昭关①,水路下长江。与越国煊赫浩大的声势相比,楚国大军却是悄无声息地秘密移动,尽管还达不到田忌要求的那种隐秘与快速,却也不会将进军意图张扬得路人皆知。

战国之中,楚军的构成最为复杂。由于吴起变法夭折,新军训练没有成熟定型,楚军就变成了一种"老根基,新影子"的混杂大军:战车兵、骑兵、步兵、舟师四大兵种全都有。舟师不用说,是楚国这种水乡泽国的特殊兵种,与一百多年前没有任何变化。战车兵本该早已淘汰,可楚国却原封不动地保留着两千辆兵车与十万战车兵。铁甲骑兵是战国新军的核心兵种,可楚国却只有不到五万骑兵,而且还算不得精锐铁骑。楚国步兵本来不独立,在车战时隶属于战车单元,战车淘汰后,步兵才开始了与骑兵对应的独立步战。这种似独立非独立的步兵,楚国有三万多,既不属于战车兵,又不是与骑兵有效结合的步骑新军,只是全部驻扎在房陵山地,守护着这个辎重基地。楚国大军号称三十万,实际上的主战力量就是十万战车兵,其余的骑兵、步兵、舟师加起来十万出头,都不能独当一面地作战。

反复盘算,田忌只有根据楚国的实际军力来打这一仗。

田忌命令:舟师的一百多艘战船从云梦泽直下长江,在彭蠡泽江面②结成水寨,断绝越军舟师的退路。此时,越军舟师已经进入云梦泽东岸的安陆水面③,正在上游。越军舟师原本就不是为打仗而来,驻扎在云梦泽东岸,为的只是要堵住"楚军溃败之残部"准备大量装载抢掠财货,顺流而下。楚军舟师悄悄卡在下游的彭蠡泽江面,越军舟师便无

① 昭关,今安徽含山北部的小岘山地区。
② 彭蠡泽,古代长江大湖泊之一,在今九江区域。
③ 安陆水面,古代云梦泽东部,当在今武汉区域。

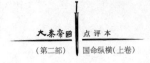
法单独逃回越国。这是田忌的缜密处——若仅仅是陆上战胜,而让越军残部从水路逃走,那也不能一战灭越。

与此同时,田忌亲自率领十万战车兵与五万骑兵秘密东进,日夜兼程地赶到了昭关外的山谷扎营,准备迎候越国大军,在这里决战。对于驻守房陵的三万步兵,田忌没有动用。他始终认为,房陵汉水是楚国大军的粮草基地,却是一根软肋,需要有所防范。尽管楚王与张仪都拒绝了他的看法,但既然做了楚国的统帅,田忌还是要为楚国认真谋划,不想顾此失彼。三万步兵,对于战胜越国来说,增添不了多少力量,但对于扼守汉水房陵来说,就是一支弥足珍贵的兵力。这是田忌瞒着楚威王君臣与张仪,私自决断的,假若对越国战败,田忌就要承担"调兵失当"的罪名了。

昭关外的丘陵原野,是田忌选择的战场。

昭关是楚国东部要塞,也是与老吴国的界关。这里东临大江,多有丘陵山地,昭关坐落在岘山两座山峰夹峙的谷口,山外是平坦的原野河谷。无论从东部还是北部进入楚国,昭关都正当冲要。田忌率先头五万骑兵赶到时,从郢都、淮北几座军营陆续赶来的战车兵还没有全部到达。等得三两日,这些笨重的战车,才在轰轰隆隆的人喊马嘶中卷着冲天的烟尘到齐了。

这时田忌接到斥候急报:越军还在三百里之外,两三日才能赶到昭关。田忌不禁长长松了一口气:"天助楚国也。"原来,他最吃不准的就是楚军与越军的行军速度。当年与孙膑打仗时,都是靠大军快速调动实施谋略的。围魏救赵、围魏救韩,都是千里驰驱,昼夜兼程,否则不能诱敌深入,更不能集中兵力伏击强敌。这场大战,楚军能够先期到达,以逸待劳,可在国门之外进行决战,胜算便很大。若越军先期到达攻下昭关,则楚国朝野震恐,纵能在境内取胜,也必得大费周折。尤其是这种老式战车兵,如不能先敌从容部署,仓促迎战十有八九都会溃败。

这两天时间可是太要紧了。田忌立即下令:大军偃旗息鼓,全数驻扎在隐蔽的山谷,使昭关外的河谷原野看不到一座军营。暮色时分,田忌升帐聚将,开始详细部署大战谋划。由于楚军车战将领对新战法非常生疏,田忌必得向每个受命将军反复说明交代,如此直到四更方散。

一切准备就绪,楚威王与张仪赶到了。看到昭关外一片宁静的原野,楚威王惊讶了:"大将军,楚国大军何处去了? 还没有抵达么?"田忌悠然道:"虚则实之,实则虚之。

楚王但放宽心便是了。"张仪爽朗笑道:"将在外,君命有所不受。楚王明日但看大将军灭越是了,何须问他细务?"楚威王恍然笑道:"先生说得是。大将军,虚则实之。好。"

第三日将近午时,山外碧蓝的晴空突然变成了灰黄色,隐隐沉雷从东北天边隆隆逼来,昭关外的河谷也突然阴暗了下来。须臾之间,沙尘天幕中旌旗招展,恍若连天海潮向昭关压来。岘山峰顶的楚威王与张仪看得特别清楚,不禁相顾变色。再看旁边的田忌,却正在指挥军吏转动那杆黄红色的大纛旗。大旗三摆,田忌已经飞马下山。

片刻之间,楚威王便看见岘山谷口排开了一个巨大的步兵方阵。仔细看去,竟然全部是弓弩手,战车骑兵却不见踪迹。田忌立马阵前,怀抱一面红色令旗,却是好整以暇。楚威王不禁低声嘟哝:"如何只有这少许人马? 越军可是十五万大军,仅能这样打么?"张仪高声笑道:"楚王快看,似无疆到了。"楚威王遥遥鸟瞰,只见土红色的越军已经漫山遍野地压到岘山谷口,东北原野上犹有烟尘蔽天源源涌来。当先两辆战车,第一辆载着一面"越"字大纛旗当先奔驰。这是战车兵的战阵传统,叫护纛车。后面一辆战车却是四匹白马驾拉,驰骋如飞,在土红色的海洋里分外抢眼。楚威王对战车还算熟悉,一眼看去,便知这是一辆配备五名车战甲士的重型战车。战车正中,一领大红斗篷迎风飞舞,头顶玉冠在阳光下熠熠生辉,显然是越王似无疆。

将近楚军一箭之地,越王战车停了下来。似无疆打量着谷口这片土黄色的步兵方阵,扬鞭一指哈哈大笑:"阵前何人? 些许黄虫,能挡得海神天兵么?!"

田忌出马阵前,拱手一礼:"在下田忌。我有十万天兵埋伏,越王还是下马向楚王称臣,免你死无葬身之地。"大将军没有一丝笑意。

"田忌? 噢哈哈哈哈哈哈!"似无疆笑得更加骄狂,"无名鼠辈,也学会了本王的海神天兵战法么?"

"正是。"田忌又是一拱,"天兵战法,越国一绝,在下自然向越王讨教。"

"好噢!"越王似无疆一跺脚,大纛旗与重型战车飞一般驰向右边一个山包,到得山顶,越王向东海方向深深一拜,猛然回身,拔出青光闪烁的吴钩大吼,"海神驾临——天兵奋威——"随着悠长尖锐的呼号,那面红色大纛旗左右急速摆动,越军阵前的三百多辆战车飞驰两边,"呜呜"的海螺号声响彻山谷,土红色海洋中涌出了一个怪诞狰狞的大阵——青面獠牙的海蓝色面具,硕大的棕色皮盾,闪亮的吴钩弯剑。

这便是天下罕见而越国独有的"海神天兵阵"。随着大阵涌出,越军的三百多辆战车与两万多骑兵分列在"海神天兵"的左右原野，成为侧翼力量压了过来。

孙皓晖把越国写得神怪。

田忌曾经做过齐国的南长城守将，对楚越两军的军制战法都很熟悉。据多路斥候回报：越王这次"伐楚"以战车与骑兵当先，步兵随后，而没有以"海神天兵"做主力大阵的意思。虽然越军的战车、骑兵数量很少且战力较弱，但田忌还是不想用楚国的战车骑兵正面迎击。若双方车骑正面交战，楚军最多只能击溃越军车骑而不能歼灭。在大体平坦的山原河谷交战，战车与骑兵都很容易脱离纠缠而逃跑。最好的情势是：越军以步战为主，战车骑兵辅助步兵大阵，有利于楚军一战成功。越国多山，加之河流纵横湖泊密布，战车骑兵难以驰骋，所以历来以步兵为主力军。越人剑术普及，精健灵动，几乎人人都是上佳武卒。所以越军的十万步兵是真正不能小视的。中原战国与越国交兵，最感棘手的还是越国步兵。以常理推测，楚军似乎不应与越军步兵正面决战。

但事有奇正，目下的楚军偏偏就是越国步兵的对头。原因很简单，开到昭关的楚军只有战车兵与骑兵。这战车恰恰是单纯步兵的最大克星。虽然说车、步、骑各有所长，但在特定形势下却不能一概而论。两军总体对比，都是车战时代的军制战法，无分伯仲。但同是旧军，战车冲击力大大优于步兵。尤其对于没有深沟高垒的步兵，战车更是致命威胁。而楚国的五万骑兵，多少还有一些新军的影子，对付越国的战车、骑兵也是游刃有余。正因为如此，田忌才要设法引诱越王摆出"海神天兵"的步兵大阵来。而在骄横的越王姒无疆看来，却是将计就计，正好牛刀杀鸡，何乐而不为？

见战阵列好，田忌高声喊道："请越王发兵——田忌天兵应战也——"喊声落点，飞马驰向楚军大阵右边的山头，站在了一面亮黄色的大纛旗下。

楚国灭越之战示意图(公元前331年)

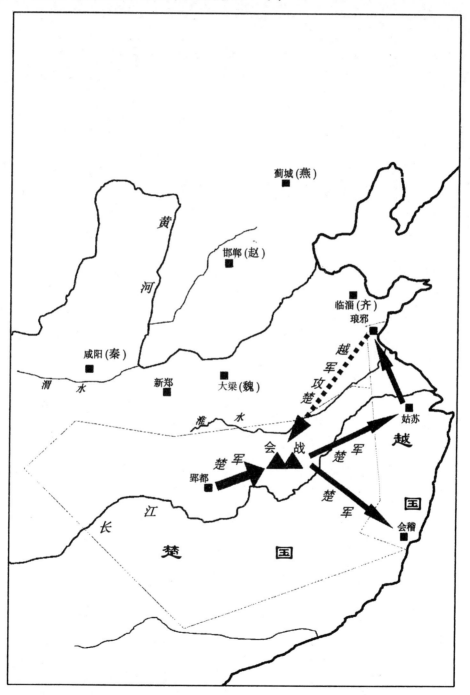

"海神天兵——灭杀黄虫——"越王姒无疆一声高喊,土红色大纛旗急速摆动,山头上的几百支海螺号凄厉长鸣,海蓝色的狰狞大阵轰轰轰地向楚军压了过来,大有排山倒海之势。

楚军大阵却像沉寂的山谷,只闻风卷旌旗的猎猎之声。待海蓝色大阵压到半箭之地,楚军山头突然战鼓如惊雷滚动,黄色方阵万箭齐发,海蓝色的浪头便轰隆隆卷了回去。与此同时,田忌所在山头的黄色大纛旗四面摆动,几百支牛角号呜呜吹动,两面山谷中惊雷大作,一面涌出的两千辆战车如山崩一般压向海蓝色大阵,一面涌出的五万骑兵如潮水般卷向越国两翼的战车。楚国的战车全部是两马驾车、车下五十卒、车上甲士三名的中型战车。车上甲士配备长矛硬弓,车下步卒都是吴钩藤牌。越军步卒的个人技击能力虽然出色,却从来没有结阵而战的训练传统,其战法与北方胡人的散漫冲杀如出一辙。如此步兵又无壕沟掩体,与山岳般压来的战车正面撞击,立即被分割得七零八落,兵不见将,将不见兵,一片呼喝吼叫。楚军战车后的配伍步卒趁乱猛砍猛杀,漫山遍野的海蓝色"天兵"大阵,顿时成了楚军的大屠场。

车战是成本极为高昂的一种古典战法。战车精良、车上技击、车下配伍,是车战的三个基本要素。一辆装备精良,经得起高速奔驰、剧烈颠簸、强力冲撞而又能保持作战性能的战车,大约需要数十家农户一年的赋税才能打造出来。春秋时代,一个大诸侯国能拥有一千辆战车,便是非常难得的了,此所谓千乘之国也。而车上甲士的技击训练更是严格。且不说在高速颠簸中保持长矛击刺、强弓远射的杀敌能力,仅甲士所需要的基础功夫——驾车、马术、车上平衡、相互配合保护等,就远非一般人所能胜任。而与车战配伍的步卒与寻常步兵也有很大不同,除了跟随战车奔跑杀敌的速度与耐力,还得保护战车不被敌方伤害,同时又必须在高速奔跑中结阵杀敌。也就是说,车战是一种完整的战争方式,对所有方面都有严格的要求,绝不仅仅是简单的马车加步兵。这种高昂的成本,是车战消亡的重要原因。到了战国之世,频繁的战争使车战所需要的各种资源无法满足:战车无法快速打造,车上甲士无法成批训练出来,配伍步卒也难以大批挑选出来,就连适合驾驭战车的良马也根本无法源源提供。

目下,楚国这车上甲士与车下步卒就多有滥竽充数者。为了确保战车的冲击力,田忌事前对战车兵作了适度裁减。车上甲士减为每车两人或一人,车下步卒每车减为三十卒或二十卒,年长迟钝者全部改为弓弩手,所留甲士步卒都是较为精悍的劲卒。所以，楚军战车在平坦的河谷原野上展开，轰隆隆铺天盖地，威力大是惊人。

两翼的骑兵冲杀，又是另一番景象。越军的骑兵与战车本来就是越王姒无疆的直辖亲军，寻常都在中央主阵保护越王。偏偏今日以"海神天兵"做了主阵，骑兵战车被摆在了两翼，越王的重型战车也脱离了战车阵形，飞上了一座山包去指挥大军。楚军骑兵一出谷口便分为两路，一路杀向越军的三万骑兵，一路包抄越军的三百辆战车。越军的骑兵与战车本来缺乏训练，数十年来几乎没有经历过实战，战马、骑士、战车，都成了徒有其表的仪仗兵。相比之下，楚军毕竟长期与中原冲突，骑兵更是最经常使用的快速力量，基本的战力始终是稳定的。冲击越骑的这路楚军骑兵也是三万，兵力相当，按照骑战规矩，正是旗鼓相当。但一经在原野上展开，三万越骑却大见狼狈——旗帜散乱，盲目窜突，大呼长吼间纷纷人仰马翻。楚骑尚未冲杀到核心，越骑先自乱作一团，有的要冲过去保护越王，有的要与战车会合，有的要逃跑，有的要杀敌，自相冲突践踏，完全不成阵形。楚骑山呼海啸般杀来，吴钩闪亮翻飞，不到半个时辰，越军骑兵便告土崩瓦解。

另一路骑兵对战车，更是奇观。战车是老式重兵，骑兵是新军重兵。车战时代没有集团骑兵（散骑例外），所以也没有战车与集团骑兵交战的先例。目下，战车在中原战争中消亡，集团骑兵也没有过与战车交锋的战例。如此一来，这场车骑之战便成了无规矩可循的乱战。战车与骑兵，都以快速奔驰为基本点，谁丧失了速度，谁便丧失了冲击力。战前，田忌给这两万楚军骑兵的战法是"百骑对一车，先车后卒"。按照越军战车一车百卒的军制，三百辆战车共三万兵力。楚军的一百骑对越军一百卒加一辆战车，也是旗鼓相当。谁知越军战车一开始奔驰迎击，山原上便大是热闹起来：越军的

孙皓晖摆出来的对阵，通常都是敌愚蠢我聪明，偏心！

老旧战车一经剧烈颠簸,有断轴者,有折辕者,有甲士摔下战车者,有步卒被战车碾死者,甚至有车轮四散而战马只拖着车厢狂奔者……楚军骑兵冲杀间忍不住一片哈哈大笑。

日暮时分,战场的喊杀声沉寂了,昭关外唯有楚军欢呼胜利的声音。

整整两个时辰,越国的十五万大军土崩瓦解,似无疆被乱军所杀,越军残部全部降楚。

在楚军的欢呼声中,楚威王在昭关举行盛大宴会庆功。张仪、田忌被楚威王请到了最为尊贵的中央位置,楚威王自己与随行大臣则全部在偏座。张仪洒脱不羁,见楚王相邀盛情难却,也就哈哈大笑入座了。田忌却是几番推辞,总算被楚威王扶到了案前,还是如坐针毡般大不自在。

"诸位臣工。"楚威王兴奋地举起了大爵,"一战灭越,全赖先生谋划、大将军统军大战之功! 来,为先生,为大将军,干此一爵!"

"为先生! 为大将军! 干!"全场欢呼,个个痛饮。

"启奏我王。"令尹昭睢起身高声道,"臣请赐封田忌大将军三县之地,封号武成君,统率大楚兵马,北上与中原争霸。"

"臣等赞同!"楚国大臣异口同声。

楚威王爽朗大笑:"大将军,本王正有此意,就做楚国武成君如何?"

田忌一脸肃然,拱手答道:"楚王与先生本有定议,田忌只打一仗。"

张仪看看楚威王笑道:"楚王英明,岂肯食言自肥失信于天下?"

"噢,回头再议了。"楚威王岔开话题道,"先生、大将军对灭越后事有何见教?"

時辰太少,有点匪夷所思。当然,这是末节。

张仪悠然笑道："越国立国一百六十四年而被楚灭，使楚开地千余里，增民两百万，几成半天下之势，天下待楚国将刮目相看也。然则，越国部族散居荒山、水泊、海岛，极难归心。欲得真正安定，化越入楚，尚需派出一支大军常驻越地十余年，待其民心底定后再行常治之法，方为上策。"

"大将军之见如何？"楚威王似乎更想听田忌的看法。

田忌坦然道："先生所言，极是远虑深彻，田忌以为大是。"

"好！"楚威王拍案，"明日即派大军开赴越地，化越入楚……"

突然，大帐外马蹄声疾，大是异常。楚威王尚在沉吟间，辕门已经传来锐急的报号声："房陵军使，紧急晋见——"话音落点，一人跌跌撞撞进帐，一身污秽血迹，扑在楚威王案前号啕痛哭。

帐中皆愕然变色，楚威王却大是暴躁，拍案怒喝："败兴！说话！"

"禀报我王。"军使哭声哽咽道，"秦军偷袭房陵，夺我府库仓廪，杀我两万余人，汉水之地三百里，全都让秦国占了……"

偌大军帐，骤然死一般沉寂，方才的隆重喜庆气氛片刻间荡然无存。汉水三百里土地尚在其次，房陵数百座粮仓府库的失守才当真令人心惊肉跳。那里储存了楚国十分之七八的粮食兵器财货，夺走房陵，无异于夺去楚国近百年的府库积累。对于任何一个楚国人，这都是难以忍受的噩耗。

死一般的寂静中，楚威王面色铁青，牙关紧咬，"咣当"将一只铜爵摔在地上。

令尹昭雎阴沉着脸站起，突然一声大喝："张仪——给我拿下！"

这时候才交代秦奇袭得手，沉得住气。楚王得不偿失。张仪惨了。

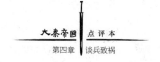
田忌愤然高声道:"且慢! 此事与张子何干? 田忌敢请楚王说话。"

楚威王冷冷地瞅了田忌一眼,大袖一甩,转身而去。如此几番折腾,张仪竟然还愣怔在座中,苍白的脸上木呆呆没有丝毫反应。田忌大急,疾步上前掐住了张仪的人中穴,大喊一声:"张子——"

六 错也数也 不堪谈兵

昏暗的石屋里,遍体鳞伤的张仪终于醒了过来,恍惚间仿佛一场噩梦。

身下的石板是冰凉的,浑身是冰凉的,心也是冰凉的,那一线微光似乎也是飕飕的凉风,将那一丝朦胧混沌的感觉都变成了冰凉。睁开眼睛,张仪觉得很清醒又很朦胧,明明是一方凉冰冰的天地,如何却又感到热烘烘的一片焦躁? 还是闭上眼睛想想,究竟发生了何等事情? 如何自己突然变成了一片空白?

张仪深深吸了一口气,日间之事在一片冰凉潮湿中渗了出来——啊,军使来报,房陵被秦军偷袭,楚王摔了铜爵,昭雎喊了什么? 是了,拿下张仪。对了,田忌还争吵了一阵,好像没用。以后的事么,不用想了,还能如何? 突然,张仪觉得很可笑,入楚原是名士,灭越之后更是尊神,如何正在被楚国君臣的香火供奉之时,虔诚的颂扬突然变成了一记闷棍? 一谋之功,由人而神。一谋之过,由神而鬼。世间事当真如此滑稽? 是也是也,当真滑稽。心念一闪,张仪突然大笑起来,边笑边唱:"习习谷风,维山崔嵬。无草不死,无木不萎。忘我大德,思我小怨。"唱着唱着,又飘飘然去了……

再次醒来时,张仪浑身软得酥了一般,透体的冰凉如何又换了轻飘飘暖洋洋,仿佛大醉之后一般? 那是什么声音? 窸窸窣窣隐隐约约的好像就在身边? 张仪费劲地睁开眼睛,却见一个人跪坐在身边,似乎还在低声哭泣,闭闭眼睛再睁开,张仪相信这不再是梦,不再是醉眼昏花,这是真实的。

"绯云? 是你么?"张仪含混地嘟哝了一句,那张嘴仿佛不是自己的。

"张兄! 你,你终于醒了……"哭声停了,泪珠却滴在了张仪脸上。

"绯云。"张仪慢慢张开嘴巴,"看,看,我的舌头还在么?"

绯云"扑哧"笑了,边抹眼泪边点头:"在,在哩。"

"好，好。"张仪长长地喘了一口粗气，"但有三寸舌在，张仪，还是张仪。"

"先别说话，我给你喂点儿热米酒。"绯云轻柔地扶起张仪倚在自己肩头，转身拿过一个布套包裹的铜壶，将壶嘴儿搭在张仪嘴唇边，"来，喝下去会好些。"香甜温热的米酒一入口，张仪大感干渴，咕噜咕噜牛饮般吞咽起来，一壶热米酒顷刻全部干净。张仪大感精神，四顾打量，发现这是一间竹墙茅屋，透过半掩的木门，一座苍翠的山头横在眼前，似曾相识。"绯云，这，这是何处？"张仪惊讶得有些结巴起来。

"长阳谷，田忌隐居之地。"

"如何能在这里？田忌何在？"

"张兄莫急。"绯云叹息了一声，"我这就说给你听……"

昭雎缉拿了张仪。田忌大急，一面教绯云到令尹大帐打探，一面连夜紧急求见楚威王。绯云火急赶去，用一百金买通了令尹府一个军吏，才得以守候在令尹府门厅等候。夜半时分，田忌匆匆赶到，出示了楚王的金令箭，才强迫昭雎放出了遍体鳞伤的张仪。出得令尹府，田忌什么话也没说，连中军大帐都没有回，就亲自驾着一辆战车将张仪主仆送到大江边。这时，一艘轻便快船已经在江边等候了。朦胧月色下，田忌对绯云说："先生重伤，好生护持。我稍后便归。余事不用操心，上船便知。"说完匆匆走了。

上得轻舟，一个精悍的年轻人来到舱中对绯云说："我乃将军族弟，名叫田登。小哥但放心看护先生便了。这是一个红伤药箱，小哥想必会打理红伤。"绯云急忙点头谢了，便在一支粗大的蜡烛下埋头打理昏迷不醒的张仪。整整一个时辰，绯云才将张仪的全部伤口擦洗上药完毕。这时田登又来到舱中，见张仪已经安然昏睡，方才对绯云说了田忌的安排。田忌叮嘱：楚国君臣正在嫌恶张仪，更兼昭雎险恶，先生不能

张仪在楚地受过奇耻大辱。《史记·张仪列传》载，"（张仪）尝从楚相饮，已而楚相亡璧，门下意张仪，曰：'仪贫无行，必此盗相君之璧。'共执张仪，掠笞数百，不服，释之。其妻曰：'嘻！子毋读书游说，安得此辱乎？'张仪谓其妻曰：'视吾舌尚在不？'其妻笑曰：'舌在也。'仪曰：'足矣。'"。就此小小的事端，孙皓晖写成一个大故事，借张仪之舌，道尽天下大势。由此亦可见，作者更看重"天下"，愿意把名士写成为天下而存的有大志向的人，而尽量略写个人之鄙事及私利，在这里，天下比个人大。

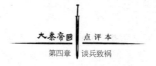

留在昭关,须得先回长阳谷疗伤,待痊愈后再作他图。如此飘飘荡荡地走了六天,才回到了这云梦泽的长阳谷。

"将军如何,他没受牵累么?"张仪急问。

"田登说,楚王与将军又做了一个交换:将军须统兵收复房陵,楚国方能放人。将军坚执要楚王先放出张兄,否则不接受交换。僵持半个时辰,楚王才出了令箭。送走我等,楚王便敦促将军连夜带兵北上了。田登安顿好我等,也随后追赶将军去了。"

张仪听得愣怔,良久道:"绯云,你去歇息,我好生想想。"

"哎,做好饭我便来吧。"绯云收拾了零碎物事,扶张仪躺好,轻手轻脚地出去了。

田忌统兵北上的消息使张仪大感意外。田忌为自己开脱辩解,这是很正常的;连夜赶到楚王行辕解救自己,也属该当之行。毕竟,是张仪给田忌创造了重新返回齐国的机会,而且准备共事图谋振兴齐国。利害关联,作为报答也都是题中应有之意。可是,以统兵收复房陵为交换,就大大超出了报答举动。秦国新军绝非越国的乌合之众可比,楚国的老战车与半新半旧的骑兵如何能收复房陵?秦军能够千里奔袭,谋划者与统兵大将一定都是非凡人物,岂能没有充分的迎战准备?楚军北上,岂非以卵击石?田忌作为当世已经成名的老将,历来用兵慎重,一个牛刀杀鸡的对越之战,尚且是战战兢兢如履薄冰,岂能对秦楚实力心中无数?更重要的是,如此交换,将使田忌在楚国越陷越深,楚人薄情寡恩,败了走不脱,胜了不能走,后患将是无穷尽的。实际上,做出如此交换,田忌等于将自己的后半生全部押给了楚国,重回齐国的愿望很可能因此而永远无法实现,对于一个齐国王族子孙而言,永远地客居异国,老死异乡,那真是一曲磨人终生的悲歌。

重知己对名士的重要性。

显然,田忌将自己押在楚国,楚国对张仪的恨意才会稍减，他张仪才算彻底地脱离了险境，才有安全养息的可能。张仪啊张仪，你值得田忌付出如此牺牲么？若是挚友知音如俞伯牙钟子期者，自然是士为知己者死，死而无憾。可张仪之与田忌，却只是初次结识，既算不得挚友，更算不得知音。张仪为田忌返齐奔波，也只是出于为自己物色力量的利益之需，本来就是"权衡利害决其行"，所以张仪对田忌也从来不从"义"字上说事，甚至也不从"道"字上说事。豪放不羁的张仪，对人对事从来不讲虚伪烦琐的情义理礼，而只追求透彻地把握利害关联。田忌虽寡言，却睿智，岂能不知策士纵横之准则？所以，张仪与田忌谈不上情义之交。那么，谈事定策的见识方面呢？似乎更与知音不搭界。

秦军偷袭房陵，田忌是经过认真揣摩，事先作为唯一的危险提出来的。而张仪，却不假思索地立即否定了田忌，最终也导致了楚王对田忌的否定。事实上，田忌并没有赞同张仪的看法，却也没有像策士那般据理争辩，非要见个你高我低。现下想来，田忌的那句话是有道理的："兵家法则，后方为本，但求防而无敌，不求敌来无防。"

回想起来，张仪真是不可思议，当时自己为何对如此要紧的兵家格言充耳不闻，那么一阵笑谈，便否定了一个当世名将的深思熟虑？张仪啊张仪，身为名门策士，如此浅薄轻狂，实在是天下笑柄。当房陵军使急报噩耗时，你张仪震惊得面色灰白，呆若木鸡般连话也说不出来，不觉得着愧么？！

心念及此，张仪苍白的脸色涨得通红，生平第一次生出了无地自容的感觉。仔细想来，自己对秦国从来不甚了了，偏偏竟莫名其妙地蔑视秦国。对兵家战事之学，自己从来就是皮毛耳耳，偏偏竟莫名其妙地轻率谈兵。张仪啊张仪，与苏秦的沉稳与透彻相比，你是何等的浅薄浮躁？苏秦常说："锋锐无匹，吾不如张仪也。"张仪对苏秦的这种称赞，每每总是大笑一通，口中"非也非也"，心里却是很得意的。这次，也是生平第一次，张仪蓦然醒悟，自己与苏秦相比，实在是差了一筹。

木门半掩，昏黄的阳光长长地铺在了茅屋的厅堂，张仪盯着枕在山头的那一轮残阳渐渐沉沦，一线冰凉的泪水涌上了苍白的面颊。

猛然，他心头一阵震颤，霍然挺身坐起，却又低低地闷哼了一声，沉重地倒下，压得身下的竹榻吱呀吱呀一阵大响。咬牙片刻，他重新坐了起来，抹抹额头汗水，撑着竹榻缓缓站了起来。四顾打量，他看见了门后那根撑门的风杖，试图走过去拿那根风杖助力,不想方得抬脚,膝盖便一阵发软,"咕咚"坐在了地上。张仪哈哈大笑,兀自摇头嘟哝:"昨日英雄盖世,今日步履维艰……"喘息得一阵,又全神贯注地两手撑地着力,竟缓慢地站了起来。咬牙挪得两步,将那支风杖抓在了手里,虽摇摇晃晃却总算没有跌倒。借风杖之力,张仪站着稳住了气息,自觉那种眩晕漂浮和眼前的金星慢慢消失,一身大汗之后,觉得大是清醒。拄着风杖,张仪一步一步地挪出了门外。

夕阳西下,一抹血红的晚霞还搭在苍翠的峰顶,一缕袅袅扶摇的炊烟正融进苍茫的暮色,三面青山如黛,谷底澄江如练,谷风习习,山鸟啁啾——多么美好的河山,多么美好的尘世。瞬息之间,张仪生出一种恍如隔世的感觉,痴痴地伫立在晚风之中。

"张兄——"随着脆亮急切的呼唤,绯云急匆匆赶来,"吔!你敢站在这儿?田忌这望乡台是临渊孤石,有多险!不知道么?快下来,慢点儿,踏实了,哎,对了。"

张仪被绯云一顿嚷嚷,下得孤峰高台,方才回过神来,抬头正要说话,却惊讶地盯着绯云哈哈大笑起来:"是了是了,这才是真山真水嘛!"绯云大窘,捂着脸笑道:"你不见了,人家顾不上了吔。"张仪高兴得点着风杖笑道:"好啊好啊,我张仪有个小妹了!"

张仪在长阳谷秘密养伤,绯云全副身心地操持料理。这长阳谷本是隐居之地,除了盐巴铁器等物要上市购买外,一切都是自耕自足。下厨做饭,就要先到菜田摘菜,到井中汲水,若米面没有了,还得捣臼舂面,便成了古人常说的"儿女常自操井臼"。更不要说还有自酿米酒、浆洗缝补、采茶炒茶、洒扫庭除等活计。但最要紧的,还是全力侍奉重伤的张仪,煎药喂药、擦洗伤口、敷药换药、扶持大小解、昼夜守候。绯云虽是精明利落,也忙得陀螺般转。

长阳谷原是留有两个守庄老仆,可绯云坚执自己料理一切,除了田中粗重活计,绝不要仆人帮忙。这些细碎烦琐而又连绵不断的活计,要做得又快又好又干净,便不自觉地要遵从一些基本规则:下厨戴围裙,头上包布帕,长发盘成发髻,喂药换药要跪坐榻前,浆洗缝补免不了要飞针走线。每日操持忙碌之中,绯云竟渐渐忘记了原来长期训练成的男身习惯,此刻风风火火赶来,头戴布帕,腰系围裙,一支玉簪插在脑后发髻上,长长的云鬓细汗津津,丰满的胸脯起伏喘息,眼波盈盈,白皙红润,活脱脱一个干练的美少

女。张仪如何不惊叹？

母亲将绯云交给他时，并没有说绯云是个少女。游历蹉跎，虽说也常常觉得绯云显出顽皮可爱的女儿神态，但也只是心中一动而已，张仪并没有认真去想。毕竟，少男少女之间的差别并不是泾渭分明的，而且也确实有那种音容笑貌相类于少女的少男。但更重要的是，张仪出身寒门，襟怀磊落而又洒脱不羁，对仆人历来不做贱人看，也不想无端地去追问这些一己之秘。在他看来，绯云不说，那便是不能说不愿说或者无甚可说，又何须使人难堪？今日绯云如此景象，他自恍然大悟，心中莫名其妙地大是畅快。

"吔，别站风里了，回去。"绯云羞涩地小声嘟哝。

"绯云。"张仪突然正色道，"必须离开长阳谷，收拾一下，后半夜走。"

"吔！这是为何？你伤还没好，走不得。"绯云一急，声音又尖又亮。

"吔，你不知道么？"张仪学着绯云独有的惯常口吻笑道，"田忌换我，身不由己，将我安顿在这里，也本是权宜之计。只要我在这里住，田忌便不能甩开楚国。将心换心，我要给田忌自由，他绝不想在楚国陷得更深。必须走！"

"没有人知道我们住在这里啊？"绯云还是想不通。

"小孩子话。"张仪"笃笃笃"地点了点风杖，"那房陵是昭雎封地，秦国挖了他老根，他恨死我了。纵然楚王放我一马，昭雎也会寻找我的。他是令尹，权势大了，这里决然逃不出他的密探刺客。"

"吔！"绯云惊出了一身冷汗，"那就快走！到齐国的路还算好走。"

"还能回齐国？"张仪苦涩地一笑，"回家，回安邑老家。"

"张兄，你……"绯云看见张仪眼中泪光，竟要哽咽起

女扮男装，自古以来，小说家皆偏爱。

小说中的张仪，对男女之事极为迟钝。这也是孙皓晖的惯用手法，写名士，多如此。

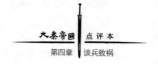

来,却又立即咬牙忍住,"好,回老家。走,你先歇息养神,我去准备便了。"

四更时分,月明星稀,一叶独木扁舟漂出了滚滚滔滔的长阳山溪,漂进了水天一色的茫茫云梦泽,漂向了遥远的北方彼岸。

"张兄,你在想甚?好痴吧。"绯云的声音在桨声中飘荡着。

"苏秦。他为何选择了秦国?"

"他觉得秦国好吧。还能有甚?"

张仪哈哈大笑:"倒也是!并无甚个奥妙。只是啊,我也得对秦国重新估量了。这老秦忒恶,跌我出门一个嘴啃泥,忘不了也!"

第五章　天地再造

一　异数中山狼

一个多月了，苏秦总算进入了上郡，走到了秦长城脚下。

回洛阳的大道是东出函谷关，非但路近，而且沿途人烟稠密多有驿馆，穷路富路都很方便。可苏秦不想走大道，不想教任何人看见自己这潦倒模样。出得咸阳时分，他已经孑然一身了无长物，唯一的一个青布包袱中，还只是不能吃不能喝且越来越显沉重的几卷竹简，直与乞丐一般无二。理论起来，一次说秦失败，也远非陷入绝境，还完全可以继续游说其他几个大国，毕竟成就霸业的雄心绝非秦国一家。可是，一次莫名其妙的车痴之祸，竟使自己一夜之间变成了赤裸裸的穷汉子，举步维艰，如何能去周旋于王公大臣之间？苏秦倒是闪过一个念头，去燕国，燕姬一定会帮助自己。认真一想，不禁失笑。燕姬初为国后，纵然想帮自己也未见得能使

燕姬恐怕也是绝色，否则苏秦不会心心念念。

上力。纵然燕姬能使自己衣食不愁,可那无聊的日子受得了么? 若在燕国再度被困,那可就真正地陷入绝境了。

苏秦在北阪道边想了整整一夜,最后终于想定,只有回家。

苏秦选择的这条路很生僻,与其说是路,还不如说只是个方向——出咸阳北阪,经云阳①、栒邑②直入北地郡③,再沿秦长城到上郡的阳周④,而后东过大河,经离石要塞再南下回洛阳。且不说这条路比函谷关大道远了多少倍,更重要的是,在进入魏国河内地区之前,这是一条越走越荒凉的险道。可苏秦顾不得那么多,他只有一个念头,不要见人,悄悄回家。至于吃苦冒险,那是上天对自己荒唐行径的惩罚,原是罪有应得。

夕阳将落,河西高原已经湮没在暮色之中了。披着晚霞的夯土长城像是一道鳞光闪闪的巨龙,顺着山脊蜿蜒地伸向了东北,直达遥远的云中大河南岸。无边林木覆盖了千山万壑,极目望去,一片苍苍莽莽的空旷寂凉。山风呼啸,林涛隐隐,唯有长城亭障上那一缕袅袅飘散的炊烟,那一阵召唤巡骑的悠扬号角,给这荒莽的山林沟壑增加了一线生机。

这便是名闻天下的河西高原,一片人烟稀少的荒莽山地。

苏秦从来没有到过河西之地,以往也确实难以理解,秦魏燕赵与阴山胡人为何要反复争夺这片荒莽的高原? 一百多年征战厮杀,死人无算,争来这片荒凉的山塬究竟有何大用?这次从关中跋涉北上,历经山山水水隘口亭障,才明白

要写苏秦的奇遇。

① 云阳,古县名,秦置。在今陕西淳化西北。
② 栒邑,古县名,秦置。即今陕西旬邑县。
③ 北地郡,郡名,战国秦置。治所在义渠,即今甘肃西峰。
④ 阳周,今陕北绥德以西,当时是秦长城的要塞。

了这荒莽的河西高原是多么重要的必争之地。如果仅仅从
生计上看，这里多是山林沟壑，既没有适合放牧的广阔草场，
又没有多少值得耕耘的良田，无论谁占领这片高原，都不能
得到当时极为缺乏的人口农田与牛羊。

　　但若从国家争霸的整体上看，河西高原便光芒四射。它
是矗立在整个大中原腹部的制高点，谁雄踞河西高原，谁便
对四面势力（北方匈奴、东方燕赵、西部秦戎、南部魏韩）有
了居高临下的威慑力。魏国占领河西的五六十年，正是魏国
的最强盛时期。秦国收复了河西，便立即成为鸟瞰中原、威
慑北胡的强势大国。秦国要确保河西高原，靠的就是西边的
大河天险，东边的千里长城。商鞅收复河西后，将大河天险
延伸到了东岸的离石要塞，将秦国原来的旧长城一直修筑到
了云中①之地。如此一来，河西高原便成了稳定的老秦本
土，秦国便真正成了被山带河的四塞之国。天时地利，何独
佑秦国也？

要成大材，必先磨炼。

　　饥肠辘辘地感慨嗟叹了一番，苏秦不禁失笑，暗自说声
"惭愧"，连忙坐在一块山石上铺开包袱布，开始大咥起来。
这是老秦人的狩猎路饭，一块半干的酱牛肉夹进厚厚的大
饼，再加几根小葱，便是一顿结实鲜辣的路饭。苏秦食量本
来不大，可一个多月跋山涉水下来，竟变得食量惊人，每次开
吃都将所带路饭一扫而光，兀自感到意犹未尽。饶是如此，
也还是变成了一个精瘦黝黑长发长须的山汉子，任谁也认不
出这是昔日的苏秦。吃完路饭，苏秦到山溪边咕咚咚牛饮了
一通，又跳进水里擦洗了一番，这才感到清凉了许多。收拾
好自己，看看太阳已经完全下山，天色就要黑了下来，连忙背
起包袱提起木棒，又开始了跋涉。

---

①　云中，今内蒙古呼和浩特西南部，当时有要塞城堡，后有云中郡。

夜行昼宿,这是老猎户教给苏秦的"河西路经"。

一路行来,苏秦是讲书换食。每有农家可夜宿,不管老秦人如何朴实好客,苏秦都要给主家的少年子弟讲一两个时辰的书,以表示报答。走到白于山麓①时,农户渐渐减少。一打听,才知道自从商鞅收复河西之后,将散居深山的农户全部迁到了河谷地带,建立新里(村)推行新法,山林中只留下世代以狩猎为生的老猎户。

那一日,天色已经黑了,却看不见一户人家。苏秦正在着急,却遇见一个老猎户狩猎归来,邀他到家中做客。那是山坳里的一座小院子,大石砌墙,石板垒房,老猎户一家在这简陋坚固的山石小院里已经居住了四十余年。老人有两个儿子,都在深山狩猎未归,家中只有老夫妇留守。苏秦无书可讲,便与老人在山月下谈天说地,请教河西路情民风。老人见苏秦是个大世面人,谈吐豪爽快意,一发打开话匣子,将"河西路经"整整说了个通宵。

"河西山路两大险,地漏中山狼。"这是老人最要紧的告诫。

所谓地漏,说的是那些被林木荒草覆盖的无数沟壑山崖。老猎户说,大禹治水的时候,这河西高原被大大小小的河流山溪冲刷切割得沟沟坎坎峁峁塬塬,山崖多,山坑更多;偏偏又是遍山的林木荒草,一眼望去的平坦山塬,走起来却是险而又险;一不小心,便要掉进树枝荒草下的山崖山坑。老人说,许多山坑深不见底,通到了九地之下,掉下去便没有救了。秋冬草木枯萎,"地漏"之险稍好一些。夏日草木葱茏,最是危险。由于这种"地漏"之险,河西人行路都有一支长长的木棒探路,而且大都在白天走路。

虚实相间法,看似受磨难,实为察国情,此乃"走访"之办法。不走访,不知民情社意。苏秦"走访",要观秦国变法,孙皓晖要借苏秦之口道商鞅变法后效。

---

① 白于山,今陕北靖边与吴旗之间的山地,秦长城沿此山北进。

"可你不行。不能白天走。"这是老人的又一告诫。本地人行路大多是短途短时，自然是白日最佳。但对长途跋涉竟日行走者，却要白天睡觉，晚上走路。老人说："一出白于山，荒山老林无人烟。"长行路，必定疲惫不堪，夜里一旦睡死，便有极大危险。只有白昼时日选个安全避风的山旮旯儿，方可睡上一两个时辰。且次日再睡，一定要离开昨日地点六十里以上，否则仍不能安宁。

这一切，都是因为河西高原还有最大的一个危险——中山狼。

河东有个中山国，乃是春秋早期的白狄部族建立的。那时，西北方的戎狄胡游牧部族大举入侵中原，与东南部的苗夷部族一起，对中原形成了汪洋大海般的包围。白狄是其中的一个部族，占据了晋国北部的山地河谷。后来齐桓公尊王攘夷，联合中原诸侯连年大战驱赶夷狄，终于将入侵的游牧部族赶出了中原大地。这时，晋国北部的白狄却已经化成了半农半牧的"晋人"，被晋国当作属地接纳了。后来晋国衰落，智魏赵韩四家争斗不休，白狄又野心大起，趁机自立为诸侯邦国，叫作了"中山国"。中山国建立不久，便被新诸侯魏国吞灭了。后来吴起离魏，魏国军势减弱，白狄部族又从草原大漠卷土重来，中山国又神奇地复国了。这个中山国虽然说不上强大，却好勇斗狠，横挑强邻，死死咬住燕赵两国不放，居然还小胜了几次，被天下人看作与宋国一般的二等战国。

中山国声名赫赫，一大半是因了这中山狼。

老猎户说，中山狼都是妖狼，狡猾赛过千年老狐，凶残胜过虎豹。它认人记仇，遇上落单的路人，绝不会一下子扑上去将人咬死，而是跟着你周旋挑逗，直到这个人筋疲力尽心胆俱裂，才守在你身边慢慢撕咬消受；若有人打杀了狼崽，中

这两段写得好，里面有生活智慧。远古时期自然环境之恶劣，远非今天的人所能想象。昼睡夜行，也许可以保证人身安全。

编得奇妙。孙皓晖不愿意放过任何一个有趣的传闻（或寓言）。其实东郭先生比中山狼还声名狼藉。东郭先生虽仁慈，但愚蠢。狼从来没有"告诉"过人，它是仁慈守信的。这里写中山狼，定是透过中山狼写苏秦的奇遇，苏秦必遇中山狼。

司马迁似乎不喜中山国，至少是比较忽略中山国。

山狼便会跟踪而至,日复一日地咬死你家的猪羊牛鸡,再咬死你家的小孩女人,最后才凶残地吞噬主人。更有甚者,中山狼能立聚成群。寻常时日,你无论如何看不见狼群。但若有孤狼遇敌,这孤狼伏地长嗥,片刻之间便会聚来成百上千只中山狼,连虎豹一类的猛兽也吓得逃之夭夭。河西高原的猎户以剽悍出名,可是不敢动这中山狼。魏国占领河西高原的几十年里,中山狼几乎就是河西高原的霸主。狼灾最烈时,魏国军营的游骑夜间都不敢出动。河西高原人烟稀少,一大半都是这中山狼害的。

老人说,早先晋国的权臣赵简子曾经以狩猎为名,率大军三次杀狼,中山狼一度不见了踪迹。可中山国复活后,这中山狼也神奇地复活了。商君收复河西后,为保境安民,下令五千铁骑专门剿灭狼群。说也怪,这秦军铁骑仿佛天生就是中山狼的克星,狡猾凶残的中山狼硬是被他们杀怕了。秦军总是以三五小骑队驮载带血的牛羊引诱狼群聚集,而后大队铁骑从埋伏地猛烈杀出,穷追狼群,每"战"必杀中山狼数百头以上。经过三五年的灭狼战,河西高原的中山狼渐渐少了。

"还是要小心。猎户都知道,妖狼还没有死绝。"老人重重地叮嘱。

苏秦听得惊心动魄。他想不明白,这中山国与河西高原非但隔着横亘百里的崇山峻岭,还隔着一道惊涛骇浪峡谷深深的大河天险,中山狼如何就能翻山渡河而来?天地造化,当真是神秘莫测。苏秦原是听老师说过,中山狼是天下异数——白狄部族有驯兽异能,他们当年南侵时从草原大漠带来了漠北狼群,这种狼以中山国山地为巢穴,却很少伤害白狄人,只是成群地流窜邻国,使燕赵魏秦头疼不已。中山国四邻都是强大的战国,但若无充分准备和精锐大军,都不想与这个"狼国"纠缠。中山狼对于中山国来说,简直不亚于十万大军。

夸张手法。

那时候，苏秦听了也是听了，只是将老师这"顺便提及"当作了一段天下奇闻，没有上心。如今想来，这中山狼竟远非"奇闻古经"四字所能了结，它是实实在在的灾难，匪夷所思的天地异数。

老人很是周到细心，特意给苏秦削磨了一根青檀木棒。这种青檀木坚如精铁，敲起来"刚刚"响，寻常利刃砍下连痕迹也没有。五尺长短，粗细堪堪盈手一握，极是趁手。老人说，河西人几乎都有一根这样的青檀木棒，猎户们都管它叫"义仆"。这"义仆"可探路，可挑包袱，可做手杖，当然更重要的是打狼，简直比那口长剑还管用。

苏秦算得多有游历了，夜路也走过不少，可那都是一半个时辰的夜路而已，月明风清，倒有一种消遣情趣。可如今这夜路却大大不同，从傍晚走到日上三竿，还不定能寻觅到一个合适的山旮旯睡觉。纵然有了山旮旯，也往往是一睡三醒，但有异动就猛然跳起。睡不踏实，那浓浓的睡意就老是黏糊在身上。夜晚上路，走着走着睡着了，不是在石缝里扭了脚，便是在大树上碰破了头，再不然就是衣服挂在了野枣刺上，有两次还差点儿掉进了"地漏"。几个晚上下来，苏秦已经是遍体鳞伤衣衫褴褛了。但苏秦还是咬着牙走了下去，实在走不动了，便靠在孤树或秃石上喘息片刻，困得眼睛睁不开时，便用握在手心的枣刺猛扎自己大腿，往往是鲜血流淌到脚面，自己才清醒过来。

夜路的最大危险，当然还是中山狼，且不说还有山豹虫蛇等。老猎人教给苏秦的诀窍是："有树上树，无树钻洞，无洞无树，装死。"上树钻洞的事儿是家常便饭了，虽然还不能说敏捷如灵猿，但在苏秦说来，已经觉得自己与山猴相差无几了。有几次，苏秦还在枯树枝杈上睡了一觉，下来后精神大振，高兴得直跺脚。只有"装死"的事儿，还从来没有做

装死遇上某些运动，确实有效。

过。老猎户说，中山狼从来不吃死物，万一在白日睡觉时骤然遇见中山狼，便要装死。这本来就是"险中险"，幸亏苏秦警惕灵动，一直没有碰上。

三日后，苏秦出了阳周要塞，顺着长城又向东走了两夜，太阳升上山顶时，终于看见了通向大河的山口。一鼓作气又赶了半个时辰，苏秦已经站在了山口大道边。向东望去，离石要塞的黑色旌旗影影绰绰，横跨大河的白石桥已经是清晰可见了，身后大道边的山坳里是一座秦军营寨，鼓角马鸣隐隐传来。军营边一个小小村落，袅袅炊烟随风飘散，鸡鸣狗吠依稀可闻，初秋的朝阳温暖如春，辽阔的山塬如仙境一般。

"噢嗬——有人了——"苏秦兀自跳着喊了起来，当真是恍若隔世。

比起长城山地，这里便是阳关大道了。"比山旮旯强多了，何不在此大睡一番？"苏秦念头一闪，顿时便觉浑身无力，软软地倒在了光滑的山岩上……

不知过去了多长时分，朦朦胧胧的苏秦觉得凉风飕飕，"对，该起来了。"陡然，苏秦觉得不对，是何声音？如何与父亲的牧羊犬大黄一般哈哈喘息？这里哪会有大黄？中山狼！心念一闪，陡然一身冷汗。

苏秦强自镇静，眼睛微微睁开一道缝隙，立即倒吸了一口凉气——漆黑夜色下，一只硕大的侧影就蹲在他身边五六尺开外，浑身白毛，两耳直竖，一尺多长的舌头上吊着细亮的涎水，哈哈喘息着，昂首望着天上的月亮——不是中山狼却是何物?！瞬息之间，一阵冰凉如潮水般弥漫了全身。

正在此时，中山狼仰天长嗥，一连三声，嘶哑凄厉，在茫茫旷野山鸣谷应。苏秦猛然想起老猎户的话：白毛老狼是中山狼的头狼，最是狡猾邪恶，每遇活物便守定不走，召唤它的

传闻狼爱对月嗥叫——其实狼嗥的时候肯定是抬着头的，从哪个角度看，都是对着星星月亮的。由此细节，可看出作者阅历甚丰、读书甚细。

妻子儿女和臣服它的狼群前来共享。看来，这是一只白毛老头狼无疑了，如何对付它？苏秦下意识地悄悄握紧了压在身下的青檀木棒，却是丝毫不敢动弹。"打狼无胜算，只有装死。"这是老猎户的忠告。可是，这只老头狼显然早已识破他不是死人，正在召唤同伴来享用，装死是不管用的，难道等着狼群来撕咬了自己？不！苏秦不能这样死去！滚下山崖？对，滚……

正在苏秦屏住呼吸要翻身滚崖时，骤闻崖下大道马蹄如雨，秦军铁骑路过么？没错，这是唯一的机会！心念电闪，苏秦骤然翻身跃起，大吼一声"狼——"抡圆了手中青檀棒向中山狼腰上砸下。那中山狼闻声回头，"嗷"的一声蹿出棒头，铁尾一扫，长嗥着张开白森森的长牙，正对着苏秦凌空扑来。"狼——"苏秦又是一声大吼，抡棒照着狼头死力砸下。只听"咣！嘭！"两声，那根硬似精铁的青檀棒竟拦腰断为两截。苏秦浑身一阵剧烈的酸麻，软软地倒了下去。那只老狼却只是大嗥了一声，滚跌出几尺，却又立即爬起，浑身白毛一阵猛烈抖擞，又猛扑过来……

正在这千钧一发之际，马蹄暴风雨般卷来，一支长箭带着锐利的呼啸"嘭"地钉进了中山狼后臀。全力前扑的老狼"嗷"的一声坐地跌倒，一个翻滚消失在山岩之后。

"快！救人！四面提防！"马队中一个粗嗓子高声大喊。

一骑士飞身下马抢上山岩："什长，人死了！"

"胡说！带人上马！"

突然，一阵"呜——呜——"的吼声仿佛从地底生出，沉闷凄厉而旷远，山头河谷都生出了共鸣回应。

"头狼地吼了！点起火把！粘住狼群——"

什长话音方落，四野连绵地吼，火把圈外的暗夜里顿时飘来点点磷火，越聚越多，片刻间便成了磷火的海洋。风中飘来奇异的腥臭与漫无边际的咻咻喘息声，在河西高原消失已久的中山狼群复活了。

面对无边恶狼，战马嘶鸣喷鼻，惊恐倒退，一时有些混乱起来。什长嘶声怒吼："圆阵不动！放下马甲！紧急号角——"随着什长吼声，三支牛角号尖厉地划破夜空，一连三阵，短促而激烈。十骑士同时走马，迅速围成了一个背靠背的火把圈子，五人弓箭五人长剑地配对花插，一阵锵锵声响，战马腹部与马腿立即放下了一层铁皮软甲。这是秦军铁骑的诱狼小队与狼群对峙的独特阵法：狼群成百上千，小股骑队绝不能贸然展开冲

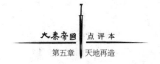

杀,也不能被狼群冲入马队,一旦陷入纠缠,杀不尽的狼群必然将马队分割撕咬,其后果不堪设想。寻常情况下,狼群的主动攻击比较谨慎,至少在半个时辰内要反复地"侦察与部署"。恰恰是这半个时辰,便是秦军大队铁骑所能利用的路途时间。

谁知十人骑队刚刚列成圆阵,便听狼群中一声长嗥,那头苍毛老狼猛然冲近了火把圈子,后臀上的羽箭还颤巍巍摇晃。它蹲坐在火把之下,昂首冷冷地盯着战马骑士,从容地将硕大粗长的嘴巴拱到地上,"呜——"地发出一声长长的沉闷凄厉的嘶吼。随着这声地吼,火把圈外的汪洋磷火骤然发出惊心动魄的嗷嗥群吼,随着吼声,狼群蹿高扑低地从四野拥向火把。

"杀——顶住——"什长令下,骑士们的弓箭长剑同时射杀,几十只中山狼顿时血溅马前。中山狼但成群攻击,从来都是前仆后继不怕杀,十人骑队面对蜂拥扑来的千百只恶狼,无论如何是顶不住半个时辰的。

陡然,山塬上号角大起,火把遍野,杀声震天,马蹄声如沉雷隆隆滚过,秦军大队铁骑潮水般压了过来。蹲在山岩上的带箭老狼一声怪嗥,成千上万只中山狼竟一齐回头,骤然消失在无边的暗夜之中。铁骑火把也在山塬上成巨大的扇面形展开,喊杀穷追,直压向大河岸边……

苏秦醒来的时候,发现自己躺在一顶军帐里。一个壮实黝黑的年轻士兵正在帐中转悠,见他醒了,惊喜地喊了起来:"人醒了! 千长快来——"便听脚步匆匆,一个顶盔贯甲手持阔身短剑的将军走了进来,径直到军榻前笑道:"先生好睡,整整三天了,能起来么?"

苏秦虽还有些懵懂飘忽,但也明白这必定是秦国军营,奋力坐起下榻,摇摇晃晃拱手作礼:"将军大恩,没齿难忘。"

千夫长哈哈大笑着扶住苏秦:"先生哪里话? 引来狼群,聚歼除害,这可是先生大功。"

"你们,杀光了中山狼?"苏秦大为惊讶。

"不敢说杀光,也八九不离十。"千夫长显然很兴奋,一手扶着苏秦,一手比画着,"这是河西残留的最后一群中山狼,两千多只,追了三年都没有拢住。不想教先生给引了出来,一战杀了一千八百只中山狼。最大的战果,是杀了那头白毛老狼! 那是狼王,偏偏就教你遇上了,先生命大得很!"

"惭愧惭愧。"苏秦连连摆手，"若非大军铁骑，早已葬身狼腹了。"

"来，先生这厢坐。"千夫长扶着苏秦坐到军案前，转身吩咐，"三豹子，给先生拿吃喝来，不要太多，快!"

"知道。"那个年轻壮实的士兵嗵嗵嗵大步去了。

片刻之间，三豹子捧盘提壶走了进来：一个是布套包裹的大陶壶，壶嘴还冒着丝丝热气，大木盘中是一张白白厚厚的干饼，一盆已经没有了热气的带骨肉，还有几疙瘩小蒜①。苏秦但闻肉香扑鼻，顿觉饥肠辘辘，不待千夫长说"请"，便伸手抓起一块带骨肉大咥起来，只觉得生平从未吃过如此肥厚鲜美的肉味。眼见盆中肉完，苏秦抓起温软的大饼一扯，一手将盆中剩余的碎肉全部抓起塞进大饼，咬一口大饼，向嘴里扔进一疙瘩带皮小蒜。肉饼吃光，三豹子已经将大陶壶中的浓汤倒入盆中，苏秦双手端起咕咚咚牛饮而下。片刻之间风卷残云，吃得一干二净。苏秦满头大汗，兀自意犹未尽，双手在身上一抹，又用残破的衣袖擦了擦嘴角。

经历一番寒彻骨，苏秦果然隔世为人，可见生活是最好的老师。

"咥得美!"千夫长一阵大笑，"先生猛士之风，高人本色。"

"见笑见笑。"苏秦不禁红了脸。

"先生可吃出这是甚肉?"

苏秦一怔："好像?"却总也想不起方才吃肉的味道，忍不住也哈哈大笑，"囫囵吞下，浑不知肉味也。"

"狼肉! 中山狼的一只后腿。"

"啊! 狼肉?"苏秦始而惊愕，继而大笑不止，"狼可咥人，人可咥狼，谁咥谁，势也!"

千夫长拱手笑道："先生学问之人，末将佩服。三豹子，

---

① 《齐民要术·种蒜》载：小蒜为中原固有，大蒜乃西汉张骞出使西域带回。

拿先生的竹简来。"三豹子快步从后帐拿出一个青布包袱放到军案上,千夫长打开包袱笑道:"先生发力猛烈,这些竹简全被震飞了。杀完狼群,清理战场,方才搜寻捡回了。军中书吏看不懂,不知缝连得对不对,先生查查了。"

"多谢将军。"苏秦深深一躬。

"先生不必客气,请先擦洗换衣,末将还有求于先生。三豹子,带先生擦洗。"

"是。先生跟我来。"三豹子领着苏秦走进一道大布相隔的后帐,指着一个盛满清水的大木盆道,"先生自擦洗了。这是千夫长的一套衬甲布衣,先生且先将就换了。"说完走了。

苏秦已经脏得连自己都觉得酸臭难耐,脱下絮絮绺绺的破衣烂衫,痛痛快快地擦洗了一番,换上了短打布衣,顿觉浑身干爽舒适,精神大是振作。千夫长从帐外回来,见苏秦虽是长发长须一身短布衣,却是黑秀劲健别有一番气度,不由笑道:"末将没看错,先生出息大了。三豹子,上茶。先生坐了。"待苏秦坐定,三豹子斟好殷红的粗茶,千夫长庄重拱手道:"敢问先生高名上姓? 何国人氏?"

"在下苏季子,宋国人,师从许由农家门下治学。"苏秦料到迟早有此一问,早已想好以自己的"字"作答。这个"字"除了老师、家人与张仪,很少有人知道,叫的人更少;学问门派,则是因为自己对农家很熟悉,宋国又离洛阳很近,便于应对。苏秦打定主意不想在这番"游历"中留下痕迹,自然不想以真面目示人。

"先生以何为生? 欲去何方?"

"农家以教民耕作术为生,在下此次奉老师指派,来河西踏勘农林情势,而后返回宋国。"

"是这样。"千夫长笑道,"国尉司马错求贤,末将看先生非寻常之士,想将先生举荐给国尉谋划军国大事,不知先生

司马错才是这段奇遇的重点。

意下如何？"

　　苏秦暗暗惊讶，一个千夫长只是军中最低级的将军，能直接向国尉举荐人才？不由微微一笑："将军与国尉有亲么？"

　　"哪里话来？"千夫长连连摇手，"国尉明令，举贤为公，不避远近亲疏，但有举荐，必答三军。无论任用与否，国尉都要向三军申明理由。先生放心，秦国只认人才。"

　　苏秦心中慨然一叹："贤哉！司马错也。此人掌秦国军机，列国休矣。"却对千夫长拱手笑道，"在下于军旅大事一窍不通，只知农时农事耳，况师命难违，委实愧对将军了。"

　　"哪里哪里？"千夫长豪爽大笑，"原是末将为先生一谋，先生既有生计主张，自当从业从师，何愧之有？"

　　"季子谢过将军了。"

　　"既然如此，军中也不便留客。"千夫长快捷爽利，立即高声吩咐，"三豹子，为先生准备行程，三天军食要带足！"

　　只听一声答应，三豹子拿来了一应物事——除了牛皮袋装的干肉干饼与一个水袋，便是苏秦原来的包袱与青檀木棒。苏秦惊讶地拿起木棒，但觉中间的铜箍光滑坚固，丝毫没有曾经断裂的松动感觉，这是自己的"义仆"么？

当时的手工业已颇发达。

　　千夫长笑道："青檀棒是稀罕物事，坏了可惜。末将教军中工匠修补了，趁手么？"

　　"趁手趁手。"苏秦肃然拱手，"不期而遇将军，不知肯否赐知高姓大名？"

　　"不足道不足道。"千夫长大笑摇手，"先生记得中山狼就行。"

二 荒田结草庐

老苏亢突然醒了过来,大黄正扯着他的裤脚"呜呜"低
吼。

狗有灵性,知苏秦回来。

人老了瞌睡见少,却生出一个毛病——日落西山便犯
迷糊,打个盹儿醒来却又是彻夜难眠。这不,方才正在望着
落日发痴,一阵困意漫了上来,竟靠在石桌上睡着了。明明
是刚刚迷糊过去,如何天便黑了下来? 对,是黑了,天上都有
星星了,这大黄也是,明明方才还卧在脚下自在地打呼噜,如
何就急惶惶地乱拱起来?

"大黄,有盗么?"老苏亢猛然醒悟,拍拍大黄的头站了
起来。

"呜——"的一声,大黄原地转了一圈,张开大嘴将靠在
石桌上的铁皮手杖叼住塞进老人手里,又扯了扯老人裤脚,
便箭一般向庄外飞去,竟没有一声汪汪大叫。

是盗。老苏亢二话没说,笃笃笃点着铁皮杖跟了出来。
大黄的神奇本事老苏亢领教多了,它的警告绝对不会出错。
洛阳王畿近年来简直成了盗贼乐园,韩国的,楚国的,魏国
的,宋国的,但凡饥民流窜,无不先入洛阳。如今这天子脚下
的井田制,可是最适合流盗抢劫了,偷了抢了没人管,报了官
府也是石沉大海。"国人居于城内,庄稼生于城外",这种王
制井田,饥寒流民如何不快乐光顾? 庄稼无人看管,夜来想
割多少就割多少。普天之下,哪个邦国有如此王田? 只是目
下秋收已完,遍地净光,强割庄稼是不可能了,莫非流盗来抢
劫我这孤庄? 果真如此,苏庄也就走到头了。

突然,大黄在门外土坎上停了下来,昂首蹲身,向着那片

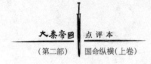

树林发出低沉的"呜呜"声。

树林中没有动静，老苏亢放下了心，笃笃地顿着手杖道："树后客官，不要躲藏了。我东边田屋还有一担谷子，去拿了走。"

树林中没人答话，却传来一阵脚踩枯叶的沙沙声。大黄猛然回头，对老主人"汪"地叫了一声，身子一展，扑进了树林，接着便听见一阵"汪汪汪"的狂吠。这叫声怪异。大黄怎么了？老苏亢正要走进树林，却突然听见林中传来低沉的声音："大黄，莫叫了。"接着是大黄哈哈哈的喘息声。

老苏亢一时愣怔，木呆呆地站在土坎上迈不动步子了。

没有人声，没有狗吠，一阵长长的沉默。终于，林中沙沙声又起，一个身影一步一顿地挪了出来。朦胧月色下，一身短衣的身影特别瘦长，一根木棒挑着一只包袱，木然地站着，熟悉又陌生，他？他是谁？猛然，老苏亢一阵震颤，摇摇晃晃几乎要跌坐在地，死死扶住手杖才缓过神来："季子，是，是你么？"

"父亲，是我。"

又是长长沉默，唯闻人与狗一样粗重的喘息声。

"季子，回家。"老苏亢终于开口了，一如既往的平淡温和。

苏秦尚未抬脚，大黄就"呼"地长身人立，叼下了木棒包袱，回身向庄内跑去。

正厅刚刚掌灯，四盏铜灯照得偌大厅堂亮堂极了。寻常时日，苏家正厅是只许点两灯的。今日不同，苏家妯娌要在正厅办一件大事，破例地灯火通明了。

"哟，到底是自家大事，妹妹来得好快。"管家大嫂胳膊上挎个红包袱兴冲冲进来，还没进门就对坐在灯下的苏秦妻子笑语打趣。

"大嫂取笑我，原是你叫我来的。"寡言的妻子正在厅中一张铺着白布的木台上端详一匹苎丝，一答话满脸通红，仿佛犯了错一般。

"哟，看妹妹说的，他是我的夫君么？"大嫂将红包袱往台上一放，利落地打开，"看看这块如何？你大哥昨日从大梁捎回来的，说是吴锦呢。"说着摊开了包袱中的物事，便见一方鲜亮的紫红锦缎铺了开来，细细的金丝线分外地灿烂夺目。

"啊——"妻子轻轻地惊呼了一声，"太美了，大嫂可真舍得。"

"看这妹妹说的。"大嫂笑着点了点她的额头，"二叔高官荣归，那是光宗耀祖，苏家

一门的风光呢。为二叔做件锦袍，还不是该当的？我这做大嫂的管着家，敢不上心么？妹妹日后封爵了，可别不认我这乡婆子哟。这人活着呀，就得像二叔一般！谁像你大哥个死汉，光能赚两个小钱，不能比哟。"

"我说大嫂。"妻子幽幽一叹，怯怯的，"你从哪里听说他成事了？还要荣归？"

"你看你看，还是不信。"大嫂一脸神秘的笑意，"你大哥说的，洛阳王室大臣都知道了，二叔见了秦王，做了上卿。上卿知道么？和丞相一样呢！你大哥托人打问，都说二叔不在咸阳，这不是回来省亲是甚？真个糨糊你也。"

妻子又红着脸笑了："真的就好哎。我是想，他那心性，成事了不会回来的。"

"哟，说的，莫非不成事才回来？"大嫂大不以为然地撇撇嘴，"二叔是我看着长大的，不是薄情寡义小人。妹妹是正妻，日后可不得乱说。"

"甚个正妻？连碰都没碰过……"妻子哀怨地嘟哝着，眼泪都快出来了。

"哟哟哟。"大嫂连忙笑着搂住姒娌妹妹，又抽出袖中锦帕为她揩去了泪水，悄声笑道，"没碰过怕甚？原封好哟。这次二叔荣归，来个洞房真开封儿，大嫂包了！"

"你包什么哟？"妻子"噗"地笑了。

"哟——该死！"大嫂恍然大悟，连连摇手，笑得弯下了腰去。

妻子捂着嘴好容易憋住了笑："我先上机了，锦袍布衬不好织呢。"

"好。"大嫂好容易直起腰来，"上吧，妹妹的织机手艺天下无双呢。"正在笑语连连，突然"啊"地尖叫了一声，"妹妹快！狗——"

明亮的灯光下，大黄"呼"地冲了进来，撂下木棒包袱，便冲着两个女人"汪汪"大叫。大嫂历来怕狗，从来不敢走近这只与狼无几的猛犬，见它突然冲进厅堂大叫，吓得连忙往姒娌妹妹身后躲藏。

妻子却很喜欢亲近狗，回头笑道："大黄，抓住盗贼了？"

"汪汪汪！"

"立功了好啊，一会儿给你大骨头。"

"汪汪！呜——"大黄发出一阵呼噜声，"呼"地冲过来咬住了妻子的裙脚。

"啊！你这狗——"大嫂吓得飞快地绕到锦缎台子后边躲了起来。

"大黄。"院中传来老苏亢平淡粗哑的声音，"莫叫，她们听不懂你。"大黄闻声放开了妻子裙脚，喉头"呜呜"着耷拉着尾巴走出了大厅，显然扫兴极了。老苏亢笃笃着铁皮杖走了进来，瞄了一眼两个儿媳，回头淡然道："季子，进来，免不了的。"

院中传来缓缓的脚步声，一个身影从黑暗中走来，兀立在明亮的厅堂门口——短打布衣褴褛不堪，长发长须精瘦黝黑，一股浓烈的汗酸臭味儿顿时弥漫了华贵的厅堂。厅中死一般的沉寂。大嫂慢慢地站了起来，眼睛瞪得滴溜溜圆，张着嘴半天出不了声气儿。妻子向门口一瞥，原本通红的脸色顿时一片煞白，明亮的眼睛立刻暗淡了下去，木头般地呆了片刻，脚下猛一用力，织机"呱嗒呱嗒"地响了起来。

突然，大嫂尖声笑了起来，手扇着萦绕鼻息的汗臭："哟——这是二叔么？怎的比那叫花子还酸臭？好妹妹，快来看啊，你朝思暮想的夫君回来了！"

织机依旧"呱嗒呱嗒"地响着，妻子仿佛与织机铸成了一体。

苏秦的黑脸已经涨成了猪肝颜色，额头也渗出了津津汗珠。他紧紧咬着牙关沉默着，任大嫂绕着他打量嘲笑。渐渐地，苏秦额头的汗珠消失了，脸上的涨红也褪去了，平静木然的眼光写满了生疏与冷漠。

"大媳妇，季子饿惨了，去做顿好饭。"老苏亢终于说话了。

"哟！看老爹说的。活该我命贱似的，连一个叫花子也得侍候？"大嫂平日对公爹毕恭毕敬唯命是从，此时却换了个人似的，脸上笑着嘴里数落着，"王车宝马呢？貂裘长剑呢？古董金币呢？锦衣玉冠呢？哟，丢了个精光也！还游说诸侯呢，分明花天酒地采野花去了。不赌不花，带的金钱够你打十个来回呢，至于这样儿么？还有脸回来呢，指望我再供奉你这荷花大少么？除非太阳从西边出来，你苏季子高官金印！要不啊，没门儿！想吃饭，自己讨去啊，不是已经学会讨饭了么？真丢人……"

妻妾之"窃笑"，应在这里。《战国策·秦策》载，苏秦"说秦王书十上而说不行。黑貂之裘敝，黄金百斤尽，资用乏绝，去秦而归。赢縢履蹻，负书担橐，形容枯槁，面目犁黑，状有归色。归至家，妻不下纴，嫂不为炊，父母不与言。苏秦喟叹曰：'妻不以我为夫，嫂不以我为叔，父母不以我为子，是皆秦之罪也。'"。其形其状，惨。由此看，孙皓晖是有意让苏亢的形象"高大"些。

"够了!"老苏亢铁杖"笃"地一顿,怒吼一声。大黄"呼"地蹿了进来,骤然人立,两爪搭在了正在起劲儿数落的女人肩上,血红的长舌呼呼大喘着。

大嫂"啊"的一声尖叫,脸色苍白地倒在了地上。

"大黄,出去。"老苏亢顿顿手杖,大黄又奔拉着尾巴意犹未尽地出去了。

织机依旧"呱嗒呱嗒"地响着,妻子依旧没有下机,依旧没有回头。苏秦向妻子的背影看了一眼,牙关一咬,嘴唇上的鲜血骤然滴到了白玉砖地上……他弯腰拿起自己的包袱和木棒,默默地出了厅堂。

老苏亢摇摇头,也笃笃地出去了,厅中的织机依旧"呱嗒呱嗒"地响着。

这座小院子还是那么冷清整洁。

老苏亢吩咐使女整治了一大盆汤饼,默默地坐在了石案对面。苏秦吃得吸溜吸溜满头大汗,吃相直如田中村夫一般。大黄蹲在旁边,不断舔着苏秦的脚面,喉头呼噜不停。这是洛阳汤饼,猪肉片儿和着面饼条儿煮的,更有绿莹莹的秋苜蓿入汤,鲜香肥厚。苏秦吃得舒畅极了,片刻吸溜呼噜下肚,一推陶盆:"再来一盆。"

"只此一盆。不能尽饱。"父亲睁开了眼睛。

苏秦默然,看着使女收拾了石案,依旧沉默着,实在不知如何对父亲交代这场奇异的变故。他等待着老父亲的发问,甚至期待老父亲狠狠骂他一顿,抢起手杖打他一顿。可是,老父亲却只是仰头看着天上的那一勾弯月,什么也不问,什么也不说。

"父亲,大哥弟弟他们呢?"苏秦终于想到了一个话题。

"行商去了。"父亲也终于不再望月,淡淡的,"季子,可

作者笔下的女人,实在是太容易倒了。

这句写得浮夸。

要改弦易辙?"

"不。初衷无改。"

"不后悔?"

"不后悔。"

"吃得苦?"

"吃得苦。"

"受得屈辱?"

"受得屈辱。"

老人"笃"地一顿手杖:"创业三难,败、苦、辱。三关能过,可望有成也。"

苏秦肃然向父亲深深一拜:"父亲,请赐儿荒田半井。"

"商人无恩,唯借不赐。"

"是。请借季子荒田半井。"

"借期几多?"

"三年为限。"

老人点点头,疲惫地闭上了眼睛。

次日清晨,老苏亢带着苏秦来到郊野农田。秋收已过,星星点点的私田茅屋已经冷清清地没有了人烟,田间一片漫无边际的空旷。秋风吹过,分外苍凉。普天之下,只有洛阳王畿还保持着古老的正宗的井田制——国人农夫居于王城,收种时节出城住在私田茅屋,收种之后搬回城堡消暑窝冬,田野空荡荡的杳无人烟了。从前,作为王畿国人的农户,各自还都有几户、十几户的隶农,他们没有资格住在王城,便在国人的私田里搭几间茅屋遮风挡雨,洛阳郊野在冬夏两季还有些许人烟。可再后来,隶农们也渐渐逃亡,到新战国当自由民去了,尤其是在商鞅变法的二十多年里,洛阳王畿剩余的隶农几乎全部逃亡到秦国去了。从那以后,秋收后洛阳城外的王畿井田,就真正成了荒漠的旷野,相比于村畴错落、四

苏秦确实不是一帆风顺,他遇挫后,经过一段时间的发奋图强,才重出江湖。

"商人无恩,唯借不赐",这一句深谙中国商人的本性。

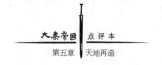
季勤耕不辍的战国都城郊野，这里就像一片荒凉冷清的陵园。

苏秦第一次发现，孤零零的苏庄与遥遥相对的王城，在这苍凉的旷野竟都显得那样的渺小。甚至，连印在童年记忆中高耸的红墙绿瓦，长长飞檐下的叮咚铁马，也都不再辉煌，看去竟那样破旧丑陋。奇怪，原来如何没有这种感觉？

"季子，这是半井荒田。"父亲伸出铁杖，向远处画了一个圈子。

荒芜残缺的路堤下，有一片荒草茫茫的土地，中间几面断垣残壁，旁边一副破旧的井架。无边良田之中，这块荒草茫茫的荒田透着几分神秘，几分恐怖。

按照正宗健全的井田制，一井九田——八家私田，中央公田，井在公田正中。十"井"为一"成"，实际上便是一个灌溉区；"井"内灌田的小水道叫作"渠"，都是各家自己修建的，小渠堤兼做了各家的田间小道；"井"与"井"之间的水道叫作"沟"；"成"与"成"之间更大的水道叫作"洫"。沟洫是官府征发民力修建的公共水道，沟洫堤岸是田间大道，两岸栽满了杨柳，春日柳絮飞雪，夏日绿树成荫。这种无数的方格绵延开去，便是一幅静谧康乐井然有序的王畿井田图。

一千多年过去，那耕耘相望、踏歌互答、鸡犬相闻的井田诗意，早已经随着耕作奴隶的逃亡流失而荡然无存了。剩下的，只有这空旷的荒野，残破的茅屋，秋风下无边的萧瑟。普天之下，争城夺地的狂潮正在一浪高过一浪，大约也只有洛阳王畿的井田还能保留这份空旷与苍凉。快了，那无边洪峰的浪头眼看就要压过来了，这种无风无浪无声无息死亡般的平静，眼看也就要结束了，上天啊上天，我能在这里平静地度过三年么？

"季子，过去。"老父亲"笃笃"地点着手杖，大黄闻声，嗖地蹿进了荒草。

苏秦恍然，大步走到父亲前面，手中"义仆"拨打着荒草，深一脚浅一脚地来到荒井废墟前。显然，父亲也是多年没来这里了，重重地叹息了一声，一句话不说，眯着眼陷入一种迷茫中去了。

苏秦默默转悠着，四面打量了一圈。父亲说，这里原是一个隶农的家，人在二十年前就逃亡了。父亲精明，当初只买隶农逃亡而主家无力耕种的荒田。所谓"半井"，就是苏家在暗中买下的四家荒田。一井八家，四家便是"半井"了。按照王畿井田制，"半井"大约有三四百亩地的样子。苏家经商，无人专司农耕，买下了也只算买下了，荒田依旧是荒田，破屋自然更破了。

三间茅屋已经被风雨冲刷得只剩下了光秃秃的几面土墙，屋前丈许远，还留下了一个石舂,舂坑里竟神奇地生出了一窝野草。门前一方空地,是原来的小打谷场。三五丈外,是一口竖着高高的桔槔木架的水井①,井台用青石条铺成,修得四方四正,井口还有一副半人高的辘轳桩,只是没有了辘轳与井绳。虽然荒草已经长上了井台,但从其规整的井台与齐备的两种汲水工具(桔槔与辘轳)仍然可以想见,这是一口老公井,而不是后来私家挖的新井。所谓老公井,是正宗井田制时期,按照官府堪舆的风水走向,合一井八家之力修建的公用水井。这种水井都在公田的中央,而公田又在八家私田的中央,如此各家打水的距离便是一样的。另外,公用水井的汲水工具也由官府统一安装,既有辘轳,又有桔槔,加之轮流维护经常修葺,显得很有器局规格。而所谓新井,则是井田制松弛后各家在私田挖的井,这种井只供一家之用,所以一般都只有辘轳,或只有桔槔,井台也要小得多。

有口老公井,自然方便许多,只是不知道这口井干了没有。苏秦走上井台,身子伏在辘轳桩上凝神向黑黝黝的井中望去,居然隐隐约约能看见圆圆的一片白光。好! 还有水。从井台上下来,苏秦又沿着父亲说的"半井"地界走了一圈,他走出来时,心中已经盘算好了。

"父亲,就这里了。"

老人点点头:"何日动手?"

"就在目下。我不回去了。"

老人默默思忖片刻:"也好。午后我再来一次。"说完对大黄招招手,大黄呼地蹿过来望着主人。老人拍拍大黄的头:"大黄,你有大用了,守在这里吧。"

狗有灵性,忠于主人。

---

① 桔槔,春秋早期已经开始使用的杠杆式汲水工具。北方某些地区现在仍可见到,呼为"秤杆"。

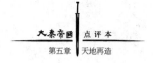
"汪汪汪!"

老人轻轻抚摩了大黄一阵,回身走了。

"父亲。"苏秦喊道,"你不能没有大黄!"

"汪汪汪! 呜——"大黄猛叫几声,沮丧地趴在地上不动了。

老人没有回头,拄着拐杖走了,渐渐地,茫茫荒草湮没了苍老的身影。

父亲一走,苏秦立即脱光膀子干起活儿来。山间修习时,老师对他们经常说到墨家子弟的自立勤奋,也时不时教他们做一些修葺茅舍、山溪汲水、进山狩猎之类的生计活儿。对于自己动手,苏秦并不陌生,况且跋涉三月,他已经完全习惯了扎扎实实自谋生路,对脱了衣服下田这样的事儿,非但不再感到难堪,反倒觉得体味了另一种人生,别有一番苦滋味儿。昨夜情景,已经使他一路上对家的思念化为乌有,温情的梦幻在那一刻突然地破碎了,断裂了。要不是木讷深远的老父亲,他肯定会愤然离家自己闯荡去了。大嫂与妻子残酷地撕碎了自己梦幻的那一刻,他就打定了主意——远远离开自己原先华贵的瓦釜书院,离家苦修,再造自己。在荒野中时刻与风雨霜雪为伴,时刻处在痛苦与屈辱的体验之中,只能更加惕厉奋发。他决意做一次勾践式的卧薪尝胆,无情地摧残肉体,猛烈地刺激灵魂。

第一件事,就是在这断垣残壁上结一间能够遮风挡雨的草庐。

方才他已经留心查看了田里的荒草,虽然不如河滩茅草那般柔韧,却也长得颇为茂盛,草身尚算细密,稍加选择,一定能盖一间厚实的屋顶。眼下虽说没有一件工具,但先拔草总是可以的。霜降已过,秋草已经变黄变干,连草根上的那截绿色也没有了,正是苫盖屋顶的合用草材。他一头钻进

怨嫂尚有可原,怨妻无理,小说中的苏秦何曾以此妇为妻?何曾尊重过她?孙皓晖写女子,还是有脸谱化的倾向。

齐腰深的荒草,拣细密的茅草一撮一撮地拔了起来。

大黄一直卧在断墙下自顾呼噜,后来终于也钻到荒草中来了。

"大黄,你还是回去,老父亲离开你不方便。"苏秦拍拍大黄的头。

"呜——汪汪!"大黄对着苏秦叫了两声,并没有回头走开。

"大黄,那就一起干活儿了。"苏秦有过了遭遇中山狼的经历,对良犬的灵异也便有了深切的感悟。像大黄这种有灵性的猛犬,对主人的忠诚与服从是无与伦比的,主人派它守在这里,它就一定不会离去,虽然它更想跟在主人身边。想了想,苏秦将拔好的茅草打成小捆子,拍拍大黄:"大黄,叼起来,哎,就这样。好,送到断墙下去,那儿——"苏秦伸手一指,大黄叼起草捆子,嗖地蹿了出去。

太阳西斜,父亲赶着牛车再来时,苏秦拔的茅草已经摊满了断墙四周。

"看看,还缺不?"父亲手中的短鞭指着牛车。

苏秦有些惊讶。他实在没想到,父亲竟能亲自将一辆牛车赶到这里。一路坑坑洼洼遍地荒草,走路都磕磕绊绊,更别说赶车了。可父亲除了额头上有汗珠,却是若无其事,转身看自己拔下的茅草去了。苏秦知道父亲的性格,也没说话,就去搬车上的东西了。父亲送来的物事不多,却都很实用。铁耒、泥抹、木桶、麻绳、柴刀等几样简单的工具;铁锅、陶壶、陶碗等几样煮饭烧水的炊具;一包原先的衣服,一袋够三两天吃的干饼干肉,剩下的五六个木箱便是自己的书了。搬完东西,苏秦觉得又渴又热,拿着麻绳木桶来到井台,将麻绳在桔槔上系好,又用绳头铁钩扣牢木桶放下了老井。吊上来一看,水清亮亮的,捧起喝了一口,竟是清凉甘甜。苏秦将水提到牛车旁,打了一陶碗递给父亲。

书才是重点。

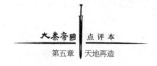

"季子,这是口活水井。"父亲品着清水,"上天有眼。"

"有吃有喝,够了,父亲回去歇息吧。"

父亲用短鞭敲打着一个锈迹斑斑的铜箱:"这是一箱老书,一并给你。"说完,父亲坐在牛车上咣当咣当地走了,走得几步,父亲回身向大黄招了招手。大黄"嗷"地叫了一声,几个纵跃,跳到了牛车上猛亲主人。父亲摸了摸大黄,又对它说了几句,大黄"汪汪"两声,又呼地跳下了牛车,蹲在荒草中,看着牛车去了。

父亲一走,苏秦立即重新开始拔草,要趁着天亮尽量地多拔一些。暮色消失天黑定时,断墙下又堆了一大垛茅草。时下正当九月中旬,秋月将满,分外明亮。打了一桶清凉的井水,苏秦与大黄各自吃了一张干饼一块酱肉,大喝了一通甘凉的井水,便开始盖自己的草庐。

这座小院子原来是一排三间草房,如今只剩下了四面断墙与架在墙顶的椽子。苏秦趁着月色仔细查看了断墙,觉得中间两面墙稍为完整,风雨冲刷的痕迹稍少,就决定用这两道墙盖一间草房。不用砌墙,就是屋顶上草抹泥,苏秦此刻觉得一点儿也不难。他先用铁耒挖土,围了一口很大的泥锅,又打了五六桶水倒进泥锅,然后向泥锅里填满选好的半干土块;等待泥锅泡土的时刻,用那口柴刀剁了许多细碎茅草,扔进了泥锅,然后赤脚跳进泥锅反复踩踏。月上中天的时分,一锅软黏适度的草泥和好了。

虽然是大汗淋漓,苏秦却是精神抖擞,丝毫不觉得困乏。三个月河西夜路的打磨,心力精力比原来有了神奇的增长。一鼓作气,他开始了屋顶上草。寻常间修建一间普通的茅屋,屋顶上草便是技术性最强的一关。防风防雨的性能如何,全在于屋顶上草。讲究的茅屋,要上三重茅草,屋内方有冬暖夏凉的功效。苏秦当然做不到如此讲究,更重要的是,他毫不在乎是否冬暖夏凉,只求不要漏雨透风而已。如此要求,自然简单多了。

土墙原本不高。苏秦先将一捆削好的树枝扔上墙头,再装好一个泥包提到墙下,然后手拿泥抹、腰缠麻绳爬上墙头。在墙头端详一番,苏秦放下带钩的麻绳,向大黄招手比画:"大黄,挂住泥包。"

"汪汪汪!"大黄绕着绳钩转了两三圈,真的叼住了铁钩,钩住了泥包。

"大黄,好!"苏秦高兴地吊起了泥包,开始向椽子上铺搭树枝,再向树枝上糊

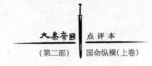
草泥，赶一层草泥糊满，东方已经鱼肚白了。苏秦没有歇息，立即开始铺干茅草。这是很需要细心与技巧的：要从屋檐铺起，每排草根部糊泥压紧，后排盖住前排的泥根，一排排压上去直到屋脊。正午时分，苏秦压完了一面茅草，高兴地从土墙上爬下来，双腿一软，倒在了大黄身边。"汪汪！"大黄已经变成了一只泥狗，原先丝绸般闪亮的黄毛，糊满了屋顶掉下来的泥巴。见苏秦倒地，它惊叫两声，凑了过来。

"呼——"一阵粗重的鼾声响了起来。大黄嗅了嗅苏秦，摇摇尾巴也卧倒了。

"呜，呼噜……"大黄喉头呼噜着，也靠在苏秦身上睡着了。

三　亘古奇书《阴符经》

北风呼啸，大雪纷飞，原野上的一切都模糊了，孤独的草庐已经完全淹没在漫无边际的风雪之中。远远看去，只有那高高的桔槔与井台上的辘轳依稀可见，成为寻找草庐的唯一标记。大黄从旷野里飞奔过来，须得时不时地停下来瞅瞅桔槔，嗅嗅脚下，才能继续飞奔。大黄终于扑到了草庐门前，"汪汪汪"地抖擞着浑身雪花大叫起来。

门板刚刚拉开一道缝隙，大黄嗖地裹着风雪蹿了进去。"大黄，真义士也！"苏秦啧啧赞叹着，连忙拿下大黄口中叼着的丝绵包袱，又连忙顶上门板堵上草帘，才回头拍拍大黄，"来，一起吃。""汪汪！"大黄摇摇尾巴，径自卧到角落去了。

"啊，你吃过了？好，不客气了。"

苏秦打开包袱，拿出里面一个尚有温热的铜匣，拉开盖子，一匣满当当的软饼酱肉弥漫出浓浓的香气。苏秦拿出一块饼一块肉放在大黄身旁的石片上，"这是你的，饿了吃。"说完回身大咥起来。

苏秦已经两天没吃饭了。

草庐一结好，苏秦便开始了一种奇特的粗简生活。每日黄昏，大黄准时回庄，叼来一顿干食。他知道这是父亲的苦心安排，便也没有拒绝。几天之后，索性自己也不再动炊，就是这每晚一顿干饼酱肉，喝一通老井的甜水了事。瞌睡了，在草席上和衣睡上一两个时辰,醒来了到井台上用冷水冲洗一番,立即又回来揣摩苦读。日复一日,倒是分外踏实。前两日突然下起了漫天大雪,苏秦才恍然大悟,已经是冬天了。看看风狂雪猛,他没有教大黄回庄,可也忘记了自己动炊,硬是一天一夜没离开那张破木板书案。直到方才大黄在门外狂叫,他才猛醒,大黄自己偷偷回庄了。

狼吞虎咽地咥完了软面饼与酱肉块子,苏秦精神大振:"大黄,雪很大么?"

"汪汪汪!"

苏秦笑了:"我去赏雪了,你歇息。"刚拉开门,大黄却已经嗖地蹿了出去。

茫茫原野,风雪无边,充斥天地间的只有飞舞的雪花与呼啸的风声。极目不过丈许,闻声不过咫尺。苏秦什么也看不见,什么也听不见,只能感到冰凉的雪花打上脸颊,呼啸的寒风掠过原野。久旱必有大水,秋末入冬三个月一直没有雨雪,上天幽闭过甚,自要猛烈地发泄一番,上天无情,却有人道啊。

住进草庐,苏秦心底深处的那股烦躁急迫消失了。他的第一件事,是翻检书箱挑选书籍。自己书房的那几箱书,他只选出了老师临行赠送的《天下》,其余诸子大师的文章抄本,他都觉得与自己所要做的事太过疏离,没有必要再花工夫。东归的路上他已经想好,自己的学问面上渊博,缺乏的却是专注一点的精深。这一点,就是对天下大势的洞察。要锤炼这种见识,需要的不是具体的就事论事的学问,而是高屋建瓴鸟瞰天下的眼光境界。可是,到哪里寻觅这种启迪智慧之门的钥匙呢?记得老师有次对他们讲到太公吕尚时说:"人之能,不仅在学,且在悟。悟之根本,不在少学,在难后重学。大难而有大悟,始得大成。"那时,他与张仪都觉得,这只是老师针对太公这种"老才老运"说的,与他们离得很远很远。况且,战国名士大多是年轻成名,都像太公那样耄耋建功,天下岂不成了老叟世界?然则一番磨难之后,老师的话却如此清晰地凸现出来了。天下事原本就不是一成不变,无论耄耋建功还是英年成名,大约这个"大难大悟"都是该当有的。

"必须大悟,方得有成。"这是苏秦在坎坷屈辱中磨出来的见识。

想不到,上天居然给他打开了一扇大门,竟使他得到了一本久闻其名而寻觅无门的亘古奇书。那天,他在翻检完自己的书箱后,无意打开了那只锈蚀斑驳的铜箱。在他想来,父亲所谓的"老书",一定是一些商家典籍。但无论如何,不看看是对不起父亲的。就在他打开铜箱翻检到最底层时,一本破旧的羊皮纸大书出现了。拿起一看,破旧发黄的封面是五个硕大的古篆，一端详，呀——《阴符四家说》！天哪，他几乎惊讶得要跳起来。这是真的么？他揉揉眼睛走到茅屋外边，光天化日之下，"阴符四家说"五个大字凿凿在目，旁边还有两行小字，拭目细看，隐隐约约便是"伊尹太公范蠡鬼谷子"四个名字。

"上天啊——父亲！"苏秦大喊一声，扑倒在地，哈哈大笑着连连叩头。

"汪汪！汪汪汪！"大黄也狂吠起来。

苏秦发现的，是一本亘古奇书。这本书名叫《阴符经》。世人传说：这是黄帝撰写的天人总要。也有大家名士说：这是一位殷商高人隐名写的，托名黄帝，只在于增其神秘而已。这部《阴符经》，只有四百二十四字，其神圣地位却在《易经》之上。在春秋战国的大家中，认真揣摩《易经》并写出注文的，只有孔夫子。但将《阴符经》奉为圣典并潜心注文的大家，却不下十家。更引人注目的是，但凡注《阴符经》者，都是赫赫大名的将相学问家，譬如伊尹、太公、范蠡等。真正在野的学问家注《阴符经》者，大约只有鬼谷子一人。而这一人，又恰恰是志在精研治世学问的千古奇才。这本身就意味着，《阴符经》既不是《易经》那样的料事之书，也不是《老子》那样的论道之书，而是开启权力大智慧的棒喝之书，是所有志在建功立业者的一把钥匙。

这就是《阴符经》的永恒魅力。

苏秦与张仪听老师专门讲过一次《阴符经》。老师说："阴者，命之宗也，隐微难见。符者，命之本也，妙合大道。此谓《阴符》。天机暗合于行事之机，为《阴符》之根本。唯深微而能烛照，谓之阴。唯变通而无羁，谓之符。烛照以心，契合以符，《阴符》之意尽矣！"

那时候，老师手边没有《阴符经》，他们也只能唏嘘感叹

这个看来也是要有钱才能办得到。古时，读书、藏书，"贵"族才能为之。据《战国策·秦策》，苏秦狼狈而归后，"乃夜发书，陈箧数十，得《太公阴符》之谋，伏而诵之，简练以为揣摩"。另据《史记·苏秦列传》，兄弟嫂妹妻妾窃笑苏秦后，苏秦很恼火（比之张仪，苏秦似乎更容易受伤），"自伤，乃闭室不出，出其书遍观之。曰：'夫士业已屈首受书，而不能以取尊荣，虽多亦奚以为！'于是得周书阴符，伏而读之。期年，以出揣摩，曰：'此可以说当世之君矣。'"。《阴符经》，又称《黄帝阴符经》，乃后人托黄帝之名伪之，著者及成书年代难确定。最早录著此书的史书为《唐书·艺文志》。道家或兵家，皆将其奉为经典。后人皆不知其来历。这一段虚构，巧妙。

一番。老师说,他对《阴符经》潜心揣摩了二十年,方能贯通经世之学。老师又说:"吾为《阴符经》注文三年,游历楚国,却不意丢失于客栈之中。此为天意,罚我不得尽窥天机矣!"

至今,苏秦还记得老师说起这件事时的感慨嗟呀。

如此一本亘古奇书,却如何落到父亲手里做了"老书"? 苏秦当真万般困惑。但他此刻已经顾不上想那么多了,二话不说,坐在门外土坎上便翻了起来……几个月下来,他已经能将《阴符经》倒背如流了。可这《阴符经》就像无边无际的丝绵套,只要轻轻一挤,就有汁液汩汩流出。一句话明明是懂了,可你联系不同的事情去想,便立即有了不同的心解,当真是"变通无羁,深微烛照"。且不说还有伊尹、太公、范蠡与老师四人的注文。苏秦只觉得,自己还远远未将《阴符经》咀嚼透烂,还得再下苦功夫。

风雪扑面,苏秦逆风而立,一字一字,高声吟诵起了《阴符经》——

观天之道,执天之行,尽矣。故天有五贼,见之者昌。

五贼在心,施行于天。宇宙在乎手,万化生乎身。

天性,人也。人心,机也。立天之道,以定人也。

天发杀机,移星易宿。地发杀机,龙蛇起陆。人发杀机,天地反覆。天人合发,万化定基。

性有巧拙,可以伏藏。九窍之邪,在乎三要,可以动静。

火生于木,祸发必克。奸生于国,时动必溃。知之修炼,谓之圣人。

天生天杀,道之理也。

天地,万物之盗。万物,人之盗。人,万物之盗。三盗既宜,三才既安。故曰,食其时,百骸理;动其机,万化安。

人知其神而神,不知不神之所以神也。

日月有数,大小有定,圣功生焉,神明出焉。

其盗机也,天下莫能见。君子得之固躬,小人得之轻命。

瞽者善听,聋者善视。绝利一源,用师十倍。三反昼夜,用师万倍。

心生于物,死于物。

机在于目。

天之无恩而大恩生，迅雷烈风，莫不蠢然。

至乐性余，至静性廉。天之至私，用之至公。

禽之制在气。

生者死之根，死者生之根。恩生于害，害生于恩。

愚人以天地文理圣，我以时物文理哲。人以愚虞圣，我以不愚虞圣。人以奇期圣，我以不奇期圣。故曰：沉水入火，自取灭亡。

自然之道静，故天地万物生。天地之道浸，故阴阳胜。

阴阳相推，变化顺矣。是故圣人知自然之道不可违，因而制之。

至静之道，律历所不能契。

爰有奇器，是生万象。八卦甲子，神机鬼藏。

阴阳相胜之术，昭昭乎进乎象矣。

……

苏秦的声音嘶哑了，吼出最后一个字的时候，喉头一阵发甜，猛然喷出了大大一口鲜血，颓然扑倒在地。大黄"呜"的一声低吼，箭一般扑了过来，围着苏秦飞快地转了两圈，叼住苏秦的腰带，狼腰一弓，使劲儿往门口拖。大黄是阴山草原的牧羊猛犬，身材与豹子一般大小，每天要大吞五斤肉或带肉骨头，体力战力都远远超过一只普通的野狼，力气自是惊人。它将苏秦拖到门口，又三两下拱开了门板，将苏秦拖到了屋内。望望呼啸着扑进屋里来的风雪，大黄横卧在门口一动不动了。

"啊啊……"喉头一阵呼噜喘息，苏秦终于醒来了。睁开眼睛，看见门口隆起了一个高高的雪堆，自己的身边却干干的。不对，不像，啊，是大黄！苏秦挣扎着摇摇晃晃站起

这又是武侠神奇手法。

来，扑上去扒拉大黄身上的积雪，刚触摸到皮毛，大黄骤然站起，一阵猛烈抖擞，积雪冰块便全部抖落。"大黄，快进来。"苏秦喊了一声，却没了声音。当下也顾不得细想，连忙奋力挡上门板，再用一段准备生火用的树根撑在门后，又挂上那片又粗又厚的茅草帘子，这才点起了风灯。

"……"苏秦想对大黄说话，却没有了声音。静神一想，知道是方才迎着风雪吼叫，喉咙受伤失音，不再惊慌，喝了一通冰凉的甜井水，又坐在了风灯前。

方才一阵风雪吼诵，使他突然顿悟——《阴符经》正是纵横捭阖的大法则！其中天地之道、为政之道、君臣之道、创守之道、天人生克之道、万物互动之道、邦国互动之道无所不包。将这些大道理揣摩深透，何愁不能窥透天下奥秘？何愁不能找出列国症结？何愁不能纵横战国？

苏秦又兴奋地打开了《阴符经》，又一字一字地开始琢磨。读到"食其时，百骸理。动其机，万化安"一句，他眼睛突然一亮。老师鬼谷子在这句下边注文："食者所以治百骸，失其时而生百病。动者所以安万物，失其机而伤万物。时之至间，不容瞬息，先之则太过，后之则不及。是以贤者守时，不肖者守命也。"读着想着，苏秦心中一片豁亮——

五谷百草能梳理生命百骸，但服食不应时却可以导致百病；人之行动可以与万物和谐，但若不应时而动，该收获却播种，该播种却睡觉，则要伤及万物；时机之重要，非但要认准它，而且要立即抓住它，此谓应时而动。早了太过，迟了不及。所以，"守时"是贤者的才能，"守命"则是不肖者的愚蠢。老师将"食其时，百骸理。动其机，万化安"这十二个字的精髓，的确讲得透彻至极。

想想自己说周说秦，一个是后之不及，一个是先之太过，如何能够成功？周不必说了，原本也没指望成功。入秦是经过反复思虑的，不成功一定是不应时了。王霸大业，秦国是没有拒绝的理由的，但秦国却偏偏拒绝了，而且还拒绝了两次，犀首失败了，他苏秦也失败了。现下静心想来，确实是早了。新君即位堪堪一年，秦国内政未安，实力的确也要扩展，这时候要秦国立即实施东出争霸，事实上是不可能的……

想着想着，他迷迷糊糊地瞌睡了，头"咚"的一声撞在了木案上。苏秦醒来揉揉眼睛，站起来在屋中踱步，念着想着，自言自语地嘟哝着……猛然，他盯住了"机在于目"四个字，顿时陷入了沉思，想着想着心中一闪，觉得似乎抓住了什么，瞌睡却又猛然袭来，那闪光又被淹没了。苏秦气恼异常，抓起案上的缝书锥对着大腿猛然一刺，一股鲜血

"哧"地喷了出来。

苏秦猛然清醒，啊，"机在于目"，就是见机而动，不死守一端。

"啊哈哈哈哈哈！"苏秦仰天大笑，手舞足蹈，脚下一软，却扑在了大黄身上。

冰天雪地的草庐里，苏秦抱着大黄睡过去了，人的鼾声与狗的呼噜声交织在了一起。

四　战国乱象大演绎

倏忽三年过去，草庐之外的世事，已经发生了翻天覆地的变化。

第一件大事，"齐魏相王"，东方两大王国结成了同盟，列国顿时陷入混乱！

苏秦西出铩羽，张仪南下折翅，在战国间倒是引起了一阵小小的波澜，但很快就在剧烈的争夺中被人们忘记了。齐威王本来想派特使赴楚，敦请张仪北返齐国，可听说了张仪在楚国"错断兵事"的探报后，却对张仪的才能又产生了怀疑，觉得书生毕竟不能成事，便不再动作，听任张仪自生自灭了。但是，齐威王却没有忘记张仪"齐魏相王"的谋划，觉得这是齐国打开僵局的妙棋。于是，齐威王立即派靖郭君田婴主持大计，秘密与魏国联络。按照齐国的朝臣状况，此等军国大事本当由丞相驺忌主持。可齐威王对驺忌已经失去信任，本来是要等张仪入朝后再处置驺忌的，如今放弃了张仪，自然要另找个适当的时机罢黜了驺忌。反复权衡，齐威王选择了"齐魏相王"这个关节，既向天下昭示齐国新气象，又能借此树起新主政大臣的人望。

悬梁刺股之事，疑为伪事。《战国策·秦策》，苏秦"读书欲睡，引锥自刺其股，血流至足。曰：'安有说人主不能出其金玉锦绣，取卿相之尊者乎？'"

小说的时序、事序与史书所载，相去甚远，全书皆如此。怎样处理时序、事序，是小说家的难题。会徐州，齐魏当是齐宣王与魏襄王，而非齐威王与魏惠王。据《史记·六国年表》，齐宣王九年，齐"与魏会徐州，诸侯相王"。另据《史记·魏世家》，魏惠王元年，"与诸侯会徐州，相王也。追尊父惠王为王"。这些偏差，也许是头绪太多，小说家难以兼顾所致。

靖郭君田婴是齐威王的族弟，与原来的上将军田忌是堂兄弟。齐威王对王族子弟很少大用，深恐他们拥有大片封地属民，如果再拥有国府大权，很可能尾大不掉。田忌已经是上将军了，自然不能再用他的堂弟做文职大臣。当初使用乐师出身且与王族不和的驺忌做丞相，实际上也是牵制王族在国府的势力。待田忌孙膑出走，齐威王顿时感到国府萧瑟，少了左膀右臂。可处置田忌的决策是自己作出的，又不好公然迁怒于驺忌，一肚子火气便憋了下来。自从张仪给他透彻地剖析了齐国的困境，齐威王才感到了真正的急迫。如果再不物色大才，齐国只怕就要无疾而终了。着急是着急，齐威王毕竟久经沧海，还要做得不着痕迹，不能引起朝局动荡。田婴虽是贤明豁达，却从来没有担当过大任，也没有建立过大功勋，全靠王族爵位继承制做了靖郭君。用他的好处在于，此人既不构成威胁，朝臣又提不出异议，即使田忌能够归来，拿掉他也很容易。于是，齐威王公开下书，授田婴上卿之职，主司"齐魏相王"大事。

三天之后，驺忌呈上了《辞官书》，请求归老林泉以养沉疴。

齐威王立即下书嘉勉，对驺忌的功勋与辛劳表彰一番，末了"特赐三百金，准封成侯，回归封地，颐养天年，以慰朝野感念之心"。随后立即册封田婴为齐国丞相，赴徐州筹划齐魏会盟。

田婴与魏国新丞相惠施紧张忙碌了两个多月，秋天到来的时候，齐威王与魏惠王在徐州的泗水东岸举行了"相王"大典。徐州本是大禹治水后划分的古九州之一，《书·禹贡》记载："海（黄海）、岱（泰山）及淮（水），唯徐州。"古徐州的广大地面除了魏、齐、楚三大国各有领土外，还有宋国、薛国、滕国、邹国、鲁国几个夹缝中的老诸侯国。以当时的势力范围，除了不太安分的宋国，这几个老小诸侯都是齐国的后院。齐魏会盟的地点，就在这几个老诸侯的边缘。这是齐威王选定的地点。他想借此震慑这几个小国，从而安定后院，使齐国能够全力在中原伸展。魏惠王这时已经威风尽失，雄心大减，对齐威王的会盟主张直有受宠若惊之感，生怕呼应不周，如何顾得提出异议？所以，一切都听从了齐国的安排。

会盟大典上，齐威王与魏惠王各自祭祀了天地，然后郑重宣告了承认对方为王国的文告；又由两国丞相田婴、惠施分别宣告了"修好同盟，永息刀兵"的盟书。

参加大典的五个老小诸侯诚惶诚恐，为两大国王很是卖力地颂扬了一番。

大典之后，消息立即传开，遂引发出了乱纷纷的称王、相王大风潮。

蓄之既久，其发必速。"相王"，实在是当世乱象憋出来的一股山洪。

春秋时期，国君的爵号尚能比较严格地代表诸侯国等级，除了楚国擅自称王，中原大诸侯依然还是公、侯两大名号。进入战国，陵谷交替，称王便成为实力的象征。中原战国中，魏国最先称王，齐国再称王，天下便有了魏齐楚三个王国。

楚之先人出身好，不易驯服，早在楚武王时已自立。

但是，毕竟这几个王国都是自己加给自己的冠冕，其他国家并不正式承认。在正式的使节晋见与会盟场合中，他国使者或国君完全可以不以王礼行事。也就是说，你的大国地位并没有获得他国正式的认可。齐魏相王所以引起天下骚动，就在于这次相王打破了"天下一王""唯天子称王"的传统典制，公然承认在"本王"之外，还可以有王号。实际上，这是承认了天下可以多王分治。流传数千年的"四海之内，莫非王土；率土之滨，莫非王臣"的一王大一统典制，一时被踩在了脚下。

各自称王，打破天下平衡。

骚动之下，立即引出了第二件大事——三小国称王，战国格局大乱。

徐州相王不到半年，立即一个大爆冷门——宋国称王！惊得天下战国一齐咋舌。

说起来，宋国也是一个老诸侯。还在殷商末期，商王纣便封了庶兄微子启为宋国，自此有了"宋"这个国号。殷商灭亡后，周公又平定了殷商旧贵族叛乱，接着分封了一批诸侯国，其中便保留并重封了这个宋国。宋国重封的特别，在于它变成了殷商王族之后的一个特殊封国，又用了微子启的旧国号。当时,宋国的封地在靠近殷商故都朝歌①的东南地带,都城建在老宋国的废墟上,名叫商丘②。由于殷商王族后裔的特殊地位,宋国一直是战战兢兢小心翼翼地臣服于天子,不敢越雷池半步。春秋大乱,宋国才慢慢张扬起来。

到宋襄公时期,宋国发展到拥有一千辆兵车的"千乘之国",与郑国并称天下两小霸。中原霸主齐桓公死后,宋襄公雄心大发,与楚国争霸。可几次都被楚国打败,自己还当了一回楚国俘虏。但霸业之心始终不泯,又联合卫国、许国、滕国兴兵讨伐郑国,要拔了这个眼中钉。楚国发兵救郑,兵至泓水与宋襄公大军相遇。当时楚军正在渡河,宋军大将目夷提出:"半渡而击之,可大败楚军。"

宋襄公一副王者气概,义正词严说:"王者当有仁义道德,岂能乘人之危?"

楚军安全渡过泓水,但尚未列成阵势时,大将目夷又请命出击。

宋襄公又是义正词严:"君子不攻不成阵势之军。"

待楚国大军列成大阵,宋军士兵已被窝得没有了火气。一战下来,宋军大败,宋襄公也重重挨了一箭,第二年伤重死了。从此,这宋国日渐孱弱下去,虽然也时不时出点小彩,可始终只是个三等附庸国。

如今,一个几乎要被天下遗忘的诸侯国,竟然在一夜之间成了王国,岂能不令天下咋舌?谁知更令天下咋舌的还在后头。本来,宋国这时候的国君是司城子罕。此公平庸无能,黧黑干瘦,列国轻蔑地呼其为"剔成肝"。但是,也恰恰因了此公无能,宋国也没有任何作为,不致开罪于强邻大国,

一说为"宋剔成肝废其君璧而自立"(《竹书纪年》)。另据《史记·宋微子世家》,"辟公三年卒,子剔成立。剔成四十一年,剔成弟偃攻袭剔成,剔成败奔齐,偃自立为宋君"。偃立之后,宋国更遭殃。

---

① 朝(zhāo)歌,殷商后期都城,在今河南淇县。
② 商丘,在今河南商丘市南。

剔成肝竟也忽悠悠做了四十一年国君。这剔成肝有个三十多岁的弟弟，名叫偃，以国号为姓，国人呼为宋偃，却是个生猛狂热的武士。宋偃历来不满兄长的孱弱，多次提出"振兴襄公霸业，光复殷商社稷"，却都在剔成肝那里作了泥牛入海。

这年春天，忽然有人来报：东城墙拐角处的雀巢里，生出了一只刚刚孵出来的雏鹰。剔成肝懒得理会。宋偃却精神大振，请来巫师在祖庙祷告后用龟甲占卜，卦象大吉。巫师断卦象说："雀生苍鹰，反弱为强，乃霸主之兆。"宋偃大喜过望，立即宣告：这是应在自己身上，无能的剔成肝辜负先祖，应当受到惩罚。一班追随的武士也狂热呼应。当晚，宋偃便纠集了几百死士，黎明时分突然冲进宫中。剔成肝年老睡浅，正在枕边逗弄一个刚刚入宫的十六岁少妃，突闻猛烈躁动，公服也没穿，便从榻后的暗道钻出了寝宫，带着几个亲信跑到齐国去了。宋偃也不追赶，天亮立即就任国君。即位第一件事，便是宣布称王（后人称宋康王）。若仅仅是宣布称王，虽则也令人意外，却不足以令人震惊。

列国震惊处在于，宋偃的称王大典变成了向"天地神鬼"的宣战。

本来是祭天的高台，宋偃却派人将一只盛满猪牛羊三牲鲜血的皮囊挂了上去。他挽起硬弓，搭上长箭，口中大骂："上天瞽聋无察，当射杀！"一箭射去，皮囊迸裂，鲜血喷溅。宋偃大吼："射天功成！再扑地！"本来是祭地的礼坛，宋偃却挥舞起两丈长鞭捶扑地面，咒骂："大地淫逸无行，孳生妖孽，该当鞭杀！"

在国人目瞪口呆的注视下，宋偃又抄起铁耒，向祭祀谷神、土神的祭坛（社稷）猛铲，高喊："鬼神为剔成肝张目，给本王毁了！"狂热的追随者们高喊着"万岁宋王"蜂拥上去将

宋偃之荒唐，可比夏桀。不过，偃虽荒淫，也曾扬威于诸侯之间。据《史记·宋微子世家》，"君偃十一年，自立为王。东败齐，取五城；南败楚，取地三百里；西败魏军，乃与齐、魏为敌国。盛血以韦囊，县而射之，命曰：'射天'。淫于酒、妇人。群臣谏者辄射之。于是诸侯皆曰'桀宋'"。偃虽有其能，但四面树敌，又淫于酒色，拒忠谏，结果国亡于其手。

宋国社稷拆成了废墟。宋偃踩在天地鬼神的废墟上,向前来瞻仰大典的国人大喊:"本王苍鹰,高飞万里! 国人须呼本王为'万岁'! 宋国霸业,天地鬼神不能挡!"

一片连绵不断的"万岁"狂热地持续了三天三夜。

消息传开,列国无不大呼"荒诞绝古,匪夷所思"。时日不长,各国不约而同地将宋偃比作荒诞暴虐的夏桀。后来干脆直呼为"桀宋"。齐威王本想借此发兵,灭了这个狂妄的宋桀,却虑及楚国魏国都一直对这条"小大鱼"有意,担心刚刚与魏国结盟,若因灭宋而与魏国成仇,便是因小失大了,反复权衡,最后也就容忍了这个猖猖猖狂的桀宋。

宋国称王不到三个月,又传出了一个更加令人咋舌的消息——中山国宣布称王!

这次,列国不是震惊,而是啧啧称奇哈哈大笑,天下一片滑稽。

中山国是个奇特的邦国。一则,是白狄插进中原的一根楔子,始终被列国视为戎狄异类。二则,国土只有几百里山地,国人半农半牧,是天下最穷的邦国。三则,两次被消灭,全赖逃回大漠卷土重来而两次复国,虽说顽强,可也算得军制最旧、军力最为孱弱的邦国。四则,以中山狼闻名天下,除了河西的猎户平民,天下人但说"中山狼",倒有一大半说的是中山国。

一开始立国,中山给自己的规格便是"公国"一等诸侯。当时的魏赵韩尚是"侯国",只有老诸侯燕国、齐国、秦国是"公国"。中山国非但称公,而且也学习中原谥法①,将几代国君分别谥为文公、武公、桓公、成公。

中山国乃千乘之国,其他国皆为万乘之国。中山称王,必有争议。中山称王之际,实为中山强盛之际。在这里,孙皓晖让中山国为天下人笑,实有为"混战"火上加油之意。

---

① 谥法,古代开创的死后追认制度,主要适用于国君与权臣,根据死者功业与为政特点确定名号。

此时的国君正当盛年,叫恣①。恣亲率游骑五千,侵掠赵国边境,不想竟是大胜,夺了一座城池与上万头牛羊。正在得意处,恰逢宋国称王的消息传来,恣立即召来所有大臣,兴奋地宣布:"自即日起,中山是王国,本公是国王!"大臣们立即赞同呼应,一片万岁颂扬之声。恣也很聪明,立即大肆封赏了一通:丞相、上卿、上大夫、上将军等,竟应有尽有。丞相立即提出:"中山国称王,天下大事,当昭告列国,务使诸侯公认之。"恣觉得大是有理,立即派出三十名快马特使星夜出发,大小国家一律告知,务求天下皆知。

齐威王接见了中山国特使,一看"王书",一通哈哈大笑:"恣也中山狼,得志便猖狂。"中山国特使大为尴尬,竟不知如何应对。

不久,"恣也中山狼,得志便猖狂"这句话传了开来,列国无不大加嘲笑,拍案称奇。只有赵国君臣气得咬牙跺脚,恨不能一口吞了这只中山狼。但后边的燕国却老是与赵国为敌,时不时在背后制造侵扰。赵国要灭中山国,又怕燕国这只"老黄雀"在后,只好强忍作罢。

宋国、中山国称王,各大国倒是没有特别当真。就实力而言,若非大国间矛盾纠葛相互抗衡,谁都可以在三天之内灭了这两个王国。可有一个小战国却沉不住气了,立即跟着宣布称王。

这便是韩国称王。

秦国崛起后,在七大战国中,韩国便成了最小战国。然韩国却素有"劲韩"之名。所以有此名声,一是韩国的宜阳是天下著名的铁山,韩国的铁兵器制造业一直为列国眼热;二是立国初期曾经有一支规模不大的精兵。虽则如此,立国百年来,韩国却一直处于受欺侮状态。秦国、魏国、赵国、齐国、楚国都打败过韩国,夺得过韩国的城池土地。韩昭侯初年,连二流的宋国都敢于攻打韩国,竟还夺取了韩国的黄池城②。在整个韩国的前期历史中,韩灭国扩地最少,要不是趁着一场内乱消灭了奄奄一息的郑国,将都城迁到了新郑,韩国可能连跻身七大战国的资格都没有。正是由于这种长期受欺,三十年前韩昭侯与申不害在韩国实行变法、改革军制、建立新军,韩国很是振作了一段,将近二十年没有一个大国敢于侵犯韩国。

① 恣,音cí。
② 黄池,在今河南省封丘西南。

这段历史成了韩国永远的骄傲。只可惜好景不长,就在韩昭侯雄心勃勃地准备称王时,魏国大举攻韩,韩昭侯与申不害都在魏国攻韩的大血战中惨死了。韩国新君为了稳定政局,部分地恢复了贵族旧制,新法大大地打了折扣。韩国的骄傲与荣誉流水般消失了,重新走向孱弱,又成了七强末座。

小说中对韩昭侯及申不害之死,有虚构成分。

这一番大起大落,使韩国上层倍感羞恼。即位新君韩璇,为君父未能称王耿耿于怀,为自己只能称"侯"大感屈辱,硬生生想了个奇特的点子,命朝臣国人称他为"威侯"——做王不成,也要做个威震天下的侯。整个战国时期,在位自命者大约也就这韩璇一人。及至宋国称王、中山国称王的消息迭次传来,韩璇和大臣们终于忍不住了,朝会上一拍即合,立即宣布称王。

韩国称王,给战国带来了新的骚动。

这次,各国真正地惊讶了,出现了一时沉默。

在此之前,战国七强已经有了三个王国——楚魏齐。齐魏两国的相王同盟,更对其他四强造成了强烈刺激。当此之际,韩国突然宣布称王,可谓在剩下的四强中爆出了一个大冷门。论实力,目下最当称王的是秦国;论资格,最当称王的是燕国;论军力,最当称王的是赵国。可这三强都没有宣布称王,却是最为孱弱的韩国率先称了王。

列国的惊讶沉默被打破了。

魏国迅速提出"五国相王"的动议,又一次掀起了称王相王的巨大波澜。

一说为公孙衍的策略。

这是魏国丞相惠施的谋划。惠施是稷下学宫的名家大师,十多年前曾经在魏国做过一段大夫,自感未获重用而离去。三年前经大梁"司土党"与孟子向魏惠王郑重推荐,又做了魏国丞相。论修学,惠施既不是兵家,也不是法家,而是专攻论辩术的"名家"。这名家，以探究万物之间的"名""实"关系为主旨，本是诸子百家中最远离治国为政的学派。然则天下事多有诡异。这个专究名实、酷好辩论术的惠施，偏偏又是一个酷好参政热衷做官的人物。与他的朋友庄周相反，终年奔走列国求仕，其顽强竟与孔孟儒家不相上下。于是惺惺相惜，孟子在自己执政无望的情势下，着力荐举了惠施入魏为相。惠施初当大政，雄心勃勃，一心想做出几件惊人业绩，令天下刮目相看。论才具特长，惠施不通兵事、不懂变法，在魏国这样的老牌强国本来很难立足。可时势凑巧，这时的魏国恰恰已经无心变法、无力军争，久挫心灰的魏惠王，只想在大国斡旋中来一些惊人之举，以保持魏国的老霸光环。这种图谋与惠施对自己功业方向的图谋不谋而合。于是，惠施在魏国风光了起来。

韩国称王，使惠施突然看到了，功业的希望正从大国摩擦的缝隙中放射出灿烂的光华。惠施的想法历来与常人不一般，否则也提不出"白马非马"之类的惊人论断。

他对魏惠王说："王虽名号，实则却是邦国地位。一国称王，其实在宣告受命于天，不受制于任何其他王国。齐魏相王，引起列国称王风潮，足见名号之威力也。今韩国称王，安知秦赵燕不会立即称王？与其彼等自行称王，莫如我大魏发起'列国相王'，实则使列王以我王为首，如此可重振魏国霸业也！"

"列国相王？也送秦国一个王号么？"魏惠王很是兴奋，但对秦国却总是牙根发痒。

"也可不要秦国。"惠施本来的谋划是包括秦国的。既然挡不住秦国，莫如大大方方承认秦国的王国地位，如此一来，既可使秦国与山东剧烈争斗，又可使魏国实际上拥有"赐秦王号"的天下盟主地位。但他见魏惠王对秦国耿耿于怀，立即改变了主意——在魏国，这个老国王的好恶是决然不能违背的，否则一件事也甭想做成。思忖间，他的新谋划已流畅地涌了出来："可行五国相王：魏韩赵燕，加上宋。如此可孤立秦国，使其不能东出。"

"好谋划！"魏惠王拍案大笑，"只是啊，桀宋声名狼藉，不能要。再说，要是承认了桀宋这个王位，三五年就不能灭他了，是么？"

"那就是四国相王了。也可。"

"不，五国相王，加上中山！"

"啊……好好好，也好！"惠施本来惊讶得嘴巴都合不拢，居然硬生生地合上且一连串地叫好，也实在是想不出如何来赞美这则匪夷所思的王命。他本能地觉得，教中山国加入相王行列,完全可能使这场相王同盟变成儿戏。

"惠子有所不知。"魏惠王从来不称惠施"丞相"官号,而只呼"惠子",他见惠施愣怔,神秘笑道:"要燕赵受制于我,就得中山狼加盟。懂么?"

"啊啊啊——明白,我王神明!"惠施惊愕得连"啊"几声,终于"明白",还加了一句结结实实的赞颂。

终于,五国相王的会盟特使派出了。可是不到半月,竟然传来惊人消息:赵燕韩三国拒绝参加相王同盟。赵肃侯与燕文公公然大骂魏惠王"与中山狼一般无二"。韩宣惠王虽然没有破口,却也阴沉沉地当场撕碎了国书。一场"五国相王"的同盟霸主梦,就这样轻易地破灭了。魏国非但没能争回老霸光环,反而引起了赵燕韩三国的强烈愤懑,也使齐楚两个老牌王国大为不满。

齐威王怒斥魏惠王"无耻负约",将魏国径自发动"五国相王"视为对齐国新霸权的挑战,立即打出了反对中山国称王的旗号,对燕赵两国发出国书说:"与中山狼并王,耻莫大焉!愿与两国起兵,灭此朝食!"

赵肃侯却没有进攻中山,而是立即发兵南下,进攻魏国的黄城①。

北面的燕国突然破脸,立即在背后偷袭赵国。

赵国手忙脚乱,连忙从魏国撤军,与燕国打了起来。

中山国新近称王,乐得为大国互斗火上浇油,毫不犹豫地发兵偷袭了燕国。

燕国两面受敌,非但被中山夺取了三座城池,又被赵国杀得大败。

韩国对魏赵两个"三晋兄弟"向来愤恨,见魏国陷入纠缠,立即夺了魏国西南两座小城,又在回兵途中顺路夺了宋国两座城池。韩宣惠王自感雪耻,下令举国欢庆。

如此一来,中原列国顿时陷入了空前混战:新称王的宋国趁着乱象突然奇袭滕国,竟一举灭了只有三座城池的滕国;又接连攻取了齐国一座城池,再接着灭了邻近只有五座城池的薛国。除了鲁国,宋国一口气吞灭了齐国后院的两个小国,竟猛然膨胀起来。宋偃宣布:要趁势南下灭楚,成就殷商帝业!楚国不能忍受,立即发兵攻宋,却不想竟在淮水北岸莫名其妙地败给了宋国。楚威王大怒,认为魏国在背后支持桀宋,发誓要与魏国一决雌雄。

---

① 黄城,今河南内黄西部。

沸沸扬扬的称王相王风潮，闹哄哄地互相攻伐，中原陷入了战国中期的第一次大乱。

如此乱象，由“五国相王”而起，气得魏惠王像吞了一只苍蝇，一下子疏远了惠施。直到三年后苏秦合纵，魏国才重提“五国相王”，在苏秦主持下抹平了这次事端。

这时，唯有强大的秦国不与任何邦国结盟，游离于中原的乱象之外。但趁着乱势，不声不响结结实实地打了几仗，对山东六国形成了前所未有的威慑。

第一战是秦楚大战，楚军大败，举国震恐，楚国被迫迁都。

秦国奔袭楚国房陵得手后，楚国朝野震恐，发誓要夺回这个大粮仓。楚威王命田忌统率楚国的战胜之师，乘灭越声威兼程北上，要将秦军消灭在房陵。田忌对楚军实力已经熟悉，但对秦国新军却很生疏。秦国齐国，一东一西相距千里，历来很少交战，进入战国，这两个大国还没交过手。但田忌明白，山地的长途奔袭战只能是精兵轻装，不可能是秦国的重装铁骑。楚军战力虽差，但以精简后的十万楚军对三两万秦军，胜算还是有的。身为大将，若能打破秦国新军锐士不可战胜的神话般的声威，也是田忌的莫大声望。大军未动，田忌便派出了数百名游骑斥候，秘密探听秦军动静。不久斥候回报：秦军奇袭兵力只有两万余，占领房陵后尚未撤出。田忌立即兵分两路兼程北上：东路，前军主将子兰率领四万骑兵，沿汉水谷地秘密向西北行进，在丹水山地设伏，堵住秦军北撤退路；西路，自己率领重新整编的步骑六万，乘舟师大船越云梦泽，出郢都，正面进逼房陵与秦军决战。

无论从哪方面说，这都是一个周全的决战方略。

楚威王认定这次大战“万无一失，楚军必胜”，郢都连北上灭秦的王书都拟好了，单等房陵大捷便昭告天下，挥师关

五国相王，看着热闹。秦国借机扩张。

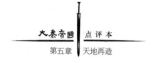

河。

可是，当田忌大军到达房陵山地时，两万秦军却鬼魅般地消失了。

正在田忌惊疑未定之时，探马急报：秦军奇袭郢都，王城岌岌可危！

田忌星夜回师，却在彝陵①峡谷突遭伏击。五万步骑军兵在陡峭的山谷中血战昼夜，最后竟然只有数千人马逃出。旬日之后，东路也传来败绩：子兰大军反被一支由武关开出的秦军截了后路，唯有子兰率三千残兵逃回。

楚威王大怒，下令缉拿田忌来郢都问罪。但当王命特使截住败逃军兵时，田忌已经不在军中了。消息传出，楚国举朝恐慌——房陵屏障已失，大军主力被歼，唯一可凭借的统帅也神秘逃走，郢都完全暴露在房陵秦军的威慑之下，岂非大险？匆忙聚商，楚威王与所有王族大臣连夜乘舟师进入云梦泽避难。有一支颇具规模的水军，这是楚国唯一强于秦国的地方，否则便当真是大难临头了。三个月后，楚国为了避开秦军锋芒，迁都云梦泽以东、长江南岸的寿春②，都城名字仍然叫作郢都。

第二仗，攻取韩国宜阳③，夺得韩国铁山。

司马错奇兵战胜楚国大军，楚国被迫迁都后，秦国朝野大为振奋。司马错对山东列国的战力有了更清楚的了解，在回师北上时向秦公嬴驷上书：顺道出武关，夺取韩国的宜阳铁山。嬴驷立即召叔父嬴虔与樗里疾会商，三人对司马错的用兵才能已经不再疑虑，立即快马回书，赞同夺取宜阳。同时议定：樗里疾率领蓝田一万铁骑，东出策应。

宜阳地处函谷关以东百余里，东北距洛阳只有数十里，是洛水中游山地的咽喉要塞。因为这片山地有天下最为富有的铁矿石，所以韩国专门设置了宜阳邑镇守宜阳铁山。近百年来，围绕着争夺宜阳，韩国与几乎所有的大国，包括宋国一类的二流国家都打过仗，无论如何，总是胜多败少，确保了宜阳没有丢失。韩国在申不害变法时曾经训练出了十万新军，但在对魏国的新郑大血战中几乎打光，侥幸剩下的，便是驻守宜阳的两万骑兵。那场大血战后，新郑国人死伤十余万，韩国财富也几乎消耗殆尽，元气大伤，根本无力扩充新军。重新招募的五万士卒，也缺乏精良军器与充足粮草，严格训练自然也是大打折扣，其战力与申不害时期已经不可同日而语。唯独驻守在宜阳的这两万骑

---

① 彝陵，今宜昌地区。

② 寿春，今安徽寿县西南。

③ 宜阳，战国时韩国设宜阳邑，在洛水中游，今洛阳西南。

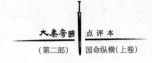

兵是当年的劲韩铁骑，堪称真正的精锐之师。韩国攻宋、攻魏接连得手，靠的便是这支铁骑主力。

正在大宴群臣满城欢庆的时候，韩宣惠王突闻警报——秦国偷袭宜阳，激战正酣！

"哐啷"一声大响，韩宣惠王的铜爵掉在了鼎盘中，汤汁四溅。

拱卫新郑的五万步骑立即兼程疾行，开往宜阳救援。三天三夜之后，疲惫不堪的韩军方才渡过伊水，看见了洛水北岸的宜阳城楼。韩将下令全军埋锅造饭，战饭之后激战秦军。可炊烟刚刚升起，一股溃散的骑兵就冲了过来，战马骑士浑身鲜血，看得韩军将士胆战心惊。三言两语，便知秦军已经攻下宜阳，韩国两万精锐骑兵已经全军覆没。

逃回来的骑兵说，月黑风高的后半夜，秦军步兵突然出现在宜阳城下，趁夜全力猛攻。待到天亮，韩军守将清楚了秦军全是步兵，便率领城内铁骑杀出，要一举消灭秦军。谁知秦军根本不退，反而筑成步兵圆阵迎战。宜阳骑兵被秦军的傲慢激怒了，发誓要与秦军步兵见个高低。鏖兵竟日，韩军无法撼动秦军步兵的大阵，反而死伤了两千人马。这时，天近暮色，大祸降临，秦军大队铁骑神奇地从漫山遍野杀了过来。韩国的宜阳铁骑就这样陷入两面夹击，两个时辰便全军覆没了。只是不知何故，秦军没有追击韩国援军。

"那真叫害怕……"伤兵惊魂未定，"黑人，铁马，尖厉的号角，闪亮的长剑，我等还没回过神来，就被分割成了碎块！"

消息传来，韩国朝野无不倒吸一口凉气。要知道，申不害训练的韩国铁骑也是赫赫大名的天下劲旅，魏赵齐楚燕几个大国无不忌惮三分，可如今竟被秦军一夜之间全部歼灭，这秦军锐士之战力如何不令人胆寒？

第三战，夺取魏国占领的崤山区域，全面控制崤山。

对秦国战事的前期谋划，司马错始终在壮大根基上做文章。楚国房陵是粮仓，韩国宜阳是铁山。紧接着，司马错看准了夺取崤山这步棋。崤山，是与秦、魏、周、韩、楚五国都大有干系的要塞山地。从位置看，它处在黄河东折处的南部，与桃林高地连成了一片广袤的山塬，向西伸展到华山地带，向南楔入楚国北部的丹水中游，向东则居高临下地鸟瞰三川地区，与洛阳几乎只有百里之遥，骑兵两个时辰便可兵临城下。崤山地带的咽喉要塞就有三处——东边函谷关、南边武关、西边桃林塞①。对于这五国,崤山都有"门户"的意义。谁占据了崤山,谁便真正掌握了自己的国门。

长期以来,崤山与河西地区一样,都是魏国占领的"飞地"。商鞅收复河西后,只收回了包括函谷关在内的崤山西部地带,崤山的大部分地区尚处在分割拉锯状态。楚国占据了崤山南部,魏国控制了崤山东南部。也就是说,秦国的武关直接处在楚魏势力范围,函谷关外的东部山麓也在魏国手里,崤山所具有威慑力的全部地段,并没有被秦国全部掌控。从东出争霸的眼光看,只要崤山处于分割状态,秦国东部的封锁就还没有彻底打开,出得函谷关并不能长驱东进。

全部占据崤山,就是要使山东六国的门户洞开,而秦国的防守要塞却更加牢固。

在崤山东南,魏国驻扎了五万守军,一部驻扎在武关背后的洛水上游河谷,一部驻扎在函谷关外大河南岸的三门大峡谷内②。洛水河谷以步兵为主,大峡谷以骑兵为主。魏国虽然衰落,但仍然是一流的强国富国,魏军也仍然算是天下少有的几支强大军旅之一。训练严酷敢打硬仗的"魏武卒"更是威名赫赫。但是,在桂陵大战、马陵大战、秦魏河西大战后,魏国的精锐主力已经基本拼光,剩下的各关隘驻军全是守备之师,只有二流战力。庞涓死后,魏国军权先后由三任太子执掌,没有再设上将军。太子申掌兵伐齐被俘,后立太子赫不得魏惠王之心又被废,目下是新太子魏嗣掌兵。魏嗣志大才疏,以"名将"自居,执掌军权后两次征发,将魏军兵力总数重新扩大为三十万,一时颇有声威,一心要打几场大胜仗,复兴大魏的霸主地位。

对秦国而言,这是新君臣第一次对中原强国的直接挑战,也可以说是一种试探。魏国目下力量究竟如何? 能否对秦国构成新的封锁? 都将在崤山之战见出分晓。毕竟,魏国不是楚国,更不是韩国。

司马错提出夺取崤山的谋划后,嬴驷立即带领轻装骑队秘密东来。两日后的深夜,嬴驷进了宜阳,与司马错、樗里疾会齐,君臣三人秘密谋划了整整三日,议决由司马错统一指挥崤山之战,樗里疾总揽后援,嬴驷坐镇咸阳做万一失利的应变准备。

旬日之后,正是月初。夜黑风高,崤山南麓的武关开出了一支偃旗息鼓的步兵,轻

---

① 桃林塞,春秋战国时为要塞城堡,东汉设为潼关,在今潼关县境内。
② 即今黄河三门峡,在今河南三门峡市与山西平陆县间。

装疾进，直扑洛水河谷。天将黎明，魏军正在酣梦之中，突闻鼓声如雷号角凄厉，漫山遍野的黑影潮水般压了下来。魏军惊慌大乱，自相践踏，溃不成军。两个时辰后天色大亮，魏军数千人拼命杀出重围，沿洛水河谷向东逃窜。未走几里，秦军一支伏兵杀出，硬生生将魏军残部封堵在山谷之中。日色正午时分，崤山东南便恢复了平静。这支秦军步兵迅速集结，战饭之后立即兼程北上，向函谷关外秘密运动。

三门大峡谷的黑夜一片静谧，唯有大河涛声隐隐可闻。魏军骑兵操演了一天阵法，早已经酣然入梦，连谷口的游骑步哨都不再游动，聚在山坳里燃起篝火避风取暖，不消片刻，都呼呼大睡了。魏军也是太大意了，认为这里虽是山地峡谷，但在函谷之外，历来是魏国的本土；西边的函谷关，秦军只有一万步骑驻防，岂敢寻衅三万铁骑？东边距重兵驻守的大梁不过一日路程，大军随时可到。对于风驰电掣的骑兵来说，这里简直就是平安谷。况且太子亲统大军，正要重振魏国雄风，哪里还有人敢在这里与魏国打仗？

突然，却闻战鼓如雷杀声震天，火把如同白昼。黑色骑兵神奇地从峡谷深处铺天盖地地杀了出来。魏军营寨立即大乱，人喊马嘶，争相逃窜。统兵大将从睡梦中惊醒，慌忙上马发令，几经弹压，杀掉了几十名惊慌逃窜者，主力才稍见聚拢。大将下令，向峡谷外突围，在平原上与秦军决战。魏军潮水般冲向谷口，忒煞作怪，谷口竟无一秦军，畅通无阻。

"啊！秦军主力——"前行骑士几乎是尖叫起来。

漆黑的原野上出现了广阔的火把海洋，横宽无边，正正地堵在魏军骑兵面前——铁马面具，黑色森林，清一色的阔身长剑，正是秦国的铁骑主力。

"杀！杀出去——"情知生死在即，魏军大将怒吼着发出了死战命令。魏国的红色骑兵高举着长剑，冲向了无边的火把海洋。"哗——"火把海洋的中央地带却退潮般迅速缩回，两翼伸向无边的夜色之中，将冲锋的红色集团倏忽围困在火把海洋之中。

大河南岸的原野上，弥漫出惊心动魄的无边喊杀。

深秋的太阳升起时，原野上沉寂下来，层层叠叠的红色尸体从山外平川一直绵延到大峡谷深处。秦军迅速清理了峡谷，修筑起新的营寨。日落时分，大峡谷口已经竖起了一面黑色的"秦"字大纛旗。

消息传到大梁，太子魏嗣暴跳如雷，立即就要出动大军复仇。

"嗣儿，少安毋躁。"已经两鬓斑白的魏惠王深深地叹了口气，"如今大乱之势，猎犬

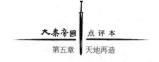

捕兔而虎狼在后的事还少么？你没打过大仗，万一有差，大魏基业何人承继？"

太子魏嗣顿时泄了气，大骂秦国一通"蛮夷虎狼"了事。

此战虽然规模不大，却打出了秦国的威风——一举控制了崤山全部，一脚踏出了函谷关，迫使赫赫魏国忍气吞声，洛阳周室、韩国新郑、楚国郢都尽皆噤若寒蝉，齐赵燕三大国也假装不知道似的默不作声。秦国的威慑力首次覆盖了大河南岸，一股凛冽的寒气开始弥漫中原。

然则，事情并没有就此终止。

一鼓作气，秦国打了第四仗——东出汾水，夺取晋阳①。

商鞅收复河西，秦国在大河东岸仅仅占领了离石要塞，在河东地带扎了一个小小的钉子。对赵国、中山国、燕国几乎没有任何威慑力。而这三个国家，都是秦国恨得牙痒，而又长期被魏国牵制得无法动手的国家。中山狼对河西的灾难，已经使秦国朝野切齿。赵国屡次策动秦国西部后院的戎狄叛乱，又屡次参与瓜分秦国，几乎与魏国不差上下。燕国则历来以老牌贵族自居，蔑视秦国，不屑为伍，多次拒绝了秦在困窘时期的修好请求。秦孝公视为国耻者，即六国"不屑与我会盟"。这种仇恨，秦国朝野是不可能忘记的。

如今情势大转，秦国的后续目标立即瞄准河东，要在这里立下一个根基。

"夺取晋阳！这里是河东腹心。"这次是樗里疾的主张。

"有理。"嬴虔立刻赞同。他青年时期长年在西北作战，对西部戎狄与河东燕赵一带特别熟悉，"晋阳不大，却是兵家形胜之地。东南直接压迫邯郸，东北威慑中山，北面对燕

函谷关是重要关口，也是秦之强弱的重要象征。秦强，则出函谷关；秦弱，则不敢窥函谷关。秦不出函谷关，则天下太平。后来苏秦的合纵之策，使秦十五年不敢窥函谷关。

孙皓晖心中有复杂的地图。

六国卑秦，孝公深以为耻，乃发愤图强，出求贤令，见卫鞅，行变法，图天下。

---

① 晋阳，今山西太原地区。

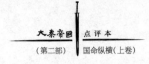
国的雁门塞①与代地可成攻势。一石三鸟,好棋!"

"国尉之见?"嬴驷特别地看重司马错的评判。

"臣以为有理。"司马错虑事细密,沉吟道,"只是,攻取晋阳,须得劳动太傅一场。"

"但凭国尉差遣!"嬴虔大是兴奋,他已经二十多年没有上过战场了。

"好!夺取晋阳仍由国尉统一号令,太傅与上大夫襄助。"嬴驷断然定板。

月余之后的一个深夜,一支商旅马队秘密出了咸阳北阪星夜北上。这是嬴虔率领的一支由公室弟子组成的特殊马队。嬴秦部族曾经长期在西部半农半牧,立国成为诸侯之前,两支较大的支脉曾经进入阴山草原,又从阴山南下,进入汾水流域燕赵之地的河谷草地,在那里定居下来。秦人立国后长期动荡不宁,这两支部族也很深地融入了燕赵民众,大部改姓了赵,没有再迁徙回归,但与老秦部族始终保持着各种联系,以至秦人中流传着"秦赵同族同宗"的说法。这支"赵人"定居在晋阳,是晋阳地带极为重要的一支力量。嬴虔的公室马队,就是要策动这支"赵人"认祖归宗,做秦军的接应力量,事后重新回归秦国。

半个月后,司马错接到秘密消息:嬴虔大获成功,"赵人"已经做好了接应准备。

司马错这时已经移帐离石要塞,闻讯立即下令:河西三万铁骑兼程北上,绕到晋阳北面待命。同时,司马错亲自率领八千轻装步兵,从汾水河谷秘密北进,堵住晋阳正面,以防赵国骑兵增援。

旬日之后,嬴虔率领的"赵人"勇士与秦军三万铁骑同时发动,内外夹击。一夜之间,晋阳的一万赵军全部被歼。赵肃侯接报大惊,立即派出五万骑兵挽救晋阳,眼看晋阳遥遥在望,不想却被司马错的步兵堵在汾水西岸的龙山峡谷,激战竟日,无法越过。次日,秦军三万铁骑杀到,与赵军骑兵展开了激烈厮杀。也是半日工夫,赵军损失大半,仅余万余骑突围逃走。

晋阳一鼓而下,燕、赵、中山无不惊恐。

颇有气焰的中山国首先发出修好和约,主动将临近晋阳的三个隘口割让给了秦国。

燕国百余年从来没打过大仗,面对秦军威势更是不敢贸然,只好以"秦虽无礼,却也未侵掠我邦"为自慰,宣告作罢。赵国倒是真想打一场,但自觉凭一国之力不足以取胜,

---

① 雁门塞,当时的军事隘口,即后来的雁门关。

须联合齐、楚、魏其中的一个大国方能出兵。可几经联络，三大国各有搪塞，硬是没有一个愿意结盟出兵。齐国是唯一没有与秦国直接冲突的大国，也是现下唯一可与秦国抗衡的大国。可是，齐国非但不想联兵攻秦，反乐得看到与秦接壤的各国手忙脚乱，以便从中渔利。心念及此，一股凉气顿时涌上赵肃侯脊梁。他恨透了这些无义邦国，更恨透了秦国。

"秦国蛮夷，虎狼之邦！"赵肃侯狠狠地大骂了一声。

这句咒骂迅速传开，"虎狼"立即成为秦国的代名。山东列国的口语中渐渐衍生出"虎狼之邦""虎狼之国""秦为虎狼""虎狼秦""秦虎狼"等关于秦国的诸多骂词。骂归骂，山东六国终是无可奈何。

骂了一段，中原战国又恢复了相互攻伐的乱象。

三年之间，大大小小打了四十余仗，没有稳定的同盟，甚至没有临时的合力，只有混战而没有目标。只有秦国似乎游离于中原乱象之外，冷冷地窥视着一切可利用的裂痕与时机，随时准备闪电般地出击。

中原列国之间充满了仇恨与猜忌，更对"虎狼秦国"神出鬼没的袭击战恐惧不已，生怕这"虎狼"之灾突然降临自己头上。于是，各国纷纷在国界修筑长城，将自己圈得森严壁垒。非但齐魏燕赵楚韩六大战国开始修筑边境长城，连中山国、宋国也动手修筑长城了。

"洪水猛兽，莫如虎狼之秦！"这句咒骂永远地挂在了中原列国嘴上。

秦之剽悍，渐为人知。据《史记·屈原贾生列传》，"时秦昭王与楚婚，欲与怀王会。怀王欲行，屈平曰：'秦虎狼之国，不可信，不如毋行。'怀王稚子子兰劝王行：'奈何绝秦欢！'怀王卒行。入武关，秦伏兵绝其后，因留怀王，以求割地。怀王怒，不听。亡走赵，赵不内。复之秦，竟死于秦而归葬"。可见秦确为"虎狼之国"——屈原之语，流传千古。而怀王亦确实为"不听"之王，骨气高，智商不高，屡坏大事。这一章，重点在五国相王、天下大乱。

第六章　风云再起

一　红衣巫师的鼎卦

春草又绿，洛阳东门飞出了两骑快马，直向苏庄外荒野的草庐而来。

正在古井台上呼噜晒太阳的大黄嗖地立了起来，昂首凝望片刻，立即冲到草庐门前“汪汪汪”地狂叫起来。茅屋里，苏秦正在揣摩那张《天下》图，不时对照旁边的一本羊皮册子。这张大图，是老师当年从周室太史令老聃那里绘制的，原题《一千八百诸侯图》。所不同的是，老师对这张图做了详细注文，注明了每个诸侯国的始封时间、历代君主及灭亡时间。老师注文另成一册，与大图一合并，无异于一部最简明的天下诸侯兴亡史。春寒犹在，地上又很潮湿，苏秦双手笼在绵褂袖里围着羊皮大图打转，时不时还得一阵跺脚。

苏秦是时候出山了。

突闻大黄狂吠，苏秦惊得一个激灵。他觉得奇怪，大黄遇到险情是从来不叫的，但叫，一定是它熟悉的人来了。父亲是不会来的，纵然来了大黄也不会如此叫法。那么会是谁？苏秦思忖着刚拉开门，大黄嗖地蹿上了门前的土坎。

手搭凉棚遮阳远望，苏秦依稀看见泛绿的荒原上奔驰着两匹快马，就像两朵朦胧的云彩悠悠飘来——他的目力已经大减，看不清骑士的服色是黑是红了。突然，苏秦一阵心跳，莫非是张仪？不可能！若张仪有成，岂能等到今日来找他？

"二哥——"清亮的喊声随着急骤的马蹄声迅速逼近，大黄已经"汪汪汪"地迎了上去，引来一阵萧萧马鸣。啊，是苏代苏厉。苏秦心头一阵发热，双眼顿时潮湿了。三年不见，两个小弟已经长大了，已经是英俊少年了。

"二哥……"转眼之间，马到屋前，两个红衣少年滚鞍下马，却吃惊得呆住了。

面前就是他们的二哥么？就是那个曾经名动天下英挺潇洒的名士苏秦么？一头蓬乱灰白的长发，一脸杂乱连鬓的长须，身后是破旧不堪的茅屋，面前是一望无际的荒草，他木然伫立着，一身褴褛破旧的皮袍，目光蒙眬，黝黑干瘦，活脱脱一个饥荒流民。

"二哥——"一声哭喊，苏代苏厉跪倒在地，同时抱住了苏秦。

原是满怀喜悦激情而来，他们却被眼前的景象深深震撼了。在少年兄弟的想象中，名士草庐孤身苦修，是一件充满诗意的幻境，是只有世外高人才能品味的半仙生活。兄弟俩无数次地编织诉说着二哥的隐居境界——春日草长莺飞，手执一卷踏青吟哦，当引来多少游春少女的目光？夏日里绿荫古井，散发赤脚昼眠夜读，该是何等快意洒脱？秋风里草庐明月，河汉灿烂，长夜伫立，仰问上苍之奥秘，该是何

苏秦实为幼弟，可参《战国纵横家书》。《史记》所载有误。孙皓晖依《史记》所载演绎。

等神奇意境？冬日里漫天皆白，或轻裘拥炉而读，或踏雪旷野而思，该是何等高洁情怀？兄弟俩相约，总有一日，他们也要像二哥那样，做一番隐居苦修，品尝一番高人境界。正因为如此想象，兄弟俩始终恪守着父亲叮嘱，三年内不扰乱二哥的清修。如今，二哥竟弄到了如此模样，这一对堪称锦衣玉食的兄弟如同遭受当头棒喝，如何不感到震惊？

"脱胎换骨，岂在皮囊？"苏秦虽只淡淡一笑，却是充实明朗。

"二哥，你受苦了。"苏代站起来低头拉着苏秦的手，一副不忍卒睹的样子。

"二哥，你不觉得苦涩？"苏厉毕竟年少，对苏秦安适的笑容觉得惊讶。

看两个弟弟悲天悯人的样子，苏秦不禁揽住了两人肩膀，一阵舒畅明朗的开怀大笑，毫无萧瑟凄楚，那是想装也装不出来的一种发自内心的轻松。

苏代苏厉终于破颜笑了："二哥，我们给你报好消息来了。"苏厉忍不住先露了底儿。

"三弟四弟，就坐在这里说，屋里荫凉。"

"二哥，你先吃点儿，边吃边听。"苏厉从马鞍上拿下了一个皮袋打开，"父亲特意从一个老猎户手里买了一只逢泽麋鹿，二嫂……"苏厉突然顿住，又期期艾艾道，"二嫂执意要亲自做……"

苏代叹息了一声："二哥，二嫂也可怜……不要记恨她。"

苏秦不禁大笑摇头："梦也梦也，苏秦若还记恨，岂非枉了这荒野草庐？来，我咥。"说着摊开荷叶，撕开一块红亮的鹿肉大嚼起来，"三弟，你说，我听着。"

"二哥，我从大梁回来的，四弟从洛阳回来的。大事都清楚了。天下如今可是大乱了，我给你从头说吧。"苏代喘息了一下，一款一款地说起了这几年的天下攻防大事，有声有色，说到最后一声感叹，"咳，总归一个乱字，只有虎狼秦国占了大便宜！"

苏厉满面红光："乱世出英雄，二哥，你该再度出山了！二哥，你……"

苏秦听得很仔细很认真，没有插问一句，一直在平静地沉思，丝毫没有兄弟俩预料的那种惊喜激奋。见两个弟弟困惑的样子，他在露出皮毛污黑的破衣襟上随意地抹了几下手，微微一笑："看来，比我预料得快。我得想想，你俩明日再来。"

苏代苏厉相互看看，怏怏地走了。

望着两个弟弟骑马远去的背影，苏秦生出了一种奇特的感受——明明平静得心如止水，却觉得轻松得要飞了起来，充实得要喊了出来。不自觉地，他走进了茫茫荒草，越走越快，终于跌跌撞撞地跑了起来，湮没在无边的碧草浪中，一边仰天大笑，一边手舞足

踏地"啊啊啊"吼叫着。

"天意啊,天意——"一个苍老的声音在耳边悠然响起。

"谁? 谁在说话?"苏秦气喘吁吁地摇晃着,看见茫茫泛绿的苇草中摇曳着一个红色身影,站定一看,红袍竹冠,雪白散发,清越得直如天人一般。"前辈高人,在下有礼了。"苏秦恭敬地躬身一礼,他知道,这种老人只可能是尊贵神秘的王室大巫师。

"得遇雄贵,老夫不胜荣幸。"明明迎面而立,苍老的声音却是那般旷远。

"雄贵? 你说我么?"苏秦低头打量了自己一番,禁不住仰天大笑,"天下之大,当真无奇不有也。"

"老夫相术甚浅,不敢断言。先生可愿占得一卦?"

"天无常数,在下力行入世,不信虚妄。"

老人微微笑道:"武王伐纣,太公踩龟甲而止卜。非不信也,乃有成算也。先生不信,亦是成算在胸。然天道幽微,岂是'力行'二字所能包容? 若有印证,岂非天道无欺?"

苏秦肃然拱手道:"愿受教。"

"你来看。"老人大袖一挥,身形转开,指着原先挡在身后的一蓬青黄相间的奇特长草,"此乃老夫今日觅得的一株千年蓍草,以之占卜,可窥天地万象之密,先生何其大幸也。"

苏秦暗暗惊讶。他与大多经世名士一样,虽不精专《易经》,却也颇有涉猎。老师原本就是精研《易经》的大家,却从来不为弟子占卜,只是向他们讲述《易》理与《易》家规矩传闻,让他们广博学识而已。老师说过,千年蓍草为《易》家神物,功效大过龟卜时期的千年龟甲,可遇不可求。但凡觅得千年蓍草,必得为所遇第一人卜卦而镇之,否则不能折草。看来,面前这位红衣大巫师要给自己占卜,也并非心血来潮,《易》家规矩使然,何妨坦然受之? 心念及此,又是默默一躬。

老人点点头,宽大的衣袖中悠然现出一支细长的木剑,对着碧绿而又透着苍黄的蓍草深深一躬,站定凝神,木剑轻轻挥出。但听轻微脆响,一根三尺余长的草枝笔直地在空中竖起,草叶在瞬息之间飘回蓍草蓬根,一根绿黄闪光的草茎,横平着飘落在木剑之上。老人顺势坐地,木剑倏忽消失,蓍草已经平托在双手之上。

"太极。"老人轻轻地念了一声,蓍草茎神奇地断开了短短一节,落在了老人两腿间的袍面上。

"两仪，日月，四季，五行，十二月，二十四气。"随着老人的念诵，蓍草茎迅速地一节节断开落下，在红色袍面上整齐地排列成一、二、二、四、五、十二、二十四共七个单元。

苏秦看得惊讶了。他知道，蓍草占卜需要五十根草茎，"五十"之数的构成便是老人念诵的七个单元；有一根取出来始终不用，意味着天地混沌未开的"太极"；其余的"两仪"等四十九根便是用来占卜的实数。他惊讶的是，蓍草如何能如此神灵，竟能飞去草叶？竟能应声断开？如此说来，"千年蓍草之下，必有神龟伏之"也是可能的了？思忖之间，老人已经占卜完毕，悠然笑道："鼎卦。"

苏秦默然。他理解"鼎卦"的意义，却觉得匪夷所思。

"先生通达《易》理，无须老朽细拆。"老人淡淡笑着，"只是这鼎卦之幽微在于'九三'。九三虽正，却与'六五'相隔，主初行滞涩；然'九三'得正，唯守正不渝，终会'六五'。余皆先生所能解，无须老朽多言也。"

"多谢大师。"苏秦深深一躬。

"先生自去。老朽尚须为神蓍守正。"

苏秦没有多说，默默去了。他走得很慢，"鼎卦"的卦象弥漫在心头挥之不去。

鼎卦之象

在《周易》六十四卦之中，鼎卦与革卦相连，组成了一个因果相连的卦象。革卦的卦象是除旧布新——"革"，是将兽皮制成皮革的过程，除去兽皮旧物而产生的新皮，便是"革"。鼎卦的卦象则是合百物而更新——鼎为炊器，煮合百物而成美食的过程，便是"鼎"。鼎合百物是艰难的，生的硬的干的湿的咸的腥的，都要在鼎中合成，经过"火"而达成新物；鼎卦的上卦是"火"，下卦是"木"，木入火为烹饪之鼎。从卦理上说，鼎卦之大意，在阐释贤才布新的大道——刚柔相济，持之以恒，方能合百物而出新。

大巫师说的"鼎卦幽微处"，在于"鼎卦虽吉，却有艰难"这个道理。此卦为自己占卜，所谓的"九三"一爻，是鼎卦中"才"的位置；而"六五"一爻，则是"君"的位置；"九三"

鼎:元吉,亨。苏秦
之行,大吉大利。

与"六五"相隔了一爻,不能立即交会;但由于"九三"是正才
之位,经"上火"催生,终于可合百物,而与"六五"交会……

想着想着,苏秦不禁"扑哧"笑了出来——这《周易》
八卦确实奇特,每一卦都是用极为寻常极为简单而又亘古
不变的一种"物事"来做卦象,却又能对最为纷繁复杂的人
世万象做出恰如其分的拆解,当真匪夷所思。就说方才这
个鼎卦,竟用"煮饭"这个过程来说明天下乱象的整合,却
是那样的妙不可言。看似简单,细细一想,却又复杂得不
可思议。

"大哉伏羲! 大哉文王!"苏秦情不自禁地喃喃感慨。

尽管大巫师的鼎卦是一个令人鼓舞的"天机",但苏秦
还是很快就将它抛在了脑后。如同当时所有的入世名士
一样,他从来不将自己的命运寄托在这种神秘游移的预言
上。原因很简单,他了解一切神明预测的基本缺陷——模
糊的断语能解释后来的一切:你胜利了,它能说通;你失败
了,它也能说通;你信它,它能说通;你不信它,它照样能说
通。

对于"上天",苏秦很赞赏两个人的话。一个是稷下新
秀名士荀况,他说:"天行有常,不为尧存,不为桀亡。"[1]一个
是老孟子,他说:"天听自我民听,天视自我民视。民心即天
心。"[2]说到底,天为何物? 就是天下人心。顺应人心做事,
就是天下大道。行天下大道,自当以大道为本,当为则为,当
不为则不为,何言吉凶? 若天下人皆以吉凶决事决命,何来
慷慨成仁舍生取义? 何来吴起、商鞅一批"极心无二虑,尽
公不顾私"的忠臣烈士?我苏秦出山,虽然也为功业富贵,

---

① "天行"至"桀亡",见《荀子·天论》。
② "天听"至"天心",见《尚书·周书·泰誓》,原文为"天视自我民视,天听自我民听。"孟子曾引用过。

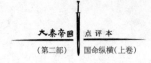
但所做之事却是顺应大道,吉凶二字何须在心?

草庐苦修,他一刻也没有忘记揣摩天下风云。每有心得,他都要将列国利害以各种方式拆解组合一遍。渐渐地,他形成了一个清晰的判断:山东列国必将陷入互相算计攻伐的乱象,秦国必将东出,一一攻破中原战国。面对这种即将到来的天下大乱,他当持何种方略应对? 长策在胸,自可叱咤风云改变天下格局;若无长策,纵然谋得高官厚禄,也无非是高车驷马的行尸走肉,苏秦何堪此等人生? 三年来,苏秦反复思虑,多方演绎,终于形成了一套明晰的思路,一套周密可行的大方略。

苏代苏厉的到来,使苏秦猛然醒悟——机会终于来了。

他原先预计,这种乱象至少要酝酿五年。没有想到,三年之中天下已经大乱了。他等的就是这个乱世。天下不乱,列国无亡国危机,力挽狂澜的长策徒然一篇说辞而已,他苏秦也徒然一个狂士而已。秦国固要称霸,然时机不到,说也白说。天下固要整合,然若无人人自危之乱象,说也白说。这就是“贤者守时,不肖者守命”的奥秘。

窥透时机,应时而出。这就是苏秦孜孜三年,所浸润出的大谋境界。

不觉回到草庐,苏秦开始收拾准备。其实,草庐的一切日用物事都是任何家庭也用不着珍惜的粗物,根本用不着收拾交代。苏秦所要准备的只有一件事——将那张《天下》绘制在永远不可能丢失的地方。这件事他思谋已久,准备已久,但真做起来也不是一件容易事。从午后到天亮,整整八九个时辰,苏秦才直起腰来,颓然倒在草榻上。

正午时分,马蹄声响,苏代苏厉准时来了。

苏秦拉着两个弟弟的手:“三弟四弟,我要走了。”

“何时?”苏厉急迫地问。

“还问? 自然是今日晚上了。”苏代显然成熟了许多。

苏秦点点头,似乎也想不起什么叮嘱的话,面对两个聪慧绝顶的弟弟,任何话都显得多余。见两个弟弟似乎在等他开口,苏秦终于说了句:“好生修习,苏家也许要靠你们了。”

“此言差矣!”苏厉这回倒是老气横秋,“二哥天下第一,岂能英雄气短?”
苏秦哈哈大笑:“好! 四弟有志气。二哥就做一回天下第一!”

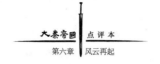

苏代郑重其事道:"二哥,傍晚我俩在路口等你。"

"不用操心,一切都会准备好的。"苏厉慷慨接口,比自己上路还激奋。

苏秦肃然拱手:"多谢三弟四弟。"

"二哥如何恁般作怪? 这像弟兄么?"苏厉面红耳赤,先自急了起来。苏代却默默地低着头没有说话。

苏秦长长地叹息了一声,又微微一笑:"三弟四弟勿怪,自当初困顿归来,为兄明白了一个道理:人须自立,不可将任何外助看作理所当然,包括骨肉亲情。嫂不为炊,妻不下机,皆因我以家财出游,而于家无益。苏家本商人,利害所至,自当计较,我如何能以空泛大义求之于人? 三弟四弟愿助我一臂之力,为兄自当感谢了。"

苏厉惊愕得说不出话来,只呆呆地看着须发灰白杂乱的哥哥,仿佛突然间不认识这位兄长了。苏代却轻轻叹息一声:"二哥,人间情义还是有的。自你独处草庐,大嫂害怕大哥责骂,从不敢提你,蔫得霜打了一般。二嫂,更不用说了,每年交冬,她都要到这片荒田站几个晚上,却从来不敢走近茅屋……"

三兄弟一阵沉默,苏秦笑道:"三弟四弟,顾不得许多了,我总归还会回来。"

"成败寻常事,家人总归亲。"苏代喃喃吟诵了一句。

"家人或可亲,成败岂寻常?"苏秦认真地回了一句。

苏厉却先"扑哧"笑了,向苏秦顽皮地做了一个鬼脸,三兄弟不禁哈哈大笑起来。

暮色时分,苏秦对着草庐深深一拜,举起那盏油灯对正了屋顶垂下的长长茅草。刹那之间,火苗腾起,整个茅屋顿时淹没在熊熊烈焰之中。苏秦一阵大笑,背起一个青布包袱,拿着那根青檀木棒,头也不回地大步走了。奇怪的是,大黄始终没有叫一声,只是默默地跟着苏秦。

官道路口,苏代苏厉守着一辆单马轺车正在等候。月光下遥见苏秦身影,苏代迎了上来,接过苏秦的包袱与木棒,利落地放到车身暗箱里:"二哥,带了一百金,在这个暗箱。衣服未及准备,遇见大市买了。"

苏秦点点头没有说话,蹲下身子抱住了大黄的脖子,良久没有抬头。大黄伸出长长的舌头,不断舔着苏秦的脸颊,喉咙发出低沉的呜呜声……终于,苏秦站了起来,拍了拍苏代苏厉的肩膀,接过马鞭缰绳跳上了轺车,"啪"的一个响鞭,辚辚去了。

"汪！汪汪！"大黄叫了起来，声音从未有过的喑哑。

将近庄外，苏秦不禁张望了一眼那片熟悉的树林，却惊讶地停住了车马——月光下的小树林道口，依稀伫立着一个白色身影。刹那之间，苏秦愣怔了，他似乎意识到了什么，怔怔地站在车上不知如何是好。慢慢地，白色身影一步步走到了辎车前，将一个包袱放在了道中，无声地跪了下去，连三叩首，又猛然起身，飞一般地跑了……

苏秦蒙了。他分明听见了树林中沉重的喘息与呜咽，却钉在车上一般不能动弹。良久，苏秦缓过神来跳下辎车，拿起了道中那个包袱，月光下，包袱皮上的四个鲜红大字赫然在目——冷暖炎凉。心中一动，伸手轻抚，湿滑沾手，竟是血书大字！"轰"的一声，苏秦觉得热血上涌，颓然坐到了地上。半晌，苏秦慢慢站了起来，将包袱放进车厢，对着树林深深一躬，回身跳上辎车去了。

白色身影出了树林，站在道口久久地伫立着。辚辚车声渐去渐远，树林边响起了幽幽的歌声——

燕燕于飞　差池其羽

远送于野　我心伤悲

辚辚远去　悠悠难归

瞻望弗及　泣涕如雨

二　奉阳君行诈苏秦

虽是四月初夏，邯郸却还是杨柳新绿，寒意犹存。清晨起来，大雾蒙蒙，宫室湖泊树林都变得影影绰绰一片混沌。宽袍大袖的赵肃侯出得寝宫，来到湖边草地，做了几个长身呼吸，开始纵跃蹲伏地操练起来。

"君父，练胡功要穿胡服。"随着年轻的声音，一个少年走出了树林。

"雍儿么？"赵肃侯一个跳跃回身，"噫！你这是胡服？好精神！来，我看看。"

少年赵雍穿着一身紧袖短衣，脚下是长腰胡靴，手中一柄弯月胡刀。与赵肃侯的宽

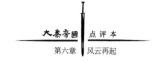

赵肃侯的儿子赵雍,即倡胡服骑射的赵武灵王。

袍大袖相比,显得精干利落别有神韵。赵肃侯打量一番,点头笑道:"守边一年,有长进。"

"君父,胡人比我快捷,大半与这衣着有关。"赵雍兴奋地比画着,"你看,这身胡服里外四件,冷了最多加一件皮袍。我等一身,至少八九件,加上腰带高冠宽袍大袖,里外十几件,累赘多了。我的千人队,现下都是胡服,打了几仗,利落得很。"

"嗯,不错,军中穿穿还行。打仗嘛,就要动若脱兔。"

突然,一阵沉重急促的脚步声传来,朦胧可见一个红色的高挑身影大步匆匆走来。"是肥义,①没错。"赵雍目力极好,只一瞥便认准来人。

"禀报君上。"丈许之遥,红色身影高亢的声音传了过来,"齐国大举兴兵灭宋,派特使前来,约我共同起兵。"

"禀报奉阳君②了么?"赵肃侯淡淡地问。

"还没有。臣请君上先行定夺。"肥义拱手一礼,低着头不再说话。

赵肃侯面色阴沉地踱着圈子,良久沉默。

"君父,肥义将军忠诚可嘉。"赵雍慷慨激昂,"军国大计,理当国君决断。"

赵肃侯没有理睬儿子,回头对肥义道:"禀报奉阳君,听候定夺。"

"君上……"肥义看了看国君,终于没有说话,大步转身去了。

"君父,你要忍到国乱人散,方才罢休么?"赵雍面色涨红,几乎要喊起来。

---

① 肥义,战国时赵国人,事赵武灵王。王传位于少子何,肥义为相国。
② 奉阳君,赵成侯的第三子,赵肃侯的三弟,一作赵成。

"住口！"赵肃侯一声呵斥，四周打量一番，低声道，"他统领大军十余年，又有上党①封地二百里，兵强马壮，财货殷实，不忍又能如何？"

"君父勿忧，我有办法。"赵雍见父亲又要四面打量，大手一挥，"百步之内，断无一人。君父无须担心。"

赵肃侯盯着这个英气勃勃的儿子，悠然一笑："力道几何？"

"死士三百。"赵雍肃然挺身。

"三百人就想翻天？真有长进。"

"专诸刺僚②，一身为公子光翻转乾坤，况我三百死士！"

赵肃侯目光一闪，沉默良久，转身径自走了。赵雍略一思忖，跟着父亲进了晨雾蒙蒙的树林。

当肥义来到奉阳君府邸时，晨雾已经消散，府门外正是车水马龙的当口。

奉阳君乃赵成侯的次子，赵肃侯的胞弟。赵成侯本有三个儿子，长子赵语，次子赵绁，三子赵城。赵成侯对三个儿子都很器重，每有亲出，总由长子留邯郸监国，两个小儿子随军征战。时间一长，次子、三子成了军中大将，赵语则时常执掌国政，顺理成章地做了太子。赵成侯死后，次子赵绁不服太子赵语，起兵夺权。赵语应对沉稳，联合三弟赵城打败了赵绁，赵绁弃国逃亡到韩国去了。为了报答三弟，赵语将赵城封为奉阳君，封地扩大了两倍。由于赵语不太通晓军事，赵国又多有征战，赵城兼领了上将军。几次胜仗，赵城的威望权势渐渐膨胀了，赵城也渐渐地威风起来了。

据《史记·赵世家》，"二十五年，成侯卒。公子绁与太子肃侯争立，绁败，亡奔韩"。国家动荡，很多时候是内斗造成的。秦孝公以前，多内斗，政乖，所以难以持久强大。齐国，田忌孙膑之奔，对齐国势亦有影响。赵之肃侯传至武灵王，交接班比较顺利，国势蒸蒸日上。

---

① 战国时赵国、韩国各有上党郡，后来韩上党归并赵国，治所壶关（今山西壶关以北）。

② 专诸刺僚，专诸，一作鳣设诸，春秋时吴国人。助公子光（即阖闾）刺杀吴王僚，自己也被杀。

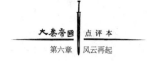

　　秦国夺取了晋阳，赵城领兵救援，却差点儿做了秦军俘虏。赵城恼羞成怒，要起倾国之兵与秦军决战。赵肃侯这回却出奇地固执，坚执不赞同与秦国硬拼。他当着全体大臣，将国君大印捧在手上说："奉阳君若一意孤行，请收下这传国金印，赵语当即隐退山野。"赵城大为尴尬，硬是给闷了回去。

　　从此后，奉阳君更是横行国中，不将赵肃侯放在眼里。许多大臣不满奉阳君的专横气焰，纷纷秘密上书，请赵肃侯"杀奉阳君以安赵氏"。赵肃侯非但不置可否，反而又将丞相权力交给了奉阳君，请奉阳君"开府号令，总摄国政"。

　　如此一来，赵国几乎成了奉阳君的天下。府邸整日间门庭若市冠带如云，赵城忙得不可开交。许多原先秘密上书的大臣眼看国君孱弱，也就顺势投奔到奉阳君门下，官位纷纷晋升了。只有这个万骑将军肥义落落寡合，该如何便如何，依旧时常找国君禀报军情，官爵也就老是原地踏步了。

　　"噫！肥义也，稀客哟！"一个圆鼓鼓胖乎乎矮墩墩红亮亮的白发老头儿，眯缝着双眼，满脸堆笑地倚着门庭下的石柱，拉长声调惊叹着。

　　肥义大步走上九级宽大的白玉台阶，淡淡道："李舍人，肥义要见奉阳君。"

　　这个李舍人，本是奉阳君的门客家臣，当时一般统称为舍人。李舍人多年追随奉阳君，很出过一些斡旋朝局的点子，自奉阳君得势，晋升了府邸总管。中原"三晋"魏赵韩同俗，都将总管称为"家老"。近年来，这李家老在邯郸红得发紫，大小官员无不敬畏三分，见面莫不打拱作礼连呼"家老大人"，还要眼疾手快地给门庭一口铜箱里搁点儿金贵物事进去，否则，你便得处处难堪。肥义是赵国大臣，不可能不知道奉阳君府邸的进门规矩，却公然直呼"家老大人"为"李舍人"，如何不教这位炙手可热的李家老气上心头？虽则如此，李家老毕竟老辣，反倒拱手作礼笑道："将军乃国家干城，自当要务在身。奉阳君正在竹林苑晨练，将军请了。"

　　肥义二话没说，大袖一甩，径自进府去了。

　　奉阳君府邸已经由六进扩展为九进，府后还建了一座水面林苑。所谓竹林苑，是第三进国政堂东边的一片竹木花草园囿，除了一大片青森森的翠竹，还养着一些珍禽异兽。奉阳君久在军旅，晨练原是寻常，肥义自然不去多想，直奔竹林苑而来。晨雾尚未消散，静谧的竹林中忽然传来粗重的喘息与细长的呻吟……肥义突然觉得异常，立即停住脚步，略微思忖，肥义对着青森森的竹林拱手高声道："万骑将军肥义，紧急晋见奉阳

君,有军国大事禀报。"

但闻竹林中婆娑阵阵,传来粗重嘶哑的呵斥:"大胆肥义! 私窥禁园,可知罪么!"随着话音,薄雾中转出一个须发斑白威猛壮硕的汉子,浑身淌汗,只在腰间裹着一片斑斓虎皮,仿佛一个远古猎人。

"国家为上,臣不知罪。"肥义肃然拱手,低头不看面前的奇异景观。

"哼哼,赵国唯你肥义忠臣了? 啊!"赤身"猎人"大喝,"来人! 将肥义革去官爵,贬黜云中大营,罚做苦役!"

雾气缭绕中遥闻呼喝之声,李家老领着一班武士上来,立即将肥义夺冠去服绑缚起来。肥义没有丝毫惊慌,只是狠狠盯了李家老一眼,微微冷笑了一声,便不由分说地被押走了。流散的晨雾中传来一阵哈哈大笑。

一个带剑军吏匆匆走来:"启禀奉阳君,洛阳苏秦求见。"

"苏秦? 苏秦是谁?"问话的虎皮"猎人"已经变成了衣冠整肃的奉阳君。

李家老笑道:"臣想起来也,此人就是几年前说周说秦的那个游士,鬼谷子高足。天子赐王车,还拒绝了秦国的上卿高爵,名噪一时也,只是,不知后来为何沉寂了。"

"噢? 好呵!"奉阳君笑了,"如此名士,求之不得。见。"

"主君且慢。"李家老低声道,"容老臣探听明白,以防背后黄雀。"

"也好。弄清他究竟真心投奔,还是别有他图?"

"老臣明白。"圆圆的李家老一阵风似的随着雾气去了。

邯郸是苏秦的第一个目标。

方今天下,对秦国仇恨最深的莫过于魏楚赵韩四国。魏国是秦国的百年宿敌,楚国近年来受秦国欺侮最甚,韩国直接被秦国夺去了宜阳铁山,赵国丢了晋阳之后,成为眼下受秦国威慑最为严重的中原国家。要在反秦大计上做文章,就要从这四国之中选择一个入手。苏秦作了反复权衡,魏国实力最强,但魏惠王君臣消沉颓废,想要他出头挑起反秦重担很难;楚国偏远,素来对中原狐疑,虽可能成为反秦主力,但不适合做发起国;韩国太小,但有风吹草动都可能被秦国扼杀在摇篮。只有这个赵国,国力居中,民风剽悍善战,在中原六大战国中影响力仅仅次于魏齐两国。更重要的是,赵国在列国冲突中素来敢作敢当,国策比较稳定;前代赵成侯与目下赵侯都算得明智君主,善于决断权

張儀

张　仪

衡。凡此种种,都使苏秦毫不犹豫地直奔了赵国。

一路北上,苏秦对赵国的朝局已经了如指掌,决意先行说动奉阳君,然后晋见国君。听说奉阳君有早起理政的习惯,他便赶在大清早前来晋见。一见那个圆乎乎满脸堆笑的家老,苏秦心知这是一个"人猫",很自然地向铜箱中丢进了三个有天子铭文的"洛阳王金"。家老立即对他肃然起敬,安排好他在暖房等候,匆匆进去禀报了。

过得片刻,家老满脸堆笑地碎步出来:"先生,奉阳君紧急奉命,进宫去了,特意转告先生,请先生明日晚上前来赐教。老朽当真惭愧也。"

"家老言重了。苏秦明晚再来便是。"

回到客寓,苏秦思量今日所遇,觉得大有蹊跷。权倾一国如奉阳君者,天下无出其右。此公有清晨独处园囿的嗜好,赵肃侯岂能不知? 奉阳君紧急奉命云云,定是托词不见而已;然却又"特意转告"明晚"赐教",又分明是想见他。一推一拉,仅仅是一种小权谋么? 似乎是,又似乎不仅仅是。大挫重生,苏秦已经对"顺势持己"有了新的感悟,对于权力场的云谲波诡鱼龙混杂也有了一种登高鸟瞰的心境。面对这刚烈专横的奉阳君与柔腻阴险的"人猫"家老,苏秦决意抱定一个主意,顺势而说,见机而作,绝不再纠缠于一国一邦。

次日暮色时分,苏秦在家老殷勤的笑脸浸泡下见到了奉阳君。

煌煌灯下,两人都对对方打量了一番。苏秦看到的,是一个与这豪华府邸格格不入的粗壮黧黑的布衣村汉,两只眯缝得细长的眼睛突然一睁,会放射出森森亮光。奉阳君看到的,是一个从容沉稳的布衣士子,须发灰白,黝黑瘦削,幽幽的眼光教人莫测高深。

"先生策士,若以鬼之言说我,或可听之。若言人间之事,本君尽知,无须多说。"刚刚坐定,奉阳君怪诞冰冷,似乎要着意给苏秦一个难堪。

"以鬼之言见君,正是本意。"苏秦微微一笑。

"噢? 此话怎讲?"

"贵府人事已尽,唯鬼言可行也。"

奉阳君突然一阵大笑:"好辩才! 愿闻鬼言。"

"我来邯郸,正逢日暮,城郭关闭,宿于田野林畔。夜半之时,忽闻田间土埂与林间木偶争辩。土埂云:'你原不如我。我是土身,无论急风暴雨,还是连绵阴雨,泡坏我身,我却仍然复归土地,天晴则又成埂。土地不灭,我便永生。你却是木头,不是树木之根,便是树木之枝。无论急风暴雨,还是连绵阴雨,你都要拔根折枝,漂入江河,东流至海,

茫然不知所终。'请教奉阳君,土埂之言如何?"

"先生以为如何?"奉阳君似觉有弦外之音,却又一片茫然,反问了一句。

"土埂之言有理。"苏秦直截了当地切入本题,"无本之木,不能久长。譬如君者,无中枢之位,却拥中枢之权,直如孤立之木,外虽枝繁叶茂,实却危如累卵。若无真实功业,终将成漂流之木。"

奉阳君目光一闪,没有说话,思忖有顷,摆手道:"先生请回馆舍,明日再来。"

苏秦情知奉阳君木然烦乱,拱手作别,径自去了。

奉阳君黑着脸倚在长案上发呆。苏秦的话使他感到一丝不安,"无中枢之位,却拥中枢之权",的确是权臣大忌,可是势成骑虎,自己能退么? 听这苏秦话音,又似乎有转危为安的妙策。可能么? 一介书生士子,能扭转乾坤? 正在思绪纷乱,一阵轻轻的脚步来到身边。

"敢问主君,苏秦如何?"李家老的声音殷切恭谨,让奉阳君觉得舒坦。

"你以为如何?"奉阳君脸上却是威严持重。

"臣有一问:苏秦劝诫主君急流勇退,主君打算听从么?"

"不能。"奉阳君犹豫片刻,吐出了两个字。

"如此臣则可言。臣观苏秦谈吐,其辩才博学皆过主君。此人入赵,所图谋者终为自己功业,主君只是他建功立业的垫脚石罢了。唯其如此,此人将对主君大为不利。"

"赶走苏秦,开罪天下名士,谁还来投奔老夫?"

"主君勿忧。我有一计,可使苏秦乐而去之,不累主君敬贤之名。"

"噢? 说说看。"

家老凑近,一番低语,奉阳君哈哈大笑。

次日晚上,苏秦悠然而来。奉阳君小宴款待,酒罢肃然求教。苏秦格外真诚,剖析了奉阳君的危局,提出了一举解脱危局的根本谋略——由奉阳君出面联合六国抗秦,拥戴赵肃侯出任盟主,化解君臣猜疑,既建立真实功业,又不露痕迹地回归臣子本职,如此奉阳君便可如土埂般永生。最后,苏秦慷慨言志:"苏秦本风尘布衣,不忍中原诸侯受强秦欺凌,愿奋然助君以成大业,愿君力挽狂澜,做天下砥柱。赤子之心,愿君明察。"

奉阳君两眼一直看着苏秦,脸上却没有任何表情。起初,苏秦只以为此人机谋深沉,自是江河直下滔滔不绝,说了一个时辰,奉阳君仍是正襟危坐,丝毫不为所动。苏秦觉得蹊跷,停了话头,端详着奉阳君神情,等待他的发问。谁知奉阳君依旧木然端坐,终是一言不发。

"苏秦告辞。"情知有异,苏秦拱手一礼,径自去了。

"先生留步。"身后传来沙沙柔柔的声音,李家老轻步追了上来,"老朽代主君送先生了。"

苏秦淡淡一笑:"敢问家老:昨日粗谈,奉阳君尚且动容;今日精谈,奉阳君却木然无动于衷,缘故何在?"

家老神秘地笑了笑,将苏秦拉到道旁大树下,先深深一个大躬,又幽幽一叹道:"先生机谋大,策划高,我家主君才小量浅,不能施展。老朽恐先生有不测之危,便请主君丝绵塞耳,无听谈说。老朽惭愧,惭愧。"

苏秦大是惊愕,愣怔片刻,纵声大笑起来:"奇也! 奇也! 当真大奇也!"

待苏秦笑声平息,家老又是幽幽一叹:"虽则如此,先生游历诸侯,跋涉艰难,无非图个锦衣玉食。老朽定然请求主君,资助先生以高车重金。老朽惭愧,惭愧。"

"噢——"苏秦更加笑不可遏,"还有此等事? 不听我言,却赠我钱?"

"还请先生明日再来。老朽惭愧惭愧。"

"好好好,明日再来。"

"老朽惭愧,惭愧。"

苏秦觉得大是滑稽,想忍也忍不住满腔笑意,大笑着扬长去了。

回到馆舍,苏秦忍不住大笑了半日,惹得邻居客人伸头探脑啧啧称奇。虽说天下之大无奇不有,然则自春秋以来,如此塞耳使诈者,当真是闻所未闻匪夷所思。一篇精心构思的宏大说辞,竟作了聋瞽塞听,当真地对牛弹琴。名士游说有如此滑稽奇遇者,五百年也就我苏秦一人耳。既遇如此滑

据《史记·苏秦列传》,苏秦说秦不成,"乃东之赵。赵肃侯令其弟成为相,号奉阳君。奉阳君弗说之"。苏秦不讨奉阳君喜欢,于是去"游燕"。至于奉阳君是不是功高盖主的权臣,很难确定,孙皓晖将奉阳君打造成一位权倾朝野的权臣,还是比较有说服力的。直至奉阳君死去之后,苏秦才得以接近赵肃侯以说。

稽褊狭之徒,何不顺势而下,成全了这个滑稽故事?

次日午后,苏秦如约前往,李家老肃然迎出请入。奉阳君在正厅隆重设宴,连说一番"昨日受教,如醍醐灌顶"云云。李家老便急忙对着苏秦使眼色。苏秦又是一通大笑,也就势说了一通"水土不服,便欲归去"云云,虽都是口不应心,却也是其乐融融。

酒宴之后,奉阳君"赐赠"了苏秦许多贵重物事,除了黄金百镒,轺车一辆,有三样珍宝倒确实是苏秦所没有见过的:一是一颗明月珠,在幽暗中能光照丈许。二是白玉璧一只,李家老特意叮嘱说这是楚国的荆山璧,与和氏璧齐名也。三是黑貂裘一领,能化雪于三尺之外。

> 这些极为贵重的"装备",应该有下文,此定为伏笔。

"老朽惭愧惭愧。"李家老指点交代完毕,毕恭毕敬地看着苏秦,生怕生出意外。

苏秦却大笑着接受了。

三 燕山脚下的古老城堡

一过易水,进入燕国地界。

苏秦听到的第一个消息是:老国君病倒,蓟城戒严了。

这个消息使苏秦生出了几分莫名其妙的不安。燕文公在位已经二十九年,是中原战国中以"明智"著称的老君主。苏秦离赵赴燕,就是想从这个明智的老国君身上打开目下的僵局,若燕文公突然病逝,一个国丧至少耽延数月,再加上新君往往忙于理顺朝局,一年内能不能见到新君都很难说。

> 苏秦游燕。后与文侯夫人即易王母私通,因此奔齐,做多重身份的"间谍"。苏秦与这文侯夫人何时私通,无法得知。以因缘之法,写文侯夫人与苏秦乃故交,倒也引人入胜。

但苏秦丝毫没有改变目标的念头,反倒快马加鞭,力图早一日赶到蓟城。

北上燕国,苏秦还有一个朦胧的梦,就是见到那个至今还在他心目中保持着几分神秘的天子女官。苏秦原本的打算是：说燕成功，就正式请求拜见国后，能得片时交谈，就了却夙愿了。当然，若说燕不成，这个梦想也就只有永远地埋在心底了。可听到燕文公病倒的消息后，苏秦陡然觉得，无论如何都应该见到她。老国君病危，正是年轻美丽的国后即将失势的尴尬时期，官场宫廷最是冷酷，一旦失势便有可能发生各种危险。此时正是她独木临风之际，苏秦既然知晓，自当义无反顾地助她一臂之力。

昼夜兼程，古老的城堡终于遥遥在望了。时当盛夏日暮，雄伟的燕山横亘在蔚蓝的天际之间，山麓的城堡显得那般渺小。就在轺车向着山麓城堡疾驰的刹那之间，苏秦倏忽感到了一阵凉爽。燠热顿时消失，仿佛从蒸笼跳到了清凉的山溪，习习山风徐徐拂面，凉爽宜人，与中原盛夏不可同日而语。

古老的城堡果真是戒备森严，城外五六里有马队巡视，喝令一切车辆走马缓行，在城门外验身后方可入城。苏秦到达护城河前时，正逢闭关号角吹响。按照寻常规矩，闭关号角半个时辰内吹过三遍，便要悬起吊桥关闭城门，未入城者则要等到次日清晨开关。苏秦已经验身，匆匆走马，向吊桥而来。

"大胆！找死你！"一声呵斥，一个军吏猛冲过来挽住马缰，硬生生将轺车拉得倒退几步。再看面前，吊桥正在轧轧启动，湍急的卷浪河水就在面前翻滚。

苏秦一时懵懂，及至清醒过来，气咻咻喊道："一遍晚号关城，岂有此理！"

"咳！脾气比我还大？"军吏不禁"扑哧"笑了，"你这先生从天上掉下来的？戒严半月了，早关晚开，不知道你？没淹死算你命大了，还喊。"

苏秦粗重地叹息了一声："那，今晚不能进城了？"

"今晚？"军吏又气又笑，"你看着月亮做梦吧。"

苏秦顿时沮丧，坐到石墩上痴痴地盯着护城河湍急的流水发呆。眼看月亮爬上了山头，苏秦依然痴痴地坐着，想到自己事事不顺，不禁一阵长长叹息。

"哎？我都巡察几圈了，你还在这儿守啊？"那个军吏提着马鞭走了过来，一番端详，低声笑道，"说说你入城缘由，看我能不能想个法儿？"

苏秦精神一振，连忙拱手一礼："我乃洛阳士子苏秦，为燕公带来重大消息。小哥若肯帮衬，我当为小哥请赏。"

"与国事相干，有转圜。随我来。"军士上马，苏秦上车，绕行到另一座城门前。军吏

扬鞭向城楼高喊：“东门尉听了——有洛阳士子与国事相
干，请放入城——”但闻城楼答话：“南门尉不必客气。放吊
桥——”苏秦拱手道：“将军原是南门尉，苏秦失敬。”军吏大
笑：“先生一言，我就做了将军，痛快！”眼见吊桥轧轧放下，
军吏一拱手：“先生请。告辞。”苏秦未及答话，军吏已经飞
马去了。

　　由于是单独放行，东门尉没有开启正门，而教苏秦轺车
从便门进入。苏秦进得便门瓮城①，道谢之余颇感好奇：“既
是国事相干，为何东门可进？ 南门不可通融？”年轻的东门
尉郑重其事地拱手回答：“国师祈天，南门夜开，不利国君病
体。”苏秦不禁想笑，可看着东门尉一脸肃然，也连忙郑重点
头：“上天佑燕，国君无恙。”

　　正在此时，瓮城外军士高喝：“国后车驾到——”

　　东门尉忙道：“先生稍等，国后车驾过去再出。”疾步匆
匆地走出了瓮城。

　　听得“国后”二字，苏秦的心一阵猛跳。是她么？ 定然
是。国后能有几个？ 从瓮城幽暗的门洞看出去，一队火把骑
士当先，一片风灯侍女随后，一辆华盖轺车辚辚居中，车中端
坐着一个女子，绿衣白纱，美丽肃穆……苏秦一阵心跳，死死
地抓住了车辕。

　　“啧啧啧！ 国后当真贤德，每日都要去太庙祈福。”

　　“那是，国君痊愈，国后平安嘛！”

　　“难说。真正平安，要天天祈福？”

　　“嘘——不许乱说！”东门尉低声呵斥。

　　车马过完，苏秦不待东门尉点头，跳上轺车辚辚出街。

恐怕有诈，若真是有病，
恐怕不会广而告之。

---

　　①　瓮城，古代较大城堡在主要城门旁修建的屯兵、诱敌场所，四周城
墙，形似天井大瓮，谓之瓮城。

一阵疾驰，追上了国后车马，尾随到宫室街区，苏秦轺车不能前行，只好看着那队风灯侍女簇拥着华盖轺车迤逦消失在层层叠叠的宫殿群落里。

燕国自来贫弱，除了五六百年将宫室营造得颇为气派之外，商市民居都无法与变法之后的中原战国相比。蓟城国人居住的街区大都简陋破旧，石板砌的房屋极多，偶有高房大屋，不是官署，便是外国商人开的客寓。月亮尚在山头，城中已经是灯火寥落，行人稀少了。与咸阳、大梁、临淄的繁华夜市相比，蓟城的夜晚的确是一片萧瑟。加上燕山清风毫无暑气，使人在盛夏的夜晚平添了几分寒凉。苏秦满腹感慨，信马由缰地在蓟城转悠，最后来到一家客寓门前，见风灯上大字赫然——洛燕居。店名很是雅致，一问之下，是洛阳商人开的，欣然住了下来。

萧瑟夜晚有客人投宿，店中顿时一片欣然。片刻之间，店东出来相见，是个年过六旬的老人，虽白发苍苍，却矍铄健旺。几句寒暄，老店东得知苏秦乃故里客官，倍觉亲切，立即亲设小宴为苏秦洗尘。老人数十年未回过洛阳，殷殷请苏秦详说洛阳变化。及至听苏秦说了一番，老人感慨唏嘘道："赫赫王城，今不如昔，我辈愧对祖先矣！"

"敢问老人家，可是老周王族？"苏秦知道，洛阳国人大抵都是周室部族。除了苏家这样的殷商后裔，经商之人极少。老人显然不是殷商后裔的那种商人，倒很有可能是因某种变故逃离洛阳的王族子弟。

老人沉默不语，良久，慨然一叹："洛阳蓟城，俱都式微，周人气运尽也！"

"燕为大国，如何式微？愿闻前辈教诲。"苏秦很想听燕国目下情势，连忙恭敬请教。

"先生当知，燕国乃周武王始封，召公奭为开国君主。

目下,这燕国是天下唯一的姬姓诸侯了。若燕国气象振兴,周人或可有望。然燕国也是唯知安乐,不思振兴,已被赵国齐国挤到了边陲一隅,尚不知危难。国君病体恹恹,太子虎视眈眈,臣子惶惶不可终日,偌大蓟城,无一中流砥柱……当真一言难尽也。"

苏秦惊讶地看着老人,更加相信老人绝非寻常商人,思忖问道:"方才入城,见国后为国君祈福而归,人皆赞颂。前辈以为如何?"

"洛阳唯此奇女子,惜乎埋没燕山了。"老人粗重地叹息了一声,"国后本是王族公主,大义高才,自请嫁燕,欲助王族诸侯崛起,使周人重生。可入燕以来,国后多方求贤不成,反与权臣扞格,竟至一筹莫展。燕公病倒,国后更是举步维艰了。国人唯知其贤,不知其难也。说到底,还是天不佑周人也!"

苏秦心头一阵发热,不禁脱口而出:"前辈可是国后同支?"

老人默然良久:"先生何有此问?"

"烦请前辈告知国后:洛阳苏秦入燕。"

老人看看苏秦,默默点头,一句话也没有问。

苏秦一夜难眠,心中闪过与燕姬两次不期而遇的情景,许多疑惑顿时明白,许多疑惑又丛生心头。燕姬不是寻常的女官,竟是王族公主,这是他始终没有料到的。作为公主,自请嫁燕救周,更是他没有预料到的。在他心目中,一个天子女官嫁给诸侯国君,无论命运如何,都是无奈的悲凉的。那个绿衣白纱的美丽身影,其所以深深烙在他的心头,不能说与他深深地为之扼腕无关。现下想来,燕姬原是自己走上祭坛,要以自己的毁灭来拯救衰落的王室部族的。一个女子有如此超乎寻常的情怀,确实令苏秦怦然心动。春秋战国多慷慨悲壮之士,苏秦如同任何一个名士一样,对那些孤忠苦愤的英雄,无不抱有深深的敬意。如今,一个隐藏在古老宫墙里的女子,竟然就是如此一个孤忠苦愤的名士女杰,岂能不教他感慨万千。如此说来,当初在函谷关巧遇,燕姬请他入燕,当是她有意求贤了。可为何只是那么轻轻一问,甚至连正面的请求都没有? 敬重他的选择么? 为何她没有将他当作一个有用贤士那样,不惜一切手段地争取甚至强迫过来? 惊鸿一瞥,任君而去,这是一个兴邦才女的作为么? 也许,只有一种理由能够解释……可是,苏秦不愿意那样去想——那只是虚无缥缈的幻象,只是残存在自己心底的依稀旧梦。

次日,苏秦还是到宫室去了。宫廷多诡谲,不管外间如何传闻,总是要亲自尝试一下才踏实。谁知他尚未报名求见,就被宫门将军正色挡回:"国君有疾,朝野皆知,如何能见中原士子?若有国事,请到太子府处置。"

无可奈何,苏秦怏怏回了洛燕居,思忖一番,开始埋首开列早已成竹在胸的《说燕策》纲目。他相信,无分迟早,衰颓的燕国总是需要他的。贤者守时,他就要等待这个机会。日暮时分,店仆送来燕国名吃胡羊葱饼,苏秦胡乱吃了两块,又埋首灯下了。

"嘭嘭嘭",随着轻轻的敲门声,房门无声地开了,一个面垂黑纱的白衣人已经站到了屋中。苏秦丝毫没有觉察,犹自埋首灯下。

"季子别来无恙?"白衣人轻轻的声音。

苏秦蓦然回首,惊愕间心头电闪:"你?你?是……"却终是没有说出。

"季子,你?连我的名字,都叫不出来了?"白衣人声音有些颤抖,说着摘掉黑纱,脱去长大的士子白衣,一个秀发如云绿裙白纱的美丽女子宛然便在目前。

"燕姬……实在没有想到。"苏秦一时间有些手足无措。

"别动,我看看。"燕姬将苏秦扳到灯下亮处,端详有顷,泪光莹莹。

苏秦心念一闪,肃然躬身:"国后,苏秦入燕,多有唐突,尚望见谅。"

燕姬眼波一闪,释然笑道:"季子请坐,能说说为何选择了燕国么?"

"我有改变天下格局之长策,需要从燕国迂回入手。"说到正事,苏秦顿时坦然。

"燕国只是棋子?"

"不,首要为燕国谋利。不安定燕国,何显长策?"

苏秦与燕姬之事,史记仅一笔带过,个中有什么恩怨情仇,后人一无所知。孙皓晖凭"私通"二字,写出才子佳人的大故事,虚构有方。

一个"扳"字,写出燕姬对苏秦的控制力。

燕姬静静地看着苏秦的眼睛："季子，你是天下大才，我没有看错。可当年在函谷关，我没有强拉你来燕国，知道缘由么？"

苏秦略一思忖："国后，你知道苏秦当日尚在稚嫩，不足以担当大任。"

燕姬叹息了一声，摇摇头道："我没有那般远见……季子，听听我的心里话，我等都不要欺瞒自己了。洛阳王城初识君，便知君为天下英杰。燕姬固想挽回王族危难，心中也自知难为。周室衰微，根在久远，时势已过，灭亡难免。三皇五帝，夏商至今，谁曾见过万世不朽的王室王族？燕姬身为王族之后，自当为王族之苟延残喘尽孤愤之力。这是一条看不见尽头的幽幽穷途，燕姬不想将一个天下英才拉着殉葬。你看中强国，要在那里实现辉煌的功业，燕姬心里很是清楚。鲲鹏展翼九万里，燕姬岂忍将君当作蓬间雀？平心而论，若非王族之身，燕姬早随君去了……"

"燕姬！"

"季子……"燕姬走了过来，轻轻抱住了苏秦，低声道，"日后有时日。"

苏秦有些恍惚起来。本来他已经拿定主意，若能得见，只和燕姬说国事。自从他听说燕姬是王族公主后，这个主意更坚定了。他觉得自己很清醒，一个自觉为没落王族献身的女才士，绝不会为了一个朦胧的梦幻使自己陷入私情纠葛之中，与其后患难料，不如一开始就不要发生。可是，燕姬的一番倾诉，竟然就如此轻易地模糊了自己的棱角，如此轻易地打碎了自己的坚壁，无论自己内心如何呐喊着"岂有此理"，他都无法抗拒那轻柔的拥吻。刹那之间，苏秦觉得自己不清楚自己了，而在此前，他对自己的自制力是毫不怀疑的。多少次，他都满怀怜惜地准备抱起妻子，与她完成敦伦大典，可最后都因为内心自责"虚情"而退却了。苏秦因此而相信，他在男女之事上是冷漠的，是永远不会陷入私情纠葛的。从来不隐讳丽人嗜好的张仪，嘲笑他是"柳下惠坐怀不乱"，可也由衷地称赞"苏兄心如铁石，堪当大任也"。今日是怎么了，铁石之心如何瞬间消于无形？

"季子，不要自责。"燕姬悠然一笑，"你对自己总是苛求过甚。情理人欲，与天地大道相合，有何惭愧？"说也奇怪，燕姬几句话，苏秦顿感舒坦明朗，不禁笑道："苏秦还是学未到家，惭愧。"燕姬不禁笑道："噫？你如何与奉阳君那个家老一辙？"苏秦惊讶道："奇！你如何知道那个'惭愧'家老？"

"日前，奉阳君派家老率领三名赵国太医，前来为燕公治病。"

"燕公接受么？"苏秦蓦然心动。

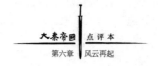

"燕赵世仇,如何接受?可燕国正在艰难,又不好开罪赵国。"

"燕姬。"苏秦肃然道,"我可化解燕赵纠葛,只不知燕公是否还清醒?"

燕姬没有丝毫惊讶,凄婉一笑:"季子入燕,必是瞄着燕赵仇隙而来。否则,燕国也真是没有价值。"

"燕姬……"

"季子,燕公没有大病,三日内你可以见他。"

"没有病?"苏秦虽然惊愕,却也立即一阵轻松,"宫闱深邃,又是一奇也。"

燕姬嫣然一笑:"日后你会知道的。季子,我得走了。"

"这就走?"苏秦很惊讶,想到函谷关竟夜畅谈,显然大觉意外。

"等我消息。"燕姬匆匆说了一句,迅速地穿上白衣戴上黑纱,没等苏秦说话便带上门出去了。苏秦怔怔地站着,觉得像一场梦。

发了一会儿呆,苏秦漫步来到洛燕居后园,登上了土丘石亭。山风凉爽,碧蓝的夜空星斗满天。啊,天帝之车北斗星已经略微偏西了,除了玉衡光芒四射,其余六星都是那样混沌不清①;尤其是居于枢要的斗魁四星,尽皆暗淡昏黄。按照星象分野,此刻的玉衡所指,正是河西秦川所在。虽然天象难测,苏秦更非占星家,但也许应了"象由心生"这句老话,今晚这北斗星象苏秦却看得分外清白:一星独明而六星昏暗,这不分明便是天下大势么?苏秦啊苏秦,你要改变这

强秦之预兆。

---

① 古星象家认为,北斗星既是天帝之车"运于中央,临制四乡",又在不同季节的不同时分指向不同分野,其光芒的明暗强弱,预示着分野之际的灾异祸福。北斗七星分别是天枢、天璇、天玑、天权、玉衡、开阳、瑶光。"玉衡"是北斗第五星,与"天帝"(天权星)相连。

种天下格局,却是谈何容易? 燕国之行看来气运不错,能不能做成一个有气势的开端,还得看自己的作为;以燕姬的身份与神秘降临来看,她是无法对燕公正面提及自己的,她所能提供的只是机会与条件,能否把握住这个难得的机会,归根结底还要靠自己的真实谋划。心念及此,苏秦反倒觉得踏实了。如果自己依靠燕姬的荐举力保而任职燕国,那在他是无法接受的。莫说燕姬是红颜名士,即或燕姬是须眉豪杰,他也照样无法接受。苏秦出山,永远有一个坚定的信念——依靠自己独特的智慧与才华,打开一条独特的功业大道,非如此,苏秦枉修纵横之学十余年。

天将拂晓,苏秦方才回到住房,心中虽是轻松,却也疲惫不堪,倒头便睡。一觉醒来,已是午后日斜。梳洗一毕,自觉神清气爽,看见书案上摆着一盘松软酥香的胡饼与一壶温热的米酒,立即大嚼一阵,风卷残云般一扫而光,惬意中正待起身,眼角余光忽然瞄见一支竹简孤零零地摆在书案中央。

苏秦目力不济,连忙拿过竹简近看,顿见一行小字入眼——明日酉末进宫!

《史记》载苏秦游燕之后,岁余而后得见文侯。一年多的时间,得多少细节填充——小说实在等不了那么久。

太阳一落下燕山,蓟城一片暮色了。

燕文公觉得自己老了,一个显然的感觉是心绪特多烦躁,忧心的事连绵不断:秦国刚夺了赵国晋阳,捎带抢去了燕国两座小城;还未及反应,北边胡人又有数万骑兵抢掠骚扰;刚一出兵,西南边中山国又趁火打劫;及至回兵,狡猾的中山狼又销声匿迹;正欲报复,东南边齐国渔民又是明火执仗地争夺湖泊水面。这些事还只算麻烦,最严重的是赵国这个老冤家正在边境集结重兵,准备寻衅攻燕。百思无计,燕文公与国后秘商,决定称病诱敌,同时秘密集结兵力,要一举解决赵国威胁。

谁知事有乖戾,他染病不起的消息一传出,太子却想入非非,密谋发动宫变提早夺权。燕文公觉察后气恼攻心,竟真的病倒了。若不是国后燕姬斡旋折冲,说服太子负荆请罪,又说服燕文公隐忍不发,燕国大局还真要崩溃了。其间,赵国奉阳君狐疑不定,假惺惺派来太医"救治燕公",燕文公只好压下了太子事端,将计就计地认真病了起来。

暮色降临,燕文公觉得憋闷,吩咐内侍将自己的病榻抬到湖泊竹林旁。待内侍退去,他坐了起来,在清凉的晚风中沿着湖边漫步。走得一段,两盏风灯从对面悠悠而来。燕文公知道,那一定是国后,别人到不了这里,包括太子。

"国公,如何一个人出来走动了?"老远传来燕姬关切的声音。

"你呀,当真了?"燕文公对年轻美丽的妻子几年来的作为很是信服,见面便高兴。

燕姬上来扶住燕文公笑道:"原本就是真的也。来,慢慢走,到亭下坐坐。"

这是一座宽敞的茅亭,脚下绿草如茵,背后竹林婆娑,面前波光粼粼,周遭晚风习习,加之燕山凉爽,夜无蚊虫,真是湖边一块上佳的休憩所在。燕姬吩咐侍女在亭下石榻上铺好竹席置好靠枕,扶着老国君舒适地斜倚石榻,然后吩咐侍女推来酒食车,说她要在湖边与国公小酌。燕文公大是欣然,立即催促侍女快去快回。

"国公,我方才从太庙归来,在宫门遇见一个求见士子。"

"又觉是个人才?"燕文公不经意地笑着。

燕姬笑了笑:"我倒是没留意,只是在暗处听他与宫门尉争辩,方知他是洛阳名士苏秦。国公可知此人?"

"苏秦? 噢——莫非是几年前,名震一时的鬼谷子高

足？"

"对，是他。他说'燕有大疾，我有长策。拦苏秦者，燕之罪人也'。我便秘密唤来宫门尉，安顿他在宫门等候，又连忙赶来禀报国公。"

燕文公默然有顷，高声吩咐："来人！立即带苏秦从秘道入宫，在此晋见。"

"遵命。"竹林边老内侍答应一声，匆匆去了。

片刻之后，燕文公遥见一人随着老内侍飘飘而来，月光下，但见来者散发大袖，步态洒脱，内心先暗自赞赏。及至稍近，已能看清来者的服色是洛阳周人特有的深红，燕文公更是平添了几分亲切，觉得在如此月夜清风中与一个来自故国的名士相见，纵无奇策，也是快事一桩。

"洛阳苏秦，参见燕公。"

"先生请入座。"燕文公欠身作为还礼，"本公稍有不适，不能正襟危坐以全礼待之，尚请先生包涵。来人，上酒，为先生洗尘。"

几年苦修，苏秦目力本已减弱，但眼下却毫无朦胧之感，只觉天上一轮明月，地上碧水绿草，虽无风灯照明，已是澄澈一片。茅亭下石榻上的国君，苏秦也看得分外清楚，须发斑白，干瘦细长，晶亮的目光与喘息的声气大是不相符合。

"月是燕山明。先生，品一爵老燕酒，看比赵酒如何？"燕文公微笑举爵，却只是轻轻呷了一口。

苏秦举爵一饮而尽，置爵品咂："肃杀甘洌，寒凉犹过赵酒。"

"好！老国人毕竟有品位。"燕文公大笑，"可笑赵人，竟传我燕人不善酿酒也！"

"酿得好酒，又能如何？"

"先生差矣！"燕文公很兴奋地把玩着酒爵，"酒乃宫室精华，无五百年王族生涯，不足以领略王酒奥秘。譬如《大雅》国乐，若非庙堂贵胄，岂能品得其中神韵？赵人暴发立国，粗俗鄙陋，以蛮辣赵酒风行于天下，岂不令人齿冷？"

"燕公博闻，可知天下贵胄，品味第一者何人？"苏秦悠然笑问。

"噢？闻所未闻，何人堪称'贵胄品味第一'？"

"魏国公子卬。"

"啊，公子卬？"燕文公大笑，"声色犬马之徒也，谈何贵胄品味？"

"燕公但知其一，不知其二也。"苏秦笑道，"所谓声色犬马之徒，乃此人败国，天下指控之辞。究其衣食住行、鉴赏交游、宫室建造、狩猎行乐而言，公子卬天下第一贵胄也。梁惠王①尚自愧弗如，何况他人乎？此人食不厌精脍不厌细，带兵出征与商鞅争夺河西，尚且要从千里之外的安邑洞香春飞马定食；逢春必循古风，踏青和歌，与民间少女篝火相偎；行猎必驾战车、带猎犬、携鹰隼，祭天地而后杀生；每饮宴必有各等级铜爵千尊以上，使每人爵位席次丝毫不差；每奏乐必《大雅》《小雅》，乐师有差，必能立即校正；每入王宫遇梁惠王狎昵美姬，视而不见，谈笑自若；收藏古剑，品尝美酒，鉴赏妇人，更是精到至极。不瞒燕公，苏秦不善饮酒，对老燕酒之品评，正是公子卬判词也。"

还是不肯放过嘲弄公子卬的机会。

"先生似有言外之意？"燕文公听得仔细，却觉得哪里拧劲儿。

"一国之君，唯重王族血统，必坠青云之志。处处在维护贵胄品味上与邻国角力，纵然事事尊贵，亦徒有虚荣也。"苏秦素来庄重，一番话直责燕文公。

"先生言如药石，愿闻教诲。"燕文公肃然坐起，拱手一礼。

"战国以来，天下大争，唯以实力为根本。然燕国却百余年几无拓展，颓势如年迈老翁。安乐无事，不见覆军杀将，天下无过燕国也。此中根本，皆在公族虚荣之心，若瞽若聋，闭目塞听，不思整肃实力，不思邦交周旋。若非燕国地处偏远，早成卫、宋之二流邦国也，何能立身战国之世？"

燕文公粗重地叹息："先生痛下针砭，亦当有药石长策。"

"强燕长策有八字：内在变法，外在合纵！"苏秦清晰果断。

燕文公眼睛骤然一亮："敢请先生详加拆解。"

"强国根本在变法，已经成天下公理，无须多言。然变

---

① 梁惠王，即魏惠王，因魏国迁都大梁而产生的当时称谓。

法需要邦国安定，无得外患，否则不可能全力变法。目下燕国危难在外，得外事为先，邦交为重。而燕国外患，须得从天下大势出发，一体解决，方为长远之策。如今天下大势之根本，在于强秦东出，威胁山东。尤其秦国占领晋阳之后，对燕国威胁也迫在眉睫。唯其如此，燕国解决外患，立足点也是八个字——修好赵国，合纵抗秦！"苏秦一挥手，又江河直下，"燕与赵多年交恶，此为燕国大谬也。赵国在西南，如大山屏障一般，非但为燕国挡住了当年魏国霸主的兵锋，而且为燕国挡住了今日秦国的兵锋。赵国处四战之地，国人悍勇善战，兵势强过燕国多矣。赵若攻燕，一日便能越过易水，而直抵蓟城。若非中原乱象多有掣肘，赵国兵祸早已湮灭燕国了。当此情势，燕国本当与赵国结盟修好，然燕国却屡屡在赵国有外战时袭击赵国，以致仇隙日深，终致赵国决心策动灭燕大战。究其竟，实属燕国长期失误所致。一举安赵，燕国外患便消弭大半，燕国之声望地位便立可奠定。此为修好赵国。"

"合纵抗秦如何？"

"秦为虎狼，已对山东构成灭国之患。然山东列国犹不自知，一味地相互攻伐，陷入一片乱象。长此以往，不消十余年，秦必逐一吞并中原。此情此景，绝非危言耸听。当此之时，中原列国本当结盟同体，形成山东一体合纵之大格局。若得如此，强国并存，天下安宁。惜乎无人登高一呼，连接天下。若燕公能做发轫之举，燕国纵不是盟主，亦当成为堂堂大国。其时外患熄灭，境内安定，再行变法，燕国何愁不强？王族何愁不兴？此为合纵抗秦也。"

"好！"燕文公听得血脉偾张，霍然站了起来，"先生真长策，燕人举国从之。"说罢，深深一躬。

"原是燕公贤明。"苏秦连忙扶住燕文公。

写燕文公忧心如焚时接见苏秦，甚是合理。苏秦的主张是燕赵从亲以抗秦，说燕王曰，"燕东有朝鲜、辽东，北有林胡、楼烦，西有云中、九原，南有滹沱、易水，地方二千余里，带甲数十万，车六百乘，骑六千匹，粟支数年。南有碣石、雁门之饶，北有枣栗之利，民虽不佃作而足于枣栗矣。此所谓天府者也"，"夫安乐无事，不见覆军杀将，无过燕者。大王知其所以然乎？夫燕之所以不犯寇被甲兵者，以赵之为蔽其南也"，"是故愿大王与赵从亲，天下为一，则燕国必无患矣"。文侯纳之，并欲"请以国从"。

"天佑燕国,赐我大才。"燕文公满面红光,兴奋地对天一拜,又转身看着苏秦,"从明日起,先生便是燕国丞相,安赵合纵!"

"不妥。"苏秦冷静地摇摇头,"安赵合纵,臣唯以特使之身可也。骤然大位,反使燕公与臣皆有诸多不便。"

燕文公惊讶了,思忖有顷,猛然拉住了苏秦的双手:"成功之时,卿必是大燕丞相!"

次日,燕文公书告诸臣病愈理事,首先召太子并枢要大臣与苏秦会商国政。苏秦对强燕大计作了整整一个时辰的陈述解说,竟意外地获得了权臣们的一致认可。燕文公更是高兴,立即下书:特封苏秦为武安君,职任燕公全权特使,赴赵结盟合纵。权臣们见苏秦虽然高爵,却并无实职,自然异口同声地赞同,纷纷提议重赐苏秦,以壮行色。燕文公当殿赐了苏秦六进府邸一座、黄金千镒①、绢帛三百匹、驾车名马四匹、护卫骑士百人并一应旗号仪仗。

举殿皆大欢喜,燕国君臣期待着一举摆脱困守燕山的尴尬险境。苏秦请准了三日准备之期。他不想在合纵功成之前搬入那座府邸,依旧住在洛燕居,只是到府邸去了一日,料理了出使的所有文书、印信,确定了两名随行文吏。事毕当晚,苏秦策马南门,找见了那个南门尉。

"哎呀先生,那日进城顺当么?"南门尉很是高兴。

"兄弟,可愿随我建功立业,挣个爵位?"苏秦开门见山。

南门尉困惑地笑了:"末将一介武夫,但不知派何用场?"

"做我的护卫副使如何?"

燕文侯赠以车马金帛等,苏秦随后至赵。

---

① 镒,战国重量单位,一镒合二十两,千镒即两万两。

"护卫副使？"南门尉惊讶了，"先生做了公使？"

苏秦点点头："官不大，愿意去么？"

南门尉慨然拱手："末将荆燕愿追随先生！只……不敢当兄弟称呼。"

苏秦大笑："好个荆燕，解我急难，成我大事，虽兄弟不能报也，何愧之有！"

"大哥在上，受兄弟一拜！"南门尉荆燕慷慨激奋，纳头便拜。

苏秦连忙扶住："荆燕兄弟，半个时辰后你到蓟城将军府交割，明日卯时到武安君府。"说完飞马去了。

回到洛燕居已是初更，苏秦用过晚饭闭门沉思，究竟该不该见燕姬一面？她方便不方便，会不会给她带来麻烦？想了半日，一件事也想不清楚。正在暗自烦乱，门却无声地开了。苏秦刚一回头，一件白色物事凌空笔直飞来。他大惊跳开，那件物事轻飘飘地落在书案正中，毫无声息。一打量，是折叠紧凑的一方白绢。苏秦不禁哑然失笑，隐约已经明白，拿起白绢打开，两行大字赫然入目——盟约结成，当回燕国，以燕为本，可保无恙。

> 顾炎武《日知录》叹曰，战国"邦无定交，士无定主"，甚是。苏秦、张仪等人行事，步步惊心。

夜静更深，明月临窗，苏秦怔怔地站着，心绪飞得很远很远。

四　明大义兮真豪杰

燕国使团大张旗鼓地出发了，蓟城国人几乎是倾城而出，夹道欢呼。

多少年来，燕国朝野都没有如此舒心过。一次特使出行，使君臣国人如过年节如迎大宾，似乎确实有些小题大做了。但苏秦却明白其中缘由,他从夹道国人明朗真诚的笑脸上看到了渴望灾难消弭的激动兴奋,从朝臣们郑重其事的恭敬中看到了他们为燕国能够发动一次正义结盟而生出的骄傲。几百年了,燕国人从来以"周天子王族诸侯"骄傲,以西周时代"靖北大国"的功勋骄傲。就是在礼崩乐坏的春秋时期,燕国北抗胡族,也是备受天下敬重的邦国。可进入战国以来,燕国的光环消失了,外出燕人在列国再也不是受人敬重的大邦国人了,困守一隅,连中山狼这样的蛮邦都敢挑衅燕国,燕国朝野如何不感到窝火?多少年来,燕国与赵国、齐国之所以锱铢必较,为的就是维持些许可怜的面子,守住些许脆弱的尊严。苏秦一策点化,使燕国豁然开朗——燕国可以消弭兵灾!燕国可以高举抗暴安天下的正义大旗,成为力行天道的大国!燕人以天下为己任的王族子民的胸怀立即显现了出来,古老周人敬重功臣的传统情怀,也淋漓尽致地涌现出来,如何能不感激这位来自洛阳王畿的天赐大才?

轺车辚辚,站在六尺车盖下的苏秦肃穆庄重,心头反复闪过白绢上的大字"以燕为本,可保无恙"。古老疲弱的燕国啊,谁能想到,你竟然会成为第一个接纳合纵长策改变天下格局的国家!

十里郊亭,燕文公为苏秦饯行:"苏卿谨记,成与不成,速回蓟城。"

苏秦慨然举爵:"受燕重托,忠燕之事,苏秦决然不辱使命!"

绿衣白纱的国后燕姬走到百人骑队面前,亲自从内侍手中抱过酒坛,一碗一碗地斟满了整齐排列在骑士们面前的大碗,然后举起一碗老燕酒道:"燕山壮士们:燕国安危在武安君,武安君安危在你等。身为国后,为了燕国存亡,为了武安君平安,我敬壮士们一爵!"说完一饮而尽,躬身殷殷拜倒。肃然列队的骑士们热血沸腾了,全体刷地跪倒。荆燕拔剑高喝:"歃血——"百名骑士齐刷刷拔剑向掌中一勒,大手一伸,鲜血滴入了每个陶碗。

荆燕举起血酒,激昂立誓:"义士报国,赴汤蹈刃!不负国后,不负武安君!"

"义士报国,赴汤蹈刃!不负国后,不负武安君!"百名骑士举碗汩汩饮尽,一齐将碗摔碎。骤然之间,苏秦热泪盈眶。借着向燕文公躬身告别,大袖一挥,遮住了自己的泪眼,转身下令:"起行!"跳上轺车辚辚去了。

当苏秦车队到达易水河畔时,接到探马急报:赵国发生宫变,奉阳君府邸被围困。

大权在握的奉阳君根本没有觉察到危险在临近，更没有想到，此等危险是由被他贬
黜边地的肥义引出的。肥义原本就是与草原匈奴作战的将军，罚他到边军中做苦役，恰
恰使他如鱼得水，不久便生出了事端。

赵国大军素来有步骑两大势力：步军以奉阳君一族的封地为成长根基，主要驻守赵
国南部，对中原作战；骑兵以国君嫡系一族的封地为根基，主要驻守雁门、云中、九原等
隘口要塞，对匈奴作战。那时，阴山草原尚在匈奴（胡人）之手，燕、秦、赵三国均受到匈
奴游骑的很大威胁。赵国北部边境恰恰又与匈奴部族正面接壤，地域最广阔，所受威胁
最大。直至战国中期，赵国边患始终是匈奴大于中原。正因为如此，北边的骑兵一直是
赵国的主力大军，但很少开进中原作战。中原列国之所以经常占赵国便宜，却又对赵国
畏惧三分，顾忌的也就是这支骑兵大军。赵国之所以屡败于中原而笃定以"强赵"自居，
倚仗的也是这支等闲不动的锁边力量。

赵肃侯目光深远，将少年太子赵雍派到北边锤炼，为的就是掌控这支主力大军。赵
雍是一个胆识过人的少年英雄，与肥义一见如故，成了忘年至交。其时，肥义正是北边
骑兵的名将之一，深沉而有机谋，在军中很有根基。赵雍将肥义荐举给父亲，赵肃侯立
即调肥义入朝，做了官小权大的兵库司马，掌管全军兵器配给。这兵库司马隶属国尉，
而国尉府历来都是武职文事，奉阳君不屑掌管，给了国君面子，由着他去任命。肥义秉
承国君叮嘱，凡奉阳君调拨兵器，不驳不挡，只是及时禀报国君。如此两三年中，倒是相
安无事。这次偏偏遇上"人猫"李家老要捉弄肥义，使肥义去碰奉阳君的清晨大忌，引得
奉阳君恼羞成怒，当场将肥义重贬治罪。

奉阳君听"人猫"家老一番解说，自感借此拔了一颗铁钉子，高兴得连呼快哉快
哉。

正在奉阳君府邸举酒相庆之际，大祸突然降临——两千精兵从天而降，包围了府
邸。原来，肥义权衡朝局，决意发动宫变。借着屈辱难耐为由，肥义通联军中密友歃血
为盟，立誓杀回邯郸复仇。大事底定，肥义又与赵雍秘密联络，一拍即合，于是率两千精
骑星夜南下，在邯郸城外的山谷隐蔽三日，换装散流入城，重新秘密集结，在月黑风高的
夜晚，突然包围了奉阳君府邸。

奉阳君大怒，亲自率领府中二百名甲士冲杀突围。可血战两个时辰，二百名甲士全
部战死，也没能迈出前院一步。绝望之下，奉阳君手刃全家老小十余口，长声嘶吼："赵

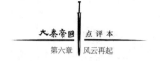

语,我何负于你？出此毒手——"愤怒剖腹,人已气绝,兀自腹中插剑,跪立血泊之中。

肥义冷笑着一剑砍倒奉阳君尸体,喝令搜查李家老。这只"人猫"被血战吓得魂飞胆裂,竟软倒在茅厕里,被押到肥义面前时尚禁不住屎滚尿流。肥义嘿嘿嘿笑了几声:"如此腻歪小人,当真令人恶心!"剑光一闪,李家老雪白的肥头已经飞出了丈外。

突变发生,赵肃侯尚蒙在鼓中,及至得报,大剿杀已经完毕。赵肃侯迫于无奈,只好出面收拾残局:立即赐肥义兵符,令其调兵封锁邯郸外要塞隘口;又命太子赵雍镇守邯郸,同时派出快马特使,急召奉阳君一脉的在外将吏还都。赵肃侯自己则紧急召集文武百官,宣布奉阳君谋逆大罪,立即晋升了一批新贵,当殿剥夺了奉阳君亲信将领的全部兵权。

一番紧急折腾,邯郸总算没有大乱。这时,奉阳君一脉的在外势力也全部回到了邯郸。赵肃侯下书:除官升爵——每人爵升两级,实职全部免除,封地变为虚封(只收赋税而无治权)。至此,赵国局面才算大体稳定了下来。但从此以后,赵国的边地将军便在政局中开始拥有极为特殊的地位,致使军人干政变成为赵国无穷的后患。大局方定,探马急报:燕国武安君苏秦出使赵国,已到邯郸城外。

"燕国特使?"赵肃侯冷笑,"老朽之国,又来使诡计?不见。"

"父侯且慢。"赵雍上前低声耳语了一阵。

赵肃侯思忖点头:"也好,那你去迎他。"

倏忽之间,苏秦又来到了邯郸,然则今非昔比,心中不禁感慨万分。

太子赵雍亲自在北门外隆重迎接。将苏秦护送到驿馆

奉阳君这样死法,才合孙皓晖心意。奉阳君不死,苏秦见不了赵肃侯。

住好，赵雍尚无离去之意。苏秦已知邯郸宫变情形，对这位
尚未加冠而威猛厚重的太子颇有好感，也知他对赵侯大有影
响，诚恳相邀饮茶清谈。赵雍爽快，一口答应，俩人便在驿馆
庭院的竹林茅亭下品起茶来。

　　"武夫好酒，我只觉这茶太清苦了。"赵雍呷了一口笑
道。

　　"太子不闻《诗》云：谁谓荼①苦？其甘如荠。"苏秦悠然
一笑，"茶之为饮，发乎神农氏，闻于鲁周公。那时候，酒还
在井里也。"

　　"酒如烈火，茶若柔水，可像赵燕两国？"赵雍颇为神秘
地笑着。

　　"此火此水，本源同一。若无甘泉，酒茶皆空。"苏秦应
声便答。

　　"先生好机变，佩服。"赵雍不禁肃然，俄而微笑低声道，
"闻奉阳君家老与阁下交好，可有此事？"

　　苏秦大笑一阵道："此等人猫，想不到竟被奉阳君当作
心腹，当真天杀也！"见赵雍欲言又止的样子，苏秦心中一动
道，"太子，奉阳君一脉在燕国多有势力，与辽东燕人渊源颇
深。我在得知邯郸事变后，已经快马知会燕公，对奉阳君势
力多方监视，务使对赵国无扰。"

　　"先生周详，父侯定然高兴。"赵雍显然轻松了许多，"恕
我直言，燕国惯于骚扰赵国，尽做偷鸡摸狗勾当，赵国朝野不
胜其烦。然则说到底，赵国也无力全吞了燕国。赵国为中原
扛着匈奴这座大山，中原列国还要趁机挖我墙脚，赵国压力
太大也。否则，赵国早对燕国算总账了。赵雍心中无底：燕
国虽然听从先生，然则究竟能否改弦更张，从此停止偷袭？"

各国邦交，《诗经》是重要
的外交辞令，作用甚大。

---

　　①　荼，先秦时对"茶"的称谓之一。

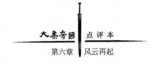

"能。"苏秦坦然坚定,"太子所疑自有道理。苏秦原本也觉燕国怪诞乖戾,入燕体察,方知燕国公室虚荣过甚,常以锱铢偷袭之利,维持贵胄尊严。今燕公悔悟,已明燕国利害之根本,和赵也得朝野拥戴,何能旧病复发做市井行径?"

"好!要的就是这句话。"赵雍爽朗大笑,"先生且歇息半日,静候佳音。"说完拱手一礼,匆匆去了。

苏秦望着远去的赳赳身影,不禁感慨赞叹:"天生赵雍,赵国当兴也!"

次日清晨,荆燕匆匆来报:"国君特使来迎,车马已到馆门。"

苏秦以为是赵雍亲来,连忙迎出馆门,却见轺车下来一个决然不过十五六岁的少年,红衣玉冠,面目清朗,一股勃勃英气。苏秦稍有愣怔,少年已经双手捧着一卷竹简深深躬下:"公子赵胜①奉君命前来,恭迎武安君入宫。"虽然两句话,却是声音朗朗轻重有致,大是清新。

"此儿少年加冠,又一个弱冠英才!"苏秦心头一闪,接过少年手中的国君君书展开,两行大字赫然入目:"特命公子胜为特使,迎燕国武安君来落雁台会商,赵侯即日。"方未合卷,但闻马蹄沓沓,荆燕已经领着百人骑队将苏秦的轺车驾了过来。

"荆燕,就你随我前往便了,护卫骑队撤回。"苏秦想的是凸现对赵国的信任。

荆燕尚在犹豫,公子赵胜拱手朗声道:"国君有命,武安君可带全部护卫入宫。"

"既然如此,公子请。"苏秦心中顿时一热,也不想反复推托。

"武安君请。"公子赵胜恭敬还礼,上前将苏秦轻轻一扶上车。待苏秦坐定,赵胜拱手道,"敢请驭手下车,赵胜为武安君驾车。"

荆燕目光一闪,就要制止。这个驭手是万里挑一的驾车剑术两精通的奇才,而且是国后燕姬亲自交到荆燕手中的,如何能轻易换了?燕赵世仇,谁敢掉以轻心?哪知尚未开口,却见苏秦笑道:"恭敬不如从命,正可领略公子车技了。"驭手看看荆燕,荆燕一摆手,驭手身形未动已跃起飞出,落在两丈外的一匹备用战马身上。

"好!燕国有此奇士,当教我的几个门客也见识一番。"公子赵胜显然也是此道痴者,少年心性顿时流露,未见动作,人已经站上了车辕,两手一展两边马缰,轻轻一抖,轺

---

① 公子赵胜,即战国四公子之一的平原君,赵惠文王之弟,封于东武城(今山东武城西北),任赵相,有门客数千人。

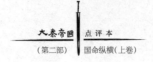
车已经辚辚上街。片刻之间，轺车马队出了邯郸北门，直向落雁台飞来。公子赵胜立在车辕，英挺明朗，长发随着大红斗篷迎风飘舞，当真是玉树临风。也不见他有大幅度动作，只是两缰轻摇，偶尔一声口哨，轺车却始终是平稳飞驰，毫无剧烈颠簸。苏秦多有游历，也算得驾车好手，却真是惊叹这个少年公子的本领。要知道，他驾的是陌生车马，要在搭手之间对车马秉性立即感悟，岂是一件容易的事情？

不消片刻，落雁台已经遥遥在望。

落雁台，是赵成侯时为庆贺雁门关对匈奴的一次大胜仗修建的，坐落在邯郸城北的漫水南岸，实际上便是赵肃侯的行宫。落雁台建在一座小山顶上，从山下开始，一百余级的白色石梯直达山顶的绿色宫殿，远远望去，如在云天。苏秦知道赵国君主有个传统，大事往往在宫外会商。今日赵侯将会见地选在落雁台，应该是一个很好的征兆。

车队马队到得台下，早有太子赵雍迎了上来，与赵胜左右陪伴着苏秦登台。燕国的百名骑士下马在后紧紧跟随。到达顶端下的平台时，苏秦命令卫队止步，只许荆燕以副使身份跟随。赵雍本来还要请卫队上台，被苏秦坚执谢绝了。

落雁台顶端实际上是一个硕大无比的石亭。除了"亭"后树林中有两排房屋作为起居饮食处所外，落雁台廊柱环绕，四面临风，居高鸟瞰，确实使人心胸顿时开阔。此时落雁台上已经肃然聚集了赵国的十几名实力权臣，赵肃侯居中就座，显然已经将赵雍对苏秦的试探说了，权臣们正在各自思忖，间或小声议论一阵。

"燕国特使武安君到——"

随着内侍在台口的高声报号，苏秦在赵雍、赵胜陪伴下踏进了落雁台大厅。

"燕使苏秦，参见赵侯。"苏秦深深一躬。

赵肃侯在座中大袖一伸遥遥虚扶："先生辛苦，入座。"

一名红衣老内侍立即轻步上前，将苏秦引入赵肃侯左手靠下的长案前就座。苏秦一瞄，赵雍已经坐在了他对面案前，少年公子赵胜竟然坐在赵雍之下，心中不禁暗暗惊讶，看来这个少年公子在赵国果然是个人物。

"先生使赵，何以教我？"赵肃侯淡淡开口。

"苏秦使赵，事为两端：一则为燕赵修好，二则为赵国存亡。"苏秦肃然回答。

话音落点，座中一人高声道："肥义不明，敢问特使：前者尚在特使本分，后者却分明

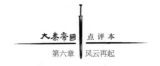

危言耸听！赵国有何存亡之危？尚请见教。"

"将军看来，赵国固若金汤。苏秦看来，赵国危如累卵。"

"轰——"一言落点，举座骚动。一个白发老臣颤巍巍道："苏秦大胆！百余年来，赵国拓地千里，北击匈胡，南抗中原，巍巍乎如泰山屹立，如何便有累卵之危？"

苏秦悠然笑道："国之安危，在于所处大势。大势危，虽有破军杀将之功，终将覆没，此春秋晋国所以亡也。大势安，虽有数败而无伤根本，此弱燕所以存也。赵国地广两千里，步骑甲士三十万，粮粟有数年之存，隐隐然与齐魏比肩，堪称当今天下强国。"苏秦一顿，辞色骤然犀利，"然赵国有四战之危、八方之险，纵能胜得三五仗，可能胜得连绵风雨经年久战？"

"何来四战之危、八方之险？当真胡说！"肥义显然愤怒了，竟然用了"胡说"两字。赵国人将匈奴胡人之说蔑称"胡说"，意谓乱七八糟的脏谬之言。这在赵人是很重的斥责了。苏秦却没有计较，侃侃道："四战之危，乃赵国最主要的四个交战国：魏赵之战、秦赵之战、韩赵之战、燕赵之战。此乃四战。诸君公论，赵与四国之间，血战几曾停止过？"见座中一片寂然，无人应对，苏秦接道，"更以大势论，匈胡之危、中山之患、齐赵龃龉、楚赵交恶，再加秦魏韩燕经年与赵国开战，岂非八方之险乎？"

满座寂然，唯有肥义涨红着脸喊道："即便如此，奈何赵国！"

苏秦大笑道："匹夫之勇，亡国之患。赵国之危，更在心盲之危。"

"此言怎讲？先生明言。"公子赵胜急迫插话。

"所谓心盲者，不听于外，不审于内也。赵国自恃强悍，与天下列国皆怒目相向，动辄刀兵相见，外不理天下大势，内不思顺时而动，致成好勇斗狠之邦，譬如盲人瞎马，夜半临池……"

"啊——"举座大臣惊讶地一声喘息，虽然很轻，寂静中却清晰可闻。

"依先生所言，天下大势作何分解？"公子赵胜紧追不舍。

苏秦应声便答："方今天下，人皆说乱象纷纷，列国间无友皆敌。此乃虚象也，此言亦大谬也。方今天下大势之根本有二：其一，山东列国势衰，陷入相互攻伐之乱象；其二，关西秦国崛起，利用六国乱象，大取黄雀之利。近四五年来，山东列国相互五十余战，大体上谁也没占得一城之利。然则再看秦国：三五年来先夺房陵，大败楚军，威逼楚国迁都；再夺崤山全部，使魏国向东龟缩三百里；又夺韩国宜阳铁山，锋芒直指河内①沃野，对周韩魏如长矛直指咽喉；三夺赵国晋阳，直在赵国肋上插刀，在燕国门庭舞剑；唯余齐国无伤，皆因相隔太远。一朝中原打通，齐国顿临大险。这便是如今天下大势之要害——强秦威慑中原，而中原却一片乱象，坐待秦国各个击破，分而食之。赵为山东强国，不思大势根本，一味牙眼相还，唯思些小复仇，岂非要被强秦与乱象湮没哉！"

落雁台大厅静得唯闻喘息之声，谁也提不出反驳，人人都觉得一股凉气直贯脊梁。

"先生之策若何？"赵肃侯终于开口了。

苏秦精神大振，胸臆直抒："安国之本，内在法度，外在邦交。刀兵争夺，邦交为先。今山东六国皆在强秦兵锋之下，赵国又在山东六国之腹心。山东大乱，赵国受害最深，威胁最大。山东安，则赵国自安。唯其如此，赵国当审时度势，借燕赵修好之机，发动合纵盟约，六国一体，共同抗秦！如此则天下恢复均势，赵国可保中原强国之位。"

苏秦入赵之后，先说了一堆奉阳君的坏话（出了一口恶气），然后劝赵肃侯"择交"。

"先生且慢。"肥义站了起来，"合纵盟约，如何约法？得说个明白才是。"

"合纵盟约，大要在两点：其一，六国结盟，互罢刀兵；其二，任何一国与强秦开战，五国得一齐出兵救援。救援之法，以开战地点不同而不同。苏秦拟定了六套互援方略，各有一图，尚请将军指教。"说着回身吩咐，"荆燕副使，请张挂六图。"

荆燕利落地打开木箱，拿出六幅卷轴。赵胜大感兴趣，

① 河内，与"河外"相对，指黄河东折后的南岸平原；河外指北岸平原。

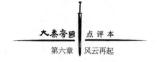

连忙走过来帮忙,片刻将六幅卷图张挂在六根粗大的廊柱上。赵国臣子几乎人人都有过戎马生涯,聚拢过来看得片刻,不消解说已经大体明白,不禁相互议论点头,大有认同之意。

肥义看得最细,看罢也不与人交谈,径直走到苏秦面前高声问道:"六国同盟,我赵国吃亏最大,要为他邦流血死人,对么?"

"将军差矣!"苏秦毫不回避肥义锋棱闪闪的目光,慨然高声道,"恰恰是赵国得利最大。要说首当其冲之危害,当属魏韩两国。但得合纵,魏韩便成赵国南部屏障,秦国纵是虎狼,也不可能越过魏韩径直从天外飞来。此中道理,将军当不难明白。"

肥义沉默,又不得不点头。

"然则,赵国总不至于只乘凉,不栽树也。"苏秦跟了一句,颇有讥讽。

"岂有此理! 先生轻我赵人也。"公子赵胜满面涨红,慷慨激昂,"老赵人刚烈粗朴,岂有安心乘凉之理? 但为合纵同盟,赵国必为居中策应之主力大军,先生岂可疑我赵国!"

苏秦哈哈大笑:"公子快人快语,苏秦失言了。"说罢深深一躬。

太子赵雍呵呵笑道:"先生一激,果然忍耐不得,当真赵人也。"

落雁台中气氛顿时轻松。赵肃侯从中央长案前站起,向苏秦拱手一礼道:"先生长策,我君臣皆服,愿从先生大计,燕赵修好,六国合纵,以图恢复中原均势,求得赵国长安。"

"赵侯明智,苏秦不胜心感。"

赵雍上前与赵肃侯耳语了几句,赵肃侯高声道:"本侯书封:苏秦为赵国上卿,兼做赵国特使,代本侯出使列国,同盟合纵。"

"好——"赵国臣子们素来粗豪不拘礼仪,一片叫好拍掌。

赵肃侯出了座案,拉着赵胜向苏秦走了过来:"上卿,这是公子胜,本侯最钟爱的一个族孙,尚算聪敏才智,我已为他加冠了。本侯派他做副使,上卿意下如何?"

"臣谢过国君。"苏秦深深一躬,"公子少年英才,苏秦深为荣幸。"

赵雍在旁笑道:"胜侄,就带我的雁门骑士队去。"

"谢过大父,谢过族叔,赵胜定然不辱使命!"

"好！成得大功，国有重赏。"赵肃侯欣然激励。

三日后，苏秦车马队出了邯郸南门，气势是任何特使都无法比拟的。这支车马大队分为三节，当先是赵胜的雁门百骑护持着两面大旗，一面大书"燕国武安君苏"，一面大书"赵国上卿苏"；苏秦的青铜轺车与六辆装载礼品的马拉货车辚辚居中，荆燕的百骑护卫分成两翼，将苏秦车队夹在中间；最后又是赵胜的二百雁门铁骑与十二辆辎重车。公子赵胜总司这支军马的行止，号称"燕赵骑尉"，怀抱令旗不断地前后飞马驰驱。

如此气势的出使，一路行来浩浩荡荡，尚未到达韩魏地界，新郑、大梁已经是尽人皆知。也自然惊动了各方哨探斥候，各方探马流星般飞驰列国都城。

五　大节有坚贞

渭水之上，一艘黑帆大官船正顺流东下，南岸葱茏的骊山遥遥在望。船头上一个黑矮的胖子正在凝望骊山，一副怡然自得的神态。突然，视线中出现了一骑快马，沿着南岸官道飞一般向东追来。看看与官船平行之际，快马拐下官道，直向渭水官船而来。"停船。"黑矮胖子一声命令，大船锚链"咕咚咚"抛下，官船稳稳当当地停了下来。黑矮胖子看看岸边两三丈宽的芦苇泥滩，高声下令："搭下长板。"话音落点，骑士已经飞驰到岸边，疾如闪电的黑色骏马陡然长嘶人立，马上骑士已经借着骏马前冲之力高高跃起，大鹰般飞上了船头。

"公子好身手。"黑矮胖子嘿嘿笑了。

青年骑士一甩脸上汗珠，连带一个拱手礼道："上大夫，

苏秦成功说服赵肃侯。据《史记·苏秦列传》，"赵王曰：'寡人年少，立国日浅，未尝得闻社稷之长计也。今上客有意存天下，安诸侯，寡人敬以国从。'乃饰车百乘，黄金千溢，白璧百双，锦绣千纯，以约诸侯"。苏秦小试牛刀，乃成。

事体紧急，我要即刻禀报君上。"

"公子随我来。"上大夫樗里疾抬脚迈步的同时一声长传，"公子嬴华紧急晋见！"随着声音，两人下了短梯，来到中央大舱。国君嬴驷已经笑着迎了过来道："小妹急得如此模样，看来不是佳音啊。上冰茶。"嬴华未及说话，接过内侍递上的一盆冰茶汩汩饮干，摘去湿漉漉的束发丝带，一头乌亮的长发瀑布般披散在双肩，瞬息之间变成了一个明朗英秀的女公子。她没有丝毫消闲姿态，涨红着脸急急道："君上，山东六国要包围秦国了！"

女公子英姿飒爽。

"别急别急，坐下，缓缓道来。"嬴驷笑着指指座案，"总还没打进函谷关也。"

嬴华略带羞涩地笑了笑，详细说了各处斥候紧急报来的消息：燕赵异动以及苏秦目下的游说行止等，整整说了半个时辰。听着听着，嬴驷与樗里疾的脸色不约而同地阴沉下来。

不是好消息。

"上大夫以为如何？"嬴驷缓慢地踱着步子。

"兹事体大，臣以为当立即召太傅、国尉商议才是。"

"这次渭水视察，又半途而废了。"嬴驷一拳重重地砸在舱柱上，显是深为痛心。这次嬴驷与樗里疾带了五名老水工①沿渭水东下，本来是要勘察渭水沿岸的盐碱危害，确定治理方略，想尽早使根治秦川盐碱的工程动起来。这也是上大夫樗里疾极力推进的"先富根基"的主要部分，他力主在六国纷乱之时抢时间开工，两三年内一举改变秦川面貌。谁知刚刚勘察了一半，便遇到如此突然的大变故，如何不使嬴驷痛心？

"君上，存亡事急，当火急应对，迟则生变。"樗里疾没有

---

① 水工，先秦时代对治水专家的称谓，并非一般的工匠。

任何叹怨。

"来人。"嬴驷转身下令,"快马急传,请太傅、国尉即刻前来会商。"

樗里疾立即接道:"大船靠上骊山码头等候。"

嬴华霍然起身:"君上特使只管东路国尉便了,我回咸阳。"话音落点,人已经出了船舱,只听得一声响亮悠长的呼哨,黑色骏马已经从草滩嘶鸣飞来。嬴华从高高船头一跃而起,飞上马背,闪电般向西去了。

"君上,嬴华公子派得大用场也。"樗里疾悠然一笑。

"好啊,上大夫就给她想个大用场,省了她整日找我要事做。"

"嘿嘿,待臣与太傅、国尉合计合计再说。"樗里疾狡黠地笑笑点头。

次日清晨,河滩晨雾尚未消散,太傅嬴虔与国尉司马错相继从咸阳和函谷关赶到。樗里疾已经在昨日将水工继续勘察的事安排妥当,见嬴虔、司马错上船,吩咐官船立即逆流西上,商议完毕正好赶到咸阳部署实施。嬴驷心细,料得嬴虔与司马错一路驰驱正在饥肠辘辘,吩咐内侍搬上酒菜在舱中摆开,叮嘱二人放开吃喝,先边吃边听。樗里疾便先将嬴华汇集的各路探报从头至尾说了一遍,末了归总道:"此事虽然重大,却正在成势之中。君上之意,当早日谋划上佳应对之策,否则待六国势成而后动,我必将陷入汪洋封堵之局面。"

"鸟!"嬴虔一拳砸在案上,"这个苏秦也忒歹毒,先杀了这个贼种,再破六国封堵!"

樗里疾嘿嘿笑了:"纵然杀了管用,也未必杀得了苏秦。太傅,消消气。"

嬴虔也是释然一笑:"我一介武夫,只是会听,你肥子肚大点子多,先说。"

"我揣摩了一个晚上,还真没谋划出破解苏秦这连环合纵的法子。"樗里疾沮丧地摇摇头,"不过,我想了两个题外之法:一则,派一路特使,说动齐王与我秦国结盟,东西夹击中原,共分天下。只要先稳住齐国,其余五国势力稍减,再徐徐图之。二则,最好有一密使能见到苏秦,说动苏秦重返秦国。不要忘记,苏秦最先是看重秦国的,此可谓釜底抽薪。君上、太傅、国尉,以为如何?"

"国尉以为如何?"嬴驷看着司马错,很想听他如何说法。

司马错一直沉默思忖,见国君发问,拱手道:"臣以为,上大夫两策可行。齐为山东第一强国,齐国若能暂时不动,六国结盟将有挫气焰。此路特使,臣以为唯上大夫堪当大任。至于苏秦,臣以为很难说动,此人目下声势显赫,十有八九根本无法谋面……"

"谋面苏秦,我来设法。"舱外守护的嬴华一步踏了进来,"要紧的是,谁来做说客?"

嬴虔微微一笑:"我看,还是肥子最合适。去齐国,顺路捎带办了。"

"君上,容我与公子合计后再说,还是先定下大计。"樗里疾未置可否。

"好,且听国尉说完。"嬴驷笑道,"何人实施,倒是不难。"

司马错接道:"臣以为还当谋及一点,既然有了苏秦此等合纵奇士,秦国便得寻觅一个才智足可抗衡苏秦的策士,否则,秦国将有很大危局。臣差强军事,上大夫长于治国理民,对邦交纵横均非所长。唯有觅得如此大才,秦国方可放开手脚。"

"妙!"樗里疾拍掌笑道,"一言提醒大梦人,我想起一个人,抗苏足矣!"

"上大夫快说,谁?"嬴驷急迫发问。

"苏秦师弟,张仪!"

"张仪?"君臣三人恍然点头,又一齐默然。还是嬴驷道:"此人倒是曾经听说,他还活着么?"

樗里疾摇摇头:"臣不知此人死活,唯知此人可抵苏秦。不知死活,则有活的可能。"

嬴驷默然良久,断然拍案:"好!查访张仪,活要见人,死要见尸。"

暮色时分,船到咸阳,君臣秘密会商方才结束。当夜,咸阳宫大书房灯火彻夜通明,一道道君书、密令接连发出。嬴虔、樗里疾、司马错、公子嬴华一直守在出令堂紧急调度,忙到东方发白,方才平静下来。

苏秦早有预料,所以故意激怒张仪,使之入秦。

三日后，一支商旅车队出了函谷关，过了洛阳，直向新郑开来。

苏秦继而说韩王。

新郑城正在热闹之中，韩国民众奔走相告着一个消息："结盟抗秦！韩国有救了！"萧瑟冷清的商市不知不觉地热闹繁华了，郊野耕作的农人们也放开喉咙唱起了那首《郑风》中有名的悲中遇喜的歌儿：①

风雨凄凄　鸡鸣喈喈

既见君子　云胡不夷

风雨潇潇　鸡鸣胶胶

既见君子　云胡不瘳

风雨如晦　鸡鸣不已

既见君子　云胡不喜

韩国朝野压抑得太久了。自从韩昭侯申不害死后，韩国一直抬不起头来，元气大伤，民心沮丧，连宋国这般小疯子都要来趁火打劫。虽然国君硬撑着宣布了称王，事实上却是谁也没有高兴起来。尤其是秦国强夺了宜阳铁山之后，韩国朝野就像泄了气的风囊，大骂了一阵"虎狼暴秦"便惨兮兮地沉默了。三晋之中，韩国与魏国有血战大仇，与赵国也是龃龉不断，如何能指望人家帮助夺回宜阳？齐国与秦国修好，不愿再插手中原；燕国自身难保；楚国也被秦国逼得迁都淮北了。天下乱象纷纭，韩国竟找不到一个盟国，落到了在强秦虎视之下奄奄待毙的地步。当此之时，燕赵忽来与韩国结盟，如何不使韩国人惊喜万分？尤其是赵国，在魏国衰落之后军力已经是三晋之首，与赵国修好，无异于韩国有了一个

①　悲中遇喜的歌儿，即《诗经·郑风·风雨》。

使秦国顾忌的强大盟邦,韩国人当真是求之不得。消息传开,朝野上下奔走相庆,一扫阴霾。

苏秦预料得毫无差池,对韩国没费唇舌,几乎一拍即合。

韩宣惠王听完苏秦对天下大势的分析与对韩国危境的估测,已经是挽起大袖,双眼圆睁冒火,霍然而起,按剑长长叹息一声道:"君毋多言,韩国若屈身事秦,天诛地灭!我韩国上下,愿举国追随先生,合纵抗秦!"

当晚,苏秦便与韩宣惠王达成盟约。韩宣惠王于新郑大殿隆重宴请苏秦一行,韩国君臣众口一词,发誓合纵,永不负约。席间,宾主无不慷慨激昂,频频大爵豪饮,直到三更方散。

回到驿馆,公子赵胜与荆燕都醉到了十分,径自呼呼酣睡了。苏秦却很清醒,因为他只饮温顺的兰陵酒,不饮赵国烈酒,饶是如此,也还是脸色通红脚下飘飘然。用冷水冲过全身,苏秦酒意消去大半,在厅中铺开那张《天下》大图,踱步端详着揣摩下面的三个大国——魏、楚、齐。六国合纵,这三国是最大的力量,是根本,三国中任何一个国家拒绝,都是合纵的失败。虽然苏秦颇有把握,但还是不敢掉以轻心。要知道,这三国的君主都是非同寻常:魏惠王与齐威王都是老一代国君,老辣狡黠,极难说动。楚威王虽然年轻,也是与赵肃侯同时即位的四十来岁的老资格国王了,楚国丢失房陵被迫迁都,楚威王决心在楚国推动第二次变法,当此之时,他愿意加盟合纵么……

突然,苏秦听见一种奇异的声响,很沉闷很轻微很清晰很遥远而且似乎越来越近。对,就在地下!苏秦骤然一头冷汗,霍然起身收拾藏好大图,疾步走到剑架前取下长剑,在厅中悠然舞了起来。河西夜路与荒野草庐,已经使苏秦不再对任何怪诞事体心怀畏惧,他要看看,这新郑驿馆有何诡异?

苏秦说韩宣王,写得简要。苏秦用的其实也是激将法,"夫以韩之劲与大王之贤,乃西面事秦,交臂而服,羞社稷而为天下笑,无大于此者矣。"愧对祖宗,为天下人笑,此为诸侯之大忌,"于是韩王勃然作色,攘臂瞋目,按剑仰天太息曰:'寡人虽不肖,必不能事秦。今主君诏以赵王之教,敬奉社稷以从。'"。

　　轻轻地,大厅深处的帷幕动了一下。苏秦眼力不好,听力却是非凡,一阵极轻的嚓嚓声已经被他敏锐地捕捉到了,却浑然不觉,依然在悠悠舞剑。突然,苏秦觉得身后一阵轻微异响,一个滑步转身,惊讶得目瞪口呆——

　　那面书架竟变成一扇门无声地开了! 一个又黑又矮又胖的绿衣人摆着鸭步从"门"里摇了出来,一个长躬,满脸笑意道:"苏子别来无恙?"几乎就在他出来的同时,那道"门"立即无声地合上了。刹那之间,苏秦瞥见了"门"后暗影里一片白色倏忽闪了一下,显然,"门"后帷幕后都有人隐藏。

　　"你? 如何是你?"苏秦愣怔了。

　　"嘿嘿,苏子做了大官,不识故人了? 在下樗里疾,没错。如何进来,容当后说,先说正事如何?"黑矮肥子笑容可掬。

　　苏秦冷冷道:"正事? 身为上大夫,如此鼠窃狗偷,办得正事么?"

　　樗里疾又一个长躬道:"无奈之举,尚请苏子恕罪。"

　　"说吧,有何正事?"苏秦指着长案,"请入座。"

　　樗里疾坦然就座,笑眯眯道:"苏子,六国合纵能成功么?"

　　"秦国已经怕了?"

　　樗里疾叹息一声:"苏子,当初秦国没有重任留你,秦公深以为悔,至今犹在思念。"

　　苏秦不禁大笑一阵道:"此等没气力话,樗里疾竟能说出来,当真一奇也! 没有合纵,秦公想得起苏秦么? 当初秦国不用我策,自然无须重任留我,有何可悔? 苏秦不怨秦公,亦无悔当初。"

　　"好! 不绕弯子。"樗里疾正色拱手,"秦公命我为特使,诚意相邀苏子回秦,执掌丞相大任。望苏子以强秦为根基,成就一番大业,名垂千古。"

　　"樗里子学问名士,当知刻舟求剑故事了。"苏秦悠然一笑,"流水已去,心境非昨,如何能以今日之志,重蹈昨日覆辙? 良禽固然择木,也须持节自立。朝秦暮楚,终将自毁。耿耿此心,尚望秦公见谅。"

　　"苏子襟怀,令人感佩。"樗里疾由衷赞叹,却又口气一转道,"然则六国孱弱,一团乱象,苏子明知不可而为之,岂非与孔老夫子奔走呼号井田制如出一辙?"

　　"此言大谬也!"苏秦大笑,连连摇头,"孔夫子逆时势而动,如何能与苏秦相比? 方今天下,七大战国皆非旧时诸侯,各有变法图强之志。其中差别,唯在谁家变法更深彻

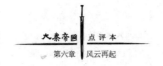

更全面。目下而言,秦国当先。然则大潮汹涌,大争连绵,安知六国中没有一国超越秦国?昨日之志:苏秦欲将秦国变法之实力,化为一统大业。今日之志:苏秦欲将变法图强之潮流,弥漫山东六国,与秦国一争高下!今日昨日,苏秦皆无复辟守旧之心,唯有趁时成事之志,谈何明知不可而为之?"

"好说辞!"樗里疾不禁拍案叫好,又喟然一叹,"若秦国有抗衡先生之才,苏子之梦想,岂非终将成为泡影矣!"

"是么?"苏秦微微一笑,"天下大道,何惧抗衡?我这便向秦国荐举一人,其才足以抗衡苏秦,上大夫以为如何?"

"果真如此?"

"绝无虚言。"

"愿闻姓名。"

"安邑张仪。"

"张仪?此人还活着么?"

"张仪者,天不能死,地不能埋也。如何有死活之问?"

"敢问:张仪目下却在何处?"

"秦国已经瞄上张仪了,只找他不见,可是?"

"苏子慧眼,确实如此。"樗里疾坦率诚恳。

"安邑城外,涑水谷,张家孤庄……"突然之间,苏秦双眼潮湿了。

"苏子,樗里疾未能说动你,然樗里疾敬重你,告辞。"樗里疾站起身来肃然一拱,迅速消失在那扇已经打开的"门"里了。

倏忽之间,一片若有所失的惆怅涌了上来,苏秦心头空荡荡的。虽然拒绝了秦国的策反,但他对秦国君臣的胸襟还是充满了敬意。一个能够真诚反省自己过失的国家,是最有力量的。这样的国家,可以错过犀首,错过苏秦,但决然不会再失去张仪。他们已经清醒过来,已经实实在在地开始行动了。能在韩国都城如此神秘地闯到自己面前,需要花费多么巨大的努力,这是任何一个中原战国都难以做到的。看来,当初自己确实没有看错,秦国的崛起强大是很难阻挡的。若有了张仪,秦国将更是另一番气象。张仪将给这个长期闭关锁国缺乏邦交斡旋经验的西部战国,带去他独特的智慧,并一定能使秦国以非凡的气势,一举进入中原逐鹿的大战场。

那时候，苏秦的合纵大业或将更加艰难，也许，还有失败的可能。如此说来，不该给秦国荐举张仪么？不！应该荐举。从个人成败而言，张仪一旦入秦，就必然是自己的竞争对手，谁成谁败，实难预料。但从他们一致憧憬的天下一统大业而言，他们的目标又都是一致的，都是立志结束天下战乱，使华夏族群在统一国度里蓬蓬勃勃地富裕壮大。这是老师当初给纵横派立下的入门誓言——纵横捭阖，四海为一。老师曾经谆谆告诫："行可殊途，心须归一。否则，纵横家将沦为诈术。"一开始，他与张仪便选择了各自认为最适合自己的国家：苏秦志在秦国，张仪志在中原。一番风雨，他们的位置竟颠倒了过来，苏秦施展于中原，张仪却可能进入秦国。其间发生的一切灾难波折，都是他们所无法预料也无法逆转的，也许，这就是命运对他们安排的"殊途"。从根本上说，张仪的复出也是无可避免的，你苏秦不荐举，张仪就不会出山么？果真那样，也未免过低估计秦国的索贤能力了。

"上卿何须多虑，我有破解良策。"

苏秦回身，大红斗篷手持长剑的公子赵胜正笑吟吟站在厅中。苏秦不禁讶然笑道："奇也！公子不是大醉酣睡了么？"

"赵国骑士，等闲饮得三四坛，一坛酒岂能醉我？"赵胜露出与年龄极不相称的狡黠笑意，"此等小技，我早已觉察。我与荆燕大睡，就是给这黑肥子留个缝儿，看他钻进来做甚？实不相瞒，也想见识一番先生志节。"

"公子不信苏秦？"

"不。"赵胜摇摇头，"先生是合纵策士，目下又是燕赵特使，何时不可见秦人？秦人又何时不能策反先生？阻拦密使，如同为渊驱鱼，为丛驱雀。若先生志节不坚，早变也许比晚变更好。是以，我等只保先生全身，不阻拦先生与任何人

这两段话，写出了苏秦的聪明。谁能并天下，其实谁心里都没有底。知天下局势，即是大才。

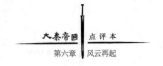

接触。不想先生精诚若此,赵胜敬佩至极!"

苏秦不禁赞叹:"公子如此年少,却有如此见识,令人刮目相看也。"

赵胜做了个受宠若惊的顽皮鬼脸:"哎哎哎,这是族叔教我的,与我无关啊。"

苏秦笑了:"公子方才说的破解之策,要破解何事?"

"先生向秦国荐举了张仪,却又分明担心张仪成为合纵劲敌,可是?"赵胜又骤然变得老到深沉,"我来料理此事,可保张仪不能为害。"

苏秦哈哈大笑:"公子非我,如何知我之心?"

"人同此心,心同此理:功名大业,岂容他人分享!"

苏秦不禁愣怔了,如此少年,却如此熟谙人心本性。对这种在宫廷杀戮争夺中浸泡长大的贵族公子,能解释得清楚自己的想法么?沉默良久,苏秦慨然一叹:"公子啊,不要轻举妄动。张仪只能对合纵有好处。此中奥秘,非一日所能看清也。"

"好,但依先生。"赵胜明亮的眼睛不断地闪烁着。

"谢过公子。"苏秦笑道,"明日赶赴魏国,公子有成算么?"

"只要先生有成算。赵胜只保先生要见谁便能见谁。"赵胜说完,笑着一拱去了。望着赵胜的大红斗篷,苏秦心中又蓦然浮现出樗里疾与张仪的影子。

新郑城北的迎送郊亭外,停着一支正在歇息的商旅车队。车夫们一边忙着喂马,一边架起吊锅煮饭。车队、炊烟、道边林木与熙熙攘攘的人喊马嘶完全挡住了石亭。

石亭之下,樗里疾与公子嬴华正在低声密谈。樗里疾说服苏秦的使命没有完成,却对苏秦有了贴近的了解与真实的敬重。他没有想到,苏秦竟能荐举张仪入秦与自己抗衡,更没有想到苏秦对张仪下落的判断是那样的自信而明确。回来说给嬴华,这位女公子也是大为意外。从咸阳出发时,嬴华已经向大梁与名士隐居的经常地点派出了访查探马,在新郑的几天已经纷纷接到回报,都没有张仪的踪迹。嬴华顿时茫然,一时没了主意,听得樗里疾一说,大是兴奋,决意亲自到河内访查。

樗里疾与嬴华商议的是:若能找到张仪,如何动其心志?是樗里疾亲自前来,还是嬴华见机行事?目下,樗里疾一定要赶在苏秦之前稳住齐国,自然无法与嬴华一起赶到河内。嬴华虽是一个不让须眉的女公子,见识本领也都极为出色,然则毕竟没做过为国求贤这种大事。按照传统,此等事该当由国君亲自出面的。事关重大,嬴华一时沉吟,与平日的明朗果决大是不同。

　　"这样。"樗里疾一挥手，"若情势异常，断不能错失良机，公子当相机立断。若情势正常，有成算便动，若无成算，待我赶来便是。"

　　"好！一言为定。"嬴华心中有底，高兴起来，举起酒碗道，"上大夫身负重任，一路保重了。"汩汩饮尽。"罢了罢了。"樗里疾举碗笑道，"长远计，争得张仪是根本，齐国是靠不住的。公子要做的，是一件布袋买猫的大事，难。干了！"也是咕咚咚饮了。嬴华"哧"地笑了："布袋买猫？此话怎讲？"

　　"不明就里，估摸着办也。"

　　嬴华不禁大笑："呀，听说张仪利口无双，要知道做猫，可饶不得你也！"

　　"惭愧惭愧，谁教他躲在暗处？"樗里疾笑着拱手，"公子，就此告辞。"

　　"后会有期。"嬴华也是一拱，大步出了石亭。

　　一声轻轻的呼哨，三骑快马上了官道，向河内方向疾驰而去。片刻之后，商旅车队丢下了载重货车与车夫，清一色的十余骑快马簇拥着一辆辎车，向东北大道去了。

六　秋雾迷离的张氏陵园

　　秋风乍起，涑水河谷满目苍黄，幽静萧瑟。

　　自从魏国迁都大梁，这道安邑郊野的狩猎河谷年复一年地冷清了。王公贵族与豪富巨商，都随着王室南下大梁了，安邑的繁华富庶梦幻般消失了。秦国夺回了河西高地，占据了河东的离石要塞，安邑没有了北大门，也失去了大河天险；

比喻不雅，但精确。

苏秦下一站是魏国。

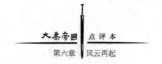

赵国占据了上党山地,安邑的东北面也完全敞开了。倏忽之间,这座昔日的天下第一都城,成了一座四面狼烟的边塞孤堡。人口大减,商旅止步,涑水河谷中星罗棋布的狩猎山庄,也成了蛛网尘封狐兔出没的座座废墟。每当明月高悬,河谷里的虎啸猿啼随着习习谷风远远传开,即便是猎户世家,也不敢在夜间踏入这道河谷。

就在这样的月夜,河谷深处的松林里却亮着一盏灯火。林间小道上,一个纤细的身影正向着灯火走来。渐行渐近,松林中的一座大墓与墓旁的一座茅屋已经清晰可见。

"哟——张兄快来!"纤细身影惊叫着跳了起来。

一个高大的身影提剑冲出茅屋:"绯云,别怕。"

"蛇!咄,好粗!跑了跑了。"纤细身影惊呼喘息着。

高大身影哈哈大笑:"秋风之蛇,困龙一条,饶它去也。"

"咄!我偏踩上了,又硬又滑。呸呸呸,一股腥味儿。"

"你呀,日后晚上不要来,饿不死张仪。"

"咄,就会瞎说。除了蛇我甚也不怕。快进去,饼还热着。"说话间拉着张仪进了茅屋。

这是一间极为粗朴的陵园茅屋,门是荆条编的,后边挂着一幅宽大的本色粗麻布做了挡风的帘子。屋中大约一丈见方,墙角避风处的草垫芦席上有一床丝绵被,算是卧榻了。除此之外,两只满当当的书箱、一片架在两块老树根上的青石板书案、一口挂在墙上的吴钩,便是这茅屋中的全部物事了。绯云将提篮放在石板书案上,揭开苫布,利落地从篮中拿出一个饭布包打开,原是一摞热气腾腾的面饼,又拿出一个饭包打开,却是一块红亮的酱肉。

"呀,好香!甚肉?"张仪挂上吴钩,兴奋地搓着双手。

"猜猜。"绯云又拿出一包剥得光亮亮的小蒜头,"咄!不晓得了吧。"

张仪不去凑近酱肉,只是站着使劲儿耸鼻头,猛然拍掌:"兔肉!没错。"

"咄,野味儿吃精了,一猜就中。"绯云顽皮地笑笑,"快吃,趁热。"

张仪咽着口水悠然一笑:"不是吃精了,是饿精了。"说着就势一跪,一手抓起酱兔肉,一手抓起热面饼和几粒蒜头,狼吞虎咽地大嚼起来。

"张兄,有人要赁我家老屋做货栈,你说奇也不奇?"绯云边扫地边说话。

"如何如何?"张仪抹抹嘴笑了,"甚生意做到深山老林来了?当真一奇。"

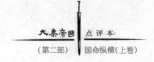
"还有,一个年轻人带了个小童,也住进了我家老屋。吧,你别急,听我说。"绯云拿起屋角木架上的陶壶给张仪斟满了一碗凉茶,笑道,"那天我去山坳里摘野菜,回来后听张老爹说:一个公子探访老亲迷了路,又发热,求宿一晚。张老爹于心不忍,教他住下了。我不放心,特意去看了看,那公子还真是发热。我看他生得俊气,人也和善,不像歹人,也没说甚。谁知都三日了,他的热烧还不见退。那小童除了天天给他熬药,还出去打猎。小童说猎物放久了不好吃,要我等家人天天吃。这几日便天天有肉了。你看这事儿?"

张仪沉吟着问:"要赁老屋的商人也来了?"

"吧,还没。"绯云笑道,"我没答应。他也说他们东家还没定主意,过几日再来看看,东家要定了再和我说价,还说保我满意。"

张仪咕咚咚猛喝了一碗凉茶,半日没有说话。这两件事来得蹊跷,可一下子也说不清疑点在何处。要在十几年前,安邑城外那可是商贾纷纷,租赁民居、夜宿郊野者实在平常得紧。可如今,这安邑已经成了孤城荒野,却忽然有人前来经商,有人前来投宿,可真是少见。然则,天下事本来就没有一成不变,若有商旅忽发奇想,要在这里采药猎兽也未可知;至于有人路病投宿,也并非荒诞不经,张仪自己不就多次投宿山野农家么? 如此想来,似乎又不值得惊奇生疑。可不管如何开释,张仪心头的那股疑云都是挥之不去,连张仪自己都觉得不可思议。

终于,张仪定了主意:"任其自便,只是多长个心眼,暗中留心查看。"

"吧,我也是这般想法。你放心,谁也逃不过我的眼睛。"

张仪笑了:"心里有数就好。走,我送你下山。"说着摘下吴钩,顺手拉开荆条门,与绯云出了茅屋。绯云红着脸笑道:"不用送,我不怕吧。"张仪笑道:"你是不怕,我想出来走走。"绯云高兴地挽起张仪的胳膊:"是该走走的。吧,你的吴钩练得如何? 会使了么?"张仪兴致勃勃道:"越王这口吴钩,还真不好练,要不是我还算通晓剑器,真拿它没办法。"绯云一撇嘴笑道:"那是当然,张兄天下第一吧。"张仪哈哈大笑:"你个小东西!跟着我海吹啊。"绯云咯咯咯笑得打跌。

说话间到了山口,山脚下老屋的灯光已经遥遥可见。张仪站在山头,直看着绯云隐没在老屋的阴影里,方才转身,本当回到茅屋,却不由自主地沿着河谷走了下去。天空湛蓝,月光明亮。涑水波涛拍打着两岸乱石,虎啸狼嗥随山风隐隐传来,都使得这山谷

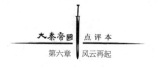
秋夜在幽静之中平添了几分苍凉。

张仪对这道涑水河谷是太熟悉了,儿时的记忆,家族的苦难,自己的坎坷,都深深地扎根在这道河谷。但是,这道河谷给他打上最深烙印的,还是母亲的骤然亡故。

当初,张仪从楚国云梦泽连夜逃走,与绯云一路北上,进入河外已经是冬天了。逃离云梦泽时,张仪被打伤的两条腿本来就没有痊愈。几个月的徒步跋涉,伤口时好时坏,不得不拄着一支木拐一瘸一瘸地艰难迈步。要不是绯云顽强地撑持,张仪真不知道自己会不会突然倒在哪道荒山野岭。

张仪楚国遇挫,狼狈至极。

路过洛阳郊野的时日,张仪腿伤发作,倒在了路边。田野耕耘的一个老人将他们当作饥荒流民,好心留他们在一间闲置的田屋里住了下来。在那间四面漏风的田屋里,张仪自己开了几味草药,教绯云带着越王送给他的那口吴钩,到洛阳城卖了换钱抓药。绯云去了,也抓了药,可也带回了那口越王吴钩。绯云对他说遇上了一个好心店东,没收钱。夜半更深,张仪伤痛不能入睡,看见和衣蜷缩在身边的绯云的头巾掉了,圆乎乎的小脑袋在月光下青幽幽的,伸手一摸,一根头发也没有了!

骤然之间,泪水涌满了张仪的眼眶。一头秀发,对于一个含苞待放的少女,意味着诱人的魅力,意味着大贞大孝大节,更意味着对生命之源的恒久追念。"身体发肤,受之天地父母,毫发不能摧之。"男人名士尚且如此,更何况一个女子? 可是,为了给他治伤,绯云竟卖掉了满头青丝……

这个编得实在是有点夸张了。

就在那一刻,张仪抹去了泪水,心中暗暗发下了一个誓愿。

回到这条熟悉的河谷时,正是大雪纷飞的冬日。看到老屋门前的萧疏荒凉,张仪心中猛然一沉。母亲是严整持家的,虽然富裕不再,但小康庄院从来都是井井有条的。可如今,门前两排大树全成了光秃秃的树根,青石板铺成的车道也残破零落,高大宽敞的青砖门房竟然变成了低矮破旧的茅草房。那时候,张仪几乎不敢敲门,他不知道,迎接他的将是何种情景。他记得很清楚,当绯云敲开屋门,老管家张老爹看见他时立即扑地大哭。张仪双腿顿时一软,跌坐在大雪之中……

当他踉踉跄跄地撞进母亲的灵堂时,他像狼一样地发出一声惨嚎,一头撞在灵案上昏了过去。后来,张老爹说,那年魏赵开战,魏国败兵洗掠了涑水河谷,砍树烧火还拆了门房;幸亏主母认识一个千夫长,才免了老屋一场更大的劫难;从那以后,主母一病不起,没大半年便过世了;临终前,主母拿出一个木匣,只说了一句话:"交给仪儿,也许,他还会回来。"

留在张仪心头永远的疼痛,是母亲的那几行叮嘱:"仪儿,黄泉如世,莫为母悲。人世多难,自强为本,若有坎坷,毋得气馁。后院树下石窟,藏得些许金玉,儿当于绝境时开启求生。母字。"

掘开了后院大树下的石窟,张仪拿出了那个锈迹斑斑的小铁箱,打开一看,除了六个金饼,全部是母亲的金玉首饰……张仪看得心头滴血,欲哭却是无泪。母亲留下了少妇时的全部首饰,素身赴了黄泉,没有丝毫心爱的陪葬之物。对于张仪,这是永远不能忍受的一种遗恨。他咬着牙打开了母亲的坟墓,将金玉首饰与三身簇新的丝衣,装进了自己亲手打制的两个木匣里,放进了棺椁顶头的墓厅。从那天晚上开始,张仪在母亲的墓旁搭起了一间茅屋,身穿麻衣,头戴重孝,为母亲守丧了。

寒来暑往,在母亲陵园的小松林中,张仪渐渐地平静了下来。

虽然他从未下山,但对天下大势还是大体清楚的。这也亏了绯云,她不但要与张老爹共同操持这个破败的家,还时不时赶到安邑打探各种消息。半个月前,绯云去了一趟大梁,回来后兴奋地告诉他,苏秦已经重新出山,谋划合纵抗秦,燕赵韩都欣然赞同了!

"呲!我正好遇上苏秦车队进大梁,声势好大呲。幡旗、马队、车辆,整整有三里路长。苏秦站在轺车上,嗬!大红斗篷,白玉高冠,一点儿也不笑。只是他的头发都灰白了,教人心里不好受。"绯云说得眉飞色舞,最后却嘟哝着叹息了一声。

"你看得恁清楚?"

"呲!我爬到官道旁的大树上,谁也看不见我。"

张仪不禁怦然动心了。苏秦复出并不令人惊讶,那只在迟早之间。教他心动的,是确实如此，苏秦合纵抗秦，未必出于私利。天下大势如此，策士应对而已。比之张仪，苏秦还是棋高一着。但若看身后事，苏秦身败名裂，张仪幸甚矣。

鬼谷子相人，洞若观火，细致入微。

苏秦提出的崭新主张——六国合纵，结盟抗秦！苏秦对秦国关注得很早，与自己对秦国的淡漠大不相同，苏秦第一次出山就选定了秦国，纵然没有被秦国接纳，何至于立即将秦国当作仇敌？不。这不是苏秦的谋事方式，也不是历来名士的传统精神，其中一定另有原因。最大的可能，是苏秦对天下大势有了全新的看法。苏秦思虑深彻，善于创新，正如老师曾经说的："无中生有，暗夜举火，苏秦也。"如今在山东大乱之际，苏秦倡导六国合纵，当真是刀劈斧剁般一举廓清乱象，使山东六国拨云见日，一举使天下格局明朗化。这岂非暗夜举火，烛照天下？从这里看去，用个人恩怨涂抹合纵抗秦，就显得非常的滑稽，至少张仪是嗤之以鼻的。

既然如此，张仪的出路何在？

半个月来，他一刻也没有停止思索。苏秦廓清了大格局，天下必将形成山东六国与秦国对峙的局面。他从听到"合纵抗秦"这四个字，便敏锐意识到苏秦必然成功。天下已经乱得没有了头绪，列国都想使局势明朗化，都不想被乱象淹没。当此之时，山东六国的君臣们能拒绝具有"救亡息乱"巨大功效的合纵同盟么？

可如此一来，张仪顿时就没有了选择。天下战国七，苏秦一举居六，张仪又能如何？

曾几何时，天宽地阔的张仪，骤然之间只剩下了一条路，而且是自己最为陌生的一条路。自己的立足点一开始就在山东六国，并不看好秦国。第一番出山，自己几乎就要大功告成，若非轻言兵事，错料房陵之战，早已经是齐国丞相了。比较起来，苏秦的第一次失败，在于"策不应时"；自己的第一次失败，则在于"轻言坏策"。也就是说，苏秦败在划策本身，张仪败在划策之外。就第一次而论，张仪自觉比苏秦要强出些许。可这一次呢？苏秦当先出动，长策惊动天下，其必然成功处，正在于划策切中时弊。此等情势下，自己要在山东六国谋事，无异于拾人余唾。想想，你张仪难道还能对山东六国提出另一套更高明的方略？提不出，那就只有跟在苏秦身后打旋儿。

这是张仪无法忍受的，也是任何名士所不屑作为的。

看着天上月亮，张仪笑了。难道要被这个学兄逼得走投无路了么？苏兄啊，你也太狠了，将山东六国一网打尽，使张仪竟茫然无所适从，岂不滑稽？

"山月做证。"张仪对着天上月亮肃然拱手，"张仪定要与学兄苏秦比肩天下，另辟大道。"

多日来，张仪揣摩思虑的重心，就是如何应对苏秦的六国合纵。他作了一个推测：作为六国合纵所针对的秦国，不可能无动于衷；秦国要动，就要破解合纵；那么，如何破解？谁来破解？便成为必然的两个难题。第一个难题，他已经思虑透彻，有了应对之策。张仪坚定地认为，除了他这套谋划，苏秦的六国合纵无策可破。那么，秦国有这样的人才么？他虽然对秦国颇为生疏，但大情势还是明白的。商鞅之后，秦国似乎还没有斡旋捭阖的大才。司马错虽然教他跌了一大跤，但司马错毕竟是兵家将才，秦国不会教一个难得的名将去分身外事。樗里疾呢？治国理民可也，伐谋邦交至多中才而已，岂是苏秦对手？

放眼天下，唯张仪可抵苏秦。

然则，秦国能想到这一点么？难。秦国虽然强大，毕竟长期闭锁，对天下名士一团朦胧，如何能知晓他张仪？那么，只有一条路——主动入秦，游说秦国，献长策而与苏兄较量天下。可是，能这样做么？在寻常情势下，名士主动游说无可非议。然则在苏秦发动合纵后，天下便是壁垒分明的两大阵营，当此之时，秦国若无迫切求贤之心，这秦国国君也就平庸至极了；对平庸之主说高明长策，那是注定的对牛弹琴；魏

以天下黎民为争强斗胜之棋子，以天下苍生为囊中玩物。司马迁称其为"倾危之士"，极是。

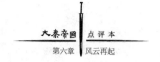

惠王、楚威王尚且如此,这个拒绝过苏秦的秦国新君又能如何? 说而不纳,何如不说? 可是,假若秦国君臣想到了自己,你张仪又该当如何?

想到这里,张仪不禁哈哈大笑,觉得自己瞻前顾后婆婆妈妈的实在滑稽。这种事儿,神仙也难料,何须费力揣测? 心思一定,张仪大步走上河岸,向松林陵园走来,堪堪走进林间小道,他惊讶地揉了揉眼睛。

出来时分明吹熄了灯火,如何茅屋却亮了起来?

张仪隐身树后,凝神查看倾听片刻,已经断定树林中没有藏身之人。他目力听力都极为出色,从些微动静中已经听出茅屋中最多只有两个人。于是他大步走出,挺身仗剑,堵在茅屋前的小道正中高声喝问:"何方人士,黉夜到此?"

"吱呀"一声,荆条门开了,一个粗壮的身影走出茅屋拱手作礼:"末将见过先生。"

"末将? 究竟何人? 直说了。"

"末将乃赵国骑尉,奉密令前来,请先生屋中叙话。"

"反客为主了? 就在这里说,省点儿灯油。"

骑尉笑了。"也好,月亮正亮。"回头喊道,"墨衣,出来,吹了灯。"

屋内风灯灭了,走出来一个手持长剑身形瘦小的劲装武士。张仪知道,赵国君主的卫士通常叫作"黑衣",此人被称为"墨衣",无论如何也是个卫士头目。从他的步态便可看出,这个墨衣定然是个一流剑士。张仪也不理会,径自坐到小道旁一块大石上:"说。"

骑尉又是一拱:"先生,我二人奉太子之命,请先生星夜赴邯郸。"

"可有太子书简?"

"赵国军法:密令无书简。这是太子的精铁令牌,请先生勘验。"

"不用了。太子召我何事?"

"太子只说:要保先生万无一失。余情末将不知。"

张仪悠然一笑:"既然如此,敢请二位回禀太子:张仪为母亲守丧,不能离开。"

骑尉僵在那里,似乎不知如何是好。这时,那个精瘦的墨衣说话了:"太子有令,务必请回先生,先生须得识敬才是。"

"如此说来,若是不去,便是不识敬了?"

骑尉拱手道:"我等奉命行事,敢请先生务必成全,无使强逼。"

"强人所难,还要人无强其难。赵人做事,可谓天下一奇也!"张仪哈哈大笑。

墨衣冷冰冰开口："先生当真不去，只有得罪了。"

"如何得罪啊?"张仪性本桀骜，心中已经有气，脸上却依旧微笑。

"胜得我手中剑，我等便走。否则，只有强起了。"

"你手中剑？怕是你等两个手中剑吧。"

墨衣正要说话，骑尉抢先道："那是自然，公事非私斗，如何能与剑士独对？"

"好！理当如此。"张仪豪气顿生，霍然站起，"请。"

"墨衣，我先了。"骑尉大步走出，只听"咔嗒"两声铁音，一柄闪亮的厚背长刀已弹开刀格，提在手中。张仪本是老魏国武士世家出身，对三晋兵器本来熟悉，一看便知这是赵国改制的胡人长刀。这种刀以中原精铁锻铸，背厚刃薄，刀身细长而略带弧弯，砍杀容易着力，击刺不失轻灵，且比胡人原刀形还长了一寸有余。赵国在与匈奴骑兵的较量中屡占上风，与这种锋锐威猛的战刀大有干系。虽然如此，张仪却是毫无畏惧。他相信手中这口越王吴钩绝不输于赵国的改制战刀。

月光下，一道细长的弧形青光伴着嗡嗡震音闪过，张仪的吴钩已经出鞘。

这吴钩虽然也是弧形，却是剑而不是刀。剑为双刃，厚处在中央脊骨。刀为单刃，厚处在背。同是弧形，骑士战刀较吴钩要长，弧度自然小得些许；吴钩稍短，其弧度几乎接近初旬瘦月，而且还是双刃。两相比较，骑士战刀专为战场骑兵制造，趁手好使，即或未经严格训练，也能仗着膂力使出威风。吴钩却大大不然，它本来就是吴越剑士的一种神秘兵刃，初上手极为别扭，等闲人等根本无法劈刺击杀，使用难度比骑士战刀要高出许多。张仪自从接受了越王吴钩，便在闲暇时悉心揣摩，也是他颇有剑术天赋，竟教他无师自通，自己摸索出了一套吴钩使法。绯云也喜欢剑法，见他练过几次，惊讶得连连赞叹。此刻，张仪也知道赵国骑士的剽悍威猛，自然不会掉以轻心，吴钩出鞘，右剑左鞘守定不动，准备后发制人。

骑尉抱剑作礼道："太子敬重先生，我只与先生虚刺，剑沾其身即为胜。"

张仪冷笑："我只会实刺，不会虚刺。"

旁边的瘦子墨衣不胜其烦："剑士之道，安得有虚？将军当真絮叨。"

骑尉无奈地笑笑："先生执意如此，末将只好从命。看刀——"喊声未落，骑士战刀已经带着劲急的风声斜劈下来。这是骑士马战的基本功夫，最为威猛，对方若被砍中，大体是通体被斜劈为两瓣。骑兵对步兵，居高临下，这斜劈是威力极大使用最多的杀法。

张仪身材高大，对方也不在马上，所以并没有感到战刀凌空的威力，但听这刀风劲

锐,便知这战刀力道不凡。不及思索,张仪手臂一掠,吴钩划出一道寒光,鱼跃波涛般迎了上去。但听"叮"的一声急响,骑尉的战刀已经断为两节,刀头飞上树梢,又哗啦啦削断树枝,"噗"地插进了地面。

"噫——"骑尉惊叫一声,一跃跳开,"你有神兵利器?"

张仪哈哈大笑:"第一次用,不晓这越王吴钩如此锋锐,多谢陪练。"

瘦子墨衣冷冷一笑:"将军战刀是军中大路货,如何敌越王吴钩? 今日,也教先生见识一番赵国精兵。"说罢肩头一抖,黑色斗篷蝙蝠一般飞了起来,竟堪堪地挂在了身后松树枝丫上。只此一个动作,便见赵侯卫士的不同凡响。斗篷离身的同时,星光骤然一闪,墨衣手中已经出现了一支短剑。战国之世,长剑已经成为多见兵器,短剑便多成为传统剑士手中的利器,等闲人倒是很少见到了。传统剑士的短剑,与越王吴钩一样,十有八九都是春秋时期著名铸剑师的精品。紫蓝色光芒一闪,张仪便知道墨衣手中短剑绝非凡品,微微一笑:"神兵相交,两败俱伤,岂不暴殄天物?"

"小瞧赵国剑士么?"墨衣冷笑道,"驾驭名剑,自有剑道,岂能笨伯互砍?"言下之意,显然在嘲笑张仪与骑尉的剑术。

张仪心知此人必是第一流剑士,自己虽然也略通剑器剑法,但毕竟不是用心精专,无法与此等剑士抗衡。但听他说不与自己"互砍",倒是轻松了一些,剑器互不接触,那无非是他直接将我刺伤,而后再"请"走了。张仪自信墨衣做不到这一点,你不砍我砍,大节当头,何顾些小规矩? 舞开吴钩护住自己,只要他剑器刺不到我身,又能奈我何?

"既然如此,足下开始。"张仪淡淡地一笑。

"先生,看好了。"话音未落,黑色身影一跃纵起,一道紫蓝色光芒向张仪头顶刺来。张仪的吴钩已经挥开,趁势向上大掠一圈。谁知他上掠之时,墨衣已经越过他头顶,就在他尚未转身之际,右肩已经被刺中。一阵短促剧烈的酸麻疼痛,张仪右手吴钩脱手飞了出去。黑色身影脚一点地,立即闪电般倒飞出去,在空中将吴钩揽在手中,稳稳落地道:"先生还有何说?"

张仪咬牙撑持,才没有坐倒,勉力笑道:"你,剑术无匹。我,却不去。"

"先生不识敬,在下只好得罪了。"墨衣冷冷一笑,走了过来。

突然,一声悠长粗粝的虎啸,疾风般掠过山林。

瘦子墨衣愣怔了一下。骑尉笑道:"洓水河谷夜夜如此,平常得紧……"正说着却骤然变色,"你你你,是人?是鬼?!"张仪看去,见月光下的山口林间小道上,悠着一个细长

的白色身影,长发披散,手里却拄着一根竹杖,一阵清朗大笑传来:"强人所难,这是谁家生意经?"

骑尉缓过神来,冷冷道:"你若是商家,快快走开,莫管闲事!"

瘦子墨衣:"既看了,只怕不能教他走。"

白衣又一阵大笑:"我说要走了么? 战国游侠,可有不管闲事者?"

"游侠?"墨衣拱手作礼,"敢问阁下高名大姓?"

"高名大姓?"白衣人骤然冷漠,"邯郸墨衣,趁早离开,还先生安宁。"

"足下绝非正道游侠! 将军护着先生,我来料理他。"瘦子墨衣显然被激怒了。

"且慢。"白衣人笑道,"先生并不认可两位,无须你等护持,敢请先生作壁上观。"说完向张仪深深一躬,"先生,这是一包伤药,请到那边石墩上自敷便了。"

片刻之间,张仪大为困惑。此人若是游侠,那当真是天下一奇。须知战国游侠常常被时人称为"带剑之客""必死之士",所谋求者皆是惊动天下的大事,极少到市井山野行走,即或隐居,也是等闲不过问民间琐事。闻名天下的游侠如春秋的公孙臼、专诸、北郭骚、毕阳、偃息等,战国的要离、聂政、孟胜、徐弱等①,都是在邦国上层行大义、除大恶的名士,几乎没有一个关注庶民恩怨的风尘游侠。此人自称游侠,张仪自然难以相信,然若不是游侠,又何来此等行踪本领? 倒真是令人难以揣测,且先看下去再说,至少在当下,他对张仪不构成危害。于是张仪也不多说,走到小道边石墩上坐下敷药。

白衣人见张仪走开,回身笑道:"一齐来。"

铺垫这么多,是要交代张仪如何离奇出山。

---

① 这些游侠都是战国中期之前的游侠,战国中后期还有诸多著名游侠,但在张仪之后,是未提及。

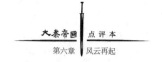
　　骑尉、墨衣本来担心张仪被游侠劫走,此时见此人并无帮手,张仪也泰然自若,自然便要先全力解决这个游侠。墨衣低声道:"将军掠阵,我来。"骑尉点点头:"小心为是,此人大是蹊跷。"墨衣冷笑一声,径自走到白衣人对面丈许:"游侠请了。"

　　白衣人见墨衣岿然不动,笑道:"让先么? 好!"一个"好"字出口,竹杖啪啦脱手,但见森森光芒裹着"嗡——"的金铁震音,一柄超长的异形弯剑已经凌空罩住了墨衣头顶。墨衣大惊,一个贴地大滑步,堪堪躲开,森森光芒又如影随形般从身后刺到,大是凌厉。慌忙之中,墨衣一个侧滚,方得脱出剑锋之外,额头却已经是冷汗淋漓。见白衣人没有追击,墨衣气哼哼问道:"阁下使何兵器? 尚望见告。"

　　"此兵器天下无人识得,只让你见识一番便了。"说罢,白衣人顺手一掠,一道森森寒光竟从身边一棵合抱粗的树身掠出,没有任何声息,松树也丝毫未动。白衣人悠然一笑:"敢请二位观赏了。"墨衣与骑尉疑惑地走到树前,借着明亮的山月,分明可见大树腰身有一道极细的缝隙。

　　"你是说,方才拦腰切断了这棵大树?"骑尉惊讶地拍打着树身。

　　"将军力大,一推便知,何用多说?"白衣人显然不屑与之争辩。

　　骑尉一个马步扎稳,双手按住树身,猛然一推,缝隙之上的树身骤然向外滑出,树干喀啦啦向里压来,如同疾步之人脚下打滑摔了个仰面朝天一般。骑尉、墨衣飞纵闪开,待大树倒下,上前查看,留下的三尺树身切面平滑如镜,兀自渗出一片细密油亮的树脂。墨衣二话不说,拉起骑尉便走。

　　白衣人拱手笑道:"敢请转告赵雍,敢对先生非礼用强,墨孟不会旁观。"

　　墨衣骤然回身道:"你……是墨家孟胜大师?"

　　"既知我师之名,便知天道不会泯灭。"

　　墨衣似乎还想问什么,却终于忍住没说,拉着骑尉回身走了。

　　白衣人向张仪走过来道:"敢问先生剑伤如何?"张仪笑道:"他没想狠刺,不妨事,多谢义士好药了。"白衣人长出了一口气:"涞水河谷看似荒僻,实则大险之地,先生守丧已过三年,该当换一个地方住了。""这却奇了。"张仪揶揄道,"义士怎知我守丧三年已满? 难道也是游侠职分么?"白衣人笑道:"看这光洁的陵园小径,看这草色变黑的茅屋,还有山林中踩出的毛道,只怕还不止三年也。"张仪从石墩上站了起来:"有眼力,只是我还不想到别处去。"白衣人笑道:"我只是提醒,此乃先生之事,该当自己决断,在下告辞。""且

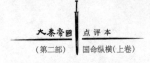
慢。"张仪目光一闪，"看义士年轻不凡，为何要冒游侠之名？"白衣人一怔道："先生如何知我不是游侠？"张仪道："战国游侠，皆隐都城谋大事，不动则已，动则一举成名，可有跑到荒僻山地，长做夜游神者？"

白衣人惊讶了："何言长做？在下是夜来路过而已。"

张仪大笑："义士漏嘴了，若是匆匆过客，何以连四面山林踩踏的毛道都恁般清楚？若非旬日，转不完这涑水河谷。"

白衣人沉默有顷，郑重拱手道："先生所言不差，在下本非游侠，只是见情势紧急，临机冒名罢了。"

"冒名也罢，又何须为墨家树敌？"

白衣人脸上掠过一抹狡黠而又顽皮的笑："先生穷追猛打，只好实言相告：在下本是宋国药商，图谋在涑水河谷猎取虎骨，已在此地盘桓多日。今夜进山查勘虎踪，不意遇见有人对先生用强，是以出手，唐突处尚望先生见谅。"

"既是药商，如何知晓彼等是赵国太子指派的武士？"

白衣人笑了："先生果然周密机变，然这回却是错了。那是在下在大树上听到的，至于赵国太子之名，天下谁人不知，况我等游走四方的商旅之人？再说了，在下不想暴露商家面目，只好将义举让名于墨家。否则，日后如何到邯郸经商？"

至此，张仪完全释疑，拱手道："张仪禀性，心不存疑，义士见谅。"

白衣人嘟哝道："这人当真难缠，做了好事，好像人家还欠他似的，审个没完。"

张仪哈哈大笑道："义士真可人也！走，到茅屋……啊，偏是没有酒也。"

"先生有趣，想说痛饮，却没有酒。"

"兄弟莫介意，无酒有茶，凉茶如何？"

"先生大哥的茶，一准好喝。"

"先生大哥？"张仪不禁又是大笑，"大哥就大哥，先生就先生，选哪个？"

"大哥！"白衣人笑着拍掌。

"好兄弟！"张仪拍拍白衣人肩膀，慨然一叹，"风清月朗，萍水相逢，也是美事一桩，真想痛饮一番也。"

"大哥稍等。"白衣人话音落点，身影已在林木之中，片刻之间又飞步而回，举着一个大皮囊笑道，"上好赵酒！如何？"

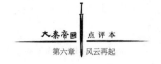

"好！月下痛饮，快哉快哉！"

"不问个明白么？"

"日后问，走！茅屋去。"

"大哥差矣。谷风习习，山月朗朗，就这里好。也省你灯油啊。我去拿陶碗。"说罢轻步飘飘，转眼便从张仪的小茅屋中拿来了两只大陶碗摆在大石墩上，解开皮囊细绳，咕咚咚倒下，一股凛冽的酒香顿时飘溢开来。

"当真好酒也！"张仪耸耸鼻头，久违的酒香使他陶醉了，"来，兄弟，先干了这碗！"

"哎哎哎，且慢，总得两句说辞嘛，就这么干干？"白衣人急迫嘟哝，有些脸热。

张仪大笑一阵："兄弟可人，大哥喜欢。为上天赐我一个好兄弟，干！"

"上天赐我一个好大哥……干！"白衣人骤然一碰张仪陶碗，汩汩饮尽。

仔细品闻酒香，张仪兀自感慨长吟："酒啊酒，阔别三载，尔与我兄弟同来，天意也！"说罢猛然举碗，长鲸饮川般一气吞下，丢下酒碗，长长地喘息了一声。

"大哥三年禁酒，当三碗破禁，再来。"白衣人说着又咕咚咚斟了一碗。

张仪自觉痛快，连饮三碗，方恍然笑道："呵，你为何不饮？"

"小弟自来不善饮，寻常只是驱寒略饮一些。今夜不同，大哥三碗，小弟陪一，如何？"

"好。"张仪笑道，"不善饮无须勉强，我有学兄也不善饮，依然天下英雄。"

"大哥学兄是天下英雄，那大哥也是天下英雄了。"

"可是未必。苏秦能成功，张仪未必能成功。"

"哎呀！大哥学兄是苏秦么？那真是个英雄也，如今走遍山东六国，苏秦几是妇孺皆知了。大哥去找苏秦，不也大是风光了？"

张仪猛然饮干一碗，目光炯炯地盯着白衣人，一脸肃然："此话要在饮酒之前，你我就不是兄弟了。大丈夫生当自立，如何图他人庇护？"

"啪！"白衣人打了自己一个耳光，打拱笑道："大哥志节高远，小弟原是生意人无心之言，大哥宽恕才是。"

张仪也笑了："兄弟也是商旅义士，原是我计较太甚，不说了，干！"又大饮一碗。

白衣人陪着饮了一碗，又为张仪斟满酒碗，轻轻地叹息一声："大哥要终老山林么？"

张仪默然良久，喟然一叹："天下之大，唯一处我从未涉足，可目下却偏偏想去此地。"

"楚国偏远，是那里么？"

"不，是秦国。"

"啊……"白衣人轻轻地惊叫了一声，又连忙大袖掩面。

"兄弟害怕秦国？"

"有点儿，大父当年在秦国经商，被秦献公杀了。"

张仪叹息道："此一时，彼一时。秦国自孝公商君变法，已经是法度森严的大国了。尽管我没去过秦国，也曾鄙视秦国，但目下，我已经对秦国有了另一番见识。只是不知秦国有无求贤之心。须知苏秦、犀首都不被重用而离开了秦国。商君死后，秦人似乎丧失了秦孝公之胸襟，又在排斥山东士子了。"

白衣人听得眼睛一眨不眨，释然笑道："大哥毋忧，小弟的一车虎骨正要运往咸阳。大哥不妨与小弟先去咸阳看看，合则留，不合则去嘛。"

张仪大笑："好！便是这般主意。"

"大哥痛快！那就三日后启程如何？"

"也好。就三日后。"

这时明月淡隐，山后已经显出鱼肚白色，松林间已经降下白茫茫霜雾。两人对饮了最后一碗赵酒，白衣人就消失在霜雾迷离的河谷里。张仪看着那细长的白色身影渐渐隐没，自觉胸中发热，不禁长啸一声，左手拔出吴钩力劈，一段枯树喀啦裂开。

霜雾消散，红彤彤的太阳爬到山顶时，绯云送饭来了。张仪将昨晚的事大约说了一遍，绯云惊讶得直咋舌："呃，昨夜那公子住的老屋一直没声气，我悄悄从窗下过了两趟，听出屋里根本就没有人。你说，这公子是不是那公子？"张仪沉吟道："有可能是。然不管此人身份如何，却绝非邪恶之

除了秦国，其实张仪也无处可去了。张仪要登顶，还得苏秦助其一臂之力。

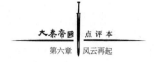

徒。不要说穿，借他之力，我先到秦国再说。”

绯云点点头：“那好，我赶紧回去收拾打理一下。吔，张老爹咋办？”

“老钱金币还有多少？请老人家，到安邑买所房子安度晚年吧。”

“只有二百钱、三个金币了。”

张仪大手一挥：“全给老人家。”

“老屋？”

“烧了。”张仪咬牙吐出两个字。

“不烧！”绯云红着脸喊了一声，“我来处置，不用你管。”站起来匆匆走了。

想了想，张仪终于没有喊回绯云，任她去了。他知道，绯云从五六岁的孤儿被母亲领回，就一直在老屋与母亲共度艰辛共尝甘苦。铩羽回乡，又是绯云与张老爹苦苦撑持，才保他守陵再造。绯云与张老爹对张庄老屋的依恋，比四海为家的自己要强烈得多……罢了罢了，还是教他们处置，何须一定要摆出一副名士不留退路的做派？

心定了，张仪开始整理自己的随身之物。衣物不用他操心，他也弄不清自己的衣裳有几件。需要他自己动手的，是两架书简，还有自己三年来撰写并誊刻就绪的一堆策论札记。那些札记是自己的心血结晶，也是自己痛彻反省的记录，更是自己生命的一部分。他将必须携带的书简装进了一只大木箱，那些札记，则特意用母亲留给他的那只铁箱装了，而且将那支小小的铜钥匙系在了脖颈贴身处。突然，张仪心中一动，又将两只箱子搬到母亲墓旁的一个小石洞里，又用茅草苫盖妥当，一宗宗做完，天也黑了下来。

奇怪，绯云如何没有上山送饭？出事了么？心思一闪，张仪摘下吴钩，大步出了茅屋。

将及南面山口，突闻河谷中一阵隆隆沉雷。仔细一听，张仪立即辨出这是马队疾驰，且是越来越近。张仪机警异常，看看四周，快捷地爬上了一棵枝繁叶茂的大树。片刻之间，马蹄声止息，一片清晰沉重的脚步声进了北面的山口。

时当明月初升，依稀可见一队甲士开进了松林，散成了扇形，将茅屋围了起来。一个带剑军吏高声命令：“守住道口，不许任何人进来。荆燕将军，点起火把，随我去见先生。”说着便见一支火把点起，两个身影走进了茅屋。片刻之后，两个身影又走了出来，军吏道：“先生显然走了，我等也只好回去复命了。”那个举着火把的荆燕答道：“该不是赵国将先生请走了？我却如何向武安君交令？”军吏笑得很响：“老话真没错：燕人长疑赵。如今两国结盟了，我若捣鬼，太子如何对武安君说话？”荆燕叹息一声：“咳！也是天

数,张仪没贵命,武安君好心也没用。"军吏笑道:"将军若不
放心,可带十骑留下,继续访查。"荆燕道:"武安君安危要
紧,我如何放心得下?"

"既然如此,也不用费心了,有一信放着,先生会看到
的。回兵。"

甲士们收拢成一队,又出了北山口,片刻间便闻马蹄声
隆隆远去了。

张仪见马队远去,下了大树,走进茅屋点起风灯,发现石板
书案上赫然一个扁薄的铜匣。看来,这就是他们方才说的信了。
张仪拿起铜匣端详,一揿中央铜钮,铜匣无声地弹了开来。匣中
红锦铺底,一个火漆封口的羊皮纸袋正在中间。吴钩尖端轻轻
一挑,羊皮纸袋"刺"地开了一个口,一页羊皮纸"唰"地掉了出
来,张仪拿起一看,极为熟悉的字迹立即扑进了眼帘:

　　　张兄如面:合纵有望,其势已成。我已向樗里疾
　　荐兄入秦,望兄与时俱进,对我合纵。兄做对手,苏秦
　　当更惕厉奋发,再创长策。破我即助我,此之谓也。
　　时势诡谲,安邑不安,望兄作速入秦,大振雄风。苏秦
　　大梁秋日。

"好!"一眼瞄过,张仪已是血脉偾张。苏秦已经在战场
上向他招手了,张仪岂能拖泥带水?苏秦如此襟怀气度,张
仪自当全力施展,使天下大浪淘沙。看来,入秦已是事不宜
迟了。苏秦既然已经向秦国上大夫荐举了自己,便说明秦国
已经知道了自己……　　　　　　　　　　　　　　　　苏秦用计。

且慢!一个念头突然生出:秦国既然知道了自己,为何
却没有动静?是秦国君臣迟钝么?抑或另有隐情?既然说
不清楚,最好还是不要冒失,要沉住气,做成大事不在三五日

之间。一番权衡掂量,张仪已经冷静下来:入秦是肯定的,只是不能贸然,这是最后一条路,不走则已,走则务必成功,如何能在扑朔迷离之时贪图一时痛快?苏秦说"时势诡谲,安邑不安",究是何意?对了,苏秦肯定发现了"有人"对自己心怀叵测,提醒自己早日离开这里。这"人"是谁?目下看来,似乎是赵国。可是,就必然没有秦国么?古往今来,国君求贤而佞臣杀贤的事数不胜数,若果樗里疾是个小人,担心自己入秦威胁到他的权力,难保不私下"控制"自己,情势没有完全明朗之前,就无法排除这种可能。

思忖一番,张仪觉得自己还是按照原来谋划行事较为稳妥——白身入秦,看清再说。

一阵匆匆脚步声,绯云送饭来了。张仪心中兴奋杂乱,也确实饿了,狼吞虎咽吃起来,及至吃完,却见绯云直抹眼泪,不禁惊讶:"绯云,有事了?说呀!"

绯云带着哭声道:"张老爹不要钱,也不离开老屋……我看,老人家有死心吧……"

张仪二话没说,拉起绯云便走。老人是张家的"三朝"管家了,从迁出安邑开始,张家上下便呼老人为"张老爹"。四十多年来,张氏家族的风雨沧桑就是老人的兴衰荣辱,老人对张氏家族的忠诚、功勋几乎是任何人都不能比拟的。如今,老人家绝望了么?

陵园离老屋只是山上山下之隔。张仪大步匆匆,片刻到了老屋门前。三年未下山,他发现张庄已经比当初有了些许生气,门前已经重新栽上了一片小树林,茅草小门楼也变成了青砖门房。他顾不上细看,推开门进得庭院高声道:"老爹!我回来了。"见无人应声,绯云轻轻推开了堂屋大门,骤然之间,绯云哭叫起来:"老爹,何苦来呀——"

张仪急忙进屋,被眼前的景象惊呆了——张老爹跪在

此亦称得上是从死。

张仪母亲的灵位前,鲜血流淌,腹部已经大开,双手依然紧紧握着插在腹中的短剑。

"老爹……"张仪骤然哽咽,扑地跪倒,抱住了张老爹。

老人艰难睁开了眼睛:"公子……莫忘故土……"软软地倒在了张仪怀里。

"老爹,安心走……"张仪泪如雨下,将老人的眼皮轻轻抹下,"绯云,给老爹穿上最好的衣裳,安葬陵园……"

天将拂晓,霜雾迷蒙,一辆灵车缓慢地驶上了通往张氏陵园的山道。太阳初升的时分,一座新坟堆起在张仪母亲的大墓旁。

"张兄呐,主仆同葬,自来未闻,你不怕天下嘲笑么?"

"忠节无贵贱,大义在我心。他人嘲笑? 鸟!"张仪愤愤然骂了一句。

绯云忍不住笑了,笑脸上挂着两行晶莹的泪珠。

"大哥! 教小弟好找。"随着话音,那个英秀的白衣药商飘然而来,走到近前却觉得气氛不对,稍做打量已经明白,立即走到那座新坟前肃然一躬:"老爹啊,多日蒙你关照,不想你却溘然去了……老爹走好,晚辈年年来涑水,定会为你老人家扫墓祭奠的。"说罢长身拜倒,肃然三叩。

张仪不禁唏嘘道:"兄弟啊,罢了。"绯云走过去,抹着眼泪扶起了白衣后生。

"大哥。"白衣后生道,"涑水河谷已成多事之地,我等不妨今日便走如何?"

张仪默然片刻,看看绯云,绯云道:"给我两个时辰,但凭张兄便了。"张仪点点头道,"好,午后走。"

白衣后生笑道:"大哥尚不知我的名姓,实在惭愧。我叫应华,宋国应氏后裔。日后就叫我华弟吧。小妹,你可该叫我大哥。"

绯云笑道:"呵,宋国应氏,那可是天下大商家了,难怪神秘兮兮。"

应华咯咯笑道:"不就悄悄捕老虎么? 小妹为我操心了。"

"你们俩呀,针尖儿对麦芒。"张仪笑道,"别聒噪了,分头准备。华弟,我听你吩咐。"

"大哥明断。"应华笑道,"一路行止,都听我,保你无事。"

秋日西沉,晚霞染红了满山松林的时分,一队商旅车辆驶出了涑水河谷。上得官道,车队辚辚疾行,沿着大河北岸直向西去了。

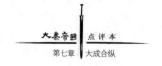

第七章 大成合纵

一 大梁公子出奇策

此后苏秦说魏襄王。

进了魏国,苏秦有一种奇特的憋闷。

当他的三国车骑声威赫赫地进入大梁时,这座天下最大的都城平静得一点儿波澜也没有,非但郊野没有观者如潮的景象,连看热闹的传统地方城门口也是冷冷清清的。街市照样繁华锦绣,人流如梭,市声如潮,可苏秦无论如何也没有感应到一种勃勃生气。所能感到的,只是一种平静的麻木,一种深刻的淡漠。苏秦没有偏见,不至于因为魏国人没有夹道欢迎而对大梁生出失落或愤懑。对魏国,他是抱有最大期望的。他期望魏国成为六国合纵的真正轴心。虽然魏国衰落了,但按照诸般实力与曾经有过的辉煌,魏国依然是最适合扛起合纵大旗的盟主国。然进得大梁,苏秦的心却直往下沉。

住进华贵的国宾驿馆，魏国掌管迎送的"行人"前来通报："魏王尚在逢泽狩猎，两日内不能还都，敢请武安君先行歇息。"赵胜气得满脸通红："岂有此理？我去找魏无忌①说话。"匆匆大步走了。苏秦送走行人，对荆燕笑道："换上便服，到市井看看去。"

苏秦曾经游历各国，每进一城，他都要先到市井街区转转看看。有时候竟日流连，许多名胜去处都被耽延了。苏秦有个说法："市井之区，邦之经脉，细细把之，可得国命。"当年游临淄，天下对齐国尚不看好，可在游览齐市三日后，苏秦对老师详细描述了临淄的民生民气，断言："齐国有强盛之象，绝不在魏国之下。"老师大为赞赏，对苏秦的预言下了八字考语："善把国脉，独具慧眼。"教张仪很是发急了一阵子。对于大梁，苏秦并不陌生，当年每次出游，都要经过大梁，几个月前北上燕赵，也还从大梁过了一趟。应该说，大梁是苏秦所到次数最多的大都，也是苏秦最熟悉的一座都城。

天下人将大梁的商市称为魏市。魏市分成了老市、新市两个区域，未做都城前的市区叫老市，做了都城后扩展的市区叫新市。经过一番归并，老市街区成了私市交易的大市场，一切不受官府控制的货品都在这个区域交易：丝绸、衣物、珠宝、家具、车辆、牲畜、五谷并各种日用器物分作了几条大街，琳琅满目，市声如潮。新市被民间称为"官市"，举凡官府控制的物品都在这里交易。当时各国控制的市易不尽相同，越是穷弱之国，控制的货品就越是多。譬如燕国有一段禁止战马的交易，秦国在商鞅变法之前是连醋都禁止私自买卖的。当时的醋叫作"苦酒"，因为要用粮食酿造，所以常

魏地少人多，经商者多，但贫者贫。

---

① 魏无忌，战国时四公子之一。魏安釐王的异母弟，号信陵君。有门客三千多人。《汉书·艺文志》兵家有《魏公子》二十一篇，今佚。

常在饥荒之年受到官府的控制。魏国是最先富强的大国,货品限制最少,官市经营的主要是盐、铁、兵器三项。这个"铁"主要指铁料铜料——铸铁块、铜锭以及源头产品铁矿石铜矿石等,而不是所有铁制品。在铁器成品中,官府寻常只控制兵器交易,其他铁器则视国家情势而定。魏国大约是各大战国中控制最松弛的。商鞅变法后的秦国是"依法市易",当是控制货品最多的国家,但其控制的方式与山东六国又有不同。

对于官市,苏秦寻常都是走马观花,走一遭便知大概。对于私市,苏秦则看得仔细,他所说的"国脉",根基便在这熙熙攘攘的私市人潮之中。

苏秦出门,正在行将暮色而尚未掌灯之时。大梁是天下第一商市,其不夜闹市也是天下有口皆碑的。按寻常惯例,这大半个时辰正是商家最为忙碌的一段。店小们一面要轮流吃饭,一面还要继续招呼那些趁着"日市尾子"磨价钱的上门客官,还要同时准备灯火与适合夜市摆卖的特殊货品,大体上每个店铺在这时都要高声呼喝一阵子,而且大多数店东或执事都要亲自出来,帮着打点一番。苏秦走遍天下大市,对这种夜市前的特殊嘈杂最是熟悉不过。可今日走进大梁私市,却觉得空荡荡的,市人在慢慢消散,几乎有一半店铺在"呱嗒咣当"地上门板,没有上门的店铺也是一番悠闲景象,只有眼见的几家在点硕大的风灯准备夜市,一眼看去,也都是外国商家。苏秦有些惊讶了,这是大梁夜市么?

"老伯啊,如此早打门,不夜市了么?"苏秦上前问一个正在打门的老人。

"呵呵呵。"老人将门板交给一个后生,回身淡淡地笑着,"先生外国人,多日不来大梁了吧。也说不清因由,反正这大梁的夜市啊,不知教甚个风一吹,它就淡了,没了。再去

交代魏国的情况。走了这么多诸侯国,似乎没有一个诸侯国有秦的气象。透过苏秦之眼,分析天下格局。

看看官市吧，半后晌就没有人了，真是怪也。先生，你可是要买货？"厚道的老人似乎觉得自己太唠叨，耽搁了客人正事。

"只想买几卷白简罢了，没大事。"

"看，前头那街是文品街，都黑了一大半了。往常，文品街可是红火得不得了呢。中原文士，谁不想在大梁买白简、笔墨、羊皮纸，如今这大梁啊，没人来了。看看，老朽又多说了。要在往常啊，这时辰，老朽哪里有工夫和人说话？先生，你去买吧，前边，走好了。哎，后会有期，后会有期。"

望着半明半暗的萧条街市，苏秦不禁有些怅然，曾几何时，大梁繁华不再？

大梁商人素来领天下风气之先，那种"天下第一"的张扬与得意是任何旅人都能感觉到的。他们可以放肆地嘲笑外国人的口音，也可以粗声大气地对买主喊出："言不二价，这是大梁。"买主回头，他们又会在背后撂上一句："这是大梁，没钱别来。"人们艳羡大梁，气恨大梁，又对大梁商人的做派无可奈何，终了还得说一句："谁教人家是魏国也。"当初，魏国北面攻赵、南面攻韩、东面威慑齐国、西面压迫秦国、东南逼得楚国唯魏国马首是瞻的时候，大梁人是何等的意气风发，大梁的魏市是何等的风光？而今，大梁商人的声音苍老了，凄凉了，听得出，琐碎的唠叨后面是大梁人的沮丧与麻木。

"走，到中原鹿去。"

中原鹿，是大梁最豪华的酒家，也是大梁名士聚集的中心。当初魏国都城在安邑的时候，安邑白氏的洞香春天下有名，也在于它是天下的消息集散中心。魏国迁都大梁，白氏商家随着岁月流散，洞香春虽依旧留在安邑，却也风光不再了。这时候，大梁的酒肆行业突然出现了一家更为豪阔的酒家，名字便叫中原鹿。市井传闻：这中原鹿的真正主人，是魏国老丞相公子卬，大梁的酒肆都得让它三分。开始，高傲的魏国人不认这个陌生而又咄咄逼人的新贵酒肆，力图在大梁拥戴出一个像安邑洞香春那样的名贵老店。无奈时过境迁，一则是名贵如洞香春那样的赫赫老店，朝夕间无从寻觅；二则是以大梁富商为常客的酒肆人流，再也没有了安邑那种高贵的底色，"天下名士争往游学，列国冠带趋之若鹜"的景象，在大梁已经不复存在了。大梁做了都城，魏国人似乎也变了味儿：只要豪华舒适，对领先天下文明的自信与情趣却是大大淡漠了。时日蹉跎，这中原鹿也顺理成章地成了大梁上流人物的聚散之地，而大凡这种地方，不想做消息议论的湖海都难。

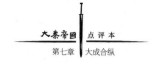

　　苏秦就是想看看,想听听,仔细掂掂魏国的分量。

　　中原鹿很是气派。一幢三层木楼,富丽堂皇地矗立在最宽阔的王街入口处,林木掩映,灯火通明;六开间的门庭前,三十六盏巨大的风灯照得六根大铜柱熠熠生光,美艳的侍女在灯下矜持柔媚地微笑着,像是天上的仙子;西面树林间的车马场,高车骏马穿梭进出,门庭前锦衣如流,各种华贵的服色灿烂交织令人目眩。这一切,都骄傲地宣示着这里的财富等级,也冷森森地阻隔着贫寒布衣的脚步,与方才商市的萧瑟落寞相比,直是另一重天地。

　　苏秦驻足凝望,不禁轻轻地叹息了一声。

　　"先生,这厢请了。"两个仙子飘了过来,殷勤主动地引导苏秦与荆燕。

　　"最大酒厅。"荆燕生硬地吩咐着。

　　"是了。"侍女轻柔地答应着,"请上楼,小女来扶先生。"

　　荆燕冷冷甩开仙子的小手,径自寸步不离地跟在苏秦身后,嘴里嘟哝着:"这脚下软得怪,要醉人一般,啧啧啧!扶手都是金铜,魏国真富,鸟!"苏秦回头使个眼色,荆燕脸红了一下,板着脸不再吭声了。

　　上得二楼,眼前顿时豁亮,偌大的厅堂用绿纱屏风隔成了几十个小间,可见人影绰绰,可闻高谈阔论,却又互不相干,倒也是别有一番意味。苏秦多有游历,自然知晓其中门径,瞄得一眼道:"就在临窗处。"侍女立即嫣然一笑,对一个飘过来的长裙侍女道:"先生要临窗座席。"说完深深一礼,飘然去了。

　　长裙仙子一身轻纱,雪白的脖颈上拖一抹曳地的红绫,长发乌云般垂在肩头,浑身散发着醉人的香气。"阿嚏!"荆燕不禁打了个响亮的喷嚏,口水立即星溅到仙子裸露的脖颈胳臂上。仙子一面咯咯咯笑着,一面轻柔利落地将手心一方白巾捂在了荆燕鼻头上。荆燕大急,顺手一推,仙子娇笑一声跌倒在地。荆燕却弯腰顿足,"阿嚏阿嚏"地连连打起了更猛烈的喷嚏。仙子旋跌旋起,几乎是起舞一般,又咯咯笑着飘过来扶荆燕。荆燕躲避不及,大吼一声:"给我滚!"

　　仙子顿时脸色发青,嘤嘤抽泣着跪在地上:"小女得罪,敢请客官惩罚。"

　　"这这这,这是甚路数?起来起来,我又没……"荆燕大急,手足无措。

　　苏秦忍俊不禁,哈哈大笑道:"起来吧,我等小国寡民,没经过这阵势也。"

　　"多谢先生了。"仙子破涕为笑,"先生这厢请了。"再也不往荆燕身边靠了。

临窗确是雅座，既看得大梁街景，使荆燕一饱眼福，又听得清全场议论之声，使苏秦大可静心品评。落座之后苏秦道："两鼎逢泽鹿，一坛赵酒，半坛兰陵酒。你不用在此侍候，我等自饮。"那个仙子脸上笑着口中应着，飘飘去了。荆燕气狠狠地嘟哝了一句："鸟！气死布衣也。"苏秦笑道："兄弟忍住了，大梁风华奢靡，原非燕国可比。"荆燕也"咻"地笑了："大哥，你说这等国家，富得流油，还能打仗么？"苏秦笑道："能否打仗，不在穷富，秦国不富么？"正在说话间，一队浓施粉黛的仙子飘了过来，一阵莺声燕语，摆好了鹿鼎，斟好了酒爵，又带着一片香风飘去了。

荆燕耸耸鼻头，眉头大皱，回头正要猛打喷嚏，却生生顿住，霍然起身："大哥，别动。"话音落点，荆燕站到了屏风入口，一柄短剑已经赫然在手。

苏秦没有觉察到如何异常，惊讶莫名，却知道荆燕有"神獒"之称，眼力听力与嗅觉远超常人，便也坐着没有动。荆燕回头低声道："像是公子赵胜声音，好像在找你。"

"赵胜？他如何找到这里？有了意外么？"偌大厅堂人声哄嗡，苏秦甚也没有听见，但他相信荆燕绝不会听错，略一思忖道，"找赵胜过来，大事要紧。"

"嘘——他来了。奇怪，两个人。"

这时，苏秦已经隐隐听见侍女与赵胜的对话声，似乎说那个先生不让侍候……只要是赵胜，不管他带来了何人，都已经不用担心，苏秦起身离座，准备与赵胜回去。

"先生，有个客官请见。"一个仙子飘进来柔声禀报。

苏秦一怔，惊讶这少年公子如何懂得这般古礼？思忖间也依礼高声作答："苏秦扫庭以候，公子请了。"绿纱屏风外影影绰绰，可见赵胜拱手道："在下带来一位高朋，同来拜会先生。"苏秦不禁笑道："公子尽管进来。"

只听赵胜一阵笑声，走了进来道："先生莫怪罪我，是我这姐丈哥非说甚'宾座如宅，礼同拜会'。你看，先生不是拘泥之人吧。"一通爆豆儿般快语，苏秦荆燕都笑了起来。赵胜却恍然道："看看，还没中介。先生，这位是公子魏无忌，我的未来姐丈。这位先生是武安君苏秦。那位，是将军荆燕。"

赵胜身后站着一位红衣青年，端严凝重，气度沉稳，上前来深深一躬："无忌对先生心慕已久，今日得见，不胜荣幸。"转身又一拱，"无忌见过副使。"

早已在二人进门时，苏秦便留意到了这位公子，同是及冠青年，他与赵胜站在一起，显然有一种赵胜所缺乏的沉稳厚重，先就有了好感，及至听赵胜说，这位公子要在如此场合以古礼拜见自己，便觉此人不同流俗，庄重地一躬到底道："苏秦幸会公子。"

赵胜低声道："先生，换个地方说话，事情或有转机。"

"好。"苏秦精神顿时一振。这时只见一位素装长裙的美丽女子走到了屏风外面："请诸位跟我来。"说着将绿纱屏风顺势一推，面前出现了一条幽静的小径，走得三五丈便到尽头。素装女子又一拧墙上一个凸出的小木轮，便见墙面像大门一样打开，里面隆隆吊下一个巨大的铜筐。素装女子先请四人进筐，然后她自己也走了进来，摇摇筐边一条细绳，隐约听见高处"丁零"一声，铜筐徐徐升起，外面的墙面也徐徐合拢，片刻之间，铜筐便停了下来。素装女子一摁墙边机关，墙面又像门一般打开，女子对魏无忌笑道："公子，这厢请，我已经安置妥当了。"

"好，你领道，先生请。"魏无忌对苏秦拱手一礼，坚执请苏秦先行。

苏秦一行跟着女子走过一条铺着大红地毡的长廊，便觉眼前骤然一黑……仔细一看，竟来到了满天繁星的露天楼顶。说是露天，四面却是半人高的厚厚板壁，唯独头顶露出了一片碧空。夜风习习，满城灯火尽收眼底，河汉灿烂如在身边，仿佛置身于一艘大船，漂在无边天河之中，说不出的开阔惬意。

"有此等佳境，果见公子品位高雅。"苏秦不禁由衷赞叹。

"好地方！不憋气！"荆燕高兴拍掌，连连深呼吸几番，"那味儿实在难受。"

赵胜笑道："先生不知，我这预备姐丈是通天彻地，中原鹿这机密，魏王都不知道也。"

"又信口开河。"魏无忌笑道，"先生，此处总执事，曾经

是我之门客，如此而已。"

这时，那个素装女子走了过来道："公子，收拾妥当，敢请入席。"

魏无忌做请，苏秦跟着女子来到楼顶唯一的宽敞隔间内。此时正逢下旬，半个月亮刚刚爬上城楼，可见隔间内的四张长案上已经是酒菜齐备。素装女子为每案斟了一爵，对魏无忌作了一礼道："公子不要侍奉，我便去了，若有急需，摇铃。"魏无忌笑道："好了，你去，莫教任何人上来。"女子答应一声，轻柔地飘走了。

四人落座，月光下相互朦胧，别有一番韵味。魏无忌举爵笑道："勉为东道，且先为先生洗尘。来，干了此爵。"一饮而尽。

苏秦正要说自己不能饮烈酒，及至举爵，一股熟悉的兰陵酒香竟扑鼻而来，不禁对这位公子的细致周到大是感慨，一声"多谢"，也举爵一饮而尽。

赵胜先开了口："先生，我也是在大厅找见公子的。我与他正在理论，他却听得外边声气不对，说是像燕国武士打喷嚏。我出来一瞄，果然是先生的背影。他思忖一番，方才决断在这里拜会先生。"

魏无忌作礼道："唐突冒昧，尚请先生恕罪。"

苏秦对赵胜说法感到惊奇，爽朗笑道："无妨无妨，人生何处不相逢也。"

荆燕却忍耐不住道："敢问公子，燕国武士的喷嚏不一样么？"

魏无忌微微一笑道："听赵胜说，无忌只是觉得连打喷嚏，很不寻常罢了。"

荆燕大笑，上气不接下气道："那，那味儿，香得，刺鼻……"

赵胜惊讶道："荆兄啊，听人说，只有狗不喜欢闻这种香气，你也受不了么？"

苏秦忍不住"噗"地喷出了一口酒："公子好眼力。荆燕被军中称为'神獒'，不知道吧。"魏无忌与赵胜哄然大笑，赵胜连连打拱道："得罪得罪。"

荆燕却大惑不解："狗也不喜欢？难怪也。"

三人更加乐不可支，前仰后合大笑起来。

良久平息，赵胜向魏无忌努努嘴："该你东道唱了。"魏无忌慨然一叹道："先生有所不知，赵国赞同合纵后，我对大父魏王讲说了此事。可大父王不置可否。念起先生终将前来，必能说服大父王，无忌也没有再作纠缠。不想大父王明知先生已经从韩国出发来大梁，却到逢泽去狩猎，当真令人汗颜。"

默然有顷，苏秦道："大梁朝局，可有微妙处？"

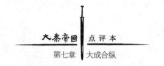

"今非昔比。"魏无忌脸色沉重,"自从魏国迁都大梁,朝野风气大变。魏国恰似泄气之鼓风皮囊,又好似霜打之秋草,一日一日地瘪了,一日一日地干了。大父也老了,雄心不再,除了狩猎;便是和老孟子谈天说地。权臣们也都是花天酒地,没有一个庞涓那般的强硬人物出来说话。连韩国都抖起了精神,魏国却如此沉迷,无忌当真是欲哭无泪也。"

赵胜愤愤道:"先生不知,公子小辈,上有老祖父压着,下有太子父亲挡着,公子虽有主见,诸多朝臣也拥戴公子,老魏王却是优柔寡断,任何大事都是拿捏不住。"

"胜弟休得乱说。"魏无忌打断了赵胜,显然不想涉及朝局。

苏秦明白此中奥秘,却也不能理会,只是喟然一叹道:"魏王当政四十余年,岂能不知秦国威胁? 但能见得魏王,苏秦必使他决断合纵。"

魏无忌眼中骤然生光:"先生有此心志,无忌当全力促成。"

"如何做法?"赵胜紧紧追问。

"我陪先生直赴逢泽,可保先生见得大父。"

"何时可行?"赵胜目光炯炯。

"明日寅时出发,午后可赶到逢泽行营。"

"如此,苏秦谢过无忌公子。"苏秦站起来肃然一躬。

逢泽依然壮美如昔,所不同的是,湖畔山麓多了一道长长的城墙,城墙中有了一片巍峨的宫殿。这是迁都大梁后,丞相公子卬为魏惠王修建的狩猎行宫。可魏惠王说这里阴冷,住了一次后再也不来了。后来每次来逢泽狩猎,魏惠王都坚持住在行辕大军帐里,说帐篷里暖和舒适。这次也一样,逢泽北岸的山凹地带,便成了辕门行营的驻扎地。这里避风向阳,在秋天是不可多得的小阳春之地。

站在山腰望湖台上已经两个时辰了,遥望着茫茫逢泽,魏惠王也弄不清自己究竟想了些什么? 总归是有些伤感,不想离开这渺茫的大湖。四十多年前,魏罃还是刚刚加冠踌躇满志的英俊公子,夺太子、平内乱、首称王、大战天下,一举成为战国盟主。那时,魏国是中天的太阳,没有一个国家不在她的煌煌光焰下诚惶诚恐。那时,安邑比大梁可是小多了,但是,魏惠王所有的骄傲却都是在小小安邑获得的,所有的梦想,也都是在安邑实现的。倏忽二十三年,他做了多少事情? 魏国领土在那二十多年几乎扩大了两倍,三十万铁骑威震天下,几乎就要灭了秦、赵、韩三国……可世事偏偏无常,不知不觉间魏国就萎缩了,他也老了。又是倏忽二十来年,河西千里全部丢了,离石要塞丢了,崤山西大门丢了,上党北大门丢了,巨野东大门也丢了,魏国又回到老祖父魏文侯时代的老疆域了。魏罃已经六十多岁,是满头霜雪的老人了。他平心静气地想了许久,还是觉得自己没有铸过何等大错,一切都是天意——上天兴我我则兴,上天亡我我则亡,岂有他哉?

自从惠施做了丞相,魏惠王对阴阳五行说有了兴趣,常常通宵达旦地与惠施商讨。他说大梁风水不佳,累了国运,要惠施用阴阳学说多方论证,好再次迁都。然也奇怪,惠施虽说在论辩术之外酷爱阴阳说,却偏偏别扭,老是聒噪道:"我王切莫热衷此道,强兵富国于阴阳五行,臣未尝闻也!"每每扫兴,魏惠王只有邀请老孟子到大梁盘桓,终日说叨些远古奇闻与小国寡民井田制,无奈老孟子雄心犹在,总是劝他"力行仁政,廓清天下"。魏惠王觉得老孟子迂阔可爱,便老是打哈哈。老孟子总埋怨说"王顾左右而言他"。魏惠王更是哈哈大笑一通了事。老孟子一生清高,自也耐不得性子,终究是拂袖去了。

于是,魏惠王到逢泽行猎,也没有心情邀惠施同来,便只有孤独地消磨这长长的时光。要说也不是没有朝臣可见,没有国事可议。然魏惠王历来有"大王之风",最烦大臣拿琐碎细务来纠缠他,也最厌烦与大臣商讨具体政务。除了任免丞相、征伐敌国,魏惠王以为其他所有事情都该是臣下"依法度办理"。

六国使者们常常说:"天下之大,魏国做官最轻松,权大事少俸禄高。"

魏国官员们却每每愁眉苦脸地说:"魏国做官最烦恼,做不得事,立不得功,替人代罪做牺牲。"

魏惠王也听到了这些话,每次都是哈哈大笑了事,身为王者,岂能没有包容四海的胸怀? 不管朝野如何风吹草动,他依旧只见丞相,只说大事,剩下的时日宁可自己消磨。女人玩腻了,狩猎过去了,便对着烟波浩渺的大湖发发呆。

"禀报大王,公子无忌请见。"老内侍声音很轻很柔。

"无忌? 他来何事啊?"

"公子说,给大王举荐一个清谈名士。"

魏惠王笑了:"孙儿有心啊,知道找个人陪大父说话。好,宣他来。"

魏惠王的"无为",写得很好。但史载苏秦说魏时,已非魏惠王,而是魏襄王,即惠王之子名嗣。作者有失察之处。

片刻间,魏惠王看见少孙带着两个人上了山阶。站了半日,魏惠王自觉疲惫,斜躺在竹榻上闭目养神,准备享受难得的清谈乐趣。

"无忌拜见大父。大父康健。"

魏惠王睁开眼睛笑道:"无忌啊,起来,难得你记挂大父,回头赐你大珠一颗。"

"谢过大父。"魏无忌站了起来,"大父,这位是赵国公子胜,屡次请求一睹大父威仪,无忌斗胆带了他来。"

魏惠王笑着:"公子胜? 是我孙儿的那位内弟么? 一表人才,好!"

"赵胜参见王大父。王大父威仪煌煌,如中天之日,赵胜不胜荣幸。"赵胜本来玲珑聪敏,一通颂词清亮悦耳,说得顺溜至极。魏惠王大乐:"起来起来,赐座。赵语后辈若此,大福也。"

"大父,这位是洛阳名士苏秦。"

"苏秦参见魏王——"

"苏秦? 苏秦?"魏惠王思忖片刻,恍然笑道,"无忌啊,你对大父说过这位先生,好像是? 噢,对了,合纵。"魏惠王竟从榻上站了起来,虚手相扶道,"大魏国求贤若渴,这无忌竟将先生做清谈名士待之,岂有此理? 先生请入座。"说完,魏惠王自己也在竹榻上坐了起来,以示敬贤之道。老内侍连忙走过去,给老王推过来一个高大的兽皮靠背,让老魏王舒适地靠坐着。

苏秦听说过许多老魏王的传闻,知道此王素有"敬贤不用贤"的名声。天下许多大名士都与魏惠王有亲密过从,最著名者如孟子、慎到、邹衍、孙膑、许行等,但都是礼遇优厚而一一离去。至于商鞅、犀首、张仪等曾经被荐举或撞到魏惠王面前而离去的名士,还不在其"敬贤"之内。不管途径如

何，只要一个名士能到魏惠王面前，这位大王都会很耐心地听你说话，如果说辞与国事无关，这位大王则更是虚心求教兴致盎然。尽管如此，这样的机会对于苏秦仍然只有一次，而且不能失败。

"苏子远来，何以教我？"魏惠王颇为郑重地开始了敬贤之道。

"苏秦无才，只想给魏王说个故事，聊作笑谈。"

"噢？先生能说故事？好！听听了。"魏惠王脸色顿时舒展。

苏秦微微一笑："苏秦生于村野，能知兽语。当日居破旧田屋夜读，曾经听到一场田鼠论战，大是奇特，至今不能忘怀。"

"如何如何？田鼠论战？"魏惠王哈哈大笑，"奇！先生好本事，快说来听听。"

"天旱饥荒，田中无粮，田鼠们大诉其苦，一致要搬迁到人家去谋生。一只老硕鼠慷慨唏嘘：'我辈原是家鼠，吃不愁，喝不愁，子孙繁衍不愁，五十三鼠居于一大户之家，何等悠游自在？'此言一出，群鼠大哗，纷纷责问老硕鼠：'为何搬家，使我辈流落荒野？'老硕鼠答曰：'不是我辈愿意搬家，而是来了一只黑猫。'群鼠愤愤然：'一只黑猫算甚？我辈不是咬死过三只黑猫么？'老硕鼠叹息一声：'那时我辈也是这样想了，说定黑猫一出来，我辈便四面拥上，纵然被那厮咬死几只，也要撕碎了那黑物！刚刚说定，黑猫便吼叫着猛蹿了出来。我鼠辈却是争相四散逃命。黑猫抓住了一只逃得慢的，便细细吃了……如此反复，两个月后，鼠辈只剩下老奶奶我一个了。那日我正在伤心，黑猫又猛蹿出来。老奶奶我也没想活，与黑猫拼命厮咬！半个时辰，我浑身是血，还是与黑猫纠缠。不想黑猫突然吱吱尖笑说：'今日一个拼命，何如当初一齐拼命？若一齐拼命，我猫大人岂不呜呼？'老奶奶我咬牙切齿地发誓：'若得逃出，定要让鼠辈一齐拼命，咬死尔等猫类！'黑猫尖笑说：'鼠辈尔尔，还能一齐拼命？放你出去，看鼠辈如何变法？'如今，孙孙们要回人家，先好好想想，敢不敢同心拼命？'一席话毕，鼠辈们竟无一吱声，那只老硕鼠呜呜哭了……"

听着听着，魏惠王皱起了眉头，不禁摇头道："此等故事，大有异味儿。"

"敢问魏王，方今天下可有一只大黑猫？"苏秦依旧轻松地微笑着。

魏惠王眯起了一双老眼，思忖沉默片刻，悠然笑道："先生所言，也有道理。无忌向我说起过此事，当初也没想到，燕国这个老鸢儿竟出了一回彩。先生若能第一个来大梁，由我大魏动议合纵，那是何等力道？如今么，既然燕赵韩三国都合力了，老夫也乐观苏秦说魏王,同样是以"耻感"说之。苏秦口口声声说魏强而不作为,魏当深以为耻。高帽子戴了,魏王不好意思不从。据《史记·苏秦列传》,苏秦面对襄王侃侃而论,"大王之地,南有鸿沟、陈、汝南、许、郾、昆阳、召陵、舞阳、新都、新郪,东有淮、颍、煮枣、无胥,西有长城之界,北有河外卷、衍、酸枣,地方千里。地名虽小,然而田舍庐庑之数,曾无所刍牧。人民之众,车马之多,日夜行不绝,輷輷殷殷,若有三军之众。臣窃量大王之国不下楚。然衡人怵王交强虎狼之秦以侵天下,卒有秦患,不顾其祸。夫挟强秦之势以内劫其主,罪无过此者。魏,天下之强国也;王,天下之贤主也。今乃有意西面而事秦,称东藩,筑帝宫,受冠带,祠春秋,臣窃为大王耻之"。听苏秦一席话,魏王曰:"寡人不肖,未尝得闻明教。今主君以赵王之诏诏之,敬以国从。"

其成吧。我大魏不惧秦国,然毕竟做过山东盟主,不能撇下盟邦也。"他说得一派真诚,赵胜却只是想笑不敢笑地使劲儿努着嘴巴。魏惠王突然一拍竹榻道:"本王决断,依赵国例:拜先生为上卿,派公子无忌做魏国特使,随同先生促成合纵!"

"谢过魏王——"苏秦心中大石落地,立即以臣子身份行了大礼。

"无忌谨遵大父之命!"魏无忌显然也很兴奋。

"赵胜代主父谢过魏王!"这位公子终于笑出了声。

魏惠王摆摆手,慢悠悠道:"且慢。此等大事毋得急躁。若办不下来,本王出面收拾,毕竟,我这老盟主比你等有数。上卿以为然否?"

苏秦憋住笑意拱手正色道:"我王洞察深远,臣自当遵命。"

魏惠王高兴地呵呵笑了:"苏卿果然干练。来人,赏赐上卿府邸一座、全套出行仪仗、三百名铁骑护卫,恩加一辆镶珠王车,以壮苏卿行色。"

苏秦虽然久闻魏惠王出手豪阔不吝赏赐,但还是为这瞬间重赏惊讶了。燕文公、赵肃侯、韩宣惠王都是常规处置——未曾实建功效,君封至于仪仗。而据苏秦观察,在他的"捧辞"之前,魏惠王是决然没有想到如此赏赐于他的。一言之喜,便宠爱有加。若一言有失呢?苏秦骤然想起魏国官员们流传的魏王口碑,不禁心中一抖。然则,这种赏赐是决然不能推辞的,苏秦立即深深一躬:"臣谢过我王——我王万岁——"

"好!"魏惠王指着小孙子,"无忌啊,还有你这个赵胜,要听命于上卿,啊!"

"谨遵大父命。"魏无忌恭敬回答。

"遵命。"赵胜笑着作礼。

从望湖台下来，魏无忌在行营官署办理了王命君书并调兵虎符，主张立即回大梁。苏秦欣然赞同，四人策马加鞭，一夜疾行，次日清晨便回到了国宾驿馆。

苏秦在驿馆设了小宴，四人聚酒，商议下一步行程。苏秦慨然举爵："若无公子襄助，合纵几乎半途而废。为公子大义高风，我敬此一爵！"说罢破例地大饮了一爵赵酒。赵胜与荆燕也是同声相应，大干一爵。魏无忌却慨然一叹道："今日一行，先生当知我大魏国振兴之难也。"说罢泪光莹然，举爵猛然饮尽。苏秦心知魏无忌所指者何，却也无法附和，轻轻一叹道："魏有公子，后国之福也。"

赵胜却哈哈笑道："说那些何用？还是魏人不利落，放在赵国，打翻便是。"

魏无忌瞪了赵胜一眼，破颜为笑道："大事要紧，先生指派，无忌听命。"

苏秦心中舒展，便说了下一个目标去楚国，并大体叙说了快马使者在楚国的联络情势，末了笑道："如今这合纵特使已经是四国了，千余人马，加上车骑、辎重、仪仗，行止便要统一号令，否则无法合同做事。我意：无忌公子任行军主将，统一调遣；公子胜与荆燕辅之，如何？"

赵胜拍掌笑道："先生慧眼！我这预姐丈熟谙兵法，人称兵痴，做行军主将最妙不过！"

"胜弟又信口流淌。"魏无忌对苏秦拱手笑道，"无忌只是比他长得两岁，自当为先生分忧。若有不当，先生说破便是，无忌最忌客套虚礼。"

荆燕笑道："我老燕武士一搭眼，便知公子有能耐，荆燕唯公子马首是瞻。"

苏秦慨然笑道："不想公子果然知兵，此乃合纵大幸也！

魏无忌惆怅，虽有才志，但无明主。

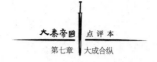

天赐公子于我,合纵如何不成?"又与三人举爵同饮良久,方才分头去做上路准备。

二 南国才俊多猛志

苏秦说魏之后,随之说齐。在这里,孙皓晖先写楚,恐怕也是依地图而行,齐地在最东面,所以把齐地放到最后写。楚是秦不能忽视之国。后来六国贵族反秦,楚之亡族最为突出。

中原结盟的消息迅速传到了楚国,郢都被震动了。

楚威王夜不能寐,在园林中悠悠漫步。秋风吹来,已经是夜凉如水,他却觉得浑身燥热。自他继承王位十年来,楚国经历了一个奇特的转折:扩张与收缩并存,声威与屈辱俱来。四年前一战灭越,楚国完全占据了淮水江水以南的广袤土地,楚国历代君主的第一梦想,便是吞吴灭越,一统华夏泰半。这个梦想,在他手里终于变成了事实,使他得到了"威加江南,振兴大楚"的朝野赞颂。但接踵而来的却是丢失房陵、丧师汉水、被迫迁都,使楚国蒙受了立国以来的最大屈辱。至今,楚威王都说不清楚国在自己这十年当中,究竟是得到的多,还是失去的多。每每扪心自问,他都觉得愧对列祖列宗。芈氏部族立国数百年,大半时间受到中原诸侯的强烈蔑视。北上中原争霸,显示问鼎中原的实力,便成为楚国的第一国策。能否与中原诸侯一争高下,是楚国历代君主的成败标尺,与内政失误、吴越骚扰相比,中原争霸永远都是第一位的。楚庄王数年不鸣,一鸣惊人,就是内政失败却争霸成功从而成为一代英主的。

如今,他虽然灭了越国,却在中原争霸大业上一败涂地,认真说起来,还是耻辱大于功劳。更何况,灭越之战本来就不是楚国君臣的谋划,而是张仪与田忌的功劳。想起这两个人,楚威王就痛悔不已:一谋之失,一战之败,何至于怒而问罪,将两个天下大才逼得逃出楚国? 当时若能善待张仪、田忌,请两个人留在楚国效力,弥补他们对楚国的损失,以两人的名士本色,必能全力谋划以报楚国。有此二人,楚国何至于狼狈若此? 可自己当时血气方刚,就是觉得这两人误了他的第二次变法的时机,竟听任昭睢加害于他们,当真是悔之晚矣。

一阵秋风掠过,楚威王猛烈地咳嗽了一阵,雪白的汗巾上喀出了一片血迹。

"禀报我王,左司马屈原求见。"

"屈原……"楚威王粗重地喘息着坐到草地石墩上,"宣进来。"

内侍去了,楚威王却疑惑起来。一个掌管军中政务的司马,在楚国只是个与下大夫相当的官员,若论官职,是没有资格晋见国王的。可这个屈原不一样,他是楚国老世族屈氏的贵胄子弟,职官在他身上便成了并不主要的东西。楚国的世族制一直没有根除,昭、屈、景、黄、项五大部族始终是支撑楚国的根基力量,如果再算上王族芈氏,楚国的权力和财富几乎被这六大部族全部分割。世族子弟在加冠前后的青年时期,在楚国的实际地位并不取决于官职大小,而取决于他在本族内所领封地的大小、继承爵位或被赐爵位的高低。青年贵胄的官职,最多只表示着他是否有了实际功业而已。

这个屈原,是楚国世族中涌现出的一个新锐人物,加冠两年便做了左司马,名满楚国朝野。究其竟,一则屈原是屈氏部族的嫡系长孙,加冠之时立即被赐亚大夫爵位,在族内袭受封地一百里;二则这屈原才华横溢,性格又坦诚热烈,在贵胄子弟中大有人气。所以,青年屈原在郢都早已经是声名鹊起的名士了。

据《史记·屈原贾生列传》,"屈原者,名平,楚之同姓也。为楚怀王左徒。博闻强志,明于治乱,娴于辞令。入则与王图议国事,以出号令;出则接遇宾客,应对诸侯。王甚任之"。此处写屈原,是交代屈原少年时的可能经历。

楚威王还记得,第一次见到屈原,是在自己即位的第二年。那次,老臣屈匄①陪楚威王巡视云梦泽,带着他十余岁的长孙屈原。那时,楚威王心思沉重,明月初升时便在船头独自徘徊。

"我王思治楚国,便当动手。"一个脆亮的声音在他身后传来。

回头一看,一个英俊少年在月下如玉树临风,不由惊奇道:"子是何人?妄言君心。"

少年拱手回答:"布衣屈原,不敢妄言。"

楚威王恍然,对少年屈原的老成之气颇有兴致:"算我思治楚国,当如何动手?"

少年屈原没有片刻犹豫,高声回答:"效法商鞅,彻底变法!"

楚威王愣怔,不禁笑道:"为何不是效法吴起?吴子可是在楚国第一次变法了。"

"吴起不足效法,商君方为天下楷模。"少年依旧毫不犹豫。

"却是为何?"楚威王第一次听到楚国人说"吴起不足效法",有些认真了。

"吴起治表不除根,商君治本真变法。"

楚威王当真惊讶了。一个弱冠少年,对国政大事竟有如此明确坚定的看法,真正是志不可量也。他关切地询问了屈原的族脉、年龄、喜好,还谈天说地般考察了一番屈原的学问,结果更是惊讶非常——这个少年对《诗》三百篇,几乎能倒背如流!对天下流传的名家著作如《计然策》《商君书》《吴子兵法》等,也是如数家珍。不知不觉的,他和这个少年屈原在船头月下竟整整海阔天空说了一夜。

从那时候起,楚威王有了在楚国进行第二次变法的志向。倏忽八年,诸多梗阻,第二次变法被搁置了起来。渐渐地,屈原也二十多岁了,曾经几次晋见,竟都没有再请命实施变法。他隐隐约约地疑惑惋惜,这个才俊之士是否成名太早,雄心不再了……

"屈原参见我王。"一个英挺的身影已经站到了茅亭外边。

楚威王恍然:"屈原啊,进来吧。"

屈原走进茅亭,见楚威王面色苍白地斜倚在竹榻上,不禁惊讶关切地问道:"我王可是不适?当及早请名医诊治为是。"楚威王略显疲惫地笑了:"略受风寒,咳嗽而已。坐

---

① 屈匄(gài),屈原的祖父。匄,丐的异体字。

下说。黉夜晋见，有何大事啊？"

屈原坐到了竹榻对面的石墩上："启禀我王，臣得游骑探报：苏秦率四国特使南下楚国，旬日后将到郢都。"

"晓得了，无非邀我结盟而已。如今天下，盟约最不值价也。"

"我王差矣。此次盟约绝非寻常，它是上天赐予楚国的一个大好时机！"

"噢？此话怎讲？"楚威王淡淡笑了，觉得这个才俊之士又在故作惊人之语。

"臣请我王思之：十年以来，楚国二次变法搁置不行，因由何在？秦国夺我房陵、灭我大军、迫我迁都于淮南小城。多年来，朝野无得片刻安定，岂能谈得上变法？秦国威胁不除，楚国不得安宁。这便是今日大局。此次苏秦合纵中原，其所以已得四国响应，便在此大局已经为天下共识。楚国若得与中原五大战国结盟，非但秦国威胁消除，中原乱象亦可自灭。楚国至少十年安宁，岂非天赐良机？"

楚威王已经霍然坐起："卿以为合纵有此功效么？"

"臣虽不知合纵具体款约，但据臣远观：苏秦能使三晋与老燕国冰释恩怨纠葛，其中定然对列国有绝大裨益。天下第一利害，无非国家安危，岂有他哉！"

楚威王目光一闪，又陷入了沉默。

屈原一鼓作气道："我王思之：楚国虽经吴起短暂变法，然世族领地并未触动，老楚国本土民治分割六块；加之东灭吴越，扩地千里，增口两百余万，吴越旧世族又形成新的世族领地；楚国之下，诸侯林立，但凡国家大事，不聚世族首领不能推行；王命不出二百里，政令不能统一。如此陈腐旧制，民不能治，财不能聚，兵不能齐，如何能与强秦抗争？如何能与中原抗争？商鞅变法之前，楚国已是外强中干，勉力与中原保持均势而已。强秦崛起，楚国立成风中之烛。当此之时，深彻变法乃楚国唯一选择，合纵抗秦更是变法之唯一时机。我王若再犹豫，楚国将永远被时势抛弃！"

楚威王坐不住了，站起道："依卿之见，与世族领主无须商讨？"

"我王明断！"屈原坚定果断，"变法治本，正在根除世族割地，若要商讨，岂非与虎谋皮？楚国诸侯林立，变法大计不能与中原一般大张旗鼓，须得依时而行，另辟蹊径。"

"噢？卿有谋划？快说。"

"臣有一请：敢请我王允准臣秘练一支精锐新军,以为变法利器。与此同时,秘密制定新法,秘密网罗吏治人才。明年今日,可以雷霆之势厉行变法。"

"啪"！楚威王拍案而起,却又猛然打住,盯着笑道:"屈原啊,你可是世族贵胄,想过没有,变法大潮一起,屈氏部族也将被淹没？"

屈原粗重地喘息了一声,声音出奇地平静淡漠:"极身无二虑,尽公不顾私。屈原誓做商君第二。"

"好！"楚威王拉住屈原的双手,"卿做商君,我安得不做秦孝公？"

"我王有孝公之志,楚国大幸也！"

楚威王哈哈大笑:"来人,上酒！与屈子痛饮一番。"

片刻酒来,楚威王与屈原边饮酒边议论,变法大计便渐渐地明晰起来。楚威王说,应当再有一个才智之士,与屈原共谋大事。屈原荐举了公子黄歇①。楚威王大笑道:"正合我意也！"酒过三爵,楚威王宣来出令掌书当场记录,赐封屈原"执圭"爵位,左司马升迁大司马②。

明月西沉,屈原方才出宫,打马一鞭,向公子黄歇的府邸而来。

次日清晨,一支马队簇拥着一辆青铜轺车,向淮水北岸疾驰而去。轺车前一面"黄"字大旗迎风招展,轺车伞盖下挺立着一个黧黑精悍的青年,头戴六寸白玉冠,手持三尺吴钩剑,金色斗篷鼓荡飞扬,分外地意气风发。这便是公子黄歇,奉屈原转达的楚王命令:兼程北上,迎接合纵特使。

据《史记·春申君列传》,"春申君者,楚人也,名歇,姓黄氏。游学博闻,事楚顷襄王"。楚威王当政时,春申君就出场,早了一点。楚威王之子,楚怀王,怀王幽死于秦,怀王子是顷襄王。屈平为怀王左徒,年长过春申君许多,二人见面与否,有疑。孙皓晖让四大公子见面,让屈原与春申君见面,显然用"穿越"手法了。

---

① 公子黄歇,战国四公子之一,楚国贵族。楚顷襄王时任左徒,考烈王即位,任令尹,封给淮北地十二县。考烈王十五年(前248年)改封于吴(今江苏苏州),号春申君。有门客三千多人。考烈王死后,在内讧中被杀。

② 执圭,楚国的第三级高爵,仅次于君、侯;大司马,执掌全国军事行政,同中原战国的国尉职权。

黄歇并非楚国芈氏王族，但母亲却是楚威王的族妹，虽是外戚，在楚国传统中也算王族成员，也称为"公子"。在楚国贵胄子弟中，青年黄歇是一个才智名士，机变多谋，随和诙谐，极善应酬周旋，在楚国人望极好。说也奇怪，黄歇性情随和，却与奔放热烈的屈原甚是相得，常常竟日盘桓，唱诗和歌，较武论文，情谊甚笃。时日一久，郢都便有了"双子星"一说。楚威王其所以欣然赞同屈原荐举黄歇为助手，共图变法大计，非但因为黄歇是自己的外甥，更重要的是因为屈原与黄歇少年意气相投，能够坦诚共谋且风险共担，对于秘密谋划大事而言，精诚一心胜于智计百出。

楚威王所料不差，当屈原连夜向黄歇转述了秘密谋划后，黄歇二话没说，义无反顾地全力投入。他所承担的第一个使命，便是北渡淮水，迎接苏秦使团南来楚国。

按照列国使节来往的惯例，楚国无须迎出国界。事实上，赵、韩、魏三国也都没有这样做。但屈原力主破例出迎，楚威王思忖一番，也便赞同了。屈原有一个雄心勃勃的谋划：楚国不能仅仅是参与合纵，而是要借合纵之机，振兴楚国声望，力争成为合纵盟主。此前，楚威王无论如何没作此想，及待屈原剖析了六国情势，方才赞同了这种做法，至于能否如愿，楚威王确实心中无底。毋宁说，他之所以赞同，是想实地检验一下屈原的料事与谋划能力。然则黄歇却是一力赞同，且显得极有成算："噢呀，六国之中，唯楚国君明臣贤，一片亮色。苏秦何许人也？岂能没有此等眼光？"

对魏楚之间的淮北地带，黄歇极为熟悉，马队沿颍水河谷北上，两日后便走出了楚国北界二百里，却还是不见苏秦车骑踪迹。黄歇不禁大起疑惑，派出飞骑斥候前出探测，半日之后得到回报：苏秦车骑在女阳谷地遭遇神秘奇袭[①]！黄歇大惊，立即催动马队疾驰北上。

这场袭击，来得十分突然，异常神秘。

按照当时的官道，从大梁南下楚国，沿颍水西岸的大道直下是最近便的走法。魏无忌酷爱兵法，对魏国的地理山川自然是熟悉不过。他谋划的南下路线，也是这条大道。四国特使出使楚国，早已经是天下皆知的事情，走捷径小道当然远不如官道来得万全。魏无忌思虑周密，一路之上命斥候游骑前出百里探路，全无丝毫异常。赵胜笑他"太得谨细，淑女出嫁一般"，他也只是一笑了之，丝毫没有放松警觉。谁也想不到，在女阳这样一个平平常

---

① 女阳，见《水经注》，亦作汝阳，今河南周口市西南。

常的地方,竟然真的出事了。

颍水西岸有座小城,名字很奇特,叫女阳。据学问之士考究,此乃"缺称"。此城本名"汝阳",曾经是汝水的河道,小城在汝水之北,依地名惯例便叫了"汝阳"。不知何年,这条汝水断流干涸而改道,民间便呼为"死汝水",老老实实地将"汝阳"变成了缺"氵"的"女阳"。而今,干涸的河道变成了深深的土山峡谷,几乎与颍水并肩南下。旧河道淤泥肥厚,又无人开垦,两岸与谷中林木参天。颍水官道从女阳开始,自然利用了这段平坦的老河道,从峡谷密林中穿出,百里之后方重新回归颍水西岸。

行至女阳城正当晌午,魏无忌下令在城外扎营歇息,明日黎明开始上路。如此调度,为的就是要一个白日走完这段峡谷密林。扎营之后,魏无忌来到苏秦大帐,与苏秦秘密计议了一个时辰,诸事安排妥当方才歇息。

次日黎明,魏无忌下令拔营整装。曙光初露时分,车骑马队已经进入了老河道峡谷。前行开路者,是赵胜率领的三百赵国骑士,断后者是荆燕的两百名燕国武士。魏无忌居中策应,率领魏国五百精锐与自己的一百名门客,亲自护卫苏秦轺车与辎重车队。峡谷中旌旗招展,号角相闻,斥候穿梭,车马辚辚,当真与一支大军无异。天气凉爽,车马只在中途歇得片刻便连续赶路,暮色降临时分,堪堪就要穿出谷口。

突然,一阵凄厉的虎啸猿啼,道中战马纷纷人立嘶鸣。魏无忌大喝一声:"骑士勒马,毋得乱动!"话音未落,便闻隆隆雷声轰鸣,山崖密林中滚下无数巨石,直冲马队中央砸下。与此同时,两边树林中箭如骤雨,带着劲急的啸声齐射中央轺车。刹那之间,魏无忌立刻明白,手中令旗一劈:"两头掩杀!中军后撤!"话未落点,但闻"咣啷咔嚓"一阵巨响,苏秦轺车骤然被砸翻压碎,血溅当场。

只听山崖上一声虎啸,滚石箭雨顿时消失。唯有赵燕马队呼啸追杀的声音响彻河谷。魏无忌却巍然勒马,魏国骑士的方阵也依旧旌旗如林,井然有序。

"鸣金!"魏无忌高声下令。

一阵大锣"喤喤"响,追杀的两支马队迅速回撤。赵胜、荆燕旋风般卷到中央车队前,几乎是异口同声:"先生如何了?"荆燕猛然瞥见那辆被砸得支离破碎的青铜轺车与地上的血迹,大吼一声:"魏无忌!武安君在哪里?说!"燕国两百名死士"唰"地举起长剑,向旌旗林立的魏国马队围了过来。赵胜骤然变色,一时间手足无措。

"将军少安毋躁。"年青的魏无忌面无表情,"啪啪啪"拍掌三声,身后的一片旌旗分开，一个双手执定一面大旗的红衣骑士嗒嗒出列。荆燕惊喜地大叫一声："武安君！"滚鞍下马便扑了过去。"红衣骑士"笑道："荆燕鲁莽，还不向公子赔礼？"荆燕恍然大悟，走到魏无忌马前扑地拜倒，头在地上直碰得咚咚响。魏无忌连忙下马扶起："将军赤子之心，我却如何承当？"

赵胜惊讶了："车中死士是谁？"

苏秦沉重地一叹："公子门客，天下义士也！"

魏无忌回身对一名书吏吩咐道："速将舍人尸身收拾妥当，就高冈之上安葬。回得大梁，再为舍人请功定爵。"书吏一声答应，带人去办理了。

苏秦下马肃然拱手："公子，我去义士墓前祭奠了。"

"先生且慢。"魏无忌横身当道，"古谚云：礼让大义。此时刺客未必退尽，先生当以六国大义为重，岂能亲身涉险？"

"有理！武安君当立即南下！"荆燕急吼吼地嚷道。

"那就别僵在这儿了，武安君，走。"赵胜笑着上前扶住苏秦，要他上马。

苏秦正要上马，却闻峡谷外隆隆马蹄急风暴雨般卷来。魏无忌骤然变色，厉声大喊："全体上马！丢下辎重，退上北岸山头！魏兵断后！"就在赵燕两支马队拥着苏秦撤进密林，魏无忌的红色铁骑刚刚列成冲锋队形时，谷口马队隆隆涌入，一骑当先飞到，手举一面黄色令旗高喊："楚国公子黄歇到——对面可是魏无忌公子——"

魏无忌凝神观察，见衣甲旗帜口音的确是楚国马队，走马前出道："我是魏无忌，黄歇公子何在？"话音落点，对面黄色马队分列，一辆轻便轺车疾驰而出，车中人遥遥拱手高声急迫道："噢呀，无忌公子，先生安在？"魏无忌拱手笑道："黄歇公子别来无恙？先生无事。"说罢回身吩咐，"号角。"

一阵悠扬的牛角短号，山头树林的两支马队隆隆下山。魏无忌高声道："先生，黄歇公子特意迎接你了。"苏秦走马上前道："多谢公子了。"黄歇惊讶地对着苏秦上下打量着，恍然大笑道："噢呀，先生瞒天过海，好高明也！"苏秦笑道："此乃无忌公子谋划，在下也是恭敬不如从命。这位是赵国公子胜，这位是燕国将军荆燕。"三人相互见礼，略事寒暄，魏无忌便问："前路如何？"黄歇笑道："噢呀，楚国境内，跟我走便是了。"说着对魏无忌一拱，"末将请命，楚军做先锋。"魏无忌笑道："岂敢言命？到得楚国，自当客随主便了。"黄歇大笑道："噢呀，还是魏公子爽快。好，楚军开路！"

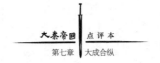

　　一阵号角,五色马队辚辚上路。黄歇来时已经安排好了沿途驿站的迎送事宜,军食、马料、宿营等几乎没有任何耽搁,三天行程,便到了郢都郊野。

　　时当午后,秋阳西沉,遥望十里长亭下旌旗招展,隐隐的钟鼓大作。苏秦游说合纵已经四国,这是第一次遇到郊迎大礼。战国之世礼仪大大简化,这种带有古风的郊迎礼仪已经很少了,且黄歇已经出迎数百里,还用隆重的郊迎么?

　　正在疑惑,苏秦见一辆青铜轺车迎面而来,六尺伞盖下站立一人,大红斗篷、白玉高冠,身穿软甲,腰悬吴钩,一副大胡须飘拂胸前,威猛潇洒尽在其身。苏秦虽然目力不济,却也看得清爽,不禁高声赞叹道:"江东子弟多有才俊,好个人物也!"

　　黄歇哈哈大笑:"噢呀,武安君好眼力也! 这是楚国大司马屈原。屈兄,这是武安君,正在夸赞你。"轺车堪堪停稳,屈原肃然拱手作礼道:"屈原见过武安君,见过两位公子。"

　　苏秦三人一齐还礼,相互致意。屈原恭敬下车,扶苏秦上了自己轺车,然后跳上驭手座位,亲自为苏秦驾车居中前行。魏无忌周到细致,早命随行司马带开辎重车队,整肃仪仗队形,大张四国旌旗,随后嗒嗒跟进。对面郊亭下已是乐声大起,庄重悠扬而又委婉动听。与黄歇并马的魏无忌笑问:"这是《颂》《雅》《风》么?"黄歇笑着摇头:"噢呀,屈原兄是乐道大师,肯定是他选的乐曲了。这是楚乐,不入《诗》,稍待问他便了。"

　　到得亭下,宴席已经摆好,苏秦居中首座,屈原对面主位相陪,魏无忌、黄歇、赵胜、荆燕四案分列两厢。黄歇笑道:"噢呀,这云梦银鱼、兰陵老酒,都是楚人口味,不知先生用得惯否?"赵胜兴致勃勃道:"算你蒙对了,先生不饮我赵酒,历来只饮兰陵酒。银鱼嘛,天下美味,多多益善。"黄歇哈哈大笑道:"噢呀,这可是屈原兄蒙的,与我不相干了。"

　　一片笑声中,屈原起身举爵道:"武安君身负天下兴亡,历经艰险,兼程南来。屈原与公子黄歇奉我王之命,专程迎候。今日郊宴,特为先生并诸位洗尘。来,我与公子,先敬先生并诸位一爵。"说罢,与已经站起的黄歇一饮而尽。

　　苏秦也举爵起身:"多谢大司马、黄歇公子,我等为楚国振兴,干此一爵!"

　　"为楚国振兴,干!"魏无忌三人同声响应,一饮而尽。

　　屈原笑道:"先生与诸位远道而来,先请一睹楚乐楚舞如何?"

　　"噢呀,这可是屈原兄亲写的歌儿了。"

苏秦很想见识屈原的才华，自是欣然赞同。魏无忌、赵胜原是洒脱不羁的贵公子，听说屈原亲自写歌，更是齐声叫好，只有荆燕微笑静观。屈原谦逊地笑笑："此歌乃越人歌，不入《诗》，我略改几句罢了，先生诸位听个新鲜而已。"说罢，向亭外乐师班头一挥手。

但听庞大的编钟阵形中飘出旷远的乐声，亭下瞬间便是亘古无人的幽幽山谷。八名身着粗朴短裙的半裸山姑，在旷远的乐曲中飘了出来，舞了起来，一名同样是山姑装扮的女歌师婉转明亮地唱了起来：

　　　　　今日何日兮
　　　　　得遇君子共一舟
　　　　　明日何日兮
　　　　　愿偕君子四海游
　　　　　山有木兮木有枝
　　　　　心思君兮君不知
　　　　　君不知兮愁煞我
　　　　　魂魄绕君兮到白头
　　　　　到白头兮何所求
　　　　　江水沧沧兮相知悠悠
　　　　　……

随着一声响遏行云的高腔，满场静寂，余音犹自绕梁，久久不散。

"好！"苏秦情不自禁地高声赞叹，"朴实无华，情深意切，真正庶民心声。"

魏无忌长嘘一声，仿佛刚刚从沉醉中醒来，恍然惊讶道："素闻楚风雄健粗犷，山气甚重，如何竟有如此本色动人之曲？"

"对呀对呀。"赵胜迫不及待，"这首歌儿唱得人心里酸楚，却又美得人心醉。看看，荆燕兄都抹眼泪了。"

屈原爽朗大笑道："楚地数千里，隔山隔水不通言语，风习民歌岂能一律？方才乃楚地越歌，柔韧绵长天下无双。楚歌更有《射日舞》，高颂九头鸟之凶猛；《山鬼舞》，颂英灵魂魄

屈原

生生不息。此等尽皆刚猛无匹，改日再请先生并诸位观赏了。"

苏秦意味深长地一叹："大司马所言无差，楚国山川广袤，壑谷深邃，一朝振作，承担天下重担者，舍楚其谁也！"

屈原目光炯炯地看着苏秦："楚国振作，也许便在今朝。郊宴之后，敢请先生到我府一叙，屈原尚有请教处。"

"大司马言请，苏秦自当从命。"

郊宴礼罢，已是暮霭沉沉。苏秦一行住进驿馆，随行的四国马队在驿馆外空地扎营。一切安排妥当，屈原已经派车马卫士来请。苏秦邀魏无忌、赵胜同往，二人一齐推却，魏无忌笑道："盟约确定后我等自当拜望屈原、黄歇。今日先生初谈，涉及楚国利害，微妙处甚多，我等回避为宜。"苏秦见二人心中清白，释然一笑，也不多说，自带着荆燕去了。

屈原虽做了大司马，却依然住在自己原先的宅第。楚国原是地广人稀，郢都又是新迁都城，城墙圈地甚广，官署民居却是疏疏落落，使人觉得空旷寂凉，远不能与中原大都的繁华锦绣相比。屈原的府邸，是一所庭院宽敞房屋却很少的园林式府邸。说是园林，其实也就是一大片草地、几片小树林、一片小湖泊，粗简之象绝不能与洛阳、大梁、咸阳、临淄的精致庭院相比。只是那草地树林中的几座茅屋，却是实实在在的别有情致，看得苏秦啧啧赞叹。

楚地实丰饶，西楚、东楚、南楚各有不同，但亦算富饶。又盛产黄金，冶铁业非常发达。

黄歇笑道："噢呀，屈原兄特立独行，不爱广厦楼台，却偏爱这草庐茅屋。"

屈原也笑了："你倒是楼台广厦，湖光山色，却偏偏爱到我这野人居来。"

苏秦慨然一叹："占地百余亩，草庐三重茅，纵然隐居，亦非大贵而不能。天下多有贫寒布衣，几人能得此茅屋一住？"

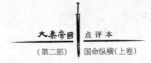
黄歇顿显尴尬，黧黑的脸膛变得紫红："噢呀噢呀，此话怎说？原是小事一桩，先生却当真了也！"

屈原却对苏秦深深一躬："先生济世情怀，令屈原汗颜。"

苏秦心下赞叹，连忙拱手一礼道："苏秦唐突，敢请屈子见谅。"

"噢呀，这是么子一出？请请请，先生请进了。"黄歇呵呵笑着扶苏秦走进了正中茅屋。

茅屋厅堂宽大，六盏风灯照得屋中通亮。屈原拍拍掌，三名侍女轻盈地进来摆置茶具。鼎炉、木盘、陶壶、陶碗，片刻间在四张红木大案上安放整齐。屈原笑道："先生雅士，今夜我等以茶代酒如何？"苏秦本不嗜酒，自是欣然赞同。黄歇却笑着摆手："噢呀，你的茶太苦，我却要淡些，茶醉可不好受也。"屈原大笑道："何等时刻，能教你醉么？今夜四炉，均是淡茶温饮，如何？"

"淡茶温饮。"苏秦点头微笑，"屈子为清谈定调，当真妙喻也。"

黄歇揶揄笑道："噢呀，屈原兄竟也学会了清谈？啧啧啧，奇闻一桩了。"

屈原大笑："知我者，黄兄也。得罪处，尚请先生包涵。"

一直没有说话的荆燕看看左右煮茶的四个侍女，又看看屈原："大司马，是否该屏退左右？"屈原挥挥手："先生将军放心便是，这几个侍女都是哑女，不妨事。"

"哑女？"苏秦脸色顿时阴暗下来。楚国的奴隶制远远没有铲除，难道这个屈原，竟也在这美丽的茅屋园林中蓄养奴隶不成？一想到制作哑奴，苏秦的心一阵剧烈的颤抖，身上骤然生出了鸡皮疙瘩。只有那些精明可人的少男少女，才配被主人选定为哑奴坯子；被选定的少男少女，要被强迫吞下大小不等的烧红的木炭块，将咽喉发声部位全部烧死；而后再天天服药，使咽喉恢复吞噬功能；再由专门的歌舞师训练他们如何用身体动作表达各种意思。许多主人制作出哑奴，并不是自己使用，而是用来行贿或换取更多的黄金地产。苏秦在洛阳时，一个老内侍曾经带他看过一次王室尚坊制作哑奴，当那个美丽少女发出一声惨绝人寰的叫声时，苏秦当场就昏了过去……至今，苏秦依然不能忘怀那毛骨悚然的情景。屈原若有如此阴鸷癖好，如何能与之共谋大计？

看看苏秦神色惊愕，黄歇哈哈大笑道："噢呀噢呀，屈原兄这是从何说起？先生听我说了：这四个哑女，都是屈原兄在奴人黑市上强买回来的。为此，屈原兄还杀了一个族长，只差被削爵。买回哑女，屈原兄请来乐舞大师教她们舞技，还教她们识文断字，对她们就像亲妹妹一般。昭睢丞相几次要重金买这几个哑女,屈原兄坚执不给。他啊,要将这几个哑女送到太庙做乐舞女官。可这几个女子啊,宁肯饿死,就是不离开屈兄……"说到后面,黄歇唏嘘不止了。

四个煮茶哑女一起回头,殷殷地望着苏秦,那种热烈的首肯是不言而喻的。

苏秦怦然心动,肃然拱手道:"屈子情怀,博大高远,苏秦多有得罪。"

屈原泪光闪烁,慨然一叹:"苏子何出此言? 以此罪屈原者,大义高风也。只是我楚人苦难良多,国弱民困,屈原不能救苍生于万一,此心何堪也!"

写屈原异于普通人之处。

骤然之间,苏秦觉得自己遇到了一个难得的奇才。此人才华横溢,品格高洁,胸襟博大,志向高远,更有激情勃发,当真是楚国的中流砥柱。有此人在楚国当政,六国合纵便坚如磐石,强秦的光焰便会迅速黯淡。心念及此,慨然拍案道:"屈子谋国救世,为天下立格,苏秦愿与屈子携手并进,挽狂澜于既倒。"

"好!"屈原慷慨激昂,"壮士同心,其利断金。屈原愿追随苏子,虽九死而无悔!"

"噢呀,苦茶一盏,明月做证啦。"黄歇不失时机地笑吟吟站起。

三人陶碗相碰,汩汩饮下了一碗碧绿的茶水。黄歇笑道:"噢呀,我看还是说说正题,六国合纵,谈何容易啦?"

"各为国谋,公心自当本色。两位有话明说便是,苏秦不会客套。"

"敢问苏子,六国合纵,相互间恩怨如何了却?"屈原立即正色发问。

此一问正在要害。苏秦游说合纵的真正难处,也正在这里。秦国的威胁，目下已经不难为各国承认，结盟抗秦也不难为各国接受，因为这是唯一可行的最好选择，各国君臣都不是白痴。可是，中原战国一百多年来相互攻伐，恩怨纠葛实在太深了。谁和谁都曾经做过盟友，谁和谁都曾经有过血海深仇。合纵是一种协同抗敌，最需要的自然是相互信任。可是，有这一百多年甚至三四百年的恩怨纠葛缠夹在中间，说不清道不明，信任从何谈起？而没有起码的信任，合纵又从何谈起？燕赵韩魏四国其所以赞同合纵，也都是从强秦威胁与自身稳定出发的，但四国君主权臣都曾经撂下一句话："该说的话，到时还是要说的。"

显然，这"该说的话"不是别的，就是想讨回令自己心疼的某些城堡土地，尽量使本国得到一个公道。每个国家都如此坚持，岂非又成了一锅粥？除了燕韩两国，其余的魏楚齐赵四国实力大体相当，纠缠起来肯定是互不相让，如果事先不能有一个成算在胸的斡旋方略，而只是一味回避，合纵必将付诸东流。

屈原能提出这个问题，意味着楚国君臣很清醒其中利害。那齐国呢？齐威王更是一世威风，人称战国英主，又岂能不提到这个要害？看来，这个棘手的问题已经摆到案头上来了。苏秦自然有自己的方略，可是，他不能贸然拿出。

"屈子洞察要害，苏秦敢问：以屈子之意，如何处置方为妥当？"

"噢呀先生，如何皮球又踢了回来？"

"屈子有问，必有所思。苏秦实无定策，尚望屈子不吝赐教。"解释中苏秦又一次请教。

苏秦虚怀若谷，屈原倒是不好再坚执其辞，沉默有顷，屈原缓缓道："为合纵计，此事不宜不管，又不宜清算，当有一个适当的处置，使列国都能接受，苏子以为然否？"

苏秦点头："敢请屈子说下去。"

屈原微笑着摇摇头："言尽于此，方略还得苏子厘定。"

苏秦略感意外。他原以为屈原激情坦率，定会顺着话题一吐为快，却不料屈原突然打住。当然，方略由苏秦提出，楚国便有见机回旋的余地，而如果由屈原提出，则楚国事实上就变成了一种事先承诺。但屈原又有基本思路，至少表示了楚国不会坚持清算，不会斤斤计较。从这等适可而止的应对来看，屈原绝不仅仅是个激情满怀的诗家，而且是一个练达老到的无双国士。面对如此人物，雕虫小技只能适得其反，最好的办法是以真诚对真诚，心换心地磋商出可行之策。想到此间，苏秦一拱手道："不敢说厘定。苏秦的

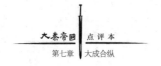

谋划与屈子一辙:不宜回避,不宜清算。大计是:秦国东出之前的旧账,一概不提;秦国东出三年多来,中原六国间的争夺,一律返回原状。"

"噢呀,也就是说,六国间只清结这三年以来的土地、城池?"

"正是。公子以为如何?"

"噢呀……那小小几座城池不打紧。这几年倒是宋国、中山国占了诸多便宜了。"

屈原静心思忖,"啪"地一拍长案:"好方略!合纵目标,在于抗秦。秦祸之前,一概不究。秦祸之后,争夺作废。如此一来,六国恩怨消解,唯余对秦仇恨,妙!"

"噢呀,赵失晋阳,魏失崤山,韩失宜阳,楚失房陵,大仇尽在秦国!"黄歇兴奋间却又突然沉吟,"唯有齐燕两国未被虎狼撕咬了,他等……"

苏秦笑道:"公子毋忧,对齐燕两国,苏秦自有主张,必使两国铁心合纵。倒是楚国,三年来失地最多,夺得淮北几县又须得退还韩魏,楚王能否接受?"

屈原沉默良久,喟然一叹道:"楚国之难,不在我王。先生明日自知。"

三人又商讨了一些细节,一路说来,不知不觉已是四更。秋霜晨雾轻纱般悠悠笼罩了树林、茅屋、草地,苏秦回到驿馆,已经是雄鸡高唱了。

辰时日上三竿,郢都王宫的大殿里聚满了楚国权臣。

楚威王听了屈原的详情禀报,觉得已经没有必要再单独会见苏秦,便下书召集了这次朝会,教苏秦直接面对楚国的贵胄权臣说话。邦交大事每每关系国家安危,没有柱石阶层的认同,国王也是孤掌难鸣。尤其是楚国,芈氏王族虽然势力最大,但对于整个吞并吴越后的大楚国来说,依然是小小一部分而已。那广袤的土地、人口,都要靠各个自领封地的部族势力来聚拢汇集。没有世族大臣的认可,举国协力就是一句空话。将最终的决策权交由御前朝会,对于世族权臣是一种尊严和体面,对于楚王则是进退皆可自如。更重要的,是楚威王要借此考验苏秦的胆识才华,以决定对合纵的信任程度。

郢都新宫的正殿不大,只有四十多个席位,权臣贵胄全数到齐,几乎是座无虚席。苏秦进来的时候,大殿中鸦雀无声,大臣们目光炯炯地盯着这个红衣高冠大袖飘飘须发灰白却又年轻冷峻的当世名士,艳羡妒忌赞赏气愤,还夹杂着诸多说不清的滋味儿,一齐从锐利的目光和各异的神色中涌流出来。苏秦却是旁若无人,从容走到大殿中央的六级台阶下深深一躬:"苏秦参见楚王——"

"先生无须多礼，请入座。"楚威王虚手示意，当值女官
将苏秦引导到王座左下侧一个显赫而又孤立的座席前。苏
秦坐定，抬眼向大殿瞄了一圈，便见两边各有三排座席，满当
当的人头白发者多黑发者少，如屈原、黄歇等少壮人物都在
前十座之后，不禁心中慨然一叹："人道楚国暮霭沉沉，果不
虚言矣。"心知今日必有一场口舌大战，沉下心神默默思忖，
静候楚王开场。

体察入微。由论资排辈
看出楚有暮气。

"诸位大臣。"楚威王轻轻咳嗽了一声，不疾不徐地开了
口，"几个月来，合纵之事已经在朝野传开。然我楚国，尚未
决定是否加盟合纵。先生身兼四国特使入楚，意在与我磋商
合纵大计。今日朝会，便是议决之时。诸卿若有疑难，尽可
垂询于先生，以便先生为我解惑释疑。"寥寥数语极为得体，
却又留下了极大的回旋余地。苏秦听得仔细，不禁暗暗佩服
楚威王的狡黠。

殿中片刻沉默，前排一位老人颤声发问："老夫景珩，敢
问先生：合纵抗秦，对我大楚究竟有何好处？先生彰明义理，
公道自在人心也。"

这景珩是楚国五大世族之一的景氏宗主，封地数百里，
私家势力直追春秋小诸侯。景氏与王室融洽，景珩本人又方
正博学，楚威王拜他做了太子傅，领侯爵，算是楚国一个四面
都能转圜的人物。苏秦听他的问题，便知其老谋深算——只
引话题而不置可否。

"合纵抗秦，首利在楚。"苏秦从容道，"强秦东出，楚国
先失房陵，辎重粮仓尽被洗劫一空；再失汉水，步骑十万溃不
成军。两战之后，楚国匆忙迁都，江水上游与汉水山地竟成
空虚。若秦国一军出彝陵，顺江直下，直指楚国腹心；一军出
武关、下黔中，直逼郢都背后，楚国岂非大险？列位思之，秦
国固然威胁中原五国，然可有一国如楚国这般屡遭欺凌践

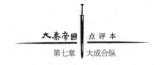
踏？方今天下，楚国与秦国已成水火之势，其势不两立。秦强则楚弱，楚弱则秦强。所谓合纵，实是楚国借中原五国之力以抗秦，于楚国百利而无一害。唯其如此，合纵之利，首利在楚，列位以为然否？"

大殿中死一般寂静。苏秦丝毫没有粉饰太平，而是赤裸裸地将楚国的屈辱困境和盘托出。对于楚国人，这是难以忍受的痛苦与屈辱。几百年来，楚国屡屡挑战中原，自诩"大楚堪敌天下"。对中原战国，楚国历来保持着极为敏感的大国尊严与战胜荣誉。房陵大败迁都淮南后，楚国君臣对耻辱保持了奇特的沉默，一次也没有在朝会上公议过这些败绩。如今，谁也不愿直面相对的伤口，竟被苏秦公然撕开，楚国大臣们的难堪可想而知。

"苏秦大胆！"一个甲胄华贵的青年将军霍然从后排站起，"子兰问你：胜败乃兵家常事，如何夸大其词，说成亡国之危，灭我楚国威风，长虎狼秦国志气！"

"子兰公子，当真可人也。"苏秦揶揄笑道，"一个大国，若将丧师失地、迁都避战也看作吃饭一般经常，其国可知也。"

这子兰乃是楚国首族昭氏宗主昭雎的侄子，任柱国将军之职（掌都城护卫），卓尔不群，酷好谈兵论战，常以"名将之才"自诩，曾对田忌败于秦师大加挞伐，对楚国两次大败也极是不服。此刻受苏秦嘲笑，大是羞恼，面色涨红，厉声喝道："苏秦，楚国两败，皆因田忌无能，误我楚国！若子兰为帅，战胜何难？！"

苏秦不禁哈哈大笑："子兰公子，若非田忌，楚国何能灭越？"一语出口，敛去笑容正色道，"田忌虽非赫赫战神，却也是天下名将，一战灭越，足以证明其绝非庸才。然则，同一名将，率同一大军，胜于越而败于秦，因由何在？非田忌无能，而在楚国实力疲弱也。秦国乃铁骑新军，楚国却是战车老卒；秦国粮草丰盛，楚国却捉襟见肘；秦人举国求战，人皆锐士，楚国却一盘散沙，人多畏战。如此国情，虽吴起再生而不能战胜，况乎未经战阵的子兰公子？"

"如先生所说，楚国唯有合纵一途了？"座中一个白发老臣拍案而起。

苏秦悠然一笑："前辈若有奇策，合纵自成虚妄。"

"老夫却是不信！"白发老臣须发戟张，"我项氏一族领有江东，可召三万子弟兵。若大楚五族共奋，可成三十万精锐大军与秦国死战！何须那牛拽马不拽的合纵？"

苏秦肃然拱手："楚国项氏，尚武大族，前辈亦当是沙场百战之身，何以论兵却如此

轻率？苏秦敢问：纵然募得三十万子弟，须得多久方能训练成军？战马须得几多？甲胄、马具、兵器、精铁须得几多？云梯、弓弩、军帐、旌旗、木材、布帛、兽皮，须得几多？粮食、草料、干肉、辎重、赋税，须得增加几多？以秦国之强之富，商鞅二十年变法，只练成新军五万。莫非老将军有呼风唤雨之能，撒豆成兵之法，朝夕一呼，便有三十万大军？若非如此，三十万子弟兵也只是鱼腩而已，安有死战一说？"

白发老臣满脸通红，无言以对。这位项氏老将军原是一时愤激，苏秦问得合情合理，字字击中要害，如何能强词夺理？思忖无计，"咳"的一声坐了下去。

"先生之言大谬！"一个老臣沙哑愤激地高声问，"我黄氏不服：今日楚国，无论如何比当日秦国强大。当初六国锁秦，秦国与谁合纵了？也未见灭亡，反倒成就了二十年变法！我楚国并未到衰败崩溃之时，为何不能变法自强，却要与中原五国沉瀣一气？他们屡屡坑害楚国，还嫌不够么？"

此人乃公子黄歇的祖父，黄氏部族宗主，官居左尹①。黄氏部族领地虽然不算广袤，却与楚国王室渊源深厚，数代结亲，子弟多是实权职位，在楚国影响甚大。此老说法自然须得认真对待。苏秦起身拱手道："左尹之言，及表不及里，及末不及根。时移势易，岂能做刻舟求剑之论？苏秦敢问：楚国变法，最需要者何？"

大殿肃然无声，众臣被问得愕然，唯有屈原目光炯炯地盯着苏秦。楚国大臣多认为楚国是经过吴起变法的新战国，谁也没想到楚国还要变法，又如何有人思虑变法需要什么？一问之下，大臣们面面相觑。

"大凡一国变法，最根本者乃是国势稳定。"苏秦侃侃道，"何谓稳定？内无政变之忧，外无紧迫战患，是谓稳定也。战国百余年，内乱外战而能变法者，未尝闻也！六国锁秦之时，秦孝公忍辱割地与魏国媾和，又派密使分化六国盟约，方争得一段安定，始能招贤变法。及至魏齐赵韩间四次大战，中原无暇顾及秦国，方成就了秦国二十年变法，此乃天时之利也。若今日楚国变法，其志固然可嘉，然则天时何在？稳定何在？强秦在侧，五敌环伺，楚国虽有三头六臂，也当疲于奔命。喘息尚且不能，又何来变法时机？"

大殿中唯闻喘息之声，大臣们有一种心惊肉跳的感觉。

---

① 左尹，即令尹副职。楚国令尹即是丞相，副职为左尹、右尹。战国尚左，左在右前。

苏秦大袖一挥:"楚国若想变法振兴,唯有合纵,舍合纵不能救楚国。因由何在?合纵能给楚国安定,能使强秦望楚而却步,能使中原五国化敌为友,能使楚国安心内事,振翼重兴。不结合纵,楚国危在旦夕也!"慷慨之中,苏秦戛然而止。

"哼!"一声冷笑在寂静的大殿中清晰传开,前排首座那位白发苍苍的干瘦老人缓缓站了起来。苏秦知道,他是楚国令尹昭雎,楚国最大部族的宗主,在楚国实在是一言九鼎的人物,也是最令楚威王棘手的人物。

他慢悠悠地环视了一周,却似乎谁也没看,沙哑苍老的声音一字一顿,透出一种久居高位浸泡出来的矜持:"先生与诸公,大论合纵变法,无稽之谈也。"一句话,便将苏秦与论战的楚国大臣全数否定。举座错愕,苏秦却是微微冷笑。昭雎依旧是谁也不看地扫视着全场,款款数落着,"谁说楚国要变法了?难道楚国没有过变法么?楚国是旧诸侯么?楚国不是新战国么?我大楚立国数百年,从来都是领先时势,未尝落后也。称王第一,称霸第一,问鼎中原挑战天子者,仍是第一。悼王、吴起变法,与魏武侯同时,也是领天下之先。抹杀祖宗功业,侈谈重新变法,居心究竟何在?"

如同肃杀秋风,殿中气氛顿时冷僵。

对楚国君臣而言,这无疑是一个明确警告:楚国绝不会第二次变法,谁也不要想动摇楚国旧制。楚国大臣中本来也没有变法呼声,论战中基于维护楚国体面,话赶话赶出来而已,谁也没有当真去想。昭雎却如同一只老鹫,警觉地嗅出了其中的异常——如此话题会给居心叵测者提供变法口实。楚国之大,安知没有野心勃勃之徒?若不借此时机大敲一记警钟,合纵一成,朝局便难以掌控。但是昭雎没有料到,这一番既无对象又囊括全体的"训诫",却使朝会宗旨猛然扭曲,楚国君臣顿时在赫赫合纵特使面前,公然暴露出深深的内政危机。这是邦交礼仪场合最大的忌讳,楚国君臣顿时陷入大大的难堪。

按照寻常规矩,要不要变法这种大政决策,非君王不能轻言。昭雎身为令尹,纵然是实力权臣,笼统的训诫论断也显然是越矩的。但是,其余朝臣却无法开口。而楚威王若出面矫正,则无论支持还是否定,都会将一个尚在秘密酝酿中的决策公然提前端出,只能使局面更加混乱。思忖之下,楚威王面色淡漠地保持着沉默,殿中一片奇特的肃静。

"令尹之言,歧路亡羊也。"苏秦站了起来,脸上一副淡淡的微笑。昭雎一开口,他便

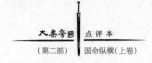
看穿了这个首席权臣的用心，也看见了屈原眼中火焰般的光芒，看见了黄歇面如寒霜般的黑脸。可是，他们都不宜正面与昭雎碰撞，打开这个僵局的合适人选，只能是苏秦。而且必须给这个老鹜一点儿颜色，压下他的气焰。否则，楚国在合纵中的作用将大受掣肘。

苏秦气静神闲地笑道："今日朝会，本是议决合纵。变法之说，本为延伸之论，涉及合纵能够给楚国带来的利害而已，无人决意要在楚国变法，如何便成无稽之谈？如何竟有'居心何在'之问？论辩争鸣，历来讲究'论不诛心'，老令尹动辄凶险诛心，非但一言屠尽忠臣烈士，而且与合纵之议南辕北辙，置合纵大计于歧路亡羊之境，与国无益，于事无补，弦外之音却大有杀气。苏秦敢问：老令尹究竟居心何在？"

"鬼谷子高足，果然名不虚传也。"昭雎老到地笑了。苏秦一句"弦外之音却大有杀气"使他心头猛然一颤，立即断定不能再教此人在这个话题上纠缠下去。打断苏秦，昭雎一脸庄重之色，"方才只是题外之话，权且作罢。老夫所疑者：六国间争斗百余年，恩怨至深，一旦合纵，如何保得相互诚信？"

苏秦见昭雎插断，又主动找回话题，便知他已生退心，也乐得重回合纵本题，于是悠然笑道："六国宿怨，不可不计，不可全计。苏秦以为：合纵盟约在于抗秦，秦国东出之前的六国争夺，一笔勾销；近三年以来的六国争夺，各自返还原状。老令尹以为如何？"

昭雎默然片刻，转身向楚威王一礼："此中利害，敢请我王定夺。"

楚威王心知昭雎做出一副尊王姿态，意在委婉地修饰方才的越矩，却依然是面无表情，不置可否，给了昭雎一个软钉子。群臣却少有觉察，一个高亢的声音急迫发问："右司马靳尚不明：宋国夺我大楚的两座城还不还？我大楚灭越，退不退？啊！"

"轰"的一声，殿中哄堂大笑。

屈原霍然站起，一声怒喝："愚蠢靳尚，还不退下！"

苏秦看时，原是后排座中一个面如冠玉的俊秀青年在说话。见屈原怒斥，他面红耳赤地嘶声喊道："屈原，尔无非一个新任大司马！我靳尚乃六年右司马也，你敢当殿侮辱大臣？靳尚请我王秉公处置！"喊声未落，殿中又是一阵哄然大笑。

这个靳尚，本是小吏世家子弟，因俊秀风流而被称为"郢都美少"。偏偏这个"美少"懒于读书修学，开口便显愚笨可笑，却又忒爱人前邀宠而争口舌之功，每每引得人乐不可支。因了少年弱冠，反倒被人视为憨直可爱。有贵胄纨绔子弟者，便将这个"郢都美少"引荐给太子芈槐。不想这"美少"竟大得芈槐欢心,三五年间竟做了太子舍人。虽是下大夫一般的小官,毕竟进入了"臣子"之列,也是他祖辈小吏的靳氏家族最为荣耀的高职了。没过几年,太子芈槐又荐举靳尚做了右司马,与屈原这般贵胄俊才比肩了。屈原本非骄矜贵胄,更无蔑视平民子弟之心,无奈这靳尚每每在议论军务时口没遮拦,大嘴巴信口开河,惹得不苟言笑的一班军中将领大为不快,屈原便开始从心底里厌恶这个"金玉其外,败絮其中"的市井痞子了。新近屈原做了大司马,右司马是他的部属官员,理当出面申斥。可这靳尚仗恃太子宠爱,竟不将屈原放在眼里。

楚威王大怒,"啪"地拍案:"来人! 将竖子剥夺冠带,赶出王宫,永不许为官!"

四名武士轰然一声上前。靳尚"哇"的一声坐地大哭道:"我王做主,靳尚冤枉! 太子大哥,快来救救小弟弟啊……"楚威王面色阴沉至极,正要大发雷霆,四名武士已经猛然捂住靳尚嘴巴,将他飞一般拖了出去。

殿中寂然,无人再笑得出来。

这时黄歇站了出来,向楚王深深一躬,以惯有的诙谐口吻道:"噢呀,我王明鉴:大国如江海,鱼龙混杂也是常情,无须我王与这般竖子较真。臣以为,我王当决断大计,决策合纵才是了。"

黄歇虽年轻,却长于折冲周旋,言谈温和雅致,那笑在言先的"噢呀"口头禅,更是虽雷神火暴也不能峻拒的"善引子"。他寥寥数语,殿中气氛顿时缓和下来。楚威王点头笑道:"黄歇大是,本王倒是肝火过盛了。"随即扫视大殿,肃然正色道,"朝会论战,合纵大计已无异议,本王决断:楚国加盟合纵,举国跟从先生。今命:公子黄歇为本王特使,随先生谋划合纵;与合纵相关之内政,由大司马屈原一并处置。"决

靳尚,与屈原有怨,此处乃伏笔。

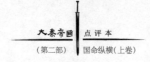
断完毕，转身对着苏秦深深一躬，"合纵功成，先生便是楚国丞相。"

苏秦连忙大礼拜下："外臣苏秦，谢过楚王。"

朝会散去，魏无忌、赵胜、荆燕三人早已经在驿馆门口迎候苏秦。苏秦将朝会情形细细一说，三人兴奋异常。正在谈笑间，公子黄歇前来相邀到府中做客。黄歇已成楚王特使，将与一众同行，本来也有诸多事务需要磋商确定。苏秦一行略事安排，留下荆燕坐镇，立即登车上马，辚辚来到黄歇府邸。

进得正厅，宴席已经安置妥当。黄歇本是刚刚从王宫办理出使王书出来，便先对苏秦几人讲述了楚王对合纵的决心与期望，转述了楚王的八个字——全力促成，愿担重责。苏秦大为振奋，心中一块大石顿时落地。如果说大殿朝会只是一种姿态，对黄歇的这八个字显是楚王真实的意愿了。楚为大国，又是受秦国伤害最深的国家，一旦加入，合纵便成功了一大半，苏秦如何不感到高兴？赵胜却有疑惑，瞪着一双大眼问："这'愿担重责'却待怎讲？六国合纵，职责不同么？"魏无忌却只是微笑不语。

苏秦爽朗笑道："公子一时懵懂而已。六国合纵，须得有大国做盟主。此事苏秦自有主张，只是尚未到商讨时机。待齐国底定后，此事自会水到渠成。此时先告诸位：苏秦必定处以公心，不使盟主之位成为合纵羁绊。"

"好！"魏无忌拍案赞叹，"有先生公心，合纵必有大成。"

黄歇端起酒爵笑道："噢呀，楚国受秦欺凌最甚。我王之意，是愿多出兵出粮，可没有二心也。"

四人一阵大笑，却听院中有人高声道："好啊！聚酒行乐，竟无我份，岂有此理？"

"噢呀，屈原兄！"黄歇一声笑叫，人已经到了廊下，"你

小说中，秦奇取房陵，毁楚粮草，重创楚国。楚有报仇之心。强调敌人的强大，是非常重要的策略。据《史记·苏秦列传》，苏秦力陈楚为强国、楚王为贤主，数述秦之害，强调以楚之强，不能坐以待毙，"夫秦，虎狼之国也，有吞天下之心。秦，天下之仇雠也。""夫为人臣，割其主之地以外交强虎狼之秦，以侵天下，卒有秦患，不顾其祸。"楚王曰，"寡人之国西与秦接境，秦有举巴蜀并汉中之心。秦，虎狼之国，不可亲也。而韩、魏迫于秦患，不可与深谋，与深谋恐反人以入于秦，故谋未发而国已危矣。寡人自料以楚当秦，不见胜也；内与群臣谋，不足恃也。寡人卧不安席，食不甘味，心摇摇然如悬旌而无所终薄。今主君欲一天下，收诸侯，存危国，寡人谨奉社稷以从"。苏秦游天下，说各王，恰好说明惠王时的秦，已非常强大，为六国之患。于献公时各国卑秦，秦之国力已经发生了非常大的变化。

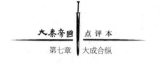

不是进宫了么?"

"进宫就不出来了?"屈原大袖飘飘,神采奕奕。

苏秦三人已经站起:"大司马酒中豪杰,来得正好,快请入座。"

屈原坐定,先与四人连干了三爵,方才撂下大爵,慨然一叹:"想不到,今日朝会竟成楚国振兴之转机,屈原谢过先生了。"

苏秦微笑道:"大司马有好消息?"

屈原笑而不答,却又径自干了一爵,粗重地喘息了一声,显然在压制内心的兴奋:"楚国,终于等到了这一日。屈原,终于等到了这一日!"双眼潮湿,一拳砸在案上,大爵"咣当"落地。苏秦也不细问,举爵慨然道:"来! 为屈子耿耿情怀,干!"五爵相撞,一饮而尽。

黄歇轻声问:"决断了?"

屈原轻轻点头:"你走之后,立即开始。"

"噢呀,了不得了……"黄歇也激动得喘息起来。

苏秦三人都没有插话。谁都能感觉到,楚国将要发生一场出人意料的变化。在战国大争之世,除了变法,还能有何等大事使人激动若此? 如此一个广袤纵深的大国,若进行一场如同秦国那样的雷霆变法,天下格局又当如何? 闪念之间,一阵风暴不约而同地滚过三人的心田。苏秦默默地慨然叹息,魏无忌紧紧咬着嘴唇,赵胜愣怔怔地瞪着双眼。

"噢呀,都愣怔何来? 我与屈兄并无密谈了。"黄歇一阵大笑,"来来来,还是说正事了,几时去齐国?"

苏秦恍然笑道:"公子若无急务缠身,后日如何?"

"噢呀,一言为定,就后日了。"

"我已经派斥候探明,潍水正在枯水期,无须绕道……"魏无忌尚未说完,突闻府门马蹄如雨,众人惊愕间,荆燕已经大步匆匆进来道:"禀报武安君并无忌公子:斥候急报,潍水突然暴涨,水流湍急,河道漫溢十余里!"

"如何?"魏无忌骤然站起,"咄咄怪事! 十月初冬,何来洪水?"

众人面面相觑,一时不知如何是好。屈原沉吟道:"潍水上游在鲁国境内,有四条支流。当年楚齐争战,倒是都到上游峡谷堵过水,而后放水淹没河道,阻止对方军马。可目下,谁肯花此等力气?"

赵胜急迫道："此事看来不简单,即使河水退了,十余里宽的烂泥塘,十天半月也过不了河。"

"能否绕路?"苏秦急问。

魏无忌面色阴沉："绕路而行,只有北上宋国、魏国,再经薛国、鲁国到达临淄,加上转换关文,足足得磨上一个月。"

"噢呀不行,宋国这个地头蛇恶气正盛,一定从中作梗!稍有麻烦,岂不阴沟里翻船了?"黄歇情知楚国与宋国交恶,实在是不放心这条路。

苏秦思忖片刻,断然道："就过潍水! 明日便出发。荆燕打前站,找几条渔船等候。"

"我立刻便走。"荆燕一拱手转身走了。

苏秦五人又商议了片刻,散了酒宴,各自分头准备去了。

三　壮士舍身兮潍水茫茫

樗里疾可是着急了,驿馆庭院的绿草被他踩出了一大片白地。

来临淄已经二十余日了,竟然见不上老齐王,急得他直骂田因齐老枭。每当他想拂袖而去,那个专门陪他的公子田文①便会说："我王病情好转,三两日可见上大夫。"可当他兴致勃勃地做好了准备,公子田文又会来说："我王病情发作,敢请上大夫稍待两日。"如此反复了几次,樗里疾也皮了。原本是着意赶到苏秦前边来临淄,就是要先稳住齐国,使苏

据《史记·孟尝君列传》,"孟尝君名文,姓田氏。文之父曰靖郭君田婴。田婴者,齐威王少子而齐宣王庶弟也"。田文在这里出现,也早了些。

① 公子田文,战国四公子之一,齐国贵族。袭其父田婴的封邑薛(今山东滕县南)。称薛公,号孟尝君。被齐湣王任为相国。有门客数千人。

秦的"六国合纵"少去一个重要支柱,变成瘸腿。可如今一耽搁,这"抢先一步"就变得毫无意义了。可要不见老齐王一面便走,又实在不妥,毕竟秦国现在要自己解困,是有求于齐国。等在这里吧,又实在是着急。

今日,樗里疾又在庭院草地打圈子,懒得再骂齐王老枭,慢悠悠踱步,慢悠悠思忖,倒是冷静了下来。对呀,这分明是那只老枭有意拖延,既不想放他走,又不想立即见。这只老枭意欲何为?对了,一定在等待苏秦一行。这只老枭要将秦国和"苏秦五国"都握在自己手里掂量一番,既要利用秦国压"苏秦五国",又要利用"苏秦五国"压秦国,然后权衡取舍,使齐国从中谋到更大利市。呀,好一只狡黠的老枭。想到这里,樗里疾不由自主地笑了:"鸟!你个田因齐,竟敢拿咱黑肥子作耍。咱就逗逗你这只老枭,没结果咱就不走,看你如何了结这场博戏?"

"上大夫啊,和谁说话?"一阵清朗的笑声在背后响起。

"反正啊,没和你这公子哥说话。"待樗里疾转过身来,却见一个英气勃勃的青年笑吟吟地走来。此人身材高大,散披长发,一身红色软甲,外罩一领大红绣金斗篷,左手一口阔身长剑,活生生一个战国剑士。樗里疾上下端详一番,揶揄笑道:"虽说像个剑士,到底富贵气忒重,少了布衣剑士的肃杀凛冽,倒像个荷花大少一般。"

来人大笑道:"樗里子,不管你如何骂,我还是没办法也。"

"你田文没有办法,我有办法,怕甚来?"

"樗里子又要走?"田文目光骤然一闪。

"哼哼,你才要走。"樗里疾冷笑道,"我呀,吃不到猪肉也要守着猪,你齐国总得给一根猪骨头了。"

"恶人自怜。"田文又是一阵大笑,"秦国威风八面,齐国敢得罪么?樗里子哪里是要一根骨头,分明是要囫囵吞下一口肥猪也。"

"嘿嘿嘿,岂有此理?秦国可是没拔过齐国一根猪毛也。"

田文笑不可遏地点点头:"倒也是。哎,我说樗里子啊,我今日请老兄去市井一乐,如何啊?"

樗里疾将鼓起的肚皮拍得啪啪响,一本正经道:"老也肥也,能与你等少年风流同乐?罢了罢了。"

"哎——"田文神秘地笑笑,"临淄圣境,天下独一份,真不去?"

"那……"樗里疾眨眨秦人独有的细长三角眼，"嘿嘿，莫非是国王后宫不成？好，走。"也不啰唆，跟着田文便走。到了驿馆门口，一辆宽大的篷车正等在门口，田文笑吟吟伸手做请，樗里疾也不客气地坐了进去。田文跟着坐进，脚下一跺，篷车放下前厢厚厚的垂帘，辚辚启动了。

樗里疾在暗幽幽的车厢里打量，只见这车厢特别宽敞，并排两个宽大的座位，脚下还有隆起的脚凳，坐着特别舒适；不可思议的是，后边还有一个小巧的卧榻，一个人蜷卧在那里是绰绰有余的，显然，这是特制的一种篷车。"齐人费神，这叫甚车？"樗里疾笑问。田文笑道："没见过吧，这叫逍遥车，野游是四马驾拉。后面那张卧榻还可伸缩，小到一个座位，大到一张卧榻。榻下有一个暗箱，里面酒肉茶齐全。铺上锦被大枕，这逍遥车便一个销金窟也，要不要改日试试？"

"啧啧啧！"樗里疾不禁咋舌道，"临淄贵胄了得，了得也！"

"秦人真是少见多怪。"田文大咧咧笑道，"这种车在临淄多了去，我这逍遥车算最寒酸的了。齐王的逍遥车，车厢展开有一丈见方。就是几个元老权贵的逍遥车，也是八九尺见方，装三两个美女大是宽敞也。"

樗里疾黑脸已经绷紧，本想痛斥一番，可转念一想，却是嘿嘿嘿笑了："临淄已经领天下文明风华之先，超越大梁了。想必稷下学宫的士子们，也快一人一辆逍遥车了。"

"别绕着弯儿作践齐国了。"田文笑道，"文明风华？亏你想得出！灌我迷魂汤，教齐国继续荒唐奢靡么？稷下士子一人一辆，齐国不得趴下了么？"

樗里疾哈哈大笑："齐国有公子，总算还有一口气了。"

田文慨然一叹："樗里子，大石滚山，独木也是难支。到了，下车。"

三角眼，许多。

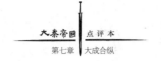

樗里疾下车,只见篷车停在一道街口,抬眼打量,街口的高大石坊正中有四个大字"绿谷胜境",街中一色的绿顶木楼,虽不甚宽阔,却整洁异常。最为不同的是,石坊下站着四名带剑的文职小吏,在认真查勘每个进街人的照身牌。照身牌是齐国发给外国商人、使节的一个铜牌,上面刻有持牌者的画像、姓名、国别,背面还有铸牌尚坊的铜印,私人决计无法仿造。

田文低声笑道:"樗里子,这里只许外邦人士进去,尤其欢迎外邦商人,然则只能步行。"

樗里疾点点头,揶揄笑道:"嘿嘿,这就是管仲老儿掏外国人钱袋的鸟物事么?怕人家不给钱跑了,便不许坐车骑马。还绿谷胜境,啧啧啧!老面皮说得出。"

"管仲可是齐国功臣,不得乱说。"田文笑笑,"若非陪你,我也进不去。"

樗里疾大笑道:"啊,田文也有借光的时日嘛。好!带你进去风光风光。"说着递上特使铜牌,小吏验看后对两人恭敬作礼。樗里疾二话不说,拉着田文走了进去。

街两边全部是两层的绿顶小木楼,仔细看去,各擅胜场,一座与一座决然不同。各个楼前临街的正门,都矗立着一座石刻,石上刻着自己的字号:"绿月楼""散仙居""河汉春""白云涧""云雨渡""阳春雪"……樗里疾一路念叨,连呼肉麻,田文笑得不亦乐乎。最后,樗里疾指点道:"阳春雪嘛,差强人意。"

田文笑道:"那就进去,别夫子气。"不由分说将樗里疾推进了"阳春雪"的门厅。不想这阳春雪豪华得令人咋舌。十丈见方的宽阔大厅,一色白玉大砖铺地,光亮得能照出人影儿来。门厅两边,两片婆娑摇曳的绿竹,在雪白的玉砖地面衬托下和谐雅致。大厅尽头是一面几乎与墙等高的铜镜,将门厅外的绿色长街映成了无限纵深的甬道,客人迎面走来,仿佛要走向无可揣测的神秘去处。左面墙上一个孤零零的大字——食。右面墙上也是孤零零一个大字——色。

樗里疾看得浑身局促,脸色涨红道:"啧啧啧!齐国真是富,这简直就是金饼堆起来也,管仲老小子真黑,黑!"

"又村气了?不闻孟夫子高论:食色,性也?"田文开心地看着樗里疾的窘态。

"嘿嘿,还孟夫子?老头儿要知道两个字写在这里,还不活活气死?"

"嘘——别扯了,妈妈来了。"

"妈妈?"樗里疾笑不可遏,"这地方有妈妈?你妈妈还是我妈妈?"

田文可劲儿捏了樗里疾一把，低声道："只是妈妈，谁的都不是。"

"莫得乱捏。谁的都不是，算甚妈妈？"樗里疾更是惊讶。

田文情急，附在樗里疾耳边狠狠道："妈妈就是女人班头。别聒噪了。"

一个身着白纱长裙的丽人轻盈走来，向田文款款一礼道："公子请随我来。"田文惊讶道："妈妈如何识得我？"丽人妩媚地笑了："临淄谁人不识君？公子光临阳春雪，也是我门一大盛事呢，请到楼上消闲。"田文释然笑道："我陪这位贵客前来，先生口味很是高雅，妈妈留意了。"丽人一双清凌凌大眼飞快地扫了樗里疾一番，庄重温柔地微微一礼："小女子见过先生。"举止极是温文尔雅。樗里疾不由自主地一拱手，竟冒出了一句道："多承关照。"田文不禁"噗"地笑了。樗里疾顿觉狼狈，狠狠地瞪了田文一眼。那位丽人却是嫣然一笑："先生原是贵人雅客，请了。"说罢飘然举步，带二人绕过铜镜，踏着猩红松软的厚厚地毡走上了楼梯。樗里疾看看金黄锃亮的楼梯扶手，伸手一弹，竟是"当"的一声，不禁惊叹出声道："噫！真货！""阿嚏！"田文生生憋住笑意，却打了个响亮的喷嚏，脚下踩空，身子便猛然一闪。白裙丽人却好像事先料到一般，轻轻偎身一扶，恰到好处地将田文身体稳住了。樗里疾却嘿嘿笑了："善有善报也。"丽人回首，眼角一瞟道："先生诙谐可人，真名士呢。"一句话竟使樗里疾暖烘烘的，不禁又拱手道："公子妈妈褒奖，如何敢当？"一句话出口，田文与女子不禁笑得跌坐在楼梯上，田文上气不接下气道："你，你，你，妈妈……"樗里疾原是真不知晓此中规矩，认真摇头道："非也非也，君子不掠人之美，岂有争妈妈之理？"看他认真争

这完全是现代写法。

使劲把齐国往俗里写。齐地富庶，富庶在有时候，就变成了"罪过"。据《史记·货殖列传》，"故齐冠带衣履天下，海岱之间敛袂而往朝焉。其后齐中衰，管子修之，设轻重而九府，则桓公以霸，九合诸侯，一匡天下；而管氏亦有三归，位在陪臣，富于列国之君，是以齐富彊至于威、宣也。"齐地最东，本逍遥，但秦并天下之心，始自献公，历六世而成。

辩的模样,田文与女子更是笑作了一团。

好容易上得楼来,丽人带着两人曲曲折折拐了好几个弯儿,才来到一间绿纱环绕极为典雅的房间。丽人笑问:"公子、先生,先吃酒? 先沐浴?"

田文道:"先沐浴了。"

"吃酒。嘿嘿,十日前我已沐浴过了。"樗里疾认真摇头。

丽人第一次惊讶地张开了小口,又连忙用一方白巾捂在了脸上。田文哈哈大笑道:"老夫子也,你多久沐浴一次?"

"一个月。打起仗来就没日子了。"

"早馋了!"田文笑叫,"别聒噪了,先沐浴。"

丽人已经被笑意憋得面色通红,闻言连忙"啪啪"拍了两掌,便见从左右绿纱后分别飘出两名美丽活泼的少女,分头向两人作礼:"敢请大人行沐浴之乐。"田文笑道:"先请樗里先生,可要小心侍奉了。"丽人妈妈向少女只一瞄,那个少女立即敛笑低眉,化成了一个温顺纯朴的村姑对樗里疾羞怯怯道:"敢请阿大沐浴了。"

秦人土语将父亲唤作"大",这"阿大"几近义父之意,后来演化作"干大",中原叫作"干爹"。樗里疾年近四十,加之肤色黧黑粗糙,寻常也时不时以"老夫"自嘲,听少女呼他"阿大",自觉也当得如此少女的父辈,竟顿生淳朴乡情,呵呵笑道:"好好好,阿大就沐浴一回。你等我,出来吃酒。"

"不等,此处是自个方便。"田文笑吟吟地拒绝了。

"如何能自个方便? 要方便一起方便!"樗里疾已经走到了隔间口,却回头认真起来。

田文道:"好了好了,一起方便,我等你。"

丽人与少女见樗里疾走了进去,不由自主地喷声大笑,一齐软倒在田文身上……

这时,突然传来一阵急促沉重的脚步声,一个男仆匆匆走了进来对丽人一躬道:"禀报东主,公子门客紧急求见公子。"

"何人?"田文急问。

"报名冯骥。"

田文霍然起身道:"请妈妈关照,贵客少时出来,护送他到街口篷车,我去了。"说完也不待丽人回答,匆匆去了。

冯骓带来了一个突然消息:潍水暴涨,苏秦一行可能延期。田文顿时面色铁青道:"走,回府计较。"坐在车中一言不发,心中却是分外焦急。冯骓也不多问,专注驱车,片刻回到田文府邸。

田文是齐威王庶孙,被齐威王称作"田氏新锐",在齐国贵胄子弟中可谓独领人望。这次,田文奉齐威王密令:全力斡旋"苏秦五国"与秦国特使,为齐国谋划最佳出路。田文很清楚,无论自己如何权衡,最终都要老齐王亲自接见双方作最后决断。而这位曾经英气勃勃的国王,如今年事已高,痼疾缠身,近日愈见不善,眼看是随时都可能溘然长逝。加之樗里疾又耗在这里,苏秦一行自然是越早到越好。为此,田文在六百多名门客①中遴选出三十人的一支精悍队伍,交给文武全才的舍人②冯骓,由他率领这支人马随时探听各国动向。苏秦游说赵国成功后,这支人马撒开了大网,随时将各种消息送到临淄。苏秦入楚,樗里疾入齐,齐国成为合纵与秦国双方争夺的焦点,这支人马便更加忙碌了。眼下潍水莫名其妙地暴涨,冯骓他们竟查不出是何方神圣作祟,岂非咄咄怪事?若耽延日久,岂不大大误事?

回到府邸,田文一面派出一个精明门客去驿馆找理由向樗里疾解释,一面立即与冯骓一班心腹门客商议。冯骓早有思索,提出了三路并进的主张:其一,由他率领二十名善于泅水的骑士连夜赶赴潍水,争取渡过潍水接应苏秦;其二,由两名门客携带田文密件,连夜赶赴潍水岸边征集大船,能将苏秦全部人马接过来更好;其三,由驯马奇士苍铁驾千里车,从

冯骓(亦作冯媛),孟尝君门下著名食客,也是最难缠的食客。冯骓为孟尝君设"狡兔三窟","孟尝君为相数十年,无纤介之祸者,冯骓之计也"(《战国策·齐策》)。

---

① 门客,春秋战国时期贵族权臣私家聚养的士人,即所谓"养士",主要为权臣谋划利益并付诸实施。

② 舍人,战国时期贵族权臣的家臣称谓,有才能的门客一般都是舍人,具体职责临事而定。

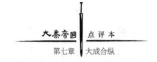

齐鲁边境绕道潍水,若苏秦一行走了远道,立即用千里车将苏秦一人先行接来。

冯骦说罢,其他人没有异议,田文也欣然赞同,于是立即分头出发。田文自己则急忙赶赴驿馆安抚樗里疾,毕竟,这个秦国特使也是不能得罪的。

冯骦马队出发的时候,苏秦的五国使团刚刚抵达潍水东岸。

潍水发源于琅邪郡境内的潍山,是以名为潍水。琅邪郡本是越国后期的都城,楚国灭越后,琅邪之地成了楚国的北部边境。潍水向西北独立入海,流经临淄东部平原,成为横贯齐国境内的最大河流。潍水在独立入海的二等河流中(古人将独立入海的江、河、淮、济四条大水称为"四大名水",没有包括流程较短的独立入海者),堪称大水,水流丰富,河道宽阔,过山河段则狭窄湍急。其时,潍水在楚国境内的两岸尚是人烟稀少的荒凉地区,数百里茫茫盐碱滩,连当时的越国都无心占领,而将长城修筑在盐碱滩之南,楚国灭越后承袭了越国北境,无心派兵向北推进。齐威王初期,本想占据这块茫茫芦苇滩作为向南推进的根基,后来却觉得揽在手里反倒惹事,便将齐长城修筑在可耕田的南部边缘。于是,这片一望无际的茫茫盐碱地便成为楚齐两国的一片无人缓冲区,倒也乐于为双方所接受。

苏秦的五国使团已经有了两千多随行军马,连同辎重车队与文史随员,足足有三千人。按照魏无忌的调遣,从郢都乘楚国舟师的十艘大战船,从淮水顺流东下,穿过洪泽下船乘马,兼程北上,再从齐国境内的高密城西渡潍水,直达临淄。一路顺利,第六日可到齐国境内。然赶到潍水岸边,所有人都茫然无措了。

寻常清澈的潍水,变成了一条恶浪汹涌的浑浊泥流。岸边良田统统被淹没在齐腰深的泥水里,河边的官道也被浸成了踩不得人马的软根路。遥望西岸,黄蒙蒙无边无际,莫说无船,纵然有船,这汹涌澎湃的泥水与西岸无边无际的浅水烂泥,又如何能过?

"噢呀呀,洪水如此厉害,有船也不行!"黄歇急得声音都变了调。

"狗贼子! 一定是秦国使坏!"赵胜恶狠狠骂了一句。

"武安君,我看只有绕道了。"魏无忌看看苏秦,又看看茫茫泥流,"选十匹快马,武安君先行。路上若不出事,半个月可到临淄。"

"其余人马?"荆燕急问。

"原地守候,能走再走。"

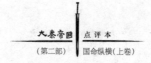
　　黄歇、赵胜都没有说话，显然也认为这是唯一的选择了。赵胜少年心性，见苏秦没有异议，便急匆匆道："选马的事交给我，我有现成的五匹胡马，保你一日六百里！"

　　"且慢。"苏秦摇摇手，"绕道之烦之险，在郢都已经议过……没有办法，只有泅渡。"

　　"噢呀噢呀，泅渡？笑话！太险了！"黄歇连连摆手，脸都白了。

　　赵胜锐声道："武安君，如何泅渡？你会水么？"

　　荆燕黑着脸："万万不能！万一出事，我无颜回老燕山了。"

　　只有魏无忌沉默着，见苏秦望着他，沉重地叹息了一声道："武安君一身系天下安危。谚云水火无情……"

　　"诸位休要再说了。"苏秦冷静果断，"齐王时时有不测之危，秦国也意图拉过齐王。岂能耽延半月一月？合纵成败，在此一举。行百里半九十，岂能功败垂成？"看看几个人的沉重犹疑，苏秦慨然一叹，"生死何足论，唯愿死得其所也！我带荆燕泅渡，三位公子绕道，其余人马原地守候。"

　　话音一落，几个人"轰"一下嚷嚷起来，黄歇声音最响："噢呀，泅渡就泅渡！为何我就不算？有比我水性更好的了？"赵胜更是面红耳赤："武安君大谬，瞧不起我赵胜么？赵国剑士有丢下正主儿不管的么？大谬大谬！"魏无忌摆摆手，庄重地对苏秦一拱手道："武安君之言气壮山河，泅渡便是。只是，武安君命无忌掌军行止，须得听我分派，不能乱了军法。"

　　苏秦点头："也好，公子分派。"

　　魏无忌转身肃然道："诸位听我将令：公子黄歇，在楚国子弟中挑选三十名水中好手，随侍武安君两侧，专司保护；公子赵胜，遴选十匹上等骏马，带二十名骑士牵马泅渡；将军荆燕，率领军马留守东岸；我魏无忌，带领二十名壮士保护一应文箱泅渡。若无异议，立即分头准备，半个时辰后泅渡！"

　　"我有异议！"荆燕慷慨激昂，"要我留下，荆燕立即自刎！我不能离开武安君，燕国壮士也不能离开武安君，就是这话！"说着锵然拔剑，明晃晃的剑锋已搭在了脖子上。

　　全场愕然。苏秦也不知该如何说才好，原是他从安危考虑，不想教三个栋梁人物涉险，将燕国壮士看作自己老根，才首点荆燕跟随，如今魏无忌却将自己的安排颠倒了过来，荆燕又是如此激烈，委实难以处置。

　　默然良久，魏无忌轻轻一叹："将军放下剑，无忌留守便了。"

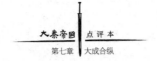

荆燕缓缓撤剑,却惊讶地看着魏无忌,心中有些茫然。在他看来,赵胜最年轻,该当留守才是,如何魏无忌要自己留下?他可是行军总管啊,可转念一想,以赵胜的少年气盛,又如何肯放弃英雄举动?方才他还说苏秦瞧不起他,争执起来,魏无忌又该当如何?想想,荆燕深深一躬道:"多谢公子成全,荆燕永世不忘公子。"

魏无忌哈哈大笑道:"哪里话来?我随后设法赶来便是,也许,就是我留守合适。诸位,开始准备!"

三个人都匆匆去了,苏秦对魏无忌慨然一拱道:"公子屈己容人,真乃全局之才。苏秦先行一步,定设法早日接回公子。"魏无忌笑道:"不劳先生费心,走!我帮先生准备。"

最忙碌的要算黄歇。他将三百名楚国骑士与全部随员集中起来,登上辎车高呼:"楚国壮士们,武安君为了天下安危,决意泅渡潍水!我黄歇也决意追随。我要问,谁是水中高手?谁愿共赴国难?左袒!"话音方落,人群轰然骚动,接着一片呼喊:"我是!""我算一个!""我等云梦泽子弟,全数都是!"呼喊声中,袒露的左臂齐刷刷举成了一片黝黑树林。

"好!楚国多义士,何愁楚不兴!"黄歇奋然高呼,"云梦泽子弟前出!"

楚国本是水乡,云梦泽渔民更是楚国腹地的泽国老民,几乎人人熟悉水性,是楚国水军的主要兵员地。从军成为骑士的云梦泽子弟,更是水陆两硬的渔民精华。他们在左袒的同时,已经迅速地剥掉了全部甲胄,只留得贴身短褂,听得黄歇呼唤,云梦泽子弟呼啸一声大步前出,站成了白花花的一排。

"噢呀……"黄歇骤然哽咽了,"诸位壮士人人赐爵一级!但有牺牲,加爵三级,还乡厚葬。"说罢深深一拜,跪倒在辎车辕上。

"云梦子弟,誓死报国!"一声呐喊,一片呼应,六十多名云梦泽子弟齐刷刷跪倒了。

黄歇跳下辎车道:"诸位请起,听我分派:水中斗杀力强者,站左;善泅而膂力弱者,站右。"队中一人高声道:"公子下令便了,我等在水中无有弱者!"黄歇道:"好!左队三十人护持武安君,十人前游开路,八人断后,十人居中两侧护卫,两人驾扶武安君泅渡。"

"遵命!"左边三十人一声呼应。

"右队三十人,十人前行探水,十人辅助赵国壮士牵马,十人巡回救急。"

"遵命！"

"一刻准备，留言留物。一刻之后，全数列队下水！"

云梦泽子弟们散开了，黄歇稍事收拾了自己，又对留守随员交代了几件事务，便匆匆来找苏秦。一座小帐篷里，苏秦已经收拾妥当，魏无忌正在端详品评。黄歇却看得惊讶不止，但见苏秦紧束灰发，上身赤裸，全身唯有一件紧身布包着下身。紫铜色的肌肉结实饱满，却又是伤痕累累。"噢呀武安君，如何恁多伤疤了？"苏秦尚未答话，赵胜急匆匆走了进来，魏无忌看着浑身雪白的黄歇与赵胜，不禁莞尔道："赤裸裸相对，便见精铁脆玉之别了。"

黄歇也笑了："噢呀，你魏无忌难道还比武安君强了不成？"

赵胜也是惊叹不已："呀！武安君并无征战，如何直与老军卒一般？"

"未经风霜，不成大器，信哉斯言矣！"魏无忌慨然一叹。

苏秦笑了："公子们钟鸣鼎食，苏秦蓬蒿布衣，时也命也，如何比得？"

"噢呀。"黄歇恍然道，"秋令时节，水是冰凉，先生裸身，如何受得？"

"无妨无妨。"苏秦笑道，"我最耐寒，冰天雪地，也奈何不得我这裸身。"

此时，帐外号角齐鸣。四人连忙出帐，只见荆燕已经将泅渡队列整肃列阵，高声向魏无忌禀报："泅渡阵式列成！敢请公子下令！"魏无忌转身向黄歇一拱，双手奉上令旗道："水上之事，还是黄兄调遣妥当，魏无忌拜托了。"

黄歇肃然还礼："大事临头，恭敬不如从命。"说罢大踏步跳上一辆辒车，令旗一劈高声下令："探水斥候，先行入水——"

十名云梦泽子弟一声呼喊，呼啦啦越过泥滩，扑入茫茫黄水。遥遥望去，他们在河面上散开成一字排列，布满了大约一里宽的水面。渐渐地，他们的身影变成了小小黑点，出没在滚滚泥浪之间，渐渐地水天苍茫，什么也看不见了。大约有半个时辰，对岸传来悠扬粗重的螺号声。

"噢呀，三长两短。水底多险滩，水面多浮物，加倍小心！"黄歇转身看看苏秦，苏秦平静地点点头。黄歇转身高声发令："公子赵胜，率赵国壮士牵马，先锋泅渡！云梦子弟十人游动救急！"令旗劈下，"出发——"

赵胜一声大喝，赵国二十名勇士分别牵着鞍辔齐全嘶鸣跳跃的十匹阴山战马，走进了滔滔大水。只见赵胜居中关照，每三人一马一个单元，两个赵国勇士一前一后牵马推马,一个云梦泽子弟左右游动救急。十个单元并排前进,河面不断传来萧萧马鸣与赵胜尖锐的呼喝之声。听得岸边人心惊肉跳。

半个时辰后,荆燕率领的八十名燕国骑士下水了。燕国派出的护卫骑士本是两个百人队,但反复遴选,会水的只有八十人,但在这汹涌泥水中泅渡,本领显然不如楚国子弟。荆燕毕竟不糊涂,不再坚持要燕国骑士全部泅渡,也不再坚持一定要亲自护卫苏秦泅渡,而是服从了黄歇命令,单独率领燕国骑士泅渡了。这是水性最弱的一阵,黄歇又特意加派了落选的楚国子弟四十名,连同原来的十名云梦泽子弟,共五十人与燕国骑士共同泅渡。饶是如此,茫茫河面也不断传来呛水、溺水的救急呼喊,带给岸边阵阵慌乱。

良久,西岸终于传来了又一阵螺号声。

此时暮色已经降临,黄歇有些犹疑:"武安君,明日再泅渡如何?"苏秦却没有丝毫犹豫,"不,点起火把,连夜泅渡!"魏无忌大是感奋:"逆境愈奋,武安君英雄本色也。来人,点起火把! 拿酒!"

大片火把在沉沉暮色中燃起,魏无忌亲自把酒,敬了苏秦,敬了黄歇,敬了所有的云梦泽子弟。而后魏无忌走上一座土丘,命令将三面牛皮大鼓全部抬上土丘,魏无忌脱去斗篷,走到居中大鼓前,拿过那对硕大的鼓槌:"武安君,无忌为你擂鼓壮行了!"

三鼓齐鸣,隆隆如雷。黄歇大喊:"壮士们,下水——!"

岸边火把连天,一片呐喊。三十名云梦泽子弟,人人手持一支火把,簇拥着苏秦进入了汹涌的泥流,一个火把圈子便围着苏秦缓缓前进了。黄歇游在苏秦的身边,不断高喝着推开漂来的树木草堆。行至河心,骤然水深丈余,波涛滚滚冲力极大,苏秦顿感吃力,身体不由自主地随浪漂去。两名夹持护卫的云梦泽子弟一声大吼,不由分说一边一个架住了苏秦。恰在此时,一根巨大的断树在火把阴影中乘着浪头冲了过来。右边的黄歇一声大喝,来奋力猛推,不料黄歇力弱,水性又是堪堪自保,竟被断木枯枝撞向一边,胳膊上还划开了大大一道血口。黄歇被撞得呛水,连连猛咳间却见断木直冲苏秦而去,不禁大惊失声:"噢呀!"

这时,苏秦右边的云梦子弟大叫一声:"护住人了!"便全力冲向浪头断木。只见他跃起水面,迎着断木的来势一压,用肩膀向斜刺里顶去,瞬息之间,断木偏开,水面上却漂出一片殷红的血水。

"兄弟呀——"随着架扶苏秦的云梦子弟一声哭嚎，三四名游过来的云梦子弟顺着断木血水直追而下。大约一顿饭工夫，他们托着一个人艰难地游了回来。黄歇嘶声喊问："人有救么？"一个子弟哭喊着："枯枝插进了肚皮……"另一个子弟游过来禀报："屈三是船家子弟，本来已经将断木荡开，水下枯枝却刺进了腹中。还有一口气，死活难说！"

此时已过深水河心，苏秦在泥水中沉浮，泪水却将脸颊泥巴冲开了两道，脚一触地，奋然从泥流中站起："走！为这位兄弟治伤！"一声嘶哑大喝，竟神奇地从泥流中走了出去……越过两里多宽的泥滩，两片火把终于相聚了。赵胜听得动静有异，早已命军士铺好了一堆干茅草，并从马具里拿出了伤药。赵胜迎到泥人，便要察看苏秦黄歇。苏秦哑声大喊："我没事，快救楚国兄弟！"此时楚国子弟已经将屈三抬到了茅草堆上，火把已经围了一圈。黄歇浑身带血冲了过来道："噢呀闪开，我来看。"但见火把照耀下，泥乎乎的屈三双目紧闭，肚腹中还插着一根利剑般粗长的枯枝。"清水！伤药！"随着黄歇喊声，已经有人端来大盆清水，将屈三身上冲洗干净。泥水一去，便见屈三肚腹肿成了一个巨大的淤青硬块，枯枝周围裂开成一个森森白口。面色苍白如雪的屈三，眼见已经是奄奄一息了。

"兄弟呀，你就这样去了！睁开眼，看看我！"一个泥人跟跟跄跄地冲进来，抱住屈三放声大哭。扶持苏秦的云梦泽子弟，原是屈三一对双胞胎兄弟。哥哥在水中已经知道弟弟凶多吉少，却只是哭喊了一声再不开口，咬紧牙关将苏秦护过深水区，便昏了过去。此时哥哥醒来，一见兄弟惨状，情知无救，大放悲声。

"哥哥……我，我有爵位了……屈家，不做隶农了。"屈三神奇地醒了过来。

"噢呀屈三，我是黄歇。你有爵位！全家脱隶籍！你做千夫长！听见了么？"黄歇哽咽着嘶哑大喊，他精通医道，心知屈三不行了，一时语不成声。

苏秦举着一支火把走了过来，肃然跪倒在屈三身旁："屈三兄弟，你是为我去的，你永远都是我苏秦的兄弟，永远再不做奴隶……屈三！"

"武安君，公子，好，好……"带着满足的笑容，屈三安详地闭上了双眼。

"屈三啊……"云梦泽子弟们哭成了一片，跪倒在屈三身旁。

秋风萧瑟，吹来了潍水的滚滚涛声。五国壮士们按照云梦泽的古老习俗，将屈三的遗体放在了一只独木舟上，云梦泽子弟们喊着号子将独木舟抬进了滚滚波涛，眼看着独

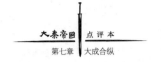

要成大事,必有牺牲。且牺牲者,多为无名。

木舟随着波峰浪谷漂向了北方的茫茫大海。

四　烈士暮年的最后决策

田文接到紧急密令,要他立即进宫。

已经近一个月没有见到老国王了,田文也是忐忑不安。他目下做的这件事干系实在重大,确实需要时时晋见国王,以便得到明确指令。可国王已经今非昔比,近年来深居简出,极少接见臣下,自己一个后进公子,目下又无实职,连爵位也还没有确定,又如何能随意进出王宫? 其实也不仅仅是田文,即或如父亲田婴,接任驺忌做了丞相,爵位又是靖郭君,在齐国可谓高爵重权的开府权臣,也是很长时间见不到老国王一次。虽则如此,朝中大臣可是谁也不敢掉以轻心。寻常时日,齐国大臣多有先斩后奏之事,近年来反倒都是谨慎有加,如履薄冰,未经王令,哪个官署也不敢就任何大事做主。倒不是齐国官员没有了既往的率直坦诚,而是官员们对老国王实在无法捉摸。经常在谁也无法预料的时刻,在谁也估摸不准的府邸,在谁也看不清有何重要性的事情上,往往就有紧急王书或紧急宣召降临,而官员所得到的决策命令,又往往的出乎预料。

今日也是如此,田文实在想不到会在这个时刻紧急宣召他进宫。

三个月前,当苏秦刚刚在燕国游说成功的时候,田文第一次被秘密召进了王宫。就实而论,田文并没有见到老国王,只是隔着一道帷帐,听见了一个苍老沙哑而又令人敬畏的声音:"田文啊,你乃齐国王族之后进新锐,本王素寄厚望。"那个沙哑苍老的声音粗重地喘息了片刻,接着一

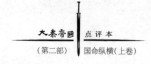
口气说了下去，"今闻急报：苏秦游说合纵抗秦。兹事体大，天下格局可能巨变。以大父老眼，中原五国受秦巨创，合纵必成。未来数月之内，苏秦必到临淄，秦国特使亦必到临淄。然则，是否加盟合纵，齐国最难抉择。齐国濒临东海，远离秦国，与之素无深仇大恨。合纵抗秦，则齐国将无端树一强敌。游离合纵之外，则中原五国将视我为另类，迟早亦是大祸。"田文清楚地记得，说到这里，帷帐后一阵苍老沙哑的喉喘痰咳之声，可是他却丝毫不敢分心，依旧纹丝不动地跪坐在案前。片刻之后，苍老沙哑的声音舒缓了一些："今召汝来，委汝重任：汝携我王剑，全权周旋两方，使我有回旋余地，可是明白？"

"田文绝不负大父王厚望。"

"王孙无官无爵，又是庶出，有难处么？"沙哑苍老的声音平淡冷漠。

"为国效力，田文当克难全功。"

帷帐后再没有了声息，一个侍女走了出来："大王入眠，公子可以走了。"

那次未曾谋面的接见，使田文在临淄权力场骤然变成了一个神秘人物。寻常间逍遥平静的公子府邸，变成了日间车马穿梭夜来灯火通明的繁忙重地。在所有官署都冷清下来的时候，竟有如此一个公子府邸在日夜不息地动作，能不让官场侧目？但田文却没有时间去理睬，不仅仅是那口供奉在出令堂的王剑赋予了他无限的权力，也是因为他毕竟是丞相田婴的儿子。

父亲本是老齐王的少子，也是嫔妃庶出。长期酷烈的宫廷争斗，使父亲变成了一个谨慎君子，在王族贵胄中最是平淡无奇。他经常告诫田文一班儿孙："王族旁支坐大，历来是国王大忌，尔等都要收敛锋芒，莫得生出事端。"接任丞相，父亲几番推辞，想要提出召回上将军田忌主持国政，可一想到田忌是自己的王族堂兄，又硬生生忍住了。父亲当政，奉行"减政去冗"的办法，除了边防急务与赋税纠葛，凡是大政一概压下，等待老国王召见时请命定夺。如此一来，这个开府丞相也确实清闲了不少。父亲见小儿子骤然变成了一个神秘的大忙人，风言风语多有流播，便来到田文府中想看个究竟。不想田文却正在与冯驩等心腹门客秘密议事，匆匆迎得出来，颇是神不守舍。

"文，近日何事匆忙啊？"父亲口气虽然从容，目光却是究根问底的。

田文略微犹豫，终于明朗回答："回禀父亲：儿奉王命，绝非私家俗务。"

父亲思忖片刻，默默地走了，一句话也没有多说。田文心中歉疚，夜晚来到丞相府邸向父亲赔礼。父亲却摆摆手制止了他,默然良久,父亲开口了:"知晓大父何以委你么?"田文道:"儿未尝思之。"父亲淡淡道:"你有王族之名,而无官职之身,似公似私,进退裕如。你有近千门客,尽皆白身,可免王室国府人力之繁难。"田文默然点头,承认父亲说得对。"约束门客,慎之慎之。"父亲叩着书案郑重叮嘱了一句,便出了书房。

家族是个特异的家族,田文自己,又是这个特异家族中的一个特异人物。

家族的特异处,在于这个"田"既是田氏王族的嫡系,而又是一个庶出支脉。一百多年前,齐国的正宗君主是姜氏。齐国第一代接受周武王封号的诸侯君主,是太公姜尚。春秋末期,田氏部族渐渐强大,最后在田完时期终于发动宫廷政变,夺取了齐国政权。田完做了国君,齐国便成了今日的"田齐"。田氏宗室为了防备重蹈"姜齐"覆辙,一开始便采取了抑制嫡系庶出势力膨胀的国策,立下定制:王族嫡系庶出子弟,可高爵,不可重权。在这种定制之下,嫡系宗脉实际上只能确定一个太子继承王位,其他子弟,尤其是庶出子弟,则都只能尊贵荣华,而不能掌权任事。然则田氏毕竟是齐国第一大部族,人口众多,代有英才,全然不用,也在这大争之世无法立足。于是,田氏王族的庶出子弟也渐渐有了脱颖而出的机会,时有几个出色者做了实权重臣,庶出支脉便形成了新的田氏望族。二十多年前的上将军田忌,是田氏庶出支脉的第一个显赫重臣。目下的丞相田婴,是田氏庶出支脉的第二个显赫重臣。而田忌、田婴又恰恰是同一庶出支脉的庶兄弟。短短二十余年,同一庶出支脉涌现两位当政大臣,这在齐国历史上是绝无仅有的。

极是。

田文很明白,父亲的谨慎根源正在这里——木秀于林,风必摧之。

田文之特异,在于他"其身不正而才堪栋梁"。所谓其身不正,是说田文母亲不是田婴的正妻,而是小妾,田文是庶出而不是嫡出。在礼法严格的春秋早期,庶出子弟是没有资格继承父亲爵位财产的,在家族中的地位自然也是二流的。进入战国,礼崩乐坏,长子世袭制被冲击得名存实亡,才能的重要性大大超出了身份的重要性,嫡庶大防也大大松弛,庶出子弟也多有取代嫡长而成正宗的。虽然大势如此,但具体到每个家族每个庶出子弟身上,要突破这些传统礼法,也绝非轻而易举的事。难处之一,庶出子弟必须有过人才能与特别功勋;难处之二,嫡出长子须得确实平庸无能。二者同时具备,庶出子弟才有入主正宗的可能。二者缺一,庶出子弟便只能成为凭借自己实力去奋发的寻常士子。

但是,田文最为特立独行处,尚不在身份的瑕疵,而在于他惊世骇俗的作为——门客众多而多行侠义。战国中期,权力竞争加剧,贵族权臣与王室子弟纷纷招募为私人所用之士。这种"士"不受王室官职与俸禄,由权臣贵胄从私家财产中提供优厚的生活待遇。士子受人知遇,忠人之事,成为专一为权臣贵胄谋划私家行动的智囊库。于是,天下出现了一个新词——门客。招募门客,被称为养士。战国之世,养士之风已经成为一种特殊的风潮,赵国公子胜、魏国公子无忌、楚国公子黄歇、齐国公子田文,恰恰是当时天下最有名的四家养士公子。这时,"战国四大公子"的名头虽然还没有叫响,但他们的养士之名,却已经在天下传开了。

田文的养士别出心裁。寻常私家养士,以寻觅谋略之士为主,养武士者相对少。赵国公子胜少年征战,兼赵国权力争夺酷烈,喜欢招募剑士。魏公子无忌喜欢学家名士,门客少而精。楚公子黄歇喜欢风雅之士,门客常被他荐举到国府做官。唯独田文养士大有不同,无分学问身份,但有一技之长者均可成为他的门客。唯其如此,投奔田文的门客多有市井奇能之士。有一次来了三个市井之徒,田文问其特长本领,一人说善于学雄鸡打鸣,一人说善于学狗叫,一人说善于盗物。田文大笑一通,令三人当场演技。鸡鸣者一开口,笑得众人前仰后合,雄鸡、斗鸡、母鸡的各种叫声尽皆惟妙惟肖,引得庭院外一片鸡鸣声。狗吠者更是出色,夜半狗吠、春情狗吠、撕咬狗吠、觅食狗吠、撒欢狗吠等,不一而足,尽都可与真狗一般无二,竟引得田文的几条凶猛猎犬狂吠不止。盗物者也是神奇,光天化日之下走过田文身边,便拿掉了他藏在大袖中的白丝汗巾。田文心中一动,大笑一阵,竟收下了这三个鸡鸣狗盗之徒。此举轰动临淄,引来朝野一片嘲笑,田文浑然不为所动,依旧我行我素。

然则,门下的有识之士也不满了。一日,田文到门客大院视察,远远听到当门传来一阵"叮当叮当"的弹剑之声,俄而一人高声吟诵:"鸡鸣狗盗兮竖子锦衣,磐磐壮士兮无车无鱼。安得骏马兮一去千里,高山大川兮藏我布衣。"田文听得仔细,遥遥拱手道:"怨声载道者,可是冯骥?"弹剑者淡淡道:"怨声不隐,正是冯骥也。"田文笑道:"从此刻起,先生便是我门下舍人,总掌府事。"转身吩咐家老,"即刻给先生配备骏马高车,一等俸。"家老答应着疾步去了。冯骥愣怔良久,方才默默地深深一躬。出得庭院,随行一个门客幽幽笑道:"一个酸布衣呻吟两声,便有了高车一等俸,公子何以服人?"田文一阵大笑道:"你也如此呻吟两声我听,自然一视同仁。"门客顿时红着脸不再多说了。

就是这个冯骥,一掌事便做了一件令田文刮目相看的大事。

那时候,天下除了秦国彻底废除了分封制,其余六大战国还都程度不同地保留着封地制。齐国对贵族与功臣的封地素有宽厚之名,田婴便领有封地二百余里。田婴家族与中原战国的大家族一样,也是内部分封:父亲将自己所领的二百余里封地,分给嫡长子田彤五十里,庶出子田文四十里,由他们自己掌管封地的民治赋税。田文洒脱不羁,素来不屑于钱财算计,便派冯骥代他视察封地民治并清理所欠赋税。

十日之后,一个门客飞骑回报:冯骥不听随行门客劝阻,竟将赋税债券一把火烧了,更大胆的是,也把封邑大夫当场杀了。田文大惊,这烧债券还则罢了,封邑大夫可是国府直派的官吏,如何轻易杀得?他无暇多想,立即飞马赶到封地,

鸡鸣狗盗者皆用,孟尝君养士不拘一格。这些人,在关键时刻,救了他的命。

迎接他的却是万千民众的夹道欢呼，"万岁"之声铺天盖地。

田文查实：封邑大夫非但克扣赋税，假造债券，而且苛虐治民，确实罪有应得。虽则如此，他自己一个白身公子也无权先斩后奏，更何况冯骓一个布衣门客？冯骓却很是坦然："杀掉一个酷吏，少收千石赋税，却得狡兔三窟，公子不以为然么？"

"狡兔三窟？"田文感到惊讶。

"狡兔之窟，性命根基也。"冯骓的眼中闪射着狡黠的光芒，"天下大争，齐国多事。自此以后，公子回到封地，便可得民死力，岂非一个永久洞窟？"

田文恍然大笑，非但一力承担了"私杀吏员"的罪名，且对冯骓更是器重异常。否则，这次白身担大任，冯骓如何能做他的行动总管？当然，父亲寥寥数语，也明白地告诉他：大父国王完全知晓他的门客力量，而且正是要利用这种力量的布衣身份，以使国王与国府隐身到幕后周旋，你田文孺子白身，千万不要掉以轻心。按此推测，国王对事件的每一步进展肯定也都清楚，只是不出面罢了。既然如此，却为何要在他还没有接触苏秦一行，事情还没有任何眉目时召见他？"君心似海，猜不透也。"田文苦笑着摇摇头。

"来者可是公子文？"一个轻柔清亮的声音拦在了对面。

田文抬头一看，不知不觉间已经来到了王宫最深处的碧玉池。奇也，轺车不得进宫，如何我的轺车能进到这里来？匆促间田文顾不得细想，恭谨一礼道："正是田文，奉召晋见。"

"公子随我来。"绿纱长裙摇曳着身段隐没在灯影之中。

对这些女官，田文可是不敢怠慢，一言不发地跟着走便是。近年来，祖父老国王性情大变，身边内侍、护卫、文吏竟然全部换成了清一色女子，从妙龄少女到白发老妇，王宫女

狡兔三窟的故事，读者耳熟能详。得冯骓助，田文最后也至人臣之极了。为君者，身边还是要养能人。由田文与冯骓之交，也可看出战国时士这一阶层的迅速上位。

子竟多达数百。如果是魏惠王如此,天下任谁也不会感到奇怪,魏罃本来就是个浮华纨绔子弟也。可齐威王田因齐却是天下有名的正干君主,不近女色厌恶奢靡勤于政事宵衣旰食,惩治贪吏的酷烈壮举曾经使天下为之变色。如此一个英名四播的君主,晚年隐身于深深宫闱,沉溺于裙带海洋,当真是不可思议。然而,更不可思议的是,他的威慑光芒却并未因此而丝毫减弱。本性桀骜不驯的田文,唯独对祖父老国王敬佩有加,常感到以自己的阅历与智慧尚远远不能看清这座云遮雾障的高山。

碧玉池实际上是一个一百余亩地的大湖,湖边草地树林,湖中岛屿相望。一到暮色,座座岛屿的亭台上风灯点起,在碧波荡漾的水面上恰似一座座仙山。田文没有来过碧玉池,可知道这是老国王晚年开凿的大湖,一建成便钉在了这里,再也不去其他宫殿,更不去临淄外的那几座行宫。从湖边向里走,先过了一片草地,再过了一片竹林,又过了一片森森松林,田文看见了一片隐隐灯火,渐行渐近,灯火也大亮起来。

在看见灯光一片的时候,领路的女官将他"交接"给了另一个白纱长裙的女官,脚下也变成了白玉铺就的大道,一座城堡式的宫殿被遍体灯火照得一片通明,背后却是一座黑黝黝的大山。田文不禁大为惊讶,临淄地处海滨平原,哪里来如此一座大山?仔细一想,却是恍然——这座大山定然是开凿大湖的泥土堆积而成,山下城堡也定然是依山而建,山外依然是王家园囿。恍如仙境的灿烂城堡外,看不见一个护卫甲士,也没有任何弦歌之声,寂静得就像天上的洞府。

走进城门,田文又被"交接"给一个红纱长裙的女官。穿过曲曲折折的回廊,田文也始终没有看见一个卫士。大约一顿饭的辰光,田文随女官来到一片竹林前,穿过竹林,一座很是普通的青砖大屋矗立在面前。趁着女官又在"交接"的时刻,田文稍稍打量了一番,这座青砖大屋的墙体完全是一丈见方的巨大石板拼砌而成,房高三丈有余,很可能是两层石楼。一丈之下,看不见一个窗户,只有接近屋顶的部分有三个方洞。

进得大屋门厅,迎面一阵暖气烘烘扑来,与外面的萧瑟寒凉顿然两重天地。过得门厅,是一座巨大的影壁,影壁后有一片不大不小的天井庭院。庭院中花木葱茏,飘出的香气直如春日郊野般清新。穿过天井庭院,进入了一间明亮宽敞的大厅,大红地毡,帐幔四垂,静悄悄的一个人也没有。

"敢请公子入座,稍候片刻。"紫衣女官飘然捧来一盏热茶,又飘然去了。

一盏热茶堪堪饮完,田文额头已经渗出了细细的汗珠。他喜欢粗豪的生活,一旦进

入这细巧豪华的深宫重地，一时竟有些手足无措。突然，他听见帐幔上方有一种奇特的轧轧之声，仿佛城堡在放吊桥一般。田文目力耳力都很敏锐，立即判断出这是楼上放下的一种天车，随着轧轧声止息，天车显然已经落地了。田文心中清楚，却只是肃然端坐，目不四顾地品茶。

"禀报我王，公子文奉命来到。"紫衣女官不知何时飘了出来，站在田文身旁。

田文连忙站起，对着帐幔后深深一躬道："田文参见大父王——"

"田文么？入座便了。"帐幔后传来那个熟悉的苍老沙哑的声音，"苏秦将至，樗里疾未去，你当进入直面周旋也，可有难处？"

听到这威严中不失关切的天音，田文心中一动，几乎就要说出自己的难处，但还是生生忍住，高声答道："为国效力，田文自当冒死犯难。"

"赤心报国，孺子可教，田氏有后也。"苍老沙哑的声音喟然赞叹，片刻喘息后缓缓道，"本王特命：田文立为田婴世子，以本王特使之身与苏秦等斡旋，建功后另行封赏爵位。"

"田文谢过我王！"

"田文，记住八个字：不卑不亢，不罪强梁。非如此，不保齐国。"

"田文谨记我王教诲。"

"一个月内，你可随时晋见。好了，去吧。"

田文还没有来得及拜辞，那轧轧声就升上了高处。田文尚在愣怔，帐幔后飘然出来一个紫衣玉冠的中年女官，双手捧着一个小小玉匣："公子，这是齐王的令箭、虎符，一月后缴回。敢请收好了。"田文对着玉匣深深一拜，接过来抱在怀中。

出得宫门，一辆辎车已经候在白玉大道，一名女官请田文上车。片刻之间，辎车已辚辚驶出王宫。田文下车，换乘自己的辎车飞驰而去了。

回到府中，田文还是在梦中一般，几乎不能相信这梦寐以求的尊贵就如此这般地如愿以偿了？苏秦将到，田文最感尴尬的就是自己的身份。魏无忌、赵胜、黄歇三人，都是名副其实的王室公子，另加特使衔，代表三国自然是名正言顺。就连燕国荆燕，也是副使头衔。可是自己却只是一个白身公子，而且还不是正宗世子，徒有一个公子名义罢了。如此身份，如何与燕国武安君、五国上卿苏秦与三国公子特使会谈大事？邦国交往，自古以来便是身份对等者的周旋，自己矮了一大截，岂不尴尬难堪？田文没有更大的奢求,只想有个王室特使职分,事情便顺理成章了。他也想过,若老国王始终"忘记"此事,那便意味着马上要换人与苏秦周旋了。迫在眉睫了还是没换,便当不会忽略这个关键环节。突然召见,他也曾想过可能会解决这个难题,但他还是没有料到自己的祖父老国王出手竟是如此大器——世子、特使、令箭、虎符,一举便将田文变成了齐国的实力贵胄。

世子是根基地位,是最根本的身份。在春秋之前,天子与诸侯国君的嫡长子才称为"世子"。有世子身份,才有继承王位、君位与财产的权力。入得战国,天子与诸侯国君的"世子"都升了格,称为"太子"。于是,"世子"便成了贵胄继承人的称谓。田婴家族是王室支脉,爵位是靖郭君,又是开府丞相,其继承者自然便是"世子"。贵胄权臣确立世子如同国君确立太子一样,历来有"立嫡立长"与"立贤立能"两种章法。在凝滞平静的年月,立嫡立长自然是难以动摇的法统。但在战国大争之世,立贤立能却成为主流呼声。虽则如此,立嫡立长还是优先,除非嫡长不贤不肖,立贤立能还是不能理所当然。能否立贤立能,一则靠家族首领的遴选确认,二则便是国君的指定。寻常时日,国君是不干预的,但在要害权臣的继承人确定上,国君一旦指定,那便是不可改变的王命。齐威王君命田文为田婴世子,那便是将田文确立为田婴家族的嫡系继承人,田婴家族的全部权力、荣耀、财富,都理所当然地由田文继承。对于田文这样一个庶出子弟,这是最重要的命运改变。有此身份,特使与否便立即显得无足轻重了。

令箭,是他在一个月内随时晋见国王的特殊权力。虎符,则是他一个月内可任意调动齐国兵马的特殊权力。在老国王的晚年,将如此权力赐予一个新锐后进,是临淄权臣们无论如何也难以想象的。

田文在后园里转悠了半个时辰,方才慢慢平静下来。他决定立即去见父亲,毕竟,在此等大事上装聋作哑,是会令父亲难堪的。不想匆匆回到丞相府,在门厅便恰恰遇上父亲派去接他的书吏。原来父亲也同时接到了老国王的君书,要田婴立即为田文举行世子加冠的大典。田婴已经将大典确定在次日清晨,要将田文召来叮嘱细节,并在家族聚会中一并公布。此时,田文无可推脱,一切听任父亲做主了。

次日清晨,田氏宗庙举行了盛大的"王命世子加冠"大典。一个时辰中,田文便从一个庶出子变成了靖郭君世子,名正言顺的王族公子,田文的府邸也变成了世子府。

隆重的典礼刚刚结束，门客斥候便飞骑回报：苏秦一行冒死泅渡潍水，冯骓已经妥为接应，晚间当抵达临淄。田文听罢，立即命令国宾驿馆作速布置准备接待。传令骑士刚走，田文蓦然想起一事，随后飞车来到驿馆。

樗里疾正在悠悠漫步，不防田文匆匆而来，嘿嘿笑道："你这小子，又要来糊弄老夫了？明告你，那个鸟地方，老夫再也不去了。"

田文哈哈大笑道："天下之大，上大夫见识见识何妨？"

"嘿嘿嘿，留下你去见识吧，老夫可要多活几年。"说着黧黑的脸膛红了。

田文笑不可遏："也就是上大夫可人，别人啊，田文还不费这番心思。"

樗里疾笑骂："鸟！也就是老夫孤陋寡闻，才上你这恶当！"

两人笑得一阵，田文拱手道："上大夫，这驿馆住得长了也憋闷，换个地方如何？"

"噢？换到何处？"

"王宫之南，稷下学宫大师堂，如何？"

"也好。齐国也就稷下学宫是个正经地方，老夫还真想见识见识。"

"拣不如撞，现下就搬过去如何？"

"你这小子，总是风风火火。好，恭敬不如从命，寄人篱下，也只有任人欺侮了。"

"上大夫竟日骂我，田文才是受气包。"

"哪里哪里？"樗里疾大笑间，却突然压低声音颇为神秘地低声道，"哎，老实说，你小子敢不敢到秦国去？"

"到秦国？"田文惊讶笑道，"做盐商还是马商？"

"出息？做丞相。"樗里疾一字一顿，神色郑重。

田文惊讶得张开口却不知道要说什么，蒙了片刻，不禁哈哈大笑道："上大夫啊上大夫，一次绿街，你个老哥哥当真恨我了？捉弄人好狠也。"

"胡说甚来？"樗里疾正色道，"樗里疾乃秦国特使，如何能拿此等事儿戏？"

"兹事体大，我还回不过神来，容我想想再说。"田文笑道，"来，我帮你收拾。"

"没得啥收拾，你坐在这儿等便了，片时就好。"樗里疾说着摆着鸭步摇进了大厅，只听一阵呼喝，不消两盏茶工夫，便与三个随从护卫走了出来。随从抬着一口木箱，樗里疾自己背着一个包袱，若非衣饰差别，还真是难分主仆。田文不禁暗自感叹：秦人如此实在，秦风如此简朴，秦国安得不强？若是中原六国特使，连送的带买的，任谁也得几车行囊了。

护送樗里疾到稷下学宫安置好,田文又与这位黑胖子特使盘桓了半日,觉得樗里疾快人快语,爽朗诙谐,当真投机。老国王叮嘱他"不罪强梁",就是指不能无端得罪秦国特使。目下看来,想得罪这位黑胖子还真是不容易。他是软硬不吃,又从来没有恃强凌弱的大国强横脾性,硬是与你磨叨,你是弱国臣子,又能拿他如何?看看到了午后,田文还是硬着心肠告辞了,惹得樗里疾啧啧啧地感叹了好一阵子。

这时,苏秦一行已经到了淄水西岸,临淄城楼已经遥遥在望了。

"公子郊迎先生了!"冯骓指着远处的烟尘旗帜,兴奋地喊了起来。众人望去,但见宽阔的临淄官道上一面大旗当先,马队轺车锐急而来,直如离弦之箭,将滚滚烟尘远远地抛在了身后。

"好快!绝非寻常车马。"赵胜不禁高声赞叹。

冯骓道:"诸位有所不知,公子门客中有一班驯马奇才,是以多有良马飞车。接无忌公子的那辆车,才是真正的日行千里,人称'追造父'!"

"噢呀,追造父?那无忌公子明日就该到了。"黄歇大笑起来。

苏秦凝望着对面渐渐逼近的车马旗帜,已经朦胧看见了那个斗大的"田"字,想到这是合纵成败的最后关头,不禁一阵感奋,打马一鞭迎了上去,黄歇赵胜荆燕等立即飞骑随后,迎向了田文车马。

田文已经远远看见了冯骓,心知对面是苏秦一行,便将轺车放缓了速度徐徐打量而来。面前这队人马不过二百人,没有旌旗,没有轺车仪仗,普通得如同一支民间商旅。将近半箭之地,田文清晰地看见了须发灰白衣衫仍然沾满泥巴的苏秦,心中不禁肃然起敬:一个布衣之士,历经磨难而胸怀远大抱负,面临急难,不惜舍身泅渡,此等气概天下能有几人?感慨之间,田文已经跳下轺车遥遥拱手:"齐国田文,奉王命恭迎武安君并诸位公子。"

苏秦也下马迎来:"苏秦多谢齐王,多谢公子。来,这位是楚国公子黄歇,这位是赵国公子胜,这位是燕国副使荆燕将军。还有一位是魏国公子无忌,可惜留在了潍水营地。"

田文与几人一一见礼,末了慨然笑道:"武安君毋忧。我已得飞鸽信报:苍铁已经在潍水接到了公子无忌,今夜定然可到临淄聚齐。"

苏秦惊讶:"苍铁何许人也？如此之快？"

"噢呀，就是那个'追造父'了。"

田文笑道:"此人与田文也是一段奇遇,日后说与武安君消闲。诸位一路鞍马劳顿,请登车入临淄,田文为诸位洗尘接风!"说罢一挥手,马队中便驶出了四辆青铜伞盖轺车。田文请苏秦四人登车,一声令下,冯骦率马队开路,田文自己殿后,护卫着苏秦车队辚辚西去。

到得临淄,驿馆已经是灯火通明,护卫森严。驿丞向田文禀报:诸位大人的住所、骑士营地与接风酒宴已经准备妥当,请令定夺。田文与苏秦略一商议,先行安顿骑士在驿馆外树林中扎营,苏秦几人先到住所梳洗更衣,半个时辰后开宴。

接风宴席排在了驿馆正厅,倒也是富丽堂皇。按照田文目下的地位与权力,本当在自己府邸举行这场接风宴席。但田文的原有府邸太小,只有五开间六进,偏院还住满了门客,多有不便。最主要的是田文想到了老国王的叮嘱"不卑不亢",接风宴席设在驿馆,便是国事,进退皆可斡旋,又避免了"私结外使"的嫌疑,倒也不失为两全之地。

田文正在大厅门口等候,突然听得驿馆门外响遏行云般的萧萧马鸣。心中一动,快步走出大门,便见一辆奇特的无盖黑篷车堪堪停在门口,四匹雄骏的胡马正在喷鼻嘶鸣。一个黑衣劲装的精瘦汉子拱手高声禀报:"苍铁奉命赶回,贵客安然接到!"田文大喜,正要上前迎接客人,却见一人已经从篷车中跳下,内穿铁色软甲,外罩大红斗篷,一顶六寸玉冠,分外的凝重挺拔。田文肃然行礼:"得见公子无忌,荣幸之至。"魏无忌从容作礼笑道:"公子侠义雄奇,魏无忌三生有幸也。"对答两句,两人大笑执手,联袂进了驿馆。

苏秦刚到厅中,惊讶得揉了揉眼睛:"啊,真是公子无忌么?"

田文大笑道:"大活人一个,如假包换!"

"噢呀!神奇神奇,我以为齐国人虚应故事了。"黄歇兴冲冲走了进来,连声惊叹。

"大兄!"赵胜在门外便喊了起来,冲进来拉住魏无忌笑叫,"真是神!早知道有这般神车,也不用泗渡了。"

田文笑道:"车再神,最多也只能坐两人,你还是得泗渡。"

众人不由一阵大笑,田文道:"来来来,入席!无忌公子不用梳洗,正好!"

六张长案早已排好，苏秦东面居中，田文对面相陪，魏无忌、黄歇、赵胜、荆燕两侧就座。田文举爵高声道："武安君并诸位今日赶到，恰遇时日。来，先干一爵，为诸位洗尘！"

"干！"铜爵相向，众人都一饮而尽。

"噢呀，这齐酒如此厉害了？"饮惯了柔顺兰陵酒的黄歇，咂着嘴满脸通红地嚷起来。

"也是，没想到齐酒如此凛冽。"苏秦也是额头冒汗，啧啧连声。

赵胜却大是精神："好酒好酒！ 与我赵酒堪称伯仲之间。"

魏无忌只是淡淡微笑，浑无觉察，举爵笑道："我要敬公子文一爵，多谢你的骏马神车。否则，魏无忌无今日口福也。"大饮而尽。

"好酒量！"田文高声赞叹，"齐酒取海滨山泉酿就，后劲忒长，寻常人须间歇饮之。无忌公子颠簸千里，空腹连饮两大爵，佩服！"

"诸位兄长不知道么？ 我这大兄是有名的海量君子，从来只饮不说。"

魏无忌笑道："休听赵胜之言，无忌只是憨饮而已，与诸位善品善饮差之远矣。"

席间一阵笑声，苏秦举爵向田文道："齐国有此好酒，公子有此大才，合纵便是吉兆。来，我等与公子再干一爵！"说罢也是一饮而尽。

田文爽朗大笑："闻武安君绵长柔韧，竟能连饮齐酒，田文夫复何言？ 干！"饮罢一爵，心知苏秦要将话头引入正题，不禁置爵慨然道，"武安君，诸位兄台，齐国之事，田文自是一力为之。只是齐国近年与中原列国来往稀疏，国政多有微妙，田文尚不知我王如何决断。"

"噢呀，那个秦国樗里疾，是否也在临淄了？"

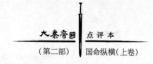
田文点头道："实不相瞒，樗里疾来临淄一月，尚未见到齐王。"

"咄咄怪事！那他如何不走？"赵胜少年心性，急不可耐地插了进来。

苏秦道："此人韧性极好，齐王不作最后决断，他是不会离开临淄的。"

"噢呀，齐王狐疑不决，难处究竟何在了？"

苏秦向魏无忌微微一笑："公子以为如何？"

"齐王之疑，根在魏国。"魏无忌不假思索地回答，"魏国衰败，直接事端便在与齐国两次大战：围魏救赵之桂陵大战，围魏救韩之马陵大战。两战之后，魏国三十万精锐大军连同名将庞涓，悉数覆灭。此后，秦国商鞅借此百年不遇之良机，一举歼灭魏国仅存的五万铁骑、八万河西守军，非但收回河西，而且占据了河东要塞离石。魏国被迫迁都大梁，从此一落千丈。齐魏两战，乃魏国衰败之枢纽。"魏无忌沉重地叹息了一声，"齐王之虑，在于魏国能否丢开这个大仇，真正与齐国和解。"

赵胜急迫道："就是说，魏齐能和解，则齐国加盟合纵；不能，则与秦国结盟？"

苏秦点点头："诚如是也，魏公子大有眼力。"

"噢呀，这魏王齐王，都是老王。人老记仇。一辈子酿的陈酒，还真难变淡。"

田文一直没有说话，内心却大是惊讶。自己一直以为，老国王不作决断，是年老难以理事，甚或是昏聩不明雄风不再，丧失了判断能力，却如何就没有想到这一层？魏无忌一说，田文立即恍然，老国王对他的所有模糊叮嘱都变得清晰起来，拖住樗里疾的意图也顿时清楚。田文自感惭愧，不禁慨然拍案道："诸公所言，田文顿开茅塞。然则，不知武安君可有解开我王心结之良方？"

苏秦正待说话，突闻大厅门外一阵急骤的马蹄声。众人不禁一怔，这驿馆虽非官署，可也是国宾重地，等闲斥候是不能驰马直入的。田文是东道主，立即站起疾步而出，旋即又大步进来向苏秦拱手道："我王书令，即刻召见武安君与公子无忌。"

厅中一片肃然。作为使节，晋见国君自然是越早越好，这是值得高兴的。但是，这无疑立即印证了苏秦与魏无忌的判断，六国合纵的最后一个关口便赫然矗立在面前。攻克此关，合纵大功告成，否则便是功亏一篑。座中各人都是六国合纵的直接主事者，顿时都感到了一种沉重的压力。苏秦肃然站起，向座中拱手环礼一周，看看魏无忌，便欲举步。

"且慢！"黄歇破天荒地忘记了"噢呀"话头，离座起身，高举铜爵，"来，我等为武安君，为魏公子壮行，一干此爵！"

六只大铜爵锵然碰撞，尽都一饮而尽。苏秦已经缓过神来，朗声笑道："诸位继续痛饮，静候佳音。二位公子，走。"

三辆轺车辚辚驶过临淄市街，驶入王宫，驶入碧玉池畔，又换马穿过草地、竹林与树林，才被女官领引到一座大殿等候。田文心中忐忑，不知老国王要在哪里召见他们，面对苏秦与魏无忌又不好启齿，只有沉默。幸亏只等得片刻，便有一名紫衣女官前来宣令："敢请武安君、魏公子无忌、公子文，到二陵殿晋见。"田文一听，更是困惑莫名，齐王宫中几曾有过一个二陵殿？这会是何等地方？思忖之间，女官已经领引着三人穿过几道回廊，来到了一座灯火通明的青砖大屋前。田文恍然笑了，这不就是往昔老国王常常议事的大政殿么，何时改名叫了二陵殿？不过能在这里接见苏秦魏无忌，田文总算松了一口气，他最怕祖父老国王一时糊涂，将赫赫苏秦弄到帐幔四垂的密室，自己再从天而降，岂不贻笑天下？

进得大殿，苏秦不禁惊讶了。从门厅到正厅，几十盏白纱风灯照得通明一片，晶莹光润的白玉地面中央是一片巨大的红色地毡，地毡中央是三张长大书案。最引人注目的，是两边墙壁上的巨大壁画。一边大书"桂陵之战"，一边大书"马陵之战"，画的正是两场伏击战的激烈场面。《马陵之战》将庞涓惨死的场面画得尤为真切。虽然惊讶，苏秦对齐威王的用意却是一目了然，反倒是微笑着欣赏了两边壁画。再看魏无忌，却是两眼一瞄再也不看，脸上浑然无觉一般。

正在此时，紫衣女官高宣一声："齐王驾到——"

随着尖锐清亮的声音，中央巨大的木屏后走出一位年迈的老人：一身宽大松软的布衣，一头白如霜雪的须发，一脸清晰可见的黑色老人斑；没有高高的天平冠，没有华贵威严的王服，也没有象征权力的三尺王剑。任谁看见，也不会想到这便是叱咤风云威震中原一举将齐国变成一流强国的齐

苏秦所见，应该是齐宣王，而非齐威王。孙皓晖是要写齐威王与齐宣王之间的交接班。

威王。

苏秦略微一怔，躬身拜下道："五国特使苏秦，魏国公子无忌，参见齐王。"

老人站在六级王阶上，静静地注视着两人，目光犀利得如同两柄长剑，苍老沙哑的声音回荡在大殿："苏秦？好！是个人才：跋涉于坎坷，崛起于沉沦，终成大器也。"

"齐王奖掖，催臣惕厉自省。苏秦谢过齐王。"

"公子文，请两位入座。"老人的布衣大袖摆了摆，两位女官飘了过来，轻柔地将老人扶进王案后的坐榻之上，还给老人脚下垫上了一个厚厚的丝绵枕。这样一来，高坐的老人好像一个居高临下的仙翁一般。老人坐定，微微平息了喘息，悠然问道："先生此来，何以教我？"

"苏秦为六国合纵而来齐国。天下大势，齐王洞察深彻，不用苏秦赘述，但凭齐王决断。"苏秦破天荒的简洁利落，全无条分缕析雄辩滔滔的说辞。

老人无声地笑了："田因齐老矣，听不得长篇大论了。先生简约如此，老夫也就直言了。先生可曾想到，此殿何名？"

"二陵殿。"

"何谓二陵？"

"桂陵、马陵，两次大战。"

"两次大战，何国受益？何国受害？"

"齐秦大益，魏国大害。"

老人喟然一叹："先生明白人也。齐国有恩于秦，齐秦结盟，当是水到渠成。若加盟合纵，齐国却是有大仇于魏，齐魏接壤，岂非弄巧成拙？既丢了秦国，又与强邻为敌？此中利害，先生如何权衡？"

苏秦思忖，齐王果然老辣，三言两语便将利害摊开，向合纵开价，逼魏国作出明确承诺，而且将秦齐结盟郑重端出，用了"水到渠成"来说，显然是想教苏秦与魏无忌知道，他的本意是想与秦国结盟的。事实上，樗里疾还没有见到齐威王，齐国在两方之间还是保持着一种不偏不倚的中立。老齐王如此说法，显然是想表示一个明确强硬的姿态：不满足齐国的要求，他就会"水到渠成"地与秦国结盟。对于齐威王这样曾经沧海的君主，任何避实就虚的说辞，他都会不屑一顾，要使他转变，只有一个办法：必须明确回答他的要求，行还是不行。

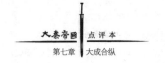

苏秦看了看镇静自若的魏无忌,向齐威王高声道:"六国合纵,要害便是同心协力。齐王所虑,大在情理之中。苏秦素无虚词,不想徒然担保。公子无忌乃魏王嫡孙特使,魏齐怨恨,公子无忌可向齐王申明。"

"先生真睿智之士也。"齐威王喟然一叹,却突然沉声问,"无忌公子,魏王之意,究竟如何?"瞬息之间,这位老人眼中又闪出凌厉的光芒。

魏无忌生性持重,虽然心中已经全然明白齐王的意图,却依然不想急于说话,就要等老齐王发问。如此姿态,也是要给老齐王一个印象:魏国也不是急于要和齐国修好,魏国完全是从天下大局出发而"被迫"作出痛苦抉择的。若急于表明心迹,反倒容易使年老多疑的齐王误以为魏国另有所图。

见齐王发问,魏无忌郑重作礼道:"启禀齐王:魏王与国中大臣,原是对齐国有深仇大恨。然则强秦东出,屠戮中原,大势所迫,兼武安君运筹策划之功,我王方才决意加盟合纵,并决意与齐国泯灭恩仇,永久修好。强秦虎狼,目下唯独对齐国没有直接侵掠,齐国若能加盟合纵,实为大义之举,列国自当以齐国为楷模,铭记齐国大恩。若与齐国计较旧恨,实为泯灭良知之举。我王虽则多有缺失,然则大敌当前,还是决意从大局出发,向齐王申明两则:其一,魏国推齐国为合纵盟主,以盟主号令是从;其二,愿与齐国单独订立盟约,各守疆土,永久修好。"

"噢?"齐威王悠长的一声感叹,惊讶、欣赏、疑问尽在其中,"魏王比老夫大是年长,果真有如此明锐? 无忌公子,魏王最多是点点头而已,这般分量之言辞,恕老夫无礼,老魏王说不出来。"片刻停顿喘息,老人又是赞赏感慨,"魏罃后辈若此,老夫眼红得紧也!"语气突然又是一转,"公子明言:你既非太子,又无实职,做得老魏王之主么?"

"有关合纵,魏无忌做得主。"

"好。然则,老夫如何才能踏实?"

这一问大有深意,魏无忌此前已经说过,魏国要与齐国单独结盟修好,只因两国有根深蒂固的老仇恨。可齐威王仍然有此一问,显然是不相信一简盟约。思忖之间,魏无忌已经明白,断然答道:"齐王若有疑虑,魏无忌愿留齐国,以做人质。"

"好! 有胆识。"齐威王拍案激赏,"有得先生、公子,本王决断:齐国加盟合纵。"

"齐王明断!"苏秦与魏无忌想不到齐威王如此明快,不禁同声赞叹。

"呵呵呵。"齐威王也高兴地笑了,"至于盟主,齐国是不做的了。盟主之国,须得与

秦国有大仇者担当，请先生另行谋划了。从今日起，合纵涉齐之事，由公子文全权处置。"

田文惊讶得愣怔了片刻，方才拜下高声道："臣田文领命！"

齐威王疲倦地挥了挥手，紫衣女官高声宣道："召见礼成——"话音落点，年迈的国王已经靠在大枕上睡着了，一阵苍老的鼾声粗重地回荡在大殿。

回到驿馆，苏秦对焦急等候的黄歇三人备细说了情由，几个人都是感慨万分。黄歇兴奋地提出重开夜宴，田文哈哈大笑，连声吩咐摆酒庆功。这一场酒直喝到东方发白，除了不再饮齐酒的苏秦与东道主田文，人人都醉倒了。

就在朦胧的秋霜晨雾中，王宫女官快马驰入驿馆，宣布了齐威王的紧急书命：赐封公子田文为孟尝君。

苏秦心中一动："不好！公子即速进宫，否则只怕是来不及了。"

田文大惊，飞马进宫，大约一个时辰，王宫中传来消息：老国王薨了[1]！

及至午后几人酒醒，苏秦将情由一说，几人不禁愕然。良久，黄歇长叹一声道："噢呀，老齐王一世英雄，去得也太快了，只可惜呀……"赵胜红着脸急道："你究竟想说甚？吞吞吐吐好不急人。"黄歇吭哧片刻道："噢呀，我是担心，老齐王突然一去，往前会不会有绊马坑了？"苏秦摇头道："该当不会。合纵是老齐王最后的决断，依他在最后时刻突然封田文以孟尝君看，对身后的合纵大事，他定有妥善部署。我等只是要计议一番，如何参加老齐王的葬礼？无忌公子，你以为我等当如何行止？"魏无忌一直在沉默深思，似有恍惚，竟没有听见苏秦的话。黄歇笑了，上前拍了一下魏无忌肩膀："噢呀魏公子，老王去了，齐国新君自然不会留你做人质，该当高兴的了。"魏无忌已经清醒，却只是摇摇头不说话。赵胜不耐道："呀，又是一个温吞水！公子说得对，老哥哥摇个甚头？"苏秦摆了摆手，制止了黄歇赵胜的搅扰道："黄兄见事不透。老齐王若在，绝不会将无忌公子做人质。新王即位，却恰恰有可能将公子扣下做人质。"

话音落点，便听"噢呀"两声，黄歇赵胜一齐惊讶问道："却是为何？"

苏秦悠然道："举凡征战沙场的英雄君主，邦国仇恨都铭刻不忘，睡觉都对仇敌睁着一只眼，老而弥辣。寻常人便以为，他们对敌国锱铢必较。实则不然，英雄君主都喜欢

---

① 《礼记》载：天子之死为"崩"，诸侯国君之死为"薨"，战国相同。

实力较量,都有一个明确信条:实力雄厚,邦国自安;没有实力,在在皆空。两位想想,战国以来,哪个明君雄主看重过人质? 老齐王若在,断然不会扣留无忌公子做人质。他要的只是魏国一种承诺,但绝不会把邦国安危最终押在这种承诺之上。新君不然,未经锤炼,总喜欢将邦国安危系于某种形式,以为有了人质,便会有邦国安全。无忌之忧,正在此也。"

"噢呀,惭愧惭愧!"黄歇红着脸道,"难怪屈原老说我不深。看来要多读书才是了。"

赵胜深深一躬:"先生教诲,赵胜茅塞顿开。"

魏无忌笑了:"我这些许心思,教武安君一说倒是有板有眼。实则我也没有想透,只是觉得些许不妙而已。"

四人笑了一番,正在计议如何得见孟尝君,以确定如何应对齐国国丧,却闻驿馆外马蹄如雨,孟尝君田文身穿白衣重孝,带着两名宫中女官飞马到来。进得正厅,孟尝君对众人深深一拜道:"老王薨去,田文一来报丧,二来宣告老王遗命。"说罢起身,对两名女官一招手,紫衣女官打开一卷竹简高声宣读:"齐王特书:本王朝夕薨去,合纵特使苏秦等无须为本王葬礼耽延于临淄,宜作速运筹合纵会盟大典。齐王田因齐三十七年秋月。"

齐威王谢幕,齐宣王立。

另一名绿衣女官接着打开一卷竹简高声宣读:"齐王特书:魏公子无忌者,大贤大才,当随同苏秦等筹划合纵,齐国不得将其扣为人质。孟尝君田文,不得受本王葬礼约束,当随同苏秦等奔波合纵。齐王田因齐三十七年秋月。"

两书读罢,厅中一片肃然沉默,人们都被老国王感动了。

良久,苏秦带头向案头王书伏地大拜,哽咽长呼:"齐王明锐,大义垂范,苏秦等谨遵遗命!"魏无忌泪如泉涌,一句话也说不出来。

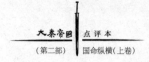

当晚，苏秦的六国人马离开了临淄。行前，苏秦率领四公子特意到齐威王灵柩前肃穆祭奠，并向守灵的太子田辟疆哀悼作别。既不能参加国丧葬礼，早早离开临淄自然是上策。为了向这位英雄一世的老国王表示敬意，统率行止的魏无忌下令：三日以内，六国人马白衣白甲，禁酒禁乐，直到河内营地方可开禁。

五　苏秦佩起了六国相印

大河从洛阳头顶汹涌东去，南岸便成了广阔的平原。

说平也不尽平，在这敖仓以西二百里处，有两座山头平地拔起，时人叫大伾山。伾者，两山重叠之象也。其所以叫大伾山，原是这两座山连体崛起，高大重叠而又显赫孤立。若在群山丛中，这两座山本也是微不足道的小丘。可它偏偏生在紧靠大河的南岸平原，便显得不同凡响了。春秋战国时人，但凡以"大"字为某事命名，极赞其崇高伟岸。人如"大禹"，水如"大河"。此山冠以"大"字，足见其在时人眼中的显赫不凡。但是，这个"大"字也绝不仅仅是山有险峻雄奇便能得到的，更重要的是，这座山有着久远的神性，有着极为重要的要塞地位。

西周时期，大伾山本来是郑国北部的界山。山上山下林木苍莽，郑国就势圈为"郑圃"，将大伾山做了郑国公室的专有狩猎区域。周穆王喜好出游狩猎，闻得郑圃多有鸟兽，便率王师三千，东来射鸟猎兽。来到山下，周穆王弃车换马全副戎装，立即登山围猎。掌管天下山泽的虞人①连忙带领三百军士在前面掠林搜山，驱赶出隐藏的走兽大鸟以供天子射杀。不想掠至山腰，骤然发现一只斑斓猛虎伏在芦苇丛中。眼看天子就在后面，虞人惊慌大呼："虎伏葭中！我王退后！"周穆王的马前猛士奔戎一声大喝，势如奔雷，飞步赶来，扑入芦苇丛中与猛虎徒手相搏。未及一刻，奔戎手执猛虎双耳，骑着猛虎来到周穆王马前。奔戎一声大吼，猛虎长啸一声，匍匐在天子面前。群臣军士高呼："猛虎臣服！天子万岁！"周穆王大喜过望，高声下令："虎为兽王，将其永久关押此山，勿加伤害。"奔戎便将猛虎关进一只山洞，洞口用大石堆砌，大书了"虎

---

① 虞人，西周时掌管天下山林水面的官员，本称"虞"，春秋战国称"虞人"。

虎牢关,也是名震天下的险关。

牢"二字。

从此之后,人们一提起大伾山,便都呼为"虎牢"。

春秋时期,郑国一度称霸中原。当时的大诸侯晋国是晋成公在位,他联络中小诸侯三十余国,会盟于黄河北岸,决心遏制郑国。经过三日秘密商议,会盟诸国在大伾山修建了一座可以驻屯十万大军的城堡,这座城便命名为虎牢关。虎牢关筑成,诸侯盟军堵在了郑国大门口,逼得郑国不得不与盟国议和罢兵。从此,郑国小霸一蹶不振了。

进入战国,郑国被韩国吞灭,但虎牢关却被吴起率军夺归了魏国,成为魏国向崤山与函谷关推进的要塞基地。秦国强大后夺回了函谷关与崤山,趁势推进到函谷关以东,虎牢关的位置骤然显得更为重要,成了整个中原的西大门。这时的虎牢山与虎牢关,历经百余年修葺扩建,已经成为雄奇险峻的赫赫关城。后世《水经注》如此描述虎牢关:"萦带伾阜,绝岸峻周,高四十丈许,城张翕险,崎而不平。"就是说,虎牢关南有汜水北有济水萦绕,建在大伾山的中央山腰,居高临下地控制着东西两面的要道,城高四十多丈,依山势开合,险峻异常①。

苏秦选中了虎牢关,要在这里举行六国合纵的会盟大典。

会盟地点的确定并不是轻而易举的。出得临淄的第一夜,他们整整商讨了两个时辰。寻常时期,会盟地点是由盟主国确定的。今盟主未定(实际上要在会盟时方能确定),与盟各国都想会盟在自己的国土内举行,以显示本国的实力地位。六国合纵,未定盟主,地点的选择自然会有一番微妙的纠葛。黄歇最先提出:会盟当在楚国的淮北。韩国派使

---

① 虎牢关在秦末置县,即城皋县,遗址在今河南荥阳汜水镇西。

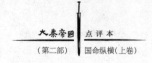
委婉提醒苏秦：最好在新郑会盟，以壮弱韩声威。赵胜提出在上党，理由是使秦国不敢觊觎河东。燕国自知偏远，没有提出动议。唯独齐国孟尝君提出在别国举行，齐国目前不宜做东。魏无忌始终没有说话，只说此事非大节，当由苏秦决断。一番思忖，众人都不再说话，只是望着苏秦。

"虎牢关。"苏秦似乎早已经想好，悠然微笑着讲说了虎牢关的历史变迁，最后笑道，"虎牢会盟，恰似当年晋国会盟诸侯，遏制郑国霸权。且虎牢关直面函谷关，抗秦壮志昭昭大白，岂不大长六国志气？"

"好！虎牢关。"众人大是振奋，异口同声地拍掌赞同。

会盟地点一确定，众人一致公推将韩国新郑作为会盟后援基地，以示对唯一没有派特使参与商议的韩国的抚慰。大计定下，各特使便回国禀报并商定会盟日期。荆燕回燕国，赵胜回赵国，黄歇回楚国，魏无忌回魏国。苏秦顾忌孟尝君回去后可能被国丧羁绊，极力主张孟尝君留下，与自己一起到新郑筹划会盟事务。众人一致劝说，孟尝君也就认可了。次日一早，众人在大河岸边约定了回报日期，便分道扬镳了。

却说苏秦与孟尝君带领六国护卫三千余人，先行赶到虎牢关外扎好大营，立即派一员魏国将军持魏王令箭与苏秦书简进关联络。这时的虎牢关，已变成了魏国的抗秦西大门，由青年将军晋鄙率领五万精锐镇守。晋鄙验看了令箭书简，亲率一千军马与十辆牛车，拉着几十头猪羊与几十坛大梁酒前来犒劳。苏秦见晋鄙稳健厚重不苟言笑，言谈间也是甚为相投，便在饮酒间委托晋鄙辅助孟尝君进行前期劳作，晋鄙豪爽地答应了。苏秦见大事已定，次日清晨带着一百铁骑南下新郑了。

这时，韩国正面临一场大战，朝野间充满了紧张气氛。

原来，苏秦在几个月前离开韩国后，韩国加盟合纵的消息便传到了宋国。狂妄的宋王偃，立即感到这是大捞韩国一把的最后机会，立即秘密准备，撤回了驻守在边境的全部兵马，并派出密使与秦国联络，要两路大举进攻韩国，图谋一举破韩。不想在宋国的韩国商人将消息秘密传回了韩国，韩国顿时紧张起来。一个宋国已经令韩国大为头疼，再加上秦国泰山压顶，韩国岂能保全？于是韩国一边紧急备战，一边派出飞骑斥候打探合纵消息，一边派出紧急特使向三晋老根——魏赵两国求救。

正当风声鹤唳之际，苏秦到来了。韩宣惠王一听大喜过望，立即亲自出城郊迎。及至苏秦将合纵经过情形备细说明，宣惠王感奋不已，虔诚地向苏秦一躬到底："先生天下大器,救韩国于水火之际,自今日伊始,先生便是我韩国丞相!"苏秦连忙谦让,韩宣惠王却生怕跑了这个目下能调动六国兵马的救星,更是力劝不止,且立即命内侍捧来丞相大印,亲自佩在苏秦腰间方才作罢。

苏秦喟然一叹道:"韩王听臣一言:苏秦断定,宋国秦国必在三几日内销声匿迹,宋国很可能还要派使与韩国结盟修好。此非苏秦之力,而是合纵之力也。"

"是么?"韩宣惠王迷惘地睁大了眼睛,突然高声道,"先生莫忙,看个水落石出再走。"情急之相,显是生怕苏秦走了。

苏秦哈哈大笑:"大事未了,苏秦如何走得?"

三日之后,斥候传来密报:秦国没有出兵;宋国特使上路,前来议和修好。消息传开,新郑顿时沸腾,比打了一场大胜仗还热闹。韩宣惠王大宴苏秦,感慨之情溢于言表:"合纵未动,不战而屈人之兵。丞相奇才矣! 大哉合纵也!"

就这样,苏秦佩着韩国相印、带着六百名韩国的铁骑护卫与韩国的太子特使,一起回到了虎牢关。几天之中,孟尝君已经指挥军士将会盟场地的各国行辕驻地大体划好,唯等苏秦定下次序式样,便可动工搭建。苏秦将韩国的情由说了一遍,感慨良多。孟尝君大笑不止道:"世事忒煞作怪! 悖晦之时,要官都没有,气运来时,不当官都不行。我看呀,先生这相印不止一个也。"苏秦揶揄笑道:"孟尝君是说自己?""对对对,我也是。"孟尝君连连点头,"一个庶出子,正在提心吊胆的当口,爵位高冠就雨点般地来了,打得你缓不过气来。"苏秦破天荒开怀大笑:"孟尝君啊,当真可人! 莫怪鸡鸣狗盗之徒也追随。"两人同声大笑,引得另一座帐篷的韩国太子连忙派人来问有何好事,两人更是乐不可支。

正在苏秦准备盟约文本,孟尝君搭建会盟祭坛的忙碌时刻,荆燕飞马赶回,带来了一个惊人的噩耗:老燕公溘然病逝了。

苏秦想起燕公对合纵的发轫之功,对自己的知遇大恩,不禁悲从中来,跌足大哭,在虎牢山北麓专门设置了一个祭坛,向北遥遥拜祭。直到入夜,荆燕才独自走进苏秦大帐,将一个密封的铜管交给了他。苏秦默默打开,赫然一幅白纱,娟秀两行大字:

> 苏子无恙乎? 别来甚念。燕公骤薨,大志东流。新君称王,我心惴惴。唯有大隐,可得全节。思君归来,点我迷津。君业巍巍,远人慰矣。

苏秦读罢，百感交集，痴痴愣怔了半日。

苏秦念念不忘燕国。

大半年来六国奔波，虽说是风云变幻惊险坎坷，却也是淋漓尽致挥洒才华的快意岁月。在环环相扣的紧张斡旋中，燕姬已经深深地沉到了他的心底。骤然之间，燕文公病逝，燕姬成了孤悬老树的一片绿叶，酷烈的权力风雨，是随时都有可能将这片绿叶撕碎的。"新君称王，我心惴惴"，可见燕国宫廷绝不平静，燕姬已经觉察到了暗藏的危险。"唯有大隐，可得全节"，燕姬是个奇女子，在燕文公晚年多病的几年中，她一直是燕国举足轻重的人物，与太子也一直相处得颇好。然则一国新君即位，就是一场权力重新分配的冲突，传统的权力绝不允许一个女子夹在其中，除非她本身具有极大的实力。燕姬虽有斡旋之才，却决然不是强力女主之气象。在此危机四伏的关头，她置身权力场之外而"大隐"，的确不失为保全自己的明智选择。至于如何大隐？苏秦相信燕姬能找到最合适的方式。想到燕姬一时尚无性命之忧，苏秦心中略感宽慰，不禁长长出了一口粗气。合纵正在最后的要紧关头，自己如何能北上燕国？也只有等合纵告成之日，再回燕国与她相见了。

这一夜，苏秦生平第一次难以入眠，大帐踱步，直到东方发白。

日上三竿，孟尝君来邀苏秦去视察盟主祭天台，将及大帐，突闻马蹄声疾。孟尝君手搭凉棚一望，便见一骑火红色骏马风驰电掣般冲下官道，冲进了军营，瞬息之间飞到了中央大帐前。见孟尝君仗剑而立，骑士滚鞍下马道："公子无忌紧急书简！"孟尝君连忙打开，一行大字触目惊心——魏王病逝，举国哀痛，国丧在即，会盟似可稍缓。

"岂有此理！"孟尝君愤愤地嘟哝了一句，快步直入大

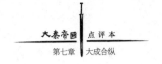

帐。

苏秦还和衣伏在长案上,听得高声疾步,猛然睁开眼睛,见孟尝君神色有异,心中不禁一沉,人已霍然站起。孟尝君面色阴沉地将竹简递给苏秦,却是一句话不说。苏秦凑近一看,惊讶得愣怔了片刻。孟尝君冷笑道:"魏王做了五十一年国王,比我王还年长十多岁,凭甚说也是老喜丧了。如今却要借国丧之机延缓会盟,真真岂有此理! 果真延迟,我对齐国朝野如何开释? 莫非齐王国丧就比不得魏王么?"苏秦尚在嗟叹惋惜之中,孟尝君的愤愤之情,却使苏秦顿时醒悟——此事不能等闲视之,如果会盟因此而更改,第一件大事违了诚信,六国合纵便可能就此效尤。苏秦思忖片刻冷静了下来道:"孟尝君少安毋躁,我等得好生揣摩此事。"

"揣摩?"孟尝君揶揄笑道,"先生真乃鬼谷子高足也,明是魏国做大,能揣摩出小来?"

苏秦心知齐魏结怨极深,孟尝君的刻薄也在情理之中,只是他身为合纵总使,却一定要熄灭了这点火星:"孟尝君,你以为魏无忌此人如何?"

"无忌公子没说的,大器局。"

"如此说来,无忌公子不会提出延缓之说了?"

"那是自然。定是新君昏聩,要彰显自己的大孝之名。"

"果然如此,无忌公子难道就不能劝谏?"

孟尝君困惑地笑了:"对也,这无忌公子如何就不据理力争? 报来国君之意,将火炭团撂给先生,岂不惹天下英雄一笑么?"

"无忌公子颇有机谋,绝非不能力争,而是想借你我之力。"苏秦颇有神秘意味地笑了笑,"以我揣摩,无忌公子乃新君之子,父王主张延缓会盟而全力守丧,无忌公然反对似有不妥。于是,公子将此意在报丧书简中一并提及,教你我反对,他来助力,如此似乎顺当一些。孟尝君以为然否?"

孟尝君恍然大笑:"有道理! 先生果然揣摩有术,田文大长见识。谁去大梁?"

"我去。最迟两日便回。"

"好! 田文守营,等候楚赵消息。"

两人议定,苏秦立即忙了起来。先向新燕王修书陈明利害,力主按期赴盟。书简写成,荆燕立即带着书简飞马北上。为防楚国有变,苏秦又向黄歇与屈原各自修书一卷,派两名楚国军吏兼程南下。"赵国近便，有事我一并融通，祭台工期不能拖延。"苏秦匆匆叮嘱了孟尝君一句，便带着十名燕国骑士奔赴大梁去了。

说也费解，恰恰在这最要紧的关头，几个大国都出了事。齐威王、魏惠王、燕文公三个老国君一个接一个病逝。赵肃侯、楚威王两个正在盛年的国君，又同时卧病不起。只剩下一个韩宣惠王，一日三探，急得团团转。当此时刻，苏秦没有慌乱。冷静揣摩之后，他认为这正是合纵的生死关口，也是自己终生功业的生死关口，能够挽狂澜于既倒，合纵可成，功业可建；否则则合纵效尤，功业流水，自己将永远成为天下嘲笑的人物。苏秦的秉性特长，正在于他的柔韧强毅。他在奔赴大梁的途中，已经接到了楚国赵国的紧急书简，但仍然风风火火地赶赴大梁。

魏无忌正在忙碌国丧，听得苏秦到来，立即赶回府中。两人秘密商议了一个时辰，苏秦连夜赴魏王灵堂祭奠。遵照传统丧礼，太子魏嗣只得在灵堂旁的偏殿会见了苏秦，对推迟会盟表示了深深的歉意，反复申明了自己的大孝之心。

"敢问太子，何谓大孝？"

"恪守古礼：麻衣重孝，守陵三载，是为大孝。"

"敢问太子，古往今来，可有一位国君做到了麻衣重孝守陵三载？"

魏嗣愣怔半日道："以先生之见，何谓大孝？"这位太子本是个心无定见之人，被一些心腹谋士说动，决意以大孝彰显名节而在天下立格，使朝野景仰，不想苏秦一问，立即没了主意。

苏秦从容道："大孝者：明大义，守君道，彰社稷，强国家也。"见魏嗣依然愣怔懵懂，苏秦坦率庄重道，"目下天下动荡，强秦虎视在侧，大义之所在于邦国安危，社稷存亡；君道

守孝三年，儒家繁文缛节太多。所以秦王会说，兵食之时，儒家乃灭亡之道。

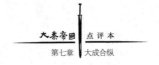

之要,在于外却强敌,内安朝野。唯其如此,可使泉下之先人瞑目,可使新君之功业大显。否则,国家破,庶民散,纵有麻衣守陵,却何以为孝?"

魏嗣沉默片刻,起身一躬到底:"先生之言,当头棒喝也!魏嗣决意跟从先生,如期会盟,建功立业,以慰父王泉下之灵。"

苏秦大拜还礼道:"国无主则乱,太子当立即除服即位,称王建制。一月半之后,虎牢关再会。"

魏嗣大是振作,提出教无忌随同苏秦前往筹划。苏秦却执意要魏无忌留下,辅佐新君安定朝局。魏嗣感动得涕泪唏嘘,直将苏秦送出王宫之外,又叮嘱魏无忌郊送十里方罢。苏秦本来很想有魏无忌这样一个帮手,但又怕魏嗣中途再变,只有教魏无忌留下督促魏嗣。魏无忌也明白苏秦心意,依依不舍地将苏秦送到十里亭下,对苏秦说了赵国的许多宫廷内情,方才看着苏秦上马去了。

及至苏秦马不停蹄地赶到邯郸,赵胜早在等候了。稍作计议,赵胜立即带领苏秦去见主政的太子赵雍。赵肃侯操劳成疾,近日突发腿疾,竟然卧榻不起,事属突然。赵雍与赵胜拿不定主意,不知如何对君父说起合纵的紧急。苏秦见赵雍赵胜叔侄依然如故,便知赵国并无国策变化之忧,也就放下心来。三人通气之后,苏秦入宫求见赵侯。

肃侯赵语虽然在位已经二十四年,五十岁刚刚出头,正在盛年之期。但这赵语少年时多有坎坷,三次受伤,患了莫名暗疾,加之即位后昼夜操劳,腿疾发作后便只有常年卧榻了。苏秦见到赵肃侯时,他正在卧榻上听人读简,小小寝宫中弥漫着浓浓的草药气息。从帷幕外望去,卧榻上的赵肃侯满头白发枯瘦如柴,一副英雄暮年的悲凉气象。蓦然之间,苏秦想起了白发苍苍的齐威王的最后时刻,不禁感慨万端,双眼模糊了起来。

"帐外,可是苏秦先生?"赵肃侯声音虽弱,却是耳聪目明,神志清醒。

"苏秦参见赵侯。"

"先生远来,莫非合纵有变么?"

"君上明鉴:齐魏燕三王薨去,楚王与赵侯又骤然患病,苏秦恐合纵有流沙之危,特来禀报,以求良策。"苏秦语气很是沉重。

赵肃侯霍然坐起,目光炯炯有神道:"先生毋忧,赵语坐着轮椅车,也当撑持合纵!"

一语掷地,字字金石,大是英雄本色。在这位国君心目中,合纵虽然名义上从燕国发起,然而只是在真正有实力的赵国加盟之后,合纵才成为真正可行的天下大计。赵语

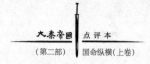
始终认为,赵国才是合纵大业的真正根基。赵人自来多英雄豪情,视支撑危局为最大荣耀。当此六国合纵面临夭折之际,赵语想起与父亲赵仲周旋终生的几个老国王都撒手去了,中原战国唯有他一棵老树参天了,支撑合纵,舍我其谁?

苏秦肃然一躬:"但有赵侯,天下何忧?"

赵肃侯哈哈大笑:"老夫也是来日无多,权当最后风光也!"

赵胜在旁高声道:"孙儿欲与先生同去,敢请大父允准!"

"男儿本色在功业,守在邯郸老死么?去!跟先生长长见识。"赵肃侯笑着答应了。

邯郸事定,苏秦心中稍安,次日清晨便与赵胜兼程南下。两天后赶到虎牢关,楚国方面还是没有消息。苏秦反复思忖,终是心有不安,请孟尝君与赵胜在虎牢关留守,自己又马不停蹄地南下了。虽说是一色的快马轻骑,但楚国山重水复,不似中原大道可放马驰骋,想快也快不到哪里去。苏秦断然下令:减人不减马,每人两马,轮换骑乘,昼夜兼程。如此一来,原先的护卫骑士由十人变成了五人,连带苏秦六人十二马,昼夜不停地赶路。

整整四个昼夜,除了就餐喂马,没有片刻歇息。到达郢都城下时,十二匹战马齐齐颓然卧倒,五名骑士也滚落马下,横七竖八地倒卧在泥水之中。只有苏秦摇摇晃晃地走到守门军吏面前,堪堪亮出了楚王的白玉令箭,便软软地倒在了城门之下……

黄歇闻讯,一面派人飞马通报屈原,一面带着太医驾着辎车飞赴郢都北门。来到城门,只见一人倒卧在雨后泥水中,面容苍白瘦削,须发灰白杂乱,两股之间的布衣已经渗出了殷红的一片。骤然之间,黄歇大是惊慌,手忙脚乱地将苏秦抱起登车,马不停蹄地回府急救。片刻之后,屈原也匆匆赶到了。太医堪堪将苏秦的衣服艰难地剥下,只见两条大腿间被马鞍磨破的血肉兀自涔涔渗着血珠,血渍汗污已经使衣裤结成了硬板,一片浓烈的汗臭和血腥味立即弥漫开来。黄歇惊讶得"噢呀"连声,紧张地前后张罗。屈原却是泪眼蒙眬,久久地沉默着。及至将昏迷的苏秦安置到卧榻,太医说了声"无得大碍",屈原便大踏步转身去了。

"噢呀屈兄,待先生醒来计较一番再说了。"黄歇见屈原神色激奋,连忙劝阻。

"何须等待?我去禀报楚王!"屈原大袖一甩,径自去了。

一个时辰后,屈原与一队军马护卫着一辆黄色篷车来到了黄歇府邸前。车篷张开,四名内侍从车厢抬下了一张卧榻,卧榻上躺着枯瘦苍白的楚王。卧榻抬到正厅,黄歇方才匆匆迎出，一个大礼参拜，却是默然无语。

"先生情势如何？"卧榻上的楚威王喘息着问。

"噢呀，臣启我王：先生昏迷，尚未醒来。"

"进去。我要，亲守先生醒来。"

卧榻抬进两面竹林通风极好的大寝室，安置在苏秦榻前三尺处。两名侍女将楚威王扶起，靠在一个厚厚软软的大枕上。楚威王静静看着昏迷的苏秦，觉得他比半年前消瘦苍老了许多，那灰白的鬓发，那细密深刻的鱼尾纹，活生生一个久经沧桑的老人。一个刚及而立之年的英雄名士，如此百折不挠，如此不畏艰险，在六国合纵的奔波中折磨得如此疲惫苍老，当真令六国君臣汗颜。

"噢呀，先生醒来了！"黄歇兴奋地叫了起来。

"低声些个。"屈原走到榻前端详，轻声道，"先生醒了？我王来探视先生了。"

苏秦悠悠睁开了眼睛，觉得那股沉沉绵绵的睡意实在难以挣脱，但魂魄深处却总是轰轰响着一个声音，使他不能安寝。那个声音熟悉极了，河西夜行随时都有可能倒下时，那个声音使他挺了过来；草庐苦读，昏昏欲睡时，那个声音又使他挺了过来。如今，这个轰轰作响的声音又在心底回荡着，将他从无边的朦胧中硬生生拖了出来……他看到了屈原的盈眶泪水，看到了黄歇的惊喜交加，看到了坐在卧榻上的那个苍白枯瘦的黄衣人——楚王？正是楚王！苏秦心中一震，竟霍然坐了起来要行礼参见，却又眼前发黑，颓然跌坐在榻上被屈原黄歇两边扶住。

"先生有伤，躺卧便了。"楚威王连忙叮嘱。

苏秦闭目片刻，大是振作，坚持拜见了楚威王，又冒着满头虚汗简略叙说了各国决断，最后目光炯炯地看着楚威王："楚王乃合纵轴心，不知病体能支否？"

　　楚威王微微一叹笑道："芈商病体支离，本想延缓会盟之期。奈何先生奋身南来，令我等君臣汗颜。先生若此，我等何堪麻木？"喘息一阵，楚威王正色道，"楚秦势不两立，本王决意如期会盟，但听先生号令。"

　　"楚王壮心，令人感佩之至。"苏秦肃然一躬到底，"苏秦尚有一请，敢请楚王做合纵盟主，担纵约长重担！"

　　楚威王道："先生可与列国君主计议过？"

　　"计议妥当，各国都赞同楚国担纲，苏秦亦认为楚王最为适当。"

　　屈原很是振奋："先生之意，大有利于楚国变法振兴，我王当义不容辞！"

　　"噢呀，我王担当纵约长，可大增六国同仇敌忾之气，大好事！"

　　楚威王苍白的脸上泛出了一片红晕，微微笑道："既然先生信得芈商，楚国就勉为其难了。只是六国抗秦，联军事大，不可落空，尚请先生与屈卿仔细斟酌一个可行谋划，会盟时当全力落实。"

　　苏秦见楚威王胸有成算，显然也是有此准备，顿觉宽慰道："楚王所说极是，苏秦已有大致谋划，晚间当与屈原大司马、黄歇公子细加磋商。"

　　大计商定，楚威王回宫去了。苏秦心头一松，酣然睡去，第二天傍晚方才醒转，梳洗之后顿觉神清气爽饥肠辘辘。黄歇打开一坛陈年兰陵酒，陪着苏秦大大饕餮了一顿。饭罢苏秦笑道："正好！没耽搁晚间议事，走，到屈原兄府上去。"黄歇哈哈大笑："噢呀，都过去十二个时辰了，这是第二个晚上也。"苏秦愣怔片刻，不禁大笑起来："糊涂糊涂，快去找屈原兄！"

　　"不用找，我自己来也。"但听厅中一阵笑声，屈原已经甩着大袖飘了进来。

　　三人一阵笑谈，开始商议苏秦的《六国联军案》，直到五更鸡鸣。

　　此日午后，苏秦与黄歇带着二十名护卫骑士匆匆北上了。

　　回到虎牢关，荆燕也已经返回，带来了燕国新君的书简，申明了燕国发轫合纵当如期赴约的意愿。至此，六国皆在国内生变的关头扭转了过来，重新坚定了合纵意向，可说是大势已经明朗了。除了魏无忌尚在大梁，苏秦合纵的原班人马悉数聚齐。苏秦设宴与众人痛饮了一番，而后分派各人职责：黄歇辅助苏秦准备一应文告；赵胜人马负责扩整各国的行辕场地并中央会盟行辕；荆燕职司营地护卫；孟尝君爵位最高，筹划仪仗并职司迎宾特使。分派一定，虎牢关外顿时紧张忙碌起来，昼夜灯火，人喊马嘶，整整热闹了一个月。

公元前333年深秋，中原六大战国的国君齐聚虎牢关，举行了隆重的合纵会盟大典。这时候，除了赵国没有称王，其余五国都已经成了王国：楚威王、齐宣王、魏襄王、燕易王、韩宣惠王。其中齐魏燕韩四王都是三十岁左右的青壮国君，器宇轩昂，仪仗宏大，一片勃勃生机。楚威王与赵肃侯是会盟大典的轴心，偏偏两人都身患痼疾，一个坐着竹榻被抬进行辕，一个坐着轮椅被推进行辕，给会盟大典平添了几分悲壮。

苏秦主持了六王初会，公推楚威王为纵约长，会盟大典有声有色地铺排开来。

第一日，举行了极为隆重的祭天大典。祭天台设在大伓山的顶峰，台高十丈，从山麓下的军营望去，几乎是直入云霄。纵约长楚威王被三十六名楚国壮士轮流抬上祭天台。到得台顶，山风呼啸，众人无不担心祈祷。可楚威王竟神奇地站了起来，天平冠粲然生光，黄丝大袖飘飘飞舞，云中天神一般。那高亢沙哑的声音从天上飞来，在大河平原上悠悠飘荡："伏唯天帝兮芈商拜祭：六国多难，强秦肆虐，生灵涂炭，国将不国。今六国结盟，合纵抗秦。祈望天帝佑我社稷，保我苍生，使我六国，永世康宁……"

山下六国的万千人马一片欢呼。

次日是盟约大典。赵肃侯宣读了《六国合纵盟约》。这个盟约简洁凝练，只有六条：

> 六国君主，会盟虎牢，同心盟誓，约法六章：
> 其一，六国互为盟邦，泯灭恩怨，共视虎狼秦国为唯一公敌。
> 其二，秦攻一国，即六国受攻，同心反击。
> 其三，六国各出大军，组得合纵盟军，纵约长得赐封大将。

苏秦成大事。说楚王后，"于是六国从合而并力焉。苏秦为从约长，并相六国"，"苏秦既约六国从亲，归赵，赵肃侯封为武安君，乃投从约书于秦。秦兵不敢窥函谷关十五年"《史记·苏秦列传》。可惜"邦无定交，士无定主"，战国不言信与礼，合纵之体，无法维持多久，各国也未因这宝贵的时间赢得先机。各心怀鬼胎者，难团结，难成大事。秦奋六世之力，终得天下。

其四，自盟约伊始，六国与秦断绝邦交，杜绝商旅，同心锁秦。

其五，六国各派特使周旋合纵事宜，但有所请，无得拒绝。

其六，六国共视苏秦为本国丞相，赐相印，授权力，总揽合纵大局。

盟约宣罢，全场雷鸣般雀跃欢呼。"万岁合纵！""同心抗秦！"欢呼声席卷了大河平原。趁热打铁，六国君主在行辕大帐立即歃血盟誓，在羊皮盟约上庄严地盖上了六国君主的鲜红大印，国各一份，盟约正式告成。之后，各国君主立即指派了本国的合纵特使，其中四个大国特使当场被君主封为高爵特使：魏国魏无忌，立封信陵君；齐国田文，已封孟尝君；赵国赵胜，立封平原君；楚国黄歇，立封春申君。

第三日为最后盟会，在楚威王主持下六国议定了各自当出的盟军兵马：楚国十五万，齐国八万，魏国八万，赵国十万，燕国五万，韩国五万，共计五十一万大军。兵马议定后，举行了盛大的六王大宴，席间最为隆重的仪式，便是六国君主一一向苏秦授本国相印。

那时候，各国丞相的权力不尽相同，名称也各有差异，但都是总揽国政的开府丞相。苏秦兼领各国相职，自然不会是实实在在的开府理事丞相，而是一种总揽邦交大事的"外相"。战国为大争之世，邦交斡旋常常胜过雄兵十万，干系邦国安危，所以丞相权力的一大半便是外事。如今六国将外事大权一体交于苏秦，当真是旷古未有的同心壮举。当六颗金印光灿灿地用铜匣、玉匣各自捧出，又一颗一颗佩上苏秦腰间皮带时，乐师席奏响了庄严肃穆的《大雅》乐曲，行辕大帐觥筹交错，一片赞颂欢呼……

合纵之后，该谋秦。这时候，张仪该出手了。孙皓晖步步为营。

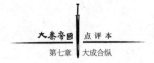

　　一颗一颗地接受了沉甸甸的金印,苏秦的心情却出奇地平静。一个布衣之士,往往终生奔波而不能求一颗金印,朝夕之间,他却佩起了六颗相印。平静淡漠的笑容下,他有些恍惚了。蓦然之间,他想起了张仪,那伟岸的身躯,那洒脱的谈笑,骤然间清晰地浮现在眼前。张仪啊,好师弟,你在何方? 是守在陵园还是去了秦国?